茅盾文学奖
获奖作品全集

白门柳

贰·秋露危城

刘斯奋 著

人民文学出版社

角声满天秋色里,

塞上胭脂凝夜紫。

————李贺《雁门太守行》

其亡其亡,系于苞桑。

————《易·否·九五爻辞》

主要人物表

黄宗羲　　　字太冲,明末诸生,复社成员
陈贞慧　　　字定生,明末诸生,复社四公子之一
冒　襄　　　字辟疆,明末诸生,复社四公子之一
方以智　　　字密之,翰林院编修,复社四公子之一
侯方域　　　字朝宗,明末诸生,复社四公子之一
吴应箕　　　字次尾,明末诸生,复社成员
顾　杲　　　字子方,明末诸生,复社成员
余　怀　　　字淡心,明末诸生,复社成员
梅朗中　　　字朗三,明末诸生,复社成员
张自烈　　　字尔公,明末诸生,复社成员
左国棅　　　字硕人,明末诸生,复社成员
沈士柱　　　字昆铜,明末诸生,复社成员
郑元勋　　　字超宗,明末进士,复社扬州地区前社长
黄宗会　　　字泽望,明末选贡,黄宗羲之弟
史可法　　　字道邻,东林派大臣,官至东阁大学士、兵部尚书、都察院左都御史、总督淮扬军务
刘宗周　　　字念台,号蕺山,东林派大臣,官至都察院左都御史
钱谦益　　　字受之,号牧斋,东林派大臣,官至礼部尚书
吕大器　　　字俨若,东林派大臣,时任兵部右侍郎,后改任吏部左侍郎
高弘图　　　字研文,户部尚书,官至东阁大学士

黄澍	字仲霖,东林派官员,湖广巡按
周镳	字仲驭,东林派官员,曾任礼部主事,复社元老
雷缜祚	字介公,东林派官员,曾任武德道兵备佥事
朱由崧	明朝第十八代皇帝,年号弘光
韩赞周	司礼监掌印太监
马士英	字瑶草,庐凤总督,官至内阁首辅
阮大铖	字集之,号圆海,阉党余孽,官至兵部尚书
杨文骢	字龙友,官至兵部员外郎,马士英妹夫
刘泽清	字鹤洲,淮安总兵官,封东平伯
刘孔和	淮安副总兵官,刘泽清之叔父
朱统𨮎	王室子弟,马、阮党羽
徐青君	中山王徐达后裔,魏国公徐弘基之弟
柳如是	名是,号河东君,明末盛泽名妓,钱谦益之宠妾
董小宛	名白,明末秦淮名妓,冒襄之宠妾
惠香	明末盛泽名妓,柳如是之密友
李十娘	名湘真,明末秦淮名妓
卞赛赛	名赛,明末秦淮名妓
马氏	冒襄之母
苏氏	冒襄之妻
顾苓	字云美,明末诸生,钱谦益之学生
孙永祚	字子长,明末诸生,钱谦益之学生
蔡益所	书坊老板
柳敬亭	外号柳麻子,明末著名说书艺人

第 一 章

一

回到余姚县通德乡黄竹浦之后,黄宗羲在家中寂寞而烦闷地过了一年多。

虽然崇祯十五年底,他自北京南归的途中,曾经听到清兵又一次大举入塞的消息,并为此很惊愤忧急了一阵,但过后风声渐渐又缓和了下来。听说清军到底未敢过于深入,只在京畿以及河南、山东等地杀掠蹂躏了数月,便重新退出了关外。至于曾经在中原和湖广一带闹得天翻地覆的"流寇"——农民起义军,自去年秋天起,也先后回师西向,分别进入了陕西和四川。这一切,都使黄宗羲多少感到松了一口气,姑且安下心来,重新回到简朴而平静的乡居生活中去。

眼下已经到了崇祯十七年三月下旬。一连几天,黄宗羲都领着家丁,在离黄竹浦五里外的化安山一带,向佃户挨家挨户催收历年拖欠的租子。虽说眼下才是春夏之交,下乡催租主要是为着加强督责,本不指望能有太多的收获;不过,辛辛苦苦在山野间转了几天,不知费了多少唇舌,到头来仍旧收不满十石麦子,黄宗羲不由得大大懊恼起来。随行的管家黄登——一个黑胖汉子,咬定小麦刚刚上扬,佃户们其实是有的,只不过装穷罢了,还举出以往收租的经验来证明。这更使黄宗羲越想越觉得受了愚弄和欺骗。

"哼,这些可恶的东西,我好心好意把田佃给他们种,他们却全不知感恩!"他恼火地想。有一阵子,他甚至打算倒回去,找佃户们质问,要他们立即把租子交出来!但是,当想到这就要重新面对那些木讷粗鄙的脸孔,要再一次听取那些令人心烦的诉说恳求——哪怕明知是假装的也罢,黄宗羲又不禁犹豫了,"啊,我又何必同他们纠缠不清?要是他们再不交,我就干脆把田收回来,另外租给别人去种!"这样决定之后,仿佛重新得着倚仗似的,他的心情才渐渐平静下来。

这一天,快到晌午,他们才回到黄竹浦。刚进村,就得到一个意外的消息:他的三弟黄宗会在本省学政主持的一次考试中,以"品学兼优,年富力强,累试优等",被录取为"选贡生"。按照科举制度,选贡也同举人、进士一样,算作"正途出身",今后用不着再参加乡试和会试,而只要在接下来的"廷试"当中合格,就会被正式授予官职。由于这喜讯来得过于突然,以致最初一刻,黄宗羲还不太相信。当终于弄明白这已千真万确,此刻家里正焦急地等着他回去时,他才又惊又喜地"啊"了一声,连忙分开围上来打听消息的仆从们,也顾不上春天的村路泥泞不堪,管自用双手撩起直裰的下摆,一脚浅一脚深地朝村东的方向走去。

"啊,这么说,三弟当真中选了,真的中选了!这多么好,多么不容易!哼,说我们兄弟有才无命,徒享虚名,看今后谁还敢!哎,母亲不知道有多高兴啊!"黄宗羲加快脚步往前赶,一边兴奋地、匆忙地想。经历了这些年的挫折和困守之后,他当然十分清楚,弟弟这一次成功意味着什么——不错,眼下的成功只是弟弟的,同自己的前程,可以说没有太大的关系。但重要的是亡父当年建树的功名和家业,终于有了重振的希望;母亲那颗饱经忧患的心,也终于稍稍得到安慰。而这正是肩负着长子责任的黄宗羲,长期以来、特别是近一年多来暗暗为之焦虑的。"不过,我却回来迟了,母亲最初的那一下子高兴,我已经见不着了!多少年来,我连做梦都在盼着这一刻,谁知事到临头,竟错过了。我本不该自告奋勇去收什么租子,哎,真的不该!"黄宗羲懊悔地、惋惜地想,一口气爬完了那道沿坡而筑的石板台阶,越过一字并排的四棵合抱柳树和八根彩漆剥落的旗杆,从悬着"风宪"二字牌匾的门楼下穿过,走进被称做"太仆公府"的家。

黄宗羲一踏入院子,就发现家里的气氛完全变了样。这一片已经传了好几代人的、有着宽大的青石板天井和众多砖木结构房舍的老屋,在他几天前离开的时候,还是那样灰暗单调、没精打采,甚至破败寒伧。可是如今,一切都变了:炸得遍地都是深红的炮仗纸屑,代替了天井里终年摊晒的柴草;那些红灿灿的、还残存着火药气味的碎纸片儿,使宅子平添了不少喜气。灰泥剥落的正堂和两边的楼宇,也被悬挂在瓦檐下的吉庆彩球映衬得面目一新。穿上了新衣裳的孩子们在满天井追逐嬉戏。仆人们一个个变得精神抖擞,喜气洋洋。看见大爷回来了,坐在门楼下的几个就惊喜地站起来,殷勤而热烈地向他问候。

"哎,三爷呢?"黄宗羲迫不及待地问,一边睁大眼睛打量着变得生疏了的家。

"噢,那不是!"年老的仆人用手一指。

黄宗羲转过头去,果然,他那位出色的弟弟正拱着手,把一位客人从正堂里送出来。今天,黄宗会穿了一件簇新的五福捧寿纹蓝绸大襟袍,头上方巾,脚下丝履,打扮得从来没有过的整齐漂亮;那张清秀、敏感,经常是表情傲慢的脸上,显露着童稚般天真快乐的神情。他没有看见哥哥,因为客人——一位同村的小个子秀才,正拉住他的衣袖,再三地嘱咐什么,黄宗会显得很耐心,也很留神,不住地点着头,随后就转过脸来。一刹那间,他的眼睛亮了。一种难以形容的狂喜,使他的脸孔颤抖起来,刚刚叫出一声"大哥!"就被夺眶而出的泪水咽住了。突然,他摆脱了客人,用了一个冲动的、不顾一切的姿势,前倾着身子奔出几步,一下子跪倒在黄宗羲跟前。

"大哥,你……两日不回,可是盼煞小弟了!"他呜咽着,大声说,"宗会能有今日,皆是大哥所赐,宗会没齿不忘。"说罢,咚咚地叩下头去。

当第一眼看见弟弟的时候,黄宗羲就趋步上前,想过去同他相见。但是十二岁的大儿子百药和十岁的二儿子正谊已经发现了他,大声欢呼着奔过来。黄宗羲躲避不及,只好先伸出双臂,把吊到脖子上来的正谊搂在怀里;待到黄宗会向他奔来,他想上前搀扶,却腾不出手。他无可奈何地瞧着俯伏在地的弟弟,瞧着那一身簇新的、使弟弟仿佛换了一个人似的漂亮衣巾,心头不由得一热,眼睛随之湿润了。事实上,由于父亲去世得早,宗会和二弟宗炎的学业,都是他手把手地教导出来的。他不仅是他们的兄长,而且是他们名副其实的老师。如今,弟弟没有辜负自己多年的苦心教诲,终于一举成功,这实在使黄宗羲不能不感到极大的欣慰,以至于热血沸腾。他终于摆脱了怀里的正谊,也一下子跪倒在地上,伸出双手紧紧扶持着弟弟,连声说道:"三弟,不必如此,不必如此!"话没说完,喉头已经哽住了。他不得不停顿一下,等情绪稍稍平复,才重新微笑着,不胜友爱地瞅着弟弟,用亲热的、快活的口吻说:"三弟,你今日高中,为兄好生欢畅。只是贺喜来迟,反令家中伫望,心下甚觉抱歉!"

"可这是不该的!"泪眼汪汪的黄宗会使劲摇着头,"大哥的道德文章,胜于劣弟十倍,理当率先高中。谁料老天弄人,竟让劣弟担此僭越之名,连日思念及此,宗会便觉惶恐难安!"

"啊,休要如此想!"黄宗羲连忙制止说,紧紧地握着弟弟的胳臂,"为兄近年耽于嬉游,学殖荒落,不似你等潜心帷下,精勤猛进,早已后来居上。如今先我着鞭,乃是理所当然。为兄可是心悦诚服,喜欢得紧哪!"

在最初听到消息的一刹那,黄宗羲于欣喜之余,确实曾经闪过一丝失望甚至委屈的情绪。只是他马上就为这种感情羞愧了。"嗯,这是不对的、可鄙的!"他责备自己说。现在弟弟的坦诚表白,使他想起了当初有过的那种情绪。

"嗯,你万万不可作如此想!"他坚决地、有点生气地重复说,随即避开了对方的眼睛。

但是,黄宗会却显然把过去那些年中哥哥的苦心培养看得很重,总觉得自己的成功使哥哥受到了损害。他大约很想加以补救,又不知道该怎么办。现在哥哥的祝贺和慰解固然使他感动万分,但也使他觉得更加难为情。忽然,他挣脱黄宗羲的把握,用袖子掩着面孔,放声大哭起来。

黄宗羲默默地望着弟弟。这一次,他没有马上劝止。的确,由于年岁渐长,加上各人的性格、志趣和行事不尽相同,这几年,兄弟们之间已经不像少年时代那样亲密无间。更兼各自成家之后,仍然聚居在一个大院里,姑嫂妯娌之间便难免发生种种摩擦和计较。这又或多或少影响着各自的丈夫。因此,平日里兄弟们为了某件小事意见相左,甚至大起争执的情形也时有发生。这使黄宗羲颇为痛心,也颇为失望。"啊,要是这样过不下去,那么就分开好了,是的,干脆分家!"气恼之余,他不止一次冒出这样的念头。只是想到母亲还健在,恐怕伤了老人家的心,才极力忍住,没有提出来,但内心的危机感却愈来愈重了。如今,黄宗会这么感情冲动地放声一哭,有如打开了一道锈锢渐厚的闸门,使黄宗羲在倾泻而出的感情潮水当中,重新看清了弟弟的内心。"是的,这几年也许是我想得不对,错怪了他,错怪了他们!其实他们一个一个都很好,都没变。他们都是我的亲弟弟,这是最要紧的。过去我为什么要气量浅窄地同他们计较?可鄙可羞!今后我再也不这样了,再也不了!"他惭愧地、坚决地责备着自己,抬起头来,发现周围已经聚拢了一群人,多数是些闻声而来的丫环仆役,四弟宗辕和五弟宗彝也在其中。他们正一声不响地、感动地望着黄宗会和自己。于是,他抓住弟弟的胳臂,用了一个有力的动作,扶着黄宗会站了起来。

"哎,快别哭了,当着下人的面,传出去,让人笑话!"他附在弟弟的耳边,低声告诫说;随即转过身,怀着前所未有的轻快心情,同大家招呼起来……

二

三爷的荣膺贡选,给全家带来了喜悦和希望,但也带来了新的烦恼和困扰。因为按照惯例,接下来,黄宗会就得上省城杭州去答拜主持这一次考试的宗师,还得准备到北京去应廷试。这两件事都得花费银子。通德乡黄氏他们这一房,即便是父亲黄尊素在京里做官时,也并不富裕;近十多年来,更是每况愈下,经常为了不大的一点事就得举债,且别说眼下要同时应付两摊子的开支了。当然,三爷的功名是万万耽误不得的。经过一番东挪西借,并毅然卖掉了一部分田产,总算凑起了七八十两银子。于是,到了四月十五这一日,新选贡生黄宗会便拜别了母亲姚夫人,在喜气洋洋的乡亲们相送下,来到村外的渡口,然后由黄宗羲亲自陪同,乘上了一只乌篷船,取道姚江,向省城进发。

从黄竹浦到省会杭州,路途虽然不算太远,但也有二百多里的水程。其间要经过余姚、上虞、萧山三个县,当中还有一个府城绍兴。即使路上不停留,也得走上三四天。如今,乌篷船已经驶出名叫蓝溪的小支流,来到姚江之上,视野也变得开阔起来。平缓的、碧绿澄澈的水面,在白云浮荡的晴空下,跳动着万点阳光,有似一匹闪烁轻柔的素练,迎着船头飘曳而至,把低矮的篷舱映照得通明透亮。河岸两旁,则是兽脊似的连绵远山,映衬着一堤婆娑的翠柳。浓密的柳荫下,时不时有三五成群的牛羊踯躅而过。如果碰上一个村庄、一个墟市,照例又随风传来声声人语。也许是隔着一片水面的缘故,那变得细碎了的乡音听上去是那样悦耳,那样柔媚……

在消息闭塞的穷乡僻壤中蛰居了许久之后,能借此机会探访一些朋友,打听一下时局的近况,以及再度过上几天热闹的都市生活,黄宗羲的心中,洋溢着一种多时未有的愉快。"是的,这一年多,国家的局势似乎平稳了下来,我们家里,也终于有人出头了。莫非这运行于冥冥之中的天道,正处于物极必反的变换之中?如果真是这样,那么我还是要致力于用世的。无论如何,这积弊如山、把国家闹到民穷财尽的朝政,是到了非痛加改革不可的时候了!时势的转换,说不定倒是一个付之实行的契机?"这么想着,黄宗羲就重新萌生出一种希冀,一种冲动,于是进而想到:明年又是大比之年,如果国家的局势当真能够稳定下来,自己也能够继弟弟之后,顺利通过乡试和会试的话,那么也许还为时未晚,还可以切切实实做一些事情。"当然,从而今起,我可得收敛心神,把那些制艺时文再下功夫钻上一钻。虽然枯燥乏味得很,但为了用世,也只得忍耐一下。幸好还有一年,只要肯下功夫,不信就钻不通它!熬过了这一关,事情就好办得多了!"这么暗暗拿定主意,黄宗羲的心情愈加开朗起来。他一边倚在船舷上,信目浏览着岸上迤逦而过的景物,一边不自觉地轻轻用指头击打着船板,哼起一支流行的散曲——

    只见那流水外,两三家,
      遮新绿,洒残花。

一阵阵柳绵儿，
　　春思满天涯。
　　俺独立斜阳之下
　　猛销魂，
　　小桥西去路儿斜……

这首调寄《采茶歌》的曲子名叫《送春》，出于松江一位散曲名家施绍莘之手。由于曲辞俱美，在江南一带传唱颇广。不过，黄宗羲本不善于唱歌，平时更是绝少开腔，这会儿因一时高兴，才随口哼上几句。结果，唱跑了调儿不必说，有些句子还忘记了，只好哼哼唧唧地含糊过去。这么下来，顶好的一支曲子，给他唱得怪里怪气，充满了"嗯嗯啊啊"之类的拖腔，坐在船头甲板上的书童黄安听了，掩着嘴直笑。黄宗羲却毫不理会，只管自得其乐地哼了一遍又一遍。直到偶然回过头去，视线落在弟弟黄宗会身上，他才停下来。

"嗯，你在做什么？"由于发现那位新选贡生正盘腿坐在船板上，低着头，聚精会神地检点着带来的银子，黄宗羲疑惑地问。

黄宗会抬起眼睛，敏感白净的脸上现出苦笑，没有做声。

"莫非短了数不成？"由于这些银子得来不易，黄宗羲不由得探过身去。

黄宗会摇摇头："短倒不短，就是……"他没有说下去，只是默默拨弄着那一小堆形状不一的银子。

黄宗羲瞧了瞧弟弟，有点明白了。他摆一摆手，安慰说："论理呢，你这次要办的不是小事，一点钱不花是不成，可怎么打点，也只能'看菜下箸，量体裁衣'。京师那种地方，你要放开手脚，就算带上个万儿八千，也未必够花；但手头捏得紧点儿，有这么七八十两，也尽可对付得过了。况且从留都进京的官船，几乎日日都有，为兄已经想过了，打算托那边的朋友，寻上一位相熟的官员，捎带你一路,便连脚程钱也省却了。到京之后的食宿,也可以托人照应——哎,只管放心,这些事包在为兄身上就是。"

"可就怕如今京师里,光凭这个办不成事。"黄宗会闷闷不乐地皱着眉毛,"听人说,那里上下左右全是衙门,连打个喷嚏都会碰上关节,都得打点。况且,那送银子的花样也有讲究,不能照直送,嫌瞧着不雅气。眼下顶时兴是送'文房四宝',送'书'。不打开看不知道,原来那砚台是金子铸的,笔管是银子打的,那些书,一函一函全有'书帕',也是非金即银……"

黄宗羲紧皱眉毛听着。"行了!"他厌恶地打断说,"该理会的你不去打听,不该理会的你倒打听得挺仔细。照你这等说,朝廷里岂不是全成烂泥污了?那么国家还有什么指望?我们还应什么考,出什么仕?干脆趁早卷铺盖回家,岂不更好?"

停了停,看见弟弟低着头不做声,他又解释说:"自然,公行贿赂、贪赃枉法不是没有,可是像我们这样的人,又岂能随波逐流,任其摆布?须知我辈不出仕则已,若然出仕,便当以振衰起溺为己任,以更新弊政为职志,方不致辱没了家风!你不见我前年进京,就只带了三十两银子,住了四个月,一份礼没送,不也照样对付下来了?"

做弟弟的垂着眼睛,揉捏着手中的一块碎银,半晌,才讷讷地说:"二哥说,大哥前年那一遭没考中,不是文章不如人,就在舍不得花钱打通关节。他叫弟这一次不可吝惜……"

前年进京时,黄宗羲之所以处处节省,一来是不肯服"财可通神"那个邪,二来也是考虑到家境困窘,必须尽量减少开支。没想到自己一番苦心,到头来竟成了弟弟们私下讥议的话柄!顿时,一股怒气从他的心底里冒了上来,眼睛也随之睁圆了。

"胡说!"他呵斥道,"不吝惜银子?说得阔气!莫非你们还藏着万贯家财不成?那就只管花去好了,我决不拦着!可是你们有吗？啊？有吗？"

自从父亲死后,黄宗羲一直担负着教育弟弟们的责任。久而久之,就形成了一种"积威"。所以,看见长兄发了火,黄宗会不敢再犟嘴了。他垂头丧气地把摊开的银子重新收拾好,然后躲到一边去,拿出一部《明文定》,管自低头用起功来。

黄宗羲却余气未消。无疑,他平生最不能容忍的,就是委屈从俗,毫无骨气,为着达到某个目的,便不惜与邪恶同流合污。正因如此,前年在北京时,他才那么坚决地拒绝周延儒的荐举,毅然南归。虽然许多亲友都觉得他过于意气用事,甚至认为他"傻",但他却毫不后悔。过后不久,周延儒在清兵入塞期间,就因谎报军情,畏敌避战,加上贪赃枉法的劣迹败露,被震怒的皇帝下狱赐死,还抄了家。此事证明黄宗羲确有先见之明。然而,时至今日,由自己一手教育成长的两个弟弟,一心只想着博取功名,竟连立身做人的准则都抛到了脑后,这确实使黄宗羲大为光火。不过,弟弟的那些话,又使他重新想起朝政的黑暗腐败已经到了多么深重的地步;而自己刚才猜想,改革的契机可能已经到来,是否过于乐观了?这积重难返的局面,难道真的还有改变的希望吗?正是这种突然涌现的疑问,败坏了黄宗羲那一度颇为勃发的兴致,使他感到气闷、恼火,而又茫然。"不,即便如此,事情还是有希望的,既然朝廷有力量把局势稳定下来,就证明国运未终,元气尚在,只要当道诸君子同心协力,一步一步做去,总有办法把朝政引回到正轨上来!"他固执地、竭力地为自己鼓劲。同时,为了证明自己这种判断是有道理的,他开始回想弟弟刚才的说法是何等的混账和荒谬,并打算给予更严厉的训斥。

然而,当他回过头去,却意外地发现,黄宗会也从书本上抬起了眼睛,眼神显得那样胆怯、可怜,充满着讨饶的意味。依稀就像当年,黄宗会还是一个孱弱的少年时,因为做错了事,被大哥叫到跟前的那种模样……

　　一丝温软的感觉,有如轻风拂过琴弦,使黄宗羲的心分明动了一下,不由自主地哽咽住了。有片刻工夫,他皱起眉毛,咬紧了嘴唇,试图抗拒这不合时宜的干扰。然而,到底没能办到。"哼,冲着眼下是在船上,免得让船家听了去,姑且先记着账。待上了岸,再同你说个清楚!"他悻悻地想,随即背过身去,沉着脸,在船篷边上坐了下来。

三

　　坐落在姚江中游的绍兴府城,称得上是一座风貌独特的城市。它扼控着省会杭州与浙东地区的交通,城中水网纵横,几乎每一条街道,都有内河与之并连,船只进出十分方便。又因为本地盛产名茶和佳酿,所以茶馆和酒店,又成了城中随处可见的消遣去处。一年四季,生意都是那么兴隆……眼下,明朝前都察院左都御史刘宗周,就在城中罢职闲居。他是一位老东林派人士,又是朝野闻名的大学者,为人端方正直,刚毅敢言。长期以来,他受到朝中权贵的嫉恨,又屡屡触犯皇帝,因而被一再罢官削职。但是,这反而极大地增加了刘宗周的声望。至于他所创立的"蕺山学派",在学林中更是备受尊敬,享有很高的声誉。

　　黄宗羲的父亲黄尊素,生前同刘宗周是情谊深密的朋友。后来,黄宗羲便正式拜在这位父执的门下,成为蕺山学派的一名入室弟子。不久前黄宗羲的次女又许配给了刘宗周的长孙刘茂林,两家更成了姻亲。由于有着这样的关系,当船经绍兴时,黄氏兄弟便照例稍作停留,一起前去拜谒这位老前辈。

　　黄宗羲同弟弟在内河的一个码头上了岸,穿过被露水打湿了的一片石板铺砌的场子,来到立着一对石狮子的刘府大门前。这当儿,天才刚刚亮,街道上还是空荡荡的,只有不多的几个行人,在熹微的晨光中彳亍而行。兄弟俩自觉来得太早,不好立即上前打门,于是先在外面徘徊了一阵,估计老师应当起来了,才让黄安拿了拜帖,到门上叫人通报。

看见亲家大爷来到,门公自然不敢怠慢。他殷勤地请客人到门厅里坐下,然后拿着帖子急急走了进去。片刻之后,他就走回来说:

"我家老爷有请大爷、三爷!"

黄宗羲点点头,同弟弟一齐起身,按照门公的提示,径直向刘宗周的起居室走去。

自从回到黄竹浦隐居之后,黄宗羲已经有一年多没有上绍兴来谒见老师。重新走在熟悉的、花木扶疏的廊庑下,他心中的那一份急迫和喜悦,就更加强烈了。"是的,这一年多,我太疏懒了,对老师太不尊敬了,竟然连过年过节都没来,真是说不过去!照道理,再怎么着,也不该这样。虽然老师向来不计较这些,可是……"他一边走,一边感到既兴奋又惭愧,有一阵子,甚至把默默跟在后面的弟弟也忘却了。直到一步跨入起居室里,随即照例恭敬地站住,却不提防碰到了黄宗会的身上,他才蓦然醒悟过来。

由于发生了碰撞,黄宗羲本能地回顾了一下,与此同时,却听见弟弟诧异地轻声说:

"咦,怎么了?"

黄宗羲机械地旋过脸去,这才看清楚,屋子里坐着一位身材颇像老师的人,但并不是刘宗周,而是老师的儿子刘汋。作为儿女亲家,由刘汋先行出面接待自己,本来也很平常。然而,正如弟弟所诧异的,刘汋此刻的神情却显得有点反常:他穿着出门拜客的大衣服,失魂落魄地坐在椅子上,清癯方正的脸孔,显得异常苍白。他用一只胳臂撑着膝盖,五根指头无意识地紧紧攥着一柄折扇,对于黄氏兄弟的出现似乎毫无知觉。在他旁边,还坐着两位相熟的儒生,一位名叫陈刚,另一位叫王毓芝。他们都是刘宗周的女婿,不知为什么也一大早就来到岳父家里。而且,这两人也都神气惊恐,噤若寒蝉,对于来客完全没有表现出应有的礼貌和热情。

"嗯,难道发生了什么事?"黄宗羲疑惑地想,随即上前一步,同弟弟一齐行着礼说:

"亲家翁,二位兄台,久违了!"

刘汋仍旧没有反应。这位以蕺山学派的当然继承人自居的亲家翁,显然受到某种极度惊吓。他那本来是稳重自信的目光,变得空洞而茫然,似乎呆呆地望着前方的一件什么东西,其实什么也没有看。他的全副心神正浮游在某种可怕的境界当中,表情呆滞,半张着嘴巴,却什么也说不出来。

黄宗羲愈加惊疑。他估计必定是出了什么不幸的事。"可到底是什么事呢?"一刹那间,他心中闪过好些不祥的猜测:"是老师?是师母?还是其他家人?"但看来都不像,因为适才一路进来,并不见有任何异样的气氛。他正打算动问,忽然,刘汋开口了:

"兄等可知道?"他喃喃地说着,没有移动眼睛,"京师——被流贼攻破了。皇上已经在万岁山自尽。大明——完了。这一下,真是完了!"

黄宗羲疑惑地望着刘汋,有片刻工夫,不明白对方在说什么。然而,随后就觉得,有一个沉重得可怕的东西把他的心狠狠撞击了一下,使他蓦地一震。

"什……什么?"他声音喑哑地问,喉咙一下子干燥得厉害,眼睛也因极度惊悸而瞪圆了。

"皇上、京师,全完了!"刘汋不胜悲愤地咬着牙,一字一顿地说,随即低下头去,痛苦地闭上了眼睛。

黄宗羲觉得头上的屋顶旋转起来,脚下的地板仿佛也在来回晃动。他本能地全力稳住身子,强撑着问:"这、这消息从何而来?会不会是谣传?"

刘汋摇摇头:"昨夜四更,府尊王公派人来叫门,知会全城缙绅即刻到衙门里聚齐,于密室之内,传看了省里发来的十万火急文书,说闯贼于二月中自陕西倾巢东下,连陷太原、大同、宣府。至三月中,居庸守将献关降贼,昌平亦告失守。闯贼遂于三月十七日,以数十万兵马围攻京师。三月十九日,城中内奸开门迎降。圣上和母后不肯陷于贼手,先后壮烈殉国。文武百官十之八九,俱已成阶下之囚——如今留都已在商议另立新君了!"

刘汋用沉痛的声调说着,始终没有睁开眼睛。他的神情愈来愈悲愤,愈来愈惨戚。当说到皇上殉国时,他的声音哽咽了,泪水从眼缝中汨汨涌出,顺着清癯的、已经不年轻的脸颊不断流下来。

黄宗羲却像给人扼住了喉咙似的,身子开始觳觫。的确,这一场塌天大祸来得太突然、太冷酷无情,简直使他无法接受,甚至无法相信这是真的。现在,他仿佛掉进了万丈冰窟,只感到一阵一阵锥心刺骨的寒意,连全身的血液也像被冻结了似的。有片刻工夫,他完全失却了思考的能力,只觉得心中一片茫然……

"那、那如今该、该怎么办?"半晌,一个发抖的声音在身边问。那是他的弟弟黄宗会。

这无疑是一个很现实的问题。但此时此际,显然谁也无法回答。所以,正如死水潭中冒起来了一个气泡,只发出一声孤单的轻响之后,周遭又重新归于死寂。

这种状态持续了多久,沉浸在空前的震骇和悲悼之中的人们,似乎谁都没有留意。然而,渐渐地,依稀又有了声音。那是一阵发自心肺的喘息。起初,它只是微微抽响着,接着就越来越沉重,越来越急促,终于化作一阵悲痛欲绝的长嚎。黄宗羲惶然回过头去,当发现这夹杂着"嘭嘭"撞击声的痛哭,是来自起居室东边的书房里时,他吃惊地叫了一声:"老师!"立即三步并作两步,奔了过去。

刘宗周果然在书房里。只是这位平日举止庄重、衣履修洁的一代大儒改变得非常厉害。他把帽子掀掉了,一任满头稀疏的白发蓬乱地纷披着。衣裾下露出一双黑脏的大脚板,布鞋和袜子都不知甩到哪儿去了。极度的悲痛,使他那张布满皱纹的方脸变得浮肿而且潮红,不断涌出的眼泪鼻涕,糊住了胡子和脸颊。他颤抖着跪伏在方砖地上,把年老的、巨大的头颅朝着正北的方向磕下去,磕下去,同时发出撕心裂肺的呼喊:

"圣上呀!崇祯主子呀!大行皇帝呀!怎么就撒手归天了!孤臣刘宗周,无德无能,远在边方,不能为圣上分忧,致有今日。真是罪该万死!罪该万死呀……"

有一阵子,黄宗羲被老师那几乎认不出来的模样吓怔住了,只管满怀凄惶地望着。然而,当刘汋、陈刚、王毓芝,还有黄宗会,全都哭喊着跪了下去时,一股突然爆发的巨大悲痛,便像铺天盖地的潮水似的,整个儿淹没了他,使他不由自主地伏倒在地上,同大家一道,放声痛哭起来……

四

呼天抢地的号啕,整整持续了半个时辰。直到阖府的家人纷纷从各处赶来,老半天地围在书房门口,惶恐不安地朝屋子张望,大家才渐渐止住了悲泣。但是,猛烈的发泄过去之后,随之而来的精疲力竭,使大家连回到椅子上去的劲头都没有了,一个个依旧坐在方砖地上,大瞪着又红又肿的眼睛发呆。

黄宗羲也同大家一样。而且,直到这会儿,他才得以稍稍抑制着内心的悲痛,把眼前这场奇祸剧变的含义,重新估量一番。诚然,近几年来,他也深深意识到危机的严重,而且不止一次作出过大祸必将临头的预测,但内心深处,又始终怀着一丝希冀,觉得也许不至于真会落得那样的结局。事实上,直到昨天,在行经姚江的船上,他还幻想过局势也许正在好转,并对改革朝政萌生出新的热情和期望。谁知转眼之间,一切希冀、计划全都被击得粉碎了!啊,今后将会怎样呢?据说留都正在商议另立新君,那么就是打算仿效历史上东晋和南宋的样子,力保江南的半壁江山。但是,被天灾和人祸折腾了这些年之后,江南真的守得住吗?万一守不住,莫非就只有俯首帖耳,任凭那伙下贱的、粗鄙的、无法无天的"反贼流寇"来宰割践踏?或者像战国时那位齐人鲁仲连所说的,去蹈东海而死?……黄宗羲不敢想下去了。他只感到由衷的恐惧和怨恨。这是一种发现自己即将遭到剥夺——包括许多世代以来一直属于他们这一群人的地位、特权、财产,以及事业、理想乃至生命,总而言之,一切的一切,都将遭到无情剥夺的恐惧和怨恨。"啊,瞧吧,早就对你们说过,必须痛下决心,革除积弊,刷新朝政,可你们就是不听,总以为可以抱残守缺地混下去。到底怎样呢?大祸临头了,一切都完蛋了!痛哭也罢,追悔也罢,究竟还有什么用!"悲愤之余,他绝望地、阴郁地想。这时,聚在门外的人群正在散去,坐在身旁的几位也陆续站了起来,分明又发生了什么事,他却根本不想理会……

"大哥,大哥!"一个声音在急切地呼唤,那是黄宗会。

"嗯,他在做什么?还有什么可叫唤的?"黄宗羲冷漠地、迟钝地环顾了一下四周,发现刘宗周——还有他的儿子、女婿们都不在了。门外的甬道里,传来了他们杂沓远去的脚步声。

"大哥,快去瞧瞧吧,说是外头来了好多人,要见老师!"黄宗会神色紧张地催促说。

黄宗羲怔了一下,随即一跃而起。由于意识到可能要出乱子,他刹那间又紧张起来,甚至顾不上拍打一下袍服上的尘土,便三步并作两步,跨出门槛,急急跟了上去。

当他们赶到大门时,发现门厅里的气氛果然不同寻常,许多身穿黑色衣裤的仆人,正手执棍棒,如临大敌地守在那里,有的在激动不安地交头接耳,有的则挤在侧门上探头探脑地向外张望。黄宗羲在门厅里没有看到老师,猜想刘宗周已经到了门外,便分开挡道的仆人,跟着走到外面去。

凭借传进宅子里的嘈杂声浪,黄宗羲虽然已经推测到,聚集在门外的人必定不少,但是,当他把目光投向刘府门前那一片宽阔的场子时,仍旧吃了一惊。只见黑压压、密重重的人群,竟然从大门前一直推拥到内河边上,场子上容纳不下,又向两旁的街道迤逦延伸过去。看样子,少说也有五六百人,正在那里神情激烈地闹闹嚷嚷,有的还扬起胳臂,使劲挥舞着拳头。"啊,这些人想做什么?怎么都聚到这儿来了?"黄宗羲惊疑地想,"莫不是意欲乘变倡乱?还是……"

"乾坤摧折,至于此极!如何应变,恳请先生速示明训,俾使我辈得以遵行,不胜泣血企望之至!"一个高亢的声音在人丛中响起。

黄宗羲连忙望去,发现说话的是面对刘宗周站着的一位中年儒生,再打量一下旁边的几个,也全是缙绅打扮的人物。"哦,若是这些人领的头,倒不像是乘变倡乱。"他想,"只是刚才那人说什么——请老师'速示明训'?不错,他们无疑也已经得知噩耗。那么,想必是震恐异常,不知所为,所以聚集到这儿来,希望老师给他们拿主意。"这么猜测着,黄宗羲才稍稍放下心;随即想到,就连自己,其实也还来不及向老师请示如何应变。这在眼下,无疑是极关重要的。于是,他一边用袖子擦着额上的汗,一边转过脸去,开始同众人一道,期待地望着老师。

刘宗周挺直地站着,没有立即说话。看来,这位悲痛的老人已经从先前的狂乱中摆脱出来。脸色虽然异样的苍白,额上还带着一块磕头碰出的青淤血印,但神情却十分坚毅镇定。他已经重新戴上帽子,须发也略为整理过一下,不似先前那样蓬乱。不过,从他那有如石像般凝然屹立的姿态,以及深邃而坚执的目光中,黄宗羲却隐约感到了某种不祥的意味。眼下黄宗羲还说不上那意味是什么,只是心中不由自主又微微发起抖来……

终于,刘宗周开口了,语调是沉重而缓慢的:

"列位父老昆仲,宗周忝为人臣,待罪乡里,既不能勠力图君,贻误社稷至于如此,又不能身先讨贼,力挽狂澜以报国恩,尚有何颜苟存于世上?当自断此头,以谢先帝!今后之事,实非宗周所能知,深愧有负列位之厚望。惟愿君等慎持节志,各守所学,切勿屈身事贼,则宗周于九泉之下,亦当感铭大德!"说着,他交拱着双手,转动身子,向全场毕恭毕敬地作了一揖。

在总宪大人说话的当儿,全场的人都屏住了气息,竖起了耳朵。但是,刘宗周这个决绝的、然而又是消极的告白,却令他们于耸然动容之余,分明感到有点失望,以至过了片刻,场子上仍旧一片寂然,没有任何反应。

黄宗羲的脑袋却"嗡"的一响,被老师的决定惊住了。刚才他已经隐隐预感到,老师会说出异乎寻常的话来;却万万没有想到,老师竟然打算一死殉国!本来,作为身受国恩的一位大臣,面对眼前这种奇祸巨变,毅然结束自己的性命,未尝不是取义成仁的一种办法。但是,即使在刚才最为悲观绝望的一刻里,黄宗羲对这件事的考虑也仍旧宽广得多。可以说,完全没有想到马上就死。所以老师的决定,确实使他大吃一惊。情急之下,他顾不得有那么多人在场,猛地挤上前去,厉声说:

"哎,老师此言差矣!"

在绍兴府,刘宗周一向被士民们看做是道德和学问的崇高象征,他的一言一行,都受到虔敬的尊重。怀疑其正确似乎是不可想象的,更别说当众提出指责了。所以,冷不防听到这么一声断喝,全场的人都为之愕然,站在刘宗周身边的刘汋、陈刚和王毓芝几个人的脸上,更是变了颜色。

然而,黄宗羲的心情却恰恰相反。因为他很明白:以老师的身份和地位,一旦当众表明了殉国的决心,那是必定要履行的。要让他改变主意,惟一的办法,就是当场出面争谏,剀切地说明不该那样做的道理,或许还有希望。否则,待到众人散去,消息传开,事情就将变得不可挽回了。所以,甚至不等刘宗周有所反应,他又大声质问说:

"老师身负天下苍生之厚望,莫非以为一死便可以塞责么?"

就为臣之道而论,刘宗周的决定虽然不免消极,但毕竟不失为忠贞壮烈之举。如今黄宗羲不仅公然反对,还直斥之为"逃避责任",这实在狂妄轻率得有点过分。特别是出自一名本门弟子之口,在蕺山学派中,更是闻所未闻的事。所以,正红着眼睛,为岳父大人的决定而悲痛的陈刚,首先忍不住,厉声呵斥说:

"黄太冲,你身为刘门弟子,竟敢如此无礼,讥责先生,是何道理?"

"莫非你自恃在士林中薄有浮名,便敢藐视师长不成?从今以后,你尚欲自立于蕺山学派么!"二女婿王毓芝也从旁帮腔。与陈刚的干枯瘦削相比,王毓芝长得身高体壮。由于气忿,他的一双眼睛在紧皱的短眉毛下睁得滚圆。

黄宗羲没有理会他们。事实上,此刻他也异常激动。因为说心里话,老师的满腔忠愤之情,他何尝不能理解?而且,在北京陷落之后,江南这半壁江山能否保得住,其实连他也有所怀疑。如果保不住,到头来,包括他本人在内,恐怕都免不了一死相殉。不过,那毕竟只是最悲观的估计,至少目前江南尚未沦陷。如果不经过任何尝试和抗争,就轻易地付出生命,却是黄宗羲所不能赞同的。更何况,刘宗周还是他最崇敬、最热爱的老师。光凭这一点,黄宗羲也无论如何不能让他就这样去死。他出言尖刻,当众指责老师,完全是鉴于事态危急,迫不得已。"啊,但愿老师能明白我,能体察我的苦心!"他暗中祈求说,愈益迫切地注视着老人。然而,令他绝望的是,甚至到了这一步,刘宗周仍旧闭着眼,一动不动地站着,既不说话,脸上也没有任何表情。

黄宗羲的心紧缩起来。"啊,老师为什么要这样?他怎么能这样!难道他竟不明白,那个决定是不对的,应当放弃的吗!"他痛心疾首地自问,呼吸开始变得急促,胸脯也在剧烈起伏。如果不是意识到正处于无数目光包围之中,他很可能就会喊叫起来了。

"老师,"他极力控制住自己,目光灼灼地紧盯着老人那石刻般静止不动的脸,用更加剀切的口吻说:"岂不闻大丈夫处世,论是非,不论利害;论顺逆,不论成败;论万世,不论一生。一死本不难,惟须死得其所,死得其时。今流贼以一干草寇,犯上作乱,荼毒天下,而竟得以窃踞神京,此实我朝三百年未有之名教祸变。是非之淆乱,顺逆之颠倒,莫此为甚!当此之际,先生又安能因一时之悲愤,而轻弃此有用之身。岂不畏百世之后,论者将谓先生重成、败、利、害,甚于是、非、顺、逆耶?"

这一番话,黄宗羲是怀着由衷的痛急,一字一句说出来的,出语虽然不及先前的凌厉惊人,但责备的意味更为深重激切,所以,连一直没有开口的刘汋,也有点沉不住气了。

"太冲兄,"他含着眼泪制止说,"先生乃当世衣冠伟人,四海共瞻,言动举止,无不巍然为天下式。当此奇祸惨变,如何因应,先生自有决断,即我辈为子为婿者,亦惟有含悲闻命,俯首受教,不敢存丝毫拂逆之想。兄今日当众犯颜而谏,自属好意,只是……"

他本来还要说下去。忽然,刘宗周举起一只手,把他止住了。接着,老人睁开了眼睛,凝视着黄宗羲,问:

"那么,依你之见?"

平静的口吻,不变的表情,使黄宗羲仍旧捉摸不透老师的心思。但对方终于开了口,毕竟是一种转机。于是,他再度激动起来,深深吸了一口气,亢声说:

"老师!闯逆披猖,倾陷神京,戕害主上,凡我大明臣子,无不心目俱裂,血泪交迸,恨不得生啖此贼,以泄不共戴天之愤!如今士民一闻噩耗,便齐集府前,足见人心未死,士气可用。以弟子之见,何不从速缟素发丧,檄召四方,挥戈北指,复君父之仇,定社稷之难。此今日之事也!伏乞先生以天下苍生为己任,出当此责,则弟子幸甚,百姓幸甚,大明幸甚!"说罢,他把直裰的下摆猛地一撩,悲壮而又庄严地跪了下去。

在这一阵子对答当中,周围的人们始终静静地听着。黄宗羲的话,显然道出了他们的共同心愿。所以,话音刚落,站在前排的一群缙绅首先齐声附和说:

"太冲先生所言甚是,敬请先生出任此责!"说着,他们也纷纷跪到地上。

"对,对,我等都愿听先生吩咐!"更多的人哄然地表示着。随着此伏彼起的声浪,人们整片整片地弯下腰去。转眼之间,整个场子和两边的街道,便密密层层地跪了个满。

刘宗周没有立即答应。他慢慢地揉捏着垂到胸前的那部白胡子,渐渐地,眼神变得果决、明亮起来。终于,他把手往下一放,用感激、洪亮的声音说:

"诸君以大义相责,令宗周甚为感愧!我身虽老,尚当先驱效死,定不负诸君之望!"

说完,他就转过身,大步走进门里去。过了片刻,当他重新走

出来时,头上已经裹起了一块白布,肩上也多了一柄长矛。他对着大家把手一挥,大声说:

"列位,请随老夫一起去面谒府尊王公!"

"好啊,我们都去!我们都去!走啊!"人们狂热地欢呼起来。于是大家纷纷站起身,拥挤着,招呼着,吵嚷着,一窝蜂地跟在刘宗周后面,朝着知府衙门的方向,乱哄哄地走去。

"大哥,那么,弟进京应考的事,可怎么办?"走出一段路之后,黄宗羲听见一个惴惴不安的声音问。

他微微一怔,回过头去,这才发现,原来弟弟黄宗会一直跟在他的身后。在周围狂热的人流裹挟之下,这位新选贡生显得那样沮丧、惶惑,不知所措。他微弓着单弱的身子,惊诧地仰起了白净的、敏感的脸,看上去,就像一只被驱往屠场的绝望的羔羊……

黄宗羲"嗯"了一声,试图说上几句宽慰话。但是,迟疑了一下之后,一种冷酷的、阴暗的念头便扼住了他,那样有力,那样沉重。他于是重新扭过头去,死死地盯着前方,并且咬紧了牙齿……

五

正当地方上的士民,因北京朝廷的覆灭而陷入悲痛和混乱之中的时候,在被称为"留都"的南京城里,却已经为救亡图存展开了紧张的活动。

局势是如此严峻而又紧迫地摆在面前:对于仍旧矢志效忠大明王朝的那批留守大臣来说,如果不希望重蹈北京的覆辙,如果不甘心自己及其所代表的一群人的身家性命,被这场滔天而至的狂暴洪水所彻底葬送,那就必须设法凭借江南这一片富庶的土地,迅速建立起一个新的、足以同强大的农民军抗衡的政权。而其中,最重要的,是尽快从朱姓的皇族系统中,物色并推举出一位合法的继承者,一位象征"正统"的新皇帝。

　　围绕解决这件头等大事的紧张活动,其实更早一些时候,就已经在具有决策权力的大臣圈子当中,秘密地酝酿和进行着了。譬如说,乘坐一顶四人抬的青缦官轿,由随从簇拥着,从大中桥喝道而来的这位神情严肃的大臣——南京兵部右侍郎吕大器,就是奔走得最积极的人物之一。这位四川籍的东林派官员,是个短小精悍的人。瘦削的、肌理紧凑的脸上,长着一双炯炯有神的大眼睛;敏感而多骨的鼻子,配上经常紧抿着的嘴唇,以及小铲子似的向前突出的下巴颏,使这张脸显得既精明强干,又执拗刚愎。他刚刚在顶头上司——南京兵部尚书史可法的府邸里,参加了一次小范围的秘密协商,同户部尚书高弘图、都察院右都御史张慎言、翰林院掌院詹事姜曰广等人,进行了一场艰难的、有时是情绪激动的辩论。因为记挂着有两位关系密切的友人正在家里等候消息,所以会议一散,他就匆匆赶了回来。

　　眼下,已经是四月下旬。天气变得相当暖和。锦缎似的阳光从白云浮荡的蓝天上飘洒下来,夹道的红花绿树,像在水中洗濯过一般耀眼、鲜明。号称六朝金粉地的南京城,几乎总是在这个时候开始它一年当中最欢乐迷人的游冶季节。要在往常,秦淮河上必定已经浮荡着许多游船画舫,清闲了一个冬春的茶社酒楼,也必定忙着重整旗鼓,精神抖擞地迎接来自四方八面的游客。可是如今,由于北京陷落、皇上殉国的惊人消息,已经开始像瘟疫似的在民间迅速流传,加上整座城市正处于紧急戒严的状态,情况就明显地变了样子。虽然店铺照旧开门营业,穷民百姓也照旧在为一天的衣食奔忙,可是,以往人们脸上那种嬉笑自若的表情消失了。一向热闹熙攘的大街,不知怎么一下就冷清了许多。即便是碧波十里的秦淮河,也失却了往日那种如火如荼的热闹和温馨。倒是一队又一队全副武装的官兵,不时在街道上巡逻而过,摆出如临大敌的样子,使市面人心,平添了一派紧张和惊恐。

吕大器在他的府邸前下了轿子,稍微站了一站,为的是整理一下弄乱了的衣袖。然后,他对闻声奔出来侍候的仆人们看也不看,就抿紧嘴唇,迈开急促而有力的步子,进了大门右侧的一道小门,径直朝宅内走去。

作为参与最高机密的一位大臣,吕大器目前所掌握的时局情报,较之一般官绅百姓,自然要来得具体而详细。譬如,关于最重要的崇祯皇帝的殉国,据确实的消息,是在三月十九日的清晨。当时北京的外城和内城,在一日之内相继被农民军攻陷。得知大势已去的崇祯皇帝,先把周皇后和袁贵妃召到乾清宫,用金杯置酒,与她们作最后诀别;又招呼太子和永、定二位王子来到御前,叮嘱了一番,命心腹太监王之心把他们从速护送出宫,到国舅周奎家中暂时躲避。这之后,外间的情势愈来愈紧迫,宫廷中的流血和死亡也开始了:首先是皇后在坤宁宫中自缢身死,接着是袁贵妃自杀未遂,被在旁监视的崇祯皇帝连砍数剑,终于得以殉节。同时被皇帝杀死的,还有好几名曾蒙"恩幸"的妃子。不过,最悲惨的还是年仅十五岁的长公主。大约皇帝担心城破之后,她会遭受"流贼"凌辱,所以特地着人召来,抚视了半天,长叹说:"你为何生在我家?"末了,一咬牙,挥剑砍去。公主本能地用手挡架。结果,"咔嚓"一声,半截手臂给削了下来,人也当场昏死过去。看见这样子,皇帝也手软了,抛下宝剑,掉头而去。就在次日五鼓时分,这位穷途末路、心力交瘁的万乘之尊,就带着秉笔太监王承恩,仓皇出了神武门,来到万岁山东麓,先摘去皇冠,把头发拆散下来,覆盖着脸面,然后用一根白绫带,在一棵古槐树下结束了年轻而尊贵的生命……对于暂时还秘而不宣、但已经被反复查证了的这一惨变,吕大器感到心痛欲裂,须发俱竖;与此同时,在江南尽快拥立新君的决心,也因之变得更加确定和急切了……

吕大器来到花厅,前礼部右侍郎钱谦益和兵备佥事雷缜祚,早就在那里等候着。看见主人回来了,两位客人立即迎出门外,一边拱着手招呼着,一边现出急切的探询神情。

吕大器不说话,只做出相让的手势,引着客人转过一道回廊,进了一个花树掩映的月洞门,来到他自己那间幽静隐僻的书房里,才站住脚步,重新同客人行礼相见。

这是由一明一暗两间小室套连起来的精致书房。外面的明间布置着桌、椅、屏、几,外带盆景和瓶花,主要是供日常休息,偶尔也用来接待相知的密友。现在,吕大器领着客人走进了里面一间。这靠墙三面都立着紫檀木书橱的里间,比外间稍小,迎面横放着一张长方形的平头书案,上面摆着文房四宝;旁边一个巨大的宣窑敛口白瓷缸,插放着好些长短不一的卷轴;在书案右前方的空间里,还摆着一张制作精巧的小方桌、三把竹制的椅子,桌上摊着一方棋枰。钱、雷二人看见主人选择在这里进行谈话,都预感到发生了不同寻常的事态,不由得对望了一眼,顿时紧张起来。

"俨老,今日会议,不知结果如何?"待小厮奉上茶来,又迅速地退出之后,生得浓眉大眼,有着一部虬结大胡子的雷缜祚试探地问。他是安庆府太湖人,一向在山东任职,曾以守城有功和敢于弹劾上官受到崇祯皇帝的赏识和接见。一年前因为母亲亡故,他照例辞职回家守制,不久前来到南京。吕大器看中他敢说敢为,又是坚定的东林派,便将他拉进自己的圈子里来,帮着办点机密的事务。

听见他发问,吕大器只顾皱着眉毛,凝神地小口呷着茶,没有立即回答。又过了片刻,他才把杯子朝桌上一放,长吁了一口气,说:"难!若还是这等前怕狼后怕虎的,弟只有撒手不管了!"

雷缜祚微微一怔:"啊,俨老何出此言?"

吕大器双手一摊:"一个福王,一个潞王,已经闹得不可开交。谁知今日会议,高研文又抬出个桂王来!"

高研文,就是户部尚书高弘图。在南京的留守大臣中,高弘图一向以方正稳健著称。不过,此刻雷缜祚却有点莫名其妙:

"什么,桂王?何以又想到要拥立桂王?"

"哼,还不是斤斤于那个'亲疏伦序'!总担心决策立'潞',会背上偏私之嫌,为物论所非。其实,欲成大功于乱世者,只问成败利钝而已,哪里还能有如许顾忌!"吕大器大不以为然地说,恼怒地抿紧了嘴唇。

雷缜祚"哦"了一声,眨眨眼睛,暂时不说话了。的确,决定由谁来当皇帝,这将直接关系到新政权的前途和命运,事情极其重大,半点儿也疏忽不得。可是如何解决好"亲疏伦序"的争执,又是目前令人颇为头痛的一个问题。本来,刚刚"龙驭宾天"的崇祯皇帝还留下三个儿子——太子慈烺、定王慈炯和永王慈炤。他们当中只要有一个在,事情本来也就不难解决。可是时至今日,除了听说他们在京师失陷时已经微服出走,可能尚在人间之外,始终没有南来的音信。是否后来又遇难身亡,也不得而知。在这种情况下,按照传统礼制,只能在最接近的旁系皇族中挑选继承人。那么就应当轮到崇祯皇帝的堂兄弟、目前已经逃难南来的福王朱由崧来做皇帝。然而,对于吕大器等东林派大臣来说,这当中却有一个解不开的结。因为这位福王的父亲——老福王朱常洵,乃是郑贵妃所生,那郑贵妃当年仗着神宗皇帝的宠爱,曾经企图把皇长子排挤掉,而把自己的亲生儿子,也就是老福王立为太子。这个阴谋被挫败后,到了皇长子继承帝位时,她又百般要挟,企图得到皇太后的封号,以便把持朝政。只是由于朝廷中的正统派大臣(包括后来的东林党人在内)又一次作了坚决的抗争,她的图谋才没有得逞。这件事,同当时发生在宫廷之内的几桩疑案纠缠在一起,曾经演变成你死我活的党争。在天启年间,魏忠贤阉党就是利用这些事件,把东林人士整得死去活来。好容易熬到崇祯皇帝登极,冤狱才得到平反昭雪。因此,这一次拥立新君,如果让小福王当上皇帝,那么他会不会站在阉党的立场上,再一次拿东林党人开刀?这是不能不防备的。正是出于这种顾虑,吕大器,还有姜曰广、张慎言等大臣才又提出改而拥立潞王朱常淓的主张。朱常淓是神宗皇帝的侄儿,长期受封在外,无论同郑贵妃还是同阉党都素无瓜葛。而且此人脾气随和,经常念经拜佛,外号"潞佛子"。应当说这是一位理想的人选。但论世系,他是已故崇祯皇帝的远房叔父,较之堂兄弟的小福王,要疏上好几层。如果弃"亲"而立"疏",礼制上可是有点交待不过去。所以即使是在东林派内部,意见也未能统一。大约有鉴于此,高弘图才又提出第三种选择——桂王朱常瀛……

"桂王是神宗皇帝第五子,"雷缜祚沉吟地说,"与福藩是次子嫡孙相比,虽然仍旧疏了一层,但较之潞藩却又亲多了。而且要紧的是他并非郑贵妃所出,立他自然也无不可。惟是社稷遭此大变,亟宜早立新君,以定人心。桂藩远在广西,这一来一往,只怕时日太费。"

吕大器苦笑说:"方才,姜居之也是这等说,现放着潞、福二王就在淮安,若舍近而求远,一旦被奸人抢先迎立,居为奇货,我辈只怕满盘皆输!"

雷缜祚点点头:"据小弟所得密报,福藩此番南来,一心觊觎大位。近日因传闻留都颇属意于潞藩,他惟恐不得立,已暗中派人向江北诸镇将游说,以图后盾之助,不可不防!"

所谓江北镇将,就是指目前驻扎在江淮一线的几位总兵官——黄得功、刘良佐、高杰和刘泽清。这伙人一向拥兵自重,跋扈骄横,对朝廷的命令采取爱听不听的态度。如果他们当真联合起来,拥立福王,那确实不好对付。所以吕大器听了,吃惊得一下子从椅子上站了起来。

"什么,江北四镇意欲拥立福王?"

"自然,他们也未敢轻举妄动,尚在观望之中。但我等若仍举棋不定,难免迟则生变!"

吕大器呆住了。半晌,他把桌子一拍,怒气冲天地咬着牙:"什么'立君以亲'是祖宗家法,不能改易!已经到了火烧眉毛的当口,还是这等迂怯任事,只有一块儿完蛋了账!"

说完,他倒背着手,气急败坏地踱起步来……

六

在吕、雷二人对答的当儿,钱谦益静静地坐在一旁,始终没有插口。

半个月前,他还在家乡常熟,是接到知交好友吕大器的密信,让他火速前来共襄大计之后,才匆匆赶到南京的。虽然近两年来,他一直暗中认定:除非发生一场足以改变整个朝廷格局的大乱子,否则自己今生恐怕很难再有出头的希望。但是,读了密信,钱谦益仍旧被其中所透露的噩耗骇得面无人色,浑身发抖,老半天呆坐着,像丢了魂魄似的不知如何是好。末了,还是他的那位聪明果决的如夫人柳如是竭力撺掇,主张不管如何,也该先上留都看看情形再说,他才连夜乘船赶来了。由于吕大器的援引,他很快就卷入到拥立新皇帝的密谋之中。无疑,钱谦益自有他的老辣不凡之处。正当多数人都觉得,福王的继承资格似乎是无可争议的时候,是他首先洞察到事情的要害,提出改而拥立潞王;并以透辟的分析,促使吕大器、姜曰广、张慎言等人接受了他的主张。对此,钱谦益一直颇为得意,觉得十五年的赋闲生活,并没有消磨掉自己的才略和胆识,在衮衮同僚中,自己依然是出类拔萃的。"好吧,既然你们肯遵信我,我也拿出真本事来,助你们一臂之力就是!"正是这种复苏的豪情,使他暂且把复官的考虑放在一边,开始一心一意为拥立潞王而策划奔走。当然,他又是富于阅历,老谋深算的。刚才他不动声色,是为着把主意琢磨得更周全、更稳妥一些。现在,他终于抬起头来。

"设若硁守'立君以亲'的祖宗家法,"他慢吞吞地说,"那么桂藩与潞藩不过是五十步与百步之差,二人俱无越福藩而代之理。高公此议虽新,恐亦徒滋纷扰,而不能杜塞拥'福'者哓哓之口!"

实情确是这样,那些坚守"祖宗家法"的卫道之士,是要求不折不扣地按老规章办事,绝不会因为桂王比潞王亲了一层就肯罢休;相反,还有可能因为拥"潞"派的退却而受到鼓舞,闹得更凶。吕大器无疑也想到了这一层,所以他烦恼地挥了一下手:

"欲以拥'桂'来谋妥协,自然是一厢情愿之想!惟是福藩得至近至亲之利,眼下拥戴他的人不少。便是史大司马也未敢轻下决断,却怎生是好?"

钱谦益目光尖利地瞧了瞧主人。他自然知道,在"少不越长,疏不越亲"的伦常准则经过长期的灌输、实行,已经成为人们心目中凛不可犯的"天条"之后,要加以改变是极其困难的,更何况如今情势紧迫,已经根本没有时间去慢慢说服。所以,钱谦益才想到,必须采取非常的手段,来剥夺福王的候选人资格,至少,也要使他陷入极其被动的狼狈境地,这样才能促使舆论变得有利于潞王。至于如何做到这一点,钱谦益也有了初步的设想。不过,由于事情非比寻常,在正式端出来之前,他打算再摸一摸吕大器的决心和胆量。

"依弟之见,事到如今,已是有进无退。"他故作沉吟地说,"列位明公只须心坚力定,绝不退让,又何愁拥潞之议不行!"

吕大器摇摇头,苦笑一声:"老兄,莫非你这些年优游林下,便忘却此间是怎样的情形?须知此间名为'留都',其实无非是个大养济院。这六部四院衙门里,能办事的,打破锣儿也找不出几个;起哄挑眼的,吆喝一声就能凑起一大帮。芝麻点小事,也会给你闹个满城风雨,众议沸腾。若是京师,还有皇上管着,在留都就只好敬鬼神而远之!以往熊坛老任本兵,一味柔仁为事,遂至益发放纵。史公自去岁接任,专全力于整饬军旅,以备非常之变;对此辈亦只得恭谦礼让,委曲求安。即以此番拥立而观,史、姜诸公不过微露潞藩可立之意,即时责让交至,汹汹崩屋!更别说还有那等勋臣贵戚、豪帅大珰,缄口侧目,窥伺于旁,其意难测——老兄,你以为这局残棋是好下的么!"

吕大器以一个心烦的手势,结束了诉苦。钱谦益点着头,捋着胡子,始终装做用心倾听的样子。其实,这些情形他又何尝不清楚?不过,他正是要让对方充分意识到事情的难办,按照正常的做法根本行不通,这样,自己接下来所提出的那条计策,才会更易于为对方接受。

"那么,史公之意?"他又问。

"史公嘛,看来也十分踌躇。今日他说,若再想不出一统众议的善策,只好退而求其次,勉从推戴桂藩之议了。"

"啊,不知史公所谓'善策'者,何所指而云然?"听说史可法也有转向拥立桂王的意思,钱谦益倒有点紧张起来,连忙追问。

吕大器摇摇头:"这个,史公倒不曾细说。"

停顿了一下之后,这位在其前半辈子的政治生涯中,曾经以勇气和胆略让凶悍的敌人和暴躁的皇帝同样震惊过的小个子大臣,双眉紧皱,咬着牙说:"哼,时至今日,还管他什么善策不善策,只须能把潞藩赶快推戴上去,我瞧都成!"

"什么?"钱谦益侧着耳朵问,担心自己没有听清。

"我说,但能把潞藩推戴上去,什么办法都成!"吕大器提高了嗓音。

"好!"钱谦益正是要等这一句话。他轻轻一拍桌子,随即又举起手朝吕大器虚按了一按,仿佛要凭借这个手势,把承诺坐实到对方身上似的,"既然俨老这等说了,那么,弟倒有个计较在此——"

"噢?"吕大器和雷縯祚的视线都被吸引了过来。

钱谦益先不往下说。他把右手的中指伸进杯子里,蘸了一点茶水,在棋枰上写出了一个"亲"字,接着又写出一个"贤"字,然后抬起眼睛,看见吕、雷二人都现出疑惑的神色,才不慌不忙地指着棋枰说:

"福藩所恃者,既然是一个'亲'字,那么,我辈何不揭出一个'贤'字来破他!"

"'贤'字?"雷縯祚仍旧不懂。

"嗯!论宗支,福藩在诸王之中虽属最亲最长,但到底并非太子。况且先帝又绝无遗命。设若他尚称贤明,立之固无不可;若他不贤不明,亦无非立不可之理!"

说到这里,钱谦益顿住了。他意味深长地瞧着两位同盟者,相信他们能领会自己的言下之意。果然,吕大器抿紧嘴唇,捋着胡子,似乎陷入了思索;但是雷縯祚却有点急于知道下文:

"那么福藩……"

钱谦益微微一笑,故意拖延着不做声。

"愿闻其详!"吕大器从紧抿的嘴唇里挤出一句,随即坐回椅子上。

钱谦益深深吸了一口气,目光异样地闪动起来。他前倾着身子,用压低了的、恶狠狠的声调说:"福藩的劣迹不少——他不孝父母,虐待属官,不肯读书,而且贪婪好货,沉迷酒色。哼,既然有此多种劣迹,又怎能立他为君!"

这几句话所披露的机锋是如此凌厉,就像利剑猝然出鞘,刺得满室的空气"嗤嗤"作响。吕雷二人显然给吓住了,变得一片沉默,吕大器固然没有吭声,雷缜祚也失去了追问的勇气,只是惊诧地微微仰起胡须虬结的脸,一双大眼睛从浓眉下直愣愣地望着窗棂纸上的斑驳树影。

瞧着这种情形,钱谦益有一点迷惑,也有一点紧张。因为他刚才的那一套说法,拆穿了,就是主张通过罗织罪名,制造流言,来搞垮对手。他们三个人都很清楚,刚才列举的那些"劣迹",其实并无充分根据。不错,福王此人平庸怯懦,没有才干是事实;行为不尽检点,犯点过失也不能说没有。譬如:传说他曾"偷"拿过老福王的一件什么宝物,说他这次逃难南来,把他母亲给逃丢了等等,但那其实都是一些说不清的事儿。若是吹毛求疵起来,他们那位"潞佛子"又何尝不能开出一张单子?不过,既然拥立谁来当皇帝,将直接关系着新朝廷的命运和大明中兴的前途,同时也关系到东林派本身的利害安危,那么钱谦益就认为,别说是仅仅让福王受点子委屈,背上个不好的名声,就算更加伤天害理的勾当,也只有硬着头皮去干!这也可以说是古往今来成大事者的一条通则。不过,一贯以正人君子自命的吕大器和雷缜祚,是不是也这样认为呢?钱谦益却有点儿拿不准……

"哼,真是欲加之罪,何患无辞!"吕大器终于一欠身站起来,硬邦邦地吐出一句,随即阴沉着脸,离开桌子,又开始在房间内踱起步来。

钱谦益吃了一惊!

"是啊,"雷缜祚呻吟似地附和说,"我辈本是清白正人,莫非竟要出此卑劣手段么?"

钱谦益的眼睛睁圆了。由于委屈和愤急,他的脸色变得十分难看。如果不是看见吕大器做了一个少安毋躁的手势,他就会立即争辩起来。

吕大器倒背着手,把嘴唇抿得更紧,相形之下,鼻子和下巴就显得更加突出。他一声不响地绕着屋子转了一圈,又一圈。

终于,吕大器站住了。

"牧老,"他偏过脸来,盯着重新产生了希望的钱谦益,冷冷地说,"你想清楚了不曾?这可是连身家性命都押上去的买卖!万一到头来这半壁江山依然落到福藩手里,只怕你我都死无葬身之地!"

钱谦益错愕了一下,脸色不由得变了。的确,这件事的潜在危险,尽管刚才他也朦朦胧胧地感觉到,但是远没有对方此刻所指出的尖锐和彻底。他不由自主恐慌起来。但是到了这一步,也只有破釜沉舟了。于是,他极力镇定自己,试图说上几句有信心的话。然而,他的内心颤抖得如此厉害,以至张了几次嘴,却一句也说不出来。

七

虽然吕大器等人在全力以赴地为拥立潞王而密谋策划,但是在南京兵部尚书史可法那里,对于这件事却始终有点举棋不定。无疑,自从北京的朝廷覆灭之后,作为江南地区的最高军事长官,史可法无形中已经成为对重建朝廷负有全责的人物。但正因为这个缘故,他就不能像吕大器等人那样,采取一面倒的态度,而必须尽量摆平各方面的意见,以期未来的朝廷能够获得最广泛的拥戴和支持,从而造成一种和衷共济的局面。史可法认为,这样一种局面,对于维系人心,重振旗鼓,乃至造就国家的中兴,都是绝对必要的。所以,在拥"福"和拥"潞"两派主张严重对立、难以调和的情势下,高弘图提出改而拥立桂王,确实使史可法有所动心。但是,随后姜曰广指出桂王远在广西,在短期内难以抵达,又使他不能不加以考虑。正是由于左右为难,委决不下,所以,在会议散去之后,史可法就吩咐不久前才应他之聘参与兵部幕僚事务的陈贞慧发出请帖,邀请最近自北京潜逃回来的一些明朝官员,于次日上午到衙门里来见面,准备再仔细查问一下皇太子和永、定二位亲王的下落。因为只要把已故崇祯皇帝这三个儿子当中的任何一个找到,这一天大的难题就能迎刃而解了。

翌日,客人们陆续到齐。负责在花厅里伺候的仆役,巡回走动着,已经给客人的杯子里添注过三回茶水,主人却还一直没有露面。大家只有继续静静地坐着,耐心等候。

这八位客人,如果只从衣饰打扮来看,同一般缙绅并没有什么区别。但是,他们那惊魂未定的神态,那木讷痴呆的样子,以及其中一部分人脸上、手上那些无法遮掩的伤痕,都暗示着仅仅不久前,他们还在经受着某种可怕的折磨和极度的惊恐。事实上,北京是在被农民军重重围困的情况下,迅速陷落的。满朝文武大多来不及逃跑,就全部成了俘虏。这几个人,纯粹是由于各种偶然的机会,才得以侥幸逃出"魔掌"。从他们直到此时此刻还未能恢复常态的样子,仍旧不难想象出,那一场天崩地塌的噩梦,该是何等狰狞可怖。正是这一发现,使得陪同他们坐在一起的陈贞慧,止不住心中又一次微微发起抖来。

陈贞慧是得知北京失陷的噩耗之后,才从家乡宜兴匆匆赶到南京来的。以他平日的豪迈自负,本来并没有兴趣充当什么幕僚。但他又是一个极其聪明灵活的人,知道这种位置可以接触许多上层机密。而在目前这种非常时期,及时地、准确地掌握政局的动向,对他本人,以及他的复社伙伴来说,都至关重要。所以,他便毫不迟疑地找到史可法门上来。事实证明,这种做法是明智的。目前,陈贞慧对于南京所面临的形势,可以说已经基本上了如指掌,对于许多事情的体察,较之以往,也要深入得多,全面得多。然而,也许正因如此,他才彻底地觉悟到,在政治场中,各种关系的交错、利害的冲突、权力的倾轧,其复杂程度都远远超出他过去的想象,即便所面临的是有十足正当理由的事情,也绝不是光凭一厢情愿的热情能够办成的。更何况有些事情,还不能简单地以是非成败作为评判的标准。所以,如果说对于北京的那群文武朝臣,不久前他还怀着一种激愤的憎恶,认为他们一个个都负有罪责的话,那么眼下,面对着这些逃跑归来的人们,他倒觉得多少可以理解,甚至值得同情了。

"那么史大人……"也许久久不见主人露面,一位年纪较轻的候见者忍不住探问说。他的腿受了伤,走路不灵便,此刻正挂着一根拐杖。

"哦,史大人昨夜初更时分,便带了从人出府,到各处门上去巡视城防,一夜未归。不过,他已知列位大人今日辰刻见顾,这一阵子该回来了。请大人安心稍候。"陈贞慧回答。为了安抚众人,他再度举起茶杯,做了一个礼让的手势:"列位大人,请用茶!"

"请……"客人们纷纷举起杯子,参差不齐地说。接着是啜茶声、衣袖的摆动声,以及杯子放回方几上的磕碰声。但也就是活跃了这么一下子,花厅里又回复到一片死寂,只听见被朝阳照亮的柳条窗槅外,微风吹动着庭院中的树木,发出沙沙的声响。

面对这种消沉郁闷的场面,陈贞慧本想主动挑起话头,使气氛活跃一下。但是,当视线落到那八位泥塑木雕一般的客人身上时,他的打算就被再度沉重起来的心情取代了。事实上,这些天,凭借从各种渠道陆续收集来的消息,陈贞慧已经了解到不少京师陷落后的情形。譬如:关于自缢殉国的皇上,听说由于很快就在万岁山上发现了遗体,李自成下令停止搜索,派人拆除宫里的一块门板,把遗体扛了下来；然后发给太监两贯钱，买来一副柳木棺材，并以土块当枕头，将遗体停放在东华门外的一个草棚下，算是让人"哭临"。结果，除了四名被指定看守的老太监和两名念经的和尚外，几乎没有几个官员敢去哭上一声，真是冷清之极，好不凄凉。至于下一步怎么样，是否会按礼节安葬，那就更难预料。不过可以肯定，万恶的"逆贼"们绝不会有好安排……

又如，那群未能及时逃出的文武百官，命运也异常可悲。由于李自成勒令在京的明朝旧臣必须在三天内去朝见他，结果大学士范景文、户部尚书倪元潞、左都御史李邦华等一批大臣和勋戚相继自杀殉国。但肯这样做的毕竟为数很少，绝大多数文武官员到了规定日期，都跟着内阁首辅魏藻德、成国公朱纯臣战战兢兢地到紫禁城去行叩见之礼。谁知趴在地上等了半天，李自成始终不露面。相反，那伙心怀怨毒的"贼"兵"贼"将，却开始对他们大肆侮辱戏弄，推打的推打，摘帽的摘帽，甚至把大腿架在他们的脖子上，又笑又闹，把大家弄得狼狈万分，但谁也不敢反抗。至于接下去他们的命运将会如何，就只有天晓得了……

当然，在那些来自逃出者的消息里，还免不了说到，一些觍颜求生的明朝官员，如何全无心肝地赶着崇祯皇帝的灵柩戟指唾骂，如何呼朋唤友地商量投靠"伪"朝，或者身穿青衣小帽，额上贴上一方写着"顺"字的黄纸片，眼巴巴地盼着录用等等。陈贞慧曾特别留意到，每当听到这一类报告，史可法总是面色惨白，圆睁着两眼，把一双拳头捏得格格作响，就连胡须和头发也仿佛因极度悲愤而倒竖起来，只是用了极大的自制力，他才没有让猛烈的情绪马上爆发。不过陈贞慧好几次碰见，这位平日严肃得令人生畏的大臣，事后总要走进设有崇祯皇帝牌位的灵堂里，匍伏在地，撕心裂肺地痛哭了一场又一场……

终于，过道里响起了一阵官靴踩地的橐橐声响，急促而有力。

陈贞慧心中一宽:"好了,可回来了!"他一边回过头去,一边本能地站立起来。

果然,身材不高,但威仪凛凛的史可法很快就出现在客厅的门口。这位以干练精明、政绩卓异而备受推崇的原漕运总督,是在一年前接替年迈的熊明遇担任南京兵部尚书的。由于北京迅速陷落,留都南京在一夜之间成了明朝退守江南,进行负隅顽抗的主要支柱和希望。因此,作为目前尚能行使职权的最高军事长官,史可法自然地受到朝野的一致关注。可是个人声望的这种急剧上升,看来并没有使他感到丝毫的兴奋和得意;相反,只是迫使他变得更加辛苦和忙碌。由于又是一夜未睡,他那黧黑的脸膛,看上去更加黯淡。本来是精光闪烁的眼睛,布满了道道红丝。但他的步履依然那样有劲。他一走进来,就拱着手,向站起来准备行礼的客人们当胸一揖,也不回答那些照例的寒暄问候,只做了一个让座的手势,说声"请!"然后回过头去,朝陈贞慧问:"请万大人巳时来衙复命的事,兄台吩咐下去了么?"得到肯定的回答之后,他就点点头,迅速坐到自己的位置上。

陈贞慧事前已经听史可法交待过,今天找这些人来,主要是为着打探皇太子和二位王子的下落。而这样做的目的,陈贞慧也十分清楚。本来,就内心而言,他对于史可法在拥立新君一事中举棋不定,多少有点焦急和不满。而且出于对福王的本能戒备,他也更倾向于拥立潞王。只是,如今的陈贞慧与过去已经不同。他既然愈来愈明白政治场中的事情,不是光凭个人的意气所能驾驭的,也就比较能体谅史可法的困难处境了。所以,尽管他估计,在局势如此混乱紧迫的情况下,要在很短的时间里找到太子或王子们,希望是极其微小的,但他仍旧抱着真诚的态度,积极协助史可法做最后的尝试。

现在,史可法已经把表示慰问的简短开场白讲完,又向新近才逃回来的三位官员,查问了两件他所关心的事情:一件,是关于崇祯皇帝的葬礼;另一件,是负责镇守山海关的明朝总兵官吴三桂,究竟有没有投降李自成。这后一件事,因为直接关系到能否把农民军牵制住,使之不能迅速挥兵南下,所以史可法一直极为关切,每次接见北边回来的人,他都要追问一番。不过,当发现这两件事都问不出什么要领之后,他就立即停止查问,把话头转到今天的正题上。

"诸位此次脱险归来,可曾听说太子及二位亲王的下落么?"他稍稍提高声音问,期待的目光来回扫视着在座的客人。

也许大家一下子未能反应过来,厅堂里出现片刻的宁静。

"太、太子……"有人迟疑地冒出半句,又顿住了。大家循声望去,认得这人名叫汪惟效,北京失陷前任工科给事中,有着一张仪表堂堂的脸,不过,此刻却显得畏缩而紧张。

"汪大人请讲!"史可法立即客气地追问。

"哦,不,学生不晓得,不晓得。"汪惟效连忙推却说,随即做着手势,"大家讲,大家讲!"

"汪大人有话,直说无妨!"史可法盯住他不放。

"不……不……"汪惟效显得更加慌张,几乎要把那张仪表堂堂的脸缩进脖子里。

史可法的脸绷紧了,眉毛也竖了起来,看样子打算发作,然而终于又转向其他人。

"那么——"他没有表情地问,"不知哪位大人得知太子的下落?也不必确实知道,道听途说也无妨。"

"哦,学生知道。"一个胖胖的、名叫曾五典的中年官员说,但马上又摇着手,"不是学生知道,是今日前来贵部时,汪大人对学生说的。"

"曾大人,学生可不曾说过什么!"汪惟效急忙否认。

曾五典瞧了他一眼："汪大人何必过虑？史公适才已经说了,道听途说也无妨的。"说完,他又转向史可法,心情沉重地垂下头:"汪大人在京里时,曾听一内监说,太子及永、定二王已是不幸归天了!"

这消息如此突兀和惊人,不但史可法一听,急得猛地从座位上站了起来,就连陈贞慧也觉得心中一凉,仿佛浑身的血都停止了流动。

但是曾五典的说法立即受到了好几个人的驳斥。说也奇怪,别看这些人刚才还像泥胎木偶,可是一旦谈及他们的所历所闻,又表现得极其狂热和固执。

"非也!""此说不确!""太子非等闲之人,若为贼寇所害,京师必定广有传言,何以我等俱无所闻？"

"哎,据学生所知,太子及二位贤王不定已经脱身南来了呢!"一个老气横秋的声音不紧不慢地传了过来。

大家又是一惊,回头望去,发现说话的是工部主事蒋臣。这人长得又高又瘦,戴着一顶方巾,下面却奇怪地露出一圈寸许长的短发。原来他是剃光了头,装扮成和尚逃出来的,这会儿头发还没有长完全。

"嗯,请道其详!"重新坐到椅子上的史可法平静地说。也许经过刚才那一下失态,他已经意识到,在没有进一步查询清楚之前,对于这些消息还是保持冷静为宜。

"这个——"蒋臣转动了一下身子,随即用两只大手抓住椅子的扶梁,伸出了多筋的长脖子,神色郑重地说,"还是学生在临清坐船南下时,碰巧遇到的——前一日,学生在路上得遇内书堂的张太监,那时他已扮做了客商,一身青衣小帽。只因他与学生原是同里,故此认得。当下两人合雇了一辆车儿,走到临清换船。学生已到了船上,回身却见张太监直勾勾地望着先开的一只船。学生连唤几声,他才慢慢跟进舱来。问他做什么,他也不回答。到了第二日,才悄悄告知学生,昨日他看见前头那只船上有个人,十足就像太子!"

听蒋臣说得真切,大家倒有几分相信了,于是纷纷可惜张太监当时为何不把船叫住,又埋怨蒋臣为何不赶紧追上去。蒋臣只好解释说,当时那只船先开了,他本不知道;张太监又不敢叫破,生怕会有不测。而等他们赶到下一站时,那只船却不见了……

陈贞慧听到这里,虽然也为如此重大的一件事竟然失之交臂,感到十分惋惜。不过到底发现了一条很有价值的线索,只要弄清太子确实已经南来,寻访其下落应当不会太困难。他兴奋起来,回头一望,却意外地发现史可法神情十分冷淡,正目不转睛地注视着坐在左首最上方的一位官员。陈贞慧记得那位官员来得最早,但一直静静地坐着,没有说话。此刻,他的嘴角微微露出冷笑,对蒋臣的话似乎很不以为然。

"绳海兄,敢问有以见教小弟否?"史可法忽然招呼说。那位官员名叫张伯鲸,绳海是他的表字。他本是北京的兵部左侍郎,听说是最早逃出的一个,因为先回了一趟家乡泰州,所以直到这会儿才来到南京。

听见史可法询问,张伯鲸收起哂笑,捋着胡子,沉默了一下。等大家重新安静下来,他才用不高、但十分清晰的声音说:

"列位适才所言,似都未得其实。据学生所知,太子及永、定二王,此刻既未曾遇害,亦未曾南来,而是尚在京师,在流贼手中!"

说出这么几句之后,他似乎很明白必定引起大家的激动和疑问,所以先伸出一只手,示意众人少安毋躁,然后接着说下去:

"学生临出京前,曾藏匿于太监高起潜的外宅。这事是他亲口对学生说的——先帝当初曾遗命内监王之心、栗宗周、王之俊三人护太子及永、定二王出宫,往周皇亲府中求庇。其时天方破晓,太子叩门,无人答应,因贼已入城,情势危迫,只得分头藏匿。后来,王之心先死,贼寇搜索甚急,宗周、之俊二人惧祸,遂将太子及定王献出,惟永王不知所往。闻得闯贼尚未有加害之意,但亦不放行,已分送贼将刘宗敏、李牟处,严加监护。所以,谓太子已脱身南来,绝无可能!"

这么断然说了之后,停了停,看见大家都呆呆坐着,没有什么表示,他又补充说:"长公主一臂为先帝所斫,伤势甚重,据闻闯贼亦交刘宗敏收治,幸得不死……"

这最后一个消息,颇出乎大家的意料:怎么,那些杀人不眨眼的反贼流寇,还肯花心思为长公主治伤?不过,随后显然觉得,这种念头表示出来是要触忌的,甚至连只在心里想着,也不甚相宜。于是有好一阵子,大家愈加变得目瞪口呆,默默无语。

史可法的脸色却蓦地变了,眉毛竖了起来,腮帮的肌肉由于一再咬紧牙齿而抽动着,嘴角两旁的立纹也变得既粗且深。

"那么,列位尚有什么要见告学生的?"他厉声问,"若是没有,那么今日之会,暂且至此,有劳列位!"

说着,也不待众人回答,他就一拱手,站了起来。

…………

"岂有此理,那个张绳海,居然荒唐到替流贼卖起好来,真是糊涂之至!"片刻之后,史可法一边走回厅堂来,一边气呼呼地说。由于客人已经全部送走,他那压抑的怒气终于爆发了。

陈贞慧瞧了瞧主人,沉吟地劝解说:"张大人之意,似乎也并非如此。他只是就其所知而言罢了……"

"兄台休要代他辩解!"史可法粗暴地一挥手,随即转过身,往椅子上一坐,怒气不息地说,"兄台想过么,长公主的臂伤是谁人所斫?是先帝!张绳海这等说,岂非让人以为先帝刻而忍,而流贼反宽而慈。这、这简直是胡说八道!"

陈贞慧不响了。以他的复社领袖身份,应聘到幕里来办事,在主人面前,自然有相当的进言资格。不过,他却不想滥用这一点。事实上,他早就发觉,自从得知北京陷落的噩耗之后,素以精明干练著称的史可法,脾气明显地变了,变得冷静、宽容少了一点,急躁、严刻多了一点,常常碰上个小事就毫无必要地发很大的火。陈贞慧也明白,这是由于心灵深受刺激,极为痛苦的缘故。说起来,京师是在三月十九日陷落的。而南京的文武大臣们却一直徘徊观望,拖到四月初一才决定誓师勤王,其情报之闭塞,行动之迟缓,都到了可笑的地步。而作为最高军事长官的史可法,在这件事上自然负有主要责任。虽然尚未有人公开就此提出责难,但明睿而又忠诚的史可法决不会不明白这一点,不可能不为自己在京师最危急、皇上最绝望的时刻竟然毫无行动,甚至不曾发出一兵一卒前往救援,而感到深深的自责,从此背上了强烈的罪孽感。正是这种内心的折磨,改变了他的性格。可是陈贞慧认为,事情既然到了这一步,如今江南地区的安危,以至大明王朝的存亡绝续,几乎都维系在史可法的身上,并迫切地等待他作出清醒的、正确的决策时,过深地沉溺于这种情绪不仅没有必要,而且还十分有害。他一直打算向对方恳切地进言一次,总是找不到适当的机会。这一次也同样。本来,他试图就张伯鲸这件事再说上几句,但话到嘴边,却变成了:

"哦,万大人已经来到。现正在签事房候见。"

"他——来干什么?"史可法绷着脸问,显然尚未从气恼中摆脱出来。

"这……不是大人传他来见的么?"陈贞慧微感错愕地说。

史可法不响了,但无疑醒悟过来,而且意识到刚才过于冲动。终于,他"嗯"了一声,站起来,向外走去。刚跨出门槛,又站住了。他迟疑了一下,转过身来吩咐说:

"烦兄台着人去问一下,适才那几个官员,他们逃难南来,可有什么困窘为难之处,能办的尽量替他们办一办!"

说完,这才迈开步子,向签事房匆匆走去。

第 二 章

一

陈贞慧所说的"万大人",就是南京兵部职方司郎中万元吉。此人不久前奉派到江北的扬州去视察军情,于昨日回到了南京。史可法因为急于了解那边的情形,所以让陈贞慧连夜传催,要万元吉今天就来部复命。

说起来,这又是一件令南京的留守大臣们焦虑头痛的事。本来,北京陷落之后,面对农民军乘胜南下的威胁,已经足够令他们这帮孤臣孽子恸哭奔命,席不暇暖。谁知,一向被倚为江南屏障的淮扬地区,眼下又陷入了极大的混乱之中。这种混乱,如果是由于"奸民"乘变造反,倒还简单,无非严加镇压就成了。偏偏带头闹事的,却是负有保境安民责任的明朝军队本身,这就弄得大家惟有摇头叹气,一筹莫展。

当然,若说这种动乱同整个事变毫无关系,那也不确切。事实上,要不是两个月前,明军的精锐主力在潼关全线崩溃,那么一向在西北地区同农民军作战的总兵官高杰,就不会率领十余万残兵败将仓皇东窜,横冲直撞地进入江淮地区;同样,要不是北京的轰然陷落,驻守在山东的另一名总兵官刘泽清,也不敢擅自放弃防区,强行龟缩到淮河以南来"就食"。本来,为着抵御农民军的进攻,江淮一线确实需要重新调整军事部署,这共约二十万人的两支军队同时到来,未始不是一件好事。然而高杰和刘泽清二人却偏偏极其桀骜强横,他们手下的那批军队更是纪律败坏,贪暴成性。一路上,他们就是凭借烧杀抢掠逃下来的;到了江淮地区,仍旧毫不收敛,到处打家劫舍,掳掠奸淫,把地方上闹得鸡飞狗跳,叫苦连天。在劝阻无效的情况下,各地官府迫于士民的强烈要求,只得纷纷起而自保,或者关闭城门,拒绝他们进入;或者在他们四出作恶时,合力加以剿杀。这么一来,双方的关系可就闹得异常紧张。现在,刘泽清的兵马正徘徊于天长、六合一带,意向难测;至于高杰,则看中了扬州地区的富庶繁华,已经悍然挥兵南下,企图霸占这片地盘……

史可法是在不断接到来自江北、特别是扬州的大量告急文书之后,迫不得已派出万元吉前往视察的。现在,从汇报中,他得知目前双方仍旧僵持不下——高杰执意要进城驻扎,扬州官民则断然拒绝。经过万元吉的尽力调解,情况算是稍有缓和。虽然短期内难以达成妥协,但看来不至于急剧恶化。于是,史可法也就稍稍松了一口气,暂且把江北的事务放下,回过头去,继续为物色新皇帝和组建新朝廷苦心筹划去了。

作为身居高位,并对救亡图存的全局负有重责的一位大臣,史可法也许只能、而且应当这样处置事情。不过说到居住在江北、生命财产正受到严重威胁的广大老百姓,情形可就完全是另一个样子。如果说,扬州城里的居民还能凭借高壁深池设法坚守的话,那么居住在县城和乡镇里的士民,便只有吓得魂飞魄散、乱作一团的份儿。特别是有点产业的大户人家,更是纷纷打点细软,举家出逃,争相到江南去躲避风头。就连与史可法颇有交谊的冒襄一家,眼下也正处于颠沛流离的艰难境遇之中。

冒襄和他的家人是四月二十三日离开如皋,沿着陆路向南逃难的。经过两天的跋涉,如今已经来到靖江县的长江边上。作为如皋县的首富,他们这一次举家出逃,人丁和行李的负担,较之一般难民自然要吃重得多;而且不用说,成为盗匪们的抢劫目标的可能性也更大。因此,为着保险起见,冒襄已经于昨天,把父亲和即将临产的庶母刘氏,先行秘密送往江南。剩下母亲、妻儿、近百名男女仆人,以及大批箱笼行李,则分乘用重金雇来的十艘大船,由冒襄亲自掌管,准备于次日启程过江。

已是傍晚时分,苍茫的暮色,正从天东的大海那边升腾起来。但西方的地平线上,那一轮即将隐没的夕阳,还在散发着明亮而柔和的余晖。这一带,本是孤立于江心的一个沙洲,由于接近出海口,江面陡然开阔,水流也随之缓慢下来,久而久之,不断沉积的泥沙便使沙洲北面的航道变得越来越窄,越来越浅,渐渐同北岸连接起来。现在,沟洫纵横的洲渚上,已经垦出了一片一片的稻田,聚起了一个一个的村落。芒种已过,端午将临,在夕阳的映照下,稻田里的簇簇秧苗,仿佛展开了一片墨绿色的、闪着金光的地毡,显得那样宁静,那样旷远。每当江风吹来,秧苗就轻轻摆动着,把一层一层的轻浪,向天边远远地传送开去。这时,河汊上、田塍里的水面便荡漾起来,晚霞的倒影被搅乱了,于是又平添了几许变幻,几许缤纷……

这一路行来,虽然还算顺利,而且此刻周遭的景色,又令人颇为心旷神怡,但是冒襄却丝毫不敢大意。因为这些年走南闯北的经验告诉他,世道人心已经变得空前败坏,特别是在这种动乱的当口,对于他们大户人家来说,到处都隐伏着随时可能突发的仇恨和杀机,任何一点疏忽大意,都会招致飞来横祸。所以,用过晚膳之后,冒襄特地领着几个亲随,再一次四处巡视一遍,直到证实各条船上的情况并无异常,那临时雇来充当护卫的二百名本地村民,也都三五成群地分散在船队周围,老老实实地呆着,他才重新走回来。虽然已经颇为疲倦,但当想到还不曾向母亲道晚安,他便又振作精神,挥退仆从,独自走过中舱去。

冒襄的母亲马氏,是一位心地慈和、乐善好施,但又十分胆小的老妇人。长期的养尊处优,使她变得经不起任何风浪,一点点动静,就能把她吓得要死。两年前那一次,冒襄的父亲冒起宗奉调前往湖北襄阳,去做左良玉的监军。如果当时不是马夫人日夜哭泣,生怕丈夫就此断送了性命,冒襄也许就不会千方百计地奔走请托,乞求朝廷把父亲调离剿"贼"前线,他本人也不会因此招致舆论的非议。但作为儿子,冒襄当然不会因此责怪母亲。不过,这一次逃难,老太太是否受得起颠簸惊吓,会不会弄出什么病症来,可就成了冒襄最担心的事。所以一路之上,他哪怕再忙再累,每天总要上马夫人跟前探视上三四回,说上些宽慰的话,直到老太太安静下来,脸上重新有了笑影,他才放心离开⋯⋯

现在,冒襄已经踏入中舱,映入眼帘的景象使他不由得一怔。炕床上,马夫人身上裹着一床被褥,蜷缩在角落里。她那张美丽的、有着端正鼻子和淡淡眉毛的椭圆脸,现出恐怖的神色,身子还在微微发抖。春花和春桃两个丫环,紧紧地护持在她的身边,春花手里还拿着一把剪刀什么的。在她们的紧张注视下,丫环春燕和春英则全身俯伏在炕前,把耳朵紧贴在舱板上,聚精会神地倾听着什么。

"母亲,这是⋯⋯"冒襄莫名其妙地问。

马夫人惊慌地抬起头,瞥了儿子一眼,却不回答,只是焦急地追问伏在地上的丫环:"怎么样,你们可听见了?"

"禀太太,婢子不、不曾听见。"长着一张胖圆脸的春燕抬起头来,迟迟疑疑地回答。

"怎么会听不见!'笃笃笃笃',我刚刚听得一清二楚!"马夫人发急地坚持,"快点,再听听!"

春燕不敢违拗,重新把耳朵贴了下去。

"到底是怎么回事?"看见母亲张皇失态的样子,冒襄只得转向护卫在她身边的春桃。

"禀大爷,太太适才在炕上睡着,听见'笃笃笃笃',怕是有歹人藏在下面,所以命婢子们察看。"

"什么,歹人?"冒襄吃了一惊。说实在话,在靖江一带,他们本来就人生地疏,加上这十只大船又是临时雇用的,虽然经由乡中的粮长作保介绍,毕竟摸不清底细。如果舱底下当真藏着有人,那决不会是什么好事。所以,他顿时紧张起来,也顾不上主子的身份,连忙跨前一步,跪倒在舱板上,贴着耳朵,凝神倾听。

然而,听了好一会,除了身畔两个丫环的呼吸之声外,舱板下静悄悄的,没有任何响动。

"唔,莫非母亲听错了?要不,就是下面的歹人已经知觉,所以这会儿都蛰伏不动?"这么一转念,冒襄不禁愈加着慌。有片刻工夫,他直起了腰,却忘记站起来,只是紧咬着嘴唇,心急火燎地盘算该如何处置才好。"啊,这么说,他们是早就串通好,来算计我们的,就连这船上的艄公,也都是贼伙!这可怎么办?说不定他们今晚就要动手。幸而发觉得早!但是他们到底有多少人,打算怎么干?——今番可真是倒了大霉!不成,我得赶紧去叫人,还不能打草惊蛇。但是……"

"听,又来了!笃笃笃笃,笃笃笃笃!"马夫人又惊叫起来。

冒襄错愕了一下,连忙重新伏下身去,竖起耳朵细听。可是,同刚才一样,仍旧听不到舱底下有任何声音。

"嗯,你们听到了么?"他问伏在旁边的春燕和春英。

"没有。""没有听见。"两个丫环摇摇头,轻声回答。

"啊,又来了,笃笃笃笃,笃笃笃笃!"马夫人又叫。

冒襄瞧了老太太一眼,不由得暗暗吁出一口气。他略一踌躇,迅速站起身,朝舱门外一指,对丫环们说:

"去,让外边马上把船婆叫来!"

春桃低头答应着,走了出去。不大一会,身强体壮,长着一双大脚的船婆匆匆来到中舱。

"不知太太、大爷呼唤,有何吩咐?"她行着礼问,黧黑而圆实的脸上赔着微笑。

"你把这个揭开,"冒襄指了指舱板,"我们要看看!"

船婆眨巴了一下眼睛,分明感到意外,但看见冒襄板着脸,她就没敢多问,答应一声,弯下腰去,熟练而迅速地揭起了舱板。

冒襄目不转睛地监视着,"唔,你下去给瞧瞧,看藏着什么东西没有?"他命令说,随即朝身边的春燕做了个手势:"打灯给她!"

这么吩咐了之后,他就绕开舱洞,走到炕边,把马夫人轻轻扶起来,安慰地说:"母亲且过来瞧一瞧,下面确实并无歹人藏着。孩儿就睡在隔壁舱里,若真有什么,即时便会知觉。母亲只管放心安歇好了!"

马夫人起初还畏畏缩缩,经不住儿子再三劝说,终于挪近前来,朝炕前那个被灯光照亮的舱洞探出头去。直到看清楚里面确实空空荡荡的,除了刚才下去的那个船婆和两块压舱的大石之外,再没有什么东西,她才"嗳"的一声,透过气来,斜靠在春桃的身上,用手轻轻拍着心窝,衰弱地闭上了眼睛。

二

"是的,也许这一次,我们真该留在如皋,而不该出来逃什么难!"冒襄站在舱门口,默默地想。这当儿,他已经把总算安静下来的母亲,服侍到炕上睡下,并吩咐丫环小心伺候,自己退到外面来。

对于这一次举家出逃,就内心而言,冒襄并不是那么情愿的。

相反,出自震惊于亡国大祸终于临头,除却拼死一争别无生路的强烈冲动,在得知北京失陷的噩耗之后,他首先想到的是:必须尽快前往南京,全力以赴投入重建王朝的紧迫行动之中。他估计,社友们此刻必定已经齐集南京,并且正盼望他前去。事实上,自从前年因为奔走父亲调职的事,受到舆论的非议以来,冒襄一直在暗中憋着一股劲,决心以令人折服的行动,来洗雪自己所蒙受的误解和羞辱。但是高杰举兵南下的消息,却打乱了他的计划。因为作为独生儿子,在这种情势下,他除了继续留在如皋,守护父母和家业之外,不可能有别的选择。本来,据他的估计,如皋僻处海边,高兵未必就真会骚扰到那边去,只要等上几天,风声一过,他仍旧可以走。谁知,母亲和妻子偏偏怕得要死,惶惶不可终日,加上左邻右舍的人家纷纷出逃,最后弄得连父亲也沉不住气。一家人才又极其匆忙地收拾行李,星夜逃了出来。"可是,这么一折腾,我就不知何时何日才去得成留都了!社友们在那边等不见,必定以为我冒襄当真是个胆小自私、言行不一的人了!虽说将来见面时,我还可以解释,但他们会相信吗?哎,会相信吗?"正是这种隐藏的焦躁,使冒襄一路上都感到心烦意乱,摆脱不开。特别是当他发现,离开如皋之后,偌大一家子人孤立无援地暴露在荒僻生疏的野地里,危险其实更大,他的心情,就变得更加懊恼和别扭了……

"大爷,奶奶在哭呢,请大爷过去瞧瞧吧!"一个女人的声音在旁边急切地说。

冒襄怔了一下,转过脸去——一张白色的、模糊不清的脸出现在黑暗中。根据声音,他辨出那是妻子的贴身老妈子冒贵媳妇。

"奶奶——怎么啦?"冒襄皱起眉毛,不悦地问。

"大爷,奶奶在哭呢!"老妈子闪着一双眼珠子,小心地重复说。

眼下,船上是这么安排的:马夫人住中舱,冒襄同侍妾董小宛住前舱,而奶奶带着两个儿子则在后舱就寝。晚饭之前,冒襄已经到后舱去探视过,这会儿本不准备再过去。但冒贵媳妇的报告使他到底放心不下,只好勉强转过身,再次走过后舱去。

老妈子自然不敢扯谎,奶奶苏氏——一位虽然长得不漂亮,但自有一股娴淑气质的大家女子,手里拿着一条手绢,正在那里默默地抹眼泪。她双腿并拢,靠坐在炕桌旁,一抹淡黄的灯光勾画出那微见发胖的身形。由于抽泣,她的双肩一下又一下地耸动着,投射在舱壁上的巨大影子也随之不安地上下摇晃。

看见丈夫走进来,苏氏似乎有点意外,随即急急地避开了冒襄的目光。

"你——这是怎么了?"冒襄走近去,疑惑地问,同时瞥了一眼已经在炕上熟睡的两个儿子。

苏氏摇摇头,使劲地咬住嘴唇,但泪水却冒出了眼眶。

"到底是怎么了?好端端的,哭什么?"冒襄稍稍提高了声音。

苏氏仍旧没有回答,却突然呜咽起来,似乎怕声音传到外面去,又赶紧用手绢捂嘴。

冒襄不由得皱了皱眉毛。这位苏奶奶,本来也称得上温良贤淑,安分随和,可有一样,就是秉性沉默,有什么事,总是自己藏在心里,轻易不肯吐露,甚至对丈夫也是如此,弄得冒襄常常一筹莫展。不过,正因为这样,冒襄反而有点担心起来。他望着哭个不停的妻子,正想耐下性子,继续追问,站在旁边的冒贵媳妇说话了。

"大爷,奶奶是不放心两位小少爷,所以伤心呢!"停了停,看见冒襄似乎没有听明白,她又补充说,"本来呢,要是昨儿个老爷动身时,让两位小少爷也跟了去,这会儿只怕都已平平安安到江南了!"

平日最摸得透苏氏心思的,大约就要数她的这位贴身老妈子。所以冒襄听她一说,便不再追问了。是的,考虑到目前江北一带,已是盗贼蜂起,为着安全起见,昨天冒襄好不容易才说服了父亲,让老人不随大队一起行动,而是打扮成普通百姓,由几个得力亲随护送,穿越靖江县城,从另一个地点先行秘密过江。当时,妻子曾经提出让两个儿子也一起走,但冒襄不想给父亲增加累赘,没有答应。不料直到这会儿,妻子仍在为那件事想不开。

"你今儿怎么了?"他不高兴地说,"不是告诉你吗,这一次是怕出事,才让父亲先走的。路上须得避开歹人耳目,怎么能带许多人?你不见,连老太太都留下了么!"

"可是……刘姨太……倒跟去了!"苏氏抽抽搭搭地说,有点愤愤不平。

这一次老父微服先行,把姨太太刘氏也带上了,确是不假。但那是考虑到刘姨太已经怀孕九个月,即将临产;而且据名医诊过脉,说她怀的很可能是个男胎。他父母到目前为止,还只有冒襄一个儿子,人丁未免太弱,所以不管是老爷还是老太太,对刘姨太这一次生育,都寄予了颇大的期望。冒襄自然懂得父母的心意,因此特地作出这样的安排。结果,父母都没有表示异议,而冒襄本人更自以为这是一种高尚的、合乎孝悌准则的做法。

"为何让刘姨太跟着去,这道理你莫非还不明白?她说不准哪时哪刻就要生了,万一受到惊吓,动了胎气,可不是闹着玩的!"

"可我们这两个,大的才只五岁,小的还未断奶,相公莫非就不管了?"由于担心两个宝贝儿子的命运,泪眼汪汪的苏氏破例地同丈夫争辩起来。

冒襄看了她一眼,不由得也冒火了。他呵斥说:"怎么不管了?莫非我丢下你们跑了不成?这两日,为着全家都能平安过江,我都做了些什么,你知道不知道?"

"不,妾不知道!"苏氏固执地呜咽说,"妾只知道,若然两个孩儿有个三长两短,妾也不想活了!"她一边说,一边把身子伏在炕桌上,悲苦地、绝望地号哭起来。

看着妻子不可理喻的样子,冒襄觉得脑袋一下子涨大了,浑身的血也翻腾起来。与此同时,这些天来一直在心中积聚、发酵的那股子懊恼,也变得无法控制。"好啊,我本来就说,不要逃,用不着逃的。可是你们偏不听,偏要逃。如今逃出来了,你们又是这样子!你们到底还要怎么样才成?莫非除了应付你们这些婆婆妈妈的事,我这一辈子,就再也没有别的好干了吗!"有片刻工夫,他在心中激怒地吼叫,只是由于尚未丧失的一点理智提醒他:眼下是在船上,母亲又在隔壁刚刚睡下,他才竭力克制住自己,没有当真吼出声来。但是,翻滚不息的怒气却逼使他不能不有所发泄。于是他猛地挥起巴掌,把炕边上的一个针䈩簸箩"哗啦"一声,扇到了地上。

这么一来,睡在炕上的两个儿子被吵醒了。小的一个首先划动手脚,呜呜哇哇地啼叫起来。大的一个也拭擦着惺忪的睡眼,糊里糊涂地坐起了身子。苏氏顿时停止哭泣,匆匆站起来,在丫环的帮助下,先把小的一个抱在怀里,一边低声哄着,一边兀自用手绢拭擦着脸上的眼泪和鼻涕。旁边的冒贵媳妇也急忙过去帮忙,把大男孩重新按倒在枕头上,轻轻用手拍抚着。不过,男主人的发怒显然使老妈子很害怕,尽管她嘴里机械地喃喃着,像是在哼一首催眠的歌谣,却什么声音也没发出来,只是不歇地斜起眼角,惊恐不安地窥伺着。

看见妻子又抬起那张被泪水弄得一塌糊涂的粉脸,可怜巴巴地望着自己,冒襄稍稍冷静下来,但内心的苦恼和困惑,却变得更加混乱和沉重了。尽管他很想再激烈地发泄一通,以消解心中的窒闷,然而定一定神之后,竟不知道该做些什么。于是,他把袖子一拂,铁青着脸,跨过滚了个满地的线团、顶针和剪刀之类,大步向舱门外走去。

三

正当冒襄为着安抚母亲、训责妻子而奔忙于中舱和后舱的时候,在他下榻的前舱里,侍妾董小宛正由丫环紫衣相帮着,悄悄地忙于烧水、洗盏和烹茶。

董小宛是前年底嫁进冒府来的。像一只漂泊无依的燕子,终于找到温暖的巢那样,这一年多,董小宛心中一直充溢着前所未有的宁帖、满足和幸福。她觉得,主宰命运的神明对她实在太仁慈了,不仅让她得到了一位令多少女子为之嫉羡的如意郎君,而且给她安排了这么一个高贵而宽厚的家庭。老爷和太太不必说,他们的好意常常使小宛感动得直想哭;就连那些个仆妇、丫环们,待她也十分友善。不过最难得的是奶奶苏氏,非但没有半点嫉妒之意,而且从一开始就由衷地欢迎她,真心地爱护她,完全像一位可敬可亲的大姐姐。这一切,都使董小宛仿佛进入了祥光照耀的天堂,愈加觉得以往那一段风尘岁月,简直是一场可怕的噩梦。的确,虽然只是短短的十多个月,但她同心爱的丈夫在一起,生活过得有多么舒坦和惬意呀——品茶、赏月、制香、插花、编书、写画、烹饪,凡是以往曾经梦想过,或是梦想不到的种种美妙境界,她几乎都经历到、享受到了。有时候,她简直禁不住问自己,这一切难道是真的吗?啊,是真的吗?自然,随后她又会热泪盈盈地暗自回答:如果是幻境的话,那么就求老天让我把这场梦做下去,永远也不醒转来。

然而,也许因为这一切太幸福、太完满了,结果,新的磨难又降临了。最令她发憷的是:自从酝酿要举家逃难的一天起,董小宛就发现,丈夫对她的态度开始有点变了。虽然每天晚上仍旧回来同她一起过,但烦躁、冷淡、易怒越来越明显地从他的言谈举止中表露出来。董小宛也知道,冒襄之所以这样子,主要还是外间出了大乱子,把他弄得十分紧张和劳碌的缘故。不过,她仍旧惴惴不安,生怕自己什么地方出了错,或者侍候不周,招致丈夫的恶感,甚至疏远。所以这些天,她一直想方设法迎合丈夫的喜好,力图让丈夫在自己身边,能过得顺心一些,舒服一些。今天,眼见冒襄又是一个劲儿地忙里忙外,直到天都黑齐了,仍旧歇不下来,她便想到应当"烹茶以待",好让丈夫回来后,小尝数盏,消除一下疲劳。

现在,一坛子特意从家里带出来的上好甘泉已经提到舱中,用一个托盘盛着的两只尖脚宣德茶盏、一把小巧的紫砂茶壶,以及几样点茶用的果品——榛子、鸡豆和红枣,也连同茶洗一道,摆开在炕桌上。可是,董小宛却尽自踌躇着。直到铜铫里的水,在红泥火炉上发出嘘嘘的轻响,她仍旧下不了决心动手沏茶。

说来,也难怪她有点胆怯。因为作为顶会享受的一位富家公子,冒襄对于品茶之道,一向极其讲究挑剔。不仅选料要务求精美,茶具要极其雅洁,而且洗茶、候汤、烹沏等,都有一套严格的程序和法门,加上冒襄对自己的烹茶本领一向十分自负,轻易不肯让别人代劳,总觉经旁人的手所沏的茶,很少能令他满意,所以董小宛进门一年多,别的许多事她都能帮着或者代替丈夫做,惟独这沏茶,她一直没有参与的机会。今晚,她背着丈夫自行动手,能否获得首肯和喜欢,可是一点儿也吃不准。万一弄糟了,自己挨几句奚落不打紧,若是败坏了丈夫的兴致,那就有违自己的本意了。

"娘,怎么还不动手?瞧水都要开了!"一个轻柔的声音在耳畔催促说,那是丫环紫衣。

董小宛回顾了一下,发现那女孩儿正忽闪着一双明亮的眸子,关切地瞅着自己。这个紫衣,本是奶奶苏氏房里的一个管事的丫环,为人聪明伶俐。一年前,因为董小宛初来乍到,身边需要一个通晓上下细务的人辅助点拨，冒襄才点着名儿向苏氏要了她。难得紫衣过来之后，对新主人一样的尽心服侍。所以此刻蓦地一见，董小宛倒生出了一个主意。

"紫衣，你在相公身边服侍了好些年，相公的烹茶规矩，你必定是知道的了？"她问。

"这个么，婢子也不敢说知道。"紫衣谨慎地回答，"只是以往爷同奶奶在房里品茶，多半都是命婢子在旁侍候的。有一阵子，奶奶也想学着沏茶，便求爷教她。那时爷兴致也高，倒认认真真说过好几回。后来奶奶到底没学成，从此爷也绝口不说了。"

"当时相公怎么说，你可还记得？"

"这……婢子虽则也在旁边听着，只怨心思笨，怕记不全。"

"嗯，那么不须你说，只要你听听我说的，同相公当日说的，可是一样？"

紫衣点点头，又迟疑地问："娘这是……"

"哎，你且用心听着呀！"董小宛兴冲冲地打断说，然后，就侧起脑袋，一边思索，一边说起来："这烹沏之法，古今不尽相同，如宋朝盛行茶饼，如今已不时兴，所以也不必说它。今时烹茶，择品必须名贵，取水必须甘泉，这自然是第一要紧的。若这二者俱备，那就须看烹沏的功夫了。这烹沏之法，最考人的，一是候汤，二是洗茶。先说候汤，这沏茶之水，必须用活火先煎，待它沸后，再用缓火慢炙。所谓活火，便是见焰的炭火。煎水至有泡沫上翻叫做'一沸'，见四周水泡不断翻起叫做'二沸'，大翻大涌叫做'三沸'。'一沸'时水尚太嫩，'三沸'水又太老，都不合用，总以'二沸'前后为宜。"

说到这里，董小宛便停下来，瞧了瞧丫环。见紫衣点着头，没有异议，她才接着说下去："再说洗茶之法，亦甚要紧，必须待沸水稍温之后，方能下茶，太沸则有损茶味。洗时以竹箸夹茶，放入缸中，反复荡涤，除去尘土及黄叶老梗。洗净后用手拧干，放入缸中盖好,少待片刻,然后打开,见叶已转青,香气透发,即用沸水泡沏。不过这当中,又有冬夏之分。夏日炎热,故须先注水后下叶;冬日天寒,则须先下叶后注水。皆因水之温热稍有不合,便会使茶味即时受损,所以最考功夫,万万不可大意!"

这么一口气说完了之后,董小宛反过来问:"我适才说的,与你向常听相公教奶奶的,可有不对之处?"

紫衣没有立即回答,她用一根指头点着腮帮子,仿佛还在心中仔细核对。终于,她抬起头,笑着说:"娘,真亏了你!平日里也没见爷向娘说,也没见娘问爷,怎么娘适才说的,同婢子前几年听爷说的,倒像是不差一分一毫!"

"嗯,你再仔细想想,可有漏掉的没有?"董小宛不放心地问。

紫衣摇摇头:"若有别的,就是爷还对奶奶说了许多茶的来历、名目和烘焙的法儿。据婢子想,那些与沏茶怕不大相干。"

董小宛"嗯"了一声,"那么,我们试着沏上一壶,瞧瞧成不?"说着,她就按照刚才所说的程序和要领,动起手来。很快地,一壶茶沏出来了。这当儿,紫衣已经把茶盏洗涤干净,用布抹干,又拈起两粒榛子,放了进去。

"现在,你且尝尝,这一泡滋味如何?同相公平日沏的,可有两样?"董小宛一边擎起砂壶,朝盏里注茶,一边说。

"啊,娘是说,让、让婢子尝?"吓了一跳的紫衣眨巴着眼睛问。

"不错。你以往长年跟着相公和奶奶,自然比我更知道他们的口味。就是这沏茶,你也比我见得多,尝得多——不要推让了,快尝尝吧!"董小宛催促说。

"这可使不得!婢子怎能让娘给婢子沏茶?再者,婢子又怎替得了爷的口味?"紫衣十分惶惑,始终不敢伸手去拿茶盏。

"哎,这里又没有外人,你我只当是姐妹罢咧,何必分什么尊卑!况且,你虽替不得相公的口味,但我只要你尝尝,这茶同相公向常沏的,可有两样? 嗯,快点儿,相公不定就会回来了!"

看见董小宛态度十分真诚,紫衣不敢再推让了。她诚惶诚恐地捧起茶盏,凑在嘴边,呷了一小口。

"怎么样?"由于丫环好一阵子不说话,董小宛不禁紧张起来。

"婢子觉着,像是、像是有点儿不一样。"

"啊?"董小宛的眼睛霎地睁大了。

"啊,婢子觉着,这茶入口又香又滑,比爷沏的,滋味像是更、更好……"

"什么,更好? 这怎么会?"

"婢子不知,婢子只是这么、这么觉着。嗯,真的!"

董小宛不说话了。丫环的话,使她半信半疑,但接着就想到了:紫衣平日所喝到的,多半是主人喝剩下的残茶、冷茶,比之自己刚才精心烹沏的这头泡茶,滋味自然要差得远,难怪她有这种感觉。"这么说,刚才倒是白让她试了一回,其实当不得真的!"她暗自苦笑。不过,脸上却没有流露出来,只是摆一摆手说:

"罢了,好也罢,歹也罢,这壶茶我们留着自己喝。快快把水再煎起来,等相公回来再张罗,怕就来不及了!"

说着,她拿起另一把茶壶,重新动起手来。

"娘,"待到铜铫子里的水,在茶炉上再度发出轻响的时候,沉默了好大一会儿的紫衣忽然回过头来,用带哭的颤声说,"你待婢子这么好,可是、可是,婢子却对、对娘不起……"

董小宛不由得一怔:"你说什么?"她疑惑地问,停止了洗涤茶盏。

"是、是的!"紫衣使劲地点着头,"婢子向奶奶说过娘的好些坏话……"为了止住呜咽,她使劲地咬住嘴唇,低下头去,但马上又抬起来,痛苦地、眼泪汪汪地望着董小宛。

"向奶奶说我的坏话,你? 为什么?"董小宛惊愕地问。

"这、这是——这是奶奶命婢子这么做的,她、她怕娘把爷带、带坏了!"紫衣吞吞吐吐地说,随即又赶紧摇着手,"不过,奶奶也是一番好心,她只是听婢子说,她自己可从来不曾说过娘不是!总之,总之婢子不说娘的坏话了,再也不说了!"由于内疚,也由于不知道这么说了之后,会有什么后果,她终于忍不住掩住面孔,出声地呜咽起来。

董小宛却像当头挨了一棒似的,呆住了。事实上,直到刚才,她还在为自己得到了这么一位如意郎君,这么一个高贵温厚的家庭,特别是遇到这么一位贤惠可亲的奶奶,感到无比的幸福。而自己进门这一年多,一直也是恪守闺范,敬上和下,一举一动都小心翼翼,惟恐做出与这个高贵家庭的身份不相称的举动来,更别说敢有半点带坏丈夫的邪念。然而,看来人家其实仍旧不相信,别看面子上亲亲热热,一团和气,就像不分彼此的一家人,但暗地里仍旧把自己看做是一名下贱的、不可信任的青楼女子!董小宛觉得仿佛从天堂般的美梦中惊醒过来似的,祥光照耀的景象模糊了,缭绕在眼前的,是一片雾样的茫然。

"橐、橐、橐",一阵有节奏的声音从船的尾部传了过来,船身也发生了轻微的摇晃。"那是什么?是脚步声,是相公——啊,相公回来了!"董小宛蓦地惊醒过来。与此同时,正跪在舱板上的紫衣那呜咽流泪的样子,映入了她的眼帘。董小宛一下子惶急起来,连忙一把扯起丫环,低声命令说:

"千万不能让相公瞧见了,知道吗?快去,把脸擦一擦!"她把丫环往角落里一推,随即转过身,挡住了灯光。

很快地,冒襄掀开门帘走了进来。他没有发觉舱里发生的事情,甚至也没有朝侍妾和丫环看,只有炕桌上摆开的茶具,稍稍引起他的注意。

"哼,什么时候了,你们还有闲心摆弄这个?"他皱着眉毛,没有好气地斥责说,"快点,都给我拿走!"

挥一挥手之后,他往炕上一坐,连直裰也不脱,就仰靠在枕衾上,精疲力竭地闭上眼睛。

四

位于长江南岸的泛湖洲,是聚居着百来户人家的一处大村落。那一带的田地,绝大部分都属于一位姓朱的员外。冒襄一家同朱家本是世交,多年以来一直保持着密切的来往。由于泛湖洲同靖江县的尽东头正好隔水相望,而且从那里到江阴县城也不太远,所以这一次逃难,冒襄便事先派人同朱家取得联系,准备把泛湖洲作为过江后的落脚点。

虽然母亲马夫人的过分惊惶,以及奶奶苏氏的不明事理,使冒襄本来就懊恼烦躁的心情,又平添了一重困扰,但到了第二天一早起来,他便把一切都抛到了脑后,开始抖擞精神,为启航过江而全力以赴忙碌起来。

也难怪冒襄不敢懈怠,因为尽管朱员外已经捎回口信,许诺在他们过江时,派出人丁到江边来接应,但这一带可不比上游的瓜州渡口,不仅江面开阔得多,来往的客船十分稀少,而且地段荒僻,官府的势力管束不到,向来是盗贼啸聚出没的处所。如果说,离家之后这两天,还算平安无事的话,那么却难保贼人不会把动手的地点,选择在大江之上;更别说江面上风高浪急,还得提防诸如覆舟翻船一类的事故了。正因为意识到这是整个行程中最为艰巨、充满风险的一关,而眼下除了寄望于神明护佑之外,可以说别无依仗,所以,当冒襄跨出前舱的时候,有片刻工夫,他的心情甚至变得更加危惧重重了。

现在,他已经来到船头的甲板之上。七八个管事头儿,在不久前升任为总管的老仆冒贵带领之下,已经在那里等候着。看见主人来了,他们都纷纷站起来,恭敬地行礼、请安。

冒襄点一点头,算是回答,随即转动着眼睛,向四面打量了一下。他发现,昨夜里紧挨着停靠在一起的十只大船,都安然无恙地排列着。船篷与船篷之间,已经活动着好些人影。更远一点,在烟波浩渺的江面上,昨宿的雾气正在散去,那起伏流淌的暗绿波纹,又在晨光中显现出来。而在水天相接的东尽头,初升的太阳刚刚离开水面,又匆匆躲进了横亘在它上方的灰色云层之中,只在云与水之间,留下了一道狭长的、蔷薇色的光带,使得这个初夏的早晨,显得有点晦暗阴沉。远处的村庄那边,喔喔的鸡鸣随着料峭的晨风,此伏彼起地吹送过来,更平添了一种凄清寥廓的意味……

"嗯,昨天夜里,可有什么事没有?"冒襄终于回过头来问。

"没有。""启禀大爷,没有什么事。"仆人们错杂地回答。

"真的没有?"冒襄重复地问了一句,不仅是出于不放心,也是为着提醒仆人们不可有松懈情绪。

"禀大爷,昨天跟着沈三过江去的人回来了。"一个名叫冒福的中年仆人说。

"噢,怎么样?"冒襄连忙追问。

"他说,车子已经雇到,今日准在江边守候,随时接应。"

考虑到今天过江什么意外的事故都可能发生,为着保险起见,冒襄在昨天特别作出上述的安排,为的是供行动不便的母亲、儿子和妻妾们到时用以代步。虽然有人认为,江那边已经有朱家的人接应,另行雇车未免多余,但冒襄却坚持这么做。"谁知道朱家人是不是一定会来,而且也不知道是否联络得上,还是稳妥一点为好!"他想。所以,听说事情办妥,他的心情也稍稍安定了一点,于是回过头去,望着冒贵,问:

"嗯,今日过江,什么时候才能开船?"

"禀大爷,小人已问过船家。船家说,今日是小潮,这会儿潮水已经上来了,须得赶早开船才好。"冒贵似乎早就等着这一问,马上垂着手回答。

冒襄"噢"了一声,这才发觉,船身果然有点摇晃,像是已经浮了起来。他自然知道,这一带接近长江出海口,江水的消涨,受潮汐的影响很大,要是错过了时辰,船只不仅起不了锚,也靠不了岸。他不敢拖延,马上做了个手势,把仆人们招拢来,开始就过江的事宜作出布置,其中包括哪只船先开,哪只船后开,每只船之间的距离,必须始终保持着一丈左右,绝不能拉得太开,以便于互相策应。还有,在船只行进时,必须加强巡视戒备,包括对艄公的监视,严防发生变故;一旦发现情形有异,马上报告,并听他的号令行事,不得擅作主张等等。这么一一吩咐了之后,看见仆人们全都屏息侧耳,现出懔然受命的神情,他才最后结束说:

"此番过江,非比平日,必须提起十二分精神,万万不可大意!若平安抵步,我自有打赏;若有闪失差池,我必定拿尔等是问,决不宽贷!"停了停,又问:"嗯,还有什么不明白的没有?若是没有,就各自回船,马上启程!"

待仆人们鱼贯退下甲板,冒襄略一沉吟,回头吩咐冒成:"你去,把香案给我摆起来——就摆在这儿!"

冒成起先迷惑地眨了眨眼,但旋即领悟了。他转身走进船舱去。过了片刻,便由一名小厮相帮着,把一张小几、一个香炉、一扎线香和一铜盆净水摆到甲板上。冒襄先盥了手,拿起一炷线香,点着了,向着上苍拜了几拜,毕恭毕敬地插到香炉上,然后双膝跪下,默默祝祷起来。内容自然离不开祈求神明怜悯,保佑他们一家平安过江。他满怀虔敬地、长久地反复祝祷着,直到觉得在冥冥之中俯视着人间的神祇,该已感知到他的卑微愿望,才怀着悲怆而又不安的心情,慢慢地站立起来。

这当儿,他所乘坐的船,已经尾随着第四只启锚的船,远远地驶离了停泊的江岸,在它的后面,还紧跟着五只大船。虽然此行要去的泛湖洲就在正对岸,但是由于江面开阔,水势浩大,船只照例不能直接过江,必须沿着岸边,溯流而上一二十里,然后掉转船头,顺着水势,横斜着渡过江去。现在,十艘大船,正扯起风帆,在艄公们的操纵下,不断地避开迎面而来的急流浅滩,缓缓向上游驶去。冒襄看见,昨晚临时雇来护船的二百名本地村民,按照他的要求,正继续在岸上随船护行,以备不测。但他丝毫不敢大意,只让冒成撤去香案,自己依旧站在船桅之下,留神地监视着四面的动静。

不过,他很快就觉得燠热起来,因为不知什么时候,太阳已经重新露出脸来。那一带低压在江面上的、落到了它的下方的云垛,也脱尽了原先的灰暗颜色,变得一片雪白。碧波横流的江面,愈益显得浩瀚开阔,隔岸的陆地,仿佛被一下子远远推了开去似的,只剩下一道若隐若现的灰绿色的虚线。此刻使冒襄感到不安的,倒不是彼岸的辽远,而是紧靠着北岸这一边迤逦而过的芦苇丛。这些茂密的、有着利剑似的狭长叶子的苇丛,从岸边一直扩展开来,迫使船队不得不偏离开原先的航线,也隔断了船上同在岸上随行护卫的二百多村民的联系。当它们在船舷边上沙沙掠过时,显得那样幽深神秘,难以窥测,使人不由得想到,里面说不定正隐伏着一帮歹人强盗,只待一声嗦哨,就会猛扑出来……正是这种疑惧,把冒襄弄得心头发怵,忐忑不安,始终大瞪着眼睛,前前后后地监视着,即便是风吹苇响,或是一只水鸟受到惊扰,扑扇着翅膀飞窜开去,也能使他一下子变得紧张异常。

幸而,行出数里之后,这种状况结束了,并没有发生任何异常的事情。芦苇丛已经渐渐被抛到了身后。也就是在这时,冒襄才发觉,那伸出江岸的簇簇芦苇,在蓝天白云的映衬下,像用极洒脱的笔墨随意挥写出来似的,摇曳多姿,富于画意,令人赏心悦目。"不错,也许是我疑虑过甚。一来,像我们这样的积善人家,自有神明呵护;二来,冲着我们人多势众,盗贼也未必有这样大胆。"他不无留恋地目送着冉冉远去的苇丛,自我安慰地想。

也许是稍稍放下心来的缘故,冒襄觉得有点站累了。他吩咐冒成留下继续监视,自己转过身,照例先上中舱和后舱去探视了母亲和妻儿,发现她们倒还安静,于是略略抚慰上几句——一切都会平安无事之类,便转回到前舱来。

"啊,相公回来啦?"显然早就等待着的董小宛一见,连忙迎上来,微笑地招呼说。

冒襄"嗯"了一声,径自走向炕边,一屁股坐了下来,同时,用手轻轻捶打着发酸的大腿。

董小宛马上跟上来,关切地问:"相公在外头忙了这半天,想必站累了?来,让妾给相公捶捶腿。"说着,就伸出手,打算把丈夫的双腿搬到炕上。

"不要!"冒襄拦住说。同时,觉得嗓门发干,便望着侍妾说:"昨儿夜里,你们不是背着我沏茶来着?那么,就沏上一壶来尝尝好了!"

"啊,相公是说、是说让妾沏茶?"董小宛瞪大眼睛问,似乎有点不相信自己的耳朵。

冒襄点点头:"不过要快点儿。再过半刻,就要转舵过江了!"

"哎,好的!"由于喜出望外,董小宛的脸上像是绽开了一朵花。她马上招呼紫衣,一起手忙脚乱地张罗着,又不无胆怯地说:"就怕妾沏不好,相公喝着不中意。"

冒襄摆一摆手:"也不指望你们能沏好,解渴就成!"说完,他一歪身,斜靠在板壁上,一边透过窗上的竹帘,望着缓缓移过的江岸,一边管自默默盘算起来。

他想到,一旦平安过江之后,第一步,自然是先同父亲取得联系,然后再看情形,找一个合适的处所,把家口安顿下来。为着免得往返奔波,最好能在朱员外家住下,要不然上江阴县城去也行。看样子,这局势不会很快平静下来。既然已经逃出来了,就干脆在江南多呆上一些日子——半个月,或者一个月。要是那样的话,他就可以抽出空儿上南京去一趟。不管怎么说,他实在不该去得太迟。趁着大事未定,哪怕先露个面也好。须知这一次,可是显示自己的报国赤诚,并在社友们中挣回面子的重要机会,再不能轻易错过了!这么一想,冒襄的全身,就再度翻涌起一股热流。他开始怀着强烈的渴望,悬想着一旦同社友们相见之后,自己将怎样毫不迟疑地投入救亡图存的奔走呼号之中,并以最坚定的主张,最果敢的行动,来使社友们为之感动钦佩,不得不对自己刮目相看。"是的,我一定要拿出本事和气概来,让他们知道,我冒襄到底是怎样一个人!"他自负地、悲壮地想。

然而,这种兴奋没能保持很久。因为接下来,他就想到:眼下自己一家正在逃难之中,即便在江南安顿了下来,也只是寄人篱下,不能作为长久之计。要是自己把年迈的双亲和娇弱的妻儿丢下,独个儿跑到南京去,短时期或者还可以,时间一长,恐怕就办不到。但南京的政局看来绝不是十天半月能定得下来的。那么到时岂不是又要重复两年前舍尽忠而求尽孝的一幕?无疑,依照古训,尽孝也未可厚非,但尝过受人讥议的滋味之后,冒襄更希望的却是有所作为,挣回面子。"如果又是虎头蛇尾,半途而废,去了又有什么用?"这么一想,冒襄就再度冷了下来,坐在那里,感到心烦意乱,连喉头的干渴,都暂时忘却了。

"相公,茶来了!"一个娇柔的声音在耳边响起。

冒襄猛地抬起头,发现董小宛已经双手捧着一杯刚沏好的茶,含笑地站在跟前。他微微一怔,随即醒悟过来,于是"嗯"了一声,伸手接过,凑在嘴边吹了吹热气,一小口一小口地呷了起来。

"相公,这茶,这茶还能喝么?"看见丈夫久久没有表示可否,董小宛大约有点沉不住气,试探地问。

"嗯,还好!"随口答了一句之后,冒襄便一仰脖子,把残余的茶全喝了下去。

在一旁侍候着的董小宛赶紧举起砂壶,把丈夫手中的茶盏沙沙地又注满了。也许丈夫刚才那一句认可,使她总算放下心来,所以这会儿便搭讪说:

"到了江南,相公便能瞅空儿上留都去一趟了。"

"唔——什么,你说什么?"由于冷不防被侍妾说中了心事,冒襄不由得抬起头来,疑惑地问。

"妾是说,待到了江南,相公就有空儿上留都了。"

"你——怎么知道?"

"哦,妾也不知道。"董小宛赶紧回答,"妾只是想,出了这样的大事,陈相公、吴相公他们,说不定正在留都盼着相公去见面呢!"

冒襄眨眨眼睛,这样一种猜想,居然也存在于侍妾的思虑之中,倒使他有点始料不及。不过,满心的烦躁也因之再度被撩起,他把茶盏往炕桌上一放,冷笑说:

"上留都,说得容易!就冲着你们这么一天到晚缠着扯着,我走得了吗!"停了停,又气哼哼地甩出一句:"反正,我冒襄这一辈子全为你们赔个精光就是了,还能有什么!"

"哦,可不是这样呢!"显得有些惊慌的董小宛分辩说,"据妾想来,这留都相公是必定要去的。只是,这一家子相公也未必放心得下。那么,何不一块儿都上留都去?"

"你说什么,一家子全都上留都?"

"不——哦,是的,妾想、妾想这地方上不乱便罢,要真乱起来,泛湖洲、江阴县只怕也未必就能太平无事……"

冒襄不说话了。的确,侍妾的建议,也许不无道理。就全家的安全而言,南京城无疑是更能提供保障的地方。虽说人口太多,那边不易安顿,但也可以考虑把大部分人留在附近县城,自己只带父母妻儿和少数仆人前往。这么办,虽然要多花一点银子,却能免除自己的后顾之忧,确实不失为两全其美的一个办法。这么想着,冒襄觉得郁结在心头的那股子愁云疑雾,开始消散了。他情不自禁地兴奋起来,一挺身离开了炕床。

"好,这主意好!"他重复说,开始在舱里来回走动,"不错,上留都,全家都去!"

这么表示了决心之后,他忽然记起了一件事,于是回过头,望着舱外说:"咦,该过江了吧?怎么还不转舵?"

话音刚落,甲板上就响起了一阵凌乱而急骤的脚步声,"咚咚"地奔到舱门前。接着,像晴空炸响了一个霹雳似的,帘子外传来了冒成惊惶的呼唤:

"大爷,大爷!不好了,贼船!艄公说,前面有贼船!"

五

在钱谦益献计借助散布流言,来摧垮拥"福"派的当时,吕大器对于这种非常手段虽然不无顾虑,但审度再三之后,还是横下一条心,同意了老朋友的主张。于是,过了一天,关于福王有"不孝、虐下、干预有司、不读书、贪、淫和酗酒"等"七不可立"的说法,就通过各种渠道,在南京城的上层社会里传播开来。

正像一切流言的传播情形那样,这"七不可立"起初只是说法很唬人,其实并没有太充实的内容。可是这种缺陷照例由热心的传播者补救过来了——他们或者为着使自己的说法显得振振有辞,或者为着满足听众的好奇心,总是自觉不自觉地添枝加叶,甚至无中生有,空穴来风。这么七传八传,"七不可立"就变得内容愈来愈"丰富",情节愈来愈"严重"。而主张"立君以亲"的一派人尽管不相信、不同意,但是在来不及——事实上也不可能详细查证的情况下,陡然陷于混乱和狼狈的境地,无法进行有力的反击。于是,流言的攻势开始奏效了,福王的声誉迅速下降,拥戴潞王的舆论前所未有地高涨起来……

攻势开展的第三天,钱谦益在他下榻的吕大器府邸里,接到前复社扬州地区社长郑元勋的一封措辞谦恭的短柬,说他鉴于时局动荡,担心江北家人的安危,决定暂时离开南京,返回扬州去,并准于次日中午启程。信中还对自己未能向钱谦益当面告辞,再三表示歉意,希望得到"宽恕"。这位郑大名士,说起来,自从前年春天那次倒霉透顶的虎丘大会之后,钱谦益就再也没有见过他了。不过却听说,经历了那一场风波,郑元勋的运气反而意外地好起来。在当年秋天的乡试中,他一举中式;到了去年会试,又荣登金榜,高中了进士,真是一帆风顺,好不得意!然而,局势紧接着就动荡起来。摇摇欲坠的朝廷被"建虏"和"流寇"轮番进迫,弄得焦头烂额,穷于应付,根本腾不出心思来安排这伙新贵人的出路。郑元勋在北京守候到年残岁暮,始终没有接到吏部的授职通知,只好怏怏地卷起铺盖回到扬州,打算等过了年再说。谁知前些日子,他满怀希望赶来南京守候,得到的却是京师陷落的噩耗……

钱谦益冷冷地抛下短柬,把身体朝椅背上一靠,有一阵子拿不定主意:是否应该前去送行?说实在话,也许郑元勋对前年虎丘大会期间,始而答应协助钱谦益为阮大铖开脱,最后又向周镳、陈贞慧等人暗通消息的行径问心有愧,钱谦益发现近两年来,对方似乎总在设法躲着自己。甚至近半个月来,自己多次在南京的社交场合中露面,郑元勋不可能不知道,但始终没有登门拜访……

"嗯,他想必瞅准我一定不会去送行,所以才挑这最后的当口来卖乖。可是我偏偏去送,看他怎么样!其实,我才不是为的送他,我是要会一会那些来送行的人,听听他们对'七不可立'有何议论,这才是顶要紧的!"这么打定主意,到了第二天,钱谦益就吩咐备下一副酒馔,由一名长班挑了跟着,自己坐上轿子,带着李宝,不慌不忙地走出石城门外去。

石城门是南京西面一座主要城门,出门不远,就是外秦淮河。这里河道比较宽阔,水位也较深,过江的大船,都在此往来停泊,于是自然而然成了帆樯林立、房舍栉比的一个热闹码头。人们喜欢它位置适中,交通方便,进城出城都往往取道这里。近年来,由于江北地区不停地打仗,加上天灾频仍,无法安居,逼得老百姓纷纷逃难南来,这里便经常可以看到成群结队的难民,拖男带女,啼饥号寒,平添了一派凄惶惨戚的景象。不过,自从京师陷落的消息传来之后,南京方面为着防备变故,已经下令封锁江上交通,不许难民南来。所以平日纷纭熙攘的一个码头,这会儿反而空荡荡的,变得少有的空旷和安静。

由于郑元勋已经是两榜进士,所以今天的钱别仪式,也就相应地安排在高踞于码头中心的接官亭上进行。那是一座小型的城门式建筑,有着拱形的门洞和带飞檐的门楼。楼前还竖着一根旗杆。钱谦益绕过一片绿树丛,远远看见亭前停着好些轿马仪仗。大约今天到的人不少,加上门楼上不甚宽敞,那些已经行过礼的送行者,便三五成群地在亭子周围的空地上随意站着,一边嗡嗡地交谈,一边等候着分手时刻来临。

钱谦益本来无意同郑元勋见面,也就不急于上门楼去凑热闹。他远远地下了轿子,吩咐李宝不必前去通报,然后自己略一张望,就径直朝就近的一群正在交谈的送行者走去。

"嗯,痛切!这几句,说得痛切!"

行进中,钱谦益听见有好几个声音这样说。他定眼看去,发现人群中站着一位大鼻头的中年儒生,手里拿着一张纸,正在摇头晃脑地念得起劲。钱谦益的耳朵不太灵便,照例听不真切,直到走得近了,才听出那是一份公启之类的东西,不过已经快念完了,他只听见最末的一段——

"……公台乃社稷重臣,上以国事为忧,下则苍生在念。祈请倡言会议,定力主持,从速决策,以定国本,并安人心。临启悚切万状!"

钱谦益心想:"这是谁的公启?是给哪个人写的?'从速决策'——到底说的什么事?"正侧起耳朵,打算听听有没有下文,忽然旁边有人高声问:

"敢问兄台,这是何人的公启?"

"哦,兄台想是迟来,所以不知。此乃留都三位大臣——都察院张大人、翰林院姜大人和兵部右堂吕大人的联名公启。"

钱谦益一听,顿时明白了。就在决定发起流言攻势的当天,他同吕大器、雷縯祚经过仔细商量,觉得"七不可立"的说法固然颇有力量,但光凭一般人的口去散布,恐怕还不足以使人深信不疑。因此还应当设法动员几位德高望重的大臣出面支持此说,以提高它的权威性。吕大器当时答应这件事由他去办。也不知道他使了什么法儿,到了昨天,钱谦益听说张慎言和姜曰广已经同意与吕大器联名发表《致兵部史公及南中诸先生启》,公开支持"七不可立"之说。刚才那位大鼻头儒生念的看来就是这份东西了。

"既然连张、姜诸公都是这等说,那么'七不可立'之说,只怕真有其事了!"一个忧心忡忡的声音说。

"福藩有此劣迹,只怕难登大宝。留守诸公,亟应早下决断为是!"另一个人焦急地接了上来。

"是呀,不能再拖了!""迟则有变!""确实……"更多的声音表示附和与忧虑。

"哈,弟早说过的!"一个嗓音响亮地冒了出来,那是一位身材高大的中年儒生,有着一张细白热情的宽脸,"弟说过的,福藩断不可立。何以故?皆因先朝郑贵妃,交关佞臣,数度危倾光庙①,窥伺大位。与大行皇帝钦定之三罪案②均有牵染,向为朝野正人君子所不齿。倘若时至今日,我辈又拥立其裔孙,岂非自弃所守,徒为郑妃讪笑于地下乎?又何以绝觊觎者后来之心!如今好了,揭出'七不可立',足见公理昭昭,这福藩是断不可立的!"

钱谦益认出这位眉飞色舞的书生是梅朗中,在复社当中属于陈贞慧那个圈子里的角色,无怪乎反"福"的态度如此坚决。不过这些暗盘子话,即便是圈子里的朋友,也只是关在房间里说而已,他却没遮没拦地当着大庭广众说出来,实在最容易被人抓住把柄——"这些自作聪明的书呆子,爱的就是卖弄,却不知只足败事!"钱谦益心想,不禁皱起眉毛。

果然,站在旁边的一位年长的绅士立即被激怒了。

"胡说!"他吼着嗓子呵斥道,黄褐色的胖脸憋出两片暗红,一对纯白的八字胡子在厚嘴唇上一翘一翘的,"何以因福藩是郑贵妃的裔孙,便不当立?须知'疏不越亲,少不越长',这是祖宗的家法!你懂不懂?家法!若谓郑贵妃当初意欲废长立幼是失德,那么如今以亲以长,俱应轮到福藩。我辈便该恭恭敬敬拥立他,方为公正无私,方为信守纲纪伦常。若然随心所欲,昨亦一是非,今亦一是非,那么普天下之人便不免要问:当初诸君子力拒郑贵妃,所为何来,今日立君,又所为何来?"

东林派人士反对由福王继位,同当年反对郑贵妃时所维护的

---

① 光庙:指明光宗朱常洛。
② 三罪案:指发生于明朝万历末年的"挺击"、"红丸"、"移宫"三个彼此相关的宫廷案件。

准则恰好相反,所以老绅士这样说,确实抓住了事情的要害。他虽然没有直接揭破东林方面这么做,是出于一派的私利,但锋芒所指,仍旧是十分明显的。所以周围的人听了,都不禁沉吟不语。钱谦益更是自知理亏,有点局促不安。倒是梅朗中并不服气,昂然质问说:

"可是,'七不可立'呢,这又怎么说? 莫非圣人说过,应当立君以贪、以淫、以不孝么!"

"哼,天地间的大义是什么?"褐脸绅士反问,傲慢地眯起眼睛,"不就是君君、臣臣、父父、子子? 我辈圣人之徒生于世上,又所为何来? 不就是固守、揄扬这纲常大义,使之充塞于天地间,长存于千万世么! 所以,福藩纵然有七不可立、十不可立、一百一千不可立,只要于纲常之义当立,便是当立! 纵使将来亡国、破家、灭身,亦无可抱憾! 何以故? 因这纲常大义,毕竟由我辈之苦守坚行,得以长存于天壤间了! 反之,设若毁弃纲常,舍亲而立疏,则社稷邦国即使侥幸不亡,身家性命苟且得保,亦不过仅余躯壳,一具行尸走肉而已,又安知不为千秋万世所唾骂!"

褐脸绅士越说越激动。他那双老迈的眼睛可怕地怒睁着,两道雪白的八字胡也在厚嘴唇上掀动得愈来愈厉害。显然,他对自己所恪守的"天理"有着绝对的自信,并且准备不惜以身家性命来坚决捍卫。所以在他大声疾呼的当儿,自有一种发自内心的雄辩、崇高与悲壮的意味,不但使得周围的听众为之耸然动容,就连梅朗中也眨巴着眼睛,似乎不知说什么好了。

六

面对这种情势,钱谦益不禁有点焦急。他十分明白:被老绅士振振有辞地宣扬的这一套"道理",尽管在有识之士看来,是多么的迂腐、荒唐,但在一般人心目中,它其实又是异常的正确。因此,如果光推出"七不可立"的说法,而不能从纲常大义的"道理"上压住对手,那么弃"福"立"潞"的主张,恐怕仍旧难以在多数人心中站住脚。他犹豫了一下,正打算亲自出面参与论辩,忽然,人群背后响起一个清亮的嗓音:

"此言差矣——哎,差矣!差矣!"

随着话音,接二连三地挤进来几个人。钱谦益本能地收住脚,定眼望去,忽然止不住有点心跳。因为走在头里的那位眉目清秀、举止潇洒的儒生,原来是复社的有名浪荡角色余怀,后面还跟着脸色晦暗的吴应箕和神情傲慢的侯方域,只是看不见陈贞慧。说起来,自从一年多前,钱谦益在冒襄和董小宛的那一桩风流公案中帮了忙,这伙人近来已经大大缓和了对他的攻讦。虽然如此,钱谦益仍旧有点怕同他们见面,惟恐对方冷不防又兜出自己为阮大铖开脱的旧事,令自己脸上无光。所以眼下一见是这几个人,他就不由自主悄悄往后躲,但又很想瞧瞧他们打算做什么,只得尽量地伸长脖子。

这当儿,梅朗中也发现来了援兵。他马上走过去,同侯方域凑在一块,咬起耳朵来。吴应箕则睁着那双仿佛洞悉一切的眼睛,大模大样地站着,一声不响。只有余怀迈着轻捷而迅速的步子,一直走到褐脸的老绅士跟前。他先不说话,却现出好奇的样子,只管上上下下一个劲儿打量着,仿佛对方身上有什么特别出奇之处似的。直到老绅士被打量得很不自在,周围的人也莫名其妙时,他才拱一拱手,一本正经地说:

"不敢动问这位先生,可是新近从闯贼那边过来的么?"

老绅士显然不明白他这样问的用意,加上摸不清余怀的来历,于是犹犹豫豫地回礼说:"先生何以有此一问?学生不是……"

"哎,一定是的,一定是的!"余怀显得十分有把握。他一边说,一边移动脚步,绕着对方前后左右地审视起来。

老绅士被激怒了。他跺一跺脚,提高了声音:"学生已说过了——不是!"

余怀仿佛吃了一惊:"啊,真个不是?那可就怪了!何以适才先生一番高论,在弟等听来,竟十足就像替闯贼来劝降一般?"

周围的人见他像发现什么怪物似地打量对方,起初只是又诧异又好笑,听他这么一问,都不禁愕住了。褐脸绅士却气得差点儿没跳起来。他的目光朝周围一闪,随即压住怒火,紧盯着余怀质问:

"学生与兄台素不相识,不知何故恶言相加?"

"岂敢!"余怀摇一摇头,随即展开手中的折扇,掩在胸前,不紧不慢地摇着,"不过,适才先生力倡'立君以昏'之说,并谓因此而亡国破家,亦不足恤。此非甘言巧辩,意欲为闯贼诱降于我,又是什么?"

老绅士眼珠子一转,似乎有点明白了。他把两片厚嘴唇一撇,冷笑说:"原来先生弄此半天玄虚,无非欲与小弟辩难。只是'立君以亲',乃祖宗之家法,伦常之至理,又与闯逆何干?何以倡言祖宗家法,伦常至理,便是甘言巧辩,为闯贼诱降?倒要请教!"

"不错,"余怀不慌不忙地说,"立君以亲,确是祖宗家法。惟是祖宗定此法时,正值天下承平,四海咸安,朝多英彦,野无弃民,夷狄有臣伏之心,匹夫无桀骜之志。当其时也,人主可以垂拱无为而治。故诸君之立,惟亲惟长,而不必惟贤。此亦无非尚自然、息争竞之意。今则不同,天下大乱,四海腾波。国家危急存亡,已是间不容发。倘不速择贤者而立,以系民心,振士气,致令社稷崩摧,是为不忠;父母流离,是为不孝。不忠不孝,则足下所谓纲常大义,又何以得而存哉!况且,国危则立君以贤,本朝亦早有先例。岂不忆当年'土木之变'乎？"

余怀所说的"土木之变"，是指一百五十年前，英宗皇帝在位期间，北方的瓦剌族首领也先率军攻明，英宗御驾亲征，于土木堡兵败被俘。接着京师又被围困，兵部尚书于谦见形势危急，与群臣商议，毅然放弃年仅两岁的皇太子，改立英宗的弟弟郕王为帝，终于稳定了局势，挫败了也先的图谋，最后英宗也得到释放。这确实是本朝"危则立君以贤"的一个有力的例证。只是，英宗获释回京，当上了太上皇之后，却心怀不忿。八年后，他乘弟弟景帝病重，秘密联络了宦官和部分文武大臣，发动政变，夺取了宫门，径登奉天殿复位。于是景帝被废，于谦亦被冤杀。也就是说，结局并不完美。所以，钱谦益一面对余怀的善辩感到满意，一面又估计对方会利用这一点进行反驳。果然，只听一个尖尖的嗓门说：

"'土木之变'么，不错，那一次确是'立君以疏'。不过其后的'夺门之变'不也正是由此而来么？可见到底是祸乱之源！"

钱谦益一看，说话的不是老绅士，却是另一位中年的官员，那袭圆领青袍上，绣着一方七品的鸂鶒图案，大约是个御史或给事中之类的言官。

照理，他提出的这个诘问也不难对付，不过余怀似乎没有防备，急切间张了几次嘴巴，竟回答不上来。于是，钱谦益把视线转向侯方域，期待这位以辩才著称的复社公子，会出言相助。谁知侯方域仍旧只顾同梅朗中喊喊嚓嚓地说个不停，对于同伴的困境似乎毫不在意。相反，是吴应箕咳嗽了一声，慢慢走到前面来：

"'夺门之变'并非立君以贤之过，实乃奸臣乱政所致。不过，这一层眼下不必深论。"他做了一个手势，把利刃似的目光扫向全场，然后又回到那位七品官的脸上，"学生于此只欲揭出一事：纵有'夺门之变'，江山仍为朱姓所有，国祚绵延，至今不绝，于大局其实无伤。反之，当也先兵临城下之际，若非断然舍去亲而幼之太子，而立疏而贤之郲王,则人心惊骇,士气瓦解,我朝恐已为夷狄所乘矣!此立贤之得,天下共见。若论眼下亡国之祸,较之'土木之变'时,其深危又何止百倍?更须立君以贤,中兴方能有望!否则,中国一旦沦于流寇、建虏之手,彼禽兽虎狼之心,又安知仁义纲常为何事?更断不能以之教黎民、化天下。设若举国俱成禽兽虎狼,则君臣父子之大义,又将何所附丽?若无所附丽,则先生所谓'充塞天地,长存万世'云云,岂非空洞之谈?"

吴应箕是复社有名的台柱子,见解自然不凡。这番话由他从容不迫地说出来,确实鞭辟入里,既揭破了死守旧制、不知通变的迂腐谬妄,又指明了立君以贤对于应付剧变的必要和重要。周围的人固然听得连连点头,钱谦益更是大为叹赏。现在,他放心了:有这几个人在,料想褐脸老绅士那些人再也嚣张不起来。他本来有意上前同吴应箕等人见见面,联络一下感情,又觉得现在还不到时候。"哎,等我为东林把迎立这件大事办成了,他们自然会对我改容相见。到那时再说吧!"他想,于是悄悄转过身,从人丛里挤了出来。

此刻的场子上,还有另外几个谈话的圈子。钱谦益张望了一下,打算到另一个圈子去转上一转。然而,刚迈出几步,就听见迎面传来了杂沓的脚步声。他抬头一看,发现胖胖的郑元勋由几个人相跟着,正急匆匆地朝他走来。看样子,尽管钱谦益没有声张,但仍旧很快就被人发现,并且通知了郑元勋。

"哎呀,牧老,几时到的?晚生该死,竟坐不知,万祈恕罪!如此劳动大驾,实在不敢当!"郑元勋显得颇为激动,深深行下礼去。

钱谦益却没有动弹。他打量了一下昔日的叛卖者,发现两年没见,郑元勋似乎更胖了些,但也老了些。当初亮晶晶的脑门上,出现了一道深深的皱纹,鬓边也生出了两小片白发。尤其是那双圆鼓鼓的眼睛,不知为什么显得有点忧郁失神。"嗯,不是听说这两年,他混得挺得意么,怎地反倒像去了魂似的!"钱谦益想,随即"噢"了一声,礼敬如仪地拱着手,淡淡地说:"学生与超宗兄一别二载,可谓念兹在兹,无日忘之。却不知何故,总是缘悭一面。今日得知大驾返扬,又怎肯失却机会!"

"啊,牧老言重了!"郑元勋红着脸说。他显然听出这句客套里的挖苦意味,并为往事感到羞愧。不过,随后他就抬起眼睛,诚恳地说,"久违道范,元勋思念綦切,只是心怀忐忑,未敢惊动。今日幸蒙赐顾,晚生感荷无已。敢请牧老移驾到船上奉茶,待晚生别过这一干朋友,即来恭领训诲,不知牧老可容晚生有此之幸?"

这当儿,钱谦益已经转过身,管自同随对方前来的那几个人行礼相见。听了这话,他装出很惶恐的样子,连连摇着手说:"不敢,不敢,学生是何等样人,怎敢受此崇遇?不敢当,不敢当!"

"还望牧老千祈俯允!"郑元勋坚持着。

"哎,还是免了吧!"

钱谦益一再回绝,郑元勋却仍旧苦苦请求,大有非达到目的不可的模样。然而,愈是这样,钱谦益的心中就愈加冰冷。他料定,对方无非是想解释两年前那件事罢了。"哼,时至今日,又何必多此一举!要是心怀鬼胎,当初你就别那么干!"他恼恨地想,随即抬起眼睛,打算以更决绝的态度摆脱对方的纠缠。然而,当接触到郑元勋的目光时,他却诧异了。因为在这一刻里,对方的神情竟变得那样苦恼、绝望,简直就像要马上哭出来一样。

钱谦益心动了一下:"唔,要不,就听一听他怎么说,然后再教训他一顿不迟!"于是,他板着脸,勉强地说:"那么,好吧!"

扔下这一句之后,也不待对方再有所表示,他就朝其余的人拱一拱手,说声:"失陪!"转过身,径自朝停泊在码头的一艘官船走去。待到喜出望外的郑元勋派出两名弟子赶上来引路时,他已经快要踏上跳板了……

小半天之后,郑元勋终于打发走了全部送行者,抹着额上的细汗珠子,匆匆走进前舱里来。发现钱谦益正倒背着手,站在窗前,他错愕了一下,连忙上前,殷勤地请客人上坐。钱谦益一抬手,拒绝了:

"超宗兄,学生眼下很忙,实在没有工夫坐谈。兄台有何见教,就请快讲。讲完了,学生便即刻离船,免得彼此耽误。"

"可是……"

"请讲!"

看见钱谦益冰冷绝情的样子,郑元勋噎住了。他那圆鼓鼓的胖脸变得呆滞而苍白,随后又化为深灰。终于,像下了决心似的,他撩起直裰的下摆,跪了下去。

"晚生有一事恳请。"他低着头说。

"……"

"求老先生以社稷存亡为重,以江南大局为重,舍弃迎立潞王之议!"

"什么?"钱谦益有点不相信自己的耳朵。

"恳请老先生舍弃立'潞'之议!"

钱谦益的面色变了。一股怒气从心底里直冒上来。他万万没有想到,这个昔日的叛卖者非但不是向自己乞求宽恕,反而试图对关乎他后半辈子功业的大事说三道四,妄加干预!不过,随即钱谦益就警惕地想到:这说不定是个圈套,目的在于诱使自己暴露这件事的内情,那是绝不可以的。于是,他尽力按捺着怒火,嘿嘿地笑起来:

"兄台弄错了吧!老夫不过一病废之人,只配待罪山林,又怎能干预迎立大计?兄台如欲有所建言,何不径向史大司马说去?也用不到学生在此间白候了这半天!"说完,他一拂袖子,打算抽身往舱外走。

可是，郑元勋突然激动起来。他膝行了两步，一把拽住钱谦益的衣裾，死死不放。

"牧老，"他呜咽说，"北方已经完了，江南也未必守得住。一旦贼兵南下，扬州必先受其锋。晚生今日一去，说不定就是永诀了。莫非竟不肯听此最后一言么！"

钱谦益本来打算扯回衣裾，听了这句话，心中微微一震，不由得又站住了。这当儿，郑元勋已经泪流满面，但仍旧强忍着悲咽，坚持说下去：

"前辈切勿误会，以为元勋硜守成法，不思通变。其实社稷残破至此，元勋亦深知立君以贤，方有复兴之望。惟是如今江南之局，内有各怀私利之勋臣、大珰，外有拥兵自雄之将帅。此数辈跋扈骄横，与我辈素不同心。即以史公之贤能，恐亦未必能制御之。是故迎立之事，必须慎之又慎。否则口实一成，祸乱随至。今福藩为神宗本支裔孙，名正言顺，倘使舍之而改求，岂非适足授人以柄？万一彼辈乘机煽惑，闹将起来，局面如何收拾？弄不好，更会兵戎相见。到其时，不待贼兵南下，江南恐先成血海！我辈亦因一念之误，而成千古罪人。晚生连日思念及此，忧心如焚，寝食难安，是以不得不沥血陈辞，万望前辈三思复三思！"

郑元勋说完，俯伏在地上，一边不断地叩头，一边放声大哭。他哭得那样凄楚、伤情，使人觉得，他的肝肠随时都会为之断绝似的……

钱谦益那扯着衣裾的手放松了。他皱着眉毛，咬紧牙齿，久久地站着，不动，也不说话。

七

"学生请二位来，是意欲有所请教：这'七不可立'的公启，弟已拜悉。惟是日前商议时,未闻此说,不知所据何来,可属实么?"

史可法说这番话,是在郑元勋与友人们道别的同一时刻。吕大器在家里接到史可法的传请,因为无法知会钱谦益,只好带着雷缜祚匆匆赶到兵部衙门,并在签事房里见到了主人。

"这个,是弟近日派人查访所得,绝非凿空之言!"吕大器拱着手,毫不迟疑地回答。这位小个子大臣秉性强悍,除非不曾拿定主意,否则,是绝不会再踌躇反顾的。事实上,为着免得再在道义的争论上花费时间,吕大器甚至决定,把事情的真相密守在最小的范围内。除了当初参与定计的三个人外,其余一概不予透露。所以,刚才他回答史可法的那句话,其实已经耍了一个花招,即故意避开是否"全部属实"的查询,而使用了"绝非凿空之言"这么一种比较含糊笼统的措辞,显然是打算为日后留下回旋余地。不过,史可法是十分机敏的一个人,要糊弄他并不容易。所以,坐在旁边的雷缜祚一边听着,一边目不转睛地盯着主人,生怕对方听出那句话的破绽。

"唔,愿闻其详!"史可法不动声色地追问。

吕大器捋着胡子,定了定神,开始一五一十地说起来。他先谈了一通福王的"不孝",接着又说到"贪"——这也是同雷缜祚事先商量好的。因为福王在逃难时,走失了母亲,以及过去曾经偷拿老福王的宝物那两件事,虽然真相还不大清楚,但只要确有其事,对方就无法赖账。至于原因,是可以编造和发挥的。眼下,吕大器就是用这种办法,突出几件有比较明显依据的事实,详加叙述和渲染,其余则粗略地带过。在说明事情的起因和经过时,却极力朝坏的方面引申,从而得出福王品性顽劣,行为乖张,实不宜于奉为君主的结论来。吕大器并不特别善于辞令,但气质刚横,说话尖锐激烈,斩钉截铁,隐然有一种不容置疑的力量,使人听来,较之那种甘言巧辩,似乎更加具有说服力。

高亢、雄辩的话音在四壁间嗡嗡回响着。终于,吕大器把"七不可立"的依据罗列完了,签事房里复归于一片寂静。史可法只顾拈着胡须,老半天没有表示态度。

雷缜祚在旁边开始感到不安。事实上,在立"福"还是立"潞"选择上,史可法始终有点举棋不定。这一层,他们是知道的。他们串通制造出"七不可立"之说,主要固然是为着对付拥"福"派,但也未尝没有试图促使史可法早下决断的用意。现在看见对方仍旧犹豫不决,雷缜祚可就有点沉不住气了。他同吕大器交换了一下眼色,随即转向主人,微微前倾着身子,打算开口试探。忽然,史可法像是拿定了主意似的,一挺身离开了座位,一声不响地走进里面的房间去。片刻之后,他又重新走回来,把一沓信柬递到吕、雷二人手中,说:

"这也是学生收到的,二位不妨看看。"

雷缜祚有点莫名其妙。他迟迟疑疑地接过、拆开,同吕大器你一封我一封地交换着看起来。这下子,他才明白了:这些信原来全是南京以及其他一些府县的官员和缙绅写来的。有些还是几个、甚至几十个人联合署的名。其中非东林派人士固然不少,但也有相当一部分是东林派官员,就连淮南巡抚路振飞、吏科给事中章正宸这样一些有影响的人物,都在信中力主拥立福王,认为"七不可立"之说是深文周纳,不足凭信。有不少信件甚至直斥散布流言的人居心叵测,干纪乱政。雷缜祚本来就有点心虚,看着看着,竟不由得脸发红、气加促,连双手也微微颤抖起来。

"那么,大人之意……"看来,还是吕大器比较沉得住气。他放下信柬,望着主人问。

史可法没有马上回答,他站立起来,倒背着手,来回走了一阵,最后在椅子旁边站住,用一只手抓住靠背,抬起头,不无激动地说:

"可法身为大臣,受先帝知遇之恩,谬膺本兵之寄。当京师危急之时,竟未能倾江南之师,北上勤王,遂至有三月十九之变。误国之罪,万死难赎!所以稽迟至今,未曾早自引决,以谢天下者,实以江南乃社稷存亡所系,而新君未立,大局未定,遂不得不忍死须臾,欲与诸公共谋之……"

说了这么几句之后,有一阵子,史可法的情怀似乎激荡得厉害,以至声音也哽咽起来。他不得不停顿一下,极力控制住自己,然后才接着说下去:

"自古邦国危亡,立君必当以贤,中兴方始有望。今福王庸懦不学,即无此'七不可立',亦非相宜之选。而时论不察,嗷嗷然徒自缚于亲疏伦序之成说,殊失谋国之宏旨。盖家法之于社稷,犹毛之于皮。皮之不存,毛将焉附?是故可法愿以待死之身,与三五君子主持之。必待贤君立而江南定,然后自请率师北伐,誓灭狂寇,以复先帝之仇。可法虽粉身碎骨,固所求也!"

吕大器和雷缜祚自始至终紧张地倾听着。他们自然知道,尽管已经尽了很大的努力,但事情最终如何决策,仍然得由眼前这位最高军事长官来拿主意。所以,当史可法明确表示排除福王这一选择时,他们都如释重负地松了一口气,并且大大兴奋起来。不过,他们都是老于官场的人物,尽管心中高兴,面上却不露声色。特别是当看见史可法此刻的神情是那样悲愤和严厉,眼里还分明地闪动着泪光,为着表示对上司的尊重,他们也都一齐摆出沉重的表情。这样过了片刻,雷缜祚才抬起头,小心地提醒说:

"大人决策立贤,自是社稷之福,黎民之幸。纵有持之者,其实不足虑。惟独那几位手握兵权的总戎,如何以善法抚之,令彼同心拥戴,却须仔细参详。"

史可法点点头:"老先生此虑,学生亦曾想来。眼下江南诸镇将,武昌左良玉与我辈渊源较深,其附议当无可疑;郑芝龙远在浙闽,亦不足为虑。如今须留意者乃江北四镇。其中刘泽清日前托人来说,愿惟我留都诸君子之命是听。那就剩下高、刘、黄三镇。黄得功与刘良佐,俱听命于马督瑶草;只须马瑶草不持异议,此二镇亦可无虞。最后剩下高杰一镇,彼纵欲桀骜,料亦孤掌难鸣,再以善言抚之,当不敢复有异辞。"

这么分析了之后,停了停,他又补充说:"况且,以往之持我者,无非因潞藩伦序太疏。如今改立桂藩,亦可稍杜彼辈之口!"

雷縯祚起初只是一边听一边点头,对于最后这一句,并没有特别留心。然而,他蓦地反应过来,不由得吃了一惊,连忙问:

"啊,大人是说、是说改立桂藩?"

"嗯,前者立'福'与立'潞',争持太烈,双方已势成水火。若遽尔立'潞',拥'福'者势必心怀惊惧,难以自安。此辈为数不少,设若不能释彼之危疑,将何以和衷共济?不能和衷共济,中兴之业,又安能有望?是故'福'固不宜立,然则'潞'亦不宜立。今桂藩素有贤声,且伦序较潞藩为近,与昔时两派俱无恩怨爱憎之嫌,立之最为妥当!"

史可法仍旧心平气和地分析着,雷縯祚却呆住了。说实在话,前一阵子他们竭尽全力排斥福王,就是为了尽快地把潞王拥立上去。现在闹了半天,结果又回到桂王身上。那么,看来事情仍旧得拖下来。在两派主张的对立已经到了如此尖锐激烈的情势下,这实在是十分危险的。所以,雷縯祚心中一急,忍不住争辩说:

"夜长难免梦多,舍近而求远,似不相宜。况且潞藩贤明当立,此议喧传已久,一旦改立桂藩,亦恐失江南君子之望!"

史可法尖利地看了他一眼,淡淡地说:"学生亦知难免有人失望。惟是身为大臣,谋国任事,终须以大局之利害安危为指归。设若因此招怨招怼,可法惟有以一身当之而已!"

"道老!"也许发现史可法的语气过于严刻,吕大器冷冷地接了上来,"介老之意,是诚恐改立桂藩,未必足以阻塞拥'福'者哓哓之口,而拥'潞'者又因失望而钳口不言。若闹成个'扁担没扎,两头打塌'之局,反而更难收拾!"

"那么,依少司马之见?"

"卑职何敢专擅,还请大司马卓裁!"

平日关系密切的两个人居然互相以对方的官职相称,不用说彼此都有点上火。史可法显然意识到了这一点。他斜起眼睛,默默地注视着紧抿着嘴唇,并且负气地扭过头去的副手。片刻之后,他终于垂下眼皮,用变得稍稍和解的口吻说:

"弟审度再三,以亲以贤,还是改立桂藩为宜。至于潞藩,可委之以'天下兵马大元帅'之职,让他统帅三军——不过,这两件事眼下都不是就这么定了,还得待弟见过马瑶草,与他商议之后再说!"

八

史可法同吕、雷二人会面的第二天,在长江北岸的江浦镇,一座属于庐凤总督马士英所有的园子里,天刚蒙蒙亮,阮大铖就离开了寝室,踏着露水,来到主人下榻的一角庭院里。他提起靴尖,把蜷伏在廊柱下打盹的值夜仆人捅醒,说自己有极紧迫的事要同马士英面商,硬迫着对方立即给他入内通传。等睡得迷迷糊糊的年轻仆人搓着惺忪发涩的眼睛,噘着嘴,不情愿地走进屋子去之后,他就转过身,腆着大肚子,在院子里咯吱咯吱地踱起步来。

时候确实还很早,熹微的晨光刚刚在朝东的屋脊上抹上一层乳样的白色,满院子的花树山石还隐现在昨宿的雾气里。四下里静悄悄的,整座园子还在鼾鼾熟睡。不过阮大铖觉得已经睡得很够了。事实上,他从来用不着睡得很多。他有的是浑身使不完的精力。更何况,眼下又绝不是可以安心睡觉的时候!

阮大铖是五天前，得知马士英已经回到了江浦，才匆匆赶过江来的。虽然自从前年马士英被起用为庐凤巡抚之后，阮大铖因为有一段时间跟他联系不上，曾经感到又生气又沮丧，不过，后来马士英终于给他来了信，表示决不会忘记阮大铖的大恩大德，日后有机会，定当"涌泉以报"。到了去年，马士英来到南京，又特意上门拜望，再度表示信守前约，阮大铖这才消除了怨嫌，稍稍放下心来，继续咬紧牙关，苦苦等待，指望有朝一日，能够实现重立朝班的梦想。正因为这个缘故，十天前，当阮大铖听说京师已经陷落，留守南京的大臣和有名望的缙绅们，正在议论纷纷，准备迎立新皇帝的时候，他心里的那份焦急和紧张，真是非同小可。因为经过这许多年的反复琢磨，他早已一个心眼认定，当初千错万错，就错在让崇祯皇帝来继位，一手定下了那个可恶可恨的"逆案"，自己才被一家伙打在浑水里，整整受了十七年的苦楚。如今好不容易熬到崇祯这个昏君"龙驭宾天"，自尽了账。要是被抬出来顶替空缺的新皇帝，依旧采取同样的立场，那么阮胡子岂非竹篮子打水一场空，把这一辈子的老本赔个精打光？所以，他当时就恨不得立即找到马士英商量对付的办法，偏偏马士英远在凤阳，并非一朝一夕就能见到。正当他抓耳挠腮地发急，忽然又听说吕大器等人倡议迎立潞王，阮大铖更是大吃一惊。因为他曾经扳着指头细细地算过，除却太子和永、定二王由于老子没积德，活该无福继承皇位之外，按照立君以亲的规矩，就该轮到在洛阳大难不死的小福王来坐龙廷。冲着郑贵妃当年受东林伪君子们欺凌作践那段宿怨，这位小王爷能否为祖母报仇，把那个冤天下之大柱的"逆案"给翻过来，虽说还得走着瞧，但开放党禁、起用旧人应当是顺理成章的事。假如换了一个毫无关系的什么潞王，情形可就十分之难说。所以，在惶急无计的情况下，阮大铖只好赶紧修了一通书信，说明事态极为严重，敦促马士英火速南来，利用手中的兵权和目前的地位进行干预。

否则这份拥戴新皇帝的功劳,势必被东林方面全部夺去,到头来马士英就会给挤到角落里,只剩下俯首帖耳,任人摆布的份儿。本来,阮大铖还打算请他的朋友、马士英的妹夫杨文骢连夜把信送到凤阳去。但杨文骢尚未动身,就得到马士英已经回到江浦的消息。阮大铖喜出望外,立即赶过江来相见,并且照例在马士英的别墅里住了下来。一连两天,他都缠着主人,要对方一定设法把福王拥上帝位。谁知马士英偏偏一味支吾,不肯明确表示态度。这可气坏了阮大铖。心想:"好你个马瑶草贵州佬,直憨可恶!莫非你说过的话又想反悔不成?我老阮非跟你泡到底不可!"于是纠缠得更急了。昨天他赶着马士英"商谈"到深夜,今天一清早又精神抖擞地前来打门。

终于,年轻的仆人轻手轻脚走出来说:"我家老爷请阮老爷隔壁书房小坐,我家老爷这便起来。"

阮大铖一听,也不等再请,立即迈开大步,径自咚咚咚地走进上首的那间屋子里,大咧咧地朝椅子上一坐,叫道:

"茶来!"

年轻的仆人正大张着嘴巴在打呵欠,听见吆喝,连忙把半截呵欠缩了回去,赔笑说:"阮老爷,你瞧这天,才放亮呢。那烧火的想必未曾起身,何来的开水泡茶?只得请您老委屈片时,包涵则个!"

阮大铖翻了翻眼睛,无可奈何地道:"那么,掌灯!"

"哦,这个却有!"仆人赶紧答应,匆匆走到屋角去,过了一会,果真点着了一盏"青绿铜荷一片檠"的书灯,送了过来。

现在,阮大铖往椅背上一靠,把胖大的身子躲进摇曳的灯影里,一边听着晨风拂动门帘的簌簌声响,一边继续琢磨起心事来。

他想到,这一次能否把福王拥立上去,实在是太重要了。不仅关系到他本人能否起用复出,而且还关系到他能否最终痛痛快快地报仇。阮大铖可是发了誓,一定要报仇的!这些年来,东林、复社那伙混蛋把他欺侮得够苦、够惨的了！生生地把他硬说成是祸胎、小人、坏坯、恶棍！不许他复官起用不算,还到处说他的坏话,败坏他的名声,讥笑他、攻击他、辱骂他,使他丢尽了老脸！其实,名列逆案的人有的是,凭什么他们就光冲着自己瞎嚷嚷？惟独要对自己这么赶尽杀绝？莫非别的逆案中人是小娘养的,他老阮竟是小娘的丫头养的不成？哼,别以为石巢园里的主儿是个软柿子,好捏！走着瞧吧,时辰一到,凡是挤捏过他的,一个一个他全都要报仇！说到做到,决不含糊！

阮大铖移动一下身体,使自己坐得更舒服一点,同时开始想象怎样向仇人们报复——杀死他们,一个不剩地把他们收拾干净,这是没有疑问的。可是也不能一概砍头了事,那样未免太没趣儿,也太便宜了他们——"咔嚓"一声,就完事了——不,要想法儿慢慢消遣他们。什么刁钻古怪的酷刑,哪门子有趣就挑哪门子——"一封书"、"鼠弹筝"、"拦马棍"一窝儿上！让他们求生不得,求死不能,要他们一个一个像狗似的跪在地上,向自己苦苦求饶,一声递一声地管自己叫爹爹、爷爷,然后才放他们一条死路！而且不能光让他们自个儿死了就算,还要闹个满门抄斩,株连九族、十族！让他们的妻妾儿女都去当婊子、龟儿、奴婢！就像当年成祖皇帝处置建文帝那帮子遗臣一样……

阮大铖愈想愈兴奋,那交叉搁在肚子上的十根手指头,不由自主地动弹起来,满腮的浓密胡子因为快乐而抖动,扫帚眉下的一双乌眼珠子也在灯影里闪闪发光。他仿佛看见周镳、雷缜祚、陈贞慧、吴应箕、顾杲、黄宗羲、冒襄、侯方域,还有吕大器、张慎言、姜曰广等人,甚至还包括眼下东林派的大头儿史可法在内,都满身血污,戴枷披锁,断腿折臂,在监牢里呼天抢地,哭爹喊娘……

"咔嚓！咔嚓！咔嚓！"嗯,那是什么声音？是狱卒过来了——啊,不是！阮大铖一下子惊醒过来,回头朝通往明间的门望去,只见刚才那个年轻仆人神色惊惶地奔进来,穿过明间,直向内室走去。过了一会,已经穿上公服的马士英就从屏风后面转了出来。

"哎,瑶老!"被痛快的幻想弄得很兴奋的阮大铖连忙站起来,"咣吱"一声带动了椅子,容光焕发地迎了出去。

谁知马士英摆一摆手:"圆老,这会儿没工夫跟你谈,回头再说吧!"

"怎么?"

"史道邻来了!"

"什么,史道邻?"阮大铖的眼睛一下子瞪圆了,"他、他怎么这一大早就来了?"

马士英哼了一声:"他就是这么个要命的劲儿!自己不睡觉,就以为别人也不用睡觉,不管白天、夜晚,想来就来!"

阮大铖觑了对方一眼,感到有点尴尬。因为马士英这句牢骚,分明也有冲着他而发的意思。他只好转移话题,追问:

"史道邻来做什么?"

"谁知道!八成是迎立的事!"马士英一边说,一边往外走。

阮大铖一听,顿时急了。他双手一拦,说:"瑶老,这事非同小可,你可得与我说清楚了再去!"

马士英显然被纠缠得有点不耐烦。他皱着花白眉毛,一边继续往外走,一边说:"圆老,你聪明一世,怎么倒糊涂起来了?正因此事非同小可,故不能草草决断。这两日,我不曾答允你,就是算定老史必定要来找我——且听一听他怎么说,再定不迟!"

"可是……"阮大铖仍旧不甘心地追上去。

马士英也急了。他猛然站住,跺着脚说:"圆老,史道邻的轿子已经到门了!有什么话,回头再说成不成?"

说着,一拂袖子,头也不回地匆匆去了。剩下阮大铖目瞪口呆地站在那里,半晌,终于一屁股坐到走廊的栏杆上。

九

"咦,圆老,大清早的,你坐在这儿,所为何来呀?"

这是在马士英去了好大一会儿之后,他的妹夫——罢职知县杨文骢早上起来,到园子里散步,看见阮大铖坐在栏杆上发呆,便走近来,好奇地问。

阮大铖阴沉着脸不做声。

这两天,杨文骢一直同他们泡在一起,自然清楚老朋友的烦恼。他那圆圆的脸上现出同情的微笑。也许是为着逗阮大铖喜欢,他用折扇指着四周,眯起小眼睛说:

"圆老,你瞧,马瑶草这园子修得着实不坏。小弟每次来此小住,总觉得身心俱泰,俗虑全消。你别说,刚刚我在双碧屿那边转了转,打回波桥上走过来,就这么几步光景,啊哈,居然又有诗了,正好向你老请教!"

说着,他仰起头来,打算高声吟哦一遍。然而,就在这时,一只鸟儿在看不见的绿叶丛中鸣叫起来。那是一只怀春的画眉。它用小小的、年轻的喉咙不停地啼唱着,热情地呼唤着。那美妙悦耳的歌声时而显得佻挞急切,时而显得哀愁宛转,时而又深挚绵长,充满了柔情蜜意。接着,另一只在远处应和起来,然后是第三只、第四只……杨文骢不由自主顿住了。他侧起耳朵,现出凝神品味的样子。过了一会,鸟声消失了,他才叹了一口气,不胜倾倒地说:"好一个'春林花多媚,春鸟意多哀'。晋人的境界,毕竟是高的!"说完,他斜眼瞅了瞅阮大铖,仿佛考虑他那首新作还念不念下去。不过,看见对方始终绷着脸,显得全无雅兴,他也就放弃了原先的打算,彬彬有礼地拱一拱手,转过身,继续散他的步。阮大铖却一伸手,把他扯住了。

"坐!"阮大铖不客气地朝身边的栏杆一指。杨文骢不由自主坐下了。

"你说,"阮大铖恶狠狠地问,"老马这两天老跟我下'闷棋',到底是怎么回事?"

"哦,这、这小弟何从得知!"杨文骢连忙推搪。

"嗯,你是说不知道?"

"弟是真的不知道呀!"

"胡扯!"阮大铖发火了,"你是他的妹丈,他就相信你,私下里什么都跟你说,对我却守口如瓶。别以为我不知道!哼,你们瞒得过谁!"

"这……"

"是不是?你说,是不是?"阮大铖干脆大嚷起来。

"哎,别嚷,别嚷嘛!"杨文骢慌忙制止说。他眨了一会小眼睛,看见抵赖不过,只好妥协了:"不错,马瑶草是对弟说过——其实他也不是不信你,就是怕老兄太爱嚷嚷,一点不合心意,马上又唠唠叨叨地埋怨他忘恩负义,过河拆桥,弄得他不知如何才好。"

阮大铖哼了一声,不服气地说:"我要不是这等提醒他,他能记得住吗——不过,你且说下去!"

"据弟所知,老马之意,是此番拥立,事关重大,若一子着错,就会满盘皆输,到时不只帮不了你圆老,闹不好连他也会倒大霉。这次他南来,不即过江回府,却来这里权且住下,也是想瞧瞧史道邻如何动作。不过,东林方面抬出潞藩,显见是意欲夺取拥戴的首功。就冲着这来头,老马也决不能轻易答应。可说到拥立福藩,因有郑贵妃那一层关系,东林方面只怕也未必肯让步。如今又闹出个'七不可立',就更加难办。所以瑶草想来想去,觉得事到如今,最合适的惟有广西的桂藩……"

"什么?"阮大铖猛地站起来,"桂藩!马瑶草想立桂藩!"他气急败坏地问,"可是桂藩与我老阮有何相干?立他有何好处?他与郑贵妃全无瓜葛,也不与先朝那些案子沾边,更没有被东林奸党排揎禁制的切肤之痛!他又怎晓得我老阮的苦处,怎会为我着想?起用我?倚重我?好啊,闹了半天,马瑶草要立的原来是桂藩!那么,我可要问一问他,他心中到底还有我没有?他说过的话算不算数!"

阮大铖咬牙切齿,怨气冲天地数落着,挥舞着胳臂。由于发现自己正在被马士英暗中叛卖,他简直气得发疯。如果不是想到杨文骢是马士英的妹夫,他很可能连再难听的丑话、脏话都一块儿给骂出来。

"瞧,瞧,你又来了!"杨文骢无可奈何地说,"其实老马也不是不为你着想,他是……"

"不!"阮大铖一挥手,横蛮地吼道,"他马瑶草真个够朋友,就无论如何也得想法子把福藩拥戴上去!东林那伙人不是下死劲儿排揎福藩吗?那正好,我们就偏要拼死拥戴福藩。一旦福藩正了大位,自必对我们心怀感激,言听计从,对东林那伙人心怀怨愤,疾若寇仇!到那时,举江南之朝野,又何愁不是我辈的天下!如今舍福而立桂,闹得咸不咸,淡不淡,冷不冷,热不热的,又成得了什么大事!"

停了停,他又猛地一跺脚,重复地说:"一定要立福藩!"

听了他这么一番连吵带嚷,杨文骢觉得似乎也有道理。他拈着胡子沉吟道:"按说呢,立'福'也不是全无成算,其实拥戴的人也不少。别的不说,前两日我上司礼韩公那儿去,就听他说起,好些有力量的勋臣、科道,俱主此议……"于是,他扳着手指头,举出了现任南京守备的魏国公徐弘基、现任江防提督的诚意伯刘孔昭,以及吏科给事中李沾、河南道御史郭维经、山东道御史陈良弼等一串

名字,末了,又说:

"闻得卢九德也从凤阳来了信,亦主拥立福藩。"

他说的这个韩公,是指南京的守备太监韩赞周;至于卢九德,则是目前正与马士英在凤阳共事的一位守备太监。这两人都是极有权势的人物。阮大铖一听,眼睛顿时睁大了:

"你说什么,卢、卢九德也主立福藩?"

"是韩公这等告知弟的。他二人是极相知的朋友,自然不会有假。"

阮大铖不说话了。他倒背着一只手,另一只手挽着那绺有名的大胡子,慢慢地揉搓着。从他那两道时而明亮,时而阴沉的目光中,不难揣测,他内心正进行着某种新的谋划。

终于,他抬起头来:

"嗯,如今,我有点紧迫之事,须得即刻过江,回留都一趟。烦兄在这儿替我留神着,瞧瞧老马与史道邻谈出个什么结果,从速着人过江去告知我。可办得到么?"

杨文骢虽然有点莫名其妙,但仍旧点点头,然后又问:"等老马他们谈完了,兄再去不行么?"

阮大铖把手一摆:"来不及了!就这么办。这可是大事,千万记紧了!"

说完,他就匆匆转过肥胖的身子,迈开大步,头也不回地转过长廊,很快消失在被早晨的阳光印上了许多树影的月洞门外。

杨文骢怔了半天,终于摇一摇头,慢慢地旋过脸,继续在翩飞着双双彩蝶的花木丛中悠然散起步来。

大半个时辰之后,已经结束了会谈的马士英回到内宅来了。杨文骢一见,立即迎上去问:"姐夫,史公去了么?今日谈得如何?"

"唔,已经谈妥了。可谓英雄所见略同!"马士英不无自傲地仰起尖下巴,山羊胡子下面露出一丝难得的笑容。

"噢,那么——"

"定策迎立桂藩!"马士英口吻坚定地回答。停一停,像想起了什么,又偏过脸来问:"圆老呢?让他快来!"

"啊?——哦,圆老、圆老已经走了!"正在发呆的杨文骢一下子回过神来,连忙回答。

马士英皱起眉毛,疑惑地问:"怎么,走啦!他上哪儿去?什么时候?"

"走了已有大半个时辰,他说有紧迫的事,要回留都!"

第 三 章

一

坐落在三山街的蔡益所书坊,在南京的同业中虽然算不上生意顶大,名声顶响,但也门面宽敞,品类丰盈。在占满三面墙壁的高大书架上,举凡经史子集、闱墨房稿、戏本小说,乃至医书画谱、酒录茶经,可谓一应俱全。同许多书坊一样,它除了贩售之外,还兼营出版和编书。店内附设有刻字和印刷的工场,每年还要聘请若干名家到坊里来选批八股文集。难得的是店主蔡益所为人不俗,喜好结交学者名流,同样编一部书,他店里的食宿和酬金比别处都要优厚些。所以像吴应箕、张自烈这些有名的选家都成了本坊的老房客。凭着这层关系,他们的住处,也自然而然成了圈子里一帮子社友的聚会之所。

在史可法定策到广西去迎立桂王之后的第三天,陈贞慧应社友们的要求,来到蔡益所书坊参加一次小型的聚会。因为当天下午,史可法就要赶回江北的浦口去布置军务,陈贞慧也得随同前往,所以社友们都切望在他走之前,能了解一下政局进展的最新情况。另外,还有一个并非多余的原因,就是黄宗羲于昨天来到了南京,也急于要同陈贞慧见面。

现在,社友们已经齐集在吴应箕下榻的西厢房里。这是一间陈设简朴,但收拾得颇为洁净的屋子。里面照例有床,有榻,有书案和立柜,还有一张八仙桌和几把椅子。墙上没有字画,却显眼地挂着总是被吴应箕带在身边的一柄宝剑和一张古琴。如今,在一窗朝阳映照下,它们都在那里莹然生辉。隔着门上那面低垂的竹帘,可以望见东厢房那有点歪斜的黑瓦顶,以及天井里的盆景和翠竹。

黄宗羲因为是新到,所以在开头一阵子,照例成了社友们包围的对象。大家听他谈起前一阵子的种种经历,都禁不住既感动,又愤慨。感动的是绍兴府的士民们,在得知北京失陷的噩耗后,居然纷纷自动齐集起来,在刘宗周的带领下,前往知府衙门,后来又到了省会杭州,泣血请愿,要求从军杀"贼"。这在江南各府县,还是头一次听说。而令人愤慨的是,无论是绍兴知府王鲲,还是浙江巡抚黄鸣俊,对于士民的一片忠义之忱,竟然都置之不理,要么装聋作哑,要么则以守土待命为理由,干脆加以拒绝。结果,弄得刘宗周毫无办法,只好一面留下来继续催促,一面派黄宗羲前来留都,打探消息,向他报告。

"哼,这一次,弟算是把那伙地方大员的嘴脸看透了!"黄宗羲瞪着眼睛,余愤未消地说,"貌似高深,实则庸陋;貌似持重,实则懦怯!畏首畏尾,瞻前顾后,可他们就偏不怕国破家亡!"

"哎,那黄鸣俊虽不肯举兵北上,但应允率先举哀发丧,也算是难得了!"余怀摇摇头,声音里透着懊恼,"你不见留都?我辈花了如许力气,实指望能把潞藩拥立上去。不料闹了半天,到头来却弄成了上粤西去迎立桂藩。虽则适才定生兄说是迫不得已,但小弟想来想去,总觉得不值!"

"可不!"坐在他对面的侯方域立即附和,"若是潞藩得立,我东林、复社便是定策之功。何况他又是有名的'潞佛子',到其时,江南怕不是我辈的天下!如今闹出个桂藩来,天晓得是个什么脾性儿!"

"不过,决策立'桂',也还不错。只要不是福藩就好。前一阵子,那帮'乌鸦'们闹得如此厉害,弟真怕史道邻撑持不住……"梅朗中小心地说。前几天,他在石城门外送别郑元勋时,曾参与过同拥"福"派的一场争论,对方的嚣张气焰,他想必记忆犹新。

侯方域却不以为然:"哼,这也是疑虑太过!"他撇着嘴说,"大义当前,哪里还顾及得许多。要说怕闹,难道立'桂',他们就不闹么?听说那个刘诚意,还有吏科的李沾,直到昨日,还在清议堂里嚷嚷,非要立'福'不可呢!"

他说的这个"刘诚意",就是指的现任江防提督的刘孔昭。此人是开国元勋刘基的后裔,袭封"诚意伯"的爵位。他一向骄横跋扈,专门同东林派人士作对,是阮大铖在南京的一座靠山。所以一提起他,大家顿时来了气。

"刘孔昭?他何德何能!无非是仗着祖宗的余荫,在那里耀武扬威。别看他眼下挺神气,以为南京就靠他提督操江。哼,流贼不来则罢,若真个攻来时,头一个献江乞降的,没准儿就是他!"这是一位新到的社友,名叫左国棅。他是已故著名东林领袖左光斗的儿子,平生最恨阉党。这种憎恨也推广到一切庇护阉党的人,所以立即带头发起攻击。

坐在他旁边的张自烈点点头,老声老气地说:"据弟所知,这荫爵其实也轮不到他。他父亲本是婢女所生,而且被逐出了家门。他其实是出婢之孙,却冒袭封爵。听说他伯父为这事一直闹着要打官司呢!"

"啊哈!弟只道古人有'而母婢也'之说,原来此公竟是'而祖母婢也',可谓超迈古人了。"有人从角落里抛出来一句,那是已经舒舒服服地摊开手脚,歪坐到罗汉榻上的促狭鬼余怀。

"哈哈哈哈!"大家都被这句刻薄的挖苦逗乐了,解气地哄笑起来。

"哼,还有徐、赵、汤那几个勋臣,我瞧都同刘孔昭一个鼻孔出气,全不是什么好东西!"笑声中,吴应箕冷峻的声音冒了出来。他没有笑,黝黑瘦削的脸上显得怒气冲冲。

于是,大家受了激发,又七嘴八舌地骂开了。

"不错,还有那一伙阉人大珰,这些日子也蠢蠢欲动,想在定策大事上插上一手,看来都没安好心!"

"哼,今后朝廷之上,万万容不得这帮昏浊小人来掺和,否则中兴断乎无望!"

"那当然。这帮人成事不足,败事有余!"

"喂,喂,列位,驱灭贼寇,光复神京,舍我东林、复社诸君子,试问尚有何人能当此大任?"

这最末一句豪迈的自夸,像朝闷烧着的炉膛里捅进一根拨火棒,把大家的情绪一下子拨弄得高涨起来。的确,经历和目睹了这些天南京所发生的种种变化,特别是围绕拥立新君这件大事所展开的激烈论辩和紧张较量,他们已经敏锐地意识到,北京的陷落固然是一场空前的大灾难,但是随着江南地区在政治上不可避免的崛起,又给他们创造了施展抱负的现实机会。如果说,在此之前,权力中心对于他们来说,毕竟还颇为遥远的话,那么眼下它却突然变得相当具体、实在,仿佛一伸手就能够触摸得到似的……所以,有片刻工夫,虽然谁也没有说话,但兴奋、自信,而又雄心勃勃的光芒,却从那一双双若有所思的眼睛里,分明地闪现出来。

二

在这一阵子交谈当中,只有两个人没有开口说话,一个是顾杲,他始终保持着冷漠而阴郁的态度,另一个就是陈贞慧。不过,他的情形与顾杲不同。事实上,在向社友们透露史可法决策迎立桂王的时候,陈贞慧也曾经有过顾虑,生怕大家想不通,还准备为此做一番解释说服的功夫。后来,看见大家尽管也发发牢骚,毕竟还是接受了下来,而且似乎并没有影响热情和斗志,他才又放了心。只是,作为这帮子人的头儿,陈贞慧的考虑却更多一些,也更深一些。他明白,自己和朋友们尽管满怀报国效死的热忱和壮志,但到底都是一些尚未取得功名和官位的读书人,不可能直接参与朝廷的决策,甚至连执行的资格都没有。而在眼前的形势下,又不容许再按部就班地慢慢等待。因此,陈贞慧已经设想了一个计划,就是让社友们学自己的样子,在取得正式功名之前,先设法进入各个重要衙门充当幕僚,以便凭借当权人物的信用,谋求对政局发挥影响。由于圈子内的这些社友,都是士林中的知名人物,有些还是官家子弟,在陈贞慧看来,这是不难办到的。不过几天前,他把这个设想去同复社的元老人物——周镳商量,老头儿却没有吭声。而当陈贞慧进一步表示,愿意把这件事全面承当起来,只希望对方能凭借在官场中的老关系,给予帮助时,周镳也只淡淡地说:"看看再说吧!"老头儿的这种态度,使陈贞慧多少有点失望,但并没有改变他的决心。今天,陈贞慧就是带着那一套设想,前来赴会的。他刚才没有马上提出来,是觉得慷慨激昂的情绪,对于下一步的商议很有好处,有意让大家发挥得更充分一点。不过,坐在一旁、始终冷冰冰一言不发的顾杲,却使陈贞慧有点担心。这些天来,顾杲的情绪一直很坏,显得比谁都绝望沮丧,而且任何劝解都听不进去,同以往那种乐观豪迈相比,像是完全换了一个人。为了防止他突然说出使大家扫兴的话,破坏了眼前的气氛,陈贞慧决定尽快把谈话引入既定的设想中去。他清一清嗓子,等大家安静下来之后,便开始说:

"列位社兄适才之言,令小弟甚为感奋!古人云:三军可以夺帅,而匹夫不可以夺志。但能存此一段志气,中兴大业,何忧不成!况且,眼下神京不幸陷于贼手,然而大江南北,大半仍属我大明之天下。就军力而言,留都守军及江北黄、高、二刘四总兵所辖者,当有三四十万之众,加上武昌左良玉的八十万大军,总数不下百一二十万。福建郑芝龙及两广、云、贵之兵,尚不在其内。只要朝野同心,匡扶社稷,定能光复神京,寸磔闯逆,以报先帝之仇!"

陈贞慧不愧是这帮子人的领袖,不仅考虑事情更加全面深入,而且掌握情况也比大家更加清楚。别看社友们刚才慷慨激昂地嚷得挺欢,对于许多事情其实都不甚了了。他们的热情与其说是建立在对形势的清醒估计上,不如说是建立在盲目的自信上。所以,忽然听说明朝方面居然还有这么庞大的兵力,反而吃了一惊。

"什么? 光是江淮一线,就有一百多万! 这可是真的?"

"那么,何以不赶快出师北伐,趁流贼立足未稳,夺回神京?"

"是呀,听说流贼之兵,不过三四十万。兵法有云:'倍则围之',我兵多于流贼何止两倍,大可将之重重围困,然后一鼓歼之!"

"咦,可不是'倍则围之',是'十则围之'!"

"'十则围之'……不,是'倍则围之'。弟记得的!"

"是'十则围之'!"

这争论的两位是梅朗中和余怀。吴应箕大约看见如不制止,他们便会争论个没完,于是把桌子一拍,不耐烦地说:"淡心说的对,是'十则围之'! 不过,先别管这个了。眼下还轮不着我辈去领兵打仗,倒是商量一下,如何管领这留都的清议是正经!"说着,他转过长着刺猬般胡子的脸:

"定生,你且说下去!"

陈贞慧点点头,拿起茶杯,呷了一口,又继续说:"适才兄等曾言,时至今日,能砥柱中流,担当中兴大任者,舍我东林、复社而外,已无他人。此自是当然不易之理。惟是中兴之要务,当以何者为第一,兄等可曾思及么?"

"这——自然是拥立新君,再造朝廷。"看见一时间没有人做声,梅朗中憋不住冒出一句。

陈贞慧微微一笑:"弟是说新君登极之后。"

"那就该出师北伐!"

"该举哀发丧!"

"该起用贤能!"

好几个声音抢着回答。

"不对!"有人忽然大声反驳。大家回头看去,发现原来是黄宗羲,也许因为初来乍到,对留都的情形还不太了解,所以这一阵子,他只是静静地坐着,没有插嘴;不过,此刻却分明地激动起来。

"不对!"他吵架似地重复说,"新君即位之后,第一等要务,乃在于痛下决断,力矫先朝积弊,博采良谟,颁行新政,以纾民困,固国本,如此,方能言图存,方可言中兴!"

陈贞慧的目光闪亮了一下,赞许地点点头:"正是如此!惟是先朝之弊,积重已深,非以绝大之毅力心智,不能有济。如今虽有史、高、张、姜诸公,合力把持于上,恐犹未足当陈规腐说之扞格,须得我仁人君子,各展长才,群策群力,庶几能收拨乱反正之效。所以,时至今日,我辈若仍谨守既往,以主持清议为务,已不足以言应变,不足以言建功,必须更进一层,直预其事,方不致错失良机,空负此一腔忠贞热血!"

复社历来的行动方式是主持清议,量裁人物,除此之外,大家还从未想到过有别的干政办法。所以忽然听陈贞慧说还要"更进一层",大家都不禁瞪大了眼睛,随即又你看我,我看你,现出迷惑的样子。

"只是,以我辈一介布衣,又何从直预其事?"有人迟迟疑疑地冒出一句。

"唔,兄且听弟说!"陈贞慧做了一个有力的手势,不由自主兴奋起来。他深深吸了一口气,打算说出自己的计划。然而,就在这时,一直沉默地坐在角落里的顾杲,忽然站起身,拱一拱手说:

"列位社兄且坐,小弟告退了!"

说完,也不待大家答应,他就转过身,头也不回地向门外走去。

陈贞慧错愕了一下,连忙追问:"哎,子方兄,你要上哪儿去?"

顾杲却不回答,转眼间已经走出门外。陈贞慧急了,匆匆站起身,三步并作两步地追了出去,跟着追出去的还有黄宗羲和梅朗中。

"子方、子方,别走啊!你这是做什么?"他们朝顾杲的背影一齐叫唤。

顾杲站住了。他回过头来,阴郁而冰冷地望着朋友,嘴唇翕动了一下,仿佛想说什么,但终于仍旧转过头,迈开大步,很快消失在通向书坊铺面的那扇门内。

陈贞慧同黄、梅二人交换了一个莫名其妙的眼色,拿不准是否要追他回来。黄宗羲因为同顾杲一向顶要好,自告奋勇地说:

"我去!"

随即,他就三步并作两步,匆匆跟了出去。

陈贞慧无可奈何地目送着,正打算同梅朗中返回西厢,忽然,传来了一个兴冲冲的声音:

"啊哈,小弟只道是谁,原来是二位社兄在此,幸会,幸会!"

随着话音,走过来一位衣饰考究的绅士。当那张胖胖的、长着一双小眼睛的圆盘脸映入眼帘时,陈贞慧不由得一怔,认出那人原来是马士英的妹夫——罢职知县杨文骢。

本来,论亲戚关系,杨文骢无疑属于马士英、阮大铖一派。但由于他为人随和,喜好结交,而且早年参加过复社,所以同陈贞慧他们也时有来往,遇到个什么消息也每每会透个风儿。譬如去年春天,驻扎在武昌的左良玉借口缺饷,曾一度打算拥兵东下,到江南来就食,把江南的臣民闹得很紧张。当时,阮大铖因为记着两年前托人说情、请求侯方域代他向复社疏通、遭到拒绝的旧恨,竟乘机散布谣言,诬蔑侯方域是左良玉东下的主谋和内应,企图加以陷害。结果,是杨文骢得到消息,通知侯方域预先做好防备,阮大铖的阴谋才没有得逞。所以,对于这位好好先生,就连陈贞慧也不知拿他怎么办才对。倒是杨文骢本人,似乎丝毫也不为自己的立场感到为难;相反,觉得这种两边讨好的做人办法挺有味儿,并且打算继续做下去。现在,他一颠一颠地奔过来,朝陈贞慧和梅朗中挨个儿作着揖,喜滋滋地说:

"适才,小弟在外间,请蔡老爸给瞧瞧他新收到的几部宋版,见黄太冲、顾子方二位社兄匆匆走出。小弟喊也没喊住,顺脚进来瞧瞧,方知二位原来也在,甚是失敬!"又问:"几位是一道来的,还是偶遇?怎么这等巧?"

鉴于对方是那样一个人,陈、梅二人自然不肯以实情相告,于是各自还了礼,含糊地应了一声。

"二位社兄都是忙人,难得一见,令小弟思之若渴,今日得此巧遇,何妨就借蔡老爸的静室小坐,一抒积悃,如何?"杨文骢显然不知西厢里还藏着好些人,所以热情地提出邀请。

"多感杨兄盛情,只是弟等眼下尚有他事,无法久留,祈请见谅!"陈贞慧彬彬有礼地推辞着。

"真的,定生兄的贵乡来了个人,弟是特意来寻他回去的。"梅朗中帮着扯了一个谎。

杨文骢显然有点惋惜。他沉吟说:"那么,明儿晚上,小弟在媚香楼定一席酒,请二位赏光过去,还请上子方、太冲二兄,共谋一醉,如何?"

"嗬嗬,眼下是什么时候,小弟岂有心思买醉寻欢!"陈贞慧不以为然地摇摇头。停了停,他又缓和地一笑,"仁兄厚意,贞慧心领,就此别过,改日再图答谢!"

说完,他拱一拱手,向梅朗中使个眼色,转身就走,却不回西厢,反向铺面那边走去。

杨文骢接连碰了两次钉子,却丝毫没有着恼。他大约只为这一次讨好未能成功,感到颇为惋惜。他那一双小眼睛不停地眨巴着,目送着陈、梅二人的背影,突然瞳仁一亮,扬声招呼说:

"哎,二位社兄,请留步!"

等陈、梅二人迟疑着,转过脸来,他就赶紧迎上去,瞅着对方的眼睛,压低声音说:

"嗯,二位兄台可知道,这迎立桂王之事,只怕未必能成呢!"

看见陈、梅二人对望了一下,没有做声,他又急急地补充说:"日前史公和马瑶草虽然已经定策,惟是用心纵好,只怕远水难敌近火!"

"你、你说什么?"陈贞慧的眼睛不由得睁大了,脸上的淡漠表情消失得无影无踪。

"这……"杨文骢迟疑了一下,似乎一时拿不准主意,到底该不该说。不过,讨好的愿望最终还是占了上风。他左右张望了一下,随即做了一个手势,把陈、梅二人引到竹树丛旁,这才神色郑重地说:"好教兄等得知,虽然史大司马已定策立'桂',迎驾使臣亦打点法物乘舆,不日前往广西。惟是操江刘诚意、司礼监韩赞周等勋臣大珰仍力主立'福',决计联络江北四镇共襄其事。日前,阮圆海已带着他们的书信过江,到凤阳去见守备太监卢九德商议。结果怎样,还不知晓呢!"

这消息实在过于骇人。陈贞慧情急之下,一把扯住对方的衣袖,紧张地问:"这、这事可是真的?"

杨文骢不高兴了。他鼓着腮帮子说:"小弟何曾诓骗兄来!"

陈贞慧自知失态。他松开对方的袖子,摆一摆手,表示不是这个意思,同时紧皱眉毛,思索起来。末了,他喃喃地问:

"那么,凤督马公之意如何?"

杨文骢摇摇头:"马瑶草尚未闻知此事。徒弟得知时,他已启程回任,离开留都了。"

三

"子方,子方!"黄宗羲一边招呼着,一边从后面赶了上来。

这当儿,顾杲已经离开了蔡益所书坊,在三山街上走出好远一段路了。听见朋友叫唤,他没有回头,也没有停住脚步,相反,却咬紧牙关,走得更急。这种情形引起了街上行人的注意,纷纷向他们投来疑惑的目光。

"嗨,子方!"黄宗羲终于赶上了朋友,同他并肩走着,气喘吁吁地追问,"你这、这是做什么?"

顾杲仍旧一言不发,只管往前走。

黄宗羲急了,一把扯住对方的衣袖:"兄到底意欲何往?不说明白,那就别走!"

顾杲转过长鼻子,冷冷地瞅着朋友,随即用了一个坚决的动作,把袖子挣脱,扭头又走。

"嘿,站下!"黄宗羲跺着脚大嚷,一张脸气得发白,"兄这样子不成!不该如此!知道么!"

然而,顾杲仿佛没有听见,他紧皱着墨黑的眉毛,咬紧嘴唇,像一匹性情固执的驴子,头也不回地向前走去。

黄宗羲不知所措地愣住了。诚然,从昨天彼此见面的一刻起,他就发现顾杲的情绪消沉得异常,尽管是久别重逢,顾杲却似乎连话都不太愿意同自己说,刚才在书坊里那大半天,对方的神情也丝毫未变。这都使黄宗羲感到纳闷不解。眼下,他自告奋勇前来追赶,以为凭着彼此的亲密交谊,至少能把朋友挽留住。谁知顾杲竟冰冷决绝到不近情理的地步,这就使黄宗羲开始感到不对头了。"嗯,莫非他因北都之变痛愤过度,打算去走那一条路?"这个不祥的猜测一闪现,黄宗羲顿时紧张起来。本来,他很想听听陈贞慧那个参与改革朝政的计划,这时也顾不得了,只慌忙迈开大步,迅速跟上去,并在一条街巷的入口处又一次赶上了朋友。

"好,兄若不愿明言,弟不追问便是。"他妥协说,"不过,弟也不回书坊了。在屋子里窝了半天,此刻就陪兄走走,散散心也好。"

说完,也不管对方同意与否,他只管紧紧相跟着,一起朝巷子深处走去。

南京虽说是江南地区首屈一指的大都会,而且有六朝金粉地之称,繁华奢侈的景况,甚至连京师也比它不上,但是真正说到热闹拥挤,其实也就是城里城外那一二十处主要的大街和市集。何况偌大一座城,只住着三四十万居民,比起别的城镇,自然算是多得不得了,其实到底并不过于稠密。所以一旦转入普通的街巷,整个气氛就冷清下来。只见一幢接一幢的木板平房,沿着巷子两侧向前延伸,上面覆盖着清一色的黑瓦顶。大多数人家的门前,都围着一道竹篱笆。里面的居民,照例是些寻常老百姓。境况稍好的,门面照例整齐些,大都会用红绿油漆装饰一下;那些家境贫寒的,房子也就难免东倒西歪,显得破败而灰暗了。

现在,两个朋友默默地走在狭长而寒伧的街巷里,谁也没有说话。就黄宗羲而言,并非不想开口,只因顾杲始终保持着阴郁的沉默,使他失去了交谈的对象。不过,越是这样,黄宗羲就越觉得,老朋友今天的情形相当反常,说不定当真会出事。虽然在绍兴那一次,他费了好大的劲,总算促使老师刘宗周放弃了殉国的念头,但在前来南京的途中,仍然不断听说有人因为悲痛过度而自寻短见的。直到昨天,他还听说南京的兵备副使梁亭表,至今还在痛哭绝食,决心追随先帝于地下。本来,以顾杲平日的精明强干,应当不会轻易走上那条路。但北京的事变对人心的冲击实在太大,任何意外的情形都有可能发生。所以,见朋友始终不肯吐露口风,黄宗羲只有寸步不离地跟着,以防万一。

不过,渐渐地黄宗羲就疑惑起来。因为走着走着,他发觉不知怎么一来,街巷上的景况变得愈来愈眼熟。再走上一阵,他心中一动,蓦地明白,顾杲其实正在朝他们借寓的地方——周镳的宅子走去!

周镳的这所宅子,坐落在两条巷子的交接处,是一幢带院墙的庭院式住宅。周镳是金坛人,一应的产业全在那边。这宅子是最近来南京后才赁下的。他因为单身一人,只带着几个家丁,住不了许多地方,便把顾杲招进去住了东厢,待到昨天黄宗羲来到南京,他又腾出西厢的房子让他居住。这除了因为周镳对黄宗羲,也如同对顾杲一样,感情历来比较亲密之外,还因为他知道黄宗羲的家境不宽裕,这样子可以使黄宗羲省却一笔开支。

发现朋友哪儿也不去,却领着自己回到住处来,黄宗羲那颗悬着的心,总算稍稍放下了一点。"行,只要回到这里,事情就好办。我总有法子把你劝解过来,不再去胡思乱想!"看见顾杲进了门,径直朝东厢走去,他也跟了过去。

顾杲走进起居室,就站住了。

"顾长,顾长!"他大声叫唤。等又高又瘦的仆人应声奔进来,他就阴郁地望着他的下巴,吩咐说:"你去——即刻收拾行李,然后再去船行瞧瞧,看几时有船去无锡——快点!"

顾长显然毫无思想准备,但主人那冰冷的神情使他不敢多问,只眨眨眼睛,躬身答应说:"是!"

黄宗羲却吃了一惊。

"怎么,兄这、这就要回无锡?"他忙不迭追问。

也就是到了这时,顾杲的神色才缓和下来。他把长鼻子转向朋友,平静地说:"正是。眼下留都立君之局已定,弟再留无益,是以打算束装归里,以慰双亲悬念。只是与兄一别二载,今日幸得相会,弟却未能奉陪,甚觉歉疚,惟有在此谢过了!"说完,深深作了一揖。

黄宗羲迟迟疑疑地回着礼。"怎么,闹了半天,原来他反倒是打算撒手不管,一走了之?当此社稷危倾之际,身为仁人君子,又岂可畏死逃责,自弃所求?"他不以为然地想,口气随之变得严峻起来:

"子方,你说的可是实话?你当真要回无锡?"

"……"

"莫非兄以为,眼下没有别的事可做了?"

"别的?"顾杲望了望朋友,随即又移开了眼睛,神情显得有点激动,"时至今日,还有什么别的可干?"

"怎么会没有?"黄宗羲反驳说,"眼下神京不幸陷于贼手,可大江南北仍是我大明的天下,元气未竭,民心可用,兼以迎立之议已成,新君不日便可即位。此正是我志士仁人勠力同心,匡扶社稷,扫灭流寇,再整乾坤之时,又怎会无事可为?"

顾杲冷笑一声,恶意地说:"兄以为,只须立了新君,江南就靠得住,大明就能中兴么?或者以为,只须我东林、复社勠力同心,就能扫灭流寇、光复神京?依弟看,这全是做梦!适才在书坊里,朝宗、淡心、次尾他们一个劲儿起哄,还有定生,说得煞有介事,其实统统是做梦!"

"啊,做梦?"

"哼,北都所以有今日之变,是因圣上昏庸么?是因百姓贪乱么？都不是！皆因我朝二百七十年间，种种弊端苛政，已至积重难返。非厉行改革，不足以图存。惟是先帝在位十七载，宵衣旰食，欲谋社稷之安，却独不以改革为急务，遂致国事大坏，终不可救。时至今日，诸君子纵有改弦更张之想，到底还有什么用！譬如广厦巨舟，当其飘摇风雨之际，不急图抢救，及至倾覆过半，裹伤逃死尚且不暇，复有何改革之可言？而不行改革，却谓恢复不远，中兴可期，岂非痴人说梦！"

"可是……"

"兄听我说！"顾杲粗暴地挥了一下手，"若问先帝励精图治，何以改革终不能行？此无他，皆因先帝虽知东林为君子，却因所依附者不纯为君子而疑之；虽知攻东林者为小人，却以其可以牵制东林而参用之，卒至君子尽去，而小人独存。是故迨及国变，终无改革之心，亦无主持之人，此君子、小人两立之大害也！若谓南都新立，未尝不是改弦易辙之机，惟是东林当道诸公，全不以先朝为鉴，竟慑于拥'福'派之气焰，改立桂藩，更将此举商之于马瑶草！马瑶草是什么东西？阮胡子的一个死党！十足的奸险小人！今后朝政，竟容此辈掺和，试问还有什么指望？又有什么可为！"

顾杲大声地、咬牙切齿地说着，神情是那样激愤，目光是那样痛苦。看来，他对于当前的局势确实已经根本绝望，他之决定归隐乡里，也是无法改变的了。

黄宗羲不由得沉默下来。不错，在得知朋友并非打算寻死，而是试图一走了之的当儿，他确实大为反感。然而，顾杲这一番尖锐得近乎刺耳的分析，却深深地震撼着他的心。事实上，老朋友的不少看法，包括其中说到的许多话，都是黄宗羲平日所想到、并且经常提出来同对方讨论的。有一些，简直就是出于黄宗羲自己口中的原话。然而，最近这些天来，由于某种复杂的、混乱的、说不清的原因，他却一直有意无意地回避着，不愿意深入地去想它。如今，由朋友之口毫不容情地指出来,使他像被一下子扯掉了蒙在眼前的黑布,对时局再也无法不加以正视了。

"倘使兄必定要走,"终于,他沮丧地低声说,"那就走吧。趁早走了,或许还能免于到时玉石俱焚!"

顾杲正挑衅地盯着朋友,分明在心里憋足了劲,准备迎接必然爆发的激烈争论。听了这句话,他怔了一下,兴奋的神态消失了。他收回视线,默默转过身,在屋子里走了几步,随即站住,悻悻然问:

"既然如此,兄为何不走?"

黄宗羲苦笑了一下,摇摇头:"弟不走。"

"为什么?"

"弟不能走。"

"有什么不能?"顾杲突然跺了一下脚,愤怒地大嚷起来,"啊,有什么不能?你说!用之则行,舍之则藏。既然我说什么他们都不当一回事,既然他们……"

"可贤契乃东林之后!"一个严厉的、略带沙哑的声音突然插了进来。黄宗羲愕然回过头去,发现门槛外,站着一位脸孔瘦小,却须发蓬然的长者,正用那双黑中带绿的眼睛,从浓密的眉毛下直望着顾杲。原来,不知什么时候,周镳已经闻声来到了。

"当初,"周镳跨进门槛,继续说,"二位贤契之先人生逢朝政浊乱,纲纪倒置之世,为谋社稷之安,曾不惜以颈血一溅权奸,终致沉冤诏狱。幸赖大行皇帝英睿神武,诛戮客、魏,穷治阉党,为东林昭雪表旌,我辈君子方能有今日。目下国难方殷,君仇未复,莫非贤契竟忘却先人之志,竟欲避艰逃责耶?"

在复社士子们的心目当中,周镳的话一向有着很重的分量,何况此刻他又是一副疾言厉色的神情,所以,不仅顾杲像是给人扼住了脖子似的,呆着脸噎住了,就连黄宗羲也讪讪地低下了头。

"学生还记得,"周镳收回责备的目光,口气也稍稍缓和下来,"戊辰那一年,贤契与太冲等一班东林子弟进京讼冤,聚哭于午门之外,声闻禁中。当时,先帝特遣内臣传谕曰:'此忠臣孝子之声也,朕心甚哀!'凡我君子,聆此纶音,莫有不感动悲怆,血沸胸臆者。愿君等铭记此语,纵有千难万险,也应苦节坚行,誓灭狂寇,以报先帝再造之隆恩!"

这么说完之后,大约认为已经足以使顾杲幡然醒悟,周镳就不再理会。他把须发蓬然的脸转向黄宗羲,问:

"嗯,今日兄上书坊去,可见到陈定生?他对兄等说了些什么?"

黄宗羲正默默地注视着神情痛苦地抱着头,跌坐在椅子上的顾杲。"啊,也、也没有说什么。"他回过头来慌忙回答。

"难道他没有说让你们都去当幕僚的事?"周镳紧盯不放,显得十分关切。

"当幕僚?没有呀!"黄宗羲迷惑地摇摇头,随即又"哦"了一声,说,"他是说过,让我们不只要管领清议,还要参与朝政,可如何参与,他尚未及说,小侄便随子方出来了,是以不曾听见。"

周镳点点头:"这便是了。他说参与朝政,无非是让你们都去当幕僚!昨日他把这事拿来问我,还要我相助于他。我见他兴冲冲的样子,便没有即时驳回。其实,我复社之所以有今日之声威,全凭以在野之身,在士林中主持清议,使当道有所忌惮。一旦都去当幕僚,便得听命于人,言行俱受所制,还主持得了什么清议?况且,幕僚也者,充其量不过是书办杂役的角色,又哪里轮得着你参与朝政!"

陈贞慧在提出参与朝政的设想时,由于曾经明确表示,目的在于影响当权者,以推动朝廷革除积弊,颁行新政,所以黄宗羲本觉得颇对自己的心思。如今听了周镳一通尖锐的指斥,他不由得沉吟起来。不过,改革朝政是黄宗羲多年来孜孜以求的主张,要是连尝试一下的机会都放弃,他还真有点舍不得。所以,迟疑了一下,他忍不住试探说:"以小侄之见,或许不妨试着当一阵子?若看着不成,再行辞出……"

谁知,不等他说完,周镳已经暴怒起来:"这是断乎不可的!"他蛮横地把手一挥,厉声说,"你以为陈定生真要改革朝政么!他是想当西张夫子!想把你们一个个全捏在手心里,听凭他摆布!哼,我早就瞧出此人工于心计。不过,只要我周某活着一天,他就是枉费心机!"

说完,他怒气冲冲地往椅子上一坐,把黄宗羲和顾杲惊得像给施了定身法似的,呆呆地瞪视着,老半天也说不出话来。

四

杨文骢在蔡益所书坊里所透露的消息,固然使陈贞慧和他的社友们感到紧张不安,但到了钱谦益那里,所引起的震惊就更加强烈。虽然,经过包括史可法在内的决策核心反复商议,认为卢九德充其量只是一名太监,江北四总兵作为武人,按制度也无权干预朝政。尽管他们手中有军队,但企图把持拥立新君这么一件大事,无论在朝还是在野,都缺乏必要的号召力。只要马士英回到凤阳后,能坚持南京方面的既定决策,估计那伙人到底闹不出什么大名堂。为了保险,史可法当即写了一封信,郑重重申福王有"七不可立",敦促马士英信守前约,切勿动摇。此外,史可法还马上前往江北的浦口,整备军事,以防变故。不过,尽管如此,钱谦益仍旧忧心忡忡,一天到晚心惊肉跳,生怕当真出现什么事变。因为很清楚,那个"七不可立"的说法,是他首先提出来的,正如吕大器当初指出的:要是闹到末了,这皇帝的宝座仍旧由福王继承,那么,他钱谦益别说复职升官,只怕连脖子上这颗吃饭的家什,都得准备随时搬家。所以,此后一连几天,钱谦益可以说食不甘味,睡不安寝。而对于史可法坚持远道迢迢地去迎请桂王,不肯当机立断地把潞王立即接来南京,他更是怨恨得咬着牙,一次又一次地把方砖地跺得咚咚响。

眼下,已经到了四月二十七日。钱谦益用过早膳,照例离开下榻的小院,踱过吕大器的书房里去。他发现,老朋友已经穿好出门的大衣服,正由仆人相帮着,最后扶正头上那顶乌纱帽。看见钱谦益走进来,吕大器点点头,做了一个让座的手势。

"俨老,今日可有消息么?"发觉不是可以从容交谈的时候,钱谦益只拱一拱手,没有坐下来。

"没有。"吕大器摇摇头,"并无新消息。"

"弟不是说江北,是城里……"由于根据所得的情报,江北四镇的动向,同住在南京的诚意伯刘孔昭、司礼太监韩赞周等人颇有关系,钱谦益一直主张密切注意这些"内应"的动静。

"城里?城里也没——哦,适才魏国公府着人来,请弟过去议事。到时或者会有些消息也未可知。"

"议事?会不会是马瑶草——"钱谦益马上敏感起来。

吕大器望了他一眼:"来人没说,只怕不会吧,马瑶草——他不是已经回复史道邻,说他信守前约么!"

"弟所虑者,正是此事!若他马瑶草真心守约,何以不堂堂正正地复书,只着来人带回口信?此中必定有诈!"

吕大器不说话了。这个问题,近两天来他们其实已经讨论过好几次,对于马士英这种违背常礼的做法,钱谦益坚持认为存在着重大疑点,说不定成心要把史可法那封重申福王"七不可立"的信函扣下来,作为将来的把柄,所以才故意拿一句口说无凭的"信守前约"来敷衍。这个判断如果属实,那么不用问,马士英必定已经背信弃义,彻底倒向了拥"福"派的一边。不过,对于这种揣测,吕大器却始终有所保留,认为以马士英平日的刚愎自负,大约还不至于如此。

"哼,这件事,都怪史道邻当初心志不坚,该断不断,才闹成这等太阿倒持的局面!"钱谦益愤愤地说。由于担忧,也由于怨恨,他的五官扭成了一团,变得十分难看。

吕大器无言地望着朋友。他显然不想再争论,所以,只淡淡地说:"眼下江北尚未闻有异动之象,或者是我等过虑也未可知。何况——"他停了停,抿紧了嘴唇,使小铲子似的下巴显得更加强横突出,然后才接着说,"即使马瑶草当真背信弃义,意欲改立福藩,只须我留都诸君子合力把持,坚拒不纳,他也无法得逞!"

"怕就怕事到临头,诸公未必有胆魄与之相抗。"

"哼,兄只管瞧着好了!"吕大器捏紧了拳头,一双眼睛在耸拔的眉毛下闪射出坚定的光芒。随即,他拱一拱手,"时辰不早了,弟这便要过去。请兄自便,失陪了!"

说完,他略略提起官服的下摆,跨出门槛,径直向外走去。

钱谦益照例跟出院子,然后站住脚,目送着吕大器那瘦小倔强的背影匆匆远去,消失在交荫着芭蕉和玉兰的长廊深处,他才默默转过身来。

由于得到了老朋友的坚定保证,现在,钱谦益稍稍宽心了一点。他仰起脸,瞅了瞅东边屋脊上的日影,随即记起柳如是说过,今天要出门访友。于是,他暂时把眼前的心事放下,离开月洞门,走回自己下榻的院子去。

柳如是是四天前,带着红情、绿意和几名男女仆人从常熟来到南京的。事前她并没有征得丈夫的许可,直到见了面,才说因为在家里左思右想,放心不下,便自拿主意赶来了。钱谦益自然明白如夫人对他这次出山谋事的关切,只是,一来事情进展并不顺利,没有什么值得夸耀的成果;二来像这么一件关系社稷前途的头等大事,他也不愿意让侍妾来指手画脚。所以,尽管他装出高兴的样子,安排柳如是住下来,但有许多内情,就不是那么直截了当地对她说,更别说深入商量了。这种心思,自然瞒不过绝顶聪明的柳如是,她于是冷笑一声,不再追问,不过,从此也就不肯安安分分地守在家里。一连两天,她都撇下老头儿,管自领着仆人跑到外头去,说是要烧香还愿,还要寻亲访友。

钱谦益刚刚踏进院门,就听见左侧的一个亭子里传来女人咻咻的笑声。钱谦益知道,今天柳如是要上秦淮河房去。因她那顶要好的手帕姐妹惠香,半年前来到南京,一直租住在那里。听柳如是说,惠香昨天已经前来拜访过,并约好今天亲自过来接她上那边去。说起来,自从前年夏天在常熟有过几天相处之后,钱谦益就再没有见过惠香。不过这个年轻女子的娇嫩和妩媚,却仍旧在钱谦益的心里留存着颇为新鲜美好的印象。所以,这会儿听见那熟悉的笑声,他就不由自主转过身,穿过交荫的花树,径直朝亭子走去。

果然,惠香正坐在一个石墩上,同打扮得整整齐齐的柳如是在那里静静地下棋。蓦地看见钱谦益走进来,她就放下棋子,站起身子,把衣袖交叠在腰际的一侧,迎着他行礼说:

"姐夫……"

钱谦益眨眨眼睛,暂时顾不上回答,只急切地把对方打量了一下,同时,由于意识到柳如是的在场,又迅速地移开了眼睛,心里却有点纳闷:怎么,她就是惠香?何以看上去不大像?正想着,柳如是的嗓音已经轻飘飘地送了过来:

"相公,人家在给你行礼呢!"

钱谦益"哦"了一声,连忙抬起头,恰巧同惠香再次打了个照面。也就是在这时,他才看清了,眼前站着的,确实就是那个惠香,只不过两年没见,她明显地长大了,也成熟了许多。虽然依旧那么妩媚,却少了几分羞涩,多了几分老练。此刻,她正眯缝着那双酷肖柳如是的细长眼睛,亲切而坦然地瞅着自己。

"哎,小娘子不必多礼!"钱谦益做了一个手势,含糊地答了一句,同时止不住有点失望——仿佛他要寻找一个人,见到的却是另外一个人似的。于是,原先那股子热情,不知怎么一来就消失了。他踌躇了一下,转向柳如是,用纯粹是凑兴的口吻问:

"那么,你们这就要过去?"

柳如是正留意着丈夫的动静,嘴角始终挂着一丝讪笑。这时,她伸出一只手,让红情扶着,站起来。

"若是钱老爷嫌我们姐妹在这儿碍事,这就过去也未尝不可。"她装出无所谓的样子说。

"哦,绝无此意!"钱谦益连忙说,"如若夫人不想出门,那就别去了,惠香也别回去,留下来住两日,你们姐妹也好亲近亲近。"

柳如是撇撇嘴,哼了一声:"让惠娘住下,相公说得忒轻巧!须知这儿是兵部衙门,不是半野堂!再说,人家惠娘早晚便是李给谏的人了,还肯来泡你这窝子浑水?"

"啊,李给谏?哪个李给谏?"

"这留都有几个李给谏?能让我这位妹妹瞧得上的,也就只有吏科那一位罢咧!"

她这么说,分明是指的吏科给事中李沾。此人在南京也算得上是个顶能活动的角色,而且前一阵子伙着刘孔昭等人,力主拥立福王,闹得挺欢。所以钱谦益听了,颇为意外,连忙转身对惠香说:

"原来小娘子要从良了,可喜可贺!"

惠香红着脸儿,忸怩地微笑说:"还不定哩,钱老爷莫听姐姐起哄。"

"我可没起哄!"柳如是说,"李老爷已经答应替她落籍了。哼,人家李老爷可是聪明人,也不用求爹告娘,也不用赠诗送礼,就有本事让那等勋臣大珰、都督总戎,全都奉他为上宾,言听计从的。不似相公,枉自在官场混了大半辈子,到如今仍旧攀不上几个真正靠得住的,白费了浑身力气,还不知道人家买账呢,不买账!"

"你——"钱谦益的目光闪动了一下。受到侍妾这样的奚落,而且当着外人的面,他感到有点难堪,但又不便解释。特别是听说惠香将要嫁给李沾,而李沾又是拥"福"派的中坚分子,眼下局势正处于微妙难测的当口,任何大意和失言,都必须绝对避免,所以他只好仰起脸,打个哈哈:

"夫人真会说笑!"

然后,略一踌躇,他又做着手势,说:"嗯,你们接着下,接着下!眼下我尚有些杂务,须得即速料理,那么,暂且失陪了!"

说完,他就转过身,离开亭子,沿着洒满碎荫的砖砌小径,匆匆朝书房的方向走去。

"姐姐,"惠香一边重新在棋盘前坐下,一边微笑地说,"两三年不见,姐姐像是益发把姐夫摆布得顺溜服帖了!"

柳如是正用纤纤玉指拈起一枚棋子,在寻找落子的方位。她不在意地说:"是么,我怎么没觉出来?"

惠香嗤地一笑:"还说没觉出来呢!我瞧姐夫那张脸都快挂不住了,慌得我心里直扑腾,生怕他要当场发作。你们两口子拌嘴不打紧,可叫我这个外人怎么呆下去?还成,姐夫的脾气硬是好得不得了,一声哈哈就打发过去了!"

柳如是把那枚白色的棋子"笃"地按到棋盘上,得意地哼了一声:"也就是这年把好点儿罢啦!起初他可不是这个样儿。记得那时节,他一点儿小事就直冲我嚷嚷,又吹胡子又瞪眼睛。你想姐姐何曾受过这份窝囊气?后来,着实让他吃了几回苦头,他才慢慢儿老实了!"

"哦？不知姐姐使了什么法儿，竟这般灵验？"

"什么法儿？不理他呀！我也不用同他吵，不用同他争，只须把他撂在一边，不同他说，不同他笑。夜里到了床上，他再怎么着，我偏不兜搭他，扯过被儿只管蒙头自睡。这么几天下来，他便得乖乖儿颠倒过来求我了！"

"这、不过……"

柳如是把手一挥："你听我说哇——他低声下气求我吧，哼，还不成！我还必定让他光着身子，跪在床头，自个儿一根一根地拔胡子，一桩一桩地认不是！古人不是有'擢发难数'的话么，我就让他擢须自数！这么几回下来，老头儿就不敢再跟我犯横啦——哎，你别光顾着听，下子儿呀！"

惠香正在睁大眼睛发呆，被柳如是提醒，她"啊"了一声，慌里慌张地朝棋盘打量一下，把手中一枚黑子放到了格子上。

柳如是眼珠子一转，笑着说："啊哈，你这一着可下得不是地方！"她立即拈起一枚白棋，朝即将合围的一个缺口填上，"你可瞧清楚了，这一片，可全是我的啦！"

说着，她就喜滋滋地伸出手去，把已经被围死在中腹的十多枚黑子一一取了出来，放回惠香的盒子里去。

"对了，方才我还不曾把话说完呢！"发现惠香望着棋盘，一脸懊恼的样子，柳如是随即抚慰地引开话题，"我正想问问你，你那李老爷——对你可还好？"

惠香正低着头，满棋盘寻找反击的空隙，冷不防被问，她微微一怔，动了动嘴唇，似乎想说什么，结果只是垂下眼睛，粉嫩的两颊却随之涨红起来。

"咦，莫非他对妹妹不好？"柳如是疑惑地问。

惠香摇摇头，没有把目光从棋盘上移开。

这么一来，愈加引起了柳如是的好奇。她歪着头儿，斜睨着女伴说:"不是为姐的多嘴,依我瞧,妹妹也是白混了这些年纪!汉子么,不就是那么一回事儿?就瞧你自己有没有手段,把他的脾性儿拿捏得准不准。要不,哪有降他不住之理?就拿今儿个姐姐对你说的法儿,妹妹何妨也试一试,没准儿少则三个月,多则半载,你那李老爷也同我这老头儿一般,讨你的好儿都怕来不及哩!"

"讨好?"惠香冷笑着摇摇头,"妹子要真有姐姐那份大福气就好了!"

停了停,看见柳如是疑惑地睁着眼睛,她像是下了决心似的,用一个迅速的动作,把左边的衣袖一下子捋到肩头:"哼,姐姐瞧瞧吧!"

"啊,这、这都是他掐出来的?"看见惠香那只雪白丰腴的美丽胳臂上,布满了青一块、紫一块的伤痕,柳如是吃了一惊。

"掐,还有咬。他就喜欢这样!你不肯吧,还不行。"

"那么说,妹子身上……"

"身上么,也一样。"惠香毫无表情地回答。仿佛她此刻展示的,是与自己毫不相干的肢体。

"可是,这怎么成!妹妹怎么就忍受得了他?"由于想到床笫之间的这种可怕虐待,今后还将伴随着惠香,没完没了地继续下去,柳如是忍不住喊叫起来。

惠香淡然一笑,把衣袖徐徐放下来:"怎样才成,怎样不成,莫非还能由得着我们?姐姐难道没听说如今到处都乱糟糟的,连皇上在北京都叫流贼害死了,江南不定哪天也会乱起来。像我们这样的人,若不赶紧找上一个人家,到时开起仗来,可怎么办?李老爷好歹也是个官,我跟了他,将来就是要逃难,也有个依靠,总比做断线风筝强。再说,夜里他那样子,也是疼我惜我,除了这点子苦,别的他还真是没有什么难为我。"

柳如是眨眨眼睛,还想劝对方掂量得清楚些,才好拿主意,可

是,惠香却突然兴奋起来:

"哎,管他呢!"她把手一挥,说,"好也罢,歹也罢,这辈子就是这样子了。好在遇着了姐姐。姐姐待我这么好,但求菩萨保佑,让姐姐来生变作男身,妹子同姐姐恩恩爱爱过上一辈子,好不好?来,快把这棋下完了吧!待会儿,姐姐还要跟我上河房去呢!"

柳如是望着情谊深密的女伴,觉得心中忽然变得有点乱,有好一阵子,竟不知再说什么才好。

五

"牧老枉顾,不知有何见教?"杨文骢扶着椅子的把手,微微前倾着身子,好奇而恭敬地瞅着客人,问。

这是吕大器到魏国公府议事的同一天上午,钱谦益离开了柳如是和惠香,回到书房里,左思右想,对当前的局势到底放心不下,为着提防直到出了意外,自己仍旧蒙在鼓里,于是又急匆匆地跑到外面来,打算探听一下动静。他估计,以杨文骢的特殊身份,应当多少会知道一点马士英的动向。加上这位好好先生又是八面讨好的脾气,相信也肯向自己有所透露。不过,当发现主人的厅堂里此刻还坐着一位比他先到的客人——南昌建安王府镇国中尉朱统𨩹,钱谦益就不禁踌躇起来了。

"噢,不敢!只因弟新近收了一件'礼器',据说是商、周之物,未敢自信,特地拿过来,请龙老的法眼鉴定鉴定!"钱谦益把疑惑的目光,从朱统𨩹那傲慢不逊的翘下巴上收回来,捋了捋花白胡子,一本正经地回答。

"是么?"听说有古董鉴赏,好好先生的圆脸顿时现出惊喜的神色,"牧老所收的东西,自必是稀世奇珍。有缘一开眼界,已是极感盛情,'鉴定'二字,万不敢当!"一边说,一边已经迫不及待地转动着小眼睛,四下里寻找。

钱谦益微微一笑:"龙老何必过谦?谁不知兄是此中行家。只怕芹曝之献,难免被兄哂笑呢!"说罢,向堂下招一招手,吩咐说:"拿上来吧!"

李宝正在台阶下伺候着,这时答应一声,双手捧着一个青布包袱,走了过来。

"哎,那儿,就搁在那儿好了!"杨文骢指着东窗下的一张半桌,兴冲冲地同钱谦益一道站起来,又回头招呼朱统鏚:

"大公子,不过来瞧瞧么?牧老说是'商器'呢!"

看见那位"龙孙"仍旧懒洋洋地歪在椅子上,一动不动,他也就不再勉强,径自走到半桌前,目光灼灼地盯着包袱,问:"牧老,你这是什么器皿?"

"哈,龙老不妨猜一猜!"

"这,小弟如何猜得出!"杨文骢为难地打量着,"瞧样子,此物个头不小,只怕不会是爵、觯、角之属,那么大抵便是尊、罍、盉、斝,或者,竟是鼎、卣、敦、甗也未可知!"

钱谦益呵呵笑起来:"龙老好眼力,此物果然就是一具铜甗!"

说着,做了一个手势,让李宝打开包袱,一个尺五见方的紫檀木匣便露了出来。盖子揭开,里面是厚厚的棉褥和碎锦。李宝先取出碎锦,然后才把那件铜甗小心翼翼地搬到桌上来。

这是一件造型奇特的古代礼器。它由紧密相连的上下两部分构成。上部的样子像一口圆形的甑,是用来蒸食物的,下部的样子像鬲,有着三只袋形的足,则是煮食物用的。两部分之间隔着一道可以启闭的活门,并留有让蒸气通过的十字穿孔。它属于古代的祭祀器皿之一。从那古朴的形制,斑斓的锈迹,一望而知必定是件千年古物无疑。

杨文骢的小眼睛顿时变大了,惊喜的光芒从一双瞳仁里热烈地闪射出来:"啊,瞧,瞧!这个三足饕餮袋足!这些夔龙纹样!铸工多精细,多么沉着飞动!"他情不自禁发出呼叫,双手按住桌面,弯下腰去,侧转着脑袋,长久地、津津有味地鉴赏着,嘴巴不住地发出"啧啧"的声响,仿佛正在品尝着什么美味佳肴似的。末了,他兴奋起来,忍不住把铜甗整个儿抱在手里,翻过来倒过去地细细察看。他看得那么仔细,几乎连器皿上的一个砂眼都没有放过。

"有位年友说,瞧这铜色和形制,说不定是件周器。"钱谦益介绍说。

杨文骢摇摇头:"不,是商器!"

"噢,商器?"钱谦益故作惊讶地睁大眼睛。他生怕对方不留神,把宝贝摔了,便顺势伸出手去,小心翼翼地抱回铜甗,重新放回桌面上。

"瞧这锈色!"杨文骢不舍地跟了过来,兴冲冲指点说,"纯青如翠,莹润如玉,非入土已千年者,绝不能到此地步。还有器内这铭文——'羊父辛',乃是殷人当时以日为名的古风!不过,顶难得的是此物保存极之完好。瞧这关钮——"他拨弄了一下甗内一个连接活门的心形铜算,"还启闭自如。较之许多古物,不是朽烂败坏,就是零散残缺,也可算是罕见得很了!"

钱谦益摸着胡子,连连点着头,装出留神倾听的样子。现在,他暗暗感到满意:看来,把新近收到的这件古董搬来,作为联络感情的媒介,算是做对了。对方的兴致已经大为高涨。这样,下一步就可以在愉快的交谈中,不露痕迹地把话题扯到马士英最近的动向上去。心里这么盘算着,他就转过身,打算把主人先引回座位。然而,就在这时,传来了刺耳的嗓音:

"嘻,什么'商器',八成是假货!"

钱谦益怔了一下,回过头去,发现不知什么时候,那个朱统𨰥已经来到身旁,正倒背着手,瞅着半桌上的铜甗直撇嘴。

钱谦益本不认识朱统钂,刚才经主人介绍,他才知道这位鼓脑门、钩下巴,长相古怪的公子哥儿,原来是一位皇族子弟。钱谦益发现,朱统钂似乎早就知道他,而且不知为什么,对自己分明怀着某种敌意。钱谦益是饱经世故的人,懂得对这一类"龙子龙孙",最好还是敬而远之,尽可能别跟他们纠缠。所以,听朱统钂这么说,他只是报以蔼然一笑,并不回答。

"分明是假的。我说就是假的!"朱统钂提高了嗓门,而且挑衅地眯起眼睛。

钱谦益暗暗吃惊,不知道对方为何如此咄咄逼人;于是,他愈加抱定不予招架的宗旨,彬彬有礼地赔了一笑,转过身,朝自己的座位走去。

谁知,那位花花太岁反而像是给激怒了。他大步跟了过来,往椅子上一坐,双手盘在胸前,盯着钱谦益,气哼哼地说:

"喂,听说你是什么东林领袖,文坛祭酒。不过本公子爷压根儿不买这本账!现今,你倒说一说,前一阵子,你们东林闹得挺欢,什么'舍亲立疏'、'七不可立',到底所据何来,又是谁捣的鬼?啊?还有,你今日巴巴地跑来找龙老,什么鉴定古董,鬼才相信你有这份闲心。分明是眼见大事不好,意欲刺探消息。你老实说,是也不是?"

他气势汹汹地质问着,而且每一句话都戳在要害上,钱谦益被弄得目瞪口呆,一时间,竟不知如何应付才好。

朱统钂却越发上劲。他鄙夷地瞅着不知所措的对手,说话更加没有忌惮:

"哼,你们东林要舍亲立疏,包揽朝政,一手遮天,想得倒美!可惜忘了问我们肯不肯。告诉你,别以为凭着史道邻、姜居之、吕俨若几个,你们就能横行无忌,为所欲为。我们的人多得是,岂容你们爱怎办就怎办！你们既然不仁不义,想独霸独吞,全不把我们放在眼里;那么对不起,也休想我们会对你们客气！你只管等着瞧,到头来倒霉的是谁！"

钱谦益以往很少同这类人物打交道,尤其没有碰到过这种方式的谈话。他纵然有心反驳,到底还得顾及身份和利害,特别在眼下这种场合,不能像对方那样把什么都赤裸裸地亮出来。但朱统镅的穷追狠逼,却使他回答不是,不回答也不是,简直无法招架。于是,他只好不断回过头去,求援地望着杨文骢。

杨文骢显然也没料到那花花太岁会突然发难,一时间同样给闹蒙了,好半天才反应过来。无疑,这位公子爷的脾气,他到底熟悉得多,于是开口劝阻说:"大公子,牧老是客人,不要如此！"

看见朱统镅把脖子一挺,像是表示不服,他又连忙抚慰说:"自然,兄的话也不全错。只是拿来这当口上说,却不是时候。"

"怎么不是时候！圣驾都到仪征了,难道还不是时候？"

"这——也并非不是时候,惟是王舟虽则到了仪征,留都群公却尚未定议,大事也还不算得定下来,万一……"

"怎么不算定下来？有老马、老卢他们定策主持,有高、王、二刘诸总戎举兵护送,谁敢不听从？不听从就先把他们抓起来！"朱统镅越加盛气凌人。

钱谦益起初只是呆呆听着,指望杨文骢帮他解脱困境。蓦地,他心中一动:"什么？圣驾已经到了仪征？还有诸总戎举兵护送——这、这是什么意思？"他忘记了刚才的尴尬,连忙插进去问:"龙老,方才你是说……"

杨文骢瞧了瞧客人,随即垂下眼皮:"嗯,马瑶草在凤阳已同守备卢太监商定,奉福藩为三军之主,并移书留都群公,请立为君。眼下福藩舟抵仪征了。"

他这么解释的时候,神情显得有点惭愧和抱歉,声音也放得相

当低。倒是听力不佳的钱谦益全神贯注,凭借对方的口形翕张,仍旧听清了说话的内容,并吃惊得一下子从椅子上站了起来:

"什、什么……马瑶草当真要改立福藩!这、这怎么成?不成!"

杨文骢似乎已经料到会有这样的反应。他轻轻叹了一口气,没有说话。

朱统镢却把身子往椅背上一靠,歪着脑袋,得意洋洋地说:"怎么不成?莫非……"

"不!"钱谦益猛地一挥手,粗暴地打断说。由于气愤,也由于惶急,他的眼睛和鼻孔全都大张着,黝黑的脸膛憋成深紫,花白胡子在激烈地抖动着。他一边呼哧呼哧地喘着粗气,一边吵架似地吼叫:

"这是自食其言,背信弃义!是胡闹!须知立君大事,必当由群臣集议,公推拥戴,方为正则!似这等凭借武力,强行迎立,置祖宗家法何地?还成何体统!况且眼下社稷危倾,强寇压境,更须力持安定,以备不虞。你们这等兴兵迫胁,倘使众人不服,闹将起来,被流寇乘虚南下,这一份罪责,又有谁承当得起?有谁承当得起!"

他怒气冲冲地质问,使劲地跺着脚。可是当吼叫了一阵,发现两位听众——杨文骢始终低着头,默不作声,而朱统镢则靠在椅子上,古怪的脸孔挂着冷笑,钱谦益就闭上嘴巴,呆立了一会,最后,失魂落魄地坐倒在椅上。

六

"不,不成!我得赶快回去,瞧瞧吕俨若他们今日集议,结果到底怎样!"茫然中,一个声音在钱谦益心中响起。于是,他挣扎着,

打算站起身。就在这时,一名仆人匆匆走进来,低着头报告说:

"禀老爷,阮老爷来拜!"

"哪个阮老爷?"杨文骢似乎没有听明白。

"就是平日常来的那位胡子老爷!"

"什么?阮圆海!阮圆海回来了?"惊讶的杨文骢一下子离开了椅子,"他在哪里?快,快请!"

这么一来,钱谦益和朱统鎑也着了忙,不约而同地站起身,跟着迎出门去。

刚跨出门槛,他们就看见,阮大铖正挺着那肥胖的身躯沿着回廊大步走过来。

"哎呀,圆老!你回来啦!什么时候到的?怎么弟等都不知道?"杨文骢连忙迎上前去,大声招呼着。

"哈哈,回来了,回来了!你当然不知道。我刚下的船,连家门也没进,就访你来了!哈哈哈哈!"阮大铖用响亮的、兴冲冲的声音回答着,老远就拱着手。他那肉乎乎的胖脸显得容光焕发,乌黑油亮的大胡子在肚皮上欢快地摆动着。他一阵风似地来到杨文骢跟前,一边行着礼,一边迫不及待地问:

"怎么样,老马决计拥立福藩的事,你们可都……"

"圆老,一切进屋再谈!"杨文骢拦住他,微笑着说。

"哦,对,对,进屋再谈,进屋再谈!"阮大铖马上表示同意,随即按照杨文骢的示意,转过身,同朱统鎑行礼。然而,当看清第三个等着同他相见的原来是钱谦益,阮大铖的笑容一下子僵住了,接着,脸就拉了下来:

"噢,原来牧老也在,失瞻了!"

这么冷冷地招呼了一句之后,他就背过身,只顾同杨、朱二人继续大说大笑地寒暄着,摇摇摆摆地走进厅堂去。

对方这种有意的冷落,无疑使钱谦益颇为难堪。要在平时,他自必会立即辞出。可是眼下的情势却不同——阮大铖是从凤阳回来的。而且,作为马士英这次毁约背盟,悍然以武力拥立福王的主谋者,这个狡诈悍鸷的胡子,很可能就是跟随那些护送福王的军队一道回来的,他这么急急忙忙来访杨文骢,自然有许多机密紧急的事宜要向主人通传。而这些事宜,说不定每一件都攸关着他钱某人今后的命运和生死——"嗯,无论如何,我也该设法刺探一下。既然他们还不曾下逐客令,我又何必急着要走!"这么一想,他就不待对方招呼,径自跟在后面,重新走回厅堂里。

这时,阮大铖等人已经分宾主坐下,忽然看见钱谦益跟了进来,倒错愕了一下。不过,冲着钱谦益到底是一位有点身份的客人,他们大抵觉得也不便立即撵他走。相反,好好先生杨文骢还赶紧站起来,殷勤地招呼他坐下。只是这么一来,大家也就暂时变得没有话说,厅堂里出现了一阵子静默。

钱谦益当然意识到这种场面对自己最不利。因为无话可说的下一步,照例应当是不相干的客人告退。所以,他决心赶紧把话头牵扯起来。

"圆老,多年不见,想不到兄不止风采如昔,而且气色似觉更胜,真乃可慰可喜呀!"他满脸堆笑地说。这句话,倒不全是胡乱恭维。事实上,刚才同阮大铖骤然相见,对方所表现出来的过人精力,确实让钱谦益暗暗惊异。

阮大铖却没有被这句恭维所打动。他低着脑袋,把大胡子搁在圆滚滚的肚皮上,眼皮儿也不动一动,只含糊地答应:

"嗯,嗯!"

"虽然与圆老久违,但大作《燕子笺》,弟却是早就拜观了的。真是清辞丽句,妙想奇思,便是汤若士复生,弟以为也不过如此!"钱谦益换了一个话题。这次是冲着对方引以自豪的戏剧作品而言,他估计阮大铖应当会有所反应。

"嗯,嗯。"

"记得周阁老在世时,曾移书于弟,对圆老极为推许,且甚以未得其用为可惜,弟亦深然之!孰料未几周阁老即不幸辞世,良可慨叹。当时弟曾作诗挽他,不知圆老亦有作否?"钱谦益又说。他心想:"前年为了帮你开脱恶名,我钱某也曾出过大力,并且招惹了一身是非。虽然事没办成,但那一番劳苦,你总不能不认账吧?"

谁知,阮大铖的回答,仍旧是那两个字:

"嗯,嗯。"

这么一来,钱谦益就给弄得束手无策,只好尴尬地坐在那里,一个劲儿地捋着那部花白胡子。

倒是主人杨文骢瞧着这情景,似乎有点过意不去,他开始出来打圆场,主动挑起各种话题,向大家说道:前一阵子,驻扎在南京城外的守军,由于粮饷拖欠太久,心怀怨望,加上奸人从中煽惑,有哗变闹事的迹象,形势颇为紧张。幸亏前几日从广东押解来的饷银到了,户部立即予以发放,才把局面稳定下来。他接着又说道:近日南京宫城里的太监传出一件怪事,说三月十九那天,乾清宫的地基发生塌陷,露出来一方石碑,上面凿着几个字,道是:"一小又一了,目上一刀丁戊搅,平明骑马入宫门,散在皇极京城扰。"当时大家不解何意,现在才明白,那头两句指的正是"李自成"三字。此碑出现,实乃上天示警。随后,他又向大家说起:另一支"流寇"——张献忠所率的农民军,自今年正月经荆州十三隘口进入四川后,已经袭破夔州,准备进兵成都、重庆,看来,蜀中从此不得安宁了!末了,杨文骢还说到旧院的名妓顾眉,自从去年嫁给兵科给事中龚鼎孳后,便移居北京。这次同丈夫一道陷于贼手,不知生死如何。等等。钱谦益为着摆脱冷场的困境,自然竭力凑兴,不断地插话、微笑,表示叹息或惊奇。然而,这一招依然无效。相反,阮大铖显得愈加不耐烦。他先是装聋作哑,不参与谈话,接着就呵欠连连;最后,干脆斜着眼睛朝朱统𨱇直打暗号。

那位花花太岁会意了。只见他离开椅子,摇摇摆摆地走过来,往钱谦益身边一坐,伸手轻轻拍了拍老头儿的胳臂,咬着耳朵低声问:"您老今日来这儿,可是为的送古董让龙老鉴定?"

"哦,是,是的!"钱谦益连忙点点头。同时,对那公子哥儿的亲昵态度颇感意外。

"古董看过没有?"朱统𨱇仍旧小声问。

"看过了呀,刚才不是……"

"您老还带来什么别的没有?"

"别的?没有了。"

"既然刚才那件假玩意儿早已看过,阁下又没带来别的,那为何还赖着不走?"

"这……"

"嗯,要是您老还赖着不走,小爷我可得往外轰人啦!您瞧,这合适不合适?"

一直说到这儿,朱统𨱇始终是悄声细语,而且面带微笑,可是比起前一阵子那种大吼大叫来,却更加透着阴损狠辣,让人禁受不了。钱谦益像冷不防被针扎了一下似的,心中一抖,身不由己地离开了椅子。

"这,我……"

"噢!"朱统𨱇马上跟着站起来,截住说,"您老是聪明人,想必不肯自讨没趣。那很好,彼此方便!"

说完,他回头招呼主人:"龙老,您这位'贵客'可是要走了,赶快送送他!"

钱谦益狠狠盯了朱统𨱇一眼,心中极其愤怒,但又不便否认,看见杨文骢已经信以为真地站起来,摆出一副恭谨相送的样子,他自觉无法再赖下去,只好不胜懊恨地拱一拱手,沉着脸,转身就走。

正在门外呆等的李宝见了,赶紧走过来,把那件已经收拾好的古董带上,三步并作两步追了出去……

"哈哈哈哈!"等钱谦益和杨文骢的背影沿着屋外的回廊,走得看不见了,朱统𨰻收回鄙夷的目光,同阮大铖对望一下,一齐放声大笑。

"哎,好,好,大公子,真有你的!也没见你费什么劲儿,怎地就把那伪君子的头儿给乖乖打发走啦?"阮大铖乐呵呵地问。

朱统𨰻大咧咧地一挥胳臂:"容易!别瞧这些老伪君子又奸又滑,讨厌得很,却是死要面子。只须悄悄儿捅他一下,他就坐不住,吓得没命地跑啦!"

"噢,原来如此!"

两人说着,又开怀大笑起来。

"嗯,弟走了这些天,留都的情形如何?"当笑得差不多之后,阮大铖用乌溜溜的眼珠子瞅着对方,探究地问。

"没事!"朱统𨰻挥一挥手,"自从史道邻同老马定议迎立桂藩之后,那伙书呆子便以为大局已定,又是忙着征发民夫修整宫室,又是派人持法物到广西去迎驾——都在做他们定策升官的清秋大梦呢!"

"那么史道邻——"

"老史早就过了江,听说回浦口整治兵马去了。"

"噢,老史不在留都?"

"不在!"

"好,好哇!"阮大铖顿时兴奋起来,"史道邻不在留都,我辈大事必成矣!"

"怎么?"

阮大铖正要回答,忽然看见杨文骢匆匆走回来,便临时顿住了。他做了个手势,招呼朱、杨二人回到椅子上坐下,然后把十根手指交叠在肚皮上,洋洋得意地说起来。

原来,事情的经过是这样的:自从得知马士英同史可法定议迎立桂王之后,阮大铖便立即带上南京江防提督诚意伯刘孔昭的亲笔信,抢先到了凤阳,果然发现守备太监卢九德正在忿忿不平。这个卢九德,小时候曾经服侍过光宗皇帝,号称"胎里红"。大约也就是在那个时候,他成了郑贵妃的一名心腹。虽然事隔多年,卢九德仍旧记着女主子的恩典。听说南京方面打算排斥福王,他便凭借自身的权势,暗地里把黄得功、高杰、刘良佐、刘泽清四总兵召到凤阳商议,打算有所行动。阮大铖的意外到来,使卢九德十分高兴,彼此一拍即合。经过一番密谋,他们认为马士英虽然同史可法定议拥立桂王,但那只是由于他还没有意识到,可以凭借武力强行拥立福王。而一旦成功,马士英就将成为大臣中无可争议的定策元勋,并可以最终取代史可法的地位。只要把这一层利害得失陈述清楚,是不难促使这位刚愎自负的老头儿倒过来的。事实证明,这个判断完全正确。当马士英回到凤阳,得知卢九德准备与江北四镇联盟拥立福王,先是十分吃惊,继而又表示生气;但经过阮大铖反复劝导,打消了他的顾虑,马老头儿也就横下一条心,同意加入拥"福"的阵营,并且俨然成为这一计划的领导者,积极行动起来……

"昨日夜间,"阮大铖最后得意洋洋地说,"马、卢二位及江北四总戎的联名公启已着人连夜送来留都,请司礼韩公即速召集群臣公议,具启前往仪征迎接圣驾。弟只担心史道邻如果固执强项,东林那伙人自必也会跟着起哄。如今老史不在留都,真乃天助我辈,大事可成了!"

朱统𨨗"噢"了一声,说:"怪不得我早先去访刘诚意,他家里的人说他早早就出门,上魏国公府议事去了。想必议的就是这件事！"

"圆老，"杨文骢插了进来，圆圆的脸上露出忧虑的神色，"老马这样动刀动枪地干，弟总觉着是否太过了些。万一东林方面不肯就范，闹将起来，这局面怎么收拾？况且他们有左良玉撑腰，老左在武昌有七八十万兵马，若然也兴兵东下，与我相抗，可不是好玩的！"

"哈哈，龙老只管放心！"阮大铖不在乎地摇晃着脑袋，"这一层弟与老马他们早计议过了。别瞧那伙伪君子平日吵吵嚷嚷的挺凶，其实一个个全是硬不起来的鸟！装腔作势，捶胸顿足地嚷上几句是会的，若说招左兵东下——哼，谅他们也没有那个胆子！老兄就等着瞧吧，哈哈！"

说完，像忽然想起了什么事，又问："咦，前几日有几位从北边逃下来的内监，是弟在淮安碰上的。弟让他们拿了我的信来见兄，可来了不曾？"

杨文骢点点头："已经来了。弟按兄的嘱咐，先留他们在寒舍住下，如今都在东偏院里哩！"

"好，多谢，多谢！"阮大铖满意地拱一拱手，站起来，"那么，弟这就过去瞧一瞧。"等杨、朱二人跟着离开椅子，移动脚步之后，他又关心地问："这几日，兄不曾薄待他们吧？唔，这是顶要紧的。须知这些人日后都要进宫里去服侍新君。你我将来的前程，一半就挂在他们那张嘴巴上！"

七

"太冲，太冲！"几声惶急的叫唤在天井里传来。

正在西厢里给刘宗周写信的黄宗羲不由得一怔。当听出那是顾杲,他就放下笔,疑疑惑惑地走到门口,掀开帘子向外张望。

"太冲,快来!"顾杲神色慌张地招着手,"不好了,仲老吐、吐血了!"

黄宗羲吃了一惊,连忙跨出门槛:"啊,吐血——仲老?为什么?怎么会?"

顾杲顾不上回答,一转身,又匆匆奔回堂屋里。黄宗羲紧张起来,连忙快步跟了上去。

当他踏入堂屋,发现里面已经聚了好几个仆人,正七手八脚地帮着客人——前武德道佥事雷缙祚,把主人扶到椅子上。黄宗羲来不及再问,先奔上前去,果然看见周镳脸色苍白,紧闭着双眼,嘴角和胡须都沾上了殷红的鲜血,而且已经没有力气说话,只微微摇着手,似乎表示并不要紧,让大家不必惊慌。

"这到底是怎么回事?"待到与大家一道把周镳安顿到椅子上之后,黄宗羲趁着仆人们忙着替主人擦拭血迹、递茶送水的当儿,满腹狐疑地转过身来,望着顾杲问。

顾杲正吩咐一名仆人赶快去请医生,他回头看了看椅子上的病人,随即把朋友扯到一边,压低声音说:

"适才雷介公来,说刚刚从钱牧斋处得知,马瑶草已经背毁与史公的成约,内结刘孔昭、李沾,外连江北四镇,意欲以武力拥立福藩。留都群臣为势所挟,已于昨日在中山王府定议以福藩告庙①,并已前往仪征接驾了。仲老骤闻此事,急怒攻心,所以……"

"什么?"黄宗羲的眼睛蓦地睁圆了。他情急地一把揪住朋友的衣袖,"定议改立福藩!这、这可是真的?"

"此事已确定无疑!"一个低沉的嗓音传来。黄宗羲转过身去,发现雷缙祚那张胡须虬结的脸,正在两尺开外的地方对着他。

"是吕少司马亲口告知钱牧老的。"雷缙祚神情沮丧地说,"昨

---

① 告庙:到陈列着明朝历代皇帝牌位的太庙里去,举行祭告仪式。

日中山王府的集议，显见是规布已定才召诸臣去的，由司礼韩太监出头主持，徐魏国、刘诚意诸勋臣及吏科的李沾互相唱和，一到就开读马瑶草及卢九德的公启，然后不待群臣公议，就即时宣布以福藩告庙。当时吕少司马坚执不允，并与李沾相争于堂上。无奈群臣慑于马瑶草的军威，虑生内变，俱噤不敢言。吕少司马孤掌难鸣，最后不得已而从之。闻得钱牧老为这事极其愤慨，与吕公好吵了一场，并说日内便要整装回常熟去了！"

黄宗羲呆住了，局势竟然发生这样的突变，是他所万万没有料到的。事实上，刚才在西厢里写信时，他还给在杭州等候消息的老师描绘了一幅颇为乐观的前景，认为由于史可法等大臣的明智决策，留都的局面可望较快地稳定下来。如果新君即位后，能够与民更始，励精图治，事情看来还是有可为的。谁知，马士英之流竟出尔反尔，使出如此卑鄙横暴的手段……

"可是，可是，史道邻——莫非也随波逐流不成？"他心神激荡地颤声问。

"听说史道邻也是事后才得知此事。所以昨日连夜从浦口赶回留都。"雷缜祚说。

"哦，那么定生也回来了？"顾杲连忙问——几天前的那个上午，虽然周镳曾经令人吃惊地对陈贞慧大表不满，指责他怀有野心，不过，在这危急存亡的当口上，顾杲大约已经忘记了那件事。

雷缜祚摇摇头："今日一早，弟便上兵部打探消息，也问及定生，说是还在浦口，未曾回来。"

"出了这等大事，他怎么不回来？"顾杲颇为着急。

雷缜祚苦笑了一下："只怕定生还未知此事哩！"

"事到如今，我们该怎么办？"黄宗羲咬着牙问。由于激愤，他那张小脸涨得通红。

没有人回答。显然，雷缜祚正是感到束手无策，才找到周镳这儿来的。至于顾杲,这两天还未能从消沉绝望中彻底摆脱出来,就更拿不出什么主意。

"……史道邻,只有、去见史……史道邻!"一个低沉、微弱的声音传了过来,那是周镳。他已经睁开眼睛,并挣扎着试图坐正身子。

黄宗羲连忙走过去,扶住他,疑惑地问:"去见史道邻?"

"嗯,快去,我也去!"

黄宗羲望了望委顿不堪的病人,摇摇头:"先生如何去得?况且,医生就要来了——这样吧,由介老、子方二位同弟一起去,向史公泣血直陈,务请他设法主持。仲老就在家将息,等候音讯。"

"不错,仲老万万再动不得,不能去!"顾杲和雷縯祚也同声劝止。

周镳抬起须发蓬松的脑袋,虚弱地望着他们。突然,那一双隐藏在浓眉下的眼睛闪射出愤怒的光芒:"别啰嗦了,这是什么时候!我的病自己知道,快、快走!"

说着,他伸出双手,让仆人搀扶着,强挣着站立起来。

半个时辰之后,他们终于赶到了位于洪武门东侧的兵部衙门外。顾杲让大家先在外面等着,径自上前要求通传。谁知,门公回答说,史可法今日不得空,已经吩咐门上,不拘什么客人,一律谢绝不见。顾杲起初以为他嫌银子少,又添了几钱,但对方却死活不肯收,弄得顾杲毫无办法,只得懊丧地走回来。

黄宗羲一听,不禁急红了脸,气冲冲要上前吵闹。倒是周镳摇手,把他拦住了。

"史公既已得知此事,"他歪在轿座上,苦笑地说,"眼下想必正在筹思对策,倒是个进言之机。门公不给通传,我等可以寻别人——嗯,就寻杨遇蕃好了!"

杨遇蕃是史可法的一位亲信幕僚。他父亲曾任舒城县令,因抗御农民军,城破被杀,久久未获恤典。是史可法代他一再申报,才把事情办成。杨遇蕃为此十分感激,便投到史可法的幕中来效力,论资历和受信用的程度,他都比陈贞慧更深一层。如今经周镳提醒,顾杲便点点头,重新前去交涉。这一次,果然比较顺利。片刻之后,杨遇蕃匆匆出现了。他站在门前张望了一下,当发现周镳被黄宗羲和顾杲一边一个,几乎是架着走下轿来的时候,他那张舒朗秀气的脸孔就现出惊讶的神色,慌忙迎上前来,一边同大家行礼,一边关切地问:

"仲老,这是……"

周镳摇一摇头:"没事,老毛病了!"停了停,等喘过一口气之后,他又抬起眼睛,瞅着幕僚:"弟等有紧急之事,须即刻面陈史公,相烦通报一声!"因为他平日同杨遇蕃常有来往,所以也就不再讲究客套。

"杨兄,"看见对方面有难色,雷缜祚也插了进来,"弟等本也不敢劳烦大驾,只为贵门公不肯通传,而弟等欲面陈史公之事又甚急迫,是以不得已出此冒昧之举。"

"哦,介公兄何出此言!难得列位见顾,小弟不胜感幸!"杨遇蕃连忙谦逊地说,"只是眼下史公确实不得空,也曾盼咐谢客,所以门上适才也并非有意怠慢……"他沉吟了一下,"不如这样吧,先请列位进内奉茶,一俟史公了却公事,弟便即时通报,只是有劳列位守候,甚是不恭,不知列位……"

雷缜祚等人互相望了望,知道对方所说的确是实情,而且他肯这么办,已是十分之帮忙,说不定还担待着被史可法责备的干系,于是一齐拱手称谢说:"如此,甚感美意!"

说完,黄宗羲便同顾杲扶起周镳,雷缜祚在旁边相帮着,随杨遇蕃进了侧门,朝私衙走去。

"弟等此来,是想探询一事——马瑶草勾联江北四镇,强行拥立福藩,大司马可已知道?"

等大家重新叙过礼,在小花厅内坐下之后,周镳乏力地靠在椅背上,开门见山地问。

"这个——"杨遇蕃收起客套的笑容,迟疑了一下,点点头,"史公已知道了。"

"那么,史公打算如何对付这个奸贼?"黄宗羲咬牙切齿地插了进来。

杨遇蕃瞧了客人一眼,对于这种过分激烈的言辞,似乎有点意外,也有点不安。他摇摇头,含糊地说:"如何处置,这个,小弟却未曾得知。"

"不知?阁下怎么……咳,不知!"周镳焦急地说,随即猛烈咳嗽起来。

大家不由得转过脸,关切地望着他。

"弟因曾将马瑶草与四镇的联名公启送呈史公,是以得知此事。至于史公如何处置,确非小弟所敢与闻。"等周镳的咳嗽稍稍平复之后,杨遇蕃解释说。

"哼,兄是不肯说!"黄宗羲又一次插进来,停了停,他突然提高声音,怒冲冲地质问:"兄以为弟等人微位卑,不足以与谋此事?"

杨遇蕃脸孔一红,显然有点着恼,但他还是忍住了,不急不躁地说:"兄台言重了。弟岂敢藐视兄等?若说人微位卑,弟才是人微位卑。所以列位虽有以垂询,弟竟茫然不知所应,其实抱愧,尚祈见恕!"说着,举手当胸,作了一揖。

雷缤祚在旁边瞧着,知道再让黄宗羲说下去,只会把场面彻底弄僵,于是连忙拱着手,一边还礼,一边打着圆场说:

"杨兄,马瑶草出尔反尔,轻毁成议,强行改立,此事非同小可,实乃攸关江左之安危!是以太冲兄如此焦虑。弟等今日来谒,实欲向史大人奉陈所见,不料适逢史大人谢客,若非杨兄通融,弟等哪得从容入候？只是复劳杨兄在此相陪,令弟等十分不安！"

他这么说,一方面是告诫黄宗羲别忘了人家已经十分帮忙,不可率性胡来；另一方面也是意在打探史可法迟迟不能出见的原因。

果然,由于黄宗羲不再做声,杨遇蕃的气也就消了。他点点头,叹了一口气:"不瞒列位说,马瑶草此番突然变卦,事先全无征兆,显见是有谋而来。史公也觉甚为棘手。昨日大半夜,今日直到这时,都在同高大人、姜大人、张大人商议,至今未有结果。所以弟确实不知将如何应变……"

"听说,前些日子,史公曾致书马瑶草,力持福藩'七不可立',不知可有此事？"一直没有开口的顾杲问了一句。

杨遇蕃沉默了一下,轻轻点了点头。

"那么姓马的可有回书？"顾杲紧盯不放。

杨遇蕃摇摇头,苦笑说:"他只派人来口头回复,表示信守前约,还请史公不要听信谣言。所以史公一直很放心,谁知如今……"

大家"啊"了一声,脸色顿时变了。因为马士英这么做的险恶居心实在太明显,而一旦让他的阴谋得逞,南京的政局将会是一个什么样子,也已经不问可知。所以顾杲眼睛里那两星亮光闪烁了一下,顿时暗淡下去。

黄宗羲却把椅子的扶手一拍,猛地站起来:"那么,史公还有什么可犹豫的？莫非打算把江南拱手让给马瑶草不成！"

"是呀,不成,说什么也不成！"雷缜祚紧皱着眉毛,喃喃地说。

杨遇蕃也有点激动。他点点头,正要说话,忽然,厅外的过道里传来了橐橐的脚步声。紧接着,一个人跨了进来。

大家旋过脸去,不禁"啊"的一声,纷纷站了起来——原来,兵部尚书史可法意外地出现在他们眼前。

大约是连夜磋商那件非常事变的缘故,这会儿史可法的神情显得严峻而冰冷,本来就黑瘦的脸看上去更加瘦小了,一双眼睛却灼灼地放出光来。他显然没有估计到厅堂里的客人是周镳他们几位,而且他进来也不是为的见客,所以倒怔了一下;但随即就恢复了原来的神态,同大家一一行过礼,淡淡地寒暄了两句,便转向幕僚说:

"昨日回来时,学生曾托陈定生把每日的塘报汇齐,派人送过江来。先生若收到时,即速拿来给我!"

交代了之后,他朝大家点点头,又做了个"失陪"的手势,便转过身,打算离开。

好不容易才盼到主人露面,雷缜祚等人自然不肯放过,连忙一个劲儿朝杨遇蕃使眼色。后者会意,便拱着手说:

"大人,仲老、介老和子方、太冲几位是专诚来访,有要事面禀大人,已经在此等候多时了!"

"哦?"史可法停住脚,侧过身来。

"大人!"雷缜祚本来要让周镳出面主持,但看见后者刚才这么一动弹,已是面色发白,有点支持不住,只得代他说了,"闻得马瑶草背信弃义,竟联络四镇,意欲以武力推戴福藩,不知大人如何处置?"他故意不提留都诸大臣已经商定到仪征接驾,无疑出于一种深刻的考虑。因为那一节史可法并未参与,完全有权要求诸大臣重新集议。如果遭到拒绝,作为最高军事长官,史可法就有充分的理由采取非常手段进行干预。这正是雷缜祚——也是周镳、黄宗羲、顾杲等人所希望的。不过,那已经是更深一步的话题,在尚未摸清主人的态度之前,还不能提出来讨论。

听说他们有要事禀告,史可法起初倒十分留神,及至弄清是为这件事而来,脸色便冷淡下来。他严厉地瞥了幕僚一眼,似乎责怪对方不该在这当口上,还牵扯这些人来打扰他。

"这个,嗯,也谈不上背信弃义吧。既有异议,大家商量着办就是了。"他含糊其辞地说。

"怎么不是背信弃义!"看见史可法从一开始,对自己这些人来访就显得不太耐烦,而且态度敷衍,黄宗羲的自尊心早就有一种受到轻侮的感觉,于是直冲冲地插进去说,"半月前大人与他定策立桂,这事已是人人皆知。如今忽然变卦,悍然派兵拥福藩南来,分明是图谋不轨。若恃此而可得逞,纲纪何在,南都之威严何在!"

目前的局面确实是如此,所以一时间,史可法倒也哑口无言。但他似乎仍旧不想把事情闹得太张扬,所以迟疑了一下,又说:"福藩原本也在选内,而且以伦以序,诸藩之中,数他最亲最长,立他也无不可……"

这话一出口,不止黄宗羲,连雷缜祚、顾杲也都顿时大惊失色:"啊,莫非大人决意屈从马瑶草,改立福藩不成?"

史可法挥挥手,显得有点烦躁:"此事并非如列位设想那般简易。总之万事都须以社稷大局为重,从长计议!"

说着,他转身想走。就在这时,一直没有说话的周镳忽然离开了椅子,跟跄几步,"扑通"一声跪倒在地上,叩着头说:

"大人,且听、咳,且听学生,咳咳,一言!"

史可法连忙停住脚步:"哎,仲老快请起来! 有话只管直说,学生必定恭听!"

周镳却无论如何不肯起来。而且不管史可法往哪边躲开,他都艰难地移动着身躯,把头朝着对方,一边喘息着,一边极力争辩说:"江左安危,大明中兴,全赖我君子合力护持;我君子能否尽力于朝,又全赖立君得贤。此事至大至重! 今马瑶草奸邪成性,鹰狼为心,一旦得志,必尽逐我君子而后已。大人万不能因一念之犹豫,而任奸邪得逞,致使仁人君子报国之志,终成画饼之恨。望大人三思复三思!"

雷缜祚也激动地参加进来:"大人一身系天下之安危、中兴之成败,江南臣民无不仰大人如嵩岱,是故深为奸邪所忌,处心积虑以谋大人。大人日前斥福藩不立,已贻奸人以口实,今若复勉强立之,适足授彼以柄。是雷缜祚等深为大人危之!大人纵不自惜,莫非大明之社稷、江南之百姓,亦不足惜么!"

史可法呆呆地望着他们,分明被这两番恳切的陈辞打动了。半响,他喃喃说:"二位之言,自是有理。只是,唉……"

"哦,莫非因马瑶草有江北四镇之助,致使大人踌躇为难么?"黄宗羲急急地问。由于这一阵子,史可法流露出了真情,他内心的不满也随之消解了,"其实,此又何足惧哉!只要大人授命,小生愿即刻西赴武昌,征左良玉之兵东下,看他四镇还敢猖狂否!"

"不错,"一直显得神态消沉的顾杲,也突然冲动起来,大声附和说,"左良玉心存忠义,深恶小人奸佞之所为,而素与我东林君子交好。为今之计,只有征他东下,方能阻禁马瑶草之奸谋!"

史可法起初没有听清他们说什么,还尽自沉吟着。然而,当终于醒悟过来之后,他分明吃了一惊:

"什么,你们说什么?征、征左兵东下?"

"事不宜迟,望大人当机立断!"黄宗羲和顾杲同声说,一齐跪了下去。

史可法没有立即说话,但表情明显地起了变化。一种不胜震惊、反感和气急的混合表情,分明地从他那张黑瘦的脸上呈现出来。

"胡说!"他勃然大怒地呵斥说,"尔等好大的胆子,怎敢出此狂悖祸国之议!你们莫非不知,眼下大乱方殷,人心浮荡,闯贼随时都会倾师南下,我辈如不同舟共济,先自闹将起来,局面将如何收拾?江南还要不要维持?中兴还要不要再造?哼,简直胡说八道!不可,此议断乎不可!"

黄宗羲所提出的这个建议,其实是周镳的主意,雷缜祚也赞同。事实上,鉴于事态已经发展到这一步,在他们看来,搬出左良玉来吓唬马士英,是惟一能够挽回败局的办法。没想到,刚一提出,就招致史可法的严厉训斥。一时间倒把大家给镇住了。不过,雷缜祚似乎有点不甘心,他解释说:

"适才太冲之意,也并非要左兵当真东下,无非让他做此声势,令马瑶草等辈畏惧而已。"

"不成!断断不成!"史可法蛮横地把手一挥,看来不仅毫无商量余地,而且连听都不想再听。

"可是,倘使奸人借拥立之功,把持了朝政,莫非江南就不会乱么?莫非中兴就能有望么?"黄宗羲忍不住争辩说。

史可法看了他一眼,冷冷地说:"尔等所虑,亦是太过!彼辈纵欲把持朝政,哪里就这么容易了?只要我君子同心协力,公心谋国,彼辈又安能为所欲为!"

这么说完之后,他微微抬起头,把目光投向窗外那飘荡着朵朵白云的一角碧空,用沉思的、坚毅的口吻说:"可法立身处世,但问无愧于心。至于成败得失,惟有付之于天,非可法所能问,亦非可法所敢问!"

听着这种坚执异常的口气,大家知道再说也无用,不禁沮丧地沉默下来。惟独周镳不肯罢休,仍旧趴在地上,一边叩着头,一边绝望地叫:

"史公,史公,还望三思,三思啊!"

史可法的神情本来已经有点缓和,这时又一下子严峻得令人生畏。

"没有什么可三思的!"他厉声说,"君等此议悖谬已极。我史可法在此一日,断不许实行!左良玉若敢不遵约束,提兵东下,我必率先击讨之,死而后已!言尽于此,望诸君好自为之!"说完,猛地一拂袖子,转过身,大步向外走去。

　　雷缜祚、黄宗羲和顾呆了半晌,怀着绝望的心情你看看我,我看看你,最后一齐把目光集中到周镳身上——却吃惊地发现,周镳歪坐在地上,脸色变得一片死灰,十分难看。突然,他全身剧烈地震动起来,"哇"的一声,又吐出一摊子鲜血。

第 四 章

一

　　董小宛坐在船舱里,膝盖上搁着一件尚未完成的针黹。她手中拈着一根拖着长线的针,一边在发髻上慢慢攒磨着,一边侧起耳朵,倾听着甲板上的响动。当辨认出并不是丈夫的脚步声,她就低下头去,继续摆弄手中的活计。

　　船身轻轻地晃动着。大约有云影不断飘过的缘故,铺洒在窗帘上的阳光时而一片通明,时而又阴暗下来。隔着帘子,听得见"噗通,噗通"的吊桶打水声和船家寻找泊位的吆喝声。这地方是丹阳城外的一个大码头,正当交通的要冲,不管是准备过江北上的船只,还是转陆路前往南京的旅人,大都会在这儿歇上一歇,所以码头旁、堤岸上,一天到晚都十分热闹拥挤。董小宛和她的家人们是昨天清晨赶到这里的。在此之前,他们寄居在下游不远的江阴县,并且打算上南京去避难。不过,前两天,留守如皋的仆人捎来音讯,说高杰的兵马毕竟没有骚扰到那一带,加上当地官府加强了弹压,一度乱了套的县城,已经渐渐恢复了秩序。好些避难出逃的缙绅大户,陆续返回城里。因此,经过商量,冒襄只好再次推迟前往南京的计划,遵照父亲之命,先把一家人护送回如皋。

　　说到这一次逃难,虽然才只八天,可是他们一家却不但艰苦颠簸,而且饱受惊恐。特别是在渡江时,由于遭到江洋大盗顾三麻子的包抄截劫,几乎陷入绝境。后来幸好碰上退潮,双方的船只都搁了浅,他们一家八口才得以偷偷乘坐小船登岸,从陆路逃脱。但是到了泛湖洲的朱员外家之后,贼伙竟然又尾随而至,声言索求黄金千两,如不应允,便放火烧屋。吓得他们只好又连夜出逃,直到躲进了江阴县城之后,才稍稍安定下来。经历了这几番折腾,他们从家里带出来的行李财物,包括许多珍贵的字画和古玩,已经丧失了很大一部分,可以说损失惨重。惟一可宽慰的是一家老少平安无事,总算是不幸中的大幸。不过,吃了那一次苦头,他们就不敢再循原路返回,决定先上镇江去,打算从那里过江,取道扬州回家。只是不知什么缘故,船队在丹阳已经停留了整整一天一夜,仍旧没有启程的迹象。加上今天一清早,冒襄匆匆上了岸,说是去办什么事,久久不见回来,董小宛的一颗心,就不由得又悬起来了……

"橐、橐、橐",一阵熟悉的脚步声从甲板上传来——轻捷而沉着,董小宛心中微微一动,赶紧抬起头。

"哦,相公回来啦?"她放下手中的针黹,含笑站起来。

冒襄点点头:"嗯,我这就要走,进来拿点银子。"

董小宛微微一惊:"相公要走?上哪儿去?"

"包港。离这儿有六十里——镇江那边去不得了。听说包港能过江,我去看看。"

停了停,大约看见侍妾茫然的样子,他又不耐烦地说:"眼下扬州还被高杰的兵马围着,天天在那里打打杀杀,道路都给封堵住了,过不去——哎,你快把银子拿来吧!"

董小宛仍旧听不大明白:既然那边还是兵荒马乱,怎么丈夫又急着过江?但她不敢再问,赶紧答应一声,走向床头,从箱子里拿出一个沉甸甸的布口袋,提了过来。

"不光要碎银子,说不定去了就能雇到船,你把那些十两的也拿五锭来。"冒襄一边说,一边把布袋提到桌子上,开始从里面挑选银子。

　　说起来,这也是一件始料不及的事——自从逃离如皋之后,董小宛不知不觉就替家中管上了钱财。起初,是由于一路之上,少奶奶苏氏只管守着两个宝贝儿子,别的一概不闻不问;冒襄又有一大堆外间的事务要应付料理,实在忙不过来,不得已才让董小宛帮着支钱派物。大约看见侍妾倒也手脚麻利,细致清楚,冒襄便干脆把差事一股脑儿交给了她。董小宛自然明白责任重大,愈加尽心竭力,不敢有丝毫疏忽懈怠。现在,听见丈夫吩咐,她又连忙拿出五封银子。

　　"相公,这些是十两的。"她说。

　　"唔,放下吧。"冒襄并不回头,只顾自己忙着。

　　董小宛没有立即递上银子,却在暗暗打量丈夫。经历了近半个月的磨难操劳,她发现冒襄明显地脱了形——曾经是丰润俊美的脸庞,比离家前更形瘦削了,脖子也显得细长起来,甚至隔着衣衫,也看得出两边的肩胛骨在耸动……董小宛望着望着,心中不由得一酸,泪水随之流出了眼眶。她使劲咬住嘴唇,把银子放到桌子上。

　　"咦,你做什么?"大约发现封纸上的泪痕,冒襄侧过脸来,皱起眉毛问。

　　"没、没什么。"董小宛背过脸去,掩饰地说,同时急急用袖子去拭眼睛,"一点灰尘。"

　　"好端端的,哭什么?"冒襄一边说,一边继续收拾银子。

　　"没有呀!真的,只是灰尘。"

　　听她这么说,冒襄就不再问,管自把准备带走的银两归拢好,然后将冒成叫来,把要上包港去的事说了,让亲随马上去准备。交代完毕后,他才转过身来,重新打量侍妾。

　　这一阵子工夫,董小宛已经重新扑了脂粉,恢复了常态。看见冒襄布置停当,她就把一套干净衣巾双手捧了过来。

"相公,你瞧这一套可合适?"

这是一袭六成新的月白直裰和一顶黑色的方巾。因为丈夫身上带着银两,包港那边又人地生疏,小宛不想让他穿得过于考究,以免引起歹人的注意。冒襄无疑也领会到这一层,他点点头,说:

"好的,先放着,待会儿我再换。"停了停,他又望着侍妾那张略见清减的脸,"嗯,这些天,你也够辛苦的了!"

"哦,不!"董小宛马上摇摇头,同时疑惑地瞅着丈夫。

冒襄苦笑着点点头:"我知道的。这十来日你守着这些银子,可没睡过一宿安稳觉,半夜里睡着睡着又爬起来,端着灯儿到后面清点——你也须仔细着,别累坏了身子!其实,你刚进门不久,又是新手,这谁都知道。即使有时差出那么一两半两零头对不上,也就算了。大家也不会责怪你。或者你不想张扬,那就在我的账上销掉也成,何必一分一厘地这么翻来覆去地抠!"

董小宛顺从地听着。自从过江前的那天晚上,紫衣向她透露奶奶苏氏其实一直在暗中监视、防范她之后,董小宛确实很惊讶,加上冒襄又是那样一副冰冷严峻的样子,更使她提心吊胆,忐忑不安。然而,丈夫在这一刻里所表现出来的信赖和体贴,却有如一道绚烂的阳光,驱散了她心中的疑雾。"哦,不是的!冒郎并没有嫌弃我,是我自己多心罢了!就连奶奶让紫衣看着我,其实也是为我好,怕我做出错事来。像我这样的人,能有今天的归宿,还有什么可计较、可抱怨呢!"她感愧地、自责地想,眼皮儿不由得又红了。可是,随即她就控制住了自己。

"啊哈!"她用快活起来的声调说,"相公别说,妾都细细算过了,这十来天经妾手进出的银两,当真是一分一厘都不差!"

冒襄微微一笑:"不差自然是好!所以,你得预备着,待回到如皋,家里的这摊账,没准儿就要交给你来管。"

董小宛蓦地一怔:"相公说什么？让、让妾来、来管……"

冒襄肯定地点点头:"昨儿是父亲先提起这事,太太、少奶奶也说好,还问我的意思。"

听说是老爷的提议,董小宛倒有点明白了。还在冒襄决定把父亲和刘姨太从靖江先行送往江南那天夜里,冒起宗曾经临时提出,要带上一些散碎银子,以便路上随时应用。当时,冒襄因为毫无准备,急切间倒有点不知所措,结果,是董小宛把一口袋散碎银子提了出来,里面一小包一小包,全都已经用纸封好,而且一一标明了数目和重量。冒起宗见了,对董小宛的细心大为称赞。看来就是那件事,促成了老爷今天的想法。不过,尽管如此,董小宛仍旧大为焦急。

"啊！那、那相公应承啦？"她连忙追问。

"我说得同你商量。"

"不,不成！妾不成,真的！"董小宛忙不迭地摇着手,惶恐地说,"妾进门才一年多,年纪又轻,家里那些妈妈、老爹,谁都比妾懂事多,有面子,妾靠着相公撑腰,胡乱管上几天还成,长年累月的,妾可撑持不起！"

冒襄望了她一眼,说:"正因那些人仗着辈分高,经事多,自以为有面子,嘴上不敢说,心里都不拿你当回事,故此才让你来管账。这就管着他们了,往后想不听你的也不成。这也是老爷、太太有心提挈你。况且,你也有这份能耐,就放开胆子去做吧！"

在主子们的决定里,原来还包藏着这么一层用意,无疑是董小宛所没有想到的。她不由得愣住了——很明显,在这种情况下,如果再推辞,那就不是谨慎自谦,而是不识抬举了。

"自然,"冒襄沉思着又说,"即使你将来管了账,也不可滥用权柄,作威作福,也不可察察为明,锱铢必较。总要以宽和为务,这也是我家立身处世之大则。须知目下世变方殷,人心惑乱。像我们这等人家,如若对手下奴仆御之不得法,一旦有事,那些家伙便会反戈相向。到时受祸之烈,便非同等闲。你不见这些年来豪奴乘时倡乱、荼毒主家之事,屡有所闻。有些主家,至有一门被戮,财物田舍被顷刻瓜分的。此事足为殷鉴,不可不慎——你,可要记住了!"

由于说到时局的糜烂和混乱,冒襄的脸上,又现出异样的烦躁。他开始紧皱眉毛,倒背着手,在狭小的舱房里走过来,走过去。

董小宛沉思地点着头,渐渐地,一种意识到自己的责任与义务的坚毅之情从她的心底里升腾起来。终于,她抬起眼睛,望着丈夫,果敢地说:

"相公,老爷、太太和奶奶既然命妾管账,妾就小心尽力去做,必定不会给相公丢脸!"迟疑了一下,她把心一横,又说,"妾尚有一事禀明相公,请相公千祈应允。"

"什么事?"

"相公可还记得?那天夜里,贼人追到朱家,我们从后门逃出来的时节,相公一手搀扶着太太,一手搀着奶奶,已是十二分吃重。况且路又难走,可相公仍旧记挂着妾,怕妾赶不上,时时停下来等候。相公的情分妾万分感激,只是这么着是不该的!试想太太、奶奶是何等样人,妾又是何等样人。若因妾之故,致令太太、奶奶有半点差池,则不只妾之罪万死莫赎,相公亦难免落个不孝之名。故此相公真是爱妾,今后但求全力护持太太、奶奶,妾虽因此遭逢不幸,死于沟壑草莱之中,亦绝无半点怨恨!"

大约以为她要对管账的事提出什么条件,所以冒襄仍旧走来走去地听着,但不久就站住了。他望着侍妾,显得有点意外。随后,他轻轻地摇着头,似乎想有所解释,但终于只是叹了一口气,说:

"那一夜,你可是吃了不少苦!放心,经此一遭,我算是学乖了。再怎么着,也决不会闹到那种狼狈的地步——嗯,我还要上包港哩,时候不早了,帮我换衣裳吧!"

二

　　包港说是港,其实只是一处濒江的村落。由于村子比较大,又是附近居民赶集的圩场,所以就有了点名气。这里的人家,绝大多数都以捕鱼和跑船为生。站在村前的滩场上一望,几排沿坡而筑的木房子,晾得到处都是的渔网,外加那一片烟波浩渺的江水,以及横七竖八地躺在倾斜的江岸上的、等待修理的几条破木船,就是映入眼帘的全部景致了。不过,由于扬州一带的道路不通,那些急于南下和北上的旅客,只好纷纷改道这里,于是整个圩子便失去了昔日的静穆安宁。加上眼下又是鲥鱼上网的季节——这种被江东人奉为席上珍馐的鲥鱼,有着平扁而秀美的外形,通体银白,肉质肥美而细滑,每当春末,它们便开始成群结队地从海里回游到江中来产卵,在夏初达到高潮。这时候,村民们便大忙特忙起来——这送上门来的两桩买卖凑在一起,平日不起眼的圩子,便忽然显出了少有的喧闹和兴旺……

　　冒襄带着冒成和几名仆人乘船来到包港之后,照例拿了帖子和礼物去拜访当地的掌权头人,道达来意。那头人见他风度俊雅,谈吐斯文,倒也十分礼敬,答应尽力帮忙。双方谈妥了条件之后,冒襄便交纳了雇船的定金,并约定后日一早开船。那头人本来要置酒宴请,但冒襄一来急于赶回丹阳去报信,二来嫌那头人举止粗鄙、言语俗陋,没有兴趣与之周旋,所以婉言谢绝了,只命冒成和一名仆人留下守候,他自己带着其余的仆人即时告辞出门,准备回到船上去。

由于此行颇为顺利,冒襄总算是放下了一桩心事,情绪也变得轻松了一点。他沿着肮脏杂乱、浮荡着鱼腥气味的街道往前走,心里盘算着今后要做的事情。他想到,这一次逃难,行李财物损失了不少,不过,一家人好歹算是有惊无险地过来了。回到家中之后第一件事自然是重整家业。幸亏出来时已经考虑到路上或许会有闪失,因而把一部分浮财疏散到了乡下的田庄去,分几处秘密收藏,没有全部带在身上,所以还不至于彻底破产。待到善后的事务有了头绪之后,接下来,他还是得上留都去。事实上,经历了这样一次如此狼狈的逃难之后,冒襄对于使他白白浪费了许多心力的家务纷扰,已经感到越来越厌烦;而急于有所作为的愿望,变得更加强烈了。"幸好这一遭出来,总算没有耽搁得太久。眼下留都正商议另立新君,重建朝廷,那么,只要我尽快启程,一切大概还赶得及!"这么盘算停当之后,他心中才重新踏实起来,于是加快脚步,一直走到九曲河旁。

　　这条九曲河,是长江的一条小支流,从这里可以直通丹阳。冒襄来的时候,就是走的这条水路。眼下,他的船停靠在河边上。当冒襄走近去的时候,发现艄公——一个黝黑粗壮的汉子,精赤着上身站在船头上,正挥舞着肌肉虬突的胳臂,大声轰赶着站在岸边的一个乞丐。

　　"去,去,不行!不行!"

　　"还求阿哥方便则个!"

　　"咦,你这人怎地这等啰嗦!告诉你,我这船是一位公子爷包下的。似你这等'大贵人',也想与人家同船,也不撒泡尿照照自己,思量思量人家肯不肯?"

　　"阿哥也不须声张,小可不拘烟篷下、后梢头,能容身便可。"那乞丐仍旧不住恳求。

　　艄公眼睛一瞪,分明打算发作,但临时又改变了主意,嬉笑着说:"这么着,倒也可以商量。只是你有银子么?冲着你'大贵人'的面子,便宜一点,只收一两!怎么样?"

"这……小可眼下没有。不过到了丹阳,就有办法了。到时一定如数奉还。"

"到丹阳就有?哼,到了丹阳,只怕你又要说,到留都就有了。你这号人,我见得多了,休想骗得过我!快走,快走——走!"由于看见雇主回来了,艄公越发威风起来。

冒襄瞥了一眼那个乞丐,发现他头发蓬乱,满脸尘垢,身上的窄袖短衫上净是破洞,而且肮脏不堪,一双破布鞋张着大口,露了乌黑的脚趾头。瞧样子,大抵是从江北什么地方逃下来的。"嗯,听他刚才求艄公时,那声口倒像是读过几天书的。"冒襄想。要在往常,他虽然不会答应让这么个臭烘烘的乞丐上船,却多半会命仆人打发几个钱,让对方自寻去处。不过,经历了这次逃难之后,冒襄的心肠已经硬了许多:"哼,讨,讨!都只管向我来讨!如今我家损失了许多财物,又向谁讨去!"他冷冰冰地想,于是沉着脸,径自走向船边。

然而,就在这时,他听见有人在背后招呼:

"辟疆兄!"

冒襄不由得一怔,转过脸去寻找,但是没有发现什么人。

"辟、辟疆兄!"那个声音又响起来了。这一次,冒襄弄清楚了:原来招呼他的不是别人,竟然是那个乞丐!

"你……你是?"冒襄惊疑地望着对方,同时,开始觉得有点面善……

"是小弟呀,辟疆,我是方以智!你不认得我了?"那乞丐大声说。

"啊,密之……是你?"冒襄下意识地喃喃说。由于眼前的方以智,同两年前在金山脚下的船上分手时,那位衣饰华丽、风度翩翩的方以智相差实在太大,以至对方报出名字之后,冒襄仍旧不敢上前,只是睁大了眼睛,上上下下打量着。

倒是方以智,因为绝处逢生,并遇到了关系非比寻常的朋友而兴奋莫名。刹那间,卑躬屈膝的表情和姿态不见了,他左臂一挥,把那根打狗棒往河当中远远抛了出去,又将挎在肩上的一只装着碗筷的破竹篮子使劲地摔在地上,然后朝着天空,张开黝黑瘦长的双臂,再三地屈伸着,"哈哈哈哈"地纵声大笑起来。这笑声来得如此突兀,如此猛烈、疯狂,充满了辛酸与屈辱。它从喉管里艰难地、痉挛地一声接着一声呼啸而出,像狂暴的利爪揪扯着空气,使人听得毛骨悚然……

冒襄的心急剧地搏动起来。现在,他已经不再有丝毫怀疑,连忙趋前几步,伸出手去,紧紧抓住方以智的肩膀。然而,没等他说出话,方以智已经重重地跪倒在河岸上,佝下身去,掩着面孔,放声痛哭起来。

站在船上的艄公,显然没想到会出现这种场面。他目瞪口呆地站在那里,就像面对着一幕怪诞之极的戏法。直到冒襄把方以智搀扶起来,他才如梦初醒,慌里慌张扶正了跳板,把两位社友接上船去。

其实,别说艄公,即便是冒襄本人,在确信眼前就是老朋友之后,心中也仍旧惊疑不定——诚然,在此之前,他也曾一再地思念起在北京做官的方以智,并且十分担心对方的安危;但是,却万万没有想到会在这儿碰上朋友,更加从未设想过对方会变成这么一副模样。"啊,不用说,他是舍了命逃出来的,一路上必定吃了许多的苦!那么,北京如今怎么样了?别的朋友可还有逃出来的?还有流贼——流贼可会倾师南下,打到江东来吗?北边的情势是不是十分紧张?"这一下子涌到嘴边的各种问题,有一阵子,把冒襄弄得心神激荡,情难自禁。只是由于方以智那大笑大哭之后的委顿神态,以及那一身散发出阵阵秽气的褴褛衣衫,才使他尽量抑制住内心的急切,跟着朋友一起登上船头的甲板。

"那……那么,"他望着低垂着头、默不作声的朋友,迟疑地说,"我兄远来辛劳,敢请先行沐浴更衣,歇息片时,却再促膝细谈,如何?"

这当儿,方以智已经平静下来。他抬起眼睛,黑瘦的脸上现出一丝自嘲的苦笑,随即点点头。待到引路的仆人做出相请的手势,他就转过身,慢慢地向船尾走去。

"是的,他变得实在太厉害了!"目送着朋友那蓬头屈背的身影,冒襄不由得暗暗叹息,"当年复社四公子中,惟一就数他仕途得意,而且还点了翰林,令多少社友艳羡不已。谁知到头来,却落得冒死逃亡,乞食而归!那么,这世间的事,到底怎样才是福,怎样才是祸呢?"这么一想,冒襄就生出了一种茫然的感觉,心中的思绪也乱纷纷的,变得有点纠缠不清。

不过,他没能继续往下想,因为仆人们已经开始请示该怎样接待客人。冒襄于是收敛起心神,逐一吩咐下去;然后,就径自回到船舱里,怀着烦乱、期待的心情,默默坐了下来。

三

小半个时辰之后,经过了一番彻底的洗涤,并且换上了一身干净衣巾的方以智,终于来到了船舱。在此之前,一小桌临时备办的酒馔,已经摆开在舱中的矮方桌上。冒襄马上迎上前去,同朋友重新行礼相见,然后分宾主坐了下来。

"我兄万里生还,真乃可喜可贺!"他举起酒杯,亲切地望着朋友说,"只是途中草草,无法即时设宴,为兄洗尘压惊。这一壶村酿,几味野蔬,不过聊供谈助而已,尚祈我兄勿嫌简亵为幸!"

方以智却没有答话。虽然才只小半天工夫,还不可能把近两个多月来备受惊恐、艰险和饥饿折磨所留下的痕迹,从他的身上消除掉,但总算稍稍恢复了本来的面目,与刚才那一阵子相比,已经判若两人了。只是,此刻他显然有点神思不属,只顾转着眼睛一个劲儿朝桌上的菜肴打量。冒襄微微一怔,随即恍然明白,于是马上拿起筷子,邀请说:

"荒村野店,也弄不出什么菜色,无非卤鸡熟肉,惟有这鲥鱼,还算是应景的——请!"

"啊,请!"这一次,方以智应得很快。不过,他没有动鲥鱼,却瞅准了那盘熟牛肉,用筷子挑了一块最大的,迅速地塞进嘴里,三嚼两嚼,就一挺脖子,吞了下去;接着,又毫不停留地往嘴巴里送进两块,伸手抓过酒杯,一仰脸,喝了个光。这之后,他似乎暂时忘记了身边还坐着朋友,只管手不停、口不停地吃了又吃,喝了又喝。直到第三杯酒下肚之后,他才抹一抹嘴唇,喘上一口气。然而,待一声长长的酒嗝响过,他又迫不及待地把筷子伸向了那碗卤鸡……

冒襄的情形自然大不相同。他平日对于鸡鸭鱼肉之类,本来就兴趣不大,这会儿也只是赶时新地动了几箸鲥鱼,就把筷子放下了。他开始目不转睛地望着朋友。在此之前,他也估计到,方以智当了这么些天乞丐,一定饥饿得很。但是朋友这种疯狂的、近乎粗鄙的吃相,仍然使他暗暗吃惊。直到此刻,他才更加深入而切近地意识到,在过去的那些日子里,作为一个侥幸生还的逃亡者,方以智从精神到肉体遭受到怎样可怕的磨难和摧残。"啊,我只道自己这一次逃难,已是艰险万分,谁知比起他来,又不知幸运多少倍了!"他心悸地想,以至有好一阵子,他尽管很想打听一下对方是怎样逃出贼手的,结果只是满怀同情地呆望着,一句话也问不出来。

"咦,兄吃呀,兄怎么不饮酒?"方以智从狼藉的杯盘上抬起头来,诧异地问。他的嘴巴塞满了食物,脸孔也因为喝酒喝得太急而越来越红,"来,干一杯。哈哈哈哈!"他举起酒杯,快活地说。

冒襄勉强一笑,摇摇手:"兄知道弟是不能饮的。"停了停,又瞅住对方,"京师的情形——嗯,怎么样?"

方以智已经用筷子又夹起一大块酱肉,正打算送进嘴巴里,听了这句询问,像给刺了一下,脸上愉快的表情消失了。他瞅了瞅停在嘴边的酱肉,似乎在考虑是否继续往里送,最后,还是慢慢地把它放回碗里。他撂下筷子,拿起酒杯,机械地举到唇边,但是也没有喝。在这当儿,他的表情变得迟钝起来,目光呆呆地注视着前面某个无形的东西,半晌,才牵动嘴角,做出一个痛苦的冷笑,说:

"还能怎么样?完了,全玩完了!"

"可是……"

"一言难尽!况且,弟自三月二十三于东华门哭祭先帝之后,即被流贼逮系,陷于狱中十有九日,外间情状,所知亦不多。"

"那——先帝已经安葬入土了么?"

方以智点点头:"弟于狱中闻知,先帝及母后的灵柩是四月初三发引,送出德胜门外的。初四日即于西山皇陵下葬。只是抬柩者仅有二三十人。除贼兵数骑护送外,并无护灵官。文武百官,亦只准出拜,不令服丧。亦可谓极尽凄凉之况了!"

听说堂堂一代之君、大明王朝至高无上的象征、自己矢志效忠的圣明天子,竟受到卑贱的流贼如此凌辱和糟践,冒襄的心像受到猛烈的鞭笞似的,顿时剧痛起来。他圆睁着眼睛,又急又气地质问:

"为何不服丧?百官为何不敢服丧?流贼不准,不准就可以不服吗?食君之禄,忠君之事,既不能杀身以殉,莫非连起码一点臣节也都不要了吗!"

这一指责,大有把方以智包括进去之嫌,因此后者没有做声,过了一会,才低着头说:

"百官也未可一概深责,其实流贼准许出拜者,只是那等变节降贼之辈而已。多数人其时都被拘押在贼营中,拷掠追饷呢!"

"追饷？什么追饷？"

"无非是勒逼钱财罢了。贼自二十二日起,即满城搜捕士大夫,拘往营中,各令献金助饷。限内阁大臣各纳十万,部院、京堂、锦衣帅七万,科道及吏部郎官三万至五万,翰林一万,部曹小官亦各数千不等。至若勋臣贵戚,则无定数,务必穷其家财而后已……"

"啊,若然缴纳不出呢？"

"缴纳不出？"方以智惨苦地一笑,"贼为索饷,已预造夹棍无数。棍上俱有棱角,以铁钉相连。有支吾不应者,即刻施刑。凡被夹过,十之八九都胫折骨碎而死,即使侥幸不死,亦成一废人矣!其时上自贼之权将军刘宗敏,下至营弁狱卒,均可用刑。十余日间,咆哮惨号之声响彻街衢。据说受刑最重者,除英国公被夹死、周皇亲重伤之外,大臣如王都、李遇知、王正志,词臣则杨昌祚、林增志、卫胤文等,竟有被夹至三夹、四夹者,俱非死即残。弟因位卑官微,幸未被夹,但亦备受拷掠,其中苦况——"说到这里,他仿佛打了个寒噤,一下子咬紧了牙齿,不再往下说,却举起杯中的残酒,一仰脖子,灌了下去。

这一次,冒襄没有追问。由于朋友所披露的景况,是如此的阴惨可怖,而作为一名亡国之臣的屈辱遭遇,又是如此的超乎他的想象,冒襄的心也微微发起抖来。事实上,方以智所描述的北京的昨天,很可能就是南京的明天——要是江北守不住的话。那么,江南能够守得住吗？淮南能够守得住吗？如果说,在此之前,冒襄对这个问题还来不及仔细考虑的话,那么,此刻它却变得像一团迷雾似的,在他心中扩散开来。"啊,如果江南守不住,我这么匆匆赶去,岂不是自投罗网?当然,大丈夫以身许国,一死本不足惜,可是家里怎么办?父母都年迈了,妻儿又弱小,偏偏再没有别的兄弟可以代我承担照料他们的责任……"这个突然闪现的念头,像一只无情的利爪,把冒襄的喉头扼住了。他试图挣扎,却被扼得更紧。现在,他觉得,那只无情的利爪,正在使劲地把他往回扯,要把他重新拖回到两年前的那种被世人指责、讥笑的境地中去,而且,此后恐怕再也没有振作洗雪的机会……

"哎,算了,不再说了!"大约看见朋友发呆的样子,方以智嘴巴里吐出熏人的酒气,挥一挥手说。

"可是,"冒襄突然抬起头,怒气冲冲地瞪视着朋友,"这都是你们自招的!要不是你们这些京官老爷,一味贪恋禄位,邀宠自固,不能为社稷之安谋一长策,国家又何至于此?京师又何至于亡?你们又何至于落得如此地步?我们又何至于——"

他本来还要狠狠地发泄下去,可是,当目光接触到方以智那张在这一刻里变得异样衰老的脸、那一部多时未经修剪的乱蓬蓬的胡子,以及那一双呆滞失神的眼睛时,他就不由得噎住了;随后,心有不甘地哼了一声,懊丧地低下头去。

船舱里变得一片寂静,就连从船舷旁不断流过的河水,这会儿似乎也消失了汩汩的声响,只有那些还残留着剩酒剩菜的壶、盘、碗、盏,一动不动地在矮桌上发出冷冷的微光。几只觅食的苍蝇,嗡嗡嘤嘤地互相招呼着,忽而停下来,匆匆地舔取一点油腻,忽而又警觉地飞了开去,好歹给这沉滞僵冷的氛围增添了一点小小的生气。

"那么,兄下一步如何打算?"终于,冒襄皱着眉毛,低声问。

"上留都去,请求戴罪立功!"方以智毫不迟疑地回答,没有动弹身子。

"留都——哼,留都能守得住么!"

"守得住也罢,守不住也罢,都得守!"

"……"

"那么,兄有何打算?"方以智反问。这一次,他抬起了眼睛。

"弟么? 弟——哼,自然也要上留都!"

"哦,既然如此,何不结伴同行?"

冒襄心动了一下,随却苦笑着摇摇头。看见朋友现出疑惑的样子,他便自嘲地说:"弟哪里比得了兄——兄无一丝羁绊,而弟背上还驮着一家子人呢! 不过,兄先去一步也好,若见着定生、朝宗他们,就告知一声,说弟这半个月都在举家逃难,这会儿回如皋去了。少则十日,多则半月,必定赶到!"

停了停,他又捏紧拳头,发誓似地重复说:"弟一定要去留都!"

四

明朝建国初年所修筑的宫城,位于南京城东部的正阳门内。那是由南北长五里、东西宽四里的高墙围绕起来的、有着黄色琉璃瓦屋顶的建筑群。宫城之内,以承天门为界,门以北是紫禁城。穿过端门、午门走进去,迎面依次矗立着"奉天"、"谨身"、"华盖"三座大殿。东西两侧还分别建有"文华殿"和"武英殿",以及"文楼"和"武楼"。这是皇帝接受百官朝觐和举行大典的地方。"三大殿"以北,一直到后宰门,属于"后廷"范围。那里面另有许多名称各异的宫殿,还有一座御花园。皇帝的日常生活起居都在那里。

除了紫禁城这一部分之外,在宫城的南面,一条宽广的御道从承天门外的五龙桥,笔直向着宫城的正门——洪武门伸展开去。

御道的东侧,分布着除刑部之外的吏、户、礼、兵、工等五部和宗人府,还有鸿胪寺、钦天监、太医院等;御道西面则是最高的军事机构——五军都督府,以及锦衣卫、通政使司、太常寺等衙门的所在地。

这偌大一座宫城,作为至高无上的权威象征,在太祖皇帝定都于南京的当年,自然是庄严神圣,壮丽非凡的。然而,自从成祖皇帝迁都北京之后,经历了二百多年的闲置岁月,到如今,它早已萧条破败,完全不复昔年的气象了。由于极少有接待皇帝巡幸的机会,紫禁城里的宫殿大多荒废失修;就连那些一直有官员派驻的衙门,也是除了几个部的门堂还算整齐外,大多一任墙垣倾圮,无人过问;至于管理皇族事务的宗人府,自从由吏部接管了它的职权之后,更是倒塌到只剩下几根门柱了。

到了崇祯十七年的四月底,却忽然有了改变——一场全面的大清扫和一项初步的整修计划,在宫城里紧急地施行起来。接连几天,一队又一队的骡马大车从四面八方调集到这里,把满载的砖瓦木石运进宫里去,又把堆积如山的各种垃圾拖了出来。宫城的几个侧门,终日进出着成群结队的太监、军士和工匠。他们各自在领班的驱使下,汗流浃背地忙碌着,显出疲于奔命的样子,使古旧而沉寂的城区,平添了一派紧张和慌乱……

由于史可法等东林派大臣的妥协退让,拥立新君的大事就这样达成了最后的决议:

四月二十九日,礼部司务官带着南京百官联合签署的公启,受命前往仪征去迎请福王。

第二天,南京守备徐弘基以世袭魏国公的身份,率领勋臣们专程赶到江北的浦口去接驾,并把福王护送到燕子矶码头。

三十日,得到消息的南京诸大臣全体出动,前往燕子矶去晋见新主子,再一次表达了同心翊戴的诚意。经商定,福王准于翌日——也就是五月初一摆驾进城。

事情进行得很顺利。不过,鉴于眼下正处于国变的非常时期,为着防备不测,这些行动事前都没有向外公布。直到五月初一这一天,才由兵马司派出兵校,在福王进城所行经的路线上加强戒备,同时指示沿途的里长,让临街的店铺和住户在门前摆出香案,以备到时顶礼拜迎。

将近巳时,一切布置就绪。福王自三山门登岸后,要先到孝陵去拜谒行礼,暂时还不进城。所以坐镇在朝阳门的巡城御史郭维经,也尚未下令净街。那些挑担的、乘轿的、走路的人依旧来来往往。虽然直到此时,他们还不知将要发生什么事,但自从北京的噩耗传来后,就一直处于恐慌的等待之中的士民们,仍旧根据几天来宫城内外的一系列异常举措,猜测到一位新的皇上,就要君临这座昔日的首都了。他们自然不了解,这位新皇帝的产生,背地里经历了怎样紧张激烈的较量;他们甚至也不关心,是由这位王爷还是那位王爷来坐龙廷,对于他们到底有什么不同。他们只是根据世世代代传下来的规矩,认定这是一件至关重要的事情。就像不能设想光有一座庙宇,里面却没有菩萨一样,只要那大殿上的宝座不再空着,他们就觉得一切又有了庇佑和保障,重新变得心安理得,甚至有点喜气洋洋了。正是这一发现,使得正从兵部衙门里走出洪武门来的陈贞慧,一边打量着街上的情景,一边不由得暗暗苦笑。

陈贞慧是直到前天,才接到史可法的通知,从浦口赶回南京的。在此之前,他对于事变的发生还一无所知。当经历了最初的惊愕,以及明白局面已经不可挽回之后,他也如同他的社友们一样,感到异常的愤恨和沮丧。因为事情很明白,作为一旦确立便具有绝对权威的最高统治者,皇帝本人的品格和素质,他在感情上的亲疏偏向,都直接关系到朝廷的盛衰兴亡,同时也很大程度决定着在他手下当臣子的那些人的前途和命运。正因如此,前一阵子,陈贞慧和他的朋友们才那么坚决地排斥本来是名正言顺的福王,而拥护有贤明之声的潞王;后来潞王立不成,桂王也总算勉强可以接受。谁知到头来,仅仅由于马士英的突然变卦,东林方面就毫无反抗地彻底妥协,使前一个时期的努力化为泡影。"哦,难道他们不明白,今后有多少艰难和灾难,都将因此而起!"陈贞慧失望之余,痛心疾首地想。不过,他也明白,事情到了这一步,光愤慨不平是没有用的,眼下最紧迫的事情,是如何依据变化了的形势,迅速建立起一道新的防线,以阻止政局的进一步恶化。鉴于在前一个回合的较量中,东林派那些大臣们令人惊异地表现得顾虑重重、怯懦软弱,而且意见不一、各行其是,陈贞慧就愈加觉得,他的那个让社友们进入各个重要衙门充当幕僚的设想,是十分必要的。事实上,无论是就协调本派掌权人物之间的关系,以形成坚强有力、一致对外的抗争态势而言,还是就谋求对这些人物的想法和行动发挥影响,以达到推动改革朝政的目的而言,都少不得这样一条可靠的、能够相互支持的联系纽带。所以,他今天把社友们召集到正阳门外的畅好居酒楼上去会面,一方面固然是为着稳定军心,另一方面也是为着敦促社友们,尽快把他的那个设想付诸实行。

现在,陈贞慧已经来到畅好居。在正阳门一带,这也算得上顶大的一座酒楼。不过,像陈贞慧这种有身份的贵家子弟,平日总是习惯于到幽雅的园林或者自成一家的河房去聚会宴饮,而不愿意上酒楼来同平民百姓混在一起。今天之所以破例,是因为有好几位社友都想看一看福王入城的情景,才临时决定在这畅好居包下一间临街的单间,并定下一席酒菜,以便到时一边倾谈,一边就近观看。

"咦,朝宗,怎么今日如此早到?"当陈贞慧登上畅好居的二楼,踏入预先定下的单间时,发现侯方域已经在里面坐着,便颇感意外地拱着手,微笑着招呼说。

"哼,还说呢,要不是为了兄,弟又岂肯抢着来坐这冷板凳!"侯方域的口声里透着埋怨。

"噢?"

"快过来,快过来,先别忙行礼,坐!趁他们还未来,弟先给兄说个事。"侯方域做着手势,显得有点心急火燎。

"什么事,这么急?"陈贞慧一边坐下,一边好奇地问。

侯方域却不回答,他先走向门边,伸出脑袋四下望了望,然后走回来在陈贞慧身边一坐,气哼哼地低声说:"兄可知道?周仲驭在背地里骂你哩!"

陈贞慧错愕了一下:"骂我?周仲驭?他骂我什么?"

"哼,他骂你工于心计,想当西张夫子,说你前番主张让社友们都去当幕僚,是想把大家全捏在掌心里,还说只要他活着一天,兄就休想办得到!"

"啊,他、他说我让社友们去当幕僚,是想把大家捏在掌心里?"陈贞慧吃惊地问,"可是那一日,我去访他,说起这事,他虽然不大起劲,可也没说不成呀!"

侯方域冷笑一声,鄙夷地说:"他是在耍你呢!周仲驭那个人,莫非你还不知道?面子上装得道貌岸然,浑浑噩噩,可骨子里邪乎着呢!他说你想把大家捏在手里,其实,我瞧是他想这么着才是真!你不见《留都防乱公揭》那一回,他是怎么干的?"

崇祯十一年,复社诸生联名发表《留都防乱公揭》,声讨阮大铖。那件事,在朝野中曾经轰动一时,复社也因之声威大振。本来,那份公揭是陈贞慧一手起草并改定的,可是不知怎么一来,就被传说成是出自周镳的手笔。对此,周镳一直没有予以澄清,实际上等于默认了下来。陈贞慧虽然感到奇怪,也有点不满,但碍着彼此的交情,却不好意思公开表示异议,只在私下里向侯方域发过几句牢骚。现在听对方提起,他心中不由得一动,问:

"对了,前些日子朗三、淡心都曾向我问及这事。我正纳闷怎么他们会知道,莫非是你说出去的?"

侯方域哼了一声:"我是为兄鸣不平!《留都防乱公揭》乃是我复社一大义举,必定流芳千古!这草拟主持之功,明明该当属兄,他周仲驭却公然攘为己有,此等欺世盗名的行径,岂是君子所当为!这口气,兄忍得下,弟却忍他不下!"

陈贞慧呆了半晌,末了,叹了一口气,说:"这就是了。他既意欲占夺此功,被你这么一说,岂有不恼羞成怒之理?而且,他必定以为是我暗中指使,所以我便活该挨骂了!"

侯方域把脖子一挺,气昂昂地说:"这事本来如此,又何必怕他!他要有胆量,就来与兄当面对质好了!"

陈贞慧翕动了一下嘴角,苦笑说:"他自然不会与我对质,甚至也不会提及此事。惟是这么一来,社里便从此多事了!"

"兄也是疑虑太过!"侯方域做了个不以为然的手势,"他周仲驭充其量不过是仗着入社早了几天,就在那里倚老卖老。说他有什么了不得的本事,我还真的没瞧出来!就算他手下有太冲、子方两个甘当走卒的,可我们这边除了你我二人之外,次尾、淡心、尔公、朗三那一帮子,弟都有法子把他们说过来,不信斗不过周仲驭!"

陈贞慧摇摇头:"话不能这么说。社里的情形你不是不知道,经过这两年颠倒折腾,已是人心涣散,每况愈下,如今还硬撑着想干点事的,也就剩下这数得出的几个人罢咧!若还再斗下去,如何了得!不如干脆早点散伙,倒更清静省心!"

"那么周仲驭……"

"眼下他不就是骂我么?那就让他骂几句好了!至于其他,不妨瞧一瞧再说。反正……"

他本想说下去,楼梯那边忽然响起了咚咚的脚步声。接着,几个人交谈着来到门边。于是陈贞慧只好闭上嘴巴,满怀心事地站起来。

这一批到的是吴应箕、张自烈、梅朗中和余怀。此外还有一位昨天才从芜湖赶到的社友,名叫沈士柱。崇祯十一年复社发表《留都防乱公揭》那阵子,沈士柱也是一名顶活跃的角色。这两年,因为不常来南京走动,同大家会面的机会也少了许多。不过,这会儿凑在一块,彼此仍然十分亲热。陈贞慧事先不知道沈士柱也来了,照例关心地询问了一番对方的近况。沈士柱一一回答之后,反过来也问了问陈贞慧的情形。在陈贞慧回答的当儿,他开始转动细脖子上的大脑袋,四下里打量着,然后眨巴着一双黑亮的眼睛,问:

"咦,怎么不见太冲和子方二位?还有辟疆?"

"哦,太冲和子方会来的。"已经坐到椅子上闭目养神的吴应箕,破例地睁开眼睛,抢先回答,"至于辟疆么——"他冷笑了一声,没有往下说。

"噢——辟疆怎么了?"沈士柱忍不住追问。

"也没怎么了,大概还在如皋陪董小宛吟诗下棋吧!"这么淡淡地把话说完之后,吴应箕就重新闭上了眼睛。

"可是,大家都来了,他、他怎能不来?"由于对近两年社友们的情形不甚了了,沈士柱愈加茫然不解。

"有什么能不能的?"余怀打着呵欠接了上来,"谁爱来,谁不爱来,到如今,也只有凭各人的高兴罢咧!谁又管得了谁?哦,莫非兄以为这社局,还像西张夫子在世时那样子,一纸传单下去,大家便会连夜登程,络绎于道么?哼,那等遮奢的光景早就不可复见了!所以辟疆不来,倒也不足为奇。岂不见多少该来的,不是都没来么!"

"话却不能这等说!"吴应箕又一次睁开了眼睛,黝黑的瘦脸上像挂了一层冰冷的秋霜,"别人不来可以,至于辟疆,我可不曾忘记两年前,他在寒秀斋说过的那些话。我倒要瞧瞧,他怎样证明,他不是贪生怕死的懦夫!"

吴应箕这么说,那些知道内情的社友自然明白是怎么一回事,沈士柱却愈加莫名其妙。他张开了嘴巴,正要追问,坐在旁边的梅朗中已经息事宁人地站了起来。

"算了算了,"他摇着手说,"那些旧事,又何必重提。再说,辟疆也不一定就是不来。这阵子,高杰的兵不是在扬州闹得挺凶么?怕是道路不通也未可知。"说完,大约生怕吴应箕还不罢休,他又急急转向沈士柱,"昆铜兄,你不是在苏州时遇见钱牧斋了么?他给你说的那些事,何不讲给大家听听!"

社友们本来就不大想参与议论冒襄,加上对于钱谦益的离开南京又一直颇为关心,所以顿时都来了兴趣。

起初,沈士柱还一个劲儿地追问:"哎,辟疆怎么了?这可是怎么一回事?"后来看见吴应箕闭上嘴巴,不再吭声,大家又纷纷向他打听钱谦益的情形,他才不大乐意地挥一挥手,鼓着腮帮子说:

"钱牧斋也没说什么,只是看样子像是很丧气。他把史大司马、吕少司马、户部高公、翰林院姜公全都骂了一通。还说从今以后,他决心归隐乡里,再不管留都的事了!"

"他骂史大司马、吕少司马他们——到底骂了些什么?"由于在前一阵子拥立新君的角逐中,钱谦益本是个通晓内情的角色,所以连陈贞慧也留了心。

"这个——无非是骂他们畏首畏尾,心志不坚,嘴里说得挺硬气,一见真章儿就全都往后躲,还说他们把他给卖了!"沈士柱随随便便地复述说,显然并不太了解这些话的确切含义。停了停,他又补充说:"哦,对了,钱牧斋还说了些顶古怪的话——他劝我干脆别来留都,还说什么做君子的人都成不了大事,只为他们太君子,所以一定斗不过小人。他还说,但凡做君子的都不会有好下场!"

"啊,他、他是这样说的?"陈贞慧惊愕地问。看见沈士柱肯定地点点头,他就沉默下来,随后又转脸望了望大家,却发现大家也同他一样,似乎被这句充满怨毒和不祥的预言愕住了,全都茫然坐着,一句话也说不出来……

五

直到社友们实在等不及,决定开席的时候,黄宗羲、顾杲才带着左国棅匆匆赶到畅好居。他们之所以来得这么迟,是因为临出门时,被周镳召到上房去,耳提面命地切实训诫了一通。据老头儿估计,在今天这一次聚会中,陈贞慧必定会再度提出那个让社友们都去当幕僚的设想。他一口咬定,这是陈贞慧为着把持社局、自充盟主而耍弄的一套花招。因此要求黄宗羲和顾杲一定坚决抵制,并向社友们当场揭破其奸谋。为着坚定黄、顾二人的信念,周镳还列举了许多陈贞慧在社内结帮谋私的"证据",其中包括大肆吹捧拉拢资历既浅、品行又欠佳的侯方域,使之得以名列"复社四公子",而把资历深得多的顾杲和黄宗羲排除在外。此外,周镳还特别提到前年的虎丘大会上,陈贞慧为着拉拢郑元勋,虽然明知对方同钱谦益有勾结,企图为阮大铖翻案,却故意放郑元勋一马,不仅不公开揭露其丑行,反而欺骗周镳,让周镳支持郑元勋继续充当大会的主盟。到了后来,又借口在冒襄同董小宛结合的事上,钱谦益曾经帮了忙,迫不及待地停止对钱某人的声讨。凡此种种,都证明陈贞慧是一个利欲熏心、工于权术,而毫无道德准则的人。如果让他的图谋得逞,真正坐上社中的第一把交椅,势必要把复社引到邪路上去。

对于老头儿怒形于色的训诫,黄宗羲虽然听了进去,却尚未形成自己的明确判断。事实上，也许由于他本人从来没有萌生过领袖社坛的欲望，所以对陈贞慧以往的言行，也就缺乏周镳那样敏锐和强烈的感觉。他毋宁说更多是以是与非的观念来评判一切。只是陈贞慧的所作所为，没有明显偏离复社立社的宗旨，没有明显违背一位正人君子的大节操守，别的他倒不怎么注重和计较。当然，周镳是他平日顶信赖敬重的一位朋友，又是当年他加入复社的介绍人，老头儿所说的话，黄宗羲照例会认真考虑，至少准备要印证一下。现在，他就是怀着这样的想法，坐在席位之上，一边静静地听社友们谈话，一边等待着开口的机会。

　　黄宗羲的心思，坐在他对面的陈贞慧自然不会了解。无疑，自从得知周镳在背后骂他之后，陈贞慧一直感到既吃惊，又气愤。他是一个外表比较温厚，内心却相当高傲的人，他可以平等而谦和地同各种人交往，却不能容忍别人对他的任何凌辱和藐视，更别说像周镳这样的恶意攻讦了。"值此国家丧亡、社局解体的关头，你姓周的空为复社元老，拿不出任何扶危济困之方不说，如今我刚刚打算有所规划，以期扭转这一蹶不振的颓势，你马上就诸多猜忌，横加阻挠。哼，你以为如此一来，我就怕了你，从此俯首帖耳，不敢动弹，可就未免太轻看我陈贞慧了！"愤慨之余，他强硬地想。同时，鉴于黄宗羲和顾杲同周镳的深密关系，他马上就直觉地把他们二人看成是周镳埋在社中的两颗钉子，并估计今天的聚会必定有一场激烈的较量。说实在话，陈贞慧并不怎么把黄、顾二人放在眼里。他之所以沉默着，没有立即把自己的既定设想提出来，是因为这一会儿，社友们正围着新来的沈士柱谈得热闹，使他一时插不上口。

　　这个沈士柱，长得又矮又小，一身伶仃瘦骨，外带比麻秆儿粗不了多少的一双胳臂，以及两只小爪子似的拳头。然而，他却偏偏令人奇怪地以将才自许，一心向往着虎帐谈兵，跃马杀贼。就连平日的言谈,也经常大引兵书,把那些个《六韬》、《尉缭子》、《孙子兵法》囫囵吞枣地往里搬。为这缘故,往往招来朋友们的打趣,但他依然如故,毫不改变。此刻,他正同社友们在谈论福王继位的事。

"哎,这一次无非是东林诸公用兵不慎,误中奸人狡计,折了一阵。有道是胜败乃兵家常事,算不了什么!"沈士柱挥着手,满不在乎地说。

"算不了什么?你倒说得轻巧!须知这输的是生死攸关的一着!"梅朗中闷闷不乐地冒出一句。

"生死攸关——"沈士柱眨眨眼睛,"也可以这么说吧。惟是兵法有云:'投之亡地而后存,陷之死地而后生'。其所以然者,实全赖一股'胆气'!大抵两军相逢,惟勇者能胜。何况已处死地,退无可退,斗志自必更盛。譬如今日,我军折此一阵,似已陷于绝险之境,然而只须发扬蹈厉,鼓勇直前,又何愁不能力克强敌,转败为胜哉!"

"是呀,若是折此一阵,便自丧胆气,签订城下之盟,岂非被马老头儿笑话我东林、复社太过脓包?"大约看见沈士柱一味地口出大言,余怀一边向社友们狡黠地眨着眼,一边学着对方的口吻说,随后,又一本正经地转向沈士柱:

"那么,依兄之高见,不知计将安出?"

"计么,计就在眼前,只看列位及东林诸公胆气如何而已!"沈士柱显得胸有成竹。

"噢?"大家倒有点意外,不由自主停了杯箸,一齐期待地望着他。

沈士柱却拿起酒壶,且不说话,先挨个儿给大家的杯子斟满,然后,自己擎杯在手,神色庄严地说:

"弟此计如能施行,定教他奸邪破胆,志士扬眉,这留都朝局,依然是我东林、复社的天下。请列位满饮此杯,以壮胆色!"

"好,若昆铜兄果有奇计妙策,挽此既倒之狂澜,莫说是一杯,便是一百杯,弟也照饮不辞!"吴应箕首先举起酒杯。

"对,对,一定奉陪到底!"余怀、梅朗中也同声响应。

于是,在热闹起来的气氛里,大家都干了一杯。

"说起来,弟此计也并不烦难。"等大家放下酒杯之后,沈士柱转动着几乎立即就酡红起来的瘦脸,伸出两根爪子似的指头,兴冲冲地说,"无非是以毒攻毒而已!列位试想,那马老头儿何以敢冒天下之大不韪,背信弃义,公然与我东林为敌?无非是恃着背后有江北四镇的兵马给他撑腰。惟是他有兵,我辈何尝无兵?现放着左良玉八十万大军在武昌,只须请史公修书一封,再遣一能言善辩之士,携往左营,说彼兴师东下,亦不必真来留都,只须连营于湖口、彭泽之间,成虎视鲸吞之势,便足令马瑶草之流股栗心寒,如芒在背。如此,则留都之局,便不愁不入我之掌握矣!不知列位社兄以为如何?"

大家起初听他大言莘莘,还以为真的有什么了不得的奇计妙策,及至发现闹了半天,原来又是主张借助"左兵",都不禁大失所望,于是摇头的摇头,摆手的摆手,纷纷发出了哂笑的嘘声,倒把满心想着赢得喝彩的沈士柱,弄得茫然不知所以。直到大家说明,这种"奇计"别人也早已想到,但遭到史可法的严厉拒绝,根本行不通,他才如梦初醒,红着脸,尴尬地坐了下去。

也就是到了这时,陈贞慧才决定把谈话引向正题。

"列位,"他捋着垂到腹部的漂亮胡子,不急不躁地说,"昆铜兄所言之策,虽然未便实行,惟是适才他力主不应自丧胆气,却是至理名言,令弟闻之,不觉气旺!"说了这几句之后,他故意停了停,把嘉许的目光投向沈士柱,看见后者现出意外和惭愧的神色,他才继续说下去:

"惟是如今福藩继位,已成定局。马瑶草之辈不惜以奸谋夺此拥戴之功,其意欲把持朝政,已是不言自明。我诸君子如不急谋制御之策,岂惟朝端可虑,中兴难致,又宁知不会复贾天启、崇祯之祸!"

他一开口就指出当前事态的严重性,特别是今后东林、复社所面临的危险,固然是为了使大家对己方目前的不利处境,有一种明晰的认识,同时也试图抓住"党祸"这个大家最敏感的问题,来调动情绪。果然,本来只是有点丧气的社友,顿时你看我,我看你,不由得变了神色。

"那、那该怎么办?"梅朗中结结巴巴地问。

陈贞慧淡淡一笑:"办法么,无非两条:一、立即散伙,各卷铺盖回家,学钱牧斋的样,从此息影田园,不问世事。如此,虽难免为世所讥,但当可免缧绁之灾,杀身之祸!"

在座的这帮子社友,一向以仁人自居,以国士自许,名誉对于他们来说,可以说比生命更重要。如今,突然听说让他们向马士英之流彻底认输,回到乡下去苟活偷生,这显然是绝对难以接受的,纵使个别人未必全无犹豫,但众目睽睽之下,也不肯表露出来。所以,沉默了片刻之后,梅朗中再一次问:

"那么,这第二条?"

"这第二条——"陈贞慧依旧不动声色地说,不过,目光却有意无意地在黄宗羲和顾杲脸上挨个儿逗留着,"第二条就是:坚持君子之节概,不因小人之奸而自堕报国之志,勠力同心,以为东林当道诸公羽翼之助,务期冲决奸人之网罗,开创大明中兴之业!"

"开创大明中兴之业,这是不消说的。"传来了张自烈老气横秋的声音,"惟是以往我复社操持清议,之所以令权奸畏惧,实因先帝乃英睿明敏之君,且乾纲独断,邪恶难以遁形之故。今马瑶草挟拥戴之功,必深蒙新君恩眷,区区清议,只怕未必能令彼就范吧?"

事前,陈贞慧虽然并未把自己的想法同张自烈商量,但对方这

一问,却正是他需要的,于是,点一点头之后,他便从袖子里摸出来一份手折,说:

"尔公兄所虑甚是。时至今日,我复社除清议之外,尤须致力于朝政之兴革。天下鱼烂久矣,江南黎民之望新政,犹如大旱之望云霓。惟是小人但知营私,其虑必不及此。我东林值此朝廷新立之机,正应力主其事。语云:饥者易为食,渴者易为饮。此事实不难收效。一旦新政有成,民心感附,我东林何止本位得固,更能取信于新君,则奸邪纵欲危倾于我,又谈何容易!"

说着,他就把手中的折子递给大家传看,介绍说:"这是弟近日草拟的新政二十款,就中列具赦免新旧钱粮、广开贤路、奖励屯垦,以及规划战守诸事,请列位社兄见教!"

"那么,兄意欲何为?莫非打算上书朝廷么?"余怀一边把看过的折子传给身旁的黄宗羲,一边转过脸来问。显然觉得事关重要,他收起了惯常的嬉笑表情。

陈贞慧一边注意着正凑在一块看折子的黄宗羲和顾杲的反应,一边摇摇头,说:"非也,上书言事,只怕延宕时日,而且未必有效。弟之意,是列位倘若认可弟所列各款,则不妨分头晋见东林当道诸公,自请任为幕僚,即以此各款新政——自然尚可增删,恳请其采纳。弟估计,一俟迎立之事定,诸大臣必定会议朝政,届时,便可收事半功倍之效!"

现在,陈贞慧把他先前的那个设想,加上新的内容再度提了出来,并且准备着黄宗羲和顾杲会起而阻挠。"哼,你们如果想捣乱,那就来吧!我陈贞慧决不屈从于诬蔑和威吓,哪怕是周仲驭也罢!"

"啊,定生兄,弟还不曾告知兄哩,自从兄上回说过让大家去当幕僚,弟日前已经面谒吕少宗伯,在礼部谋到差事了!"一个兴冲冲的声音说,那是一直没有开口的左国棅,虽然他是同黄、顾二人一起到来的,但对于周镳持有异议似乎并不知情。

"还有尔公进了户部,朗三也进了都察院!"左国棅又指着张自烈和梅朗中介绍说。

"噢,这事当真?啊哈,好,太好了!"陈贞慧惊奇地问,不由得兴奋起来。他暂时顾不上黄宗羲和顾杲,开始饶有兴趣地询问起左国棅等人的近况来。

这时,坐在他身旁的侯方域,却似乎从黄、顾二人的沉默中获得了某种自信。他斜睨着黄宗羲,脸上露出鄙夷的冷笑,问:"咦,太冲兄何以默然不语?莫非对定生兄这折子,不以为然么?看来,必定另有得自秘传的高明之策啰。何不略加披露,令弟辈一开茅塞?"

"这……"黄宗羲看了对方一眼,随即低下头去,默默地喝了一口酒,老实地说,"弟也未有良策,不过……"

"噢!"侯方域马上截住说,"原来太冲兄竟也未有良策,却对定生兄的良策又不以为然,于是便不言不语,莫测高深。知兄者或能谅兄向来如此,不知者便会疑兄仗势骄人,不知自量!"

侯、黄二人关系一向欠佳,这在社友们是清楚的。但这几句平白无故的挖苦挑衅,仍然使大家为之愕然。黄宗羲更像给针扎了一下似的,猛然抬起头,一张小脸随即涨得通红,眼睛也瞪了起来。坐在他们之间的余怀一看势头不对,赶紧离开座位,张开双臂,试图制止马上就要发生的争吵。

"散开,统统散开!快,快点!"一声暴厉的斥喝忽然从窗外传来。

社友们又是一怔,闹不清发生了什么事。但接着,街上那闹哄哄的声音变得更大,还夹杂着响鞭的"啪啪"声、行人的奔走声。吴应箕把手一挥,哑着嗓子说:

"王驾。是王驾到了!"

大家"啊"了一声，顿时着忙起来，纷纷离开了座位，拥向临街的窗户。

六

这当儿，街上的气氛已经完全变了样，早些时候还熙来攘往的行人，仿佛被突如其来的一阵狂风刮得一干二净。宽阔的、可以容得下五匹马从容地并排前进的街道两旁，如今布满了全副武装的军校。他们身上挎着腰刀，手中还拿着皮鞭，正虎视眈眈地环顾着。一位头戴乌纱，身穿圆领青袍的官员，正领着一群衙役，神色紧张地往来巡视。每当发现有不顺眼的地方，他就用手一指，让手下的衙役或军校迅速前去纠正。不用说，在这种空前严格的防范措施弹压下，绝大多数的居民都已经躲进自己的屋子里，不敢露面。即使是顶爱凑热闹的一些人，也只能规规矩矩地守在街口的木栅栏后面，探头探脑地往外张望。当然，还有一些得到特许的人家——主要是临街的住户，则忙着在门前设案焚香，看样子准备在福王銮驾经过时，跪拜行礼，以表达他们的拥戴之忱。

也许是受到眼前气氛的感染，挤聚在酒楼内的社友们都沉默下来，各怀心事地望着窗外，等待即将出现的那令人沮丧而又无可抗拒的一幕。此刻，在他们当中，心情最为恶劣的要数黄宗羲。这倒不是由于受到侯方域的无端奚落，因为眼下他的心思并不在那上面，甚至也不是由于福王的进城。事实上，在这一次拥立新君的较量中，东林派的失败固然使他颇为懊丧，但随后他又认为，当初东林派舍弃名正言顺的福王不立，硬要去拥戴潞王、桂王，使己方处于理不直、气不壮的地位，结果自乱了阵脚。若论失败的原因，恐怕主要还是在于只考虑自身的利害，而忽略了是非公论之故。

前几天,他那么激切地跟着周镳等人去见史可法,与其说是坚持排斥福王,毋宁说是对马士英之流的卑劣手段感到愤慨。当发现事情无法挽回之后,他对于福王,倒宁可采取再等着瞧的态度。眼下,他感到心情恶劣,更主要的还是由于周镳同陈贞慧之间的明显不和。本来,就情谊的深密而言,他应当更加倾向周镳的一边,但到目前为止,从复社的一贯宗旨来再三衡量,他却始终看不出陈贞慧的作为有什么明显的出轨之处。因为无论是改革朝政还是制御奸邪,都同黄宗羲的一贯主张相吻合。至于说到让大家去充当幕僚,以便更切近地对东林派的当权人物施加影响,似乎也难以确定对方就是为着把持社局。正因为看不出事情有什么不对,却硬要让他加以抵制,甚至不惜与之公开对抗,这就使黄宗羲感到被置于失却了是非依据的境地,从而打心底觉得困惑、别扭、无所适从。

"嗯,来了!来了!"忽然有人激动地、小声地说。周围的社友也随之稍稍发生了小小骚动。黄宗羲怔了一下,向窗外望去,发现街道上依旧空荡荡的,但气氛却变得更加森严、肃杀,就连那些官员和差役也全都停止了走动,在街旁的屋檐下各自站好了位置,并且一律把脸孔朝着南面,目不转睛地屏息以待……

"来了?哦,是的,来了!"这么醒悟过来之后,黄宗羲也就赶紧收敛心神,朝人们张望的方向伸长了脖子,睁大了眼睛,并为迟迟不见进一步的动静而焦躁不安……

终于,一阵轻微的响动,有如秋雨洒落地面,打破了难耐的静寂——那是一阵马蹄声,自远而近,从南边一路传来。过了片刻,一组手执旗帜的戎装甲士出现了。他们奔驰得并不特别迅速,所以黄宗羲清楚地分辨出,先过去的是二名手执红色令旗的骑手。他们的露面,等于正式宣告:福王的车驾已经临近了。于是,一刹那间,街道上变得愈加肃静,反之,那得得的马蹄声,听上去却更加清脆有力,一下一下,仿佛全都敲在人们的心上。令旗过去之后,接着是四面清道旗,各由一名甲士擎着,并马而来。那四名旗手,显见是经过精心的挑选,一个个都长得身高体壮,威猛豪雄,就像从庙宇里搬来的四尊护法韦驮。这时,站在旁边的张自烈说话了:

"清道旗多至四面,这可是太子的仪制!"

"他虽然只是亲王身份,但既入朝监国,如此安排,也还不算僭越。"梅朗中表示着他的见解。

"咦,怎么是'入朝监国'?不是说要立为新君么?"沈士柱诧异地问。

"听说这是福藩之意。"陈贞慧回答,"其实,无非是自示谦抑,循例而行。登极为帝,不过是早晚之事。"

"清道旗过后,下面该轮到什么?"又一个人问,那是左国棅。

答话的仍旧是张自烈:"若按太子仪仗,便该是龙旗六面,然后是五色旗各一面,每色旗下有随旗军士六人。若按亲王仪仗,便只有方色旗、青色白泽旗各二面,随旗军士也少些。"

听他这么说了,大家便不再做声,继续凝神注视,想看看福王到底使用哪种身份的排场。

这当儿,刚刚寂静了一会的街道上,又重新响起了马蹄声,而且比先前要响得多,声势也大得多。这预示着大队人马已经来到。又过了片刻,一队旗手出现了。不过,在他们手中随风舒卷着的,并不是太子专用的六龙旗,但也不是亲王的用旗,而是按五行方阵式排列的黄、青、黑、赤、白等五面旗子。每面旗下各自行进着六名弓弩手。他们身上的战衣也按本旗分为五色——这无疑是一种折中的做法,以表示福王的身份与太子尚有一定的差距。黄宗羲心想:"太子及永、定二王至今存殁未卜,他自然不该以太子自居。不过,作出如此安排的必定是姜居之、张金铭等东林大臣,而绝不会是马瑶草之流。哼,不错,天地间总拗不过一个'理'字去。其实,只要我东林君子庄其言而正其行,自能巍然立于朝端,令权奸有所

畏,又何必惴惴然以权术自谋!"正这么想着,忽然听见余怀失声说:

"怎么后面尽是兵马?那些引幡、戟氅、金瓜、节钺呢?"

黄宗羲连忙定眼望去。果然,在旗帜过去之后,本来照例轮到由校尉们执掌的各种名目繁多的器物。譬如,皇太子的仪仗,便应当有绎引幡一对,戟氅、戈氅、仪锽氅、羽葆幢各三对,青方伞一对,青小方扇和青花杂团扇各两对,此外还有班剑、吾杖、立瓜、卧瓜、仪刀、镫杖、骨朵、斧钺、响节、金节等等;亲王的仪仗虽然名目少些,但一样也有,即使由于出巡的目的不同,仪仗的繁简也不同,却总不至于全部取消。可是眼前络绎而过的,却除了戎装的甲士,还是戎装的甲士……

"嗯,大抵福藩此番逃难南来,一应仪仗俱已遗失,留都所存者又已朽败无用,仓促间无从置备,所以便如此从简了!"张自烈在旁边猜测说。

这话倒提醒了黄宗羲。于是他不再吭声,继续看下去。现在,文武大臣的队伍出现了。由于今天是为未来的皇帝护驾,所以他们一律乘着马,后面也不张伞盖,各人的面目都看得很清楚。不过,除了史可法之外,黄宗羲几乎都不认识。倒是陈贞慧当上兵部的幕僚后,经常出入各部院衙门,见多识广。这会儿他便向社友们逐一指点:谁是高弘图,谁是姜曰广,谁又是吕大器;甚至连魏国公徐宏基、诚意伯刘孔昭那几个对头,他都能辨认出来。一时间,他很自然就成了社友们包围的中心。只可惜窗户里的视角太窄,没等他们看清楚,队伍已经走过去了,倒惹得眼力历来欠佳的几位社友空自伸着脖子,紧盯着那些乌纱绯袍的背影,脸上一派茫然……

幸而,紧接在文武官员后面,八名身穿红绸轿衣的舆夫,已经合力扛着一乘步辇,缓缓走来。大家的注意力立即又被吸引了过去。因为谁都知道,步辇里面坐着的,就是今天的主角——那位曾经被他们激烈地攻击反对过,结果仍旧以胜利者的姿态,昂然君临留都的福王。

这是一乘亲王专用的巨型步辇,足有一丈多高、八尺多宽,共有四根轿辕,长的两根超过三丈,短的也有二丈多。大约是从宫城的库房里找出来,临时又翻修油漆了一遍,所以倒显得焕然一新。那些红漆立柱,那些云状的雕饰,那些钑花叶片,以及抹金铜宝珠辇顶和朱红色的遮帘,在五月的阳光照耀下熠熠生辉,炫人眼目。由于步辇的两扇门是紧闭着的,黄宗羲和他的社友们无法看见乘辇者是怎样一个模样。但是光凭这乘步辇的尊贵外观,以及它缓缓前行的威严气派,已经足以使他们强烈地感受到一种无形的压力,一种前途未卜的茫然。就连不久前,对眼前发生的事态还颇为泰然的黄宗羲,也忽然产生了深深的疑虑,在步辇徐徐通过的整个期间,他只是眼睁睁地注视着,一句话也说不出来。

终于,走在最后面的那名舆夫的红绸轿衣闪动了一下,消失了。接下来,又是大队的武装甲士。这预示着,进城的仪式已经进入尾声。也就是到了这会儿,社友们才似乎松了一口气,开始陆续转动着身子,低声交谈起来。黄宗羲一来不打算参加谈话,二来感到站得有点累了,便转过身,打算回到座位上去。就在这时,他感到衣袖被人扯了一下,回头一看,原来是顾杲。

"嗯,兄莫非还要待下去么?"顾杲神情冷漠地低声问,没有抬起眼睛。

黄宗羲微微一怔,随即就醒悟了。他回头望了一眼,发现社友们正把陈贞慧包围在当中,起劲地谈论着。他略一踌躇,终于点一点头:"好,那么我们就走。"

说完,也不告辞,他就同顾杲一道,径自向门口走去。

七

福王进城之后的第五天,方以智终于到达南京。他并没有马上前往吏部报到,也没有忙着去寻找社友们,而是带着在丹阳时冒襄给他添置的随身行李,以及一名新雇的长班,首先前往秦淮河的旧院,去访旧日相好的名妓李十娘。

他这么做,是经过反复考虑的。说起来,在同冒襄相处的两天里,彼此虽然交谈了许多,但有一件事,他却始终不曾向朋友提起。事实上,在北京以及其后的一段充满着混乱、紧张和恐惧的日子里,即便是像方以智这样聪明机敏的人,也丧失了冷静思考的能力。那时候,他一门心思,就是想方设法从牢房中脱身,以便尽快逃出那个地狱般的城市——他既不愿意白白死去,更不愿意向"万恶"的"流贼"卖身投靠。所以,当"贼"廷颁下"伪诏",宣布赦免包括他在内的一部分明朝旧官,并决定以原职录用时,方以智就耍了一个花招,姑且装作接受,一旦获释出狱,他就立即设法逃走。在南来的一路之上,对于这种做法,他心中一直十分坦然,因为自己一没有到"伪"官署去报到,二没有正式上任,所以一切都不能算数。直到同冒襄见了面,促膝交谈时,他发现老朋友对传说中的明朝官员变节降贼,表现出极大的鄙视和愤慨,心中才第一次受到触动,隐隐意识到,那至少算不上一件光彩的事,因此,也就没有向冒襄说明。后来,愈行近南京,他愈加强烈地感觉到:江南一带的气氛,以及人们的情绪,同已经成为沦陷区的北方完全不同,可以说激烈得多,也苛刻得多。这更使方以智存了一份小心,担心自己的事情,万一在南京已经有所传闻,如果不弄清是否遭到歪曲,就贸然在大庭广众中露脸,说不定会招来意外的不愉快。因此,他拿定主意：一、先不上主管衙门去报到；二、也不直接去寻访陈贞慧等社友，而是先上有可能打听到点消息的秦淮河来。

现在，方以智乘坐的轿子，已经走在从桃叶河房到武定桥的街道上。这一带，本是南京城里顶有名气的吃喝玩乐的去处，要在平日，总是市声喧阗，游人如鲫，说不尽的风光热闹。可是眼下，由于一年一度的梅雨季节已经来临，阴沉沉、皱巴巴的天空从前天起就没有开朗过。那大一阵小一阵的长脚雨，也始终滴滴答答地下个不停。这雨虽说才开了个头，还不曾让人腻烦到仿佛连骨头也要长出霉来的程度，但已经足以使市面上陡然冷落下来。如今，街道上打着油纸伞、顶着竹笠，或者披着一块麻袋片儿的行人，自然也还不少，但多半是行色匆匆，难得有从容停歇的时候，更别说悠然自得地观街景、凑热闹了。即使是街道两旁的屋檐下，那平日吆喝得起劲的叫卖声，这会儿也泄了气，分明地沉寂下去。纵然有几个心性豪雄的角色，耐不住冷清，抖擞精神嚷嚷上几句，那声音也像马上给雨水浇瘪了似的，呜呜咽咽地散落在青石板路面上，再也蹦跶不起来……不过，虽然如此，人们的眼神和表情，看上去倒还安详镇定。除了眼下正当二十七天的国丧期间，人人身上都奉命穿上了素色的丧服之外，已经没有太分明的悲痛迹象。这自然是有关"流寇"倾师南下的传闻，到底没有被进一步证实，而且如今福王正式在南京"监国"，一个新朝廷也建立起来，于是他们渐渐又放了心，觉得重新有了倚靠和希望……

方以智在旧院的寒秀斋前下了轿子，由长随上前敲门，通报过姓名之后，李十娘的鸨母很快就出现了。如同旧院里的不少名妓之家那样，这位胖胖的、长着一双金鱼般突出的眼睛的小女人，实际上是十娘的亲生母亲。不过，无论是秉性还是长相，她同女儿都相去太远。如果不是她对十娘确是百依百顺，钟爱异常，外人也许就会更难相信这一点。今天，她同样穿着一袭素色的衣裙，但领头袖口有意无意地显露出内里的一层,却依然鲜艳花哨。此外,她脸上也照旧浓施粉黛,只是发髻上的金饰略见素减了一点。方以智的突然来访,显然使这位老于世故的鸨母颇为意外,甚至有点惊疑参半。不过,她仍旧显得十分高兴而且热情,一迭声地嚷着"稀客",又是呼唤丫环打伞,又是指挥仆人帮客人搬行李。然后,她就移动着小脚,一边照例嗔怪着方以智"薄情",怎么许久都不上门来,一边满面春风地把客人让进堂屋里。

这是一间小小的、收拾得异常雅洁的堂屋。方以智已经有两年多没来,但发现屋内的陈设并没有太大的改变——当中仍旧立着一架祁阳石座的山水屏风,屏前也依旧是两张方几,外带四张乌木嵌纹石的扶手椅。一对四开光的坐墩靠在墙边上。不过,窗上的湘妃帘像是换了新的,竹帘下增设了一张小壁桌,一个宣铜彝炉正在桌上袅袅地飘散着清爽宜人的香气。由于外面一直哗哗地下着雨,前檐下的那架鹦哥儿和蜷伏在门边的巴儿狗,都显得有点闷闷不乐,直到发现来了客人,它们才稍稍动弹一下身子,咕咕哼哼地发出几声敷衍的叫唤……

李十娘的鸨母显然很想打听方以智是怎样脱身归来的,但看见客人不愿多谈,也就识趣地住了口。她只告诉方以智,今天十分不巧,十娘同她的妹妹媚姐上石城门内的关帝庙烧香还愿去了,辰时出的门,这会儿还未返家,所以只好请方老爷包涵,多坐一会儿,到时一定罚十娘陪方老爷多喝几杯酒。方以智此来本不是为着寻欢买笑,自然也就无所谓。他一边捧着茶盅慢慢地喝着,一边向对方打听些南京近日的情形,像福王是哪一天进城的,前一阵子城里可有些什么传闻,最近从北边逃回来的人多不多,可知有些什么人,还有,旧院中相熟的那些人近来可还好么,等等。待鸨母一一回答了之后,他才偏起头,问:

"嗯,吴次尾和陈定生相公他们,近日想必还常来院中走动?"

鸨母正从一只碟子里拣着瓜子儿,一颗接一颗地放在嘴边嗑着,听他这么问,就住了手,胖胖的圆脸上现出沮丧的神情。

"常来什么呀?"她说,声音里透着怨艾。

"怎么?"

"谁知道呢!其间贱妾也曾打发丫环,还央了张老爸、苏老爸去专诚请过好多回,巴望他们就是来吃一盏茶,说会子话也好。谁知偏偏再也请不动,不是推说不得空闲,就是推说没有心思。总之,也不知是院中哪个鬼丫头,开罪了复社的相公们,连累我们也糊里糊涂地白陪着受冷清!"

方以智微微一笑:"这倒未必。大抵是眼下遭逢国变,他们一来正忙,二来也当真提不起兴致,所以才会如此。不过,莫非连余相公也不来么?"

他问的余相公,就是余怀。三年前,余怀经十娘介绍,同她的妹妹李媚姐相识。两人一见倾心,好得不得了。余怀还不止一次地表示准备替媚姐赎身,娶回家去。这件事,圈子里不少朋友都知道,所以方以智才有此一问。

鸨母点点头:"就只余相公还来过几次,可也每每推说事忙,不似往时来得勤了,把媚姐那妮子抛撇得丢了魂儿似的,倒缠着余相公又哭又笑地闹了好几回!"

方以智"噢"了一声,问:"那么,余相公的住处,外婆必定知道了?"

"知道,只是不曾去过。听鸨儿说,小油坊巷尽东头右首倒数第三家便是。"

"既是这等,"方以智略一沉吟,用商量的口吻说,"下官此来,一则是顺道相访,二则也想会一会余相公。如今就烦外婆着人给他带个口信,说下官在此候他,请余相公前来相见,不知可使得么?"

"这——"鸨母的眼珠子转了一下,随即笑起来,"这不是极容易的事么!方老爷几时变得这等生分客气了?贱妾这就着鸨儿去报信!"

"不过,"方以智用手势止住她,"下官来此一事,请外婆吩咐鸨儿,只可对余相公一人说知,并转告余相公,也暂勿向旁人提及。嗯,劳动了!"

等鸨母答应着出了堂屋,方以智便站起身,倒背着手,在室内来回踱起步来。

八

沙,沙,沙,外面的雨还在不停地下。看势头,它已经比先前小了一点。但由于室内停止了谈话,那声响反而清晰起来。粗略一听,这雨声似乎十分单调、沉闷;然而细心领略,就会发觉其实不然。由于雨点时大时小,落下时所承受的风力忽强忽弱,加上最后溅击的物件和处所各不相同,其间便产生出异常繁复而且丰富的变化。方以智可以说深谙此中的妙趣。以往于公务和治学的余暇,碰上这种天气,品茗听雨便成了他的一宗赏心乐事。此刻,他也不由自主地侧起了耳朵。然而,只一忽儿,有关此次南归的种种考虑又重新占据了他的心思。他开始想到:也许一切都是自己的多虑。待到把余怀找来之后,问清情况,如果没有什么,接下来他就要去同朋友们相见,好好地叙上一叙。然后,再花上两三天的时间,把自己在北京陷落期间的所历所闻详细写出来,呈报给通政司。如果能顺利到达监国的手中,说不定还会受到召见。"对了,要是监国询问到今后我的任职打算,该怎么回答?莫非仍旧回翰林院?不,可别再回那种是非之地去!这些年那种门户争斗的苦头、闷棍,我算是领教够了!倒不如请缨从军,上阵杀贼。即便是马革裹尸,也比临深履薄地混日子来得痛快!嗯,如果北伐成功,神京光复,说不定我还能同失散的妻儿相见。"由于想到了被自己抛弃在北京、生死未卜的家人,方以智的心又隐隐作痛起来。他还记得,在决意只身冒险出逃的那个晚上,妻拖着年纪尚幼的儿子,跪在自己的跟前,哭得那样伤心。开始,妻还苦苦哀求他留下来,不要抛弃他们母子。后来见他去志坚决,她就一把抓起桌上的利刀,使劲刺向胸口,哭着说要死在他的前头,免得将来受苦受辱。是他奋力把刀夺下来,再三劝解开导,并责成她无论如何也要活下去,把儿子抚养大,说不定将来还会有相见的一天。……"如今,我总算活着回来了。可是他们呢?这一个月来,他们是怎么过的?要是没有发生意外,他们应当还活着。但流贼一旦发现我失踪,必定会上门追索,那么……"方以智不敢想下去了。他的心痛苦地紧缩起来,浑身的血液疯狂地奔突着,脑袋也在轰轰作响,而两条腿仿佛不再属于自己,只管机械地移动着,越来越快,越来越快……

"方老爷,方老爷!"一个女人兴冲冲的声音在耳边响起。方以智狂怒地回顾了一下,当看见一张涂着脂粉的胖脸,和一双金鱼样突出的眼睛时,一句严厉的呵斥就冲到嘴边:"混账,你乱嚷什么!"然而,一刹那间,他醒悟过来,"嗯,这是鸨母,如今我是在寒秀斋,在她的家!"他想着,随即咬紧嘴唇,站住了。

"哎,方老爷,好了好了,十娘回来了!"鸨母眉开眼笑地报告说,显然并未觉察客人的神情异常,"贱妾本让她即刻来见方老爷,可那妮子偏说这会子见不得人,必定要进屋里换了衣裳再出来!"

"对了,还有一个李十娘!"方以智苦笑地想,"我既进了这门,岂有不被认做狎客之理?不管真也罢,假也罢,反正还得周旋一番!"于是,他慢慢抬起头,竭力把满心的惨苦情思压抑下去,一声不响地回到椅子旁边,坐了下来。

虽然两位名妓说是换件衣裳,但足足又过了小半个时辰,屏风后面才传来裙裾摆动的细碎声响。在刚才等候这一阵子,由于鸨母一直在旁边陪着说话,方以智的情绪总算渐渐又平复下来。他冷冷地朝屏风转过脸去,觉得眼前仿佛一亮,身材颀长的李十娘手中拿着一柄绿纱衬金滚边的白葵扇,姗姗地走了出来。后面跟着她的妹妹李媚姐。看来,她们不只是更衣,而且还沐浴了一遍,重新用脂粉匀过脸,描过眉,连头上的饰物也经过精心的选换,所以显得格外新鲜娇艳,容光照人。寒秀斋的这一双姐妹花,在秦淮河一带早就芳名远播,尤其是李十娘,同方以智可以说相当熟稔。以往,在方以智的眼中,这位柔弱善病的美人,并不见得比顾眉、沙才、葛嫩那样一些名妓更对他的胃口。然而,也许由于近两个月来,他一直处于极度的紧张、惊恐和狼狈的境地之中,所历所闻也全是战乱、刑狱、鲜血和死亡,旧日的生活,对他来说已经恍如隔世。现在一旦面对如此娇媚艳丽的女人,切近地感受到那围裹上来的温馨气息,有片刻工夫,他竟然觉得有点眼花缭乱,不由自主呆住了。

"方老爷万福……"两位名妓已经把双袖交叠在腰间,盈盈地行下礼去。

"哦,罢、罢了!"方以智蓦地回过神来,慌忙应道,于是站起身,还了一礼。

"方老爷几时到的?奴家姐妹竟坐不知,还望方老爷饶恕失迎怠慢之罪!"李十娘轻启朱唇,首先表示歉意。作为训练有素的旧院姐儿,她说起话来总是又软又慢,使人听着有一种说不出的舒服感觉。

方以智"嗯"了一声,没有回答;同时分明地感到,一种压抑已久的欲望正在心中苏醒,并且迅速地上升,使他变得有点意乱神迷,把持不定。"啊,我这是怎么了?怎么会这样子?"他诧异地、生气地想。为了抗拒诱惑,他强迫自己把视线从两位名妓的脸上移开,以摆脱对方热切的目光。

"咦,方老爷怎么不说话,莫非当真生气了不成?"李媚姐腮边闪动着笑窝,也凑了上来。她的声音又清又脆,却同样的好听。

方以智瞥了她一眼:"哼,要是她们知道我如今不只是个抛雏弃妇、前程未卜的逃官,而且是个靠朋友周济的穷光蛋,大概就不会是这副脸孔了!"这个痛苦的念头一闪现,他顿时冷静下来,于是把身子往椅背一靠,淡淡地说:

"下官今日才到留都,本未敢即来相访,只为打探余淡心相公的行踪,才顺脚过来一问。二位小娘子又何罪之有?"

"啊哟!"两位女郎齐声叫唤起来,"方老爷这等说,便是不肯饶恕奴家姐妹了!"

方以智却不再答话,只一本正经地摇摇头。

"那么,"李十娘用白葵扇半掩着嘴儿,忽闪着一双细长的眼睛,微笑说,"方老爷可得把方才的话改一改才成,改做:'专程来探望奴家姐妹,顺便打探余相公的行踪',可使得?"

方以智皱了皱眉毛。他自然十分了解这种娇声软语的纠缠,无非是要制造一种骨酥意荡的气氛。而这样一种气氛,对于做成下一步的买卖,是必不可少的。眼下,他虽然无意于做买卖,但一来,此次上门是有求于对方,二来,也不想显得过于生硬古板,以至失却了昔日的气派和风度。于是他报以微微一笑,故意摇着头说:

"下官适才所言,乃是实情,如此一改,岂非成了说谎之人?呵呵,使不得,使不得!"

"那么,方老爷到底还是不肯饶恕奴家姐妹了!"媚姐嘟起小嘴,干脆撒起娇来。她比李十娘要年轻几岁,长着一双讨人喜欢的灵活眼睛,"妈妈,你瞧,这可怎么办哪!"她回过头去,向鸨母求救了。

这其实是一个信号,暗示着这一幕表演已经差不多,可以转入下一个场景了。鸨母自然心领神会,马上挥一挥手,说:

"哎,方老爷是同你们逗耍子呢!你们姐妹怎地就当真了?罢啦,这会儿天也不早了,你们嘴也斗够了,倒不如把酒席整治起来,你们好好儿陪方老爷饮上几杯是正经!"

从得知李十娘回来的一刻起,方以智就在暗中考虑,该怎样应付这种意料之中的为难场面。以自己昔日的高贵身份,主人这样安排是很自然的,而且换了等闲的俗客,还未必能受到这种接待。但如今的方以智却远远不能同过去相比。作为一个彻底破产的逃亡者,他甚至已经支付不起一席的酒资。眼下他身上的衣着还算光鲜,箱笼中也还藏着七八十两银子,但那全是得自冒襄的馈赠,今后一段日子的生活开销,说不定就得靠着它。在这样的景况下,要像过去那样一掷千金地逗豪斗奢,方以智可是再也无此气概与胆魄。但是,公开地、坦然地承认这一点,对于他来说,似乎又是困难的、痛苦的,特别是在这种女人面前!因此,他暗中打定主意,要把一切有可能被对方借以勒索的安排,设法坚决地、但又不失面子地推托掉。凭着多年来对风月场中各种门道的谙熟,方以智自信要做到这一点并不难。所以,一听鸨母说要设宴,他就立即点着头:

"应该,应该!下官与二位小娘子一别二载,今日幸得相逢,正须把酒共话,一申渴怀!"

说完,又皱起眉毛,装出为难的样子:"只是下官今日才到留都,尚有许多俗务须得料理,只待会过余相公,便要告辞,如此说来,又未免仓促了些——这么着吧,二位小娘子的盛情,今日下官暂且记着,改日却来恭领,如何?"

"啊哟,这可不成!"鸨母故作惊怪地叫起来,"方老爷是多年相与的贵客,今日走了几千里路回到留都,头一个就来看望十娘。光只这天大的情面,就够十娘受用一辈子!若是连两盏薄酒都不吃,就放了方老爷去,纵然贱妾说使得,别人也说使不得!将来这话传到外头,我婆子这张老脸往哪儿搁?"

李十娘的鸨母自然并非等闲之辈,这几句话说得既谦恭又漂亮,特别把外头的反应也拉出来给她助阵,倒一下子把方以智给噎住了,张了两次嘴巴,却说不出话来。

李媚姐在旁边看见,也乖巧地笑着帮腔:"方老爷好不容易才来一趟,莫非只喝一杯茶,就忍心抛下我们姐妹去么?"

这一问倒提醒了方以智,他连忙抓住话茬儿说:"正是,下官今日来此,别的都不想,就只想一品寒秀斋的佳茗!至于饮宴——不瞒二位小娘子说,前些日子,下官在丹阳巧遇冒辟疆相公,还有一班熟朋友,天天缠着吃酒,腻得肚子怪不舒坦的,这会儿闻见酒味儿就反胃。下官也不忍心抛下二位小娘子就去,不过还是以品茗为宜,这摆宴就留待他日吧!"

停了停,看见三个女人你看我,我看你,都不说话,他又把手中的茶杯一举,故作豪迈地高声说:"况且,两三个人冷冷清清地喝酒,有什么兴味!二位小娘子如有兴致,改日待下官把陈相公、吴相公等一班朋友全请来,再邀上卞赛赛、李香君、张燕筑、盛仲文她们,就在河房之上,摆上个十席八席。到那时,再喝他个一醉方休,岂不更加痛快?哈哈哈哈!"

他刚才推三阻四地不肯摆席,显然引起了鸨母的怀疑,但接下来这虚张声势地一咋唬,老鸨那张本来有点阴沉的圆脸,顿时又堆起了笑容。

"既是恁般,"她讨好地说,"那么,贱妾也不敢相强。只是,到那会子,方老爷可别忘了十娘、媚姐才好!"

"哦,不会,笃定不会!"方以智摇着手,爽快而又响亮地说。他本来就是个好奇乐观、爱闹爱玩的人,特别是在这种风月场中,一切都是逢场作戏,所以,他更加丝毫不觉得这么做有何不妥;相反,还为自己略施小计,就把这个不见银子不开眼的老鸨儿吓了回去,暗暗感到得意。"哼,我方某是何等样人,莫非还能在这种地方翻了船不成!"他自傲地想。正要再咋唬几句,使对方更加深信不疑,就在这时,一直没有开口的李十娘忽然转过脸,对鸨母说:

"娘,方老爷不是要寻余相公么,怎么鸨儿去了半天,还不见回来?"

这句话,自然是暗示鸨母没有必要再在这里呆下去,以免妨碍她接待客人。鸨母马上领会了,连忙答应:

"那么,我这就瞧瞧去!"

说完,又殷勤地请方以智安坐,然后匆匆离开了堂屋。

"妹妹,"李十娘又望着身边的李媚姐,"余相公待会儿就要到,瞧你脸上这妆,都化开了,快去弄一弄吧,可别让余相公瞧见笑话!"

"噢,是么?"李媚姐微微一怔,似乎想说,刚上的妆,怎么就化了?但眼珠子一转,她有点明白了,便狡黠地一笑,说:"好的,这儿有姐姐陪着方老爷,妹妹也不怕失礼了!"

方以智目送着媚姐的背影,不禁有点纳闷,在姐儿陪客的当儿,鸨母应当离开,是很自然的事,可怎么连这一位也给支走了?"嗯,莫非因为我不肯摆宴,便故意降格以待不成?"他不悦地想。望着已经坐到凳子上的李十娘,眼神也随之冷了下来。十娘似乎猜到他的心思,连忙解释说:

"哦,她不过进去片刻,马上就出来的,还请方老爷海涵!"

"唔,有小娘子相陪,下官于愿已足,媚姐既然有事,倒也不必催她!"方以智故示大量。

"只是,奴家却有一事相求,望方老爷应允。"

"噢,不知小娘子有何见教?"发现对方神色异常,方以智不由得再度警惕起来。

李十娘先不回答,她伸手从袖子里掏出一条包成小包的汗巾,搁在并拢的膝盖上,解开结子,从里面拿出一朵珠花来。

"这个,不知方老爷可还认得?"她问,递了过来。

方以智望了她一眼,迟迟疑疑地接住,举在眼前端详了一下。他发现,这是一朵挺漂亮的珠花——在一枝小小的、金丝织就的带叶花托上,缀着五颗晶莹夺目的珍珠。当中一颗足有半粒花生米大,其余四颗的大小,也与黄豆不相上下。论价值估计足可抵五六十两银子。

"嗯,这是——"虽然觉得有点眼熟,但方以智却想不起在哪里见过,便抬起头,疑惑地瞅着对方。

"这是方老爷的东西呀!方老爷难道认不得了?"李十娘提醒说。

"啊,我的东西?"

"是的,是的,方老爷怎么忘了?五年前那一次,姜相公正住在这里,方老爷同孙相公忽然在夜里进来……"李十娘急切地说,椭圆形的粉脸随即涨得通红。

方以智眨眨眼睛,终于想起来了:当时,莱婆人姜垓迷上了李十娘,躲在寒秀斋整整一个月不出来。他同妹夫孙临想同姜垓开个玩笑,在半夜里翻墙进了李十娘家,装作江湖大盗的模样,手执钢刀,直奔卧房,一路喊杀连天,把姜垓吓得从被窝里滚了出来,跪在地上哀求饶命,还直叫"莫伤十娘!"后来,玩笑开够了,他们才哈哈大笑,露出真面目,于是当即摆酒畅饮,大醉而散,也就是在那一夜的酒席之上,他把这朵珠花送给了李十娘,说是给她压惊……

"都是过去的事了,还拿出来给我看什么?"由于愈是回忆起昔日的豪奢放纵,就愈加想到今日处境的可悲,方以智的脸色再度阴沉下来。

"奴想,奴想把它奉还老爷。"

"什么?"

"奴想老爷也许、也许会有用处。"

李十娘说话时声音很轻,而且显得畏畏缩缩。方以智却像猛然挨了一巴掌似的,血液一下子涌上脸孔,眼睛也因勃然大怒而睁圆了。他捏紧了手中的珠花,打算朝李十娘的脸上直掼过去。不过,当接触到对方那楚楚可怜的、充满祈求意味的目光时,他就临时改变了主意,哈哈大笑,说:

"怎么,你以为下官适才不肯设席,当真是开销不起?告诉你,下官没有那么穷,下官有的是银子!下官……"

"方老爷,你不要说了,不要说了!"李十娘激动地阻止说,眼睛里忽然充满了晶莹的泪水,"奴虽是烟花陋质,不谙世事,可也知道老爷这次天幸脱身回来,是何等不容易!必定受了多少罪,吃了多少苦!虽然老爷不说,可老爷的脸相模样,奴都瞧在眼里,痛在心上……这朵珠花,原是老爷赐给奴的。奴也知道,老爷决不肯再收回去,那么,只求老爷权且拿着,待会儿当着妈妈的面,再赐给奴一次——哦,说不定媚姐就要出来了,奴也不再说了,就当奴求老爷一次,请老爷千万应允!"她一边说,一边急急跪了下去。

在李十娘说话的初始,方以智还紧绷着脸,因为感受到了侮辱而怒火中烧,但渐渐他的火气低了下去。相反,这个风尘女子所表现出来的真情实意,却使他愈来愈诧异和惭愧。待到李十娘把话说完,他也禁不住心头发热,双眼微潮,赶紧跨前一步,把对方轻轻扶起来,低声说:

"好,下官应允就是。这地下潮着呢,快点起来吧!"

待到把李十娘安顿到凳子上之后,他又用一种深挚的、全新的目光打量着她,并且有心说上几句体己的话。然而,就在这时,隔着门外的雨幕,已经传来了余怀兴冲冲的呼唤:

"密之,密之！你在哪儿?"

于是,方以智只好暂时放开李十娘,把那朵珠花匆匆包好,塞进怀里,然后定一定神,转过身去……

第 五 章

一

黄宗羲和顾杲一筹莫展地对坐在西厢的起居室里,一边听着窗外哗哗的雨声,一边各自默默地想心事——黄宗羲照例皱着眉毛,紧抿着微微向前突出的嘴唇,瘦小的脸上现出聚精会神的模样;而坐在他对面的顾杲,则显得愈来愈烦躁不安。他把长鼻子转过来,转过去,时不时吁出一声发自心底的闷气。

两位朋友之所以落得这副模样,是由于五天前,在正阳门外的畅好居酒楼上,他们没有按照周镳的吩咐,公开地抵制陈贞慧那一套主张,相反,回来之后,还认为事情似乎不需要闹到那一步,建议周镳直接找陈贞慧面谈,以便消除彼此的歧见。结果,老头儿一听就大为恼火,声色俱厉地表示此事绝无商量的余地,然后一拂袖子,躲进了上房,从此不再露面。其后几天,黄、顾二人虽然数次三番前去探问,但都被仆人挡在门外,说主人"身体欠安",不能见客,弄得他们只得怏怏地又退了回来。

本来,两位朋友未尝不知道周镳的脾气固执强硬,要说服他并不容易,更何况,老头儿作为久经磨练、声誉素著的一位复社元老,平日深受社友们的尊敬与信赖。在一般情况下,黄、顾二人也不会轻易怀疑他的判断。但陈贞慧毕竟也是一位精明强干的社内领袖,而且彼此交往多年,在没有发现对方有明显的背叛行为之前,黄、顾二人感到实在难以理直气壮地撕破面子。尤其是黄宗羲,他一贯认为,救亡图存的惟一出路,就在于彻底革新朝政。而陈贞慧所设想的那一套,很可能是实现这种目标的一条捷径。所以,当得知社友们已经纷纷入幕,并且有声有色地干起来,他心中的紧迫感甚至变得更加强烈了。

没完没了的梅雨,还在紧一阵慢一阵地下着,把屋顶上的瓦片打得沙沙作响。窗外的天色始终是一派阴阴沉沉的模样,使人有点闹不清眼下到了什么时辰。一只不知名的飞虫大概是为着躲雨,冒冒失失地钻进屋子里来,却再也找不到飞出去的通道,于是一个劲儿往窗户上闯,每当它那飞快地扇动着的薄翅同糊窗纸接触时,便发出簌簌的轻响。

终于,顾杲似乎再也忍受不了沉默的煎熬。他一挺身站起,心烦意乱地说:"罢了!反正坐在这儿磨时间也没用,弟回东厢去了!"

"别忙,"黄宗羲制止说,没有抬头,"你到底想明白了没有,仲老同定生闹到这个地步,是为的什么?"

"这——弟不是说了么,只怕八成就是为的《留都防乱公揭》那件事!"

"嗯,若是光为的这件事,你说,我们该回护谁?仲老,还是定生?"

近两天来,两位朋友一直在讨论探究周、陈二人反目的因由,不过,大都只是就事论事,还没有议过到底谁是谁非。现在黄宗羲这么一问,倒使顾杲沉吟起来。

"以往,只听说《公揭》是出自仲老的手笔,定生亦从无异议,可如今忽然又说是他草拟的,就连后来广征姓名、联署发表诸事,亦是他独力主持,仲老实未参与。兄到底相信谁?兄以为,仲老果真是那等盗名欺世、不顾廉耻之徒么?"

"弟不是说那个！弟是说,国事到了今日这种地步,是大明中兴为重,还是一己之名位为重？"

"兄是说……"

"依我看,定生的主张,姑勿论其本心如何,总不失为救弊补偏之一途。仲老实不应以细故而坚阻之。"

与黄宗羲相比,顾杲无疑对周镳抱有更深的崇信。前些日子,他对时局那样悲观绝望,几乎打算"袂被而归",只凭周镳一句话,他就乖乖留了下来。这两天,他也仅仅是感到很难一下子同陈贞慧撕破脸皮,而从来没有怀疑周镳判断的正确性。此刻,黄宗羲提出这样的诘难,显然使顾杲感到颇为突兀。沉默了片刻之后,他踌躇地问：

"那么,兄打算……"

"既然就有补于中兴大计而言,定生的主张是对的,那就该找仲老说清楚！"

"可是,今日已是初五,仲老仍旧不肯见我们,如之奈何？"

黄宗羲一挺身,站起来说："起先我们没把此中是非琢磨透,光想着息事宁人,倒像是一味偏袒定生似的,难怪仲老大发脾气。如今琢磨清楚了,他又岂有深闭固拒之理！"

起初,顾杲仍旧颇为踌躇,但看见朋友已经大步跨出门外,他也就只好默默地跟了上去。

两位朋友的身影刚刚从西厢消失,大门那边又响起了脚步声。长着一脸络腮胡子的雷縯祚出现在雨幕中。他把左手揣在怀里,右手高高地兜起左边的袖子,仿佛在护着一件什么重要的东西,眉宇之间显出多时未有的兴奋。一踏上回廊,他就离开了替他打伞的仆人,三步并作两步地往里走,并在上房的门前赶上了黄宗羲和顾杲。

这时,黄、顾二人已经让仆人转达了求见周镳之意。因此,雷缜祚仅仅来得及同他们招呼了一声,门里就传出"有请"的呼唤,于是,三人便一齐转过身,相让着进入主人的寝室。

抱病未愈的周镳正斜靠在床上,由仆人服侍着,一口一口地喝着一碗正在冒着热气的药。当发现首先走进来的不是黄宗羲或顾杲,而是雷缜祚时,他那双隐藏在浓眉下的眼睛,闪过一丝意外的神色;但也没有起身相见,只对仆人摇摇手,示意把药拿开。

"嗯,介公兄冒雨见顾,不知有何见教?"大约发现雷缜祚脸上那掩藏不住的兴奋,同黄、顾二人各怀心事显然不同,所以,在照例地回答了对于自己健康情形的探询之后,周镳就把须发蓬然的脸转向前兵备金事,用中气不足的声音问。

"哎,仲老,"早就有点迫不及待的雷缜祚马上放下茶杯,从袖筒里摸出一张折子,兴冲冲地说,"你瞧瞧,这是今日的邸抄,弟刚拿到的!"

等周镳接过去,他重新把茶杯拿在手里,不胜感叹地说:

"这几日,弟都以为没指望了,没想到,情形会是如此之好!你瞧这内阁名单,五人中我东林还是占了两个。听说会推时,朝中诸臣尚能秉公持正,监国也能顺从众意。结果史公以首选入阁。接着是高研文、马瑶草。后来监国以为太少,传命再推,遂又增加了姜居之、王觉斯二位。如此,史公便是首辅。高研文虽非东林,但为人方正持重,正可与史、姜二公互为呼应。王觉斯优柔寡断,虽非君子,但也非小人,算是得其中。这么算下来,内阁中只有一个马瑶草,而且还是'领庐、凤总督如故'——依旧让他留在江北督师,内阁里只是挂个空衔而已!哈哈,没想到此公机诈用尽,到头来却是竹篮子打水,枉费心思!"

起初,黄、顾二人不知道邸抄的内容,只能怔怔地望着,及至听雷缜祚一说,他们才"啊"的一声,眼睛不由得发亮了——的确,自从福王以"监国"的名义正式秉政以来,将实行怎样的国策,又将怎样对待曾经公开反对过他的东林派人士,一直是他们所关注和担心的问题,他们甚至做好了处境艰难的准备。然而,在至关重要的内阁成员的安排上,竟然出现如此有利于东林的结果,确实是他们连做梦都没有想到的。所以无论是黄宗羲还是顾杲,都顿时又惊又喜,一齐把目光转向周镳手中的那份邸抄,希望从中获得更确切的印证。

周镳已经抬起头来,发现两位社友的热切眼神,他便把折子往二人手中一递,回头向雷缜祚问:

"嗯,还有什么消息没有?"

"还有——对了,还听说昨日史公与留都文武大臣集议于清议堂,于复兴大计多所擘划,合共二三十款之多,弟亦未能尽知。不过听陈定生说,其中要者,如从速起用天下名流,以收国人之心;又拟请设江北四藩,为自守及进取之基,即令靖南伯黄得功、总兵高杰、刘泽清、刘良佐任之;另增设江防水师五万,置于九江、京口二镇,划地分守;又拟请定新税法,废除'练饷'及崇祯十二年以后一切杂派并各项钱粮。此外,还有请更定南都营制、招募义勇等等。据陈定生说,诸款新政倘使果然得行,朝廷当有一番新气象……"

雷缜祚滔滔不绝说着,周镳却沉着脸不做声。随后,他就闭上眼睛,像是在歇息,又像在思索,对所听到的消息始终不发表意见。这种情形一长久,连黄宗羲和顾杲也注意到了,不由得抬起头,疑惑地注视着。

终于,周镳睁开了眼睛。

"嗯,这几日,你们想得怎样了?可拿定主意了么?"他把脸朝着两位朋友,出其不意地问。

黄宗羲怔了一下,随即醒悟过来。他"哦"了一声,说:"学生已想过了。值此国势危殆之际,我社同人亟须勠力同心,共扶社稷。竟有人造作诸般流言,意欲倾陷先生,实属卑劣之极!"由于临时意识到,直截了当说出自己的想法,难免会再度激怒仍在病中的周镳,所以黄宗羲打算先有所表白,"不过,造此奸谋者究系陈定生,抑或另有其人,学生以为眼下尚难确定,是以打算再等一等,瞧一瞧再说。"

"有什么可等、可瞧的?这事除了他,还能有谁!"周镳皱着眉毛质问,对黄宗羲的回答显然很不满意。

"……"

"哼!"大约看见黄宗羲不做声,周镳又生气起来,用微哑然而严厉的声音说,"还有什么可瞧的?莫非你以为,史道邻当上了首辅,姜居之也入了阁,朝局就太平了么?他陈定生从此就真能攀龙附凤,平步青云了么?才没有那等好事!你也不想想,马瑶草这次花费如许机心,拥立福藩,所为何来?无非是意欲觊觎高位,把持国柄而已!如今却让他仍旧督师庐、凤,实则一无所得,他岂能甘心?东林诸公前番既不能阻他强行拥立,今时又岂能阻他再生事端?哼,我料定了,此事早则数日,迟则数旬,必有变故!"

"可是,这番任命是经监国亲准,方始颁布的呀!"由于周镳的分析过于武断骇人,雷縯祚忍不住争辩说。

"不错,"顾杲也小心地附和,"前次立君,他马瑶草还有遁辞可假。如今他再生事端,便是违抗圣旨,史、姜诸公便可名正言顺地论劾他了!"

周镳冷笑一声:"论劾有什么用?你们可别忘了,如今新君得立,他马瑶草可是挟着定策之功。况且,史道邻还有把柄抓在他手里!"说完,他又转向黄宗羲,紧盯着问:

"嗯,怎么样,兄还要再等、再瞧么?"

黄宗羲沉吟着,感到有点心乱。因为刚才他决意来说服周镳,就是基于认为陈贞慧的一套设想是有道理、行得通的。然而,如果当真发生周镳所预言的那种动荡,改革朝政的前景就会变得颇为可忧。"不过,史道邻等人应当知道此中利害,必会严加防范,再不容马瑶草轻易得手的!"这么安慰了自己之后,黄宗羲抬起头,平静地说:

"得不到确证之前,请恕学生未敢勉从。"

在等待回答的当儿,周镳一直显得期待颇殷。一刹那间,他的表情变了。

"好,好!"他冷笑着说,"那么你就等下去,瞧下去好了!"他断然抛开黄宗羲,转而瞧着顾杲:

"那么,子方兄呢?莫非也要等一等,瞧一瞧?"

"这……我……"大约没有准备,顾杲顿时结巴起来。

"你怎么了?说话呀!莫非在你们心中,我周某还不如一个陈定生不成?"周镳终于按捺不住,再度发火了。一双黑中带绿的眼睛,也闪射出怨恨的光来。

"哦,不!"顾杲慌忙说。随后,他斜起眼睛,瞥了瞥坐在一旁的黄宗羲。大约发现朋友正紧抿着嘴唇,丝毫没有妥协的表示,他就结结巴巴地说:

"学生、学生愿、愿惟先生……"

"什么?"周镳厉声追问。也许看见连顾杲也支支吾吾,他怒气更盛,接着就剧烈地咳嗽起来。

"学生愿惟先生之命是听!"慌了手脚的顾杲赶紧大声回答,并且趁着周镳的亲随忙着替主人捶背、送水的当儿,轻轻扯了扯黄宗羲的衣袖。

然而,黄宗羲却被激怒了。因为在他看来,周镳如此执拗地反对陈贞慧,主要是出于私人的恩怨。如果为着照顾交情去顺从对方,放弃改革朝政、实现中兴的大计,那显然是不可以的。顾杲明明知道这一点,却毫不抗争,还试图促使自己也跟着他盲从曲附,黄宗羲觉得,这就未免懦弱得过分了。

"嗯,太冲!"顾杲又低声敦促说。

黄宗羲猛地站起身,一句激烈的指责也冲到了嘴边。只是由于周镳那气喘吁吁的模样临时闯入了眼中,他才勉强忍住了。但是,继续在屋子里呆下去,却使他感到气闷难当,于是他铁青着脸,猛然转过身,大步向外走去。虽然吃了一惊的顾杲和雷縯祚在背后连声发出呼唤,他都再也没有回头。

二

"什么,密之回来啦?"陈贞慧一把抓住余怀的胳臂,又惊又喜地问,"如今他在哪儿?什么时候回来的?"

这是在方以智回到南京之后第三天的上午,余怀到兵部衙门来找陈贞慧报信。没等进门,他就迫不及待地把消息向朋友说了,陈贞慧一听,竟在大街上忘情地叫出声来。

由于从昨天夜里起,本来起码要持续上大半个月的梅雨季节,出乎意料地提前结束了。阴云满布的天空,仿佛来了一把无形的扫帚,转眼之间就给打扫得干干净净。隐没了多日的太阳,重新露出脸来。如今迎着人们的眼睛,那积水未干的街道,那高墙后面的各种树木,以及房屋顶上的鸱吻和瓦顶,正在五月的晴空下一齐愉快地闪着光,树丛深处听得见有鹧鸪在叫。

"密之是初五到的。"余怀回答,"眼下暂且借寓在李十娘的寒秀斋里。弟见过他之后,便即时过来告知兄。可兄这贵衙的门槛也太高了!前日、昨日弟都来过,可门公硬说兄不在,死活不给通传,害得弟为这事差点儿没把两条腿跑断!"

"哦,这可真是太有劳兄了!"陈贞慧连忙拱手道歉,"不过,也别怪门公。这两日,弟确实不在衙里,一天到晚跟着史公满城地跑,又是拜客,又是上清议堂去会议。兄可知道,监国命内阁从速草拟新政哩!史公又是极认真的人,事事都要亲力亲为。所以跟着他,就别指望清闲得了!"陈贞慧嘴上诉着苦,可是看得出来,对于眼前这种际遇,他颇为满意与自得。

余怀眨眨眼睛,不无羡慕地说:"这一次,没想到史公还能当上了首辅。兄这个幕宾,可算是真的当着了!"

陈贞慧摇摇手,神情一变而为严肃:"像这种幕宾,好处是捞不着的,但得一申报效社稷的夙愿,也总算忙得其所就是——咦,方密之是怎么逃回来的,兄可还没说哩!他是单身一人,还是连家眷也带回来了?"

余怀收回目光,苦笑一声,说:"他么,是单身一人,家眷都丢在北京了!不过,这事说来话长,先找个处所,再坐下谈。"

"哦,好的,那么就请……哎,算了,我们不如这就去访密之,边走边谈,把朝宗也叫出来,一道去!"陈贞慧显得兴致勃勃,而且有点急不可待。

"什么,朝宗也在这里?怪不得这两日弟去找他,却颠倒找不着,连房东也不知他上哪儿去了,却原来——"

"啊哈!兄原来还不知,皆因都察院的副宪张大人新点了太宰,朝宗已夤缘进了吏部,如今也做起了幕宾。他倒干净,连行李也不搬就住了进去——这不,就在前头那个门,兄且稍候,待弟去叫他出来!"

说完,陈贞慧就紧赶几步,径自到吏部的门上去交涉。看来,这一带的衙门他已经走得相当熟稔,片刻之后,果然把侯方域带了回来。

"既然如此,那么我等如今便去访他好了!"大约陈贞慧已经把情况说了,所以侯方域一边同余怀见礼,一边首先表示同意。然后又转向陈贞慧:"其实,兄即使不来,弟也要去找兄的。近日听到些动静,真是岂有此理!"

"噢,什么动静?"陈贞慧诧异地问。

侯方域把手一摆:"也不是什么了不得的事。走吧,待会儿再说,如今且听听方密之是怎么逃回来的。可别说,只怕还真不容易哩——淡心,是么?"

余怀点点头。于是,三个朋友便转过身,沿着两边都是高大门墙的狭长而宁静的街道,并肩向南走去。一路上,余怀开始把三天前,他如何得到方以智捎来的信息,如何冒雨赶到寒秀斋,以及见到方以智后彼此交谈的情形,从头到尾向两位朋友叙述了一遍。当说到"流贼"入踞北京后,对殉国的崇祯帝后,以及明朝的文武百官所施加的种种侮辱,特别是禁止送葬、严刑追饷等种种"暴行"时,三位朋友都不禁怒火中烧,咬牙切齿;而当说到方以智弃妇抛儿,一路上历尽磨难,靠着行乞讨饭,才侥幸回到南京时,大家又免不了嗟讶感叹,无限同情。末了,当得知方以智在包港曾巧遇挈家逃难的冒襄,陈、侯二人都立即关切地追问起冒襄的近况和打算,并无可奈何地谈起:在社友当中,偏偏就数冒襄的婆婆妈妈事儿最多,不是纠缠于儿女私情,就是困扰于家庭杂务,老是撕扯不开。偏生也就是他才受得了,要换了别人只怕谁都吃不消……就这样,三位朋友走着谈着,不知不觉已经来到了大中桥。

位于皇城西南角外的大中桥,是沟通城东和城西的一个主要道口,热闹熙攘的景况可想而知。也许是久雨初晴的缘故,如今从桥上穿梭而过的轿马行人固然络绎不绝,就连前些日子一度销声匿迹的大小游艇,也重新纷纷出动,沿岸招徕生意,而且居然就有不少欣然登舟的士女游人。如果光瞧着他们那嬉笑自若、流连陶醉的样子,简直使人很难相信,仅仅在不久之前,他们还在经受着国破家亡的极度惊恐,而且直到目前为止,这座城市也仍然处于来自北方的巨大而可怕的威胁之中。

从大中桥到位于钞库街的旧院后门,还有不近的一段路。三位社友想尽快赶去,便在渡头临时雇了一只小船,吩咐艄公加把劲,快点摇到下游去。

"朝宗,如今该轮到你说了,到底出了什么岂有此理的事,可是社里的吗?"等大家在舱内坐定之后,陈贞慧换了话题,问道。以他目前在社内的处境和地位,对于侯方域见面时所提到的"动静",显然比余怀更为敏感和关注。

侯方域点点头:"叫兄猜着了,正是社里的——那位老儿又在捣鬼了!"

"噢?"

"不过,他没有亲自出马,却支派顾子方四出游说,无非一口咬定《留都防乱公揭》是出自他之手。还说此事早已尽人皆知,兄亦向无异议,如今忽造新说,乃系意欲混淆视听,夺功反诬,败坏他在社内的名声,以便取而代之。因此,他也绝不退让,定要与兄相争到底,并要社友们为他主持公道,如此等等。闻得这两日,顾子方把朗三、尔公、昆铜、硕人他们全都找遍了,只不知可曾找过淡心没有?"

余怀正在那里转着眼珠子,他乖巧地一笑,说:"大约他知道弟历来是不管闲事的,所以倒没来。"话虽然这么说,但对事态的发展显然也感到不安,所以他随即就转过脸去,窥伺着陈贞慧的反应。

陈贞慧却没有特别吃惊和激动。大抵是因为五月初一那天在畅好居酒楼上,侯方域已经对他说到过类似的事。他哼了一声,说:"此公也未免太心虚胆怯了!就算社内有此一说,草拟公揭的是我而不是他,莫非他就会因此立足不稳,我就能取而代之?他竟为此事与我大动干戈,岂非太无气量,适足以自暴其心中有鬼。"

"他本来就是心中有鬼!"侯方域鄙夷地说,"不过,如今他可是调兵遣将地打上门来了,兄打算何以应之?"

"何以应之？不管他！"陈贞慧断然把手一挥，"眼下社稷存亡，已是间不容发！有多少大事须得我辈全力以赴，哪里有闲工夫同他纠缠那个！"

"不管他？这可不行。除非兄即时向史公辞职，搬出兵部，并让弟等也全都不再当什么幕宾，或许还能讨得宽恕，否则兄今后休想安生太平！"

陈贞慧微微一怔："不当幕宾？这与他又有何相干？"

"怎么没有？人家在官场可是广有联络，以往社里有事要办，大半离不了他。如今兄让社友们纷纷入幕，而且又欲总揽其事，岂非明摆着要敲掉人家混饭的家什？他又怎能与你善罢甘休！"

大约事前没想到这一层，陈贞慧一下子给说呆住了。渐渐地，一种混杂着冤苦、气急与愤激的表情，从他那张宽阔的脸上，愈来愈清晰地呈现出来。忽然，他把舱中的小桌子一拍，怒火中烧地大声说："眼下都到什么当口了，他还一门心思算计这个！他到底还有没有心肝，算不算君子！"

侯方域始终保持着平静。他淡然一笑，说："兄又何必动气，莫非在社里他周老头儿还能一手遮天不成？他要大动干戈，就动好了！我倒想瞧瞧，究竟谁斗得过谁？哼，他还敢咬定公揭是他草拟的呢，那么就让他把社友都召来，公开对质，到时只要吴次尾一出面作证，就立时管教他当场出丑！"

前些天，陈贞慧曾私下向侯方域透露过，当年他把公揭草拟出来之后，曾经交给吴应箕过目，并且是两人一起商量改定的。因此，侯方域大约觉得有恃无恐。

陈贞慧却把头一摇，悻悻地说："别指望次尾会出面作证！他是个天马行空的人，历来不管这种'俗事'！况且他同周仲驭又一向气味相投，号称莫逆，你让他作证，闹不好，他当场给你来个'不知道'，你反而下不了台！"

听他这么一说,侯方域也没有了主意。有片刻工夫,船舱里沉寂下来,只有后梢那"鸦扎"的橹声,随着船身的摆动,一声接一声地响得分明。而船舷旁那潺湲而过的流水,受着耀眼的阳光照射,向灰布篷顶勾画出无数闪烁跃动的虚幻波影,更增加了人心中的烦乱……

终于,陈贞慧抬起头来。看样子,他已经把情绪控制住了。

"既然如此,那么算了!他不就是生怕《留都防乱公揭》那份功劳,挂不到他头上吗?如今我就让给他!"看见侯方域嘴巴一动,现出气急的样子,他把手一摇,止住对方,然后五指收拢,捏成一个拳头,朝桌上重重一敲,斩钉截铁地说:"可是,入幕的社友,一个也不能退出!这事不止关乎社局,抑且关乎国运,绝无退让的余地!"

侯方域眨眨眼睛,争辩地说:"可是……"

"兄不必再说了!"陈贞慧不耐烦地打断他,"弟意已决,过几日,弟就约齐社友去面见仲驭,当场声明公揭是他草拟的,让他从此放心就是!"

说完,仿佛想起什么,他又转向余怀,郑重地叮嘱说:"此事关涉重大,尚祈兄深秘之!"

三

由于周镳竟然置改革朝政的大计于不顾,坚持排斥陈贞慧,黄宗羲同老头儿明显地疏远了。另外,在这件事情上,顾杲本来与他一样,并不认为周镳的做法是对的,仅仅碍于情面,便屈从对方的意志,也使黄宗羲十分反感,无形之中,两个朋友也变得隔膜起来。

这种局面维持了十天。黄宗羲固然没有到上房去过,周镳也似乎对他失去了兴趣,既不再召唤他,也不派仆人过来探视。倒是有几次,顾杲像是憋不住,迟迟疑疑地蹑进西厢来,但看见黄宗羲紧绷着脸,对他不理不睬,也就把到了嘴边的话又缩了回去,转过身,径自为周镳分派的差事忙碌去了。

面对这种别扭的局面,黄宗羲感到再也不能在宅子里住下去了。虽然周镳不曾下逐客令,但是黄宗羲却觉得,仅仅冲着耐心等待了这些天,对方仍旧毫无回心转意的表示,自己也应当断然迁出。"是的,道不同不相为谋,既然你们是这样的一种人,那么,我黄某即便再穷、手头再拮据,也决不再受你们的恩惠!不能让世人把我看成是一个没有骨气、降格以求的人!"这么下定决心之后,到了五月十六日,他便带着黄安早早出门,上三山街去,打算看看能否在书坊中找到可供借宿的处所。

主仆二人走出了曲折清静的小巷,来到车水马龙的三山街上。就在昨天,以监国名义执政的福王,在文武群臣的一再"劝进"下,已经结束了半个月的过渡期,在紫禁城内的武英殿上正式登基,成为明朝的第十八代皇帝,并宣布从明年开始,将年号改为"弘光"。这对于相隔二百二十余年之后,再度处在"辇毂之下"的南京臣民来说,自然又是一件众口哄传的大事。虽然隆重的登基大典已经举行过,而且由于二十七天的国丧期尚未结束,民间也不举行庆祝活动,但热烈和兴奋的迹象仍旧随处可见。譬如:与前一阵子相比,市面上显得更加熙攘繁忙了,人们的表情也变得更加镇定和自信。一度在大街小巷里日夜巡逻的武装官兵,已经明显地减少;而作为南京一景的流民和乞丐,在东躲西藏地蛰伏了一个多月之后,又开始成群结队地重新出动。不过,最吸引人们关注的,还是在各大城门以及主要街衢上贴出的"皇榜",那上面一共列出了二十五款新颁的"国政",其中包括大赦天下罪人,废除苛捐杂税,大力起用有用人才,给各级官员加官晋爵,以及奖励开荒、放宽贸易等等,看起来,确实让人感到新朝廷颇有一番与民更始,振作有为的劲头和气象。

"不错,这二十五款新政,同五月初一在畅好居酒楼上,陈定生给我们看过的那二十款新政的草稿,有好些都是大同小异的。这么说,他在史道邻那里果真是颇受信用,而且已经有声有色地干起来了!"黄宗羲一边从围观皇榜的人丛中挤出来,一边兴奋而又不安地想。由于发现尽管在拥立新君的较量中遭到挫折,但以史可法为首的东林派人士仍旧牢牢地控制着局势,在重大的决策当中,并未受到异己势力的左右和干扰,黄宗羲对于陈贞慧的信服和对于周镳的不满,在这一刻里变得更加分明了。"哼,我早就料到,上一次拥立潞藩和桂藩,是理不直气不壮,史道邻也无可奈何。这一次他哪怕再笨,也不至于重蹈覆辙,再让马瑶草轻易得逞!周仲驭那种预测,不过是对陈定生心怀私怨,故作危言罢了!"

由于愈益坚信自己的抉择是正确的,现在,黄宗羲脚步轻快地往前走,心中洋溢着一种前所未有的兴奋和渴望。他想到:北京的不幸陷落固然是一场奇祸惨变,但长期以来,朝廷所形成的那一种因循苟且的死硬格局,也因此被彻底打破了。今后,南京的新朝廷在以史可法为首的东林派大臣主持下,沿着已经开始了的这条路子走下去,革除积弊,更新朝政,很可能就不再是一句空话,同时必定会更加获得江南士民的支持和拥戴。那么,重新开创大明中兴,也应当是可以实现的。"哎,真没想到,这些年来,我梦寐以求的一天,竟然会是这样子到来!"黄宗羲既欣幸又痛惜地想,"只是,我前一阵子被周仲驭拖着,老是犹豫不决,结果社友们都已经纷纷入幕为宾,我却远远落到了后头!不,一旦有了住处,我就去找陈定生!赶快去找陈定生……"

"大爷,瞧,书坊!"黄安的声音从身后传了过来。

黄宗羲怔了一下,顺着仆人的指点望去,发现前边不远,果然有一爿书坊。"嗯,虽说门面浅窄了些,但只要能住下就成。"他想,

于是停下来,对仆人说:

"你去,到坊里问一问,看他们可要请人选批文章不要?若要时,就再问问他们批一部给多少银子,包不包食宿?问明白了,回来告诉我。"

说完,看见黄安眨巴着圆眼睛,现出胆怯的样子,他就把脚一跺,不耐烦地催促说:"快去,去呀!"

等仆人犹犹疑疑地移动脚步,黄宗羲这才转过身,径自走到附近一间卖扇子的店铺跟前,一边倒背着手,装作浏览架子上的货色,一边等候仆人来回话。只不过,由于心情迫切,虽然店主人立即过来兜揽生意,并且殷勤地把那些本地产的、四川产的、广东产的扇子,一把接一把地摆到他的面前,黄宗羲却全无兴趣,只管不停地转过脸,一次又一次地朝书坊那边张望……

终于,黄安回来了。

"怎么样?"黄宗羲连忙抛下扇子,跟着仆人走出外面来,急急地问。

黄安摇摇头:"他们说不请。"

"不请?为什么?"

"那掌柜说他们坊中的选文,向例是包给什么恽相公、陆相公的。纵然这两位相公不来,也还有相熟的什么许相公、李相公等着,而且前几日已经来问过了。他们尚且轮不上,所以大爷就更加不用指望了。"

黄宗羲"嗯"了一声。满怀热望,却碰了个冷钉子,这使他多少有点失望,也有点不快——说实在的,他一向瞧不起八股文,平日里也是为着应考,才不得已跟着写一点。至于选批"程墨"、"房稿"一类的活计,虽然像吴应箕、张自烈等社友都做得挺起劲,并因此在士林中名声大起,黄宗羲却压根儿不感兴趣。这一次,要不是急于找到一个能解决食宿的新窝,他也未必会巴巴地主动上门。

"哼,什么了不得的书坊,瞧那门浅户窄的样子,就不是个会发达的。不肯请,我还不想干呢!"他不服气地想,于是领着仆人继续往前打听。不过经此一遭,黄宗羲更加不想先行出面了,每一次,都照例支派黄安去打头阵,自己则在远处等着。然而,那些书坊像是串通好了似的,一连打听了五六家,得到的答复不是已经预约了人,就是存货尚多,今年不打算开选了。弄得黄宗羲又气又急,一个劲儿地责骂黄安没用,说带上这样的仆人出门,算是倒了八辈子的霉,连这么个事都办不好!最后,把黄安逼急了,苦着脸申辩说:

"大爷,你以为这差事是好做的么?人家见了小人这一身打扮,又不是本地口音,先自拉长了脸,爱理不理的,没准儿还以为小人是装着幌子骗饭吃的呢!大爷又不肯露脸,可叫小人怎么办?"

由于被戳中心病,黄宗羲的脸蓦地红了,"什么?"他怒声说,"我不肯出面?我是让你学会办事!好,我这就去说给你瞧,看他们可敢不理我!"

说完,他把心一横,咚咚咚地迈开大步,径直朝黄安最后打交道的那所书坊走去。

这是一所不大不小的书坊,规模和格局同吴应箕借寓的蔡益所书坊差不多,门上悬着一个"惠来堂"的牌子,柜台后面坐着一个店主模样的中年汉子,看见来了客人,他那张长着几茎黄胡子的胖脸上就堆起了殷勤的笑容,而且离开了椅子。

"啊,不知相公光临,失迎了!"他行着礼说,"请——请坐。"

等黄宗羲坐到椅子上之后,他又毕恭毕敬地问:"不敢请教相公高姓?"

"嗯,小生姓黄,是浙江余姚人。不知店家怎生称呼?"

"不敢,小老贱姓张,排行第六,相公只叫张六便是。"

"原来是张老爸,幸会!"黄宗羲拱一拱手。

"啊,不敢,幸会幸会!"张六忙不迭再度行礼。随即,一边吩咐小厮"奉茶",一边试探地问:"不知黄相公光临,有何吩咐?小店虽则门面浅窄,不过也还藏得有几部好书。如果……"

黄宗羲把手一摆:"小生今日来此,非为买书,乃是意欲请问,宝号可打算聘人选批制艺时文?小生愿主其事。"

那店主满心指望着能招揽到一宗买卖,听黄宗羲这一说,胖脸上的笑容僵住了。这当儿,黄安已经跟了进来,也使他似乎记起了什么。于是,转了一下眼珠子之后,他便"哦"了一声,赔笑说:

"黄相公文名素著,小老心仪已久,今日肯惠然下顾,小店正是求之不得。惟是不巧得很,小店的选文,历来包与国子监的陈相公,除非陈相公有事不能来,否则小老实不敢背约另聘,现今陈相公已来小店开选,所以……"

一听对方又搬出这种理由,黄宗羲心中早已不耐烦。而且他还十分怀疑这些都是托辞,未必实有其事。不过,为着不至于一下子把事情谈崩,他仍旧耐着性子,说:

"小生以往虽然不常在坊中走动,便留都的选家朋友,像贵池的吴次尾相公,江右的张尔公相公,与小生都是极相熟的。他们都知道小生,老爸不信,不妨向他们打听打听。"

为着谋求这么个小差事,竟不得不借助吴、张二人的名声来自高身价,黄宗羲再一次感到屈辱和可羞。

"噢,原来如此!"店主人扬起粗短的眉毛,惊奇地说,"吴相公和张相公在坊间可是大名鼎鼎,无人不识。相公与他们既是知交好友,那就一切都容易之极了!纵然小店本小力薄,既已请了陈相公,便实在不敢再有劳相公,不过相公只须寻着吴、张二位,别说是受聘于一家,便是受聘于十家,也只是一句话的面子罢了!哈哈!"

张六说的也许是实情,但在黄宗羲听来,却分明是在挖苦自己,这种感觉,又由于曾经对仆人夸口在先,而变得更加尖锐。

"胡说!"他一挺身站起来,怒冲冲地说,"我为何非得去找他们不可？我用不着去找他们！什么选家，了不得就是那么一回事。我黄宗羲自问绝不会输给他们！不信，你马上拿一部时文出来，我当场批给你看！你若挑得出纰漏，本相公马上就走；若是挑不出，你这坊里的选席，本相公就坐定了！啊？怎么样，你敢不敢？"

显然没有料到这位一心求职的书生还会这么大发脾气，张六一下子倒给吓住了，随后就妥协地摇着手，连声说：

"相公息怒，相公息怒！有话慢慢说，有话……"

"不，你拿出来，什么了不得的时文，你马上拿出来！"黄宗羲的声音提得更高，还激烈地做着手势，以至街上的行人也给惊动了，纷纷停下来，朝店里张望。

"哎，出了什么事？到底出了什么事？"一个急促的声音问。

"什么事，我让他——"黄宗羲大声回答，同时转过脸去。蓦地，他噎住了，因为他发现，发问的那个人，还有跟着他从书坊的里门走出来的几个儒生，不知为什么有点眼熟。

"哎呀，太冲兄，原来是你！"为首的那个高身量的儒生首先招呼说。

"……"

"弟是陈方策呀，兄莫非认不得了？"那人走前一步，热切地自我介绍说，一双剑眉下的眸子，在轮廓分明的脸上显得炯炯有神。

陈方策——南京国子监里的一名学生。此人平日于课业之余，还留心时事，喜好结交，遇事敢于出头，所以无形中便成了学生们的一个头儿。以往黄宗羲上国子监去访友，曾经与他见过，现在一经提醒，也就想起来了。

"不知适才仁兄何事动怒？莫非……"陈方策关心地问。

"这位黄、黄相公要……要见相公。"张六连忙顺水推舟地说，同时用袖子揩了揩额上渗出的汗珠子。

"要见小弟？"陈方策有点意外，但随即就似乎悟到了什么，马上拱着手,道歉说:"请仁兄息怒。这事怪不得张老爸,是小弟让他不要放人进来的,若早知黄兄见顾,自然要当别论!"

说完,他就侧转身,做出相让的手势:"那么,请!"

当认出对方是熟人之后,黄宗羲的火气已经失去了势头,同时意识到自己刚才有点过分。于是他皱起眉毛,默默地跟着陈方策往里走。

"……那么,贵社打算如何应变?"当他们走在天井里的时候,陈方策忽然转过脸来,神色郑重地问。

"应变?什么应变?"黄宗羲抬起眼睛,疑惑地问。

"就是史大人的事。"

"史大人——兄是说史道邻?他有什么事?"

"咦,兄不是为这事来找弟的么?"陈方策站住脚,颇感错愕。看见黄宗羲摇摇头,一派茫然的样子,他才"哎"的一声,苦笑着说:"误会了,弟闹误会了!"

"可是……"

陈方策没有立即回答。他似乎拿不定主意,是否就在这里谈,但最后还是放弃了继续往里走的打算。

"原来兄还不知道,今日朝廷可是出了大事了!"这么说了一句之后,他那双炯炯有神的眼睛突然发红了,以致不得不停顿一下,直到把激动的情绪控制住之后,才一五一十地说起来。

原来事情是这样的:前些日子,一直留在凤阳等候朝廷任命的马士英,在接到关于内阁名单的邸报,以及着令他继续留在江北督师的诏书之后,极为不满。他立即采取行动,一方面唆使正在扬州一带闹事的高杰,把十余万人马拉到长江北岸,沿江扎营,制造紧张空气;另一方面,他自己则借口入朝觐见,来到南京,公开扬言:他在外督师多年,已经感到"疲倦",决意回到朝廷来任职,不想再走了。面对这种公然的讹诈,史可法为着避免冲突,竟然再一次作出重大让步,向弘光皇帝提出请求,表示愿意自行到江北去督师,而让马士英代替他在朝廷中的位置。结果,当即得到皇帝的允准。今天,史可法已经正式搬出内阁,据说很快就要启程了。

"如此一来,"站在旁边的一位名叫卢谓的国子监生愤慨地插进来说,"岂不是成了秦桧在内,李纲在外之局。大明的中兴还有什么指望,江南还有什么指望!"

"前些日子,听说就连司礼监的韩太监也说:'史公安靖宁一,堪任居守;马瑶草弘才大略,堪任督师。'今上及诸臣俱以为然,是故才有前命。如今只为姓马的一句话,就遽变成议,岂非视国事为儿戏么!"另一位监生也帮腔说。

黄宗羲却像当头挨了一棒,被这突如其来的变故击呆了。是的,局面竟然变得这样快,这样容易! 这是他做梦都想不到的。事实上,仅仅在小半天前,他对于当前的一切,还那样兴奋,那样激动;而对于未来,又是那样的雄心勃勃,满怀希望。可是转眼工夫,这一切就给无情地打碎了! 眼下,黄宗羲的感觉,就像给人摘去了五脏六腑,胸腹间一下子变得空荡荡的。渐渐地,他又觉得像是落进了一个巨大的骗局之中,被那些高高在上的人冷酷而自私地耍弄了一番,然后如同一只渺小的虫豸似的,被毫不在意地抛到一边去。"啊,史道邻,又是史道邻!"在充满心头的一片混乱中,他分明听见一个怨愤激动的声音在高喊。虽然陈方策在旁边慷慨激昂地表示,为了阻止史可法离去,他们已经决意联络南京的缙绅及士子,联名上书,向朝廷拼死一争,但是黄宗羲根本没有听见,只猛地旋过身,昏头昏脑地向外走去。

四

史可法突然决定自请出守淮扬,使黄宗羲的满腔热望再度归于破灭,同时,也给复社的社友们造成极大的冲击。侯方域、梅朗中、张自烈、沈士柱、左国棅等人,由于在各部衙门里充当幕僚,甚至在更早一点的时候,就已经得到了消息。只是,当他们气急败坏地赶到兵部衙门,围着陈贞慧,询问该怎么办时,就连一向沉着稳重的这位头儿也忧心如焚,乱了方寸,末了,只表示要竭尽全力地进谏,以促使史可法改变主意。他还与社友们约定,于五月十七日——也就是黄宗羲同陈方策在书坊里谈话的第二天上午,到洪武门外的茶社去集中,看结果如何,再作计议。

现在,已经到了约定的时间。从辰刻开始,社友们就陆续来到茶社里,在靠窗的地方占了一张桌子,叫了两壶"毛尖",几样果品,一边喝着,一边等候。由于估计到事情不会太顺利,他们还特地把吴应箕和余怀也招了来,以便到时一道参与计议。谁知大家心神不定地守候了大半个时辰,不但不见陈贞慧前来露面,就连自告奋勇前去催请的侯方域,也失去了踪影,社友们就不由得愈来愈焦急不安了。

"哎,到底是怎么回事?定生怎么还不来?"梅朗中一边伸着脖子朝窗外张望,一边神情懊丧地说,"莫非史道邻已经出都,把他也带走了不成?"

"这倒不至于,"张自烈摇摇头,"史公出都之时,须得向皇上公行陛辞之礼,百官也须齐集城外替他'郊饯',岂有一声不响就走了之理!"

"哼,也难说。如今马瑶草已跑回留都,江北诸镇成了无头之蛇。若是流贼南下,军情紧急,史公便只有星夜赴任了!岂不闻兵法有云……"沈士柱提出他的见解,而且照例忘不了引用兵书,只是对于这种情况,兵书上到底有什么相应的说法,他却似乎一时想不起来,所以只管一个劲儿眨着眼睛,却没有了下文。

幸而左国棅接了上来:"江北军情紧急,事先岂能全无声响?

况且,定生即使跟着走了,又岂能不给我们留个口信?"

听他这么一问,沈士柱立即又神气起来:"哎,老兄这就是外行了!"他把手一挥,说,"军机大事,岂能轻易泄露?岂不闻'形人而我无形'乎?即使是定生,到了此时此际,只怕也不敢给我们留什么口信哩!"

余怀摇摇头:"弟倒是想着,这两日留都上下,众议沸腾,都是争的史公赴淮扬督师的事。说不定马瑶草之流怕史公逗留一久,难免夜长梦多,又弄个什么奸诈的法儿,从速把他悄悄儿打发了出都也未可知!"

冲着这一阵子,弘光皇帝对马士英明显偏护,余怀的顾虑自然不无道理。大家顿时又焦急起来。

"若、若是这等,我们岂不是白、白等一场?"梅朗中结结巴巴地问。

"是呀,"左国棅也接了上来,"既然如此,我们还坐在这儿干什么?"

"对,不等了!""算了,走吧,走!"更多的人哄然附和。

然而,没等他们站起来,就听见桌子被"嘭"地拍了一下,接着,响起了吴应箕冷峻的声音:

"你们全都是瞎猜!瞎猜,懂吗?"他重复地呵斥说。到底为何是瞎猜,他似乎并不打算解释,但是那霍霍扫射着的目光,已经足以使社友们不由自主地安静下来,不再做声了。

"那么,"大家闷闷地喝了一会子茶之后,终于又有人开口了,那是安静不下来的沈士柱,"史公纵然此刻尚未离京,可毕竟是要离京的——要是朝廷不肯收回成命的话。那么到时定生可怎么办?是跟着史公一道走,还是留下来?要是他也走了,丢下我们怎么办?这幕僚还当下去不当下去?"

"哼,其实,就算定生留下不走,我们这份幕僚的差事,也已经没有什么意思了!"左国棅垂头丧气地说。

"噢?"

"你不想想,以往我留都是史公主持大计,定生又在他的幕中,凡事都领着头,我们才能互为呼应。如今换了马瑶草,定生自然不能再依附于他,一旦这幕中没有定生居中策应,我们留着又有什么用!"

的确,陈贞慧那个借助"入幕"来影响朝政的设想,是建立在东林派当权的基础上的。现在史可法一走,将来朝廷的大权,势必落到马士英之流的手中,那么"入幕"的办法还能不能起作用,确实值得怀疑。所以,听左国棅这么一说,大家那本来已经烦躁不安的心情,又增添了一重沮丧。

"次尾兄,旁观者清,兄倒说说,我们该怎么办?"由于这伙人中,目前只有吴应箕和余怀一直没有入幕为宾,梅朗中只好转向他求救了。

吴应箕却不说话,只是冷着脸,不住地捋着刺猬毛似的胡子,半晌,才闷声闷气地说:

"若是当不下去,那就不当!退出来,依旧做我们的旧行当——管领清议!"

"对!"沈士柱马上表示响应,"前几日顾子方就曾访过弟,也是说的这话,还说周仲驭料定,朝廷如此安置马瑶草,必生变故。弟当时还不信,如今果然被他料着了!"

"周仲驭当初就不以我们入幕为然,这不,全给他说中了!"左国棅也表示附和,"可是定生偏不听,结果闹成今日这种局面!"

当初商议入幕时,左国棅表现得十分起劲,入幕也几乎是最早的,如今他却把那些都忘了。也许正是这一点,引起了张自烈的反感,他把茶杯往桌上一放,说:

"兄也休要责怪定生!入幕为宾也没有什么不好,至少许多事情我们都能知道,不像以往那样,老给蒙在鼓里,即便定生当不成了,我们还可以当下去。史公走了,朝中也还有高公、姜公他们,马瑶草未必就能一手遮天,况且……"

他本来还要说下去,忽然窗外"哄"的一声,骚动起来,好几个声音在叫:

"咦,看,快看!""奇怪,那是什么人?""他们在做什么?"

大家不由得一怔,连忙转脸望去,发现不知为什么,街上的行人纷纷停住了脚步,正一边往两旁让开,一边朝南边伸长了脖子。大家不觉好奇起来,纷纷站起身,挤到窗前,这一下,才看明白了。原来,从街南的方向正走过来一队儒生,大约有二三十人之多,一个个神色凝重,步履庄严。为首的一个,手中捧着个黑漆盘子,盘子里盛着一份奏折之类的东西。在他们的后面,还吵吵嚷嚷地跟着好些市民模样的人,其中也有一些方巾儒服的士子。如果说,前头的儒生们都庄严地保持着沉默的话,那么,后面那些临时加入的却显得神情亢奋,一边挥舞着胳臂,一边大声诉说着。社友们隔着窗子,加上前面还有好些看热闹的路人挡着,一时也闹不清他们在说什么。直到队伍经过窗前时,才听见其中有人慷慨激昂地大声说:

"为何夺我史公?""还我史公!"

"咦,莫非他们是到通政司去,上书挽留史公不成?"由于这儿离洪武门内的部院衙门已经不远,所以余怀首先作出猜测。

"嗯,前头那些人,像都是国子监的生员。捧盘子的那个,名叫陈方策,是他们的一个头儿,平日也算得上敢说敢为!"有人介绍说,听声音像是张自烈。

"瞧这阵仗,响应他们的人还不少。说不定,他们这一闹,真能把史公留下来也未可知。"左国棅喃喃地说,似乎重新生出了希望。

然而,不知道是不以为然,还是别的缘故,他的说法没有引起社友们的应和,大家只默默地望着窗外的热烈情景,显出各怀心事的样子。

终于,梅朗中不自在地扭动了一下脖子,懊丧地说:"这管领清议,本是我复社分内之事,谁知事到临头,反而让国子监的人占了先筹去!"

这随口而出的一句话,戳破了彼此试图隐瞒的心事,社友们你望望我,我望望你,脸色不由得变了。的确,作为复社的成员,大家一向引以为自豪的,是长期以来,无论在江南还是留都,他们都属于最敢出头说话,最具号召力,最有影响的一群,谁也不能相匹敌。可是,眼下的情形却是:国子监的太学生们已经行动起来,而自己一班人却依旧守在茶社里,毫无作为。正是这种反常的对比,使大家的自尊心仿佛受到了嘲笑和侮辱似的,这大半天里所积存的烦闷和焦躁,一下子膨胀起来,终于再度爆发了。

"算了!"沈士柱首先把桌子"砰"地一拍,大声说,"还等什么!干脆,我们也上通政司去!"

"对,走呀,走!"梅朗中和余怀也齐声附和。

这一次,连吴应箕也不再阻拦。于是大家纷纷转过身,络绎向外走去。剩下张自烈还在犹豫,但看见大家全都要走,也终于默默地跟在后面。

他们刚刚走出门外,忽然意外地看见,一早就去催请陈贞慧却久久不见回来的侯方域,正穿过拥挤的人群,急急地朝茶社走来。

"咦,兄等要往哪儿去?"侯方域一边擦着额上的汗,一边诧异地问。

沈士柱哼了一声,反问:"这老半天的,你到底上哪儿去了?定生呢?"

侯方域摇摇头:"他因有要紧的事,这会儿还来不了。"

"有要紧的事?那么我们——"

"哎,兄别急!"侯方域做了个阻止的手势,随即压低声音,神色严峻地说:"定生因向史公进谏无效,决意另想办法。眼下,他已经求见姜阁老去了——哎,此处非说话之所,还是先返回里间去,再与兄等细谈!"

五

侯方域没有说谎,陈贞慧确实是到了姜曰广的府上。作为把全部希望和心血都寄托在史可法身上的一位复社头儿,陈贞慧自然十分明白眼前事态的严重性,十分明白一旦让居心叵测的马士英取代了史可法的位置,朝廷将会变成怎样一种局面,自己又将落到怎样一种处境!他从姜曰广那里得知,要阻止马士英入朝掌政,办法只有两个,一是通过发动朝臣共同弹劾,把他攻倒。但鉴于马士英有定策拥立之功,颇得皇上信赖,至少在目前,这是办不到的。那么就剩下另一个办法,即尽一切可能把史可法挽留住,造成庐凤总督无人接任的局面,使马士英回不来。眼下姜曰广就是采取后一个办法。他凭借通政司和六科对皇帝的诏命有驳封和复奏之权,已经暗中通知通政司使刘士祯就史可法的新任命进行复奏,以拖延时间;同时支持国子监的太学生陈方策等人发动士民,上书反对,力图造成舆论声势,迫使皇帝收回成命。不过,仅仅这样做,姜曰广觉得还是没有成功的把握,因此又准备下了第三着棋——派人暗中同司礼监的韩赞周联络,设法取得位高权重的这位掌印太监的支持。

韩赞周本是南京的守备太监,由于在拥立新君期间,坚持主张由福王继位,所以事情成功之后,便被升任为司礼监的掌印太监。这一职务,不但握有统管全部宦官的大权,更重要的是还有代皇帝管理内外奏章和核准批复内容的职责,比起只管草拟圣旨的内阁阁员,实际上更有权势。不过,韩赞周的为人看来还算正派,也比较明白事理,对马士英那伙人也不是完全一边倒。明显的例子是,当初朝廷决定分工由史可法主持朝政,让马士英继任总督,就是韩赞周首先提出来的。现在事情发生了逆转,可以说连他也丢了面子。正因有这一层瓜葛,姜曰广才觉得不妨尝试利用一下。事实上,要是韩赞周肯在皇上跟前进言几句,成功的把握自然大得多。只是交结内监,在名声上却不那么光彩。姜曰广固然不肯亲自出面,即使是指派别的官员去办,也难免招人侧目。因此,陈贞慧的主动来访,正好提供了一个合适的人选。

经过姜曰广面授机宜,现在,陈贞慧已经把使命接受了下来。因为事情必须在极秘密的状态下进行,不能向社友们透露,所以陈贞慧从姜曰广的府中告辞出来之后,就径自回到寓所里。直到天黑,他才独自出门,乘着夜色的掩护,来到位于西华门外的一条巷子里。事先,他已经打听清楚韩赞周私宅的方位,并且知道主人今晚要回来,所以还算顺利,把拜帖递进去不久,应门的小太监便传出话来,请他进去相见。

要说执行眼下这项秘密使命,陈贞慧的心中全无犹豫,那也不尽然。正如当时许多以正人君子自居的士人一样,他对于太监,心里始终存有一种鄙视和厌恶的心理,总觉得同他们打交道,是有失身份,更别说干这种遮遮掩掩的"勾当"了。不过,陈贞慧又是一个讲求实际的人,他很明白在政治场中角逐,利害的取舍,较之道义的恪守往往更为重要。"嗯,为着社稷的存亡、中兴的成败,也为着我的一番心血不致半途而废,就姑且忍耐这一次吧!"他默默在心中说服着自己。当看见应门的小太监扬着拜帖走出来时,陈贞慧马上从怀里掏出一两银子,塞了过去,同时把帖子重新收回来,这才定一定神,举步向里走去。

按照朝廷的制度,太监作为皇帝的近侍,除了奉派到外地执行使命的之外,一般都必须住在宫城里。但一些有财有势的太监头儿,在外面都置有私人宅第。据说当年的阉党头子魏忠贤,在北京的私宅就极其奢华富丽,几乎同皇宫没有两样。韩赞周的这所宅子,当然远不能同魏忠贤的相比。不过,光是凭借廊檐下、厢房里的灯烛之光粗略地环顾一下,陈贞慧也已经感到这宅子不止高大,而且必定相当幽深,建筑和布置也相当考究。"哼,再怎么着,这些阉人宦竖,无非是皇上跟前的一名奴婢而已,居然也高堂华屋,比之士大夫之家有过之而无不及,也可谓僭妄之至了!"他不无反感地想。不过,由于会见临近,心情也本能地紧张起来。他开始更集中地关注于自己的使命,并且产生出一种新的不安和期待。

在堂屋里等候了片刻之后,随着一阵平稳从容的脚步声,韩赞周从屏风后面走了出来。陈贞慧以往没有见过这位掌印太监。如今在明亮的烛光下,他发现站在面前的是一位年近六旬的胖老头儿,梳理得纹丝不乱的鬓发已经明显地见白,光秃的下巴照例没有一根胡子,一张养尊处优的宽脸泛着红光,大而厚的嘴唇虽然照例地挂着微笑,但一双眯着的细长眼睛里,却分明地现出疑惑和探究的光。

由于感到自己的来意不是三言两语就能说清楚的,加上彼此素不相识,为着减少转述的麻烦,陈贞慧在同对方行礼相见之后,没有多作寒暄,便从怀里掏出事先准备好的一封密信,双手递了过去:

"这是姜阁老命学生转呈左右的,请韩公过目。"

"噢?"韩赞周略感诧异地望了客人一眼,随即接了过去,"嗯,先生请坐!"他一边相让着,一边在椅子上坐了下来,开始拆信。

这封密信,还在姜曰广家里时,陈贞慧就已经看过。他知道,出于谨慎,姜曰广的信写得很简略,只把事件提了一下,至于具体陈述和说服的差事,要由陈贞慧本人承当起来。所以,从一开始,陈贞慧就十分留神主人的神色反应,希望在开口之前,尽可能把对方的心思摸得透一点。不过,令他微感失望的是,虽然韩赞周显得十分认真,一封短短的信,举在眼前翻来覆去足足看了十遍八遍,可是脸上始终纹丝不动,连一点可以捕捉的痕迹都找不到。

终于,韩赞周慢慢地把信笺卷成一个小长条,沉思着伸向斗色晶灯的罩子顶端。等火苗冒出来之后,他便不断地转动着,让信笺烧得更透一些,然后才丢进方几旁边的痰盂里,但仍旧目不转睛地注视着。直到最后一点火光熄灭了,他才抬起头来,淡淡地说:

"嗯,此事怕不好办。"

"哦,姜阁老也正因此事棘手,才特地相烦韩公援手。"陈贞慧连忙拱着手,解释说。

韩赞周垂下眼睛,没有做声。

陈贞慧试探着又说:"姜阁老告知小生,当初以史公任首辅,以马公督师凤阳,乃是韩公首倡,朝野俱深赞得人,以为如此措置,不止江南可保,而且中兴有望,实为定国安邦之长策!"

"唔,这个倒是。"

"惟是未及半月,忽生此变,却是令人百思不得其解。盖史公安靖宁一,堪任居守;马公果敢能战,最宜督师。如今出史入马,只怕二公俱难展所长,一二大臣之出入本无足怪,其奈社稷安危何!"

韩赞周点点头:"这也是我当初说过的话。"

"所以,"看见对方应答得颇为爽快,陈贞慧热切起来,不由得提高了声音,"史公自请督师之消息一经传出,留都士民尽皆哗然,连日疏止此事者,数在非少,足见此举之失计,实乃有目共见。"

"这个,本监也已经知道了。"

"因此之故,姜阁老特命小生致意韩公,愿韩公以社稷为念,鼎力持正,维护当初之定议,以慰天下之望!"

谈话一直进行到这里,都颇为顺利。虽然韩赞周开始时推托了一下,但当陈贞慧始终抓住当初那种人事安排的倡议之功,给对方一连戴了几顶高帽子之后,却显然打动了韩赞周,使老太监的态度变得积极起来,答话的口气也越来越干脆。"哎,只要他能允诺在内廷策应,事情就有九分把握!想不到这位韩老头儿,倒是个正直之人!"陈贞慧想。经过这片刻的接触,他对于太监的成见,竟不由自主有了改变,甚至产生出一种亲近之感。

"姜阁老既然以公事相托,本监自然是要尽力的。"韩赞周慢吞吞地说,"不过,以目前的情势而论,史公却是以离开留都为好。"

"……?"

"是的,他还是以离开为好。"

"为……为什么?"由于韩赞周忽然转了口风,陈贞慧吃了一惊。

"史公这一次自请督师,先生可知是为的什么?"

"那、那是马公坚欲回朝,淮扬无人督师,所以史公才决意相让。"

韩赞周摇摇头:"先生只知其一,不知其二!"

"啊?"

韩赞周没有马上说下去。他似乎有一点踌躇。不过,既然姜曰广如此寄望于他,并且派来了秘密使者,他想必觉得应该多少有所回报。而且陈贞慧刚才那一番奉承,也显然博得老太监的好感,所以,他到底还是压低声音,说:

"马瑶草今番入觐,已将史道邻当日致书于他,力言皇上'七不可立'之事,密疏奏闻了!"

陈贞慧惊疑地睁大了眼睛,一时间窒住了,同时分明觉得心中紧缩了一下,随即急剧地搐动起来。他脊背开始发凉,手心也在冒汗。"啊,原来如此!原来姓马的不仅背信弃义,还下了这一记辣手！怪不得史公这么急急忙忙,跟谁也不商量,就自请出都。原来他是吃了一记闷棍,有苦说不出!"陈贞慧恍然想道,心中一下子变得乱糟糟的。事实上,作为臣子,别的一切都不可怕,最可怕的是失去皇上的信任。没有皇帝的信任,哪怕你抱负再高,本事再强,也没有施展的可能。更何况,史可法当初那封"七不可立"的信,是直接攻击当今皇上的。那七条罪名,哪怕只有一条传到皇上的耳朵里,都足以使"龙颜"震怒,说不定还会招致杀身之祸。

"嗯,你们东林当初是打错了主意!"一个沉重而缓慢的声音响起。陈贞慧茫然抬起头,发现不知什么时候,韩赞周已经站起来,正慢慢地来回踱步。在烛光的映照下,他那巨大的影子也在忽前忽后地晃动着。"如今我才说吧,你们当初就不该放着今上不立,巴巴地打算去立什么潞王、桂王!须知祖宗之法,三百年来,俱在人心。你们东林仅以贵妃郑娘娘之故,便欲变乱祖宗之法,卒至进退失据,众心不附,至有今日之误!虽欲挽救,其奈马公之势已成,弄不好,朝廷之上,便有如水火相逼。唉,只怕从今而后,国家又要多事了!"

陈贞慧错愕地望着老太监。对方这么指责东林,使他感到既羞愧又气急。他打算分辩说:"当初东林主张立君以贤,并不是因为郑贵妃的缘故,而是为社稷存亡、中兴成败着想。"但是,话到嘴边却说不出来,只喃喃地问:

"那么,那么真是没有办法了么?"

韩赞周摇摇头:"过得几时,瞧情形如何,或许还能想点办法,把史公再召回来。眼下已是难以转圜了!"

"还望韩公设法周旋!"陈贞慧低着头,恳求说。以他的身份和性格,在受到对方指责后,还这样地求人,可以说是相当低声下气。事实上,以往他还从来没有这样做过。如果不是考虑到身负的使命实在过于重大,而眼前这个人,又是惟一可以起作用的关键人物,他早就拂袖而出了。

"不,这是办不到的!"韩赞周断然回答。

陈贞慧的脸孔涨红了。他紧皱着眉毛,有片刻工夫,几乎就要一挺身站起来。但是,他仍旧极力控制着自己,再一次恳求说:

"为社稷之故,尚祈韩公勉为其难!"

韩赞周望了他一眼,似乎被他的恳切求告所打动,但略一沉吟之后,仍旧摇摇头:"这一次是史道邻自己执意要走,只怕朝廷也未必留得住他。"

"啊,要是史公答应不走呢?"由于发现对方的口气有所松动,陈贞慧重新生出了希望。

韩赞周没有立即回答。他倒背着手,慢慢走了开去,随即重新站住,侧过身来,点点头说:

"嗯,到那时,再瞧着办吧!"

六

由于韩赞周许下了诺言,陈贞慧于绝望之余,总算看到了一线生机。不过他也知道,仅仅靠自己去劝说,已经无法使史可法回心转意。何况时势紧迫,也不允许再从容论理。所以,在姜曰广的默许下,他决定采取更加激烈的行动。那就是,在史可法启程出都之日,鼓动士民们拦街阻留,以造成轰动朝野的影响,迫使朝廷收回成命。当陈贞慧拿着这个计划,把社友们召集到蔡益所书坊去商量时,除了黄宗羲、顾杲没有到会之外,其余的人全都摩拳擦掌,表示赞成。当然,要实行这个计划,也并不那么容易。首先,在史可法出都时,行辕所经之处,必定要"净街",文武百官届时也要到城外去举行"郊饯"仪式。那种场合照例戒备森严,一般士民难以接近。另外,据初步估计,南京城中能够鼓动起来,参与这个行动的缙绅士子,恐怕不会太多。如果人数过少,譬如说,只有四五十人,那就难以造成轰动朝野的影响。为了解决这个难题,陈贞慧断然决定:采取出钱雇用的办法,把城里的市井游民收罗起来,让他们到时跟在后面,以壮声势;而在此之前,则让他们回去传播史可法即将陛辞出都的消息,鼓动士民前往观看。至于如何冲破军士的封锁,实行拦街阻留的行动,陈贞慧也一一作了布置。为了便于统一指挥,他还决定在朝阳门外的横街内,临时租用一幢房子,并让侯方域带着几个仆人,先搬进去住下,以掩人耳目。

这么商定了之后,在接下来的两天里,一切都按计划紧张地、秘密地进行着。其间,陈贞慧也曾到周镳家里,希望得到老头儿的支持,动员更多的人参与这一行动。结果,却遭到拒绝。不过尽管如此,已经行动起来的这帮子社友,也许由于意识到肩负的使命非同寻常和关系重大,都表现得前所未有的齐心和服从,这使陈贞慧颇为满意。"哼,没有你周仲驭的援手,我陈某未必就办不成事。我偏要闹出一场轰轰烈烈的给你瞧瞧!"他强硬地、自傲地想。所以,当他在兵部衙门打探到,国子监生们的上书已经失败,史可法定于五月二十日陛辞出都之后,便立即通知社友们按计划开始行动。他自己则于当天清晨,径直赶到朝阳门外去。

现在,陈贞慧已经踏入作为指挥所的那幢临时租赁的房子。应门的小厮一见,立即过来行礼,并且禀告说:"侯相公在东厢里睡着,尚未起床。"陈贞慧点点头,于是斜穿过天井,向东厢走去。他刚走到门前,忽然帘子一掀,一个丫环模样的小女孩儿用手背揉着眼睛,另一只手提着一只马桶,冒冒失失跨了出来,要不是陈贞慧躲得快,就给撞上了。那小丫环见险些儿冲犯了客人,慌得把半个呵欠堵在嘴里,忙不迭转过身,连招呼也不敢打,拎着马桶飞快往斜刺里去了。

"这是怎么回事?"陈贞慧皱起眉毛,问。

"哦,禀相公,侯相公昨夜着人上珠市招来一个姐儿,吃了半宿的酒,这会儿还未走呢!"应门的小厮垂着手回答。

陈贞慧怔了一下,随即"唔"了一声,不悦地想:"朝宗这人也真是的,都什么时候了,还这等模样!"不过也无可奈何。他只好摆一摆手,让小厮去催促侯方域起身,自己则退回来,上堂屋那边去等候。

为着避免引起里甲长和公差的注意,社友们事前曾商定,参与拦街行动的人员,今天只按预定地点分别集结待命,没有招呼和急事,一律不要上这儿来,所以眼下堂屋里空荡荡的,看不见一个人影,只有按平常式样摆设着的几张紫檀木方几和靠椅,在晨曦中发出朦胧的反光。由于时辰还早,估计社友们还未曾在指定地点聚齐,陈贞慧也不急于前去察看,便倒背着手,在屋子里独自踱起步来。

作为在复社年轻领袖中威信最高的一位,早在许多年以前,陈贞慧就抱着要做一番轰轰烈烈的事业的志向,只是由于仕运欠佳,屡试不第,才使他未能获得更充分的施展。不久前,北京的迅速陷落和南京作为新都的崛起,使陈贞慧敏锐地意识到,这是一场悲惨的祸变,但也是一个实现抱负的机会。他积极参与拥立新君的活动,毅然投到史可法的手下充任幕僚,以及鼓动社友们也这样做,可以说都围绕着这样一种期望和目的。没想到,当他经历了拥"潞"失败的挫折,顶住了来自周镳的反对和压力之后,又出现了史可法被迫自请离开朝廷的危机!这对于陈贞慧来说,确实是一个沉重的打击。因为很明白,史可法的离去,不仅使朝廷失去一根擎天巨柱,也使他在政治上失去一个有力的倚靠。他一手建立起来的,以幕僚的身份干政的新格局,也将归于瓦解。所以,陈贞慧才决定不惜一切代价,也要设法把史可法挽留下来。但是,这样做是否真有成功的把握？说实在话，连陈贞慧自己心中也没有底。"啊，要是闹不好，出了大乱子，可怎么办？固然，眼下不比天启年间魏忠贤篡政专权的时候，朝廷为着稳定民心，估计未必就敢把我们怎么样。但是堂堂留都，辇毂之下，法纪森严，只怕也不会轻易置之不问。万一群情激愤，伤及人命，就更加糟糕，起码也要将倡导者逮拿问罪，那么，头一个自然是我！"这么一想，陈贞慧的脊背就不由得起了一道寒意，心中也微微发起抖来……

"橐，橐，橐"，一阵脚步声从天井中传了过来，陈贞慧辨出那是侯方域。他转过脸去，等待着，但原来的思路依然在向前延伸。

"可是，国家已经到了这个地步，朝廷已经到了这个地步，我还有什么好怕的！如果不拼死把史公留下，让马瑶草入朝秉政，江南迟早都要亡于流贼之手！与其到时作为一个亡国难民，像卑贱的草芥一样默默无闻地给碾碎、埋没，倒不如眼下轰轰烈烈地干一场。即使为此而坐牢、殒身，还能博得个流芳后世，不枉此生！"

由于在成败得失之间权衡清楚了自己应处的位置，陈贞慧重新镇定下来，甚至变得更加坚执、雄强，义无反顾。于是，他迎着已经来到面前的侯方域，略一拱手，就当不知道对方夜来的行为似的，关注地问起头一天所交待的几件事，以及左邻右舍近日的动静。

"这两日弟一直小心在意，不露破绽，是以左邻右舍倒未见有何相疑之意。"侯方域回答说，"另外弟已使钱买通左近几条街的坊丁，让他们净街时休要锁上栅门，以便史公的行辕来时，我辈便可冲出阻拦。至于那等闲汉泼皮，昨日弟亦将他们的几个头儿召来，当面盼咐明白。他们俱已应承，今日必定各率徒众，前来助阵……"

"那么次尾、朗三他们的聚脚之处如何，可都查点过了么？"陈贞慧不放心地问。

"俱查点过了,并无变更。"

陈贞慧侧着头想了一想,觉得没有什么要问了,于是点点头说:"如此甚好,那么兄就依旧留在此间,照应打点。弟这便过去,瞧瞧次尾他们的情形如何。"

当侯方域应诺着,陪着他走向门口时,他又回头叮嘱说:"兄在此间,须严饬手下,不可胡乱走动,免得走漏风声。切切!"

七

朝阳门是南京城东面的主要城门。出了城往东,有官道通往句容、丹阳。官道两旁,鳞次栉比的房舍和店铺从城墙下伸展开去。这会儿天已经大亮,街道上变得热闹起来。那些赶着运往城中出售的柴挑子、菜担子络绎不绝。跑闲腿、寻活计的人们也开始出没转悠。一口猪被倒攒了四蹄,由两名精壮的汉子扛着,吭唷吭唷地走过去了;两辆满载木炭的牛车吱呀吱呀地慢腾腾往前赶,忽然被人叫住,于是临时停下来,开始讨价还价……

陈贞慧来到巷子的出口,先站住脚,朝西头那座高大雄伟的城门望了一望,发现那边景况如常,还没有什么特别的动静,便把视线移向街道上的行人。因为侯方域刚才说过,那些闲汉泼皮的头儿已经再度保证,要率领手下的徒众前来助阵,所以这会儿他想证实一下,那些人到底来了没有?不过,这其实又是很难识别的。虽然眼下确有一些闲汉模样的人在游逛,但陈贞慧却无从断定。"嗯,那几个头儿倒是颇讲信义的,既然收下了银子,大约不至于做假诓骗!"这么安慰了自己之后,他就收回视线,斜穿过大街,向对面的一条巷子走去。

这是一条竹器行业聚集的巷子。一眼望去,巷道旁、屋墙边,成捆成捆地排放着许多粗细不等的毛竹;一股竹行所特有的腥湿气味在空中浮荡。离巷口不远,有一个小小的茶社。那便是社友们预先包下的聚集之所。现在,陈贞慧已经踏进门里,同时听见梅朗中兴冲冲的声音在说:

"列位,那马瑶草本是先朝罪臣,直到二年前靠阮胡子花了银子,买通周延儒的门道,才得以复官起用。他何德何能,竟欲取我史公而代之,真乃狂妄之极。是可忍,孰不可忍?"

"不错!"另一个声音接了上来,那是参与上书朝廷的国子监学生卢谓,"这次今上承接大统,本系天命所归,非人力所能致。他马瑶草却贪天之功为己功,昂昂然以翊戴元勋自命,真不识人间有羞耻事!如今又……"他正要说下去,忽然看见陈贞慧来到身边,就顿住了。

陈贞慧先朝梅、卢二人点点头,又四面打量了一下。他发现,不大的茶社内,挨挨挤挤,少说也坐了一二十人,都是些方巾儒服的缙绅士子,正一边喝茶,一边静静听梅、卢二人说话。看见陈贞慧来了,其中那些认识的便纷纷站起身,亲热地招呼起来。

陈贞慧客气地回着礼,并同尚未认识的那些人一一互通了姓名,照例说了"久仰"之类的话。接着,他向梅朗中问了一下情形,得知人已经到得差不多,而且大家情绪十分高昂,决心拼着身家性命不顾,也一定要把史可法挽留下来,陈贞慧心中十分感动。事实上,此时此刻,恐怕也只有他才深切知道,由于这种慨然许诺,大家将可能付出怎样的代价;而对于他来说,这种无私无畏的支持,又是多么的重要和宝贵。于是,他把双手交拱在胸前,激动地说:

"诸位先生今日毅然来集,共襄义举,足证人心未死,正气犹在,大明必不会亡!贞慧在此谢过了!"

说完,他深深行下礼去。这么表示了之后,他惦记着还有两处集合之所尚未察看,眼下时间紧迫,史可法说不定随时就要来,于是不敢久留,嘱咐大家耐心等着,何时行动,听候通知,便匆匆退出了门外。

小半刻之后,陈贞慧已经走在另一条巷子里。由于被大家的报国赤诚所感动,此刻他仍旧感到情怀激荡;同时,也多了一重责任感。"是的,这一次拦街阻留,一定要设法做到坚决、激切而又稳妥,尽量避免出大乱子。这样,将来朝廷即使要追究,也不至于酿成大狱,至少可以使多数的人得到保全!"他默默地自我告诫说。

然而,当踏入那所向一个大户人家临时借用的闲置宅院时,他却意外地发现,里面的秩序不知为什么显得有点混乱。人们三五成群地分散站着,正在议论纷纷,却看不见领头的吴应箕。陈贞慧正有点纳闷,忽然听见背后有人招呼说:

"定生兄!"

陈贞慧回头一看,原来是余怀从外面回来了。因为走得匆忙,他有点气咻咻的样子,那张聪明秀气的脸上,也现出少见的焦急神情。

"弟正要找兄呢!"余怀走到跟前,又说,"兄须制止次尾才成!"

"哦,怎么?"

余怀用袖子擦了擦额上的汗,喘了一口气,正要回答,这时,附近的几位士子已经围了上来,七嘴八舌地说:

"定生兄,这样子怎么成?"

"要这样子弄,弟辈可是不干了!"

"对,不干了,不干了!"

陈贞慧吃了一惊,忙问:"列位,到底是怎么一回事?"

"是这样……"大家又一窝蜂地嚷起来,由于又急又乱,反而听不清楚。末了,还是余怀挥一挥手,止住了大家,把事情说了一遍。原来,吴应箕虽然是这一组人的头儿,但今日却到得很迟。不仅如此,他还带来了七八个江湖豪客模样的人物,一个个身怀利器,神情粗野。吴应箕到了之后,就把大家召集到一起,又让那伙江湖客搬来两大捆木棍,要大家每人都领一根,并说今日之事可大可小,万一演成民变,大家有了木棍,就可以防身拒敌等等。这么一来,可把大家吓慌了。因为事前明明说好,到时只是拦街叩头,伏地请愿,没有说过要动武。余怀也从旁极力劝阻,无奈吴应箕却不肯听从。

"那——那么次尾现在何处?"由于被这种节外生枝的胡来弄得又惊又气,陈贞慧立即追问。

"在后边的天井里。"一个年轻的儒生回答。

"啊,他来了!"又一个人说。

陈贞慧回头一看,发现吴应箕正从堂屋旁边的小门里转出来,手里还拿着一根黑木棍子。陈贞慧马上分开众人,大步走上前去,二话不说,劈头就问:

"次尾,你怎能如此?事先不是说得明明白白的么,何以竟弄起这些家伙来了?"

吴应箕看了朋友一眼,自知理亏,板着脸孔不回答,过了一会儿,见陈贞慧紧盯着他不放,才瓮声瓮气地说:"弟是防患于未然!"

"防患于未然?照兄这样子胡来,只会自招其祸!不成不成!马上把这些家伙,还有那几个人,统统弄走!"

吴应箕不吭声,可是也不打算照办。他一动不动地站着,黑瘦的脸上现出倔强固执的神情。

陈贞慧的眼睛睁圆了,脸孔也变得铁青。他使劲一跺脚:"好,好,既是这等,那就算了!今日这事,谁也别干——散伙!"

看见陈贞慧大动肝火,余怀不失时机地出面排解了。

"好了,好了,二位不必如此。定生兄请别生气,次尾兄也别执意。这事当初怎么定的,还是怎么办就是了!"说着,他朝陈贞慧使个眼色,随即走上前去,伸手把吴应箕手中的棍棒拿了过来。

这一次,吴应箕没有反抗,然而却绷着脸,把袖子一拂,径自迈开大步,向堂屋走去。

余怀也不阻拦,他提着棍子,朝陈贞慧眨眨眼睛,说:"好了,不妨事了。兄如不得空,就请自便。这儿一切有弟呢!"

说完,他做了一个失陪的手势,转过身,匆匆跟进堂屋去。

八

"吴次尾这人枉自一把年纪,做起事来仍是这等不顾后路。若非我过去瞧一瞧,今日不知会闹出什么乱子来呢!"陈贞慧一边走出巷子,一边气恼地想。由于平日交谊顶深、见解顶投合的这位朋友,竟然事先不同自己商量,就采取如此鲁莽出格的行动,这确实使陈贞慧感到出乎意料。"嗯,以往他可不是这样子。以往他虽则也爱使点性子,但碰上要紧的事,还是同我商量的,也从不拆台。可是最近却有点变了。前一阵子,社友们都听从我的布置,纷纷入幕为宾,偏偏他拖着不入,还串同淡心也不入;现在又不遵约定,节外生枝。哎,他为什么会这样?莫非周仲驭私下里同他说过什么?不错,他同周仲驭关系本来不浅,据说早在立社之前就是老交情。前些日子,顾子方受姓周的指派,四出游说,显见是冲着我来的。那么会不会……"一想到周镳,陈贞慧禁不住又烦恼起来,先前那股子锐气,仿佛也失去了势头。只是想到行动已经迫在眉睫,以及自己所肩负的责任,他才咬紧牙齿,把心一横,大步向前走去。

来到巷口,外面的情况已经有了变化。一队身穿红袄战衣的武装军士,正在大街上劈劈啪啪地抽响鞭子,一个劲儿往两旁驱赶行人,并沿着大路布起了警戒线。城门那边,隐隐响起了开路的锣声。看来,那些准备替史可法饯行的文武官员,已经开始出动了。

陈贞慧顿时紧张起来,连忙穿过拥挤的人流,打算赶到另一条巷子去,看看最后一处集结地点的情形。谁知,尚未进入巷子,他就被人迎面拦住了。

"哎,大爷原来在这里,可教小的好找!"

陈贞慧抬起眼睛,当看清那是自己的一名仆人之后,就皱起眉毛,问:"嗯,什么事?"

"禀大爷,我们那儿来了一个甲头和两个做公的,正赶着侯相公一个劲儿盘根问底,侯相公都快同他们吵起来了。爷快回去瞧瞧吧!"仆人神色紧张地说。

陈贞慧心中一懔:"什么,来了做公的?这是怎么回事?"他不及细想,连忙转过身,匆匆赶回侯方域留守的那所宅子去。

当他踏进院门,果然听见堂屋里传出争执的声音,其中最清晰的是侯方域那高亢的嗓门:

"你们是什么人,也配来问本公子?告诉你,本公子在城里住腻了,要来这里住上几天,图个快活清静,你们管得着吗?"

接着,是另一个人在说什么,但声音较低,听不清楚。

陈贞慧迟疑了一下,回头低声吩咐仆人:"你去,告知各处,都准备好了,听我号令行事!"说完,他才加快脚步,向内走去。

堂屋里,映入眼中的景象是:侯方域傲气十足地歪在椅子上,高高曲起一条腿,踏住了跟前的小杌子,一双眼睛微微上翻着,冷冷地盯住站在面前的两个公差和一个甲长模样的老头儿。后者则显得有点进退两难,正在互相交换着眼色。

由于摸不清这些不速之客的底细,而且看见侯方域似乎已经把对方镇住了,所以陈贞慧也就不急于加入。"嗯,倘若朝宗能把他们吓退,那就最好。对这些人大可不必花费唇舌。"他想,随即立住脚,摆出旁观的样子。

这当儿,那位头儿模样的公差似乎下了决心。他摸一摸络腮

胡子,咳嗽一声,仰起紫棠皮色的一张宽脸,开口说:

"不瞒相公,在下是因有人举发相公们今日来此,意欲聚众生事,故此特来询问一声。还望相公以实相告,否则弄出事来,彼此多有不便!"

"什么,聚众生事?哈哈,你瞧本公子是聚众生事之人么?胡闹,真是胡闹!去,去,别来搅扰本公子的清静!"侯方域挥着手说。

"只是,在下已经查知,现今几条巷子里,都聚得有人,这却为何?"那公差的口气变得强硬起来。

陈贞慧心中一震:"怎么,连这个他都知道了?"

一刹那间,侯方域似乎也有点慌乱。他本能地坐正了身子,但眼珠子一转,随即冷笑说:"既然有此怪事,尔等何不自去问他们,却来找本公子啰嗦什么!"

看见侯方域耍赖的样子,三个来人都变了脸色。

那头儿冷笑一声,说:"好,既是这等,那么在下惟有禀知上官,却来区处!"

在这几句对答的当儿,陈贞慧眼见行藏败露,事情有功亏一篑的危险,已经飞快地在心中盘算了一通,然而,却想不出有什么化解的办法。蓦地听说对方准备向上司报告,他心中一急,顾不了许多,连忙张开双臂一拦,赔着笑脸说:"三位头翁,何必动气,有话不妨慢慢说,一切都好商量!"

那三个人无疑早已发现他进来,大约因为陈贞慧一直不曾开口,所以没有理会。这时,看见陈贞慧拱手为礼,他们也就各自还了一礼,问:

"这位相公……"

"哦,小生姓陈,家住宜兴,与这位侯相公来京游学。今日闻知阁部史大人陛辞出都,督师淮扬,因他乃是弟辈的世叔,故此特来送他一送。不想惊动列位,甚是失敬!"

那个头儿本来已经被侯方域所激怒,听陈贞慧这么彬彬有礼地一解释,似乎感到有点意外,神色随之缓和下来。不过,看来他仍旧心存疑惑,所以拱着手又问:

"原来如此,得罪了!只是二位相公来送史大人,为何要先赁下房屋,还招来许多人,聚在一处?却令在下不解。"

"头翁且听小生说!"陈贞慧马上回答。他眼见街上文武官员已经陆续齐集,史可法说不定随时都会来到,时间异常紧迫,不能再犹疑。于是,只好冒一次险了。

"头翁,不知依尊驾之见,史阁部是何等样人?"

"这——"那公差显然没有料到有此一问,他眨着浓眉下的一双眼睛,想了一下,才回答:"史大人自然是一位大忠臣!"

陈贞慧点点头,又问:"但是,如今有人意欲谋害于他,头翁以为该当如何?"

那公差吃了一惊:"什么,有人要谋、谋害史大人?"

"不错!半月前,史阁部还被皇上封为首辅,执掌朝政。可如今有人却施展奸谋,偏要把他逼出留都,让他到江北去督师。头翁试想,以往江南所以幸得保存,全赖史公居中调度。如今史公一去,朝廷便失却擎天之柱,万一流贼打来,岂止大明社稷有倾覆之灾,江南百姓亦将因此遭受无穷之祸。奸人之居心,是何等险恶!"

那公差头儿显然是头一次听到这种说法。他不禁惊呆了,半晌,才喃喃地问:"那么,二位相公打算……"

"老实告诉你吧!"一直没有说话的侯方域插了进来,"我们是打算等史公经过时,拦街恳请,求他不要离开留都,不要堕入奸人之计!"

"不错。所以,还望头翁周全则个!"

话说到了这一步,已经等于把计划向对方全盘托出。万一对方翻了脸,那就一切都完了。所以,陈贞慧和侯方域都十分紧张,一齐盯住公差头儿,等待回答。

那头儿起初还大瞪着眼睛,呆呆听着,到后来,脸色就变了。他望望陈、侯二人,又望望两个同伴,随即低下头去,一声不响。这种情形,更增加了陈贞慧的紧张。他暗暗打定主意:万一对方不答应,就命令手下的仆人把他们拘管起来,等事情完了再行释放。"无论如何,也要干到底!"他咬着牙,顽强地想。

终于,令人窒息的一刻过去了。

"二位所言,可是实话?"公差头儿抬起头,问。

"绝无虚言!"陈、侯二人不约而同地回答。

"好,在下虽则只是一介鄙夫,却也知朝廷须有忠臣扶持,国家方可太平安稳。列位相公意欲阻留史公,也是为江南的黎民百姓着想。那就只管施为,在下只当不知此事便了!"

陈、侯二人对望了一下,不觉长长吁了一口气,又变得无比兴奋。他们向公差头儿深深作了一揖,转身奔出厅堂,陈贞慧对守在院子里的仆人大声说:

"你们都随我来!"

一边说,一边大步向门外走去。然而,就在这时,随着一阵急促的脚步声,一个人旋风似地奔了进来。那是负责在皇城外头把风的左国棅。他一见陈贞慧,就懊恨地跺着脚,气喘吁吁地说:

"坏事了,坏事了!史道邻从正阳门出城去了!"

"你说什么?"大吃一惊的陈贞慧一把抓住他,厉声质问。

左国棅摇着头,哭丧着脸说:"这街拦不成了。听说史道邻决意不受百官之饯,所以根本没打朝阳门这条道上来!"

第 六 章

一

　　紧挨着一面大鼓,戏曲教习臧亦嘉神色端庄地坐着。他左手摇着一副拍板,右手拿着一根小鼓棒,正在挥洒自如地指挥着环立在他身后的一群乐工,随着他那富有节奏感的动作,由筝、琶、箫、笛合奏出的昆腔旋律,有如行云流水一般,舒缓悠扬地飘散开来。应和着音乐,一位年轻俏美的小旦,正在大堂中央的红氍毹上,款摆着腰肢,咿咿呀呀地演唱着一段轻松活泼的戏文。

　　这是在阮大铖的府第——石巢园的咏怀堂里,身体肥胖的主人没精打采地坐在朝北的一张食案后面,表情呆滞,目光阴沉,连那部有名的大胡子,也一动不动地贴在肚皮上。仿佛仅仅是出于礼貌,他才不得不勉强坐在这里。相反,倒是他对面席上的两位客人——魏国公府的二公子徐青君,和逃难王孙朱统𨰻显得兴致颇好。他们各自占据着一张食案,又吃又喝,并且始终关注着红氍毹上的演出。尤其是朱统𨰻,那长相古怪的脸上浮现着居心叵测的微笑,一双眼睛紧紧盯着年轻活泼的小旦,每当听到妙曼撩人之处,便怪声怪气地独自喝起彩来。

　　的确,也难怪阮大铖提不起兴致。因为自从把弘光皇帝——也就是当初的福王,成功地扶上宝座的一天起,他就日日夜夜地盼望着,该轮到他老阮堂而皇之地起用复出了。起初,他甚至雄心万丈地盘算过,作为拥立新君的有功之臣,自己这一次复出,可不能含含糊糊,听凭朝廷随便打发一顶乌纱帽儿,就算了事,而必须坚持两条:第一,要求朝廷完全彻底给他平反昭雪——不光是他一个人,还有当年被毫无道理地指为"阉党"的那一帮子难兄难弟,也应当昭雪;并向天下宣谕所谓"逆案",其实是东林派一手制造的一桩天大的冤案,必须连根儿掀翻。第二,在被打成阉党时,阮大铖的官职是位居"从六品"的光禄寺丞。凭着他平白无故受了十七年的禁锢,吃尽了无官可做的苦头,加上又有眼下这一份大功劳,光给他官复原职可不成,必须加以擢升,而且还应当"破格"擢升!譬如兵部尚书一职,以他的精通军事,才兼文武,就完全可以胜任。纵使一时安排不了,起码也该把兵部左侍郎的交椅留给他。低于这个职务,他老阮可不干!当时,在阮大铖看来,上有弘光皇帝乾纲独断,下有马士英、刘孔昭等一班已经成了定策元勋的老朋友合力支持,再加上江北四总兵的武力策应,要办成这件事,简直不费吹灰之力。所以,有几天工夫,他还故作姿态,摆出一副不急不躁的高人风度,躲在家中赏花听戏,等候朝廷的使者上门礼请。谁知,两天过去了,三天过去了,不仅自己的门庭冷清如故,始终不曾响起钦使的官靴声,相反,还传来了朝廷决定由史可法入主内阁,而让马士英"领庐、凤总督如故"的消息。阮大铖这一份吃惊和气愤真是非同小可。他觉得弘光皇帝简直是个忘恩负义的大浑虫,而马士英也是个十足的低能之辈!幸而,正当他急得差点儿没去跳井的当儿,又传来了马士英已经星夜驰回南京,坚持要入朝执政,而史可法迫于无奈,只得自请赴扬州督师的喜讯,阮大铖才又大大地兴奋起来,觉得这一次"笃定"可以如愿以偿了!然而,命运仿佛有意要捉弄他似的,史可法离开南京已经将近半个月,马士英入阁理事以来,朝廷也陆续起用了许多旧官,其中就包括马老头儿本人的亲戚田仰、越其杰等人。惟独他阮大铖的大名,却始终没有出现在邸报上！诚然,阮大铖也知道,还在朝臣会推内阁成员的当儿,他的生死之交诚意伯刘孔昭就曾经当众推举过他,结果被史可法、张慎言等人借口"逆案不得翻",给否决了。刘孔昭每逢提及此事,总是恨恨不已。可是,史可法不是给挤跑了么?马士英如今已经在内阁坐上了仅次于高弘图的第二把交椅,更重要的还有皇上暗地里给他撑腰,那么,为什么他还不赶紧拉扯老朋友一把,以报答当年荐举之恩?为什么每当阮大铖追问时,他总是支支吾吾的很不明白痛快?须知阮大铖这后半生的老本,已经全押在他马瑶草的身上,时至今日,那贵州佬却仍旧是这么一副没着没落的劲儿,可教阮大铖怎么放心得下,又怎么快活得起来?

大堂上的琴笛锣鼓还在热烈地喧响着,但是凭着训练有素的耳朵,阮大铖意识到这一出戏就要结束了。果然,那个名叫闵四官的小旦煞住尾腔,同一名末角一唱一和地念了四句下场诗,便款摆着腰身,以一串轻盈优美的碎步,踏着锣鼓点退下场去。接着,站在旁边侍候的几个小厮,却开始来来往往地忙碌起来。阮大铖定一定神,随即想起酒宴吃到这当口,该是到了更盏换席的时候了。虽然心中提不起兴致,但碍着客人在场,他也只得照例站起来,招呼徐青君和朱统镏,一起到外面的庭院去散步闲谈,好让仆人们去收拾打点。

夜色四合的庭院,情调与灯烛辉映的大堂自是不同。由于琴笛锣鼓停止了演奏,这会儿四下里显得分外宁静,黑魃魃的树木影子,以及树木后面的墙垣和高耸的屋脊,一动不动地立在微茫的星影下。由于自从五月初有过几天梅雨之后,已经整整一个月没再下雨,眼下净荡荡的天空显得特别高朗,横亘在天幕上的巨大银河,看上去也分外清晰、美丽和神秘。而隐藏在石阶下、草丛中的蟋蟀,本来此伏彼起地叫得正欢,忽然受到了人们脚步声的惊吓,便一齐停止了吟唱,直到过了好一会,才在看不见的远处,重新鸣响起来。

不过,眼下的三个人,看来谁都没有领略夜景的兴致。阮大铖固然满怀郁闷,朱统鎝也仿佛有什么心事似的,一声不响。至于徐青君,大约好不容易找到了说话的机会,就一个劲儿地喋喋不休:

"啊哈,圆老,差点儿忘了告诉你,今日早朝可是热闹极了,几乎弄出人命来,你说稀奇不稀奇?"

"……"

"哎,二位听弟说呀!"大约看见阮、朱二人没有反应,徐青君又急匆匆地嚷,"这是家兄告知弟的,说刘诚意因不忿张金铭把持吏部,专与我辈作对,遂于今日早朝将散时,约齐灵璧伯老汤、忻城伯老赵二位,于廷中当众大骂张金铭结党营私,排斥武臣,且定策拥立时原怀二心,阻挠迎请今上,实为祸国奸臣,不可不诛。骂得那姓张的目瞪口呆,不敢分辩。后来高阁老出面排解,今上亦传谕文武官应和衷相济,不可偏竞。众人以为事已平息。谁知刘诚意怒气难平,忽于袖中抽出小刀一柄,奋身向前,大呼要手刃奸臣,慌得那姓张的东躲西藏,一时朝班大乱,煞是好看……"

"那么,后来呢?"因为这个消息确实过于突兀,闻所未闻,阮大铖忍不住问。

徐青君摇摇头,不无遗憾地说:"后来,因韩太监出面阻止,那东林伪君子才保住了性命,可是也足够让他魂飞魄散了!"

刚才所说的这个被刘孔昭追杀的张金铭,就是吏部尚书张慎言。一提起此人,阮大铖立刻就想起前些日子,正是他伙同史可法一道,否决了刘孔昭推荐自己的提议,所以心中也自感到一种报复的痛快,于是颇感兴趣地问:

"那么马瑶草呢?当时他可说什么没有?"

"这……倒不曾听家兄说起。如今他身为阁臣,想必不便公然帮着刘诚意说话,免得人家说他偏袒。"

徐青君虽然只是就事论事,但这种说法无疑也可以用来解释阮大铖眼下的处境,所以怔了一下之后,阮大铖又不由得烦躁起来,低下头去,重重地哼了一声。

这时,朱统镆开口说话了。仿佛猜准了阮大铖的心思似的,他阴阳怪气地说:"老马怕人说他偏袒?这也看看什么时候,对什么人罢咧!不错,对像刘诚意、阮圆老这些老朋友,他是不敢偏袒。你不见圆老空自有拥立今上的一份大功劳,直到如今还在家里坐冷板凳么!只是对东林那帮伪君子们,老马却像是惟恐人家说他不够偏袒似的——弟今日也听到一件大时闻,说是连钱牧斋那老不死,朝廷竟也诏令起复了,而且还加官晋爵,让他当上了礼部尚书!你道稀奇不稀奇,可气不可气?"

"什么,钱牧斋——他也起复了?"吃了一惊的阮大铖连忙追问,"他、他是怎么起复的?"

"听说是走的李沾的门道。自然,银子不用问是笃定花了的。另外,还听说钱牧斋的那个出了名的荡妾,同老李长包的一个婊子是什么手帕姐妹。这枕头上一用功夫,老李又焉有不乖乖儿答应之理!"

停了停,大约看见阮大铖不吭声,朱统镆又敲敲打打地说:"圆老,你可得把自己的事儿放着紧点,须知老实人难免吃亏!别让人装在布袋里卖了都不知道!现抓着他钱牧斋当初穷凶极恶,抗阻今上登极继位,尚且能起用加官;而定策有功如您老,却只为当年一笔糊涂账,就给硬生生地压着,不得翻身。纵然您老忍得下这口气,小弟也要打抱不平!"

"可是,马瑶草他一味推三阻四的,就是不肯替我出头,又有什么办法!"由于被眼前的一连串消息挑激得再也无法忍耐,阮大铖蓦地抬起头,怨气冲天地回答。

"马瑶草?"朱统镆一只手盘在胸前,用另一只手抠着腮帮,沉吟地说,"不错,这一阵子,他对朋友确实有点不够地道。不过,小弟却有办法让他清醒!"

"噢?"阮大铖不由得睁大了眼睛,"兄有办法?什么办法?"

朱统锎摇摇头,黑暗中看不清他脸上的表情,"天机不可泄露!"他卖着关子说,"不过,若是圆老肯把这事托付给小弟,那么小弟敢说,短则一天,长则三日,包管能让马瑶草乖乖就范,向朝廷力荐您老!"

"哦,这、这岂有不肯之理!"喜出望外的阮大铖连忙走近前去,"我兄仗义相助,小弟正是求之不得!这便将大事相托,劳动之处,先此致谢!"说着,深深地作下揖去。

"那么,不知促成此事,尚须何种使费,我兄只管明言,小弟必定尽力筹措!"当直起腰来之后,他又喜滋滋地问。

朱统锎"哦"了一声,似乎在转着眼珠子,随后,他就"嘿嘿"地笑起来,"小弟与圆老相与一场,向来不分彼此。纵有些须使费,就由小弟包下便了!"说着,大约看见阮大铖做出不肯的模样,他又把手一摆,说:"不过,圆老也深知,小弟向有'寡人之疾',若得一可心的疗疾之人,小弟便能精神壮旺,奔走谋事,无往而不利。是以在此有一不情之请,欲求圆老将闵四官见赐,不知可肯割爱么?"

阮大铖本来正满怀希望和感激地望着对方,蓦地听到这么个要求,他的笑容僵住了。闵四官,就是刚才在大堂内唱小旦的那个女孩儿。以往,阮大铖也不知道这位浪荡王孙迷上了她。直到半个月前,朱统锎托徐青君来转达求取之意,才把事情给挑明了。戏班子里的女孩子,都是阮大铖花银子采买来的,要送要留,本来只凭他一句话就能定夺。不过话又说回来,这戏班子可是阮大铖的心肝宝贝,这些年,就靠着它,才使阮大铖熬过了闲得发疯的寂寞时光,还在江南一带赢得了很大的声誉。何况,那个闵四官又是班里的一根台柱子,模样儿长得俊俏不必说,难得的是嗓子好,戏也演得十分出色。所以阮大铖当时不等徐青君说完,就一口回绝,认为朱统镏竟打起阮家班的主意来,胃口未免大得有点过分。自那之后,朱统镏仿佛知难而退,再也没有提起这事。没想到他并未死心,七弯八拐的,却钻到这个当口上来等着阮大铖!"哼,怪不得他今天这等热心,说到底,是为的这个!"由于被对方隐藏着的机巧所惹怒,阮大铖本能地冲动了一下,打算断然拒绝。但是,话到嘴边,忽然又想到,刚才朱统镏声言,有办法促使马士英在一两天内向朝廷推荐自己。这可是生死攸关的一件大事。如果因为一时的小忿而错失了机会,岂非大大不值?"嗯,为着能尽快复出,莫说是一个闵四官,就是把整个戏班子赔出去,只怕都得干!"他悻悻地想,于是抬起头,紧盯着朱统镏问:

"老兄真的把得稳,能说动老马即刻去办?"

"小弟几时诓骗过您老?如若不信,小弟可以在此赌誓,倘三日之内尚无荐举之报,甘受雷霆之殛!"朱统镏答应得异常干脆。

"好,老夫就答允兄台!"阮大铖断然把手一挥,又征询地问:"那么,待戏演完了,弟便告知四官,让她收拾行装,明日着人给兄送过去。如何?"

"多谢,多谢!"显然没想到阮大铖答应得如此爽快,朱统镏不禁喜出望外。他一边行着礼,一边兴冲冲地说:"不过,圆老的差事,可是万万耽搁不得的。趁眼下时辰尚早,待小弟这就上马瑶草那儿走一遭。所以这戏也别再看了。四官么,也不必再等明日,小弟这就带她走便了!"

"只是,好歹她也是我家班里养大的人,如今天幸得归兄台,老夫总要略办些妆奁才是!"

"噢,不用不用!"朱统镏使劲摇着手,显得迫不及待,"圆老把她送了我,便是天大的一份人情!还说什么妆奁的话?哎,免了,一概免了!"

二

　　由于朱统锲坚持马上就带走闵四官,阮大铖虽然觉得未免过于仓促草率,可是也只好由他自便。于是,小半天之后,被主人突如其来的决定弄得糊里糊涂的闵四官,便给连哄带逼地塞进了小轿子。这时,徐青君也表示要走,阮大铖便跟着起身,把他们送出大门外去。

　　重新走在夜色朦胧的庭院里,已经稍稍平静了下来,现在,阮大铖冷眼望着步履轻快地走在前头的朱统锲,一种分明是受到要挟,因而不怎么痛快的感觉,开始在他心中荡漾起来。是的,如果不是自己陷于眼下这种"龙困浅水,虎落平阳"的倒霉境地,如果不是马士英畏首畏尾,说话不算数,他——堂堂两榜进士,廊庙长材,又何至于弄到要把自己的前程,搭帮到朱统锲这种白食王孙身上,更何至于任凭对方予取予求!的确,要是换在当年,恐怕只有朱统锲来进贡请托于他,而绝没有他阮大铖倒贴本钱的道理。但现在的情形却是,他老阮恰恰连朱统锲都比不上!至少,朱统锲还敢自夸能说服马士英,而一向以马士英的生死之交自命的他,在老朋友那儿却只有碰钉子的份儿。"好吧,既然如此,我就明摆着给你敲诈一次又何妨!有道是大丈夫能屈能伸,为着明朝能吐气扬眉,报仇雪恨,眼下就是给你磕头下跪,我也照样肯干!岂不见当年韩信受辱胯下,伍子胥乞食吴市,到头来都成了大功!"

　　这么安慰了自己之后,阮大铖才又重新变得开朗起来,并且怀着新的、热切的期望,一直把客人们送到大门口。

　　"圆老请回,弟辈就此别过了!"朱统锲和徐青君一齐转过身来,拱着手说。

阮大铖点点头:"好,好,那么就恕不远送了!"停了停,他迟疑地望着心满意足的朱统𨨏,打算再叮嘱上几句,免得对方只顾沉迷于闵四官的美色,一转身就把自己的事给忘了。然而,还来不及开口,台阶下忽然传来了兴冲冲的呼唤:

"哎,圆老,圆老!有喜事,一件大喜事!"

阮大铖怔了一下,回过头去,这才发现,不知什么时候,一乘轿子已经来到门前。当凭借着门楼下灯笼的亮光,认出刚刚从轿子里钻出来的那位绅士,原来是马士英的妹夫杨文骢,他心中更是蓦地一动,本能地走前一步,随即又迟疑地站住了。

"啊,龙老……"他嘟哝说,分明觉得有什么话要问,但又讷讷地没有说出口。

徐青君已经接了上来:"什么,有喜事?龙老,什么喜事?是不是圆老起复了?"

杨文骢含糊地应了一声,随即用双手提着直裰的下摆,三步并作两步奔上台阶。看见好好先生那激动和兴奋的样子,阮大铖的心不由得噗通噗通地狂跳起来。事实上,在众多的朋友当中,大约也只有这位好好先生,会对自己的起复感到如此振奋,并且不辞劳苦地赶来相告。

终于,杨文骢登上了台阶。这当儿,他那双闪闪发光的小眼睛变得更亮,充溢在圆脸上的狂喜也变得更热烈。他甚至忘了同大家行礼,就大声说:

"列位知道么?闯贼给打败了,逃出北京了!是吴三桂把他们打跑的!哈哈,神京光复了!大明中兴有望了,有望了!哈哈哈哈!"

如果杨文骢所说的不是这个,而是别的什么不相干的"喜讯",那么,满心以为起复有望的阮大铖,甚至还有徐青君,也许都会不免大失所望。然而,此刻出自好好先生之口的消息,却是大家连做梦都没有想到过的,就像一个多月前,大家连做梦都没有想到北京会陷落一样。所以有片刻工夫,阮大铖竟然暂时忘记了自己的事,只是呆呆地望着对方,有点不敢相信自己的耳朵。

"你说什么?给、给打跑了?谁、谁给打跑了?"徐青君结结巴巴地问。

"还有谁,当然是闯贼!"杨文骢的口气异常肯定,随即把手一挥,"哎,这儿不是说话之所,进去说,进去说!"

"圆老,小弟不进去了。"当阮大铖不由自主地转过身,打算随杨文骢向门里走去时,忽然听见朱统𨰻在旁边说。

"咦,弟还不曾说完呢,兄怎么就要去了?这可是天大的喜事呀!"杨文骢奇怪地问。

朱统𨰻做了个不以为意的手势:"不就是闯贼给打跑了么!弟既已知道,也就成了。眼下弟还有事,非赶紧走不可,剩下的,有圆老和徐兄听着,就得了!"他一边说,一边朝阮大铖直打眼色儿。

阮大铖怔了一下,蓦地醒悟过来。

"哦,是的是的,"他连忙帮腔说,"大公子目下有要事,须得即速去办,就不必相强了!"为着避免好好先生再唠叨,他一边说,一边做出相让的手势,感兴趣地问:"老兄适才说,流贼给打跑了,这可是怎么一回事?"

"哦,是这样的,"杨文骢点点头说。也许朱统𨰻的匆匆离去,使他有点扫兴,好好先生稍稍平静了下来,"弟因闻得今日早朝文武交讧之事,适才特意去访刘诚意,意欲打听实情到底如何。谁知到了刘府,赵忻城、汤灵璧、李都谏和田敝亲几个已经先在,却并非谈早朝之事,而是在说史道邻今日自江北加急递到一件塘报,内称五月二十七日得淮抚黄家瑞之报,及青州绅士的致书,俱谓自闯贼窃踞神京之后,山海关总兵吴三桂愤君父之仇不共戴天,坚拒闯贼诱降,且密与关外之清国联络,借得东兵,遂于四月十九日开关迎敌,与贼力战一日一夜,大破之。贼众横尸八十余里,所弃辎重不可胜计,仓皇逃返北京。闯贼心胆俱丧,且度我兵将至,势难据守,遂草草于二十九日僭称帝号,次日夜间,即焚烧宫殿,弃城鼠窜。如今吴三桂已光复神京,并会同东兵西向追剿。看来,闯贼经此惨败,已成惊弓之鸟,不日便可荡平了!"

在最初听说北京已经光复时,阮大铖还十分怀疑,如今见杨文骢说的有根有据,才有点相信了。至于徐青君,却已经"啊"的一声,大大地兴奋起来。

"想当初,"他目光闪闪地说,又大又白的脸上显出惊奇的神色,"那闯贼何等猖狂,简直连江南也眼看要遭他毒手,没想到窃踞神京才只月余,便完蛋了账,这也可算奇之又奇了!"

杨文骢神气活现地挥一挥手:"这又何奇之有?神京是什么?是奉天承运皇帝的宸宫;那流寇是什么?不过是地里钻出来的一伙妖孽!他肆虐作恶,或可得逞于一时,若竟入踞神京,窥窃神器,那可是干犯了天条,必触天怒。所以上天便要即时命他败亡了!"

"只是,听说那闯贼极是狡悍,以往几番会剿,都未能将他斩草除根,卒至弄出三月十九之变。这一次不知他会不会卷土重来?"徐青君显然有点不放心。

"卷土重来?我看不会!"杨文骢显得颇有信心,"须知他猖獗了这许多年,好不容易才得以窃踞神京,若然还有卷土重来之力,起码也会负隅顽抗一阵子,用不到望风而逃了!"

徐青君点点头,忽然大发感慨地说:"想不到当初多少名臣猛将,都没能治住流寇,到头来,却让吴三桂做成了这件大功劳,奇怪,奇怪!"

杨文骢眨眨眼睛,对于花花公子竟说出这种"颇有见识"的话,显然有点意外。他"嗯"了一声,说:"若论吴三桂,这一次自然是立下了不世之功。不过,适才弟在刘诚意府中,众人还忆及一件异事——盖闯贼弃城出奔之日,是四月三十。该日正是留都群臣迎见今上于龙江关之时,日子如此相合,看来绝非碰巧。实因今上乃真命天子,自有神明呵佑,故一旦出继大统,流贼便立时根基崩解,无法立足了!"

"原来如此!可是当初东林、复社那伙伪君子却硬要拥立潞王,排拒今上。幸亏我辈不听他那一套,否则,岂非成了误国无君的大罪人!"

在徐、杨二人你一言我一语地说得起劲的当儿,走在旁边的阮大铖却没有再开口。无疑,得知李自成的农民军已经被赶出北京,他心中也颇为振奋。因为农民军在北京的强大存在,不仅对于江南的明朝政权,而且对于阮大铖本人的身家性命,都是极其严重的威胁。事实上,不管怎么说,流寇毕竟是流寇,那是一伙无法无天,也没有道理可讲的无知贱民。虽说真正到了走投无路时,阮大铖也会毫不犹豫向他们投降,凭着自己至今无职无官,说不定还会优先得到录用。不过,那可得重新花费许多力气,因为他与对方可以说全无关系,远不似眼下这边的朋友多,而且已经下了不少本钱。所以,农民军的失败,确实使他感到压在心中的一块巨石落了地,觉得身家性命又重新有了保障。也许正因如此,那种急于收回"本钱",获得权势和地位的渴望,才愈加变得强烈起来。相形之下,眼下马士英那种磨磨蹭蹭,不痛不痒的态度,就使阮大铖更加感到难耐和愤慨了。

现在,主客三人已经来到大堂之上,并重新行过礼,分宾主坐了下来。

"今番闯贼败亡,固然是今上天命所归,"大约是受到杨文骢先前那番话的启发,因而想卖弄聪明,徐青君一边接过仆人奉上的一杯茶,一边兴冲冲地说,"但也是马阁老的福气好。这消息不迟不早,偏偏等到他同史道邻换定了交椅,才传到留都来。将来流寇扫灭了,这中兴名臣、太平宰相,怕不一股脑儿,全都叫老马给捞上了呢!"

本来,阮大铖还只是眯缝着眼睛,默默地瞅着高脚落地烛台上的那一朵跳动的火焰,摆出一人向隅的样子。但是,徐青君对马士英的热烈吹捧,却使他像给针扎了一下似的,不由得猛地回过头去,满怀怨毒地反驳说:

"什么中兴名臣、太平宰相!轮得着他吗?别白日做梦了!"

"噢?"杨、徐二人被这句话弄得一怔,不由自主地一齐望着他。

"你们也不想想,我辈今番将史道邻打发到淮扬去督师,本意是借闯贼来羁绊之,使他全力对外,不遑内顾,朝中东林亦因之失却支柱。然而如今闯贼一败,便不只不能羁绊他,反让他得以乘势出师北伐,只须追奔逐北一阵,便轻轻易易成就了大功。我辈岂非弄巧反拙!将来他得胜还朝,羽翼已成,我辈纵欲禁制他,恐怕已是不能了!"

听他这么一说,杨、徐二人不由得你看我、我看你,噎住了。半晌,杨文骢才挣出一句:

"他纵然出师有功,可是马瑶草居中调度……"

阮大铖冷笑一声:"老兄赋闲数载,莫非连内阁中的规矩都忘了么?如今史道邻虽然出守,但按先入者为长之例,首辅一席,便轮到高研文。他虽不是东林,其实事事同东林一个鼻孔出气。小弟在此也不怕二位拿去说给马瑶草听——到时这居中调度之功,只怕还得先算到老高的账上!再说,阁中还有姜居之,这个又硬又臭的老不死,也要来分一份功。另外,吏部又掌在张金铭、吕俨若手里,将来叙功铨选,还不都由他东林去摆弄?指望他们能秉公持正,何异与虎谋皮!"

"可是,还有皇上,皇上可是我们的!"被刺激得又气又急的徐青君,扯着嗓子嚷起来。

阮大铖苦笑一下:"老兄休提皇上。提起来,更是可虑可忧!你不见前番商议迎立那阵子,史道邻便极意寻觅太子。此番出守,又坚请皇上下谕,寻访太子。他何以如此着紧?无非意欲居为奇货,危倾今上。设若此番闯贼崩败,太子得脱罗网,被他史道邻访得,那么,哼哼……"

他没有说下去,但意思很清楚——因为福王虽然已经当上了皇帝,但毕竟具有权宜应变的性质。万一史可法在北伐途中找到了太子,那么福王的合法地位就会发生动摇,说不定到头来要让出帝位。如果发生那种情形,那么眼下这一伙人就不只没有什么拥立之功可以夸耀,说不定还会招致不测之祸。所以听到这里,杨、徐二人都有点坐不住了。

"那、那么依圆老之见,该、该当如何处置才是?"徐青君结结巴巴地问。

阮大铖瞥了他一眼,由于终于把这位不知天高地厚的花花公子教训得呆若木鸡,他心中感到一种恶意的畅快。而想到徐青君或者杨文骢,必定会把自己这一番高瞻远瞩而又鞭辟入里的见解,转达给马士英以及圈子里的其他人,并且必然会在他们当中引起震动和紧张,他心中的畅快就更加转变为得意了。"哼,想让我教你们怎么办么?可没那么容易!"他悻悻地想,随即把目光重新转回先前那朵跳动着的烛焰上去。过了半晌,才慢吞吞地说:

"办法么,不是没有。可阮某如今是在野之身。有道是不在其位,不谋其政,所以还是不说也罢!"

"不在其位,不谋其政?"杨文骢瞪大了眼睛,似乎有点惊奇。随后,他就摇着头,不满地责备说:"圆老,怎么你还说这个话!马瑶草不是已经上疏举荐你了么?虽说发回阁里票拟,还得等一两日,可也不能这等斤斤计较呀!"

杨文骢这样说,显然认为阮大铖已经知道这件事,但是阮大铖

却一下子给弄懵了:

"你、你说什么?马瑶草已经、已经举荐了我?"他错愕地问,怀疑自己大约听错了。

"咦,你还不知道?难道朱兄不曾告诉你?"杨文骢愈加惊奇。

"小朱?他、他……"

"哎,适才是我同他一起在马瑶草处得知此事。我因还要上刘诚意家,特地嘱咐小朱先行来告知兄。怎么,他居然给忘了?"由于没想到那逃难王孙竟然如此不堪托付,自然也由于生气,好好先生皱起了眉。

不过,当最初的惊愕过去之后,阮大铖已经觉悟到是怎么一回事:"怪不得那家伙敢朝我赌咒发誓,原来如此!"他本能地冲动了一下,打算把朱统鎨的骗局告知对方,但汹涌而至的狂喜紧接着就把他高高托举了起来,以至只摆一摆手,就把那个念头赶得无影无踪了。

三

杨文骢的消息是真实的,马士英的确已经上疏朝廷,推荐阮大铖"谙熟兵机",是一位"贤能之才",请求皇帝尽快予以起用。不过,由于又传来了农民军已经被打败,逃出了北京的喜讯,使朝野上下顿时沸腾起来。一连几天,兴奋的朝廷又是到太庙和社稷坛去祭告行礼,又是由弘光皇帝驾临午门城楼,以"露布"颁示四方。接下来,百官又纷纷上疏,有的建议立即派出使臣,到北京去慰劳立下了"不世奇勋"的吴三桂,给他加官晋爵;有的则主张朝廷赶快出师北伐,会同吴三桂夹击农民军,务期一鼓荡平;更有人迫不及待地提出,一定要设法生擒李自成、刘宗敏、牛金星等"贼首",献俘阙下,以便对这些"恶贯满盈"的强徒施以三千六百刀的活剐酷刑,来祭慰列祖和先帝的在天之灵……这么一弄下来,马士英的那份荐举阮大铖的上疏,就给压住了,直到六月过去了五天,仍旧未见皇帝把疏本发下内阁,让辅臣们斟酌意见。直把阮大铖急得茶饭无心,一天到晚伸长了脖子盼望,连肚皮也差点儿没瘦掉了一圈。

现在,已经到了六月初六。这几天,正轮到马士英在朝房里值宿。他早上起来,梳洗完毕,略略用了一些点心,便离开了寝室,信步走过阁里去。取名为"东阁"的这个内阁大臣们日常办公的处所,位于紫禁城午门内的东南角,环境十分清幽肃穆。从西边那道门走进去,过了一座小牌坊,上首是五间朝南的宽敞平房。堂屋里供着大成至圣先师孔子和他的四位得意学生——颜渊、子思、曾参、孟轲的牌位。牌位下面,分左右排列着阁臣们议事用的坐椅和几桌。堂屋两边的四个套间,由每位阁臣各居一间,用以处理政务。在正房的东西两侧,分别是诰敕房和制敕房。那些负责缮写文书的中书舍人们,平日就集中在里面办公。诰敕房上还有小楼,阁里的一应图书典籍,都收藏在那里。

马士英来到阁里,照例先上堂屋向孔子的牌位行过礼。看见时间还早,他就仍旧走到院子里,开始倒背着手,独自散起步来。

四下里静悄悄的,除了首辅高弘图十天前奉旨到长江沿线处理漕务,尚未回京之外,其余两位次辅——姜曰广和王铎,此刻也还没有露面。只有一两个陪值的中书舍人和仆役的身影,在门旁屋角闪动了一下,又消失不见了。倒是栖宿在枝头树梢的鸟雀,大约忙于准备出巢觅食,正在吱吱喳喳地叫得挺欢。不过,马士英却毫无品赏的兴趣。这倒不光是由于他那份举荐阮大铖的上疏,一直迟迟不见发下来,而是因为前天夜里,本来在这当口上例应回避的阮大铖,终于忍不住,偷偷摸到他家里去,对今后的局势说了一通危言耸听的话,弄得马士英一连两天,都有点心绪不宁。无疑,阮大铖也提出了两条他自认为精明的对策：一是派人赶赴江北，暗中知会高杰、刘泽清等四总镇，让他们想方设法给史可法捣乱，使之左右掣肘，穷于应付，无法顺利部署北伐。而只要史可法不能出师，自然就无法骤建大功，也不易找到太子。二是在朝廷之内，还要尽快把内阁以及吏部抓过来。考虑到高弘图和姜曰广一时不易驱除，那就先攻吏部尚书张慎言和吏部左侍郎吕大器。把这二人收拾掉之后，再回过头来对付高、姜。阮大铖认为，由于兵部已经抓在马士英手里，倘若再把内阁和吏部拿过来，其余便不足为虑了。待到朝中大局已定，再另派一亲信得力的人，替下史可法，那时才出师北伐，便可万无一失。而将来再造中兴的美名也就理所当然地归到马士英的名下，荣华富贵，享受无穷！对于阮大铖的这一番策划，马士英当时没有明确表示态度，事后却一直在反复考虑。无疑，他也觉得，尽管史可法已经被迫离京，督师淮扬，但凭着对方的能力和在朝野中的崇高声望，对自己的地位始终是一个威胁。如果光从打击、禁制史可法着眼，那么阮大铖所建议的两点，确实不失为可行之策。不过，这么做的结果，延误了北伐的战机不必说，还势必会在朝中引起巨大的争斗。闹不好，还会造成分裂和内乱。在目前的情势下，这还是应当尽可能避免的。因为马士英心中明白，从前方报告来看，这一次之所以能获得如此辉煌的胜利，主要还不是吴三桂有多么了不起的本事，而是由于向关外借来了清兵，加上农民军将士在北京大发横财之后，斗志涣散的缘故。另外，据尚未公开的消息说，目前入踞北京的并不是吴三桂，而是清国的摄政王多尔衮。那么，清兵今后的意向如何？局势将会如何发展？这些都还琢磨不透。现在，在江南的新朝廷中，马士英已经成为无可争议的拥戴元勋，并且如愿以偿地回到留都来秉政。为巩固自身的权位计，他就不那么希望再发生激烈的动荡，而倾向于暂时保持相对的稳定了。

"嗯,冲着当初老阮帮过我的大忙,这一份人情债,我无论如何是躲不掉的。那么,就先把他的事办成再说。至于其他,倒不必忙着拿主意!"这么暗自决定了之后,马士英仿佛放下了一桩心事,随即停止了散步,匆匆走回自己的屋子里。

这是一间供做办公和值宿之用的屋子,当中照例用隔扇分开,外间摆设着办公用的案、椅和书架之类,内间则用来安置歇榻和日常的生活用具。为着突出为政清廉的美德,整个布置都以简朴为原则,摒绝一切奢华的摆设。现在,马士英在办公用的翘头书案前坐下来,一边接过仆役奉上来的一杯热茶,一边随手翻阅着昨夜刚刚处置完毕的几件公事。过了一会,他听见窗外起了响动,来来往往的脚步声、咳嗽声,和短暂的谈话声,变得越来越频繁。凭着声响,马士英知道姜曰广到了,王铎也到了。不过,他并不打算出去同他们见面。因为一来彼此并不是一个圈子里的人,没有什么闲话可说;二来,以马士英目前的地位,也自觉没有主动同对方客套的必要。于是,他依旧坐着,继续翻阅公事。渐渐,外面的声响稀疏下去,并且平息了。看来,人们已经各就各位,开始一天的办公。马士英停止了翻阅,把手中的公事归拢了一下,吩咐手下的仆役给制敕房送过去。然后,他把茶杯拿在手里,重新站了起来。

由于向朝廷荐举阮大铖的奏章迟迟不见发下来,现在马士英多少有点心神不定。事实上,前些日子他之所以一直没有采取行动,就是考虑这是一件相当棘手的事情。因为阮大铖与一般被革职罢官的"废员"不同,他是一个列入了"逆案"的人。而"逆案"又是已故崇祯皇帝"钦定"的。凭着这一条,东林方面便有足够强硬的理由加以反对;自己这一方,除了解释说当初搞错了,阮大铖是受了冤枉之外,很难拿出更有说服力的理由。偏偏阮大铖其实又并非那么干净,这就使事情变得颇为难办。如果说,在拥立福王的较量中,由于自己祭出了"祖宗家法"这个法宝,从而争取到了大多数官员——甚至包括东林方面某些人的支持,使史可法、姜曰广等人陷于被动和软弱的地位,终于大获全胜的话,那么,面对阮大铖这件难题,顺逆之势就刚好倒过来。闹不好,自己就会成为众矢之的。最明显的迹象是,前两天,当他私下里拿这件事去征询韩赞周时,那位在拥立福王期间,曾经坚决站在自己这边的太监头儿,竟然变得支支吾吾,不置可否。韩赞周如今被正式委任为司礼监的掌印太监,拥有代皇帝批阅奏章的极大权力。那么,会不会由于他的缘故,使皇帝也感到阮大铖的起用关涉颇大,因而对马士英的上疏来个"留中不发"?要是这样,事情可就更加不好办了。但如果拖下去,阮大铖势必认定自己不肯出力,愈加会像催命鬼似的上门纠缠,把自己闹得一天到晚不得安宁。正是这种左右为难的困扰,把马士英弄得心烦意躁,以至窗外的过道里分明响起了轻而急的脚步声,他都几乎没有觉察到……

然而,他终于站住了,而且迅速地转过身去,向着门口。这时,帘子已经被人掀开,露出了一个明亮的洞隙。接着,典籍官那张红堂堂的胖脸出现了。他手中捧着一个黄缎方匣,后面还跟着一名小太监。马士英不觉心神一振,知道奏章发下来了。但是,由于吃不准其中是否有自己那份上疏,又有点心慌。不过他仍旧定一定神,一声不响地等候着。

典籍官照例双手把方匣子放到马士英的书案上,然后行了一个礼,躬身退了出去。这时候,异常的情形出现了——跟在后面的那个小太监有意站着不动。直到典籍官的脚步声消失了之后,他才转动着脑袋,四下里瞅了瞅,看清屋子里没有别的人,他便走近来,小声对马士英说:"田爷命小的拜上阁老大人,说那件事他已奏明万岁爷。万岁爷说:'既是当初冤枉定案的,与他开复便了!'田爷请阁老大人即速拟旨呈进,以便批发。"

小太监所说的"田爷",就是太监田成。此人当初跟着福王逃难南来,算是"从龙"有功。福王当上了皇帝之后,对他也就颇为信用。又由于他在逃难期间,穷得要死,马士英、阮大铖瞅准了机会,很送了他一笔银子,所以此后彼此就拉得很紧。前两日,马士英在韩赞周那里碰了钉子之后,便改走田成的门道,请他在宫里相机配合。如今,听了小太监的传话,马士英心中悬着的那块石头,顿时放了下来。他连忙点点头,说:

"替我拜上田公,就说知道了。改日当面再谢他。本阁这便拟旨。"

等小太监走了之后,马士英走到书案前,放下茶杯,动手揭去木匣的封皮,从里面的一叠奏本中,先拣出自己的那份上疏,发现已经被朱笔点了一个记号,他便重新坐下,往椅背上一靠,把上疏展开来,从头到尾又细看了一遍,觉得文从字顺,言简意赅。他略一思索,随即放下奏疏,拿过一张阁票,兴冲冲地掂起那支鸡狼小楷湖笔,在雕着盘花图案的砚台上饱蘸了墨,打算写出批准的意见。然而,心念忽然微微一动,觉得有点不妥,不由得停笔沉吟起来。

无疑,到了明代后期,内阁大学士的地位和权势较之前期,虽然已经大为提高,甚至被人们称为"当朝宰相"。但他们的职能,仍然只限于替皇帝草拟旨文,而无权对各部衙门直接发号施令。按照制度,凡属官员的升降任免事宜,都必须经由吏部去处理执行。而吏部目前掌握在东林派中坚张慎言和吕大器的手里。马士英想起用阮大铖,光是他们那一关就很难通过。惟一的办法只能请出皇帝的权威,硬压下去。本来,甚至连做到这一点也不容易。因为按照内阁办事的惯例,票拟的审定权集中在首辅身上,马士英作为次辅,只能参与意见,而高弘图的想法却不见得会同他一致。不过,事先马士英已经耍了一个花招,他趁高弘图因公务离开了南京,由他代掌内阁的机会,突然奏请起用阮大铖。这样,他就能自行决定票拟的内容。不过,这个办法稳妥是稳妥了,却未免痕迹太露。特别是荐举、票拟都由他一手包揽,将来传扬出去,势必会受到抨击和非议,有损自己的"清名"。这却是马士英所不乐意见到的。"嗯,还是另找一个人来票拟,更顺理成章一些!"他想。可是,找谁呢?在内阁中排名最末的王铎,本来最为合适,但这个人虽然不是东林派,却出奇地胆小怕事,料想不肯冒这个风险。那么就剩下姜曰广。按说,作为目前东林派在朝中的魁首,姜曰广更加不会应允。不过马士英发现,自从自己进入内阁之后,对方倒是摆出一副合作的姿态,遇事也肯商量和通融,看来像是颇有和解之意。"嗯,要不然就找他!如果在这件事上他肯帮忙,以后我也尽量不同他们为难就是!"这么一想,马士英顿时来了精神。于是,他把那份上疏重新折好,装进一个封套里,又叫来一名亲信仆人,当面指示了一番,吩咐马上送到东头边上的屋子去,请姜曰广按照疏中的意向票拟。

当仆人的背影消失在门帘之外后,马士英一边倾听着那逐渐远去的脚步声,一边伸手把余下的奏章从黄缎匣子里拿出来,心中升起了一种自负的感觉:"哼,凭着拥立今上这份大功,再加上外有听命于我的江北诸镇,内有田成、李永芳一帮子得宠的太监做引线,内阁首辅的交椅迟早都得归我马某人来坐。这一层,满朝文武只怕谁都瞧得清楚。姜居之又不是傻瓜,岂敢不买我这个面子!"这之后,由于自觉首辅应有首辅的渊深涵养和雍容风度,不该、也不必因区区一件事而分心过甚,他于是断然把注意力收回来,低下头,开始全神贯注地处理余下的公事。

然而,没等他审阅完一份奏章,就给再度响起的脚步声打断了。先前派去的那个仆人匆匆走了进来,向他双手呈上那份上疏。

"嗯,办妥了吗?"马士英问,目光依然在手头的公事上逗留着——那是湖广巡按黄澍要求入朝召对的奏本。由于黄澍目前正在左良玉那里担任监军,而左良玉的动向,一直是马士英所关注的,所以这份奏本引起了他的兴趣。

仆人摇摇头:"回禀老爷,姜大人不肯具票。"

"你说什么?"马士英蓦地一怔,抬起头来,"他不肯?"

仆人胆怯地点点头。

"那——那他怎么说?"

"禀老爷,小人不敢回话。"

"哼,照直讲来!"

"是。姜、姜大人说,回去上复马大人,敢是疯、疯了吧,没的却来坏人名节!你家大人常说他被人画成了大花脸,我却宁可弃官不做,也不能让人家指着脊梁骂我,唾我!"

马士英瞪大眼睛,愕住了。渐渐地,他那尖长的瘦脸因为羞恼而涨红,随后又变成铁青色。终于,他咬着牙,一声不响地拿过一张阁票,举笔在上面拟出了如下的一行字:

    阮大铖是否知兵,着兵部召来,暂复冠带陛见,面陈方略定夺。

写完之后,他把笔一抛,吼叫道:"送进去,马上给我送进去!"然后,他就"哗啦"一声推开椅子,气急败坏地站了起来。

四

坐落在水西门外的莫愁湖,是南京城有名的清幽美妙去处。它本是长江的一部分,由于江水西迁,附近的沙洲连接成为陆地,这里就出现了方圆数百亩的一片大湖。相传南齐时代的歌妓莫愁,曾经在这里居住过,湖也由此而得名。到了明朝初年,太祖皇帝朱元璋有一次同他的开国元勋——中山靖王徐达赌赛下棋,结果输掉了,于是把莫愁湖赏赐给了徐达。不过,也许由于徐家的产业太多之故,他的后人一直没有特别下功夫加以经营,所以如今除了湖畔的胜棋楼、郁金堂,和湖心小岛上的一座亭子之外,只有满湖的垂柳烟波,掩映于朝霞夕照、风片雨丝之中。然而,正因如此,反而使莫愁湖别具一派清丽脱俗的天然风韵……

六月初八日——也就是马士英悍然自行拟旨之后的第三天,周镳乘坐轿子,匆匆赶到了莫愁湖。他是应吴应箕之邀,前来参加复社社友们的一次小型聚会的。据吴应箕说,这次聚会一来是庆贺北京的光复,二来,还有重要的事宜商谈。到底是什么事宜,吴应箕在请柬中并未说明,不过,周镳却猜到了八九分。因为眼下社里的局面是明摆着的:由于拦街阻留史可法的计划落了空,陈贞慧原先那一套野心勃勃的设想,可以说已经彻底失败。那么,今后到底怎么办?是让社友们毫无作用地继续留在各个衙门里当幕僚,还是按照周镳当初的主张,老老实实回到主持清议上来?这是亟须与社友们集议清楚,并及早确定下来的一项大计。对此,周镳的主张十分明确而且一贯。何况有了前一阵子的教训,他自信在集议当中,必定能够压倒陈贞慧,把社友们重新争取到自己一边来。为了使事情更有把握,他还找到了一个得力的帮手,就是不久前才来到南京、目前正等候皇帝"召对"的湖广巡按黄澍。黄澍为人激烈好名,在复社士子当中颇有声望。这一次他从武昌来,仗着背后有左良玉撑腰,一心打算同马士英之流闹闹别扭。前两天,黄澍以老朋友的身份特意来访周镳,两人谈得十分投契。如果此人今天能够与会,周镳的声势自然更加不同。本来,黄澍已经同意出席,但不知为什么,今天周镳在家中足足候到巳时,仍旧不见对方前来会合。就连奉派前往催请的黄宗羲,也一去不回。周镳眼见时候不早,怕再拖下去,莫愁湖那边的聚会就要散了,不得已,只好匆匆起身,赶到水西门外来。

现在,周镳已经下了轿子,来到湖边的小码头上。因为今天的聚会约定是在湖心岛的亭子里举行,所以还得摆渡过去。然而不巧,小艇正停泊在对岸。直到周镳的仆人扬着手,一连吆喝了几声,它才缓缓地划过来。

"嗯,我已经派顾子方先走一步,去告知他们,那么总得等我来了,他们才能开席的……"周镳一边注视着逐渐移近的小艇,一边默默地想。然而不久,他就疑惑起来,他发现,除了荡桨的船娘外,那只艇上还坐着两个方巾儒服的文士,其中一个依稀就是顾杲,另一个因为背朝船头坐着,却认不出来。

"子方大抵是来迎我,那么另一个又是谁呢?"当看见顾杲已经向这边扬手招呼,但那个人仍旧一动不动地坐着,甚至连脸也不转过来一下,周镳不禁越加纳闷,"嗯,瞧身形不像是吴次尾,也不像是陈定生,那么……"

"哎,仲老来啦?黄大人呢?还有太冲——怎么不见?"顾杲站起来,迫不及待地问。这当儿,小船已经靠上了码头,他于是一步跨上岸来。

周镳摇摇头,没有答话,却依旧留意着那个分明有点眼熟的背影。也就是到了这时,那个人才慢慢站起身,并且向码头转过了脸。周镳眼皮微微一跳,蓦地认出:原来是不久前才从北京逃回来的翰林院编修方以智。

"哦,是他!原来今日也来了!"周镳恍然想道。还在半月前,他就得知方以智已经回到南京,但一直没有同对方见过面。其间,他也曾委托黄宗羲和顾杲上寒秀斋探访过,却说已经搬走了。到底搬到哪里去,就连李十娘也说不上来。所以,周镳倒没想到今天会在这里遇上他。

"嗯,看上去他真是苍老得多了!不过,他跟子方一道过来做什么?莫非特意来迎我不成?"这么一想,周镳不禁严肃起来,立即摆好姿势,准备同对方行礼相见。

然而,出乎意料,方以智虽然已经到了岸上,而且周镳分明就站在近前,他却像压根儿没看见、不认识似的,只管低着头,一声不响地擦肩而过,然后沿着绿杨掩映的堤岸,头也不回地向前走去,把周镳弄得目瞪口呆,老半天地望着他的背影,心中一派茫然。

"仲老,"顾杲凑了过来,低声说,"别管他了,让他自去吧。请,先上船去,晚生再向你说——大家都在那边等着呢!"

周镳疑惑地望了年轻的士子一眼,只好点一点头,伸出手去,在仆人的搀扶下,多少有点费劲地跨到艇上,在舱中坐了下来。

"嗯,方密之——到底怎么了?"待小艇在湖面上划出了几丈之后,周镳终于忍不住,怀疑地问。

"哦,是这样的——"仿佛从某种思虑中被唤醒,顾杲不自然地转动了一下脖子,有点沮丧地回答,"密之原来已经搬到天界寺去住。这事谁也没告诉,怪不得我们寻他不着。后来,是吴次尾打听到了,所以今日特地去把他邀了来。谁知适才在亭子里,张尔公说起,近日从北边逃回来的官员不少,据好几个人指证,说方密之在北京时曾失节降贼,被伪廷以原职擢用。其时密之尚未来到,朗三便说:'此事不妙,皆因密之名列复社四公子,久为小人权奸所侧目。如今他做出这等事,闹不好,怕会给小人用做把柄,危倾我社。'众人于密之降贼之事,本来尚在信疑之间,听朗三如此一说,倒担心起来。其时也未见定生有何主意,但等密之一到,他便同着次尾,把密之扯过一边,避开众人谈了老半天,也不知谈了些什么。待到晚生听见先生在这边呼唤,即速驾船相迎时,却见密之也不与众人道别,便匆匆跟着登船。适才,弟也试探过他,其奈他一言不发,是以始终未得其实。"

周镳默默地听着,这才明白过来。其实,在此之前,他也陆陆续续听到一些明朝京官投降"流贼"的消息,其中就包括他那位在翰林院任庶吉士的堂弟——也是复社知名人士的周钟。不过,他同周钟历来不和,近两年更是愈形对立,双方互相攻讦,势成水火。所以周镳对于堂弟的失节,并没有什么切肤之痛。相反,心中还有一种冷然的快意。不过,他却没有想到,方以智也做下了同样的可耻事情。"哼,这叫做自作孽,不可活。既然你们当初贪生怕死,那么今天这杯苦酒,你们就只有自己吞下去!"周镳冷冷地想。于是,他抬起头,望着逐渐移近的湖心亭,开始把心思重新转回到即将来临的聚会上,不打算再理会方以智的事了。

顾杲却显然有点不安,看见周镳不做声,他试探地说:"仲老,瞧密之这模样,降贼之事,只怕并非空穴来风。万一奸人乘机煽惑,危倾我社,该当何以应之才是?"

"各人有各人的账!"周镳不以为意地摇摇头,"他方密之降贼,我们却没有降贼!有什么可煽惑的?终不成,还能把我们也当流寇逆臣给办了?"

"此言自是正理。"顾杲低着头,显得有点为难,"只是今番降贼的京官不少。方密之而外,听说尚有陈百史、龚孝升、钱与立、吕霖生等,俱曾名列我社。眼下小人得势,气焰正张。只怕同文之狱,'莫须有'亦可成谳。况且,听说连周介生也……"

像给针扎了一下似的,周镳的脸色蓦地变了。不错,如果顾杲只列举前面那些人,说不定周镳还能平心静气估量一下,但一提及"可恶"的堂弟周钟,他满心积怨顿时又给撩拨起来。"哼,这个顾子方!我还当他平日精明机变,可以做条臂膀。谁知见了真章儿,却畏首畏尾,全不中用!"他愠怒地想,于是把手一挥,粗暴地说:

"这会儿,不是还没见谁个在煽惑么?待煽将起来时,你再操心不迟!"

断然把对方堵回去之后,他就扭过头去,不再开口了。

五

　　由于距离并不太远,小艇在荡漾着涟漪的碧波中穿行了一会儿,湖心岛就到了。那是一个被绿树和山石装点起来的幽静小岛。当中立着一个四方亭子,建成小轩的式样。一条石子路从岸边的码头蜿蜒伸展过去。时值盛夏,远远一望,赭色的轩窗下茆着数十株美人蕉,正开得如火如荼。那一簇簇、一窠窠朱红、深黄的花朵,在肥满而阔大的绿叶衬托下,迎着晌午的阳光,显得分外鲜丽悦目。不过,令周镳感到意外的是,小码头上此刻空荡荡、静悄悄的,竟然没有一个人在那里迎候。仿佛社友们压根儿不知道他到来似的。这种情形,顾杲也发现了。

　　"咦,这可是怎么一回事?我明明告诉他们,说仲老到了的呀!"他奇怪地说,同时向两旁转动着脑袋。

　　周镳没有吭声,等船一靠岸,他就依旧由仆人搀扶着,踏上了码头。

　　"哎,他们怎么一个都不见了?怎么都不出来?"顾杲愈加惊异而且不安,"不成,待晚生瞧瞧去!"

　　"不用!"周镳制止说,随即抬起眼睛,从浓眉底下朝亭子那边注视了一下。当猜测不出这种明显的"冷遇",是出于什么缘故之后,他就一声不响地迈开脚步,径直朝前走去。

　　的确,以周镳在社内的地位,加上近来他的身体一直欠佳,平日难得出席这种聚会。今天他应允下顾,一来是鉴于社内面临重大决策,二来也是给吴应箕一个面子。然而社友们明知自己到了,却不到码头上来迎接,这就使周镳意外之余,不禁起了疑心:"莫非他们今天请我来,并非要我主持大计?莫非陈定生受了那场挫折,还不死心,为着笼络人心,找回面子,他才串通吴次尾来设宴;又以为我必不会来,才装模作样地给我送帖子,如今我来了,他自必十分为难,因此挑动众人,来个拒不出迎,想把我挡回去?哼,要是这样子,我偏不回去,偏要与会,看你怎么办!"由于藏着这份猜疑,愈是接近亭子,周镳就愈加变得恼怒难忍了。

现在,周镳已经跨进了门槛,映入眼中的景象,使他不由得又是一怔。只见社友们错杂地坐着,既不曾入席饮酒,彼此也没有交谈,相反,仿佛受到某种无形的震撼似的,一个个全都显得痴呆木讷,魂不守舍,有的现出茫然的神色,有的一副凄然欲泪的模样,还有的则用双手抱着头,像是在抵受着什么可怕的痛苦似的。直到周镳在门边站住,顾杲也跟了进来,其中几个才"啊"的一声,匆忙站起身。即使如此,他们仍旧没有表现出应有的热情,只零零落落地发出几声简短的招呼,就无言地顿住了。

这种情形,更增加了周镳的疑心。他于是转动着脑袋,在人丛中寻找今天聚会的发起者吴应箕——自然还有陈贞慧。很快地,他就发现了:陈贞慧背朝门口坐着,正同侯方域凑在一起,也不知嘀咕什么;吴应箕则坐在另一个角落里,几个仆人聚在他身边,大约在听候吩咐。直到别的社友都快招呼完了,他们才转过脸来,做出起身相迎的样子。

周镳立即移开视线,"哼,你们不是指望我不进来么?我偏进来了,且看你们还要什么花招!"这么想着,他径自走向近旁的一张空椅子,大模大样地坐了下来。

"仲老知……知道么?郑超宗他、他死了!"静默中,一个呻吟般的声音从身后传来,那是梅朗中。

郑超宗,就是复社的扬州地区社长郑元勋。周镳记得,今年四月,迎立新君的争论正激烈的时候,郑元勋还在南京。后来听说他急于回扬州,等不及有结果,便先走了。当时吴应箕、侯方域等一班社友像是还到江边去送行。算起来,那才不过是一个多月前的事。现在忽然听说郑元勋死了,倒使周镳心中一愕,不由得转过头去,疑惑地望着梅朗中。

"你说什么?超、超宗他、他死了?"显然大吃一惊的顾杲一步跨了上来,瞪着眼睛追问。

梅朗中点点头,似乎想说得更详细一点,可是,扁了几次嘴巴,泪水却涌上了眼睛。突然,他重重地坐了下去,用袖子掩着脸,哀哀地哭泣起来。其余的人见了,也现出黯然的神色,有的甚至跟着掉下了眼泪。

"哎,你们先别哭呀!告诉我,超宗是怎么死的?在什么时候?"顾杲发急地喊。

"超宗是五月二十五被害的。"侯方域神情悲怆地走近来,同时,举起手中的一叠纸,"这是冒辟疆的信,适才方密之拿来的,兄自己看吧。"

顾杲忙不迭接过,举到眼前,急切地看了一遍,顿时变得面如土色。他接着又从头再看一遍,双手始终在微微发抖。末了,当别人让他把信转递给周镳时,他仿佛全无知觉,只双眼发直地坐了下去。

也就是到了这时,周镳才弄清楚事件发生的经过。

原来,还在总兵高杰率领十余万败兵试图进驻扬州,遭到扬州士民坚决拒绝那阵子,已经回到家中的郑元勋眼见争持下去会出大乱子,于是亲自前往高杰营中,晓以国难当头,应当同舟共济的大义。高杰听了,有所感悟,答应退兵五里,等待答复。不料事后又发生了城中的民军袭杀高兵游骑的事件,双方关系再度紧张。郑元勋不得已,只好再请前蓟州总督王永吉前往解说。最后与高杰约定:双方各自从严约束部下,避免事态继续扩大。到了五月二十五日,扬州的巡抚和知府召集城中缙绅到城头上去议事,引来大批士民围观。郑元勋出面告诫众人说:"高镇奉旨驻守扬州,不让他进城是没有道理的。日前我曾同高镇约定,入城后应立即安慰父老,秋毫不可有犯,高镇亦已答应。怎么你们又袭杀他的游骑?如不严惩肇事者,只怕会招来不测之祸!"众人不服,竞相列举高兵的种种暴行。郑元勋当即指出,其中有些暴行是杨诚干的,不能都算在高兵的账上。他所说的"杨诚",是城中的一名营将。此人手下的标兵横行不法,也是事实。谁知众人把"杨诚"误听成"扬城",顿时愤怒起来,大叫:"姓郑的勾结高贼,所以昧着良心为他辩解。我们如不下手,势必尽被屠灭!"于是一拥而上,刀棒齐下,顿时把郑元勋杀死。郑的仆人殷报因救护主人,也同时被害。据说,主仆二人都被狂怒的士民分了尸。事后家人收拾遗骸,只捡到几片残缺不全的骨头⋯⋯

周镳慢慢地把信折好。弄清刚才社友们没到码头去迎接自己,并不是故意怠慢或另有居心,他心中的恼怒和猜疑也随之消解了。而且,郑元勋令人震惊的暴死,也使他不能无动于衷。他一边把信件交到吴应箕手中,一边皱着眉毛问:

"那么,兄等打算怎么办?"

"弟拟亲赴扬州,到超宗灵前叩奠,并慰抚其家人。至于今日,弟已命人在此设下灵位,仲老如以为可,就请率弟辈同行奠礼,以表怆悼之忱!"

周镳点点头。虽然,在前年的虎丘大会上,郑元勋为谋夺社内领袖的地位,曾不惜向钱谦益卖身投靠,企图为阮大铖开脱,周镳对他至今仍耿耿于怀,但是,既然人已经死了,而且死得如此悲惨,冲着这一点,周镳也就决定不再表示异议。

"嗯,那么,就先行礼吧!"他说,随即站了起来。

在他们说话的当儿,吴应箕手下的仆人已经把郑元勋的灵位摆设停当。因为事起仓促,一切都只能因陋就简。眼下,是在亭子的北墙上临时贴了一张白纸,在上面写上"亡友郑进士元勋之位"的字样,前面摆上一张小方几,上面供起几样果品。碰巧随身带得有线香,于是也拿来焚上。又用海碗盛了一碗泥土,权充香炉。只是丧服急切间办不到,惟有将就些,临时凑起几条素色的汗巾,让各人缠在头上。然后,以周镳为首,大家排着队,一个接一个地在牌位前行礼、奠酒,祭拜了一番。其中有几个与郑元勋平时交情较深密的,像梅朗中、沈士柱、左国棅等,还止不住情怀凄怆,再一次流下泪来……

六

祭奠结束之后,日头已经过了当午。黄宗羲却始终不曾露面,大家得知是请湖广巡按黄澍去了,都说应该再等一下,反而是周镳对黄宗羲的"失踪"感到有点恼火,主张马上开席。于是众人不再坚持,互相谦让了一下之后,便按照各人的身份和年龄,依次在已经摆开了一席酒的圆桌旁坐了下来。

也就是到了这时,周镳才完全看清楚,除了已经注意到的那些人之外,还有余怀和张自烈也来了,合共是九位社友,只是大家看来还沉浸在忧伤郁闷的情绪当中,尽管坐到筵席前已经有好一阵子,却只是默默地喝着酒,谁也没有开口。

不过,渐渐地,这种情形终于有了改变。起初是一些低沉的耳语在席间浮荡,不久,声音就变得响了些。虽然还算不上热烈,但已经不似先前的沉寂。大家从郑元勋的死谈到扬州的局势,谈到李自成在北京的突然失败,还谈到大批明朝旧官脱身南来,谈到方以智的失节,谈到冒襄至今还躲在家乡,实在没有道理,如此等等。周镳一直庄严地保持着自尊的姿态,就连饮酒吃菜也相当节制。

至于交谈,除非有人直接动问,否则他绝不开口;而且即使开口,也回答得十分简略。这自然是由于他素来不喜欢说废话。此外还因为眼前这些人,大多数可以说都是他的后辈,如果随随便便地同他们在一起胡说八道,未免有失自己的身份。然而,冷不丁钻进耳朵里来的一句话,却引起了他的注意:

"哎,定生,闻得郑超宗尚有一封遗书,可是真的?"

周镳循声望去,发现说话的是沈士柱。而他的这个消息,显然得自于坐在旁边的侯方域。因为当大家都把好奇和疑惑的目光转向陈贞慧时,侯方域却把玩着手中的酒杯,显出早已知情的神气。

"这个——"陈贞慧的目光微微一闪,随即垂下眼皮,"有倒是有,不过……"

"咦,那兄怎么不拿出来让我们瞧瞧?""是呀,快拿出来!""原来还有遗书,都说了些什么?"好几个声音迫不及待地追问。

"哦,也没有说什么!"这么推搪了一句之后,陈贞慧似乎犹豫了一下,但仍旧摇摇头,"真的,没有什么可看的——以后再说吧!"

然而,侯方域却插话了:"定生兄,超宗遗书里的那些话,可是对社务大计的建言,至关重要,何不就趁着今日社兄们都在,拿出来让大家瞧一瞧,也好商磋商磋!"

"噢,原来超宗还有所建言!到底说了些什么?"

"有道是旁观者清。超宗的建议,必定会有真知灼见!"

"哎,定生兄,快拿出来吧,我们都想知道!"

来自四面的催促声再度响起。这一次,陈贞慧显然没有办法再推托。他把手伸进怀里,掏出一封信来。

"哎,不必传看。干脆,兄念给我等听好了!"有人大声建议。

陈贞慧征询地环顾了一下。看见大家没有异议,他就点点头,解释说:"这是超宗生前写给辟疆的一封书,未及寄出,就遇害了。他的家人赴如皋报丧时,拿去送给了辟疆,辟疆又转寄给方密之。

弟也是适才才看到的。"说完,他展开信笺,用不高但清晰的声音念了起来:

> 眷社弟郑元勋顿首拜:南都再建,国事累卵。弟身处草莽,而心怀冰炭,日夕以眼泪洗面,盖思先帝,忧危倾也。想兄百里之外,亦当与弟同况乎?近闻都中以拥立之争,相仇益甚,至有讹言横起,兵锋暗伏,波诡云谲,迭出层见。此又弟所至忧也。夫国步维艰,于此为极!纷纭万事,至巨至重者,莫过于救死图存。凡我君子仁人,岂无"覆卵"之忧?更有"同仇"之志!当此之时,门户之防,流品之别,实不妨暂置于其次,而应尽捐异同,专心忧国,大明方有生路,江南方有生路。此虽愚者亦当能省识。故以弟之见,新君既已登极,诸君子亦不必耿耿于往日之异议,而生离心之想。即以马辅士英而论,无论当初如何反复,而彼所操"伦序"之说,其实并无不当。况且彼势已成,诸君子若仍以积怨而排拒之,于国于社,俱恐非吉兆。是故弟忧心之余,每欲持此往说都中社友,又恐成见难破,废然而止……

听说郑元勋还遗下有书信,周镳起初并没有怎么重视,及至侯方域说到信中谈及社内大计时,他才留了神。不过,当陈贞慧用抑扬顿挫的声调,把信的内容当众宣读出来之后,周镳的眼睛就因为吃惊和愤怒而睁圆了。事实上,作为复社的一位有声望的元老,自从三年前,复社的领袖张溥暴病身亡那时起,周镳就把自己当做是社内的一位"护法尊者"。为着确保当年的立社宗旨和行动准则不致受到玷污和损害,他一直在用严厉的、往往是近乎苛刻的目光注视着社内的一切。对于没有征得他的同意,便自行爬上主盟地位的郑元勋、李雯等人,还有以陈贞慧为首的"复社四公子",周镳毋宁说是猜疑多于信任的。果然,后来不久就发生了几社的离心离德,接着又发生了郑元勋向钱谦益卖身投靠,企图为阮大铖开脱的事。这就更使周镳增加了警惕。因此到了最近,陈贞慧借着南京朝廷建立之机,自作主张地提出让社友们放弃主持清议,转而设法进入各部衙门去充当幕僚时,周镳就坚决反对。没想到,当事实已经证明是他正确之后,陈贞慧不仅不老老实实认错,反而试图借郑元勋的名义,提出更加离经叛道的主张。周镳可就不由得火冒三丈,感到忍无可忍了。

"不要再念了!"他把手一挥,粗暴地打断说,"马瑶草是何等样人?一个背信弃义的小人头儿!十足的祸国权奸!郑超宗竟然让我辈与之和衷共济,实属悖谬之极!这等书信,不从速毁去,还公然拿到桌上来读,简直岂有此理!"

听着遗书中那番情辞剀切的规谏,座上的社友们倒有一多半陷入了沉思,冷不防被周镳这么痛加斥责,似乎又有点悚然惊觉,睁大眼睛坐着发怔。就连陈贞慧也沉默下来,停止了宣读。不过,侯方域的脸孔却刷地涨红了。但只一忽儿,他又恢复了常态。

"不错,"他冷笑说,"马瑶草确实是背信弃义的小人头儿,十恶不赦的祸国权奸,可是别忘了,他又是拥立今上的定策元勋,实权在握的当朝阁老!外有江北四镇与之遥相呼应,内有勋臣大珰与之同气相求。我辈不欲在留都安身立足便罢,如欲在此间立足,并有所作为,那么只怕绕不过马瑶草这座大冰山去!"

侯方域为人一向傲慢无礼,这一点周镳早已有感觉。而且他还知道此人年纪轻轻,肚子里的鬼点子却不少,一向帮着陈贞慧出主意,同自己暗中作对。所以,看见对方出言顶撞,周镳心中的怒火更炽。只是由于顾及长辈的身份,他才没有马上发作,不过,仍旧哼了一声,沉下脸,教训说:

"我复社的立社宗旨,侯兄想必还不知道吧?须知这君子、小人之防,乃是第一要旨。凡入我社,均须严加恪守,方可为同志。否则,便是背叛门墙,必遭唾弃!定生兄当初引侯兄入社,想必未曾将此条规矩说知。不过嘛,也无妨,眼下侯兄仍可请他当面补说明白!"

要是换了别人,看见周镳拿出元老的身份,也许就不敢再逞强了。谁知侯方域却不吃这一套。他眯起眼睛,迎着周镳的目光,振振有辞地说:

"彼一时也,此一时也。本社初立之时,列位所定之旨或许不错,惟是时至今日,若仍不思通变,便也似胶柱而鼓瑟,刻舟以求剑,徒贻有识者之讥而已!"

周镳错愕了一下,对方不仅公然顶撞自己,还胆敢对自己视若性命的复社宗旨肆意嘲讽,妄加指斥,这是他万万没有料到的。特别是侯方域那种傲慢不逊的神气,那种巧言诡辩的讥讽,都使周镳感到可恶之极。他所患的咯血病本来就极易动怒,这会儿更觉得火气在胸中翻滚,脑袋却变得昏昏沉沉。蓦地,他捏紧拳头,把桌子使劲一擂,咆哮起来:

"胡说!你算什么东西?敢同我顶嘴!"

看见周镳发了火,侯方域反而更加镇定。他轻蔑地"哼"了一声,仰起脸,冷冷地说:"不错,侯某确实不算什么东西,可总比那种冒他人之功为己功,欺世盗名的'东西'强些!"

停了停,大约看见周镳脸色突变,他又故作关心地说:"周老前辈贵体欠安,还望善自保重,不要一说话,就惹动肝火才好哇!"

听见前一句阴损的挖苦,周镳已经身不由己地离开了椅子,"你——你——"地指着对方,直气得说不出话来;及至后一句话进入耳朵,却使他心头一懔,那股怒气随即反逼回来,顿时觉得天旋地转,站立不住,一跤跌回椅子上。

即便是这样,侯方域仍旧不肯放过他,继续在座位上笑嘻嘻地说:"啊哟,仲老当真生气了!这可不干侯某的事。要是……"

他还想挖苦下去,倒是其他社友发现情形不对,"哄"的一声,纷纷站起来,一边阻止侯方域,一边急急地凑近周镳,关心地审视着,惊恐地询问着,席面上顿时乱成了一片。

"仲老,你觉着如何?可妨事么?"在一片夹杂着慰问、探询、埋怨和责备的闹哄哄中,吴应箕挤了进来,皱着眉毛,关切地问。看见周镳虽然闭着眼睛,却一再地摇着手,他才直起腰,做出禁制的手势,厉声说:

"列位且坐下,坐下!"

社友们停止了喧哗,纷纷转过脸来。吴应箕扬了扬手中的一张纸,说:"这是黄太冲着人送来的,弟刚刚拿到——今日,朝廷出了一件非常之变!太冲自黄直指处得知:阮圆海因马瑶草的举荐,已被诏令恢复冠带,并于今日早朝随班入宫陛见了!"

用沉重、愤怒的声音宣布了这个惊人的消息之后,吴应箕就回过头去,望了望始终面无表情地坐在席位上、一动不动的陈贞慧,然后又把霍霍的目光转向侯方域,严厉地说:

"朝宗,你今日闹得很不成话!很不成话!"

七

阮大铖被钦准"冠带陛见"的消息,不但使复社的士子们极为震动,而且在朝廷之上,也激起了轩然大波。仅仅在六月初八的当天,上疏弹劾这件事的朝臣,就有十三位之多。他们是:东阁大学士姜曰广、吏部侍郎吕大器、太仆寺少卿万元吉、应天府丞兼御史郭维经、兵部职方司郎中尹民兴、户科给事中罗万象、兵科给事中陈子龙、御史陈良弼、王孙蕃、米寿图、周延泰、左光先,以及锦衣卫指挥怀远侯常延龄。对于一名罢职官员的召见,竟引发出如此集中、如此强烈的反对,这在弘光朝廷建立以来,是从未有过的。那些上疏,不仅对阮大铖进行了极猛烈的抨击,而且还把矛头直接指向了荐举人兼拟旨人马士英。看起来,经过一而再,再而三的退让、沉默之后,朝臣当中的正直之士对于马士英等人的所作所为,已经到了忍无可忍的地步。那积压已久的愤怒,终于猛烈地爆发了。这一次,他们抬出"先帝钦定逆案",作为至圣至高的依据,不仅争取到了相当大一部分朝臣的支持,也使马士英及其盟友们很难与之论争。本来,马士英一直寄希望于弘光皇帝的"乾纲独断"。然而,偏偏这位已经坐上了龙椅,照理大可以行使其"绝对权威"的年轻皇帝,却似乎根本没有想到事情会闹成这个样子,竟给弄得茫然不知所措,而且分明畏缩起来。他既没有像马士英所希望的,"严旨切责"姜曰广等人的"党同伐异",而且也绝口不再提起用阮大铖的事了。

　　落得这样一种收场,马士英自然十分懊丧,也十分恼火。无疑,在上疏举荐和悍然拟旨之前,他已经估计到事情难办,但是却没有想到抗议的势头会如此凶猛,人数会如此众多,由自己辛辛苦苦捧上宝座的弘光皇帝,又会如此的脓包,办不成事!不过,话又说回来,马士英可不是一个轻易服输的人,既然是决定了要干的事,哪怕是硬着头皮,他也要设法干到底。所以,在朝廷上的弹劾声浪来势最猛的当口,他确实咬紧牙关忍了一阵。但是到了六月二十日,当奉诏来到紫禁城内的文华殿,参与一次"召对"时,他又已经重新抖擞起精神,打算再度做出努力了。

　　现在,马士英已经在殿门内跪下,并照例用双手捧着笏板,把微秃的脑门,一次又一次地朝膝盖前那块方砖叩下去。同他并肩跪着一道叩头的,还有内阁首辅高弘图。而在上首,离他们几步远的地方,朝南摆着一张铺着黄缎子的雕龙靠椅。新即位的弘光皇帝朱由崧——一个长得又白又胖的年轻人,头戴一顶乌纱折上巾,身穿黄色盘领窄袖绣龙袍,由司礼太监韩赞周侍候着,正满怀心事地坐在龙椅上。

今天受到皇帝"召对"的官员,是湖广巡按、监左良玉军的黄澍。由于巡按作为中央监察机关——都察院的属官,是以"钦差"的身份奉派到各地去的,虽然论官阶只有七品,但在地方上却有着很大的权力,而且可以要求向皇帝面奏事宜。不过,这一类面奏具有个别反映情况的性质,所以照例安排在文华殿这一类"便殿"进行,文武百官也用不着参加。马士英和高弘图,是作为内阁的两位主要辅臣,被临时召来旁听的。眼下,在黄澍尚未露面之前,皇帝还打算对辅臣有所垂询。

马士英叩完了头,并遵照皇帝的示意,同高弘图一道站立起来。刚才,他们是低着头走进来的,紧接着就跪下去叩头行礼,因此直到这会儿,马士英才有机会稍稍抬起眼皮,窥视一下龙椅上的皇帝。他发现弘光皇帝正微低着头,一动不动地坐着,仿佛在沉思,一缕阳光从殿顶上的缝隙中斜透进来,照亮了他那个大鼻子,并在上唇投下了一小片阴影。也许是自己一手把他扶上宝座的缘故,每当看到这张迟疑、怯懦的脸,马士英总是情不自禁地涌起一种慈父般的骄傲之情,这种感情使他一方面觉得自己必须竭尽全力地扶持这个人,忠心耿耿地维护这个人的尊严和地位,而不允许任何人来损害、危及它;另一方面,他又把这个人看成是自己的私产,在对方身上所出现的任何冷淡表示和疏远意向,都使他感到愤急煎心,难以忍受。所以,当发现弘光皇帝沉着脸,显得心事重重的样子,马士英就不由得惊疑起来了。

静默了片刻之后,弘光皇帝抬起了头。

"高先生,"他望着高弘图,声调里带着一点苦涩,"先生的奏章朕已看过了。目今正值神京光复、闯贼败亡之时,朕正欲与先生共谋中兴,如何便轻言见弃的话?"

身材魁梧的高弘图,有着一双棱角分明的大眼,和一部雪白的胡子。他似乎预料到皇帝会有此一问,一张多皱的长方脸顿时涨红起来。他重新跪下去,双手把朝笏举在头顶上,操着山东口音大声说:"启奏万岁,臣非敢轻率求去,惟是用人一事,臣谓可,勋臣谓不可,臣谓不可,勋臣坚谓可,是非淆乱,尺度全无,日前复有凌侮冢宰,公然逐杀于朝班之事,臣身为辅臣,不能以一法正之,又安可觍颜尸位,贻误家国!"

自从发生了阮大铖"冠带陛见"的风波以来,高弘图虽然碍于身份,没有马上出疏弹劾,但对于马士英利用他不在南京的机会,自行拟旨的做法,显然十分不满。这种情况,马士英是知道的。可是,却没有想到对方竟然会向皇帝提出辞职。刚才,高弘图只谈刘孔昭凌辱吏部尚书张慎言的事,而不提阮大铖,无非是照顾彼此的面子。但他特别点出"用人"的问题,所指仍旧是十分明显的。马士英不由得气急起来,打算出言争辩,但碍于眼下的场面,不便过于轻率浮躁,只好勉强忍住了。

弘光皇帝望了马士英一眼,神情显得有点尴尬。他迟迟疑疑地说:"朕初御朝政,于廷制、用人诸事,俱未习熟。卿等所言,无一不从。先生勿疑有他!"

他避开刘孔昭那件事不答,却把责任全揽到自己身上,自然是不想加以追究。至于阮大铖那桩公案,他的回答也很含糊——"卿等所言,无一不从",这句许诺固然是安慰高弘图,但又何尝不可以用在马士英身上?很明显,这当中分明还留着一条后路。所以马士英一听,便放下心来。"哼,皇上毕竟是我拥立的,岂有不向着我之理!"他想,山羊胡子底下,不禁隐现出得意的微笑。

高弘图显然也觉察到皇帝语意含糊,他毫不放松,接着又说:"冢臣张慎言清正有品,于用人之事,秉公尽责,此朝野所共见。日前只为谏止起用阮大铖,不合勋臣之意,刘孔昭便恶语咆哮于前,复又操刀逐杀于后,朝廷体统,践踏无余。不加惩戒,何以立纲纪之威,何以解任事之危!况且,那阮大铖名列先朝逆案,并非寻常废员可比,仅凭一二人之荐,便骤尔起复,难免有骇四方之观听。冢臣主张持重,亦是理之固然。不意竟遭此凌侮,恐日后亦难为陛下克尽其忠。"

看见高弘图坚持要惩办刘孔昭,马士英暗暗吃惊。他当然要维护刘孔昭。但是出了大闹朝班那件事之后,却很难拿得出维护的理由。于是,他决定从阮大铖的事入手,一方面扰乱对方的话题,另一方面也是反守为攻,以达到再度荐举阮大铖的目的。主意拿定之后,马士英就踏上一步,跪倒在地,大声说:

"启奏万岁,谓阮大铖当年阿附客、魏,其实并无证据。臣已查明,出入魏阉之门者,当时拜帖俱在,惟独无大铖之名。此事纯系东林罗织成案,使大铖蒙冤弃置十余年之久。臣之所以冒死举荐,实以大铖沉勇知兵,思欲为国家添一可用之才。今东林乃以旧怨阻挠之,臣心甚是不平!"

高弘图起初还碍着同僚的面子,一直避免提及马士英,冷不防见他从旁杀出来,倒错愕了一下。但当听完马士英的话后,这位秉性忠厚的大臣被激怒了,于是也伏地启奏说:"臣非东林,亦不知大铖果否知兵。但先帝钦定逆案,大铖名列其上,却是绝无疑义。至谓事属冤屈,则绝非草草一语所能定夺。以臣之见,不如由圣上降旨,着九卿、科、道公议。若查明果系冤案,则大铖起用,亦自光明。"

这个建议自然颇有道理。加上弘光皇帝所担心的,显然是高弘图坚持惩办刘孔昭,现在听见这么说,便乐得退让一步。于是,他点点头,说:"高先生所见甚是!"

这么一来,马士英却急了。他忍不住大声说:"现今满朝臣工,大半俱属东林。若发下会议,大铖之冤如何得白?又如何得用?况臣特举大铖,纯属一片公心,又有何不光明之处?莫非臣受大铖之贿么?还望陛下宸衷英断!"

高弘图毫不退让。他反驳说:"所谓光明,并非不受贿之谓。臣之意是一付廷议,国人皆曰贤,然后用之。如此,大铖日后也可永免受人讥议,有何不好?"

停了停,他又重新涨红了脸,说:"若是大铖不经公议而起用,臣惟有自请罢斥,以谢天下!"

在他们争论不休的当儿,弘光皇帝大睁着一双小眼睛,望望这个,又望望那个,似乎失去了主见。加上他分明害怕高弘图一走,会引起大臣们纷纷辞官而去,所以听见高弘图忽然又提起这件事,他顿时皱起粗短的眉毛,急急地把手一摆,说:

"哎,二位先生所见不合,那么,以后再议吧!"这么中止了话题之后,似乎生怕二人还要争执下去,他迅速回过头,问站在旁边的司礼太监韩赞周说:

"那个黄、黄……黄什么的来了么?"

"启禀万岁,湖广巡按黄澍、承天守备太监何志孔正在朝房候旨。"韩赞周躬着身子回答。

"嗯,着他们进来吧——唉!"

既然皇帝这样吩咐了,加上高弘图已经躬身退到一旁,马士英虽然心有不甘,也只好闭上嘴巴,跟着站起来。

传旨的太监出去了小半天,黄澍在殿门外的丹墀出现了。他是一个行动敏捷的中年人,长得五官端正,甚至可以说颇为英俊,健挺的眉毛、飘逸的髯须,再加上炯炯有神的眼睛,使他浑身散发出一股精明强干的气息。在他的身后,跟着矮小肥胖的何志孔。两位陛见者先在丹墀上跪下,行了一拜三叩头的常朝礼。待听到进殿的宣召,他们才爬起来,双手捧着象牙朝笏,躬着身子,从左边的台阶快步登上来。一进入殿里,他们又重新跪下去行礼,然后俯伏在地上,等候皇帝问话。

由于刚才弘光皇帝为制止马、高相争而说的那句话,实际上等于把阮大铖起用的事搁置了起来,这使马士英十分懊恼。因为经历了十几天前那一场轩然大波之后,他今天奉旨前来,就是一心打算再度做出努力,促使皇帝早下决断,让阮大铖尽快恢复官职。这既是为的了却那笔人情债,是时,他本人也希望在朝廷中多添一条臂膀。谁知闹了半天的结果,仍旧落得个搁置不问。这教马士英岂能甘心?别说在阮大铖面前无法交账,而且自己也会在朝廷上大丢其脸,今后还靠什么来立威扬名?但皇帝既然这么说了,自己也不便当面再争,惟有另行设法。但到底怎么办,一时也想不出好的主意。他本是个刚愎自用的人,遇到这种情况,心中更是只有一个劲儿地窝火,以至弘光皇帝同黄澍最初的那一阵对答,他并没有听进去多少,只是依稀听见皇帝问了一些武昌方面的情形,黄澍一一答了,除了要求朝廷发饷外,还竭力宣扬了一通左良玉的报国忠心。"哼,左良玉是什么东西,东林的一只看家恶狗!等着吧,别瞧他手下有八十万人马,我迟早总要把他给收拾了!"气恼之余,马士英模模糊糊地想。然而,就在这时,他的耳鼓响雷般地轰了一下,脑门上的筋脉也陡然绷紧了,因为他分明听见黄澍正在说:

"……奸臣马士英自任凤督至今,欺君误国,有十可斩之罪,微臣愿冒死奏闻!"

马士英心中有点惊疑,以为自己听错了。他转动眼睛,环顾了一下朝堂,却发现无论是皇帝、太监,还是高弘图,人人的神色都变得异常严峻和紧张,正目不转睛地盯着跪在地上的黄澍。

"卿且奏来!"弘光皇帝的声音在一片死样的寂静中响起。因为简短,听不出他的感情偏向。

"臣遵旨!"黄澍答应道,随即停顿了一下,像是在整理启奏的内容,又像在积聚力量。然后,他才朗声地、神情愤激地说起来:

"一、凤阳祖陵乃国家发祥之地,马士英身为凤督,却托辞推诿,巧卸护卫之责。此为不忠,可斩。二、马士英于国难深重之际,居肥拥厚,却每于陛下御前叹苦嗟劳。此为骄矜,可斩。三、他奉命讨贼,却拥兵观望,以致贼势猖狂,不可收拾。此为误封疆,可斩。四、张贼献忠败于蕲、黄之后,贼兵部尚书周文江贿以重金,马士英即上疏朝廷,荐用为参将。此为通贼,可斩。五、他私铸闯贼银印一颗,诡言夺自贼手,以邀朝赏。此为欺君,可斩。六、陛下中兴,乃人归天与,而马士英贪为己功,目无朝廷,国人怒之若仇。此为失众亡等,可斩。七、他蔑侮前朝,矫诬先帝,特荐同心逆党阮大铖,意欲与之把持朝政。是为造叛,可斩。八、前方将士忠义自奋,人人愿报明主。皇上念军旅辛劳,破格奖赐。马士英扬言:'都是我在皇上面前奏的。'是为招摇骗讹,可斩。九、他不顾江防紧急,禁卫未整,却调拨兵马,为其防守私宅墓园。是为不道,可斩。十、马士英上得罪于三祖列宗,下得罪于兆民百姓,举国欲杀,犬彘不食。此为祸国元凶,可斩!"

　　黄澍侃侃地说着,神情显得越来越激愤。他显然抱着豁出命来干的决心,所以语气凌厉异常,措辞尖锐无比,绝不给马士英一丝一毫的面子,也不作任何迂回隐饰。说到动情之处,他甚至泪如雨下,泣不成声。

　　弘光皇帝始终静静地听着,一次也没有打断他,那张白胖的脸上流露出竦然震动的神色。待到黄澍的陈述告一段落的时候,这位在人们心目中,一直是马士英股掌之物的皇帝,竟然回过头,对站在旁边的高弘图说:

　　"黄澍之言有理,先生要记下了!"

　　说完,又朝跪在地上的黄澍点点头:"嗯,卿可上前来,说得仔细些!"

　　黄澍叩了一个头,用膝盖往前挪动了几步,又启奏说:"士英有此十大罪,实不可一日见容于尧舜之世。伏乞陛下大奋乾纲,下臣言于五府、六部、九卿、科道,公同参议。如臣有一言涉欺皇上,即将臣正法,以为嫉功害能、诬蔑大臣之戒!如臣言不谬,亦乞立诛士英,以为奸邪误国、大逆不忠者之戒!"

他的话刚说完,跪在后面的何志孔忽然大声附和说:"马士英欺君弄权,朝野共见,黄澍所言句句属实,奴婢在此愿以性命作保……"

何志孔现任承天守备之职,但到底是内廷派出的太监。他这么公然附和,多少是超越了自身的职权范围。所以没等他说下去,站在御座旁边的司礼太监韩赞周立即呵斥说:

"御史言事是其职责,何志孔以内臣而操劾议,殊失国体。可速退下!"

不过,尽管如此,马士英也已经被眼前发生的事态弄蒙了。黄澍区区一个七品巡按,竟敢来朝堂之上大放厥辞,穷凶极恶地攻击毁谤自己,这已经是十分奇怪。不过,也还可以理解为他仗着背后有左良玉撑腰,料定自己不敢为难于他,才装出这副不怕死的模样。那么,弘光皇帝的表现,却是无论如何也解释不通。他不是明明靠了自己的力量,才当上了皇帝的么?怎么竟然容忍黄澍来攻击自己?怎么不立即严加斥责,反而称为言之有理,还让高弘图记下来?莫非他真的打算采纳黄澍的主意,将自己斩首?莫非由于自己功高权重,使皇帝产生了猜忌和疑惧,所以暗中串通高弘图,安排下今日这一幕,故意让黄澍发难,来造成诛杀自己的口实?事实上,这并不是不可能的。因为功高震主而招致杀身之祸的元勋重臣,在历代各朝中真是不知凡几!本朝的太祖皇帝就曾经干过,后来的英宗皇帝也同样干过!这么一想,马士英就从心底里冒出瑟瑟的寒意,额角上冒出豆大的汗珠,两条腿随之发起抖来。他不由自主地"噗通"一声跪倒在地上,抖抖索索地说:

"微臣有罪,请陛下处分,请陛下处分!"

刚说了两句,忽然"啪"的一响,背后受到猛烈的一击,剧痛中听见一声高喊：

"愿与奸臣同死！"

原来，他正好跪在黄澍的前面。那个不顾死活的家伙竟然用象牙朝笏从背后狠命地打他。结果，他的帽子给打歪了，脊背痛得像要裂开似的。他害怕黄澍还要打，连忙拼命爬开去，一边大声号叫：

"陛下看啊，陛下看啊！"

然而，令马士英震惊的是，甚至到了这一步，皇帝仍旧没有什么表示，只是微微摇着头，过了好一会，才对黄澍说：

"嗯，卿先出去吧！"

八

黄澍和何志孔退出之后，会见随即就结束了。弘光皇帝临起驾前，给司礼太监韩赞周留下了一句话："马阁老宜自退避！"本来，跪伏在地上的马士英还心存希冀，冷不防遭此"严谴"，顿时变得面如死灰。回到东阁，他思前想后，自感到无法再在阁中赖下去，只好上疏称病，把行李用具全部搬出，灰溜溜地回到鸡鹅巷的私宅，听候皇上处置去了……

消息传出，南京的上层社会顿时轰动起来。人们万万没想到，看起来眷宠日隆、势焰熏天的马阁老，竟然被一个小小的七品巡按奋起一击，就从台上跌落下来；他们也没有想到，靠着马士英拥戴登上了宝座的弘光皇帝，会这样不顾私情，断然下手。一时间，整个朝廷的气氛倒转了过来。那些属于马士英一派的人，自然垂头丧气，私下里愤愤不平；而那些对马士英的所作所为含愤已久，心怀怨恨的人，则惊喜相告，感到大畅胸怀，纷纷称颂皇上圣明，中兴有望。至于湖广巡按黄澍,更成了人们纷纷谈论的一位了不起的人物。当然,对此感到不安,担心会闹出什么乱子来的人也不是没有,但是,在一片喜气洋洋的议论当中,他们的声音很快就给淹没了。

消息传出的第二天,黄宗羲独自雇了一匹毛驴,到聚宝门外的天界寺去寻访方以智。说起来,还在大半个月前,最初得知方以智逃回了南京那阵子,黄宗羲就一心想着要见一见这位旧相识了。只是由于方以智搬出寒秀斋后,去向不明,他不得已才又把心思压下来。到了六月初社友们聚会莫愁湖那一次,黄宗羲听说方以智也去露过面,偏偏自己又因为奉周镳之命去催请黄澍,到得迟了,结果仍旧没有见着。不过,随后就传出了方以智在北京时,曾经变节降贼的消息。这对于黄宗羲来说,无异当头挨了一棒,惊愕得老半天呆坐在椅子上,一句话也说不出来。事实上,作为老朋友,以往黄宗羲同方以智虽然相处得不算顶融洽,有时还会闹点小别扭,但是就内心而言,他对方以智的超群才华和非凡学识,其实是十分佩服的。而方以智作为名望素著的复社四公子之一,黄宗羲更是从不怀疑他的坚毅气节。然而,万万没想到,到了危难当头,对方竟然会做出那样可耻的事情来。"啊,欺骗,又是欺骗!钱牧斋、史道邻、陈定生,还有他!全是欺骗!他们为何要这样?为何会这样!"黄宗羲愤恨之余,用拳头擂着桌子,而且当场就要去找方以智,质问个明白。只是由于顾杲极力劝阻,认为对于为了活命不惜降志辱身的人,犯不着去与之论什么理,黄宗羲才勉强忍耐住了,但心情一直烦闷异常,总觉得有一个邪恶的声音,在耳朵旁边不断地朝他发出讪笑。所以,到了昨天,当马士英失宠下台的消息传来,黄宗羲于惊喜和振奋之余,就再也无法安静。他决定无论如何也要找到方以智,用不怕死的黄澍为榜样,狠狠教训对方一番,以发泄受骗的积怨。

现在,黄宗羲已经来到天界寺。南京这地方,夏天本来就是出名的热,何况正当盛暑骄阳的六月下旬,虽然戴着斗笠,骑着毛驴,但待黄宗羲来到山门时,也早已汗流浃背,燠闷难当。幸好天界寺作为南京著名的三大丛林之一,不只规模宏大,而且境界尤其清幽。寺院内,到处都是合抱的参天古木,仿佛平地张起了重重巨大的翠色帘幕。那些红墙黑瓦的殿堂、庵院,静静地掩映在浓荫绿影当中,让人一走进来,顿觉置身于别有天地的清凉世界,不但烦嚣和暑意为之一扫,而且身心感到分外宁帖,有一种俗虑全消的愉悦。

不过,眼下黄宗羲却没有这种感觉。因为马上就要同方以智见面,这使他既急切又紧张。"啊,听说他的模样变得厉害,不知到底是怎么个样子?我还能认得出吗?我到底是先同他以礼相见,然后再提出质问,还是一见面就迎头痛击?"由于发现,这些颇为重要的问题,在刚才前来的路上,竟然完全没有考虑到,更未曾做好准备,黄宗羲不禁有点慌乱,以至尽管他今天是头一次来,并不知道方以智的住处,但由于光顾着想心事,连设法询问一下也忘记了。

渐渐地,他就发现情形有点不对。起先,是好些寺内的僧人同他擦肩而过,一个个神色慌张,脚步匆忙;接着,又听见远远传来了喧闹的声音,其中不止一次依稀提到方以智的名字。黄宗羲心中一动,不由自主加快脚步,朝声音传来的方向走去。

也就是到了这会儿,他才发现,刚才这么乱走一气,已经来到寺院的尽西头,那里有一道月洞门,毗连着一个小小的庵堂。喧闹的声音就是从庵堂前的小院子里传出来的。当黄宗羲走进月洞门时,庭院里的情景使他又是一怔:只见一群方巾道袍的儒生和绅士,大约有十数人之多,正在那里吵吵嚷嚷。起初,黄宗羲以为是方以智的亲朋友好,结伴前来探访,但随即就发觉不对。因为那些

人一个个都显得情绪激昂,气势汹汹,又是捋袖子,又是挥拳头,嘴里还不干不净地骂得顶凶:

"方以智,你这个昧心的贼!你到底出来不出来?"

"再不出来,我们可要砸门啦!"

"喂,你平日不是自命什么君子名士,趾高气扬,招摇过市的么,怎么今日做了缩头的乌龟啦!"

"呸,什么君子名士!不过是挂羊头卖狗肉的货色罢咧!这不,一见了真章儿,就全都露馅啦!"

"啊哈,老兄此言差矣!人家屈膝伪廷,北面事贼,以逆名扬于四方,逆迹闻于朝野,又怎么不是大大的名士?至于这君子嘛,他既蒙伪廷之选,有伪命之污,则只须在'君子'之上,再冠一'伪'字,便也实至名归,无妨照当不误了!"

"哈哈哈哈!"人们被这句刻毒的挖苦逗得哄然大笑起来。

黄宗羲在旁边听着,却感到有点不知所措。因为情形很清楚,眼前这伙素未谋面的儒生和绅士,是专为声讨、围攻方以智而来的。本来,这也并不奇怪。自从有关某些明朝官员,在北京陷落期间,曾变节降"贼"的消息传开以来,江南不少府县都自发举行集会,宣读檄文,痛加声讨。有些地方,甚至发生降"贼"官员的家宅,被愤怒的士民抄抢打砸的事件。其实,连黄宗羲本人,眼下也是为着当面质问方以智而来的。不过,话又说回来,在黄宗羲的心目中,那始终属于他同方以智之间——充其量也只是本社内部的事。他还从来没有设想过要让外人介入,更别说主动参与到外人的行动中去了。"嗯,瞧他们一口一个'伪君子',对我东林、复社分明不怀好意。只不知是些什么人?怎么会找到这儿来?莫非背后有人指使?"这么一想,黄宗羲顿时警觉起来,于是暂且放弃寻访方以智的打算,依旧站在一旁,默默观察起来。

这当儿,由于方以智始终紧闭着门,不肯露面,那伙人已经越来越不耐烦。他们继续大声谩骂着,其中有一两个干脆走近前去,攥起拳头,朝门上"咚咚咚咚"地猛力擂打起来。

还在黄宗羲进来之前,院子里已经聚起了好些本寺的僧人,只是他们全都站得远远的,神色不安地默默看着,谁也不敢上前劝阻。也就是到了眼下,大约看见那伙人越闹越厉害,才有一个住持模样的老僧,匆匆地越众而出,双手合十说:

"诸位檀越,要见方檀越,尽可平心静气,请他出来,不必如此。小刹本是清净佛地,其实不宜喧哗,还望列位檀越周全。"

他说这话时态度十分恭谨,口气也很平和。谁知那伙人不但没有变得安静一点,反而纷纷怒声斥责起来:

"和尚,你知道么,我们今日来是要公讨附贼逆臣,不是什么方檀越!"

"清净佛地?亏你和尚还有脸说!这里住着乱臣贼子,分明是藏污纳垢之所,还有何清净可言!"

"你快点走得远远的,休来撩拨我们,否则,今日便把你这鸟寺拆了!"

"也不用拆,只须向应天府递上一状,告他窝藏贼党,包庇匪人,就够他吃不了兜着走!"

各式各样的呵斥、恐吓、谩骂劈头盖脸地飞过去,把那位住持长老哄得目瞪口呆,脸色发灰,眼看招架不住,只得连声念着"阿弥陀佛",垂头丧气地退了下来。

目睹这种情形,黄宗羲心中愈加吃惊,而且有点生气。因为不管怎么说,方以智除了是个有失节行为的京官之外,还是鼎鼎有名的"复社四公子"之一。冲着复社在江南的声威名望,对方要声讨方以智,事前起码也该给社里打个招呼,征得同意和谅解,才能进行。特别是今时不比往日,马士英已经下台,东林派在朝中眼看就要重新掌政,这伙人还敢如此妄为,要么就是背后确实有人操纵,故意前来寻衅；要么就是他们还不知道马士英已遭贬黜，所以胆敢不把东林、复社放在眼里。"哼，不管是哪一类，这伙人反正都不是什么好东西！"正这么想着，忽然，一个女子焦急的声音从身后传来：

"黄相公，这可怎么办？莫非让他们这么混闹下去么？"

黄宗羲微微一怔，回过头去，意外地发现说话的是旧院名妓李十娘，旁边还跟着一个小丫环。

大约看见黄宗羲大睁着眼睛，一脸疑惑地望着她，李十娘那张椭圆形的粉脸微微一红，随即急急解释说："奴是来寺里上香，知道方老爷住在这儿，顺脚过来瞧瞧他——哎，黄相公，这些人说方老爷投降流贼，他怎么会是那样的人？方老爷忠肝义胆，心比天高，何尝受得这等折辱？相公同方老爷向常是最好的，求相公快快搭救他才好！"

早些时候，方以智曾在寒秀斋落脚，这一点黄宗羲是知道的，而且曾经同顾杲去寻访过。不过，那时候他还不知道方以智失节的事，由于寻访不着，还颇为怅惘。现在看见李十娘，他又重新想起那件事。正因如此，方以智的怕死、堕落和不争气，在这一刻里，又重新变得分明起来，并且像利齿一般咬啮着他的心，使他感到痛苦和愤恨。

"黄相公，求你快快搭救方老爷吧！"李十娘又一次哀求说。由于惶急，泪水涌上了她那双好看的细长眼睛。

黄宗羲轻轻摇一摇头，默默地掉过脸去。

这当儿，那伙闹事的儒生愈加得意忘形起来。他们大声鼓噪着，使劲地跺着脚，一边更猛烈地擂着僧房的门。忽然，有人高叫一声："他再不开门，我们就砸，砸开它！"

"对，砸！砸开它！"更多的人哄然应和。于是，他们开始挤拥着，一窝蜂地向门前拥去。

然而,正当那奔得最快的一个,挥舞着拳头,打算向门扇砸去的时候,忽然,像是给施了定身法似的,一下子全停住了。就连那闹哄哄的声音,一刹那间也消失得无影无踪。寂静中,只听见一个冷冷的声音发出质问:

"你们——要做什么?啊!"

黄宗羲心中一动:"啊,密之!密之到底出来了!"他本能地紧赶几步,绕到人群与僧房之间的旁边去,果然看见,方以智已经站在门外,偏西的夏日阳光从房檐上斜照下来,使他那张由于憔悴、苍老而变得生疏了的长方脸,和一双闪射着愤怒光芒的熟悉眼睛,显得格外轮廓分明。

"啊?你们要做什么!"方以智又厉声质问说,并且示威地向前跨了一步。

仿佛受到一股无形的压力似的,那群闹事者畏缩了一下,开始迟迟疑疑地向后移动。然而,也只一忽儿,他们就重新站住了。

"做什么?"一个高而尖的嗓门冷笑说。黄宗羲听出,那显然是个头儿,因为每一次起哄几乎都是这个嗓门领的头。"还用问么?你做下了什么,我们今日就是要来审问你这个什么!哼,背主降贼的孱头!"

"对,我既然认贼作父,还回来做什么?"

"你是怎么回来的?莫不是受了闯贼派遣,回来卧底的?"

"你是不是想学秦桧的样,卖我江南?"

人们一窝蜂地叫骂起来,而且重新向前逼近。

"胡说!我没有降贼,没有!"方以智狂怒地大吼起来,"这是诬蔑!是无中生有!我是清白的!知道吗?清白的!"

"清白?你畏死惜命,觍颜事贼,身污伪选,还敢自夸清白?"

"你自亏臣节,还上书朝廷,播乱是非,嫁祸他人,你还要脸不要脸?"

"这等无耻之徒,还同他闲讲什么?不给他一点厉害,他还道我辈怕了他!"

"对,打!打!打这个无耻之徒!"愤怒的人们齐声大嚷。

黄宗羲心中一紧:"不好,密之要吃亏了!"这个念头刚动,就见人丛中蓦地飞起一道黑影,接着,"啪"地一响,方以智那张刚才还激愤地抖动着的脸,突然变得呆滞起来,一双眼睛也失去了灼灼的光芒,过了一会,一道殷红的、反射着阳光的鲜血,就从他的鼻孔缓缓流出,并且朝着下巴淌下去。

"打得好,打得好!再打,再打!"那伙闹事的儒生发出了欢呼。他们显然从这种惩罚中获得了快意的发泄,并且打算继续进行下去。

黄宗羲的眼睛睁圆了,浑身的血液也不可遏制地沸腾起来。一种连他自己也闹不清楚的气愤,强烈地震撼着他。他猛一跺脚,正要冲上前去维护方以智。然而,却迟了一步。随着一声凄厉的尖叫,一个女人跌跌撞撞地奔进了人丛。

"别打了,别打了!各位相公,求求你们,别再打了,求求你们啦!"她哭叫着,张开双臂,发疯似地护住方以智。

这一下变化来得如此突然,不但黄宗羲呆住了,就连那群闹事者也给弄得迷惑起来,把举着的拳头,迟迟疑疑地放了下来。

这个女人自然就是李十娘。只见她发髻也撞歪了,衣裳也掀乱了,泪水糊了一脸。但是,她却像毫无感觉,只顾"噗通"一声,跪倒在地上,一边叩着头,一边继续苦苦哀求。她哭得那样伤心,乞求得那样可怜,以致那伙闹事的儒生你看我,我看你,似乎没有了主意,院子里随即静了下来。

然而,方以智却暴怒了。

"滚开!"他朝李十娘厉声喝叫,"你来做什么!谁让你来的?我的事,用不到你管!"

"方老爷,算了吧!不要同他们争了,你要吃亏的哟!"李十娘扭过身去,一边哭,一边乱摆着手,苦苦劝说。当发现方以智不理她,管自走上前来,她就张开双臂,一下子抱住了他的腿。

"贱婢,你要做什么!"恼恨已极的方以智咆哮起来,一抬腿,把李十娘摆在一边,随即伸出一只手,指着那伙儒生说:"你们听着,我方以智一身清白,是不怕你们的。方才你们动手打人,我恕你们无知,姑且容让一次,若敢再来,我方某可要不客气了!"

在李十娘苦苦哀求的当儿,黄宗羲已经重新镇定下来。他料定,如果上前劝说,是很难有效的。但到底用什么办法才能把那伙人打发走?他又没有主意。忽然听见方以智这么说,他顿时心中一亮:"对,这倒是个办法!"于是连忙四面一望,发现旁边不远的树桠上,横着一根晾衣裳的竹竿,便连忙奔过去,一伸手把它抽了下来,随即使劲在地上"啪"地敲了一下,大声喝叫:

"喂,你们这伙浑人听着!本相公已经看够多时。当此堂堂天子脚下,留都之地,你们竟敢青天白日,聚众滋事,喧哗佛刹,动手打人,到底眼中还有王法没有?莫非你们仗着人多,便可横行无忌么?哼,本相公偏不信这个邪!今日这个不平,是打抱定了!你们有本事的,只管使出来,本相公倒要领教领教!"

说完,也不等对方回答,他就矬着腰,把竹竿当做杆棒,踏着五行方位,抢、撩、挑、戳地比划了几招。早年,他在乡间本来练过枪棒,所以一套"五行棍法"使将起来,不只中规中矩,而且颇有点虎虎生风的模样。

自从听见方以智威胁说要还手,那些闹事儒生已经显得有点迟疑,这会儿忽然又冒出来个打抱不平的,而且看见那根竹竿在黄宗羲手中忽左忽右,忽前忽后,舞得像风车儿相似,口中还不时发出骇人的"嘿!嘿!"声,知道对方不是虚声恫吓,一时都给镇住了,只管你看我,我看你,谁也不敢上前。

黄宗羲一边比划,一边在暗暗留意那伙人的动静。知道他们已经犯了怯,他决定再加一把劲,于是,瞅准地上的一块方砖,把竹竿抡得圆圆的,猛敲下去,只听"噗"的一声,二寸厚的一块方砖即时迸为两截。

那伙闹事的儒生本来已经心里发毛,这一下更是脸色大变。不待黄宗羲再行叫阵,他们便"哄"的一声,一齐转过身,向院门奔去。眨眼工夫,就走了个干净。

"多谢兄台援手,否则几为狂徒所困!"显然松了一口气的方以智走过来,拱着手,深深行下礼去。

黄宗羲定一定神。也就是到了这时,他才意识到,自己刚才的行为举动,同今天到这儿来的目的用意,可以说是南辕北辙。不过,已经到了这一步,再翻转面皮来斥责对方,一时间似乎也做不到;至于留下来与对方握手言欢,那可就更加不适宜。于是,他只得沉着脸,抛下竹竿,一声不响地向月洞门走去。

方以智分明错愕了一下,随即招呼道:"太冲!"等黄宗羲迟疑地站住,他就快步跟上来,恳切地说:"请兄到屋内小坐片刻,如何?"

黄宗羲冷冷地望了他一眼,正要说话,忽然,月洞门外响起了急促的脚步声。他刚刚来得及回过头去,顾杲已经一步跨了进来。

"哎,原来兄在这儿,让弟好找!"

"子方,有什么事?"看见对方满头大汗,气喘吁吁的样子,黄宗羲疑惑地问。

顾杲正要回答,忽然看见方以智站在旁边,另外,院子里还有李十娘和好些僧人,都正远远地站着朝这边看,他就一把扯住黄宗羲的衣袖,穿过月洞门,一起走到院子的外边去。

"罢了,罢了,这朝廷的事,只怕真是没有什么指望了!"当两人在一棵大树下站住之后,顾杲摇着头,擦着汗,不胜懊恼地说。

"到底是什么事？"

"什么事！马瑶草没有倒！他用银子买通了内监田成，让田成在皇上跟前力称他拥立有功。结果皇上又收回成命。马瑶草如今把东西都搬回内阁去了！"

"啊？"

"兄且莫吃惊，还有呢！皇上没让马瑶草倒台，却准了太宰张公、少宰吕公的辞呈，让他们一齐去了职！这一遭可真是输惨了！所以，仲老命弟来，请兄即速回去商议，拟委兄星夜前往杭州，敦请令师刘念台大人来京，出领总宪之任。并请念台大人凭借其声望，上疏力阻阮圆海复出。否则，张、吕二公一去，东林势力骤减，只怕彼辈更无所忌惮了！"

第 七 章

一

　　七月中旬,钱谦益终于决定离家启程,到南京去走马上任。本来,关于他的任命,早在一个月前就已经下达到常熟,钱谦益也很想尽快赴任。谁知十分不巧,就在这时候,柳如是却病倒了。请大夫诊过脉,说她是劳碌过度,导致两年前的委厥寒热之症复发,必须卧床静养,切忌车船颠簸。按说,钱谦益也未尝不可以自己先行一步,待柳如是痊愈康复之后,再把她接往南京不迟。就连柳如是在病榻上,也这样劝他。然而,钱谦益这一次搭通了李沾这条线,同柳如是通过惠香从旁说项,有很大的关系。为着酬报爱妾的功劳,他毅然决定:宁可推迟行期,也要留下来亲自照料柳如是;什么时候她病好了,两人就什么时候一起动身。结果,事情便这样拖了下来。

　　说起钱谦益这一次复出,简直是绝处逢生。本来,凭着他在拥立新君期间的所作所为,到了福王正式登基,他的一切幻想,便宣告彻底破灭,不仅复官起用绝对无望,闹不好,还可能有性命之忧。结果,是柳如是鼓励他振作起来,并且给他接上了李沾这条线。经过一番紧张而又秘密的活动——自然少不了大宗银子的开销,到头来,他不仅实现了多年以来重立朝班的梦想,而且还升了官,由礼部侍郎一跃而成为南京礼部尚书兼翰林院侍读学士,协理詹事府,位居正二品。钱谦益心中的这一份狂喜和感激,确实不是语言所能形容的。近一个月来,他一方面抖擞精神,应酬川流不息的贺客,一方面延请名医,替柳如是治病,关怀体贴,无微不至。经过一个月的精心调养,如今,柳如是的病体已经基本康复。一切要带往南京应用的行李物品,也备办打点停当。钱谦益问过卦、扶过乩,最后择定七月十五作为正式启程的吉日。

这样一个重要消息,在常熟城里自然是藏不住的。何况钱谦益也并不打算隐藏。所以,到了启程之日,在离半野堂不远的内河码头上,从卯时开始,就陆续聚起了一大群本地的贤达名流。其中大多数是与钱谦益素来交好的亲友,但也有不少泛泛之交。甚至连一些彼此存有宿怨、久已断绝来往的人也不甘落后。大抵他们认为,既然早在一个月前,他们已经上半野堂去,向主人恭敬而郑重地表示过祝贺,那么今天前来送行,也就理所当然地成了他们有权分享的一份荣耀。不过,在眼前这群身穿拜客的大礼服、手摇各式折扇的守候者当中,最受注目的却要数顾苓和孙永祚两位秀才,因为他们作为钱谦益的学生兼亲信,这一次也将跟随老师上南京去。凭着这种令人羡慕的"宠遇",他们自然而然成了人们包围的对象。

"云美兄、子长兄,二位兄台今番得以追随牧老进京,真乃可喜可贺呀!"

"自从得知牧老钦点了大宗伯,弟便猜想,牧老不带门人进京则已,若然要带,云美、子长二兄必是首选,如今果不其然!"

"那还用说!有道是,知弟子者莫如师。何况顾、孙二位兄台的品格才具,在本邑早已有口皆碑,牧老又岂有不察之理!"

"哎,以牧老的雄才峻望,今番得蒙圣上宠召,只怕不出数月,便会大拜。到时二位兄台,就是半个阁老了!"

人们一窝蜂地奉承着、打趣着,顾苓和孙永祚则兴奋地红着脸,不停地拱着手作揖,一再表示惭愧和不敢当。由于孙永祚拙于辞令,顾苓便照例成了应付场面的主角。

"不瞒列位说,"他稍稍提高了嗓门,为的是使周围静下来,"以弟等之驽钝下材,实不足以供家师驱策。此番追陪进京,无非聊充数目而已!倒是今上对家师的起复,眷注甚殷。一月之内,竟是两番下旨促行,是以家师势难推辞,只得匆匆就道了!"

"哦,怪不得前番之诏,是六月中就到了的。弟正猜测,何以迟迟不见牧老赴任?原来意欲推辞不就。若非今日闻教,弟又焉得其实!"一位青年士子不胜惊异地说。

"那是当然!"另一个中年士绅显出颇为知情的样子,"牧老生平最是淡泊,况且优游林下多年,一片胸襟,早已如闲云野鹤,旷洁孤高,岂有复蹈尘网之理?此番若非迫于钦命,只怕这琴川风月,虽万户侯牧老亦不相易呢!"

顾苓一本正经地点点头:"正是如此!便是小弟,其时也深以为忧,日夕趋庭奉恳,祈请家师以天下苍生为念,悯社稷之殄悴,愤逆贼之披猖,暂且入赞中枢,为国宣劳,直待中兴告成、乾坤事了,再做五湖之泛不迟。虽则如此,家师毕竟又踌躇了许多日,方始有回心之意!"

"啊,如此说来,今日此行真是难为牧老了!"许多人异口同声地表示惊叹。接下来,为了对这种高尚的志趣表示钦佩和崇敬,大家便开始你一言我一语地赞美起钱谦益的"风骨"和"襟抱"来。

正当送行的宾客在码头上齐集等待的时候,钱谦益在半野堂内的绛云楼里,也已经穿戴停当,准备出门。只是由于柳如是领着几个贴身的丫环、妈妈,还在楼上的寝室里不知忙些什么,迟迟不见下来,他才仍旧坐在堂屋里耐心等候。

今天,钱谦益的心情,不用说比谁都更加快活兴奋。因为盼望已久的启程日子,终于来到了。近一个月来,虽然他表面上从容不迫,心里毕竟还是有点着急的。偏偏直到昨天,还下了一夜的雨,使钱谦益暗暗担心,今天码头上的饯别仪式,可能会减色不少。不过早上起来,却已是大放晴天,而且由于夜雨驱散了连日的积暑,空气也变得格外清新宜人。这种好兆头,使钱谦益觉着自己今番的复出,连老天爷也格外照顾帮忙。他的心情,便不由得愈加开朗愉快。眼下,一切都已经备办完毕,只等柳如是下楼出门。钱谦益坐在椅子上,有点无事可做,于是低下戴着崭新乌纱帽的脑袋,再一次欣赏起身上那一袭二品官服来。这是一件用绉丝精心缝制的漂亮官服。映照着从门窗外透进来的阳光,官服的绯红颜色显得分外鲜艳耀眼,就连料子上那精美的灵芝盘花暗纹,也清晰可辨。不过,最令钱谦益感到得意的,还是缀在前胸位置上那一方"补子",如今上面用彩色丝线绣着一道翻腾的波浪和几朵冉冉的浮云,而在耸出于波浪的山石之上,则踞立着一只展翅欲飞的锦鸡。这是二品官阶的标志,权力和地位的象征。在钱谦益的眼中,这方图案显得如此华美珍贵,以至他不由得伸出手去,轻轻地抚摸着。的确,仅仅一个月前,它还是那样遥远、隔膜,可是此刻,竟然已经实实在在地紧贴在自己的胸前。这做梦也没有想到的变化,怎能不让钱谦益为之心头发颤、惊喜交集?而当想到为了这一天,十五年来自己花费了多少金钱、心思和精力,又遭受过多少挫折、屈辱和痛苦,这种惊喜就更化为无限的感慨:"啊,我再也不能失去它了!不管怎么说,我决不能再失去它了!"他又悲又喜,脸上露出坚决的神情,随即站起身,开始大步地在屋子里走来走去。直到这种激动凝结成为一个坚定的信念,并被安置到了心底一个牢靠的位置上,他才渐渐平复下来。

现在,四下里十分安静,就连楼上寝室里的那群女人,也变得悄没声息。只有外面庭院的高树上,似乎偶尔掉下一片落叶,在石阶上发出铿然的轻响。"哎,这是怎么一回事,为什么她们还不下来?"钱谦益疑惑地想,不由得心急起来,转过身,打算到楼上去瞧个究竟。就在这时,门外的台阶响起了橐橐的脚步声,接着帘子一掀,现出了少爷钱孙爱那张血气不足的脸。钱谦益不知道儿子闯进来有什么事,倒怔了一下,但只好放弃原来的打算,重新转过身来。

钱孙爱没有立即进屋,他似乎被父亲眼下这全新的仪表穿戴弄迷糊了,只顾眨巴着一双小圆眼珠子,上上下下地打量着,瘦削的脸上现出既惊喜又敬畏的神情。直到钱谦益咳嗽着发出询问,他才如梦初醒地"哦"了一声,跨进门槛,快步趋前行下礼去。

"父亲安好……"

"嗯,有事么?"钱谦益问,习惯地皱起眉毛。

"不知父亲可已准备停当?若有须孩儿去办的事,尚祈吩咐。"钱孙爱仍旧弓着腰,恭敬地说。

钱谦益望了儿子一眼,感到有点意外:这个一向孱弱娇惯、浑不更事的少爷,什么时候学会了自己跑来讨事干?他先坐回椅子上,又指一指旁边的一张坐墩,示意儿子坐下,这才摇摇头,说:"没有什么了,该办的都办妥了。"

"那么,"儿子一边坐下,一边又急急地说,"父亲这次进京赴任,想必须得好些日子才能回来,不知对孩儿尚有何训诲?"

钱谦益心中又是一动,"今儿个是怎么了?听他说话,还真像是转了性儿似的!"他奇怪地想,"莫非我这儿子真个长大了,变得懂事起来了?"心中这么疑惑着,他不由得抬起眼睛,仔细打量一下儿子。不错,此刻儿子的神态显得那样的专注、认真,与过去相比,分明少了几分稚弱,多了几分稳重。"嗯,也许我这一次起用和升迁,激发了他的向上之心,使他从中看到了榜样,所以……"这么一想,钱谦益心中,油然升起了一股前所未有的欣慰之情,神色也变得慈祥起来。

"适才——"他沉吟地捋了一下胡须,微笑着偏过头去问,"你进来时,我见你只管望着为父,迟迟不敢举步,却是为何?"

"这……孩儿见父亲今日的衣冠仪容异于往常,不禁肃然,是以迟疑。"

钱谦益点点头,感慨地说:"你出生周岁之时,为父便因朝中权臣忌陷,卸任归里。这身衣冠,亦不复穿戴。难怪你乍见之下,反生讶异。惟是事隔十五载之后,为父即仍能重立朝班。此中缘故,你可知道么?"

"这个……孩儿不知道。"

"不知道——嗯,你不妨再想想!"

"……莫非、莫非是朝中有人得了银子,代父亲打通了关节?"钱孙爱试探地问。

没提防儿子会这样回答,而且显然说中了事情的底蕴,钱谦益一下子倒给噎住了。但随即他就变得庄重起来,断然摇摇头:"非也!"

"……?"

"为父之所以历十五载而清名不堕,始终为朝野所瞩望,卒至有今日之复出,无他,全在乎于做人与学问二事上痛下功夫而已!嗯,一是做人,二是学问。有成于此二者,便能立乎不败之地! 你如今已进了学,将来还要中举、成进士、步入仕途。惟是无论何时何地,均须牢记为父今日之训,即平日在家,亦应奉行惟谨,不可荒嬉懈怠,听明白了么?"

用郑重而又剀切的口气说完这番话之后,钱谦益就目不转睛地盯着儿子,等候回答。然而,他的期待并没有得到满足。因为一个女人带笑的声音,忽然在身后响起来:

"啊哟,什么做人呀、学问呀,相公教训得也太吓人了吧!"

钱谦益回头一看,原来柳如是正从屏风边上转了出来,后面跟着红情、绿意和两个妈妈。

因为今天要出远门,何况又是这么一种风光得意的当口,所以眼前的柳如是完全是一副盛装的打扮:内里,穿了一件淡黄窄袖带赭色镶边的女衣,外套一袭橙红色的合领半袖背子,背子上是用七彩丝线绣成的缠枝花图案,腰间还束着一根带宫绦的赭褐色腰带,下衬长可及地的十幅月华裙。因为嫌发髻小,外面又加套了一个"双飞燕"式的假髻,沿着髻腰插了一溜顾盼莹然的金玉首饰。这一番刻意的修饰打扮,再配上已经调养得丰满起来的椭圆脸蛋和弯弯的眉毛、猩红的小嘴,使她在微微仰起头、不慌不忙地款步而出的时候,确实显得既雍容又华贵,以致连钱谦益都睁大了眼睛,暗暗惊异于这娇小玲珑的女人,已经把大家闺秀的派头学得如此味道十足。

柳如是无疑预料到丈夫会有什么反应,并为此十分得意。但她故意不看钱谦益,只朝着钱孙爱微笑着问:

"少爷,你怎么急急巴巴地跑进来,向你老子拍马卖乖?倒也难得!不过,我总疑心着,你本是个老实孩儿,几时学得这等嘴花捩撇的?想必是背后有哪个阴间钻出的秀才、爬坑缸弗上的虔婆老妈,在外头等得不耐,才捣鼓你来做催命鬼?"

钱谦益今天要进京赴任,无疑是家中的一件大事。按照礼节,作为正室夫人的陈氏,照例必须出来奉酒道别。柳如是也必须向陈夫人跪拜辞行。但是,由于前些日子,柳如是为了搜罗银子,替钱谦益谋求起用,坚持削减家中各人的开支用度,引起了陈夫人的不满。有一阵子两人闹得颇不愉快。所以,钱谦益暗中一直担着一份心,生怕柳如是到时不肯服这份低,闹得陈夫人下不了台。事实上,眼下钱谦益对于结发妻子虽说已经毫无情爱可言,但是作为缙绅之家,这起码的礼仪规制,他却觉得到底不能全然不讲,何况又是在这样的大喜日子里,更加要避免把场面搞得过于尴尬难堪。本来,他打算把这个想法向柳如是说一说,又怕适得其反,所以始终踌躇着。现在,冷不防听她这么追问钱孙爱,而且那口气分明透着鄙夷和怨毒,钱谦益不禁吃了一惊,赶忙朝儿子连连使眼色,只怕他说出可能会火上加油的话来。

钱孙爱却没有马上理解父亲的示意,而且显然缺乏随机应变的能力。他仿佛给吓住了似的,迟迟疑疑地张了几次嘴巴,却说不出话来,只是向父亲频频投去询问的目光。

这种情形当然逃不过柳如是的眼睛。只见她偏过脸来,目光陡然变得又冷又尖。她狠狠地盯着丈夫。直到钱谦益畏怯地低下了头,她才"哼"的一声,扭头朝门外走去。

钱谦益一见,愈加慌了手脚。他连忙撇下发呆的儿子,迅速跟上去,开始极力解释自己并没有作过任何暗示,刚才纯然是钱孙爱的误解;并再三劝说柳如是不要生气,要保重身体。柳如是却仿佛没有听见,只管紧绷着脸,一声不响地加快脚步。结果,两人就这样相跟着,一直走到外堂。

外堂的格局布置,在靠近与内宅相通的门里,照例设有一道起遮隔作用的屏风。当钱谦益跟着柳如是跨进门槛时,听见从屏风的另一边传来了谈话的声音。由于声音不高,加上钱谦益的耳朵不大灵便,所以一时也听不清谈话的内容。不过凭着那声调,他却分辨得出,一位是陈夫人,另一位则是他的门生兼亲家翁瞿式耜。"啊,原来瞿稼轩来了,怎么不见通传?想必是刚到!"钱谦益心忙意乱地想,随即不假思索,紧迈两步,抢先迎出大堂去。

果然,身穿拜客礼服的瞿式耜正坐在上首的一张椅子上,大约是听见脚步声,他已经停止了同陈夫人的谈话,转过头来。看见钱谦益,他就站起身,拱着手说:

"老师出门大喜!门下已在此恭候多时了!"

"噢,原来竟辱太亲翁亲临,学生竟坐不知,得罪,甚是得罪!"钱谦益连忙还礼道歉。在这种场合下,他已经暂时顾不上柳如是,只照例埋怨陈夫人:"为何不早早报进来?"

"妾本来要报,"陈夫人解释说,"太亲翁一定不许,说等相公料理完毕,再见不迟。"

瞿式耜连忙证实说:"正是如此。老师今日启程,百事纷拿,门下却是得闲无事,况且已蒙师母赐茶在此,便不欲过早惊扰老师了。"

钱谦益摇摇头:"那也该即时通报才是!"不过,说完之后,他也就不再深究,而是做出让座的手势:"那么,请!"

"哦,"瞿式耜早有准备地推辞说,"时辰不早,外间已是宾客齐集。门下之所欲言者,俱已尽于昨日。老师不如早点出门,也免得宾客久候。"

这自然是对的。但是,钱谦益仍旧故作沉吟,然后才点点头说:"嗯,也好!"

他这么表示了之后,按照礼仪,接下来就该由柳如是以侍妾的身份奉上酒来,由陈夫人给丈夫饯行。但冲着刚才她那股蛮劲儿,钱谦益已不敢指望柳如是肯这么做。本来,如果只是自己家里的人在场,马虎一下,也就算了。谁知偏偏来了个严肃认真的瞿式耜,过于草率迁就,不只陈夫人的脸上下不来,就连钱谦益本人,也很难在亲家翁面前交代得过去。所以,一时间他倒给闹得左右为难,口里一再说着"也好",却始终不敢转过脸去招呼侍妾,那情景显得颇为狼狈和尴尬。

"老爷、太太,酒来了!"一声柔美的招呼在耳边响起,钱谦益本能地转过脸去,忽然怔住了——只见柳如是双手捧着一个朱红的托盘,已经娉娉婷婷地来到跟前。托盘上,放着一把银壶、两只小酒杯。在一双白玉般的小手衬托下,那名贵的器皿显得格外生色。

钱谦益眨眨眼睛,有点疑心自己是不是看差了。然而,一点不假,眼前确实是柳如是。不同的是,方才那股子刁蛮狠戾的劲头此刻全不见了,她微微低下盛装的发髻,从神情到姿态都变得那样端庄、柔顺。

陈夫人自然不了解丈夫和侍妾之间刚才那股子别扭。她只为丈夫即将远行而突然激动起来,双手颤抖着拿起酒壶,斟满了酒,捧着,微微红了双眼说:"愿相公此去一帆风顺,步步高升!平安……平安回来。"

钱谦益"哦"了一声,慌里慌张地接过,一饮而尽,随即回敬妻子一杯。待陈夫人为着掩饰眼泪,低头饮酒的当儿,他就喜滋滋地望着柳如是,打算用目光表达自己的感激。

柳如是却连眼皮儿也不朝他抬一抬。把托盘交给丫环之后,她就退后一步,对着陈夫人跪下,毕恭毕敬地拜了两拜,直到陈夫人红着脸上前搀扶,她才默默地重新站起来。

二

"家饯"结束之后,柳如是带着仆人,乘坐轿子出门,先上船去了。剩下钱谦益,在瞿式耜和钱孙爱的陪同下,来到了宾客云集的码头。因为这一次,钱谦益是以礼部尚书的身份进京赴任,地位之高,可以说非比寻常,何况今日还有县尊大人亲自前来相送,那场面气氛,自然更要庄严隆重得多。守候已久的人们,经过轻微骚动之后,就按照各人身份的高低,自动在钱谦益行经的路途两旁占好了位置:县尊大人,还有城里的那些有名望的头面人物,照例站在最前排,后面依次是其他身份较低的宾客。一些仆役携带着装有酒馔的食盒,分散地在行列附近侍立着,随时听候呼唤。

由于整个仪式都被纳入了划一的轨道,所以饯别的过程就变得颇为顺利而且简单。无非是钱谦益一路走过来,依次地同所遇到的第一个站得最近的人行礼、寒暄。然后,就从仆人捧过来的托盘中拿起酒杯,各自象征性地沾一沾唇,便放回盘中,彼此再度双手一拱,送行者照例留在原地,钱谦益则继续向前走去……

　　确实,眼前的仪式可以说相当刻板、单调,而且显得庄重有余,热烈不足。不过,这并不等于说,钱谦益的内心也是同样的平淡。恰恰相反,此刻他正处于空前兴奋、自豪和踌躇满志的状态当中,丝毫也不觉得眼前这种刻板的程式有什么不合适。相反,正是这样一种气氛,才使他充分地感受到,如今自己的身份和地位是何等的显赫和尊崇。是的,他们这全体的人,终于在自己面前变得小心翼翼、恭敬惟谨,仔细揣摩自己的每一个举止动作,留神倾听自己的每一句言谈,把自己看成是能主宰他们命运的"神明"。这难道不就是自己十五年来,孜孜以求要恢复的一种形象吗!而当想到,在过去那些年中,由于自己失去了职位,曾经受了多少的白眼、挫折和辛酸,甚至连阿猫阿狗,都敢于指着自己的脊梁骂骂咧咧,钱谦益就更加为眼前的场面而感到快意和自傲了。所以,尽管气氛是如此沉闷,挨个儿地寒暄周旋又是如此费事,但是钱谦益却一点儿也不感到厌烦,还希望队伍更长一点,以便让他有足够的时间充分领略这种扬眉吐气的愉快……

　　然而,队伍终于到了尽头,这意味着,饯别的仪式即将结束,接下来就要登船启程。钱谦益把最后一杯酒放回托盘上,怀着意犹未尽的心情转过身来。这时,他发现送行的队列已经发生了变化,人们正纷纷围拢上来,准备向他作最后的道别。也许是由于前一阵子那种格局被打破了的缘故,人们此刻的言谈举止也变得活跃轻松起来。他们开始大声地呼唤着,快活地挤挨着。特别是刚才站在后面、轮不上同钱谦益寒暄交谈的那些人,更是一个劲儿地挤上来,试图同他相见。由于这一挤拥,场面就显得有点乱,钱谦益因为没有准备,一时间倒给闹得有点穷于应付。

"哎,牧老!"随着一声高叫,人丛中猛地钻出一个人来,那是冯班。只见他帽子给挤歪了,身上却照旧穿着那件前襟上落满油迹的直裰,嘴巴里也照例喷出酒气。在他身后的是他的哥哥——又高又瘦的冯舒,旁边还跟着那长着一张红扑扑方脸的老秀才许隽。

冯班一挤到钱谦益的跟前,就打着酒嗝,大声大气地说:"牧老,这可是怎么说?你老光顾着同前面的人亲热,对我们这伙穷秀才却不屑一顾,未免过于厚此薄彼!不成不成,你今日不饮干我这杯酒,可不许开船!"

说着,他向后面做了个手势,他的哥哥冯舒马上拿出一个酒杯,让旁边的许隽把酒斟上,然后交给冯班,由后者双手递了过来。

钱谦益皱了皱眉毛。如果说,这种大咧咧的口气,本是冯班的一贯作风,过去钱谦益同他交往,并不觉得有什么异常的话,那么,此刻听了,却有点不自在,甚至反感,仿佛自己的尊严受到冒犯似的。特别是当他把冯班这种过于随便的态度,同刚才那种庄严肃穆的气氛比较,心中的不悦,就更加增添了几分。所以,尽管冯班已经把酒递到脸前,他却依旧默然站着,既不说话,也不伸手去接。

"咦,牧老,喝呀!快喝!"冯班兴冲冲地大声催促。

"是呀,请牧老满饮此杯!""牧老不喝可不成!"冯舒和许隽也一齐帮腔。

钱谦益踌躇了一下,勉强接过酒杯,凑在唇边沾了沾,随即一声不响地交到许隽手里。冯班瞪大了眼睛,还打算不依。可是钱谦益却不再理他,管自转过身,同别的人周旋起来……

三天之后,钱谦益和柳如是所乘坐的官船,已经驶过了苏州,取道大运河迤逦北上。一路上,免不了还要时时停下来,同沿途各府县的官员会面应酬。出于对宽宏大量的皇帝怀着无限感激,钱谦益如今已经彻底改变了旧时的反"福"的立场。不管是在交换政见的官宴之上,还是在乘船赶路的闲谈当中,他都由衷地、热烈地歌颂新皇帝的圣明大度,赞扬当朝的大老们秉公谋国。甚至听到有人对马士英、刘孔昭等人排斥打击东林派人士的做法表示忧虑,他也一个劲儿摇着头,表示不以为然,然后,就开始宣扬大敌当前应当和衷共济的道理,并对明朝中兴的前途表示十分乐观。正是与前一阵子判若两人的这种态度,常常招致柳如是的挖苦和嘲笑。

"哟,听相公这会子说话,可不像是一位东林领袖,倒像是马家的门客似的!"她撇着嘴儿,鄙夷地说。

钱谦益一怔:"不像么?哼,不像就不像。其实当东林又有什么好处?白熬了十五年的冷板凳,没有一个肯出面替我说话不算,到头来还照样给他们卖了!反倒不及老马那伙人讲义气、够朋友!"

"既是恁般,当初你怎么那等出头露脸地给他们卖命干?你要安安静静地袖手旁观,只怕早就开复了,也不用等到今日!"

"当初谁知道史道邻、姜居之、吕俨若他们这等脓包?我一心以为他们真是敢作敢当的好汉,所以才……"

"哼,总之你就是蠢、蠢!让人家当猴儿耍了都不知道!"

"是、是,我蠢、我蠢。嘻嘻,其实我也不是蠢,不过,论聪明能干,却是不及我那河东君夫人万分之一了!哈哈!"

"去,谁要你来卖乖,你以为这等,老娘就能忘了你在留都那阵子怎样对待我吗?哼,休想!"

"……"

以上这些话,自然都是两人私下在船舱里、枕头旁,半真半假地说着玩儿的。不过经历了这一次起死回生的波折,钱谦益对于这位如夫人的见识和手段,确实佩服得五体投地。一路之上,他更加百依百顺。无论柳如是提出什么要求,他都尽量设法给予满足;不管她怎样挖苦、取笑,他都赔着笑脸听着,绝不着恼。不过,尽管如此,钱谦益却隐隐觉得,柳如是心中始终存在着某种芥蒂,尚未彻底地真正快活起来。

这一天,航船已经过了常州,向着丹阳进发,钱谦益凭着船窗,看了半天岸上的风景,感到有点倦了,便和衣躺到床榻上,闭上眼睛,打算迷糊一阵子。正在朦胧之际,忽然觉得有人使劲推他,接着又听见柳如是的声音在叫:

"起来,起来!"

钱谦益吓了一跳,连忙睁开眼睛,坐起来问:"什么事?"

"叫他们停船!"柳如是皱着眉毛说。

"停船?为什么?"

"老是这么窝着,烦死人了。我要上岸去走走!"

钱谦益眨眨眼睛,本想说:"好端端的坐在船上,又要上岸走什么?"但看见柳如是脸儿绷得紧紧的,一副焦躁不安的样子,他就不敢违拗,只好站起身,走到舱门前,把李宝叫来,吩咐他让船停下,就近挑个地方靠岸。等李宝答应着去了之后,钱谦益重新转过身来,打量着柳如是,试探地问:

"你——怎么了?是不是又生我的气啦?"

"没有!"

"那么——"

"你别管,不要管!好不好?"柳如是的神气愈加焦躁,并且扭过脸去。

钱谦益只好不再追问。等船靠了岸,放下跳板,夫妇两人就由已经伺候在船头的仆妇们搀扶着,走到岸上去。

这是一带行人寥落的土堤,堤旁的洼地上,虽然也种植着不少梅树,可眼下正是七月,所以也谈不上有什么景致可观。梅林之外,则是连绵无尽的稻田。在浮荡着片片白云的晴空下,那些已经开始分蘖拔节的晚糯秧苗,大约遭了虫灾,正在成片成片地枯萎、发黄,显出半死不活的样子,使人看了,更加难以开怀。柳如是在钱谦益和丫环、仆妇的陪伴下,闷声不响地到梅林里外去转了一圈,终于兴致索然地走了出来。但她仍旧不肯回船,管自衣袂飘飘地沿着堤岸信步向前走去,神情也显得愈来愈萧索、抑郁。

看见爱妾这样子,钱谦益心中更加纳闷。如果说,前一阵子,由于自己作为肩负着全家命运的主儿,正处于复官无望、前途未卜的绝境之中,柳如是心情恶劣还可以理解的话,那么眼下大事终于办成,夫妇二人正在春风得意的上任途中,钱谦益就实在猜不透爱妾还有什么可以发愁的。不过,他也知道这个聪明漂亮的女人脾气与众不同,可以说有点古怪,往往喜怒无常。为了让她重新高兴起来,钱谦益只好一边四面张望,一边暗地里动脑筋。

"喂,你乱闯什么!没看见前面有老爷、太太在走路吗?"

一声喝斥蓦地传来。钱谦益回头望去,发现一个赶脚的老头儿,正牵着一头鞍辔俱全的毛驴从后面赶了上来,却被自己手下的家丁拦住了。钱谦益心中一动,连忙把李宝叫过来,低声吩咐了一句。等李宝点点头,转身去同那个赶脚的老头交涉时,他就紧赶两步,走到柳如是身边,干笑了一声,说:

"夫人,你走了这一阵子,想必也乏了。赶巧,后面来了一头驴子。夫人何不就骑上它,也好散散心?"

柳如是起初似乎没有明白丈夫的意思,只是冷冷地回过头来。但是,当看见李宝已经把毛驴牵过来时,她就站住了。

"那么,就请夫人上坐,待下官替你牵辔执鞭!"钱谦益干脆讨好到底,说着,果然伸手抓过驴子的嚼头。

柳如是望了他一眼,没有做声,但也没有拒绝。于是,在李宝、红情等人的帮助下,她稳稳当当地坐上了驴背。

钱谦益顿时高兴起来。虽然感觉到仆从们都投来诧异的目光,他却毫不理会。等柳如是坐稳了之后,他就牵着毛驴,大步向前走去,一边走,一边回过头来,笑嘻嘻地说:
　　"咦,这会儿,夫人怀里就缺一面琵琶。要不,便是活脱一幅《昭君出塞图》哩!"
　　柳如是那澄澈如水的目光闪动了一下,依然没有说什么,但眉宇之间似乎稍稍舒展了一点。她回过头去,眯缝起眼睛,向梅林后面那一轮被晚霞笼罩着的苍茫落日,久久地凝望着,一任从田野上吹来的风,把她一双雪白的衣袖,吹得像鸟儿翅膀似的上下翻飞。

三

　　第二天早上,他们乘坐的航船到了丹阳。这是运河线上的一个重要的交通枢纽。往北不远,就是渡江的必经口岸——镇江府城。从那里自然可以溯江而上,乘船直抵南京。但一般人都不走水路,而是在丹阳改乘车子。钱谦益也决定乘车。所以在馆驿住下之后,他就一边打发仆役去雇车辆,一边派顾苓上县衙打听,看看有什么过往的重要官员在城里停留,以便决定是否应当前去拜访。
　　小半天之后,顾苓回来了,说眼下有两位重要的官员歇在城中。一位是被起用为都察院左都御史的刘宗周,正住在城西的智善寺里;另一位是奉旨经理河北的兵部右侍郎兼都察院右佥都御史左懋第,现在另一处馆驿下榻。顾苓还打听到,左懋第此刻不在馆驿,据留守的人说,他上智善寺拜谒刘宗周去了。钱谦益心想:这两位官员都是自己的旧相识,何不乘此机会,把他俩一块儿都拜会了,同时也可以了解一下近日朝廷有什么新动静。于是他不再耽搁,回到屋子里,向柳如是说明原委,稍事打点,便带着李宝匆匆出门,乘坐轿子,立即启程。

来到智善寺,左懋第果然已经先在刘宗周那里。大约邸报上早已发表了消息的缘故,所以当他们得知钱谦益来拜,双双出迎时,只是连称"巧遇",并没有表现出更多的惊讶。看见这种情形,钱谦益也就不作进一步的解释,只谦恭地同他们相让着,一起向屋内走去。

刘宗周所借寓的,是寺里的一所小小的别院。作为朝廷的首席监察大臣,刘宗周眼下同钱谦益一样,都是位居二品的高官。更兼他身为当代大儒,门生故吏满天下,在朝在野都具有很高的威望。就连马士英,也出于政治考虑,不得不几次三番地故作姿态,促请他入朝参政。然而,钱谦益发现,刘宗周眼下虽然终于决定走马上任,但那种近乎怪癖的简朴,却丝毫不见改变。他所借寓的这一角宅院,松阴蔽户,竹影满庭,非常清静幽雅。惟是堂屋里除却大抵本来就有的普通桌椅和屏风之外,再也看不见任何珍玩摆设。身边只有两名男仆在听候使唤,既不见丫环侍奉,也没有成群的弟子追随,看样子大约连眷属都未带。正是这种清俭克己的道德风范,使钱谦益不由自主产生了一种肃然敬畏的感觉。所以,趁着老仆奉上茶来的当儿,他又一次偷眼把这位昔日的同僚打量一下。他发现,年近七十的刘宗周,已经须发皓白。据说他平日经常从事灌园种菜一类的劳作,身体依然十分硬朗。他微微低着头,身穿一领半旧的二品补服,头戴乌纱帽,正挺直腰板端坐在椅子上。那张不苟言笑的方脸,加上一双隐藏在半垂的眼皮内的、光芒内敛的眼睛,使他看上去,总像是在注视着自己的内心。他本来就不易亲近,现在看来这种性格更加明显了,所以对他注视了片刻之后,钱谦益始终不敢贸然开口,于是把目光转移到坐在旁边的左懋第身上。

与刘宗周相比,左懋第的神情举止要灵活得多,也精明强干得多。这不仅是由于论年岁,他要年轻一大截,而且也因为他基本上是一位事务型的官员。不过,即使是左懋第,这会儿也显得庄严而沉默,两道粗而黑的眉毛在紫棠色的脸膛上方挤在一起,低低地压住了黑白分明的眼睛。钱谦益隐隐觉得,那眼神是沉重的、忧郁的,仿佛怀着无限的心事。

　　"左老先生,"为着打破已经持续了好一阵子的沉默,钱谦益放下手中的茶杯,含笑地问,"此番老先生身膺重寄,奉旨经理河北,不知有何宏谋伟略,可以得而闻乎?"

　　"哦——"仿佛从某种思虑中惊醒似的,左懋第那两道深锁的浓眉蓦地松开了。他迟疑了一下,随即拱着手,放低声音说:"不瞒老先生,学生此次奉旨北上,经理河北是虚,实则是前往燕京,与建虏通款耳!"

　　"啊,老先生是说,前往……通款?"钱谦益侧着耳朵,觉得没有听明白。

　　左懋第点点头,"只因建虏应吴三桂之请,入关助剿已逾三月,今闻闯贼焚掠京师,狼狈而窜,而建虏不穷追贼寇,却遣兵进据河北、山东诸州县。朝廷虑有他变,故使学生赍金帛前往通款慰谕,以觇其志。同行者尚有左都督陈公弘范及原任蓟督王公永吉二位。明日便要启程过江了。"

　　钱谦益眨眨眼睛,仍然疑惑地望着对方。一个多月前,山海关总兵吴三桂向"建虏",也就是关外的清国借得精兵,一举击溃李自成,收复了北京。当消息传到常熟时,钱谦益也同许多人一样,曾经狂喜了一阵子,以为皇天护佑,大明总算得救了。但是,刚才听左懋第说,清兵竟然有乘机赖在关内之意,这可是一个令人吃惊的动向。因为要是那样,就无异于赶跑了一只猛虎,却放进来一头暴狮。何况,以李自成之剽悍无匹,尚且不是清兵的敌手,如果清兵

占住了北方之后,再进而挥师南下,岂不是更难以抵挡?这么一想,钱谦益就不由得紧张起来,连忙追问:

"难道当初吴三桂借兵于清时,全无定约,竟一任建虏入踞神京不成?"

"定约?"在此之前显然已经同左懋第有过谈论,但这一阵子却像一具石像似的默默端坐的刘宗周,突然插口说,"建虏是什么东西?一帮无父无君、不知礼义纲纪为何物,惟知择肥而噬的虎狼禽兽!彼辈又会管什么定约不定约!何况,吴三桂此次引建虏入关,无非是意欲自保其富贵,也未必与建虏有何定约。即以朝廷此次遣使通款而论,学生亦疑是徒劳往返而已!"

"念老所见,自是高瞻深瞩。不过吴三桂世受朝廷厚恩,且身膺先帝重托,莫非竟不思图报,甘心认虏作父么?"因为毕竟怀着一丝但愿不致如此的希冀,钱谦益忍不住争辩了一句。

"既然神京失陷之日,做狗彘之偷生,摇尾事贼者,就有张缙彦、魏藻德、陈演这样的重臣,复有周钟、陈名夏、龚鼎孳这样的名士,又安能以忠孝名节责望于一介武夫!"

近一个多月来,随着大批明朝官员逃回南方,北京失陷期间的许多情况也传播了开来。刚才刘宗周提到的那几个变节者的显例,钱谦益在旅途当中也已经听说,现在被对方这么举证,他不禁哑口无言。半晌,才又迟迟疑疑地问:

"左老先生此番出使,设若建虏有非分之求,朝廷将何以应之?"

左懋第沉默了一下,似乎在考虑这种机密该不该说,以及该说到什么程度。不过,钱、刘二人的声望和地位显然使他决定直言相告:

"朝廷之意,是建虏若坚议分地,则割关外之地与之。今后即以关为界。此举于先帝在位之时,自是下策;惟时至今日,已属上策。但只怕建虏未必首肯耳……"

听他这么说,钱谦益尚未来得及开口,刘宗周已经突然抬起眼睛,厉声说:

"他不首肯,莫非就将关内之地割给他么?然则华夷之防,更复何在?祖宗陵庙,将何以安?有主此议者,当斩也!"

左懋第连忙说:"大人不必动怒。圣上之意,亦是如此。所以临行时,已面谕卑职,说金帛不妨优厚——彼助我剿贼有功,应输若干金,饷劳彼将士,复应若干金,俱可从宽允之。盖彼夷狄之辈,无非贪利,届时再喻之以我江南雄兵百万,已厉兵秣马,严阵以待,战必两伤;况且,若使流寇有喘息之机,一旦反噬,受祸当不止我朝。如此,或可令彼酋觉悟就范也。"

这话听来倒也颇有道理,但在座的三个人谁都明白,那毕竟只是一厢情愿之想。当然,左懋第看来是不愿意自己说破的。而刘宗周大抵也同钱谦益一样,想到左懋第这次出使,实在是责任很重而成功的把握很小,而且必定艰险重重。他们出于对这位勇敢无畏的同僚的尊敬和同情,也为着不挫伤他的锐气,所以都闭上嘴巴,不再对此事加以辩难。然而,尽管如此,对于未来前途的可怕悬想,仍旧愈来愈强烈地震撼着钱谦益的内心,以至他手中的那只搁在一只小碟子上的茶杯,竟由于发抖而"得得"地响动起来。

四

有关北方清军最新动向的消息,引起了钱谦益的深切忧虑。不过,他却不知道,就在隔壁僧院的一个八角亭子里,另一场关于时局的谈话,正在黄宗羲与来访的陈贞慧、侯方域之间进行着。

陈、侯二人是今天早上才从南京赶到丹阳的。本来,自从六月初那一次,在莫愁湖的聚会上,陈、侯二人因为郑元勋那封遗书,同周镳发生激烈争执以来,社内无形中已经陷于分裂。以吴应箕为首的一批社友,因愤于马士英悍然上疏荐举阮大铖,从而认定和衷共济的主张是根本行不通的,结果纷纷倒向了周镳的一边。只有陈贞慧和侯方域倾向于赞同郑元勋的建议,双双转到了姜曰广的门下,继续担任幕僚。此外,也有个别人如张自烈,感到夹在当中左右为难,干脆跑到扬州,投奔史可法效力去了。所以,近一个月来,社内的几帮子朋友,基本上处于各行其是的状态,就连日常的联系,也几乎中断了。

不过,到了最近,朝廷的局势却似乎正朝陈贞慧所预测的方向转化。据姜曰广透露,几天前,在阁臣们的一次闲谈当中,有人提及已故的复社领袖张溥。马士英出乎意料地接口说,他同张溥本是老朋友,当年张溥病故,他还亲自前往太仓州吊唁,并为之料理后事。高弘图听了,便告诉他,张溥当年的座师就是姜曰广。既然如此,你们二位又何必相仇不已?姜曰广明白高弘图的用意,于是当场表明心迹,并恳切地陈说了一番天下大义和千秋是非。马士英听着,老半天点头不语,事后就派他的亲戚越其杰出面,转达了和解的意愿。根据这种情形,姜、高二人认为,由于前一阵子,对方上疏举荐阮大铖一事遭到朝臣的强烈反对,甚至闹出几乎被黄澍参倒那一场风波,马士英大约也自觉脸上无光,颇为后悔。如果他真的愿意和解,那么从维护中兴大局出发,东林方面也应当稍示宽容,不要把他逼得太甚。因为江南政局的最大隐患,是以阮大铖为首的阉党余孽死灰复燃。而在目前的形势下,防止这种事态出现的最好办法,莫过于把马士英争取过来。因此,姜曰广特别嘱咐陈贞慧:要提醒社友们在近期内约束言行,尽量避免无谓地刺激对方。姜、高二人的这种部署,陈贞慧和侯方域无疑是赞同的。不过,当他们分头寻访吴应箕等社友陈说利害,提出告诫时,却得知一个消息,说是六月间,黄宗羲南下促请刘宗周进京赴任前夕,周镳曾经让他带去一份措辞激烈的疏稿,内容是揭发抨击马士英的。其中还提出要让马士英立即离开朝廷,回到前方去督师。周镳的计划是先请刘宗周过目,如果同意,就由刘宗周以本人的名义上呈朝廷。对于这种做法,陈、侯二人十分担忧。因为很清楚,刘宗周一旦把奏疏上送,势必大大激怒马士英,使好不容易才出现的和解机会化为泡影。不过,他们也知道,找周镳商量是无济于事的,于是只好派人到丹阳守候。一旦得知刘宗周抵达,他们便立即赶来。考虑到同刘宗周并不熟悉,加上老人又是出名的一副刚方耿介的脾气,他们为着避免一下子谈僵了,无法转圜,便先找到黄宗羲,打算摸一摸底细再说。

现在,陈贞慧已经把事情的经过原委和利害得失详细述说了一遍。但是,黄宗羲却皱着眉毛,一声不响。看见他这样子,陈贞慧忍不住催促说:

"太冲,此事进止之间,关系至巨,还须从速禀明总宪大人,早作决断才是!"

"不错,"侯方域也从旁帮腔,"为政之道,可不比做学问。做学问,无非是口舌笔墨之争,故此只问是非便可,无须顾及其他。然而为政者,乃是势与力之争,除却是非之外,还须顾及利害,相机进止。否则,何止不能成事,且亦不能自保。自保尚且不能,则纵有济世之伟愿,匡国之宏图,亦不过纸上谈兵而已!"

"还有,"陈贞慧委婉地接上来,"拥立之际,当道诸君子对马瑶草多所姑息,弟亦深以为失策。惟是今日之事,却又不同。如今马瑶草因自知是非难违,公论难抗,不得已而求和于我。是故高、姜二阁老此番决策,所仗者实乃是非公议,并非只出于利害权衡呢!"

侯方域的目光微微一闪,随即会意地改口说:"极是极是!如今马瑶草已是众叛亲离,千夫所指。我辈正可稍示宽容,令朝野公论更坚向于我。如此,便再不怕他马老头儿兴风作浪了!"

两人你一言我一语地开导着。然而,黄宗羲却尽自紧抿着嘴唇,毫无反应。一双眼睛,也径直盯着亭子外边。在晴明的上午阳光照耀下,矗立在亭栏旁的一座嶙峋山石,此刻显得格外凹凸分明。

陈贞慧不由得焦急起来。事实上,他也未尝不知道,就脾气执拗而言,黄宗羲并不比周镳更容易说服。不过,他同周镳之间,除了见解不合之外,还有着不易消除的名位冲突,以及其他误解,而同黄宗羲却没有这些。相反,说到彼此平日的交谊,他同黄宗羲也较之周镳要亲密得多。所以,陈贞慧估计,只要耐心加以诱导,是可以最终说服对方的。谁知,自己不辞辛苦地赶来,耗费了半天唇舌,对方却始终一言不发,陈贞慧就有点发急了。不过,他仍旧耐着性子,再一次催问:

"太冲,不知以兄之见……"

"兄瞧见不?"黄宗羲忽然用手一指,答非所问地说,"那是什么?"

陈贞慧疑惑地转脸望去:"哦,兄是说那座——那座石山?"

"不错,可还有呢?那些!从石缝里长出来的。"

"石缝里长出来的?兄是说那些草?"

"正是。且稍待片刻——嗯,风来了。兄再瞧瞧,二者如今有何不同?"

"不同?"

"嗯!此二者,一则巍然不动,一则动摇不止。皆因物性不同,故其态各异。是以兄也不必多说了!"

陈贞慧起初还疑惑地望着朋友,但一旦领悟到对方那个比喻的含义时,他的宽脸就涨红了。

"太冲,"他愠怒地皱起眉毛,声音也急促起来,"你,还有周仲驭,对弟诸多猜疑,以为弟没能耐,不中用! 这都成。以为弟不配管领社事,这也成! 可眼下的事,关乎社稷的存亡,大明的兴衰,非同儿戏! 绝不可任性而为! 似你们这等不顾时势地蛮干,是会贻误大事的,知道么!"

黄宗羲本来一直紧盯着亭子外面的石山,这会儿他的眼睛慢慢转了过来,似乎想说什么,但终于只是鄙夷地冷笑一下,重新掉过头去。

这么一来,坐在旁边的侯方域也按捺不住了。他猛地站起来,倒竖起眉毛,大声说:

"黄太冲,老实说,若不是受姜阁老之托,我们今日也不会来相烦你! 现在定生兄不过让你引见一下刘总宪,你不肯也就罢了,何以竟出语伤人! 莫非以为只有你才高明,别人全是昏蛋? 你倒说说,这些日子,你们做了哪些有补于朝政的事,却来讥讽挖苦定生! 你知道不,这些月来,定生无时无刻不在为社稷安危苦思焦虑,一腔心血,全都倾注在国家中兴上,何曾为自己打算过! 为着平息社争,连《留都防乱公揭》那份功劳,他都让给周仲驭了。可你们还不体谅他,还一个劲儿指责他,伙着周仲驭来排挤他! 你们到底想要怎样? 莫非……"

他还要质问下去,却被陈贞慧一伸手,拦住了。

这当儿,陈贞慧已经冷静下来。诚然,作为曾经广受拥戴的一位领袖,面对近一个月来,社友们的误解与孤立,陈贞慧的内心是难堪的、痛苦的。侯方域的仗义执言,可以说多少替他出了一口闷气。不过,陈贞慧却知道,侯、黄二人历来不和,加上侯方域的口气又过于凌厉,如果因此惹怒了黄宗羲,效果可能会适得其反。所以,看见侯方域停止了指责,他就直望着黄宗羲的眼睛,恳切地问:

"太冲,你我相识已非一朝一夕,以往你并非如此,为何如今对弟的成见,像是愈来愈深? 莫非兄当真以为,弟已是转向背盟,甘心与阉党小人同流合污么?莫非弟在兄心目之中,真的就是那等朝秦暮楚,不足信赖之辈么?若是如此,请兄不妨明言,弟必定虚心聆教。如确有错失不当之处,弟亦愿当即改过。如属误会,也正好趁此机会,陈述清楚。兄以为如何?"

这样说了之后,看见黄宗羲皱着眉毛,紧抿着稍稍向前突出的嘴巴,一张小脸憋得越来越红,心中像在酝酿着某种激烈的变化,又像进行着某种艰难的抉择,陈贞慧于是把目光放得更柔和,口气也更恳切:

"兄还有什么为难之处不成?你我相知一场,莫非兄还不相信……"

"不,我相信过!"黄宗羲突然抬起头,爆发似的大声说。不知是激动,还是痛苦,他的双眼变得通红,并且迸出了泪花,"我相信过!"他重复地说,"我相信过钱牧斋,相信过吕俨若、姜居之,相信过史道邻,也相信过你,可结果又怎么样呢?钱牧斋不必说了,吕俨若和姜居之当初竭力鼓动我们拥戴潞藩,到头来却是他们自己先打退堂鼓!史道邻身为东林领袖,以本兵而膺首辅之寄,却不顾天下之责,朝局之重,迫不及待把内阁的位子,拱手让给马瑶草,自己跑到了扬州!至于兄,一个劲儿鼓动社友们入幕,说是可以就近干预朝政。到头来,却落得跟着史道邻、高研文、姜居之一道,被权奸小人玩于股掌之上,任其摆布,而不能以一法抗之。到如今,竟又生出和衷共济之议。兄也不想想,当初迎立之时,留都大政本在我掌握之中,尚不能与彼辈和衷共济;到如今太阿倒持,权柄在人之时,而欲与之和衷共济,岂非痴想!兄口口声声要弟相信兄,却为何不自问,兄果真能让弟相信么!"

黄宗羲激动地反驳着,怒气冲冲地指责着。最初迸出的泪花已经干掉了,一双眼睛却像要冒出火来似的,变得又炽热,又明亮。显然,经过这些日子的挫折与痛苦,他已经越来越坚决认定:对马士英之流,惟有拼死抗争,而绝没有妥协和解的余地。要使他改变想法,如果不是根本不可能的话,那么也决非光凭几句言辞、一席谈话所能办得到的,恐怕还得拿出成功的例证来。然而,时至今日,不管是东林派大臣们的谋划,还是陈贞慧本人的设想,都确实没有成功可言。正是这一事实,使陈贞慧不禁有点茫然。以至有片刻工夫,他只是呆望着朋友,一句话也说不出来。

"还有,"黄宗羲接着又说,"兄等口口声声断言,为政之道,乃势力之争,故趋利避害,便当为立身处世之第一义,是非犹属其次。照此说来,岂非'利'之所在,虽大奸大恶,亦不妨为之;'害'之所存,虽大忠大善,亦不妨弃之。如此,试问尚有何忠奸邪正之分?尚有何君子小人之别?和光同尘,同流合污,而谓理之所在,势固宜然,中兴可期,盛世不远,岂非痴人说梦,复以骗人?二位仁兄身为复社领袖,而竟倡此邪说,试问尚有君子之气味否?"

"兄此语也未免强加于人!"陈贞慧尚未开口,侯方域已经傲然反驳说,"弟等何曾说过为政之道可以只顾利害,不问是非?惟'是非'亦有大小。目今至巨至重者,乃在于安社稷,致中兴,其他俱属次要。否则便是见小忘大,不知通变,必为识者后世之所讥!"

"不对!"黄宗羲把手一挥,激烈地说,"国家之所以至于今日,根由全在于小人持朝,祸民误国。又岂得视为小是小非?如不力排坚拒,到头来必重蹈前朝覆辙,成为千秋万世之罪人!"

陈贞慧在一旁默默听着,他觉得黄宗羲的说法中分明混淆了一些最重要的东西,正打算加入争论,侯方域已经冷笑一声站起来说:

"弟等此来是专诚谒见总宪大人。既然太冲兄的门槛是如此之高,那么,我们自行前往便了。"

说完,他转身招呼陈贞慧,打算离开亭子。就在这时,外面人影一动,黄安从山石后转了出来。

"大爷,亲家太老爷请大爷过去说话。"黄安走到台阶前,垂着手禀告说。

"什么事?"黄宗羲皱着眉毛问。

黄安摇摇头,"小人不知道。"

黄宗羲站起来。有片刻工夫,他望望侯方域,又望望陈贞慧,似乎还想争辩,不过,终于还是对客人说:

"二位也无须去见家师了。实言相告:那封奏疏,家师为着尽早呈达朝廷,已于昨日着人送往留都投递去了!"

五

"是的,看来君子立身处世,这利害之念确实不能轻启!"黄宗羲一边匆匆往回走,一边默默地想,"不见陈定生,以往领着我们主持清议,禁抑阉党,何等坚决,何等得力;一旦存了利害之心,便锋芒尽失,锐气全无。如今弄到连君子、小人之防也不要了,竟然一门心思去同马瑶草和衷共济,真可谓迷了心性,丧了根本!有道是君子之交,本以义合,亦以义分。要是他一意孤行地干下去,那么惟有分道扬镳,断绝交往而已!"心中这么想着,不过,多年的交谊,竟如此断送,黄宗羲却不免感到有点沮丧,不是滋味。为着抗拒这种软弱的、不应有的情绪,他干脆暂时抛开刚才的一切,加快脚步,一直走回刘宗周下榻的僧院里。

当黄宗羲踏进堂屋时,发现来访的客人左懋第,还有他刚才故意避而不见的钱谦益都已经告辞走了,只剩下刘宗周依旧坐在椅子上,正同本寺的知客僧慧深谈话。看见黄宗羲走进来,刘宗周就点一点头,指着慧深说:

"有一件事,和尚说必定要让你也知道,你就坐下听他说吧!"

"哎,黄檀越,是这么一件事——"长着一张胖圆脸的知客僧显得很紧张,没等黄宗羲完全坐下,就急急开口说,"方才,寺里来了三个进香的男子,一个四十上下,其余两个都是二十出头,操的是山东口音,衣着十分华丽,出手也颇大方,但身形雄壮,说话粗豪,不像是等闲百姓。烧完香后,小僧循例请他到方丈奉茶。不料闲谈当中,他们竟打探起总宪老爷来。小僧有些奇怪,问他如何得知老爷住在寺中?却又含糊不应。当时小僧见他言行诡秘,便将老爷的道德文章、名望节操尽力向他们宣说了一通;待他们出了寺门,又着一名小师弟暗中跟去窥察,回说他们在寺墙外四下环走张望,像是踏勘路径,半日方始离去。小僧因疑这三个是歹人,意欲对总宪老爷不利,是故即速前来告知。请黄檀越多加提防,切勿大意,实为小寺之幸!"

在慧深开始述说的时候,黄宗羲还有点心不在焉,但不久,就专注起来。没等知客僧把话说完,他已经不由自主重新站起身子。确实,这件事看来十分蹊跷。虽然是否如知客僧所言还难以确定,但是眼下朝政混乱,两派相争日趋尖锐,刘宗周这次上任,作为东林方面所走出的一着重要棋子,必然会招致政敌们的仇视。何况在此之前,刘宗周还曾经用"草莽孤臣"的名义接二连三地上书,对朝廷的施政措施和腐败混乱予以直言不讳的批评。锋芒所及,"小人"方面的头面人物几乎无一幸免。这也势必引起他们的切齿忌恨。如果说,为着寻仇报复,翦除异己,他们不惜使出半路行刺的手段,也绝不是不可能的,特别是那些骄横跋扈到了极点的镇将们。

"嗯,操山东口音的,会不会是刘泽清手下的人?"因为想起不久前,刘宗周在上书中曾经痛责江北四镇残民有罪、守土无功,并要求皇帝下诏革除他们的爵位,黄宗羲不禁冲口而出说。

刘宗周的目光微微一闪,没有做声。

"老师,这事该当如何处置?"黄宗羲忍不住追问。由于事情如果是真的,情势就变得极其危迫,说不定刺客今晚就会前来,他的心情一下子变得既紧张又慌乱。

刘宗周仍然没有回答,却朝知客僧点点头,说:"多承和尚关照,甚感盛情。此事老夫自会处置。和尚如有他事尚须料理,就请自便。"

等慧深起身合十告辞之后,他才回过头来,反问学生:

"嗯,依你之见?"

"弟子拟请老师即速更换住所,饬令家丁严密防范,并着人到县衙去告知大尹,请他派兵前来保护。至于弟子,从而今起,寸步不离老师左右,刺客若敢来犯,弟子愿以一死当之!"

按照黄宗羲的想法,防备的上策,本应是立即收拾行装,连夜乘船,前往南京。因为一来,那毕竟是皇城重地,警戒森严,刘泽清之流纵然猖狂不法,也得顾忌刺客万一落网,审出幕后主使,这个行刺朝廷重臣的罪名,他们可是担待不起;二来一旦到了任所,衙门内差役众多,护卫的事情也比较好办。不过,黄宗羲也知道,直到目前为止,刘宗周对于是否真正进京上任,还一直踌躇未决。这一次他挡不住黄宗羲的再三苦求勉强启程北上,其实却一直认为,朝廷的政局到了这一步,已经不会有什么好的前途,倒不如保留一个不合作的在野之身,还可以利用自身的崇高声望,来影响朝野的舆论,牵制马士英等人的行动。所以,五天前到达丹阳之后,他就决定停下来,而派人把周镳起草、经他最后改定的那份抨击马士英的上书,先行送到南京,打算看看朝廷如何反应,再最后决定进止。现在,如果让他为着躲避刺客,匆匆进京,只怕他不同意。但留在丹阳,是否能确保老师的安全,黄宗羲心中其实全无把握。

"唔,如果真是刘泽清派来的刺客,你以为会是些什么人?"刘宗周站起来,捋着白胡子,来回踱了几步之后,侧过头来问。

"这——自然是些好勇斗狠、奸险狡诈的亡命之徒。"

"那么,你以为我换了一个住处,他们就访查不出来么?你以为县里那些衙役捕快,会是他们的对手么?你以为只要你寸步不离地守在我身边,他们就无法加害于我?嗯?"

刘宗周这些话虽然是一句一句说出,但这一连串的发问在黄宗羲听来,却像一块又一块石头击在心上,又增了几分紧张。

"这个、这个——设若老师有更其妥当之策,那自然更好,只不知……"

刘宗周摇摇头,说:"既然防不胜防,依我之见,那就不如不防!"

黄宗羲不禁一惊:"不防?可那、那……"

刘宗周摆一摆手,示意他不要着急,然后走向椅子,重新坐了下来,这才平静地说:"适才慧深所言,只是猜想而已,即使真有其事,彼辈小人亦无非畏我入朝之后,必力持正议,断不容彼为所欲为,是以出此鼠子手段,以为如此便可以除却一劲敌。殊不知若我果真遇刺而死,纵然朝廷置之不问,天下人亦必知是何人所为。届时掀动公愤,力持正议者必定更众。如此,则马、阮辈去一劲敌,却树立千万劲敌,岂非大好之事?汝师老矣,一身又何足惜!倘能以一死而障此狂澜,实乃余生之所深愿!所以,以愚师之意,是不走、不避、不防,始为最上之策!"

刘宗周在说这一番话时,始终保持着平静从容的态度。但是黄宗羲的眼睛却由于情急而越睁越大,最后,他蓦地一惊,叫起来:"啊,啊,那怎么成?不,不成!"

看见刘宗周不回答,只是蔼然地、深切地望着自己,他又踉跄着趋上前去,用带哭的声音嚷:"如若一定要死,弟子宁可代老师去死!朝廷不能没有老师,天下苍生不能没有老师,蕺山学派也不能……"

他还没来得及说完,面前那袭绣着锦鸡图案的二品补服忽然晃动了一下,消失了。他定眼一看,发现刘宗周已经站起来,走进左边的书房里去了。

片刻之后,刘宗周重新走出来,手中多了一个厚厚的封套,他一直走到学生跟前,神情严肃地说:"情势已迫,不须再议。为师今有一事交托:周仲驭让你送来的那份奏疏,已经送呈朝廷。这里还有一份,是为师另外草拟的。设若为师果真遇刺而死,你就立即前往留都,设法把它面呈皇上,作为愚师临终之谏!"

黄宗羲颤抖了一下,抬起头,还想争辩。但是看见老师紧绷着脸,雪白的眉毛纹丝不动地倒竖在灼人的眼睛上,神情显得异常严厉,他知道老师意志已决,再说也不管用,只好慢慢伸出手去,接过那封奏疏。但是,内心的痛苦和愤恨,使他再也无法控制自己的感情,终于"哇"的一声,扑倒在刘宗周的脚下,像一个孩子似的大哭起来。

六

刘宗周确定了"不走、不避、不防"的对策,并决心不惜以一死来震惊朝野,但黄宗羲到底没有完全服从。他下定决心,无论如何也要克尽最大的努力,"就是死,我也要死在老师的前头,这是毫无疑问的。不这样,我就成了狗彘不如的懦夫了!"他坚决地、悲壮地想。本来,他打算把这件事告诉陈贞慧和侯方域。谁知,也闹不清那两位社友是因为听说周镳所草拟的上疏已经送走而感到灰心绝望,还是被黄宗羲那一番斥责所激怒,竟来个不辞而别。结果,黄宗羲只能单枪匹马地背着老师去自行准备。从当天起,他就带领现有的十名家丁,日夜不停地在宅院周围巡逻;另外,盼咐刘宗周的两名贴身仆人,寸步不离地守候在主人身边。一旦发生情况,就由黄宗羲本人率众拒敌,那两名贴身仆人立即背起刘宗周,觅路逃走,如果老师不肯,那就采取强迫的手段。"要是老师因此而怪罪我,就让他怪罪好了。不管怎么说,我决不能眼睁睁地瞧着恩师横遭杀戮,这是毫无疑问的!"他发誓似的对自己说。

　　眼下,已经到了第三天。在好不容易又熬过了一个紧张而漫长的白昼之后,几个仆人被轮换到厨下用膳去了,其余两名也在黄安的带领下到门外去继续巡逻。庭院里只剩下黄宗羲一个人。这当儿,夏日的晴空已经褪去了明亮的湛蓝,苍茫的暮色正从四厢的屋脊上升腾起来。墙头庭角的那些花树的影子变得愈来愈浓重而模糊。不过,无论是正屋还是厢房,都未曾上灯,只有一股红薯掺米饭的气味从后边的厨房里传了过来,在庭院中缓缓浮荡。这也是刘宗周的节俭家风。本来也不是当真维持不起,他却坚持在荒年凶岁当中,不允许家中的成员有超出一般民众的生活享受。然而,此刻这种气味使黄宗羲想起的,却是他远在浙东的那个家。在那座古老破旧的、由好些竹木结构的房子组成的太仆公府里,他的母亲和几房已经分了家的弟弟们,此刻想必也正各自围坐在自己的屋子里,一边有一搭没一搭地拉着家常,一边吃着红薯米饭,摇着尾巴的狗在桌下转来转去。他们的谈话常常会被孩子们的捣乱所打断。说不定,他们正在谈到远在异乡的自己。"哎,即使他们不谈,妻和细姐也是一定会谈到的。虽然这次南归抽空回去了一趟,可时间到底太短,加上只顾着料理刚出生的小儿子,有许多该处置的家务都没有工夫过问。我走了之后,她们的生计说不定会比弟弟们更难一层。幸亏她们还能和睦相处,母亲也会特别照应他们,总算使我少担一份心……只是,只是,万一这一次我不幸而死于刺客之手,那可怎么办?"这个突然冒出来的问题,近两天,由于全副心思都扑在了设法保护老师的事上,黄宗羲确实还从未思考过;此刻他猛一慌神,不禁呆住了。不错,为了保护老师而不惜牺牲性命,这对于自己来说,无疑是义不容辞的责任。但是,自己死后,丢下妻妾和一大群年纪尚幼的孩子,他们将怎样生活?特别是细姐和刚刚出世的那个小儿子,又将会是什么命运?虽然,自己也是未满十六岁就成了孤儿,但那时四海之内,不管怎么样,还是大明的一统江山,还远远没有乱到现在这个程度,现在可是前途难卜,战祸随时随地都会蔓延到江南来……这么一想,黄宗羲的一颗心不由自主地紧缩起来,十根手指的骨节也给捏得格格作响。有片刻工夫,他甚至拿不准主意,自己是否真该那么不顾性命地去干……

"大爷,大爷!"一个急遽的声音从院门那边响起,黄宗羲茫然回过头去,发现书童黄安正神色惊惶地向他奔来。

"大爷,快、快去瞧,门上,在门上!"

直到目前为止,一切防范措施,都是背着刘宗周暗中布置的,所以黄宗羲立即把手一挥:

"混账东西,嚷什么!"他低声呵斥说,又迅速地回头望了望,发现老师那间已经亮起了灯的书房没有什么动静,他才做了一个手势,跟着书童走向院门。

"大爷,瞧,那是什么?"一到门外,黄安就回转身,指着门扇,紧张地小声说。

黄宗羲仔细一看,发现门扇的左上角,被人用白粉画了一个小圆圈。薄暗中,显得十分醒目。

"嗯,你们能断定,这是新画的么?以前没有?"黄宗羲紧盯着那个记号似的白圈,皱着眉问。

"回相公,这扇门小人白天曾仔细察看过,并不见有这圈记。"站在黄安后面的一个仆人肯定地说。

"这么说,"黄宗羲想,"刺客果然来了。这个暗记,分明是为着不致临时摸错了门,才留下的。那么,他们今晚就要动手了!"

由于忽然发觉,那个凶险的杀机已经无可回避地逼近到眼前,萦绕于黄宗羲心头的那些犹豫和软弱一下子消散了。他全身的血沸腾起来,精神也陡然为之一振。他正要下达全力戒备的命令,蓦地又想起一件事,于是朝黄安一指:

"快,你到后门去瞧瞧,可也有这种暗记?"

黄安答应了一声,消失在黑暗里。片刻之后,他又走回来,气喘吁吁地说:"启、启禀大爷,那、那门上也有!"

黄宗羲"啊"的一声,呆住了。因为刚才他忽然想起,前日慧深所发现的那伙可疑香客,总共是三个人。那么说不定今晚的刺客也是这个数目,甚至更多。如果对方是从一个方向进袭,自己率领众家丁拼死抵御,或者还能赢得一点时间,好让守在刘宗周身边的仆人把老师背走;要是敌人分头进袭,可就有点防不胜防。现在黄安报告后门也有白圈标记,说明刺客果然是采取分头逼进的做法。"哎,这可怎么办?我怎么这等糊涂,早先竟没有想到这一层!"黄宗羲在心里懊悔地、惶急地大嚷。可是危险迫在眉睫,要重新布置已经办不到。"为今之计,我只有紧紧守在老师身边,把防卫的圈子缩到最小最小,才能做到不管敌人从哪一个方向来,我都能立即发现。事到如今,只有这样了!"这么匆忙地拿定了主意,他就压低声音,对黄安说:

"你马上去,吩咐他们各自找地方隐伏,严密监视四周动静,刺客一到,立即杀出,不得有违!"

说完,他就把手一挥,返回院子里,急步向刘宗周的书房奔去。

当他跨进门槛,忽然又想到,自己这么气急败坏地闯进去,必然会引起老师的注意。他固然不想让老师知道自己已在暗中布置,而且也不想过早惊动老师,以免招致干预,妨碍既定计划的实行,于是,便努力收摄心神,放慢脚步,但一双眼睛仍旧忍不住惊疑地向四周打量,生怕刺客已经潜入屋子里来。

刘宗周端坐在书案前,聚精会神地看书,一盏陶制的宣窑书灯,照亮了他那须发皓白的头脸。听见脚步声,刘宗周微感意外地抬起头。当看清是黄宗羲,他就放下手中的书卷,现出询问的神情。

"哦,不知老师在看书,弟子多有打扰!"黄宗羲行着礼,告罪说。

"没有,我也是闲着无事,随便翻翻。嗯,你坐!"刘宗周指一指书案对面的坐墩。

黄宗羲犹疑了一下。他本想紧挨着老师坐,以便于就近保护,但又觉得那样形迹太露,而且不合礼仪。于是只好把那张坐墩稍稍向前挪了挪,使之更靠近书案一些,才微微前倾着身子,坐了下来。

"这一日都不见你进来走动,莫非是在用功?不知在读什么书?"刘宗周望着学生,问,端正的方脸上现出熟悉的蔼然笑容。

黄宗羲虽然已经坐下,眼睛仍在警觉地四处打量,对于老师的话,他只含糊地应了一声,却疑惑地问:"咦,他们两个呢?"

刘宗周已经重新把脑袋凑到书本上,这时抬了一下头:"谁?"当弄明白黄宗羲是指的跟在自己身边的两个亲随,他就不在意地说:"我见他们在这儿闲着无事,打发他们替我把前两日借的几部佛典,送过寺院那边的藏经阁去还掉。"

黄宗羲吃了一惊,猛地站起身,气急地嚷:"那,那怎么成!"

"嗯,你说什么?"大约正急于查阅某个内容,这一次刘宗周没有从书本上抬起头。

黄宗羲定一定神,察觉到了自己的失态。他本想立即去把那两个仆人找回来,但又担心刺客说不定已经伏在暗处,自己一走,立即就会施暴行凶,只好慢慢坐下来,掩饰地说:

"弟、弟子是说,他们都走了去,老师身边连一个侍候的人都没有,怎么成?"一边说,一边暗暗把笼在袖子里的一柄利剑褪出来,横放在大腿上。

"哦嗬?这你倒不必担心。"刘宗周摆一摆手,"嗯,不必担心……"为什么不必担心他没有说下去,却用五根手指头按住书本,抬起头,冲着黄宗羲微微一笑,说:

"唔,还记得么?前几日你曾问我,阳明先生'心外无物,心外无事,心外无理,心外无义,心外无善'一语,当作何解?当时我未作答,是意欲细加推究,以免草草言之,反资纷扰。如今,总算理出点眉目来了。我这就说给你听!"

刘宗周所说的这位"阳明先生",就是明朝正德、嘉靖年间的大儒王守仁。他所创立的"心学",是当时的一大学派,影响深广,门徒众多,衣钵相传不绝。刘宗周的学问,在师承上也属于"王学"一派。刚才他说到的那段话,是王守仁所提出的一个著名的论点,见于文集中的《与王纯甫书》。黄宗羲作为刘宗周的学生,平日对"王学"自然深入研究,如今老师表示要给他解答,若在平时,他一定会欣喜异常。但此时此地,却令他有点不知所措。

"啊,多谢老师……"他神思不属地说,同时在书案下偷偷握紧了搁在大腿上的剑。

"阳明所谓'心'者,"刘宗周慢悠悠地说,垂下眼睛,仿佛要把注意力更集中于自己的思想,"那是个笼统的说法。若分别而言,则此'心'实由天下、国、家、身、心、意、知、物等八目合成。八目中亦自有精粗之分。意、知、物为其精,天下、国、家与身,为其粗。若单言心,则心亦一物而已。"

王守仁所说的"心",纯粹是指人的主观意念而言。而把宇宙万物,都说成是由心而生,一旦人的主观意念消失,宇宙万物也不复存在。现在刘宗周虽然也沿用"心"这个词,以表示对宗师的尊重,但是他把"心"解释为包括本心和外物在内的宇宙整体,而把主观意念的那种"心",只看做是其中的一个组成部分,实际上已经远远离开了王守仁的原意。而这个问题,正是黄宗羲所急于印证的。所以有片刻工夫,他竟然忘记了处境的险恶,睁大眼睛呆呆地望着老师,等待对方说下去。

"为师这么说,你必定要问,阳明分明说心外无物,而我则说心亦一物,那么心与物何者为主,何者为从?嗯,心,其实本无形体,以意为其形体;意亦无形体,以知为其形体;知亦无形体,以物为其形体。而物,本无所作用,以知为作用;知无所作用,以意为作用;意无所作用,以心为作用。这便是'体用一原',这便是'显微无间'!"

这又是一个对王守仁学说进行大胆修正的观点。因为按照王守仁的主张,"心"是宇宙的本体,即使万物都不存在了,作为主观意念的"心"仍旧存在,而且可以重新生出万物。现在刘宗周把"心"说成是最终依赖物来显现的东西,这实际上否定了心能产生一切、代替一切,也就等于否定了"心外无物"之说。刘宗周虽然是阳明学派在当代的一位大师,他自己也以王学的传人自居,但是他从不墨守成说,敢于坚持独立思考,提出不同于前人、包括宗师在内的新见解。这可以说是作为学生的黄宗羲多年来感受最深、得益最大的。此刻,黄宗羲于领悟之余,又一次强烈感受到了这一点。他不由得激动起来,正想把前些日子自己对这个问题的思考告诉老师,可是,这时候门外传来了轻轻的脚步声。他心中猛地一跳,本能地攥紧了剑柄,回过头去。

进来的是被刘宗周派去送还佛经的那两个贴身仆人。他们在进来之前,显然已经从黄安那里得知发生了异常情况,所以当看见黄宗羲投去询问的目光时,他们都会意地摇摇头,表示还没有什么动静。

黄宗羲这才稍稍松了一口气。不过他还不敢大意,趁着两个仆人在屋里守护着,他就站起来,借口如厕,到外间四处巡视了一遍。直到确实没有发现可疑迹象,他才重新回到屋子里。

"那么,"他一边在自己的位子上坐下来,一边有点迫不及待地问:"弟子适才听老师教诲,'心本无体,以物为体'。然则此'物',即'理'乎,抑'气'乎?"

他这里所说的"理"和"气",是除王守仁所主张的"心"之外,历来学者所提出的关于宇宙本体的两种答案。例如曾经盛极一时的程朱理学,就主张把"理"奉为天地之本、万物之源。于是,被标榜为"天理"的纲常礼教,就成为至高无上、永恒不变、必须绝对服从的根本准则。但是这种说法,也如同王阳明主张只要守住"心",就能够长治久安一样,都无法解释明朝二百七十多年来,虽然千方百计强化君主之权,向士夫民众极力灌输纲纪伦常之教,到头来,仍旧避免不了衰亡崩溃这一无情的现实。而这,正是黄宗羲所深深困惑,感到苦恼不堪的。如果说,两天前他在陈贞慧、侯方域面前之所以显得那样愤激,多少是受到这种心情驱使的话,那么此刻,由于被老师充满精深哲理的思维所吸引,黄宗羲就产生了试图在更高的层次上,为自己的疑问寻找依据的愿望了。

刘宗周却沉默着,他显然也觉察到,要回答这个问题,必须对他师承的那个学派作更无情的突破。这无疑是为难的,甚至是痛苦的。然而,他仍旧抬起头,目光炯炯地望着学生,断然说:

"盈天地间一气而已矣!有气才有数,有数才有象,有象才有名,有名才有物,有物才有性,有性才有理,故理是后起的东西。而说理者每每把它说成是在气之先,以为理生气。其实他那个理是什么东西,竟能生气么!"

"啊,既然如此,何以先儒却要说,'气由理生'呢?"

"嗯,有此气才有此理,无此气,则理何所附丽?只不过,这理一出,便至尊无上,往往反而主宰了气,于是看起来便像是气由理出似的,其实并非真的能生气!"

刘宗周的这番见解,使黄宗羲大为兴奋起来。以此推论,黄宗羲所主张的改革朝政,他对现有的君臣关系、为君为臣之道的某些质疑,都可以由"气"的变化中找到最终的依据。这么想着,黄宗羲已经完全沉浸在艰深而重要的哲学思辨当中,感到趣味无穷,以至忘记了周围的一切。

"啊,那么照此看来,理、气这名称,是由人自造出来的。其实只是一物——就其浮沉升降而言,便是气,就其浮沉升降而不失准则而言,便是理,可对么?"

刚才刘宗周还只是就"气"和"理"两者谁主谁从的问题进行了阐述。现在黄宗羲干脆指出"理"不是独立于"气"之外的东西,只是"气"在运行变化时所表现出来的一种特质。这确实比老师又进了一步,而且解释得更清楚。所以刘宗周错愕了一下,随即把书案一拍,大声说:

"不错,说得好,就是这样,就是这样!"他随即把长满如银须发的脑袋一仰,开怀大笑起来。

就在这时,房顶的屋瓦分明地"咔嚓"响了一下。黄宗羲心中一懔,叫声"不好!"猛地跳起来,扑向桌上的书灯,一下子把火吹灭。屋子里顿时漆黑一片。黄宗羲随即伸手把刘宗周往旁边一拉,挺起宝剑,用自己的身体紧紧护住老师。

这几下动作极其迅速,只一瞬间,声响便完全消失,屋子里变得一片死寂。只有庭院中的唧唧虫鸣更清晰地传进窗子里来。

这样过了小片刻——在黄宗羲感觉中却像不知熬了多长的时间——只听一个枭鸟般的嗓门在屋顶上格格地笑着,说:

"三哥,你今儿个怎么啦?这手碎瓦功可亮得不是地方哪!"

"秦贤弟,"一个快活的声音接了上来,"三哥的心思你没摸透,他八成是瞧这老官儿呆得可以,杀了还真有几分可惜,有心放他多活几年。可要是屁也不放一个就走,也显得咱兄弟们太无能。所以才给他打个招呼。要不,三哥这么俊的功夫,还能在这上头出娄子?"

听着这番对答,黄宗羲有点似懂非懂。他生怕这是刺客在耍花招,所以仍旧紧紧护着老师,丝毫也不敢懈怠。同时支起耳朵,想弄清那位"三哥",此刻处在什么方位。

然而,那位"三哥"始终没有做声。在一片时断时续的虫鸣中,黄宗羲只依稀分辨出,仿佛有一阵轻风在屋瓦上飘然拂过。接下来,便一切复归于寂然。

直候到天亮,刺客都没有露面。

七

七月的最后一天,钱谦益同柳如是终于抵达南京。当他们行经太祖皇帝朱元璋的陵墓——孝陵入口处的下马牌坊时,钱谦益特意命随从停下车子,摆下酒馔,然后自己肃整衣冠,向着郁然苍翠的独龙阜跪下来,含着眼泪,毕恭毕敬地遥祭了一番,这才怀着凄惶而又窃幸的心情,重新登车上路,一直赶进朝阳门来。

在丹阳停留期间,钱谦益从刘宗周、左懋第的口中得知,自从李自成所率领的大顺农民军被打垮之后,北京已经落到了关外清国的手中。到目前为止,清国不仅没有把旧京交还给明朝之意,反而派兵占据河北、山东的要冲地带。他们的目的到底何在,眼下还不大清楚。但事情决不会顺利了结,却是可以肯定的。正是这种不安的预感,使钱谦益的情绪多少受到了抑制,不再像刚出发的时候那样兴高采烈,意气风发了。

现在,他们的车子正沿着朝阳门内那道高峻的红色宫墙往南走,打算先到东城的馆驿安顿下来,然后再就近上吏部衙门去报到。时隔三个月,并且是经历了绝境逢生的波折之后,重新来到这里,钱谦益的心中,自然兴发起许多感慨。不过,出于对自身今后从政前途的关切,此刻他更留心的,却是城里的情景和气氛。他发现,与四月底他离开时那种惊惶惨淡、大难临头的气氛相比,如今城里已经很大程度安定下来。而且,大约由于不久前又传来了"流贼"已经逃出北京的"喜讯",街道上,无论是店铺还是行人,都显出一种大大松了一口气的模样。虽然这一带毗邻庄严肃穆的宫城,就热闹繁华而言无法与三山街那边相比,但自有一种不慌不忙、怡然自得的气派。如果说有什么使人感到不大协调的话,那就是一辆接一辆满载砖木沙石的大车,上面插着皇宫专用的黄色小旗,正大摇大摆地喝道而来,阵风吹过,扬起了漫天灰土。此外,街道上还多了不少服饰华丽、手摇大扇的外乡人,后面大都跟有挑着礼担的家丁,正三五成群地东张西望、招摇过市,或者操着乡音很重的"官话",向路人大声打听某个官员的住宅,使市面上平添了一种乱糟糟的气氛。

来到馆驿,奉命提前赶到京里来安排一切的顾苓和孙永祚已经得到报告,预先在那里守候着了。他们把钱谦益和柳如是接进馆驿里,先到大厅上歇息,一边谈些京中近日的情形,一边等候家人往住所里卸运行李。顾、孙二人谈到,在北京殉国的崇祯皇帝和皇后的谥号已经正式颁布,分别谥做"思宗烈皇帝"和"孝节皇后";又谈到自从吏部尚书张慎言和吏部左侍郎吕大器被迫双双去职之后,大约为着平息东林方面的不满,弘光皇帝决定让曾任北京刑部左侍郎的徐石麒继任。现在徐已到京就职。但诚意伯刘孔昭、抚宁侯朱国弼紧接着就上条陈,竟要求今后吏部用人,必须同他们勋臣商量才能决定。顾、孙二人还谈到:根据从江北报来的消息,史可法自从出任淮扬总督以来,经过努力调解,总算促使四镇停止了捣乱,各自进入防区。如今史可法已经在扬州正式建立了督师机构,还创设了"礼贤馆"广招四方智谋之士,并上疏朝廷推行保举之法,准予破格擢用人才。看来,江北的局面算是基本稳定下来。不过,朝廷里最近又有人指责史可法用人太滥,像在北京沦陷时,曾经降"贼"、不久前才逃回南方来的庶吉士吴尔壎,竟然也被接纳进"礼贤馆"。

听说对江南的安全至关重要的淮扬防区已经大体稳定下来,钱谦益倒是稍稍放了心。至于史可法怎么用人,他可不想多管。目前他更关心的是朝廷中对立两派的近况。因为前一次,他憋足了劲拥立潞王,结果吃了大亏。如今费了九牛二虎之力,才得以重立朝班,他可不愿意再蹈覆辙。而想避免这一点,正确地决定今后的立场,便成了必须慎重考虑的问题。所以,等顾、孙二人的介绍告一段落之后,他就迫不及待地侧起耳朵问:

"闻得前一阵子因马瑶草疏荐阮圆海,朝端几成水火,不知近况如何?"

"这……"刚才一直充当主要汇报者的顾苓,望了望坐在旁边的孙永祚,看见后者不像是有话要说的样子,他就迟迟疑疑地回答:"弟子也曾问过几个人,都说是前一阵子马瑶草因大受攻讦,亦自气沮,近日更不闻他再提此事,想来已是知难而退了。"

钱谦益点点头,觉得如果真是这样,那就最好。自从上一次吃了同盟者们的大亏,钱谦益已经心灰意冷,绝不愿意再为他们去挺身而出,冲锋陷阵。但是如果两派因为阮大铖的事而愈争愈烈,终至势不两立的话,自己也不免左右为难;即使决心保持中立,也会招致两边的猜疑和攻击,就更别说他还想设法同马士英他们和解了。现在这件事没有再提,正是钱谦益求之不得的。他不觉高兴起来,抬起头,正要说出自己的看法,却瞥见李宝拿着一张拜帖,匆

匆奔上台阶,弓着腰说:

"禀老爷,太宰徐老爷来拜!"

"太宰",是吏部尚书的别称。钱谦益一听徐石麒到了,连忙顿住话头,一摆手:"快请!"

说完,他迅速站起来,走回自己下榻的屋子里,换过公服,匆匆迎出大门外。等徐石麒走出轿子,彼此行礼见过,他就做出相让的手势,把客人殷勤地迎进大堂。

徐石麒与钱谦益早在天启年间就已经认识,又同属东林一派。崇祯十五年底,当清兵再度入塞,北京形势紧张时,崇祯皇帝在便殿召见当时还是刑部左侍郎的徐石麒,出乎意料地问到了钱谦益的情况。事后,徐石麒曾派人专程赶到常熟,把消息密告给钱谦益,使钱谦益很兴奋了一阵,但后来这事便没有了下文。不久,徐石麒也被罢了官,两人也没有再通音问。如今重新见了面,钱谦益自然十分高兴。不过,徐石麒的心情似乎并不好,那张青灰色的方脸始终阴沉沉的,偶尔露出点笑容,也显得颇为勉强。看来,如果不是出于礼节的需要,他就未必会急着前来拜会。也许因为这个缘故,他只是简单地问了一下钱谦益路上可还顺利,这次来京,有什么困难需要他帮助解决,并说已经将钱谦益抵京的消息知会了礼部,一待那边把房子收拾停当,就可以搬过去住。把这些说完之后,徐石麒就拱着手,起身告辞。

"啊,宝老这就要走?"钱谦益有点意外。

"牧老远来劳顿,正宜歇息,且敝衙门公务冗烦,弟是以不敢久留,改日再登门拜谒。"

钱谦益颇觉遗憾,因为他本来还想打听更多一些朝廷的情形,但他也知道馆驿里人多耳杂,不是谈话之所,于是便不再坚留,依旧殷勤地把对方送出大门外,等徐石麒上轿走了,他才转身走回来。

刚刚回到自己下榻的屋子,他就看见李宝手里又拿着一叠拜帖,站在那里等着。

"嗯,这是哪儿来的?"发现拜帖上都是些不认识的名字,钱谦益奇怪地问。

"哎,老师,"伺候在一旁的孙永祚急急忙忙接了上来,"这都是些来京候捐的士子,久仰老师盛德,特来叩见。"

钱谦益瞪了学生一眼,自己刚刚下车,连气还没有歇过来,孙永祚就把这一大堆不相干的名帖塞了来,使他颇为不快。不过他仍旧压住火气,冷冷地问:"我这不是才到吗,怎么他们就知道了?"

"这,他们从邸抄上得知老师起复的消息,便天天到馆驿来守候,所以……"

"哎,老师,"大约看见钱谦益的神情变得越来越不高兴,站在旁边的顾苓连忙插进来。他先请钱谦益在椅子上坐下,然后才弯着腰,压低声音说:"老师想必还未知,只因南都原有的宫阙衙署,自成祖定鼎燕京之后,废置失修,已大半破败倾圮。眼下今上新立,百废待兴,其奈部库钱粮枯竭,迫不得已开此事例,准天下士子纳贡。其上者如府部首领、郎官之衔,须纳四五千金方准授给。次者如翰林待诏、府尹县令,亦二三千金始得授给。虽则如此,纳捐者仍如蚁附膻,蜂拥而至,各寻门径,争攘不已。以老师之盛名,今又出掌贡举,自然难怪彼辈引颈翘企,争欲一拜颜色了!"

这么解释完之后,他又凑近来,把声音压得更低:"他们自然不会空手而至,如老师肯见他们,其余弟子自会相机料理。"

钱谦益一直垂着眼皮,慢慢地捋着胡子。这会儿他的目光微微一闪。的确,这一次他凭借柳如是牵线,终于得到起用,然而却几乎把家中的底子都掏空了,确实急需填补。如今碰上这么一份差事,无疑是个大捞一把的绝好机会,不应放过。只是这些人如此迫不及待,竟把"生意"做到馆驿里来,却未免过于明目张胆。万一

传扬出去,可是大大不妥。于是,他继续捋着胡子,不紧不慢地说:

"这阵子我哪有工夫见他们!要不,就让他们把帖子留下。至于其他事嘛——嗯,由你们瞧着办便了!"

说着,一阵疲乏之感袭上身来。他不由自主地打了一个呵欠,随即想起柳如是,便按住椅子的扶手,站了起来。

第 八 章

一

冒襄跟着淮扬总督史可法的行辕,在淮河一线巡视,已经有好些天了。

他是从如皋动身前往南京,途经扬州时,应史可法之邀,随同前来的。虽然两个多月前,他在长江边上的包港,同逃难南来的方以智意外相遇时,就说过要上南京去,但是回到家中之后,又有大量善后事宜需要处置,根本无法脱身,结果便拖了下来。后来,随着李自成的大顺农民军在北方全线溃败、仓皇西撤的消息传来,江南形势重新趋于稳定;加上方以智从南京写来了书信,对那里的朝局和社局作了颇为恶劣的描述,冒襄也就把先前的心思放淡了。不过,朝廷最近却颁布了一项诏令,征召各府县在过去的乡试中曾经名登副榜的贡生,前往留都报到,准备量才授职。不少亲友都劝他应征,他的父亲冒起宗也有这个意思,冒襄不好过于拂逆他们的心意,加上他自己毕竟也想去露一露脸,便匆匆收拾行装,带着董小宛离家启程。

他们是八月初一到的扬州。在史可法的幕府里,冒襄意外地碰见了张自烈。从朋友的口中,冒襄进一步了解到近几个月来朝廷当中两派纷争的许多情况。据张自烈说,刘宗周那封上疏的后果非常糟糕,以至马士英切齿大骂,发誓与东林方面较量到底。

"这其实都是周仲驭、黄太冲他们闹的!"张自烈叹息地说,"局面已经到了这一步,他们还不顾利害,一意孤行,听说定生也曾一再劝说,他们只是不听。只怕兄去了,也未必能有作为!"听了这些介绍,冒襄那本来还有点起劲的心情,重新冷了下来。不过,既然出来了,总不能中途又退回去。正好这时候史可法决定上淮河一线去巡视,邀请他同行,冒襄便不推辞,临时把董小宛安置在扬州一位熟人家里,自己带着冒成跟随总督行辕一道北上。

现在,他们离开扬州已经很远。一路上,有张自烈和其他一些幕僚做伴,冒襄倒不寂寞。加上史可法时常停下船只,亲自到岸上的营寨村镇去听取当地官民的报告,也使冒襄获得不少了解实情的机会,接触到许多过去所不知道的情况。例如,过去他只听说,高杰、刘泽清、刘良佐、黄得功等人在淮扬一带争夺地盘,闹得地方上人心震恐、鸡犬不宁,现在他才知道,民众受害的程度,比他想象的要严重得多。官兵们经过的地方,常常整个村子、整个圩镇都给抢掠一空,有的则干脆烧为焦土。一般的老百姓,顶幸运的是预先逃匿到野外,否则被残杀、被殴辱、被强奸,便成了他们或她们最普通的命运。至于事后,那些逃匿者回到家里,看见一切都已荡然,无以为生,因而被迫再度逃亡,或者饿死、自杀的也不在少数。直到如今,侥幸活下来的百姓,每当向史可法诉说起当时的种种惨况,依然哭声震天、痛不欲生。虽然如此,却很少有人要求大老爷替他们申冤做主。大约他们都清楚,即便是大老爷,对于那些残暴凶横的官兵只怕也无可奈何,说了也不会管用。面对这种情况,冒襄的心里,像塞进了一团沉重的铅块,一阵一阵地往下坠。再譬如,以往他只听说,四镇当中除了黄得功比较能约束部下之外,其余几支军队都是纪律松弛、作风腐败。这一次,他跟着史可法出其不意地查访了运河沿岸几处军营,才发现里面军容不整、兵械残破不必说,而且还严重地缺员。号称拥兵千人的一个军营,点起数来只有三四百名，却令人惊异地养了一大群妻妾和奴仆。不仅军官有，连士兵也有。那自然是掳掠而来的。这些人的日常生计，照例就靠冒领的那一部分缺额的粮饷来维持。有好几次，冒襄都碰见营里的官兵们正在酗酒、赌博、调情、斗殴。与其说是军营，不如说像个贼窝，甚至连贼窝都不如，只同一伙随便凑合的流氓乞丐相差无几。冒襄发现，每当看见这种情景，史可法那张刚毅黧黑的脸就变得愈加阴沉，一双眼睛也在紧皱的眉毛下发出霍霍的光芒。不过，他始终没有开口斥责，只是咬紧牙关，掉转头，咚咚咚咚地大步向外走去。

八月初十日，他们一行人来到了淮安府城。预先得到通知的东平伯刘泽清和淮扬巡抚田仰、副总兵刘孔和等一群文武官员，已经在城外的接官亭守候着了。这个刘泽清，半年前还依附东林，以清流派为标榜，自从发生了北都之变后，他就坚决倒向了马士英一边。听张自烈说，前些日子，他甚至当着姜曰广的面破口大骂，狂言要杀尽东林——分明是一个十足的奸恶之徒。至于田仰，则是马士英的亲戚兼心腹。如果说，对于这两个人，冒襄本来就不抱好感的话，那么经过这几天沿途考察，他的憎恶就更增加了十分。所以，当史可法把他连同别的幕僚一道，介绍给主人时，冒襄只板着面孔淡淡地一揖，就走了开去，根本不同他们寒暄周旋，待到上马入城时，也故意落在最后。他暗暗打定主意，在未来的场合中，除非迫不得已，绝不同那两个家伙打交道。"哼，反正我什么都不是，即便史公也怪我不得！"他冷冷地想。

现在，他们已经行进在淮安府城的中心大街上。淮安是运河边上的重镇，正当黄河与淮河交汇的要冲，经济上和军事上的地位都十分重要。本来，这一带的防务是由东林派官员路振飞负责。今年三四月间，当北方警报频传，高杰、刘泽清的败兵到处肆虐那阵子，路振飞率督军民悉心守护，确保了淮南一带的安全，颇受士民拥戴;谁知,却因此遭到马士英的猜忌,不久就被排斥去职,而由田仰取代了他的位置。到如今,再加上一个刘泽清,这淮安府实际上已经成了马士英在江北的重要势力据点。自然,对于史可法的莅临,刘泽清等人也还得保持表面上的礼节。所以,城中照例先净了街,队伍仪仗所到之处,行人都给赶进了两旁的小巷或者房子里去。通衢之上变得一片静肃,只剩下马蹄和战靴行进时所发出的庄严而杂沓的声响。

然而,渐渐地,有一处景象引起了冒襄的注意:街道两旁,那鳞次栉比、望衡接宇的房舍,不知怎么一来,忽然中断了。长达半里的地段间,整片整片的房子都给拆平。在腾出来的广阔空地上,堆满了砖、瓦、木、石,以及成堆的沙土。一座宫苑式的建筑,正在拔地而起。虽然只是初具形态,但那宏大的规模、奢华的气派已经分明可见。在同史可法相处的这些天,冒襄常常听对方谈及北伐的计划,并且认为皇上最好能御驾亲征,以激励军民的士气,所以他估计,那可能是在建造供皇上驻跸的行宫。"不过,眼下新遭国变,府库匮乏,即使是皇上暂时驻跸,其实也不须大兴土木,作此无谓的糜费!"冒襄暗暗地想,于是回过头去,打算向同行的本地官员探问个究竟。就在这时,走在他旁边的张自烈已经先发问道:

"请问足下,那里所建的,是什么处所?"

"不敢,"同他们并马走着的一位窄脑门、尖下颏的中级官员拱一拱手,低声回答:"那是本镇刘大人新建的府第。"

"什么?"分明吃了一惊的张自烈失声说,"瞧这派势,便是皇上的行宫也不过如此,怎么……"

"先生低声!"那位官员连忙制止,随即殷勤地介绍说:"先生莫非不知?刘大人如今已是伯爵之尊,又蒙圣上俾以重寄,长驻此土,自不能草草塞责。营建府邸,正足见心志之坚呢!"

听着这一番无耻的遁辞,冒襄心中勃然大怒,正想插上去说:

"匈奴未灭,无以家为。当此乾坤颠覆,大敌当前之时,为将者即卧薪尝胆,犹惧不济,而竟大兴土木,壮丽垮于王居,又岂能不令人诧怪!"但是,对方不待冒襄开口,已经絮絮叨叨地向张自烈称道起刘泽清的"贞风德政"来。冒襄明白,对于这种谄佞之徒再说也是白费,于是把涌到嘴边的话强自忍住,心中的愤懑却更添加了十分。

二

到达主人为他们安排的下榻馆舍之后,接下来,照例是由史可法接见当地的文武官员。冒襄因为无须在场,便拉了张自烈在馆舍里随便闲走,一边同对方交换进城后的观感,一边忿忿地议论刘泽清的骄僭无状。由于越说越反感,到了傍晚,当包括张自烈在内的一群幕僚都跟着史可法前往府衙大堂,出席当地为他们举行的接风宴会时,冒襄便推说身体不适,不去参加。待到大家都走了之后,他命冒成弄来一壶酒,几样小菜,独自坐在小方桌前,一边闷闷地自斟自饮,一边默默地想起心事来。

如果说,三个多月前,冒襄曾经是那么急于前往南京的话,那么,此刻他却想到,自己这一次出来应征,真可以说是无谓得很。诚然,去同社友们见上一面,多少有助于平息他们的不满和非议,可那到底又有什么意义呢?虽说留都如今已经建立起一个新朝廷,有了一个新皇帝,但是国家的权柄和军队,却把持在马士英、刘泽清这样一些权奸小人手里,有志之士又能有什么施展的机会,大明又有什么中兴的希望?他又想到,自从史可法被迫到淮扬督师以来,据说光是为了调停桀骜不驯的四镇总兵,就费了九牛二虎之力。其间,曾经被高杰软禁在僧寺中达一个多月之久,完全失去了自由。最后好不容易才说服了高杰,并调解了高杰同扬州官民之间的纠纷。从表面看,如今四镇总算接受了朝廷的命令,各自进入指定的防地。但这些武人向来拥兵自重,惟利是趋,万一局势再度有变,又安知他们是否真靠得住?至少,从今天看到的刘泽清在城里大修府第那件事,就不难明了他们到底把国家拨给的军饷用在哪里,他们一心追求的又是什么。而史可法还不辞劳苦地到处奔走,设法安抚他们,为他们请饷,指望这些人能为国效命,真是可哀可叹!接着冒襄又想到,这一次来扬州,最痛心的是,已经再也见不到郑元勋。无论如何,郑元勋可算得上是一位能干的人才。前些年自己放赈救灾那阵子,就曾经得到他的有力协助。如果郑元勋没有惨死于乱民之手,凭着他在扬州的名望,或许对史可法会有一些帮助……末了,冒襄还忽然想到陈圆圆。自从两年前,陈圆圆被国丈田弘遇强抢到北京去之后,冒襄就再也没有听到她的消息。事实上,他也不想打听。直到这一次,他才从张自烈口中得知,后来田弘遇又把陈圆圆送给了吴三桂。据说吴三桂对她极为宠爱。但是在三月十九日之变中,由于她留住在北京,结果竟落入了"流贼"的权将军刘宗敏之手。听说吴三桂闻报,愤怒异常,这一次毅然举兵讨"贼",与此可以说不无关系。冒襄感到奇怪的是,在自己听到这个消息的当时,心中竟是那样平静、淡漠,就像在听一桩遥远的、与自己毫不相干的传闻似的。只是到了此刻,夜深人静、寒灯独对,那些淡忘已久的昔日情事,才又一幕一幕地重新呈现在眼前。他的心,也隐隐感到了一种被咬啮般的痛楚。

"大爷……"一声熟悉的、踌躇的轻唤自门边传来。冒襄本能地转过脸去,看见冒成正站在那里,昏黄的灯光照亮了他那张欲言又止的、恭谨的脸。

"少爷,门外来了一个客人,求见史大老爷。"仆人垂着手,迟迟疑疑地说,"把门的军校因史大老爷不在,不放他进来。但他说有极紧急的要事,非得见到不可,宁愿在此守候史大老爷回来。军校不敢做主,央小人来禀知少爷,请少爷示下。"说完,觑了觑主人,又赶紧补充说:"小人也说少爷眼下身子欠安,不能烦扰——要,要不,小人这就回复他,把那人打发走便了?"

冒襄默默地望着仆人。他还被那种软弱的、绵绵的情思缠绕着,没能立即作出反应,过了片刻,才随口问道:

"嗯,是什么人?可有拜帖?"

"禀大爷,他未带拜帖,也不肯报姓名。"

如果是正常的求见,在目前这种情况下,冒襄确实不打算理会。可是仆人的回禀,却使他有点惊疑:"莫非来人真有机密事宜要见史公不成?倘若如此,可不能误了大事!"这么一想,他就警觉起来,吩咐说:

"好吧,命军校在他身上搜一搜,若没有什么时,就带他来见我!"

也许还要经门卫搜检的缘故,冒襄等了一会,仍未见客人进来。他感到不耐烦,便站起来,走出天井去。就在这时,远处的月洞门那边响起了脚步声,一个身材高瘦的男子跟在冒成身后出现了。昏暗中看不清他的脸,只有从那一身青衣小帽,判断出那大约是个平民。

"嗯,你是……"等来人走到跟前,做出行礼的姿势时,冒襄打量着,问。同时疑惑地觉得,对方那一张眉毛稀疏的青白脸,有点眼熟,仿佛在哪儿见过似的。

那人没有立即回答,也在上下打量着冒襄。廊灯下,他的神情显得有点紧张,一双小而亮的眼睛,正闪动着警觉的光芒。

"你到底是何人,因何事求见史公?"冒襄又一次问,略觉不快地皱起眉毛。

"敢问,兄台莫非是如皋冒辟疆先生?"那人的声音里透着一丝惊喜。

"……?"

"下官刘孔和,先生莫非不认得了?"

刘孔和——淮安府的副总兵官。今天下午随史可法进城那阵子,冒襄在迎接的文武官员中曾经同他照过面。现在一经提醒,他就想起来了。但堂堂的一位高级将官,竟是眼前这么副打扮,神情又如此诡秘,却把他吓了一跳。

"刘某虽身在军伍,也久闻先生盛名,请受学生一礼!"

按照当时重文轻武的礼制,即使一名普通秀才,也有资格同总兵官分庭抗礼,所以刘孔和这种举动也不算过分。冒襄连忙答了一拱,随即做出手势,打算把对方让到外间花厅上相见。

但是刘孔和站着不动。他左右望了望,压低声音说:"学生此来是有要事面禀阁部大人。阁部大人赴宴未回,本拟守候,不意得晤先生,实乃天幸。惟是外间非谈话之所,不知可否借尊寝小坐?"

认出对方的身份之后,冒襄倒是放了心,见他说得慎重,便点点头,把对方让进起居室里,重新行礼坐下,一面吩咐冒成奉茶,一面望着客人,关注地问:

"不知将军有何见教?"

还在前来淮安的路上,冒襄就听人介绍过,刘孔和是崇祯年间礼部尚书兼东阁大学士刘鸿训的儿子。刘鸿训当年曾奉诏主持审定魏忠贤"逆案",凭着耿耿正气,排除各种阻力,把包括阮大铖在内的一大批阉党分子分别立案定罪,在朝野中赢得很高声誉。后来,刘鸿训因为争谏朝政,冒犯了龙颜,被论罪谪戍,死在边关。由于这一层关系,冒襄对于刘孔和也自然而然产生了亲近之情。不过,使他感到意外的是,刘孔和听他这么一问,那双小眼睛里忽然冒出了晶亮的泪水,没等流下来,他就用了一个匆遽的动作,一下子跪倒在地上。

"刘某此来,是欲求史大人和先生搭救性命。先生千祈应允!"

他用凄悲的腔调呜咽说,咚咚叩下头去。

冒襄大吃一惊,本能地跳起来,双手拦住他:"将军不必如此,不必如此!"一边说,一边把对方重新搀回椅子上,"尊驾有事,但说不妨。若非冒襄力所不逮者,自当承命。"

停了停,等刘孔和的情绪稍见平复之后,他又怀疑地问:"听将军适才所言,像是有人意欲加害于足下,不知所指何人?"

刘孔和没有抬头,但脸容却显得愈来愈冤苦、悲愤。半晌,他才咬着牙,吐出三个字:"刘、泽、清!"

"什么?刘——是、是他?"冒襄更加愕然。他本想问:"刘泽清不是你的本家侄儿么,怎么会加害于你?"但是,看见对方咬牙切齿的样子,又住了口。

"论辈分——"仿佛意识到他的疑问,刘孔和接着说,"他本是学生的侄儿。早年先父在日,他常在我家奉承,是学生将他带入行伍的。谁知他地位渐崇,却以怨报德,反过来处处抑勒学生,颐指气使,已非一日,学生也不与他计较。前些日子,他拿来一首自作的诗,问学生好不好。是学生一时托大,调侃了一句:'不作更好。'他即时变了脸。当下虽无别话,过了几日,却命学生带本部两千人马出巡河上。学生明知他挟嫌报复,也惟有姑且远身避祸。前几日,他忽然命学生回来,指定除却二百亲兵外,不许多带一兵一卒。今日参见阁部大人时,他又说明日要在东校场阅武,并当场指学生为阵前指挥。此命事前实未有片言向学生提及,因此愈知他不怀好意。明日校场之上,他必借机寻仇,置学生于死地。学生惶急无计,不得已前来求见,祈请阁部大人及先生为学生调解此事,再造之德,誓不敢忘!"

冒襄仔细地听完对方的急切求诉,这才稍稍明白过来。不过,刘泽清为人再凶暴,若是仅仅为了一句调侃的话,就起杀机,而且要杀的是身为副总兵的叔叔,却未免令人有点难以置信。何况,据刘孔和说,刘泽清打算在明日阅兵期间动手,但到时不是有史可法在场么?纵然刘泽清要报复杀人,也不至于愚蠢到挑这么个场合下手。因为一旦给识破,他可是脱不了干系。冒襄觉得,这刘孔和八成是给侄儿平日的淫威吓坏了,所以弄得杯弓蛇影,惴惴自危。于是他微微一笑,说:

"东平伯纵然不怪于尊驾,则出尊驾于河防,已是报却此事。明日阅兵,众目睽睽,恐不至于再生枝节吧!"

"啊,不。先生有所不知,东平伯其人气量极窄,睚眦必报,而且狠辣凶暴,实非常理可以测度。前者他在山东,因给谏韩公曾向朝廷参劾他不法,他便趁韩公催饷,路经东昌时,派兵将之劫杀。另外——"刘孔和停顿了一下,担心地望望窗外,压低声音说:"仆昨日才从东平伯幕中的一位相知处听闻,只因刘总宪曾上疏朝廷,批斥东平伯等镇将以家属寄居江南,意在便于临阵脱逃,罪皆可斩。东平伯恨之入骨。这次刘总宪进京赴任,他竟派刺客前往丹阳,欲谋加害……"

"什么?他、他竟敢谋刺刘总宪!"冒襄不禁失声问。虽然据张自烈说,刘宗周已经到了南京,但这个消息仍旧使冒襄大为震愕。

"幸赖皇天护佑正人,他未能得逞。所遣刺客亦不知去向,但已足见其凶横之甚!"刘孔和急切地补充说,"即以今夕而论,他宴请史公,群僚俱得出席作陪,惟独不知会仆赴会,其意亦是陷学生于怠慢无礼,借以挑激史公之怒,为明日加害学生预设地步。先生若不援手,孔和定无生理!"

如果说,对于刘孔和的苦苦求救,冒襄刚才还觉得是疑惧过度,不以为然的话,那么此刻就有几分相信了。他沉吟地望着对方那张神情惨苦、被跳跃的烛焰照得忽明忽暗的脸,终于毅然说:"既然如此,待史公回来,小生便将此隐情代足下转告。明日阅武,亦请史公留意,不容彼人借端生事便了!"

三

"嗯,竟有这等事?不,不可信,不可信!"张自烈嘴巴里散发出酒气,摇着头,连声说道。这当儿府衙那边的宴会已经结束,张自烈同幕僚们一道,跟着史可法回到了馆驿里。

自从刘孔和告辞走了之后,冒襄又把事情仔细思考了一遍。虽然他答应了对方的请求,但这毕竟不是一件小事。自己贸然向史可法提出,万一失实,不只会给史可法增添无谓的烦扰,而且也显得自己太过轻信浮躁,没有分辨力。"虽然照例应当转告,但也要把握得稳妥些才成,可不能在那群幕僚面前闹出笑话!"他想。所以,当张自烈回来之后,冒襄就把朋友招进寝室里,打算征求一下对方的意见。

"那刘孔和同东平伯乃是叔侄之亲,不过因细故失欢,又何至于害及性命!"张自烈一边打着酒嗝,一边说出不可信的理由。

"此一层,弟原也是这等想,惟是……"

"何况,"张自烈一摇手,"这种谁也说不清的家事,你我外人,又何必管他那么多!"这么说了之后,他就闭上眼睛,露出酒后思睡的倦态。

冒襄摇摇头:"话可不能这等说,刘孔和大小也是一位副总戎,若以细故见害,王法何存?军心何安?况且刘孔和的尊大人当年手定逆案,大有功于社稷,我东林之家均受其惠。他后人有厄,晚辈又岂能袖手不管!"

张自烈睁开眼睛,疑惑地望了朋友一会,随即又重新闭上:"只凭刘孔和一面之辞,我们就替他出面,只怕史公闻知,也会怪我等浑不懂事!"

这一点,正是冒襄所顾虑的。但既然应承了刘孔和,他也不想轻易食言,于是迟疑着又说:"虽是一面之辞,但按之于东平伯平日之为人,似也并非无据。譬如这一次刘总宪赴京上任,他竟敢遣人行刺,便可证一斑!"

"谋刺之事,"张自烈摇摇头,"弟不曾听说,只怕也是刘孔和自造的危言!"停了停,发现冒襄不答腔,他又补充说:"东平伯如今可是马瑶草的一名死党。即便我辈不去撩拨他,他已是处处同史公掣肘为难;若因刘孔和之故给他抓住话柄,今后这淮东门户,只怕麻烦更甚。以弟之见,还应谨慎从事!"

确实,以刘泽清目前的军事实力,加上有马士英在朝廷里做后台,只怕即使是史可法,也难以对他实行有效的约束;相反,还要尽可能优容,以借助他来拱卫江淮地区,乃至推行北伐的大计。在这种情况下,贸然去插手他们叔侄间的私怨,无疑很不明智。"嗯,为大局安危计,也许我不把这件事告知史公,也就算了? 然而,要是刘孔和当真遭遇厄运,又怎么办? 况且,我已经答应了他……"这么考虑着,冒襄就感到了一种选择的痛苦,一种迫使他从固有信念偏离开去的无情压力。他憎恨这种压力,试图加以抗拒,然而……

第二天,冒襄很早就醒了。由于躺在床上,就止不住净想着昨夜的事,他干脆爬起来,披上衣服,走到窗前,由冒成侍候着,开始洗漱、梳头、穿戴。他一件接一件地,不慌不忙地进行着。这当儿,天已经放亮,几缕柔媚的阳光透过敞开的窗棂射进室内来,照亮了面前的板壁,也带进来早晨特有的清爽宜人气息。这富有生机的气息,驱散了冒襄夜来的烦恼,使他的心情变得开朗起来。"哎,我又何必庸人自扰!至少刘孔和昨夜来过这件事,还是应该告知史公。如何处置,史公自会拿主意。当然,也许一切都是过虑,其实什么事都不会发生——瞧,今日的天气有多么好!"然而,他却没能

把这种愉快的心情保持下去,因为门外响起了急促的脚步声。接着门帘一掀,露出了张自烈的脸:

"辟疆,起来了么?"他问,"嗯,好。快过花厅去,史公有要事商议!"

"什么事?"冒襄疑惑地问。

张自烈摇摇头:"听说北边有什么消息,弟也未得其详!"

所谓"北边"的消息,自从农民军向西撤退之后,就是指的清国方面。由于清军入踞北京已经三月有余,不但没有同江南的弘光朝廷联系,商谈交接事宜,反而派兵进占河北、山东的重要关隘。到底他们的目的何在,下一步有什么图谋,近日来已经愈来愈受到人们的关注。就在半个月前,明朝派出以左懋第为首的使团,曾取道这儿,北上交涉。"莫非他们有什么消息捎回来不成?"冒襄想,于是不敢拖延,连忙从冒成手中接过一把扇子,跟着张自烈匆匆往外走去。

来到花厅,史可法已经同应廷吉、阎尔梅、何如宠、杨遇蕃等几位幕僚在等候着了。由于心里怀着一份疑惑,加上始终记挂着昨夜刘孔和来访那桩事情,冒襄一边同大家行礼、就坐,一边不由自主地留意着史可法的神情。他发现,督师大人今天的脸孔,比离开扬州以来任何时候都要严峻,黑白间杂的眉毛紧皱着,一双因长期睡眠不足而布满红丝的眼睛,仿佛在凝聚着某种浓重的思虑,黧黑的脸色在晨光中显得有点灰白,本来就高耸的颧骨则更形凸出。他没有再对冒襄的病表示关心,等大家一坐定,就马上开口了:

"列位先生,"他说,照例不带半句废话,"建虏派人致书来了,昨夜扬州加急递到的,来头非小,是由摄政王多尔衮署衔。其中真意何在,如何复他,请列位先生过目之后,有以见教。"说完,便从八仙桌上拿起一个小型的卷轴,递给了坐在旁边的阎尔梅。

在山海关外壮大起来的建州女真族人,自万历年间建立起后金政权以来,便不断对明朝进行军事侵扰。到了崇祯九年,他们把国号改定为"清"之后,更进一步增长了扩充疆土的野心。经过两年前那一场松山战役,清国已经基本上取得了山海关以外的整个东北地区。不过雄才大略的清太宗皇太极,在崇祯十六年最后一次进入长城之后,不久便死去。由于他生前没有指定继承人,经过一番争夺,结果由睿亲王多尔衮拥立清太宗的第三子福临即位,改元"顺治"。那福临今年才只七岁,一切大权其实都操在摄政王多尔衮手中。如今清国方面的来书由他署名,可见性质的重要。至于眼下,史可法不顾很快就要前往校场阅武,急急地把幕僚们找来商量,无疑也是因为这个缘故。所以冒襄听了,心情顿时紧张起来,连忙站起身,凑在阎尔梅的身后观看,发现来信是用汉文写的,誊录在卷轴上。只见上面写着:

清摄政王致书于史老先生文几:予向在沈阳,即知燕京物望,咸推司马。后入关破贼,得与都人士相接,识介弟于清班。曾托其手泐平安,拳致衷曲,未审何时得达?

冒襄心想:这几句开场白,虽属照例的客套,却是下笔不俗,言简意赅,不知出自何人手笔?不过,其中提及对方早些日子曾让已经投降清国的史可程——也就是史可法之弟来书致意一事,据幕僚们说,史可法读信后勃然大怒,当场把信撕毁,北指大骂,发誓与史可程断绝兄弟之情。如今多尔衮又拾起这个话头,未免可笑!于是他接着看下去:

此闻道路纷纷,多谓金陵自立者。夫君父之仇,不共戴天。《春秋》之义:有贼不讨,则故君不得书"葬",新君不得书"即位"。所以防乱臣贼子,法至严也!

对方笔锋一转,立即抬出中国的传统礼制,指斥明朝在江南建立政权不合规矩,虽然是强词夺理,但气势凌厉,分明有从根本上否认弘光朝廷之意。冒襄心里不禁一懔。

闯贼李自成称兵犯阙,荼毒君亲,中国臣民不闻加一矢,平西王吴三桂界在东陲,独效包胥之哭。朝廷感其忠义,念累世之夙好,弃近日之小嫌,爰整貔貅,驱除枭獍。入京之日,首崇怀宗帝后谥号,卜葬山陵,悉如典礼;亲郡王将军以下一仍故封,不加改削;勋戚文武诸臣咸在朝列,恩礼有加。耕市不惊,秋毫无扰。方拟秋高气爽,遣将西征,传檄江南,连兵河朔,陈师鞠旅,勠力同心,报乃君国之仇,彰我朝廷之德。岂意南州诸君子苟安旦夕,弗审事几,聊慕虚名,顿忘实害,予甚惑之!

冒襄心想:"说当闯贼犯阙之日,中国臣民不加一矢,未免贬抑太过。惟是闯贼是吴三桂向他们借了兵来打跑的,倒是实情,难以驳他,且看他怎么说?"

我国家之抚定燕京,乃得之于闯贼,非取自于明国也。贼毁明朝之庙主,辱及先人,我国家不惮征战之劳,悉索敝赋,代为雪耻。孝子仁人,当如何感恩图报?兹乃乘逆贼稽诛,王师暂息,遂欲雄踞江南,坐享渔人之利,揆诸情理,岂可谓平!将以为天堑不能飞渡,投鞭不足断流邪?夫闯贼但为明崇耳,未尝得罪于我国家也。徒以薄海同仇,特申大义。今若拥号称尊,便是天有二日,俨为敌国。予将简西行之锐,转旆东征,且拟释彼重诛,命为前导。夫以中华全力,受困潢池,而欲以江左一隅兼支大国,胜负之数无待蓍龟矣!

本来,在信的开头,对方还摆出一副仗义兼爱的面孔,甜言蜜语地表示要帮助明朝讨"贼"报仇;然而,到这里便终于露出了凶暴的本相,竟然狂妄地要求江南朝廷不得"拥号称尊",否则将被视为敌对行动,威胁要"转旆东征",甚至扬言将联合农民军一起打过江南来。这就毫不掩饰地表明,对方此次入关,完全是醉翁之意不在酒,目的在于彻底取代明朝的统治!如果说,在此之前,冒襄也同其他人一样,对于清兵的意图还有点摸不透的话,那么此刻就再也无可怀疑了。他睁大眼睛,怀着惊恐和愤慨,把这段话又看了一遍,越看越感到浑身发热,再也抵受不住,一挺腰,直起身来。

"嗯,看完了么?"史可法迎着他的目光问。

"没、没有……"

史可法把手一摆:"看下去,看完了再说!"

冒襄迟疑一下,只好重新弯下腰去。不过,下面的部分其实已经用不着细看了。对方无非试图用高官厚禄对以史可法为首的江南人士进行利诱,信誓旦旦地表示,只要后者促使弘光皇帝"削号归藩",便会获得"列爵分土"、"带砺山河"的厚遇;如若不然,大兵一到,便会招致"无穷之祸"等等。

终于,信看完了。有好一阵子,花厅里变得一片静默,谁也没有说话。显然,大家被这封倨傲要挟、出言不逊的来信深深震动了,都感到事态严重。

史可法捋着胡子,始终静静地坐着。他似乎预料到会有这样的反应,因此并不急于催促大家发表意见,而宁可让大家深入地体味信中的严重含义,以便拿出更准确、更有价值的意见来。

"竟敢要今上削号归藩,真是狂悖之极!"应廷吉终于睁大三角形的小眼睛,怒形于色地冒出一句。

"他说什么——'兵行在即,可西可东,南国安危,在此一举。'分明是恃势讹诈,是可忍,孰不可忍!"杨遇蕃也愤愤地接了上来。

"哼,打跑了一狼,却迎来一虎,吴三桂当初借兵驱贼,怎么就没虑及这一层!"一位身材瘦长的幕僚不胜懊悔地摇着脑袋,那是已故阁臣何如宠的孙子何亮工。

阎尔梅长叹一声:"流寇也不只是'狼'而已!设若吴平西不向建虏借兵,待彼立足一定,只怕来势更凶!"

大家又不做声了。因为事实正是这样,农民军作为他们不共戴天的死敌,如果说,当崇祯皇帝在位时,倾举国之兵尚且无法抵挡,那么到了只剩下江南一隅之地,恐怕更难与之抗衡。所以,清国的军队一举打垮了农民军,对于他们来说,确实有一种起死回生之感。他们也并非没有想到,出兵相助自然不会是无偿的。如果对方所提出的是子女玉帛一类的要求,他们自然乐于考虑,还会由衷地表示谢意。问题是清方如今竟要求江南放弃政权,投降归顺,这就未免要价过高了!

"哼,"一直没有开口的张自烈忽然站起来,铁青着脸说:"逆贼之亡,实在于彼恶贯满盈,天人共愤,且我江南亿兆军民,同仇敌忾,严阵以待,有以牵制之,令彼不敢并力东向,岂是全由建虏之力!如今此酋居功狂悖,出此谬妄之求,是视我江南为可欺也。如今之计,亦惟有决一死战而已!"

"对,决一死战!"应廷吉也强硬起来。

"对,对!"好几个人同声附和。

但是冒襄却一声不响。无疑,不管是基于天朝上国的高度自尊,还是"华夷之防"的强固观念,都促使他也同大家一样,对于"化外小邦"清国的狂妄要求,感到极其愤慨,恨不得以最无情痛击,把对方一举扫灭。但是,双方的强弱之势逆转到目前这一步,他又知道,那其实是做不到的。"决一死战"的结果,只能导致东南半壁陷入无穷的祸乱。而冒襄的家乡如皋,如今正处于长江北岸的"前线",到时就会成为最先、也是最严重的受害者。在苟安的局面尚能维持的情况下,这是冒襄所不能接受的。"哼,张尔公的老家远在江西,他自然不难意气昂昂地侈言开战!"他冷冷地、不无反感地想。可是,这么一种理由目前却很难说得出口。所以,尽管心中不同意,他也只能尽自沉默着,不表示态度。

"辟疆兄,依你之见?"一个沉稳的声音从主位上传来,冒襄蓦然抬头,发现史可法正目不转睛地注视着自己。

"哦……"由于缺乏准备,冒襄一刹那间有点狼狈。他极力镇定自己,踌躇了一下,开始字斟句酌地说:"依晚生之见,似这等谬妄之求,建虏未必不知断难为我所准。他故高其价,只怕用意仍在多得输币与割地。倘如此,便当即速复书,严斥彼之狂悖。至于其他,倒不妨示以宽仁,稍餍其欲,恩威并用,或可……"

"哎,此言差矣!"不待他说完,张自烈已经厉声接上来,"建虏二十年间,处心积虑,其志岂是区区子女玉帛所能餍足者!至于割地,现今河北、山东已入其手,又何烦复求于我?欲以一纸和书而令彼裹足回心,岂非妄想!"

冒襄的脸孔刷地涨红了。自然,他也知道,自己的说法只是一种软弱的愿望,其实不足以服人。正因如此,出自老朋友之口的尖锐反驳,就更加令他难堪。有好一阵子,他睁圆了俊美的眼睛,又气又急地盯着张自烈。如果不是史可法及时加以阻止,他很可能就会同对方争吵起来。

史可法显然注意到了这种情绪。他做了一个不要激动的手势,然后,慢慢地捋着胡子,半晌,才说:"书也要复,战也要备。能和最好,实在不能和,亦只有决一死战而已!"停了停,又心情沉重地叹了一口气:"说到战,淮扬之兵虽然强弱参差,尚堪一用。弟所忧者,倒是朝中的门户之争,水火日亟。国事之坏,只怕实在于彼——哎,时候不早了,先去阅武吧,此事回头再议!"

四

为总督大人莅临视察而预备的军事操演,按命令安排在淮安府城东门外的校场上举行。那是容得下好几千兵马盘旋驰骋的一个大土场子。从很久远的年代起,这一带就被派做军事用场,本来是疏松柔软的土地,已经在无数马蹄和战靴的踩踏下变得坚硬异常,而且布满了大大小小的坑坑坎坎和纵横交错的辙迹。一眼望去,空荡荡的场子袒露在光天化日之下,就像一个苦役囚徒那负罪的、鞭痕累累的胸膛。的确,这是一片已经变得麻木而冷酷的土地,在这儿固然看不到翻滚的稻浪,也没有绿树和红花,甚至连卑贱而倔强的野草,都难以生长,因为没容它们冒出头来,那暴烈的、散发着死亡气息的旋风就会呼啸而至,把它们连根拔起、撕碎,彻底吞没……

从拂晓时分起,由明朝驻淮安总兵官东平伯刘泽清属下的庞大军队中选拔出来的精锐之师,就开始源源进入接受检阅的阵地。夜色笼罩的寂静郊野上,隐隐传来了刷刷的脚步声、咴咴的马嘶声,以及一两声特别高亢的口令。起初,这些声音都显得遥远而模糊,不过渐渐就变得接近起来,清晰起来,于是又分辨得出兵器的碰响和炮车的轰隆。这时,军队出现了,那是几股徐徐蠕动着的暗流,正在朦胧缭绕的宿雾中,从不同的方向汇集过来。他们有时仿佛在交叉着前进,有时又乱纷纷地纠结在一起,有时走着走着,仿佛迷失了方向似的,又莫名其妙地倒退了回去。但这一切也许只是错觉,因为他们仍旧不慌不忙地继续行进,而且终于接二连三地在各自的阵地上停顿下来。这时候,淮安府城东门那高耸的城楼已经被第一抹朝霞所照亮。虽然城墙下面依旧幽暗,从阵地上不时传来下级军官的粗野叱喝,也依然显得隐秘而模糊;但是这儿那儿,间或一闪,却分明是盔甲或枪尖受了晨曦的感应,而迸射出了反光。

为了显示主人的排场和对贵宾的尊敬,校场北面那一座朝南而建的阅武厅已经粉饰一新,当中摆上了三张铺着虎皮的浑银交椅。那座高高的将台,照例矗立在厅外的左侧。一根直指云天的巨型旗杆顶上,迎着晨风猎猎地飘舞着一面"帅"字大旗。直到天已大亮,淮安府的主要文武官员和地方名流才陆续来到。于是阅武厅周围,就成了纱帽、方巾和各式官服道袍的萃集之地。他们对于能够躬逢今日的盛典想必都感到十分荣耀和兴奋,一边快活地寒暄着,一边伸长了脖颈,向着被初升的朝阳涂成金黄色的官道上张望,等候着贵宾的出现。

不过,当跟着史可法的随从队伍进入校场的时候,冒襄对于上述种种情形,并没有太留心,甚至被引导到阅武厅上一个属于他的位置站好之后,他的整个心思也仍旧被多尔衮的那封来信盘踞着。诚然,刚才他对于张自烈那个"决一死战"的轻率主张十分反感,而希望尽可能谋和;但是,要说这种主张必定行得通,却连他自己也不敢相信。如果建虏坚持原来的狂妄要求,那么剩下的选择确乎只有"决一死战"。然而,从建虏入关,一仗就把李自成打得大败而逃来看,其兵力之强显然还在农民军之上。如果说,明朝的军队连农民军都对付不了,又怎能抵挡得住建虏的进攻?要是抵挡不住的话,那么结果……冒襄不敢想下去了。现在,他只是感到极其恐惧,因为他分明看到,冥冥中的那个主宰,给他所安排的命运,还不仅仅是家乡受到战祸的摧残,而很可能会是历史上那些末代王朝的臣民们所能遇到的最坏命运——沦为"夷蛮异族"征服下的贱民!"啊!不,绝不!"他在心里又恨又怕地叫,"与其那样,还不如拼个一死!纵然建虏兵力雄强,我朝凭借江淮天险,或者还能像宋室当年那样,求得江左半壁的偏安!"想到宋室的偏安,他眼前仿佛出现了一线光明,看见了一线希望。"嗯,偏安自然不是什么光彩的事情,而且也不是长久之计。但眼前第一步,恐怕也只能作这种指望;至于其他,惟有留待以后再说了!"他烦躁地、惭愧地想。当然,即便是偏安,也必须具备许多条件。其中顶重要的,还得看军队能否奋勇作战。而眼下刘泽清这支军队,扼守着南北交通的咽喉,可以说是责任至关重大……这么一想,刘泽清——甚至还有田仰,在冒襄心目中的地位就忽然变得举足轻重,使他不由自主地收敛起先前那种指责、蔑视他们的傲气,相反,还生出了一种新的、迫切的期望。待到被站在旁边的张自烈无意地碰了一下,蓦地惊觉起来,他赶紧收敛心神,睁大了眼睛,向阅武厅下眺望。

这时,太阳已经高高升了起来,校场之上,暂时还是空荡荡的,看不见一兵一卒。只是在西边的地平线上,依稀飘动着好些旗帜的影子,也弄不清到底有多少兵马。倒是阅武厅的周围,那些负责保卫的将校出奇地多,起码也有两三百名,一个个顶盔贯甲,严阵以待。冒襄发现,史可法在刘泽清、田仰的陪同下,已经在正当中的交椅上就座。身材瘦小的田仰正拱着手,微躬着腰,向史可法解释着什么。刘泽清则不动声色地坐着,微微仰起面白唇红的俊美脸孔,显得阴冷而自负。在他们的两旁,按左文右武的习惯站立着两排身份较高的官员,照例全都垂手屏息,摆出一派恭谨肃穆的样子。

"嗯,时候已经不早,怎么还不开始?"冒襄有点迫不及待地想。同时,注意到三位戎装的军官,从"帅"字旗旁的将台上走下来,匆匆越过阅武厅前的小片空地,沿着左侧的台阶登上厅来。当他们经过跟前的时候,冒襄不由得一怔,认出为首的那位又高又瘦的将官,就是昨天晚上来求他搭救的副总兵刘孔和。"噢,指挥今日操演的果真是他!可我尚未把他的嘱托禀知史公呢!"冒襄猛然省悟地想。虽说他已经愈来愈认定,昨夜对方的投诉显见是杯弓蛇影,惊疑过度;但自己既然答应了,却没有及时转告,毕竟是一种失信。然而,到了眼下这种场合,再想补救已经来不及。"其实,也不可能发生他说的那种事,即使真的发生了,史公也自会出面干预,到那时我再代他说明好了!"这么自我宽慰之后,冒襄就稍稍安下心来。不过,他的视线仍旧追随着刘孔和。直到后者向史可法行过礼,得到开始操演的钧旨,并领着两个副手匆匆回到将台上去,他才重新收回目光。

这时,人人都知道阅武马上就要开始,顿时紧张起来。大厅上下变得鸦雀无声,只有各式大小旗帜,在秋风中舒卷着,发出猎猎的声响。突然,仿佛响起了一阵沉雷,将台两边的三十六面大鼓一齐擂动起来。咚咚的鼓声雄壮地、猛烈地轰鸣着,犹如冲决了堤防的惊涛,一阵高似一阵。初起时,它与一般的鼓声并没有什么不同,但数挝之后,那种威严、自尊,充分意识到自身的地位和作用的气派就呈现了出来。由于无须取悦听众,它的节奏简练明确,质朴无华;但正因如此,却反而具有一种令人慑服的威力,一种撼人心魄的效果,当擂击到酣烈之际,连天地都仿佛震动起来。

第一通鼓声停息之后,紧接着,呜呜的画角吹响了。嘹亮的、威武的角声犹如一条夭矫腾跃的蛟龙,在校场上空盘旋着、翱翔着,借着秋风吹送,远远地飘散开去,使人们的心灵在受到鼓声的约束和震慑之后,又陡然生出一股勇敢豪迈之情。

激扬士气的鼓声和角声反复响了三遍,一声锣响,将台上的黄旗降了下来,竖起了一面净平旗。这是准备出动的信号。冒襄同阅武厅上的其他观众,不约而同地把目光集中投向西边的地平线。待到净平旗变成了红旗,鼓声重新响起来,那乌云般聚拥在远处的军队仿佛仍在踟蹰着,迟迟不肯行动,但其实行动已经开始,只是由于距离得远,看上去似乎前进得很缓慢,而且有点呆笨;但不久就明显地加快了速度,渐渐地,马蹄声和脚步声变得宏大起来,战士们的身影也分得清了。走在前面的是马队,正以十骑一排的队形,向前急速推进,战马驰经之处,扬起了阵阵烟尘。

冒襄有生以来,还是头一次参加这么大规模的阅兵,他不由自主地兴奋起来,心中也因为紧张而微微发抖。他捏紧了手中的扇子,目不转睛地盯着越来越近的马队。这时,走在前头的几排骑兵已经驰到阅武厅前,那些顶盔贯甲、勇猛矫健的骑手们熟练地驾驭着战马,使它们始终保持着适当的距离。他们一会儿控缰小跑,一会儿纵辔疾驰,步法纹丝不乱。而随着他们的动作,红缨、铁甲,以及战马那光滑的皮毛,在阳光下汇成了一片闪烁不定的惊湍急流,令人眼花缭乱,目不暇接。冒襄以全副心神注视着,不禁又惊又喜。

然而,没容他仔细叹赏,由钢铁和肌肉组成的这股死亡旋风,已经从阅武厅前呼啸而过,转眼之间就冲出了视野之外。冒襄正有点惋惜,后面的队伍已经源源而至,手执大刀的盾牌手,以及弓箭手、长枪手,各按一定的队形,迈着整齐而勇武的步伐,向前推进。他们的人数更多,估计有七千人左右,行进时所扬起的尘头也更大,颇有点排山倒海的气势。冒襄心想:"与沿途见到的那些疲兵惰卒相比,这支兵马自是不同,倒是犹堪一战!"他不由得转过头去,偷偷地望了望史可法,却发现总督大人端坐在那里,黑瘦的脸上没有显露出任何表情。倒是坐在他旁边的刘泽清眯着眼睛,不断地捋着胡子,线条优美的嘴角上挂着洋洋自得的微笑。

这时,进入校场的兵马越来越多,本来已经通过阅武厅前向东驰去的骑兵和一部分步兵,已经掉头回来,重新进入校场。他们在将台上那面红旗的指挥下,开始互相穿插地奔走起来。起初,冒襄只觉得他们乱纷纷的,不成个样子,然而,片刻之后,情形就变了。校场之上再也不是杂乱无章,全部军马已经排列成五个整齐划一的方阵。这时,将台上黄旗举起,鼓声又隆隆地响起来,全体将士蓦地放开喉咙,发出一阵惊天动地的呐喊。接着,一声锣响,黄旗换成了白旗,校场上顿时又变得鸦雀无声。

"嗯,这就要操演阵法了。"冒襄听见旁边有人低声说。果然,不大一会,只见负责指挥的刘孔和又匆匆来到阅武厅,将一本阵图双手呈给了史可法,然后转身退下。在这当间,冒襄不由自主地又一次用目光追随着他,同时暗暗摇头:"阅武到这会儿,不是好好的什么事也没有么？其实今日刘泽清一心要在史公跟前挣面子,又怎会另生事端？可笑此公却疑神疑鬼,真是庸人自扰!"正这么想着,忽然张自烈在旁边用手肘碰碰他,低声说:

"瞧,要变长蛇阵呢!"

冒襄怔了一下,顺着朋友的指示望去,果然看见将台上竖起了一个牌子,上面写着六个大字:方阵变长蛇阵。这时,红旗再度举起,校场上的兵马又在战鼓的助威下,迅速奔走起来。转眼之间,五个方形的阵式已经变成了五列长蛇状的纵队。冒襄虽然曾经从书中看到过,这长蛇阵的特点是"击其首则尾应,击其尾则首应,击其中则首尾皆应",但是从来没有亲眼看过操演。现在发现这一变不仅迅速,而且整齐有序,不觉暗暗叫了一声:"好!"

打这时开始,足足有一个时辰,都是操演阵法,鼓声时起时伏,阵法也一变再变,时而二龙阵,时而太极阵,时而连环阵,一连变了十几种式样。冒襄大开眼界,兴致也越来越高。如果说,在演习开始之初,他由于初次经历这种场面,有点紧张不安的话,那么此刻他已经完全沉浸在一种新鲜的、强健的、令人心怀开豁的愉快感受里。他暂时忘却了先前的那种忧烦,打心底里生出了一股豪迈奋发之情来。

五

终于,阵法操演完了。按照预先安排的项目,还有一场实战演习。趁着大队人马退场的当儿,冒襄怀着兴奋而又满足的心情,回过头去,悄悄地问站在旁边的阎尔梅:"兄以为如何？此等军马,尚可一战否？"

阎尔梅拈着山羊胡子,淡淡一笑,也低声说:"依弟观之,有四字之评:'虚夸不实'!"

冒襄眨了眨眼睛,忍不住争辩说:"弟看了这半天,只觉得他阵法整齐,变化迅捷,连变十余阵,并不见有松懈之处,何谓'虚夸不实'?"

阎尔梅轻轻地摆摆手:"嗯,此处非议论之所,待回去后再谈,兄且看下去——瞧,场上在立营呢!"

冒襄迟疑了一下,只好回过头去。顿时,又被眼前的景象吸引住了——在已经腾空了的场子上,数百名军卒正在来往奔忙着。他们抬来了许多木栅、鹿角之类,把校场当中围起来,使之成为一个带辕门的临时营寨。然后,又在营中张搭起十来座帐篷,还竖起了一面中军大旗,俨然就是行军作战时的样子。当一切都架设完毕之后,就由一位参将模样的军官,率领那数百军卒,进驻到营帐之内。负责指挥调度这一新演习项目的,仍然是副总兵刘孔和,别看他昨天晚上在冒襄面前,表现得那样懦弱卑怯,现在作为指挥官,他却十分在行。也没见他怎样奔忙,一切便已安排就绪。他照例上来向史可法作了请示,就回到将台上去,挥动红旗。冒襄好奇地注视着,直到一声号炮响过之后,他还有点摸不着头脑。忽然,阎尔梅扯了他一下,说:

"快,瞧那边!"

冒襄顺着他的指点望去,发现西边的地平线上,出现了几个迅速移动的黑点。片刻之后,那些黑点变大了,原来是五骑探卒。他们一直奔到营寨前,翻身下马,急急奔入辕门。紧接着,营内就擂起鼓来。那几个千总、把总之类的下级军官,本来正在营中指挥军队操练,这时便立即向中军帐集中。过了片刻,他们各自手持令箭走出来,开始集合兵马,高声传达主将的命令。大意是据探马报告,有敌兵百余骑前来偷袭,离此只有数里之遥,各营军兵立即分头行动,于营外设伏,待"敌人"一到,奋勇杀出,聚而歼之,不得有误等等。那些军卒听了,齐声应命,然后就在军官们的指挥下,在营地外面各找地方埋伏起来。

这种演习,比之刚才的操演阵法,形式又自不同,而且分明更有趣味。冒襄的兴趣又被引动,一边目不转睛地注视着,一边想:"那来袭的'敌军',自然是由本军的兵马装扮的,其结果也必定是一鼓被擒,献俘帐下。不过,双方总得相持格斗一番,估计倒也新鲜激烈。"正这么想着,远处已经尘头大起。尘影中,一队骑兵——大约有百来人左右,正在衔枚疾进。他们一不摇旗,二不呐喊,只听见马蹄蹴踏地面,发出急雨般的声响。很快地,这支人马已经奔到近前。冒襄发现,大约是为了易于识别的缘故,这些人全都没有戴头盔,光着脑袋,头发一律束在天灵盖上,看上去,倒真有点像那些以"椎结"为标记的夷狄之人。按照冒襄的估计,他们一定会直扑那座已经有准备的空营,然后"我方"便伏兵齐出,展开厮杀。然而,不知是他估计错了,还是别的缘故,只见那百余"敌军"进入校场之后,并不向营寨进击,却突然掉转了方向,朝阅武厅直扑过来,眨眼工夫,已经迫近那批负责保卫的将校跟前!

这一突如其来的行动完全出乎意料,把冒襄吓了一跳,其余的人似乎也惊住了。不过,没等他们反应过来,就听见一个响亮的声音大喝道:

"好家伙,果然是要谋反!左右,还不赶快动手?"

冒襄觉得那个声音有点熟。他刚刚看清说话的就是刘泽清,阅武厅下已经响起一阵怒雷似的呐喊。只见那群负责护卫的将校各举刀枪,猛扑向前,对谋反者们展开全力攻击。这时候,又一个奇怪的现象发生了:那些谋反者原本显得来势汹汹,似乎打算杀上阅武厅来。不知怎么一下子,忽然变得毫无斗志。他们甚至连抵抗一下的能力都没有,只是惊惶地喊叫着,纷纷掉转马头,夺路而走。然而,已经迟了。显然早有准备、人数比他们多上好几倍的伏兵已经从四面扑来,把他们团团围住。紧接着,那些大刀长矛就开始在阳光下无情地闪动起来,只见谋反者们一个接一个地狂呼着倒下去,鲜血像喷泉一样到处飞溅。冒襄怀着极其恐怖的心情发现,其中有相当一部分谋反者,是在自动抛弃了武器、跪在地上乞求投降的情况下,被毫不容情地立即杀死的。这使他感到震惊,也感到迷惑。因为看起来,布置这场镇压的人,似乎并不需要留下活口,也不打算从这些谋反者身上,追查什么线索似的。

终于,屠杀结束了。这是一场绝对的胜利。那一百多名没有戴头盔的谋反者,已经完全、彻底地被解决,只剩下横七竖八地躺在血泊中的残肢碎体,而镇压者方面却几乎无一伤亡。至于聚集在阅武厅上的那些观众和来宾,也许还没从这场突如其来的屠杀中恢复过来,都呆若木鸡地瞪视着厅堂下的那个血肉狼藉的场面,一句话也说不出。有些人的身子还在微微发抖,怎么也停止不下来。

"嘿,刘孔和在哪里?刘孔和来见!"一个枭鸟般的声音在死寂中蓦地响起。大家畏缩了一下,转过头去,发现仍旧是刘泽清。只见他那张俊美白皙的脸上笼罩着一层青色的杀气,眼睛里闪射出阴冷可怖的光芒,两腮的筋肉随着牙齿的咬啮而上下抽动,看上去就像一匹准备择人而噬的恶狼。

很快地,刘孔和从台阶的顶端出现了。这位高瘦的,刚才还是全场瞩目的阅武总指挥,此刻整副神气全都变了。他像被人狠狠揍了一顿似的,脸色惨白,五官仿佛都移动了位置,几乎使人认不出来。他蹒跚地往前走着,浑身上下都在不停地发抖。

"左右,把他的盔剑去了,给我拿下!"不待刘孔和走到跟前,刘泽清又大声下令。

两个侍从武官答应了一声,立即走上前去执行命令。于是刘孔和便如同囚犯一般,光着脑袋被押到刘泽清面前,跪了下去。

"刘孔和,你身为大将,世受朝廷厚恩,怎敢背主投敌,意欲行刺阁部大人?快讲!"

"禀大人,卑职并无背主投敌之事,更无行刺阁部大人之心,请阁部大人和大人明鉴!"也许是意识到自己的性命,已经处于极度的危险之中,刘孔和的回答反倒异常坚决。

"没有?那么刚才之事,你怎么说?那二百人,全是你的亲兵。他们不遵将令,直冲本厅,如若不是意在行刺,又是什么?啊!"

"这……卑职实不知情!"

"胡说!"刘泽清一拍交椅的扶手,"分明是你暗中指使,欲图一逞。若非本帅洞察尔奸,预做准备,只怕阁部大人已遭汝毒手。现今罪证俱在,还敢狡赖,军法难容!左右,与我推下去。斩讫报来!"

刚才,他声色俱厉地指斥刘孔和通敌谋反,在场的其他人由于不知就里,倒还只有呆呆地听着,现在忽然听说他要将刘孔和斩首,都不由得竦动起来。因为不管怎么说,刘孔和毕竟是一位高级将领,即使真的犯有死罪,也必须经过朝廷会审,才能决定如何处置,断断没有私下处斩之理。何况通敌谋反可不是一个普通的罪名,更需要彻底追查才成,这么草草定罪,于情于理都说不过去。不过,这当中最愤急的却要数冒襄。因为从最初的一阵子震惊中清醒过来之后,他很快就将眼前发生的一切,同昨天夜里刘孔和的投诉联系起来。他发现,所谓刘孔和意在行刺的说法,有几个明显的破绽。首先,在阅武厅周围有着重兵护卫的情况下,刘孔和竟打算以区区百余亲兵来实现图谋,未免轻率得令人难以置信。其次,从刚才那百余亲兵一旦遭到围歼,便完全丧失战斗力,只知夺路逃命的情形来看,也不像是有备而来,倒像是事先根本不知道会落到这种境地似的。第三,最可疑的是,既然刘泽清已经预先察知这一奸谋,做好了准备,那么为什么要把那一百多兵卒全部杀死,而不留一个活口来质证此事？所以，冒襄判断，这件惨案更有可能是刘泽清的阴谋，目的就是为了陷害他的亲叔父！想到昨天夜里，刘孔和曾经前来请求保护，自己也答应了他，但至今没有向史可法禀告，冒襄就不由得又惊又急，连毛发都要倒竖起来。如果不是面色铁青的张自烈在旁边制止，他说不定就会挺身而出，不顾一切地把事情的底蕴揭出来。

张自烈制止他，是因为史可法说话了。

"老先生，"史可法一边摇摇手，示意那两员将官先不要把刘孔和押下去，一边转过脸，向刘泽清问："刘孔和通敌谋反之说，除却刚才他纵兵乱阵，冲突本厅之外，不知可另有凭据？"

"回禀大人，刘孔和素怀异心，卑职早有所察，是以派他带领本部军马，巡行河上，另遣细作觇其行藏。日前细作回报，他过河之后，即与建虏暗中通款输诚，甘为内应。卑职犹未敢深信，特地调他回来，再细察之。不想果有今日之变！"刘泽清显然早有准备，所以回答得煞有介事，令人一时难以反驳。

史可法显然也感到了这一点。只见他换了一个方式问："嗯，那细作现今何在，可否传来一见？"

"这个——刘孔和奉召回城后，他所部人马仍在河上，卑职恐其有变，未敢放心，已命细作即速回去监视，眼下无法传来。"不知是根本没有这个人，还是怕召来之后，被史可法问出破绽，刘泽清回答得很干脆。

不过，也许这正是史可法所需要的。因为只听他接着就说："事关重大，尚需仔细查究。如今细作既未能即刻召回，依学生之见，不如将刘孔和暂交有司，严加监管，待查清之后，再行论处不迟！"

以史可法的身份地位，只是委婉地劝说，而不直接否定对方的处置，可以说是相当照顾对方的面子。然而刘泽清并不领情，他摇

一摇头,横蛮地说:

"刘孔和身为大将,今日阅武,他实负全责,而竟有叛卒谋逆之事。如此失职大罪,即不问其通敌之状,亦当斩首示众,以正军法!"

虽然刘泽清已经晋封为东平伯,但论地位,仍旧远在史可法之下。他用这种态度说话,可谓十分狂悖无礼。所以周围的人听了,都不由得变了脸色,担心史可法会勃然大怒。然而,史可法不动声色,仍旧不慌不忙地说:

"噢,老先生说到刚才那件事么,学生正觉着其中疑问颇多。老先生说是刘孔和主使,倘能留得一两个活口,此事便不难水落石出。可惜百余人俱被杀尽,死无对证。将来此事报到朝廷,三法司追究起来,学生是当事人,只怕也难脱干系呢!"

这分明是警告对方,他那件勾当做得并不干净,如果一意孤行,到头来未必能讨得什么好处。果然,就像一个被点破了阴私的人那样,刘泽清顿时红了脸,怒气冲冲地质问:

"听大人这么说,此事倒是卑职不是了?"

"哦,学生绝无此意!"史可法立即委婉地说,"学生是为老先生着想。须知我大明立朝三百年,祖宗法纪俱在。即处决一小民百姓,亦须经三推六问,交大理寺复核,由刑部奏报皇上定夺。何况刘孔和乃在职之副总兵官,而且罪涉通敌谋叛,更须经三法司与九卿会审,皇上裁准,方能定谳。如今老先生不循此途,草草将他正法,传扬开去,天下军民将视老先生为何许人?只怕知者或能谅老先生谋国情殷,不知者便将谓老先生干法乱纪,目无皇上,岂非不值?刘孔和如罪有应得,则迟早难逃国法,老先生又何必不释此一时之愤呢!"

这一番话并不凌厉,但是义正辞严。刘泽清听完后,神色间虽然仍不驯服,却也无话可说了。

这时候,跪在前面的刘孔和似乎从史可法的话中得到鼓励,甚至可能认为这是冒襄事先通了声气的缘故,他突然抬起头,瞪大眼睛,高声呼叫:

"阁部大人,卑职实属冤枉!此事实在是刘大人挟嫌报复,欲置卑职于死地。求大人千万为卑职做主呀!"

他这话一喊出来,全场的人不禁为之愕然。刘泽清也顿时变了脸。只有站在旁边,一直紧张地注视着这一幕的冒襄心中一宽,暗想:"好,他终于说出来了,这事可以当面追问个水落石出了!"

然而,当他把目光投向史可法时,却发现,史可法起初似乎也怔了一下,现出疑惑的神色,但很快就把脸一沉,呵斥道:

"胡说!刘老先生是何等样人,岂能诬陷于你。你今日这事并未了结,待本督申报朝廷之后,自有三法司与你论处!"

说完,也不待刘孔和再行申辩,他就管自站起身来。

…………

"史公,此事分明是刘泽清预设圈套,意在报复杀人。何以大人在校场时不乘势追询下去,也好挫一挫刘泽清之凶焰?"

当回到馆驿之后,冒襄把刘孔和昨夜来访以及自己对整件事的分析向史可法作了禀告之后,很不理解地问。

史可法点着头,苦笑了一下,叹息说:"我岂不知刘泽清为人凶残阴狠,刘孔和连同他那百余亲兵是中计蒙冤!只是方今建虏猖獗,大战早晚不可免,为社稷安危计,对这些镇将亦惟有尽量容忍。但望彼到时能为国效力。至于其他,已是计较不了许多了,唉!"

"那——那么刘孔和……"

"学生这就修疏,奏知朝廷,请锦衣卫从速提取刘孔和进京,或可帮他避过这场灾祸!"

然而,史可法估计错了。当他们离开淮安之后第三天的路上,就得到报告说，刘孔和到底还是被刘泽清残酷地杀害了。

六

直到八月十六日，也就是中秋节过后的第二天，冒襄和董小宛才抵达南京。

本来，他们打算赶在中秋节前到达。但是由于冒襄被史可法留下，参与起草给清国摄政王多尔衮的复信，所以在扬州又耽搁了两天。经反复商量，他们一致认为，清国方面提出的狂妄要求是绝对不能答应的，但考虑到即使谋和不成，也要设法尽量争取时间，以便做好应付战争的准备。因此在复信中如何做到不卑不亢，既表明态度，又避免不必要地刺激对方，确实需要在文字上动点脑筋。复信由那位名叫何亮工的幕僚负责起草，在修改、润色的过程中，张自烈和冒襄都参与了意见。信中的措辞，可以说是十二分之委婉。其中除了引用许多历史上的先例，说明弘光朝廷的建立完全合理合法，并没有违背纲纪礼制之外，特地用了很大的篇幅对清国方面慨然出兵，帮助明朝打垮"大逆不道"的农民军，表示由衷的感谢；并希望对方能继续帮忙，以便"合师进讨，问鼎秦中，共枭逆贼之头，以泄人天之愤"。至于对来信中所提出的强横的要挟，复信中只是说了这样一段话：

> 昔契丹和宋，止岁输以金缯；回纥助唐，原不利其土地。况贵国笃念世好，兵以义动，万代瞻仰，在此一举。若乃乘我蒙难，弃好崇仇，规此幅员，为德不卒，是以义始而以利终，为贼人所窃笑也，贵国岂其然？

从而完全避开了"决一死战"的话头。本来，这种处理方式，冒襄应当是比较满意的。但是，他也很明白，指望和谈取得成功，归根结底,还得凭借自身具有令对方不敢小觑的实力。然而,经过这一次北上巡视,可以说,他比以往任何时候都更加看清了明朝军队的腐败和黑暗,因此这封复信,不仅没有使他生出任何信心和期望,相反,整个情绪变得更加灰暗和低沉了。

　　冒襄内心的这种苦闷,同他坐在一辆大车上的董小宛,无疑是不了解的。相反,由于相隔两年之后重游南京的缘故,一路之上,她显得颇为兴奋。这当中,自然也包括她意识到自己的身份已经不再是风尘女子,而是官宦人家的一名宠妾。所以兴奋之中,还多了几分得意,几分幸福。这种心情使她变得容光焕发,笑靥如花,而且对于沿途所见到的一切,她都表现出极大的兴趣和惊奇。

　　"啊哟,相公快看!这么多赶路的人,都挑着担子,挽着篮子,想必是过节走亲戚的吧?"

　　"咦,瞧那妇人的衣裳,多古怪!比甲不像比甲,半臂不像半臂——还有那小佔,胖胖乎乎的,真好玩儿!"

　　"啊哈,那是什么?一座亭子,里面站着个人——不,不是人,是块石碑!这么说,是孝陵,真的,孝陵到了!"

　　就这样,一路上,她的眼睛几乎没有离开过车窗。一会儿,她撒娇地靠在冒襄身上,一会儿,又把脸贴近窗帘往外张望,小嘴巴子也叽叽呱呱地说个没完,同她在如皋家中那种循规蹈矩的样子相比,简直像换了一个人。

　　冒襄默默地望着她,只偶尔回答一两句,心中却想:"女人到底是女人,逃难那阵子,还只是三个月前的事呢,境况稍安宁一点,她又照样无忧无虑了!"不过,他也不去说破侍妾,"往后高兴的日子怕不会多了,只要她高兴得起来,就让她高兴好了!"他在心中苦笑。

　　过了晌午,车子才进入南京。冒成已经先到一步,替他们张罗好了下榻的处所——依旧是秦淮河畔的桃叶河房。不过这一次手头已经不像过去宽裕,没有全包下来,只赁了东边的一个小独院。待到安顿停当,稍事休息,天色也就暗下来。虽然迟到了一天,中秋已经错过,但八月十六是"送月"的日子,而且今晚不必躲在家里,所以气氛反而更加热闹,还在他们进城的时候,就看见大街小巷里,家家户户都在为过节继续张罗——摆神案、挂彩灯、送酒席、招亲友,熙攘的情景使人简直看不出这是一个正面临着巨大战祸威胁的城市。冒襄虽说兴致不高,但也不想冷冷清清地打发这个晚上,便命冒成到就近的那些熟朋友的寓所去报信,顺便约请他们前来一块儿赏月。谁知冒成去了半天,回来禀告说,那些朋友全都不在家,早早就出门了。冒襄颇为扫兴,看看天色已经全黑,就算再让仆人去找,恐怕也未必有结果。他沉吟了半晌,只好摆摆手,说:

"那就算了,摆饭吧!"

"相公,既是这等,我们何不去雇一只船,就到河里荡着,一边赏月,一边随意吃点什么,也胜似窝在这屋子里强呀!"大约发现丈夫不怎么快活,董小宛微笑着从旁建议说。

"……"

"兴许在河里,还能碰上相公的朋友哩!"

这倒提醒了冒襄。他回头望着冒成,意思是:怎么样,办得到么?

"禀大爷,"冒成马上回答,"小人也想着大爷和姨奶奶今晚要游河赏月,已经雇了一只船候着。大爷要时,小人这便去叫他们撑过来。"

像今晚这种月圆之夜,秦淮河上照例很难雇得到游船,但冒成总是把一切都预先估计到,并且安排得妥妥当当的。于是,冒襄也就不持异议。小半晌之后,他同董小宛已经登上一只陈设雅致的灯船,缓缓地摇到秦淮河中去了。

这会儿,正当月亮升起之前的片刻,沉沉的夜幕,似乎变得愈加幽暗,除了河房上的灯火,以及河面上那些大小游船所悬挂的灯笼,远远近近地颤动着、浮荡着之外,周遭的一切都显得模模糊糊。有时候,甚至分辨不出哪儿是水,哪儿是岸。人斜靠在船栏上,也仿佛漂浮在虚无缥缈的境界里,只听见船尾汩汩的桨声,轻一下,重一下,仿佛在催人进入梦乡……然而,过不了多久,白璧般的圆月就从东边的城墙上露出脸来。仿佛展开了一匹银光闪烁的素练似的,秦淮河一下子给照亮了。那星星点点的灯火顿时暗淡下去,周遭的景物却鲜明地凸现了出来——河房上的黑瓦顶、沿河两岸的树木、游船的甲板和顶篷,都被抹上了一层银色的薄霜,就连露台上、船舱里的人影也变得历历可辨。那些笙、箫、琴、鼓所奏出的声韵,顺着阵阵夜风吹送过来,显得悦耳而悠扬。

"相公,你可还记得,两年前的中秋夜么?"在默默地陶醉了好一会之后,董小宛忽然开口说。

"两年前?"冒襄疑惑地问,一边接过侍妾送到面前的一块月饼。

"哎,在桃叶河房。那时节,贡院刚散场——相公怎么记不得了?"董小宛的声音里透着娇嗔。

冒襄咬了一口月饼,慢慢地咀嚼着,终于"噢"的一声,想起来了:两年前的那个中秋节,他刚刚参加完三场乡试,同一伙社友在桃叶河房里饮酒赏月,小宛也在那个时候从姑苏赶到,结果,他在朋友们的合力促成下,答允了同小宛的婚事。

"那一天,还是眉娘姐姐领妾来寻相公的。"董小宛又递过来一片削好了的酥梨,看见丈夫摇摇头,就放下了,接着说:"过了年,眉娘姐姐就嫁给了龚老爷,跟着到北京去了,后来就断了音讯。如今北京闹出那场大乱子,还不知他们怎么样了呢!"

顾眉和龚鼎孳,在三月十九日那场剧变发生时,确实陷在北京,没能逃出来。不过冒襄在扬州时已经听说,龚鼎孳没有自尽殉国,而是很快就投降了"流寇",被李自成以原职录用。后来李自成战败,逃出了北京。不少陷"贼"的明朝官员都乘机逃回南方。但龚鼎孳始终没有回来,时至今日,大概又已经投降了清国。这个消息,冒襄一直没有对董小宛说。因为它使冒襄感到十分厌恶,并为曾经有过龚鼎孳这样的朋友而羞愧。现在,听董小宛这么一问,他又想起这件事,由这件事又联想到北方的严重威胁,于是,好不容易才提起的一点游赏的兴致,顿时又低落下来。他皱起眉毛,把手中吃剩的月饼往盘子里一放,一仰身子,挨着靠枕斜躺了下去。

董小宛没有觉察到丈夫心情的变化,也许觉察到了,却只当他是为朋友的命运而担心,所以仍旧管自絮絮叨叨地说:"不过,细想起来,龚老爷和眉娘姐姐都是绝顶聪明的人物,见识又高,为人又好,菩萨必定会保佑他们躲过大难。这会儿说不定正在哪个山里、庙里安安稳稳住着哩!待到他们回来的时节,妾一定得见上一见,好好儿谢谢她!说起来,自打那遭中秋节之后,就再也没见着她了,连音讯也不曾给她捎一个,不知她心里会怎么想着,必定会怪我……"

起初,冒襄只是闷声不响地听着,渐渐就不耐烦起来。他干脆把身子侧向右边,让脸朝着船栏外。就在这时,他听见一个粗声大气的嗓门在说:

"你们可是瞧准了,那伙伪君子就在那儿么?"

"禀老爷,小人们瞧得清清楚楚,不会有错!"

冒襄心中一动,觉得这头一个声音有点耳熟,连忙定眼望去,发现有一条船,正从旁边摇过,船上坐着几个人,其中一个是官绅打扮的胖子。灯光下,他的两道又浓又黑的扫帚眉毛,和胸前的一部大胡子显得十分触目。

"咦,那不是阮胡子么?怎么会碰上了他!"冒襄惊讶地想,打算看得清楚一点,那条船却像忙着赶到什么地方去似的,一下子就摇过去了。

"阮胡子——他刚才说什么来着?嗯,'伪君子在那里'……莫非、莫非是说的定生、次尾他们?"这么一想,冒襄顿时警觉起来。他坐起身子,略一思索,随即回头向后梢招呼说:

"船家,快点摇,跟上前头那只船——就是才驶过去的那只!快,跟住它,本相公有赏!"

说完,他朝董小宛摇摇手,要她先别问;然后,就把位置移到船舱口,睁大眼睛,开始牢牢监视着阮大铖那条船的去向。"听他们刚才说话的口气,像是要去寻定生他们似的。只是在眼下这种时候,却是为的什么?况且,他口口声声骂什么'伪君子',显见没安好心。不成,既然被我撞上了,非得跟着去探个究竟不可!"这么拿定主意之后,他就不理会董小宛的惊疑神情,只管一个劲儿催促艄公赶上去。

这时,船已经来到学宫附近。冒襄发现,河道上渐渐变得热闹拥挤起来,去路常常被横斜而过的游船所阻断。如果不是艄公身手敏捷,很可能就追踪不下去了。"奇怪,怎么人人都像赶着朝这边挤似的?"冒襄一边打量着穿梭来往的船只,一边莫名其妙地想。这时候,他们已经来到有名的余家河房。那是秦淮河上最大的一所河房。每到大比之年,里面总是住满了应试的举子。这所河房不仅屋舍众多,庭院宽敞,而且临水的那两个露台也建得特别阔大,可以供好几十人同时站立。冒襄远远望见,那上面如今就聚满了人,多数是些方巾儒服的士子,看上去黑压压的一片,也分不清各人的相貌。不过,最引人注目的是两个露台之间的水面上,临时搭起了一个小平台,几个穿着戏服,挂着髯口的文武角色正在上面比比划划,走来走去。伴随着他们的动作,传来了阵阵锣声和鼓点,分明是在上演什么戏文。"怪不得招引来这么多游船!大抵又是哪个好事之徒想出的花样,只不知演的什么戏?"冒襄恍然想道,随即发现自己的船也正在靠上去,便高声制止艄公说:"不要过去,快走快走!"

"相公,那只船也过去了呢!"艄公说。

冒襄又是一怔:"怎么,原来阮胡子找的就是这里?这么说,上面站着的那些人,便是定生、次尾他们了?"

"啊呀,相公,你听,是演的《喜逢春》呢!"董小宛忽然惊喜地说。

《喜逢春》是十多年前南京城里一出颇为有名的戏。内容是写天启年间,魏忠贤专权乱政,残酷迫害与之坚决斗争的东林党人,最后恶贯满盈,终于被崇祯皇帝一举诛灭的那段历史。由于当时魏忠贤垮台未久,人人心中都怀着无比的仇恨,这出戏又写了不少真人真事,所以一上演便大受欢迎,很轰动了一阵子。不过,随着时间的推移,有了更多更新的剧本之后,这出戏已经有好些年没有被搬演了。如今,它又突然出现在戏台上,而且是在这么一种时候,这么一个地点,那就显然不是偶然的安排。"嗯,莫非这是冲着阉党余孽图谋翻案而发,所以阮胡子才那么气急败坏地赶来探看?"这么一琢磨,冒襄心中陡然涌起一股热气,连忙大声吩咐艄公:

"船家,摇前去,摇前去!"

"是——相公,不过,刚才那只船……"

"先别管他,靠岸,到露台上去!"

然而,露台前的游船实在太密集了。艄公费了好大的劲,也只能挤到离岸边还有二三丈远的地方,再也无法前进。不过,凭借着戏台上明亮的灯光,现在已经可以看清楚,在露台上坐着看戏的士人,依稀就是吴应箕、黄宗羲那一伙社友,旁边还围着好些人,或坐或站。冒襄正为今晚找不到社友们而感到扫兴,如今意外发现他们都在这里,不禁大为兴奋。加上他急于弄清眼前这种做法到底为的什么,所以同他们相见的愿望更加迫切了。可是,只差那么一截子距离,偏偏靠不了岸,弄得他又气又急,又无可奈何。

"大爷,这儿靠不上去,若要上岸,只有从外边绕过去。"冒成站在船头大声说。

冒襄回头望了望,发现他们这么一逗留,后面已经又摇来了好些船,把退路给堵住了。这会儿即使要绕出去,只怕也有困难。他正拿不定主意,忽然听见董小宛低声说:

"鬼卒在给魏忠贤用刑,下面要唱到'梁州第七'了!"

听她这么一说,冒襄便不由得留了心。果然,只听锣鼓铙钹咚咚锵锵地响了一阵,戏台上,那个被天帝封为涿州城隍的已故副都御史杨涟,便戟指着被鬼卒们按倒在地的魏忠贤,用高亢的弋阳腔唱起来:

〔梁州第七〕数着恁,你如鬼魅,阴谋凶勇。待指着,你似虺蛇,毒计英锋。只见把,朝纲国计凭伊弄,与一个老虔婆结为死党,把一个美瑶姬送入幽宫。密秩茶伤残黎庶,张法网打尽臣工,邀封赏滥冒军功,欺君上诈逞鸩工。恁私陈着卤簿乘舆,安享着祝釐私颂。漫说什么国老元公,你只道富贵无穷,百年眷宠,怎知水消雾散须史梦!逃不得幽冥报、司寇法,落得荣华一旦空,今日价碎首难容!

这是一段有名的唱词,当年被人们争相传唱,流播很广。冒襄也早就耳熟能详,用不着等那位扮演杨涟的小生唱出,他已经知道下面的句子。不过,当这段唱词传入耳朵里时,他却蓦地吃了一惊。因为那声音忽然变得像打雷似的,增强了好几十倍,在露台上轰响起来。原来,那些围聚着看戏的士子,不知出于何人指挥,竟然一齐放开喉咙,参加了进来:

〔四块玉〕恁恁恁,私自与阉竖通,自恃着皇恩重,镇日价把唇锋舌剑搅椒宫,圣明君却把红裙奉,那里管国母危,那里管把宫妃送,今日价,千般巧计总成空!

　　…………

　　〔哭皇天〕恁恁恁,枉自把科名中,甘做阉竖门下的儿童。拨置他把中宫握定兵粮柄,搬弄得将荩臣送入棘林中。做成三窟,待将终身常供,骤跻着三公八座,九列清班,司空要地,司马要封,怎掩得臭名见,骂不穷,只落得孤身先雉径,今日价幽报难蒙!

　　前一段唱,是骂那个同魏忠贤狼狈为奸的天启皇帝的乳母客氏;后一段唱,是骂为虎作伥的魏阉心腹崔呈秀。那唱词本身就写得激昂慷慨,痛快淋漓,如今再经由好几百人的嗓门,一齐回肠荡气地唱出来,更有似群狮夜吼,风雷怒迸,气势着实惊人。随着旋律的倾泻,那歌声也像汹涌而至的江潮,一浪高似一浪,在秦淮河上翻滚盘旋,久久不绝。不论是唱的人还是听的人,都显然被这充满正气的歌声所震撼,不由自主地热血沸腾,情怀激荡。所以,一曲方终,原来坐在露台上看戏的几个人,便不约而同地跳起来。其中一个张开双臂,抬头向着茫茫夜空,扯着嗓子凄厉地嘶叫:

　　"大行皇帝,大行皇帝!陛下的在天之灵听得见么!陛下当年钦定的逆案,如今有人竟敢图谋掀翻!快快显降威灵,诛戮这伙奸邪!"

　　冒襄刚刚看清,这是已故东林领袖左光斗的儿子左国棅;站在旁边的顾杲、余怀、沈士柱等人已经跟着大嚷起来:

　　"他们专擅欺君,闭塞言路,引用私党,排斥忠良,把国事搅得一塌糊涂,若再不施以惩戒,则大明中兴之业,便要葬送于他们之手了!"

　　"他们还卖官鬻爵,公行贿赂,假名国用,大事搜刮,闹得民怨载道,闾左骚然。如不惩治,国法何存!"

　　就这样,他们一个接一个地站起来,咬牙切齿地声讨马士英、阮大铖等人的罪状,虽然没有公开指名道姓,但听的人显然大都心中有数。这时,戏台上的演出早已停下来。有一阵子,台上台下变得一片静默,连呼吸也仿佛停止了。只有已经升上了中天的明月,在船舷旁边的水面上投下一轮白璧般的倒影。

冒襄也同大家一样,静静地听着。不过,也许前些日子他不在南京,对朝廷所发生的事缺乏切肤之感;相反,此刻像噩梦一般盘踞于他心胸的,却是来自清朝的那封充满无耻诡诈和横暴威胁的书信,是刘泽清之流的凶残和腐败,是史可法的苦撑危局,心力交瘁。"是的,都到什么当口上了,留都里还是这等各逞意气,争斗不休,到底有多大好处?又顶得甚用!"这么一想,冒襄的心情顿时烦乱起来,同社友们会面的愿望也不再那么急切。虽然董小宛建议:不如扬声招呼,也好让露台上的社友们知道,他却尽自踌躇着,末了,终于摇一摇头,吩咐艄公掉转船,觅路退出。

小半天之后,他们已经走在返回桃叶河房的水路上了。

七

冒襄来而复去,聚集在露台上的社友们自然不会知道。而且,他们此刻的心情也同冒襄大不一样。特别是黄宗羲,作为今晚这次行动的头儿,他是那样的义愤填膺,只懊恨拿不出更有力的手段去抨击马士英、阮大铖这些无耻小人。

黄宗羲是本月初跟随刘宗周来到南京的。虽说在丹阳期间,刘泽清所派出的刺客到底没敢加害刘宗周,但是这一事件给予他的刺激依然极其强烈。为着排除异己,政敌们竟然不惜使用如此卑劣狠毒的手段,来对付刘宗周这样德高望重的老臣,这是黄宗羲所万万没有料到的。他由此也更加痛切地看清,他所憎恶的小人们,到底怀着怎样一副蛇蝎心肠。如果不把他们彻底铲除,不仅明朝的中兴绝不可能,而且会给江南的万民百姓带来无穷的灾祸。所以,那紧张的一夜过去之后,他就同老师再度商量,把准备送呈朝廷的第二份奏稿,又仔细修改了一遍,使其中的主张更明确,言辞更剀切;待到抵达南京,就由刘宗周立即奏明皇上。本来,黄宗羲估计,以老师在朝野间的威望和影响,这份奏疏尽管不能一下子参倒马士英,至少也会引起皇帝的重视,有所警醒。然而,他又一次想错了。虽然马士英仿照受到黄澍攻击时的故技,装模作样地又来一番"乞罢",结果,皇上却迫不及待地"温旨慰留",连丝毫考虑犹豫都没有。马士英得了这道护身符,有恃无恐,立即布置反攻。他故意避开刘宗周,而让无赖王孙朱统镏出头,对姜曰广发起弹劾,除了捏造出一堆诸如任用私人、图谋篡逆、庇护降贼等莫须有的罪名外,还极其恶毒地诬指姜曰广"纳贿"和"奸媳"。

这份弹章一经传开,举朝为之哗然。给事中熊汝霖、总督袁继咸都上疏替姜曰广辩诬,首辅高弘图更拟旨主张追究朱统镏诽谤大臣之罪。谁知弘光皇帝不但不主持公道,反而把高弘图召到便殿,当面呵斥说:"统镏与朕是一家子,有什么可追究的!"结果,高弘图和姜曰广给逼得没办法,只好一齐提出辞职,以示抗议。弘光皇帝虽然表面上不同意,但很快又通过加赐头衔的方式,封马士英为"太子太师",而只封高弘图为"太子少师"。这实际上把两人的地位倒转过来,为马士英取代内阁首辅的交椅预做准备。

这一连串消息传来,黄宗羲简直给气呆了。"啊,怎么会这样?怎么能这样!纵然他身为君主,视天下为一己之产业,而不为天下万民着想,那也应该明白,若果朝廷之上完全不讲公道,不顾起码是非,私恩滥行,公义沦丧,他那个产业又怎能保得住!难道只要他高兴,天下之大,都得充作他们私相馈赠的礼品;亿万人的身家性命,都活该被他们随意断送么!"他痛苦地、激愤地在心里大叫。

然而,痛愤归痛愤,现实就是这么无情地摆在面前。而且,仗着有皇帝的支持,马士英等人看来将永远立于不败之地。"不,绝不行!只要我黄宗羲还有一口气在,就要同他们斗下去,不许他们为所欲为!"他咬牙切齿地发誓说。于是,他立即同周镳、顾杲、吴应箕商量,决定借今晚的机会,再来一个秦淮大会,向马士英、阮大铖之流还以颜色,至少要让对方懂得:留都里还有强大的"清议"存在,他们纵然可以一手遮天,却休想逃脱公论的谴责。

现在,一切都按照预定的计划进行着,除了陈贞慧、侯方域二人因为对这么做持有异议,没有到会外,其余的社友在周镳、雷縯祚的主持下,齐心合力,把大会办得很有声色。人们的情绪已经被激动起来。估计到了明天,今晚发生的一切就会传遍京城,其影响绝不会在崇祯十一年的《留都防乱公揭》之下。"哼,叫你们知道我复社的厉害!"黄宗羲一边想象着马士英、阮大铖之流得知消息后的狼狈样子,一边快意而骄傲地想。

现在,最起劲、最热烈的高潮已经过去,戏台上的《喜逢春》也演到了尾声。围聚在露台前的游船渐渐稀疏起来。只有中天上的圆月,益发显得明亮皎洁,它所投下的倒影,在变得空旷起来的河面上晃动着,幻出无数变化不定的光斑。

黄宗羲觉得还未曾尽兴,他怀着多少有点惋惜的心情,把目光投向还散泊在附近的二三十只游船,希望它们至少再多停留一会儿。当他的视线掠过其中较大的一只船时,发现有一个缙绅模样、胸前垂着一把大胡子的人,正站在舱前的甲板上,扶着船篷,探头探脑地朝这边张望。"嗯,这人想必是才来到的,所以……"他不在意地想,一边继续移动视线。然而,不知为什么,他心中忽然一动,不由自主地回眼再望了望。"什么,阮胡子?"他顿时一怔,疑心自己看错了,连忙用手擦了擦眼睛,再仔细打量,一点不错,那人正是阮大铖!"好啊,这狗贼胡子胆大包天,竟敢跑来暗中窥伺,看我不给点厉害他尝尝才怪!"他本想站起来,扬声喝骂,随即又改变了主意,侧过头,先把他的发现告诉身边的顾杲。

"怎么样,我们把他臭骂一顿,嗯?"他小声地问,眼睛始终没有离开那条大船。

这时,顾杲也认出了阮大铖。他眼珠子一转,用同样的小声说:"先别惊动他,跟我来!"说完,又转过身去,朝旁边的余怀、左国棅和沈士柱嘀咕了几句。于是,几个人悄悄地站起身,挨个儿挤出人丛,来到了露台边上。那儿本来就系着三只空船,顾杲做了一个手势,让黄宗羲同沈士柱上了其中一只,他自己上了另一只,剩下一只则分派给余怀和左国棅。到了这会儿,黄宗羲已经明白了顾杲的用意。他顿时变得既紧张又兴奋,没等招呼,就抢先吩咐艄公:

"快,撑到那边去,那边!"

然后,他就睁大眼睛,竭力搜寻消失在别的游船后面的那只大船,心里叨念着:"哎,可别让他跑了!可别让他跑了!"

不大一会儿,那只船重新在月光下显露出来。阮大铖还没有察觉已经被人盯上,兀自扶着船篷,一个劲儿朝露台上张望。面对着这个奸恶小人,仇恨的怒火从黄宗羲的心底熊熊燃烧起来。他捏紧了拳头,牙齿咬得格格响。等双方的距离缩短到只有一丈开外时,他蓦地发出一声雷鸣般的断喝:

"呔,狗贼胡子,你来干什么?"

一连喝叫了两声,阮大铖才回过头来。起初,他还懵懵懂懂,然而,转瞬之间,那双长在扫帚眉下的眼珠子,就因惊恐而睁圆了,全身分明颤抖了一下,本能地往后退去。如果不是站在旁边的一个随从及时扶了一把,说不定他就掉进水里了。不过,由于这么一倾侧,船身失去了平衡,剧烈地摇晃起来。船上的人没有准备,顿时闹得东倒西歪,立脚不住。幸亏艄公是把好手,一边极力扳住橹,一边大声叱喝众人沉住气,不要乱动,这才好歹把船稳下来。尽管如此,船上的人也已经狼狈不堪,阮大铖更是慌得趴在船头上,连帽子也歪在一边,直到船身完全平稳了,才敢稍稍抬起头来。

这当儿,顾杲和余怀那两只船也靠了上来,与黄宗羲一道,从三个方向把阮大铖的船围在当中。看见那大胖胡子惊慌狼狈的样子,他们一齐开怀大笑起来。

阮大铖起初大约也没有看见顾杲、余怀他们,待到发现自己有陷入包围的危险时,他那双贼忒忒的眼珠子迅速地转动了一下。没等仆人过来搀扶,他已经先吩咐了一句什么。接着,他那只船就掉转头,往斜刺里直摇过去,打算夺路而走。

顾杲和余怀早有防备,两只船马上夹击过来,把他的去路挡住了。

阮大铖一声不响,把手一挥,他那只船便迅速后退,摇向另一个空当。黄宗羲和沈士柱正守在附近,马上迎上前。但是只有一只船,而且比对方的要小,很难拦挡得住。正在着忙的当儿,幸而另外几位社友也驾着船赶到了,双方几经碰撞,终于把阮大铖硬是堵了回去。

这时,赶来助阵的船越来越多,加上看热闹的船只,已经形成了一个严密的包围圈。阮大铖左冲右突硬闯了几次,都没能闯出去。急得他瞪着惊恐的眼睛,扯着嗓子大嚷:

"你、你们要干什么?啊,要干什么?"

"干什么?哈哈,这话该我们问你才对!"大概看见阮大铖已经无法逃脱,顾杲就不着急了。他站在船头,微微抬起长鼻子,慢条斯理地说:"你倒说说,你来干什么?"

"我,我来饮酒、赏月,难道不成么?这秦淮河又不是你们买下的,人人都来得!"也许想着如今不同以往,身后有马士英那座大靠山,所以阮大铖依然口气很硬。

"饮酒、赏月,怎么钻到我们这儿来了?"一个轻快的嗓音接了下来,那是余怀,"也不思量你那一身臭味儿,真会把人生生熏死!"

"咦,莫非你想来看戏?"沈士柱兴冲冲的声音从黄宗羲背后响起,"可巧,这儿正在演《喜逢春》,你那阉贼干老子、干娘,还有那帮子阉兄阉弟,全都出场了。你自必十分想念他们,打算来同他们叙叙旧,磕上几个响头儿,喊上几声爹爹妈妈吧?那倒是该当,该当!"

"哈哈哈哈!"听了这几句俏皮的挖苦,周围的人都齐声哄笑起来,笑声中又夹杂着叱骂:

"哼,只可惜他们一个一个,到头来全都给先帝治了罪,上吊的上吊,杀头的杀头,呜呼哀哉了!"

"狗贼胡子,你可仔细着,你若然贼心不死,还想学他们的样,也照样逃不了现世报的下场!"

在人们的笑骂声中,有一阵子,阮大铖显得又气又急,眨巴着惊惶的眼睛,不知如何是好。然而,渐渐地他似乎镇定下来,眼神也由惶急变为凶恶。蓦地,他把头一仰,嘿嘿地冷笑起来。

"呔,狗贼胡子,你笑什么!"有人怒声质问。

"笑什么?"阮大铖陡然把脸一沉,恶狠狠地咆哮说,"我笑你们别太得意了!什么'逆案'!全是你们东林挟嫌报复,假公济私弄出来的糊涂账!你们以为定了就完了吗?不,该翻的还得翻过去!《三朝要典》要重修,当年欠下的债全得算清楚!哼,你们等着瞧吧!"

在这种势头当中,他居然还如此强横死硬,气焰嚣张,这是大家所没有料到的,所以一下子倒噎住了。其中,最气急的要数黄宗羲。由于不善辞令,那些刻薄挖苦的话尤其非他所长,所以在社友们你一言我一语地戏弄阮大铖时,他始终插不上口;但是,急于投身进去的愿望却越来越强烈。事实上,多年来他一直把阮大铖看做不共戴天的仇人,而像今晚这样面对面交锋,还是头一次。他很想痛痛快快地骂上几句,以解一解心头的积愤,但又总想不出那些足以轰动全场的俏皮话,这使他很懊恼,暗恨自己嘴巴太笨。现在,看见阮大铖居然大放厥词,公开叫嚣要重修《三朝要典》,掀翻逆案,而大家仿佛被他的气焰所镇住,变得一片静默,黄宗羲心中的怒火就变得无法抑制了。一种非要压倒对方不可的本能使他发出一声怒吼:

"打!打死这个狗贼胡子!"

一边说,一边就把不知什么时候抓在手中的、连他也不知道是什么的一件东西,猛地向阮大铖扔过去。

这个激烈的举动,使正在不知如何出气的社友们怔了一下,随即醒悟过来。

"对,打,打死这个狗贼胡子!"

"宰了他!"

"拔光他的胡子!"

"淹死他!"

各种叫骂声从四面八方响起,迅速汇成了一片越来越大的怒吼。与此同时,各种随手可以抓到的物件——月饼、酒杯、瓜皮、水果等等,像冰雹一样向阮大铖的船上飞去。这一下,阮大铖当真慌了手脚。他再也顾不上保持尊严体面,哇哇地惊叫着,连滚带爬地钻进船舱里。只苦了他的那些仆从,顾得上保护主人,便顾不上躲避袭击,倒是结结实实地吃了不少苦头。

这么闹动起来,水面上的情形可就变得相当混乱。只见阮大铖那只船左摇右晃着,随时都有翻沉的可能。但是谁也没有想到要制止——事实上也很难制止,因为处在狂热之中的人们一心只想着要出气,要报仇。任何一个试图阻挡他们的人,都很可能被视为叛徒或胆小鬼,而遭到与阮大铖同样的命运。

然而,意外的情形还是出现了。一只船忽然摇进了核心,船头上站着两个人,其中一个摇着手高喊:

"诸位停手,诸位停手,且听仲老一言!"

起初,大家没有理会,但当看清那个满脸胡子的人是雷缜祚,站在他旁边的则是周镳时,就迟迟疑疑歇了手,瞪大眼睛注视着,不知道他们要说什么。

雷缜祚继续摇着手。直到全场基本上平静下来之后,他才转过头,说:"仲老,请!"

周镳先沉默了一下,仿佛在积蓄劲头,然后才竭力提高嗓门,用劝止的口气说:"今晚,列位秦淮大会,实乃怀忠报国,志在防乱。是以言由义慨,行与愤俱。大行皇帝在天之灵有知,亦当鉴慰!惟是……"

刚说到这里,一阵突如其来的猛烈咳嗽妨碍了他。他不得不停下来,捂着嘴,喘着气,亲随也从旁给他捶背,待到好不容易止住咳嗽,但人却似乎变得劳累不堪。末了,他做了一个手势,示意雷缜祚代他说下去。

"哦,仲老之意,"雷缜祚连忙接过话头,"是阮某这等小人,虽则可恶,亦复可鄙。今晚列位社兄小施惩戒,令彼知惧足矣。若然他仍不思改悔,国法公理俱在,自有与他区处之所,是故倒也无须争一刻之快,不如暂且到此为止。列位以为如何?"

大约因为这是周镳的意思,大家听了,虽然都不做声,但也没有坚持不肯。看见这样子,雷缜祚就转过身,对战战兢兢地爬起来的阮大铖挥一挥手,严厉地说:"尊驾今后应深自收敛,闭门思过。如仍不安本分,抛头露脸,下次再犯众怒,便恕难宽宥了!"

阮大铖起初还在发呆,似乎不敢相信会放他走。当终于弄明白雷缜祚的意思之后,他连连拱着手说:

"承教,承教!"

说完,便连忙吩咐开船,在人们让出来的一条狭窄的水路中急急通过,抱头鼠窜而去了。

第 九 章

一

"哈哈哈哈!"一阵开怀大笑,在黄宗羲和他的朋友们当中爆发开来。欢乐的声浪充溢了西厢房,穿透门窗宣泄出去,在天井当中久久回荡。

这是秦淮大会之后的第五天下午,社友们聚集在吴应箕借寓的蔡益所书坊里,重新谈起八月十六晚上发生的一幕,仍然情绪热烈,兴奋异常。

"哈,瞧阮胡子当时那个亡魂丧胆的样儿,活脱就像一只老乌龟!"

"要是仲老来迟一阵子,保准他就得滚下河里去喝小娘们的洗脚水哩!"

"对,偏生周、雷二公心软,倒便宜了他!"

"不过,这一次也算让他再度领教我复社的厉害了!"

"嘿,太冲那一声'打',喊得好!要不然,那狗贼胡子还不知死活地充'硬头船'呢!"

"对,对,这番大捷,太冲应记上一功!"

社友们一个劲地夸奖,倒把黄宗羲弄得不好意思起来。为着转移目标,他笑着摇摇头,随即改换话题问:

"不过,此次只能算是小施惩戒。既然开了头,便不能就此罢手。列位以为我辈该当如何施为,再鼓余勇,缚此穷寇?"

这个问题,大家显然还来不及考虑,不由得静下来,你看我,我看你,最后,重新把目光集中到黄宗羲身上。

"那么,太冲,你以为该当如何?"沈士柱问。

黄宗羲没有立即回答。这下一步的打算,他其实也未曾想清楚。本来,他准备先同周镳商量一下,但为着照顾老师,如今他已经搬到都察院去同刘宗周住在一起。八月十六那天同大家分手时,已是半夜,至今还来不及去访周镳。不过,他也不想显得毫无主见。因为这一次他回到南京,社内的情形已经发生了比较大的变化。主要是自从出了阮大铖获准恢复冠带,入朝陛见,以及张慎言、吕大器被迫辞官而去等重大事件之后,那种认为必须同马士英等人和衷共济才能保全大局的主张,正在他们这个圈子里,遭到越来越多人的怀疑和抛弃。相反,黄宗羲由于一直坚持"君子小人不两立",并坚决拒绝陈贞慧所宣扬的"利害"之说,显得心明力定,加上周镳有意扶持,他在社内的地位也就日形重要。特别是这一次,他把刘宗周接到了南京。这位总宪大人,就其在朝野当中的声望和影响而言,显然还在高弘图、姜曰广之上。尤其是对于马士英之流,刘宗周的态度也比高、姜等人要强硬得多,无所畏惧得多。这就很自然地被处于愤慨和绝望之中的社友们看成是救星,是惟一可以寄托希望的人物。在这种情况下,作为刘宗周一位关系密切的得意学生,黄宗羲也更加受到社友们的热切包围,以至无形中已经取代了陈贞慧的位置。

对于这种变化,黄宗羲倒也受之坦然,当仁不让。这倒不是他热衷于充当什么领袖。他只是觉得,复社的社局,再这样下去,实在是不成了。像以夏允彝、陈子龙为首的旧几社那一派人,由于门派、政见不同,加上前年虎丘大会那一场风波,已经更加离心离德,就不必再说;倒是自己这一派,例如冒襄,一直躲在如皋家里不出来;方以智则由于降贼失节的嫌疑,弄得极之狼狈,已经无法出门;陈贞慧又是那么一种情形。至于侯方域,由于一向站在陈贞慧一边,近来社内人心出现转向,使他感到十分恼火,对社务也摆出一副不屑、不理的样子。所谓"复社四公子",到头来,竟然闹成这等虎头蛇尾的局面。如果不想让复社就这样垮下去,总得有人出来撑起局面。本来吴应箕在社内资格既老,地位也高,偏偏却是天生一副孤傲不群的秉性,社友们都有点怕他,他也懒得管别人。正是有鉴于这种群龙无首的状况,黄宗羲才毅然决定把社务的担子挑起来。也是到了真正承当起责任的时候,他才体会到事情的难办。别的不说,光是为着维系各方面,做到经常保持着渠道的畅通,就花费了他大量的时间和精力。何况又是处在这样一种艰难的时势,每把一个设想变为行动,都要付出极大的努力。不过,他有一个脾气,就是无论什么事情,不干则已,一干就要干出个样子来。所以近一个月来,他倒确实在全力以赴。五天前那个秦淮大会,就是他想出的主意,并得到周镳和社友们的赞同和支持。直到此刻,黄宗羲还在为那天的举动颇为得意。"前年中秋,听说定生、次尾他们也曾在这里闹过一场'借戏骂奸',但阮胡子本人没有在场,到底隔了一层。看来论痛快,论声威,还得数五天前这一场!"这么一想,他不禁兴奋起来,目光闪闪地环顾着在座的吴应箕、梅朗中、余怀、左国棅、沈士柱,以及八月十六那天没有赴会,但今天却偏偏一早就跑到书坊来的侯方域,断然说:

"别看权奸小人势可障天,在朝廷之上趾高气扬,凌压僚众,但对这'清议',却也畏惧得紧。十六日之事,可证一斑!既然如此,那就正好,我们何不针锋相对,把留都的清议尽量闹动起来,让人人指着他们的脊梁骨骂,叫他日夜不得安生!所以,依小弟之见,竟是即速联络缙绅中的怀忠愤乱之家,各自上戏行去招班设台,把十六日这出《喜逢春》一齐搬演起来,来他个满城争骂魏阉奸贼,人人皆知逆案难翻！另外,再凑上几副骂贼联、几首斥奸诗,派人悄悄儿写到马、阮狗贼的家门上,让他再吓个半死。列位以为如何?"

"唔,前些年阮胡子写了几出戏,便自夸什么'户户争歌《燕子笺》',如今我们来个满城争唱《喜逢春》,倒正好扇他一个耳刮子!此计不错!"吴应箕首先瓮声瓮气地赞成。

"还有《冰山记》《鸣冤记》《清凉扇》都可以唱。不过,就怕那些缙绅之家不敢。"左国棅兴冲冲地提出疑问。

"有什么不敢?这戏骂的是魏阉,那是大行皇帝手定的逆案,莫非还算犯法不成!"沈士柱显得颇有信心。

"就算他们不敢,就我们这些人,每人雇上一台,也有十台八台了!"余怀也表示附和。

梅朗中提出另一个疑问:"演戏倒还罢了,只是把对联和诗写到狗贼权奸的家门上去,设若被他侦知,乘机反诬,只怕……"

这种担心立即遭到左国棅的反驳:"对联和诗人人都作得,只要手脚做得干净,无凭无据,他也不能把我辈怎样!"

吴应箕哼了一声,冷冷地说:"他要抓把柄,《留都防乱公揭》就是逃不掉的把柄,多一个少一个,还在乎什么!"

黄宗羲听着,暗暗点头。他正想进一步参与意见,忽然看见坐在一张方几旁的侯方域,脸上正挂着不以为然的冷笑,便临时改口问:

"朝宗兄之见如何?"

"哦,太冲先生问我么?没有,没有,很好,很好!"

嘴上这么说,但整个表情却明白地表示着他话里另外有话。这一点,就连余怀、沈士柱等人也看出来了,于是一齐追着问:

"哎,朝宗,你总爱这么打哑谜似的,倒是说清楚啊!"

"好,怎么不好?如若列位先生还怕留都的天下不够乱,还怕马瑶草、阮圆海狠不起心拿我辈来试刀子,这么办就很好!"侯方域一边说,一边慢条斯理地摆弄着扇子。

"啊,这话怎讲?"

侯方域没有正面回答,他把摊开的扇子重新合上,望着黄宗羲说:

"适才太冲先生说,权奸狗贼所惧者,惟'清议'而已!弟倒想问一问,时至今日,这'清议'二字,到底还值多少银子?"

在社友当中,虽然绝大多数人都支持黄宗羲出来主持社务,惟独侯方域对此一直不服气,平日或明或暗地抬杠、出难题、说怪话,早已不是一次两次。这种情形,黄宗羲是明白的。按照他平日的性子,早就会扯破脸皮同对方吵闹。但由于想到自己所处的地位已经不同,如果表现得气量过于狭窄,不仅会遭社友们笑话,还会令他们失望,所以总是尽量克制。现在看见侯方域这神气,明摆着又是存心挑衅,他就不马上回答,沉默了一会儿,才小心地反问:

"那么,依侯兄之见,又值多少银子?"

"我么,哼,我以为一钱不值!"这么傲慢而又刻薄地说了一句之后,侯方域就回过头,望着其他人,"适才太冲先生侈言'清议'之效,以为凭此施为,便可振朝纲,安社稷。惟是在弟看来,所谓'清议'云者,乍听之,似有雷霆之声;实按之,并无雷霆之威,不过是浮声虚响,徒逞片时口舌之快,又何曾真的掀翻几个权奸,吓退几许丑类!时至今日,太冲先生仍不思通变,惟知开口'清议',闭口'清议',以为如此,便可安身立命,岂非可笑之至!"

黄宗羲起初还极力忍耐着,但侯方域如此轻蔑地贬斥清议,却深深地刺伤了他。因为在他看来,天地间最有力量的无疑是是非,是公理。无论是权势也罢,武力也罢,都只有循公理、是非而行,才能立于不败之地。否则,纵使能得逞于一时,终究无法长久立足。而"清议",则是维护公理是非的重要而有力的手段。作为以天下为己任的有识之士,在这方面可以说负有不可推卸的责任。而且越是处境艰难,就越要坚持这种手段。

"我复社自西张夫子立社以来,便是以'清议'为本务。朝野之人,亦皆以此寄望于我。而我社亦因此方有今日之名声。足下名列复社,却如此贬斥清议,莫非不怕自外于社友们么?"

他这么说,是提出警告:对方的论调完全违背了复社的宗旨,已经超出了彼此应当遵循的规范。

谁知侯方域听了,竟立即站起来,毫不在乎地说:"并非小弟要自外于列位社友,而是黄先生当此朝政浊乱、社局倾危之时,惟知以空谈说食为事,却不能以一法振救之,弟实在无法容忍。现在黄先生又以此相挟,弟惟有从此告辞,另谋报国之门而已!"

黄、侯二人历来不和,口角摩擦时有发生,如果不是过于激烈,社友们照例采取默默听着、谁也不帮的态度。所以这一次也是同样。直到侯方域说出这么一句话,他们才感到事情严重,于是纷纷起身挽留、相劝,屋子里顿时闹哄起来。

黄宗羲没有做声。如果说,自从自己负责起社务以来,由于考虑到侯方域毕竟是社内一位有影响的成员,因而对他的不合作甚至挑衅尽可能采取容忍态度的话,那么今天对方不仅在社友面前诋毁自己,而且公开表示决裂,这就使黄宗羲感到再也按捺不住。"哼,你不过是因为父亲投降了闯贼,怕被朝廷牵连治罪,想一走了之,又怕被人说你胆小,于是便故意同我翻脸,却瞒得了谁!"他想。于是摆一摆手,等大家稍稍静下来之后,他就盯住对方,冷冷地问:

"那么,足下想必是要到左营去啰?"

侯方域先是一怔。当意识到这话里所包含的讥讽之意时,他那张白净俊美的脸就刷地红了:

"阁下想得太远了吧!淮扬便是报国之区,何必左营!"说完,他就悻悻地转过身,大步向门外走去。

其余的社友着忙起来,立即拥上前去,试图阻止。就在这时,一个人从门外一步跨了进来,差点儿同侯方域撞个满怀。

大家一看,当认出闯进来的是周镳的一名仆人,名叫周顺的,都不禁有点意外。

"嗯,你来做什么?"看见周顺跑得脸白气促的样子,顾杲疑惑地问。

"是呀,瞧你张皇失落的,莫非仲老的病又犯了不成?"梅朗中也接了上来。

然而,周顺显然尚未喘过气来,只是一个劲儿地摇着手。等大家疑惑地静下来之后,他才"哎"的一声,气急败坏地说:

"不,不好了,我家老爷给抓、抓走了!"

"你、你说什么?"吃了一惊的黄宗羲怀疑自己没有听对,连忙走上前来追问。

"我家老爷——给校尉抓去了,还有雷老爷!两人都给抓去了!"

这消息来得如此意外、突然,像晴空炸响了一个霹雳,把在场的社友全给震呆了。

"周顺,你、你这话可是真的?别、别是闹错了吧?"半晌,黄宗羲声音颤抖地问,同时,感到心中有一样东西正在发出碎裂的声响。

周顺摇摇头:"今早雷老爷来访我家老爷。我家老爷命小人去三山街的济众堂抓药。待小人抓了药,回到门首,却见成群的校尉在把着门,里面乒乒乓乓的,像在抄检。小人不敢造次,闪在人家的屋檐下,候了片刻,就见我家老爷和雷老爷一同被押了出来,两人手上都上了铐子,被几位尉爷挟上了马,一路往北去了。"

黄宗羲睁大眼睛听着,急切的目光渐渐变得僵直。"这么说,是真的了?"他失魂落魄地想,同时觉得头顶轰轰作响。忽然,周围的事物仿佛旋转起来,脚下也有点发沉,他拼命一伸手,抓住了站在旁边的顾杲,才算勉强站稳了。

二

自从得知冒襄和董小宛也到了南京,柳如是就一直期待着他们前来拜访。道理很简单:冒、董二人当初最终能够结成姻眷,应当说是靠她同钱谦益从中帮了大忙。事后冒襄虽然送过一份谢礼,还寄来了致意问候的信,但始终欠着当面答拜这一道礼节。过去两家各居一地,往来不易,倒还罢了。如今既然都到了南京,对方再不上门,可就没有道理。更何况,冒襄这一次来南京,是以贡生的身份应征候选,而钱谦益作为礼部尚书,所管的正是这一摊子事。因此,柳如是认为,无论是冲着私谊还是公谊,冒、董二人都应该尽快上门拜谒。

不过,话是这么说,到底又等了好几天,才接到冒襄送来的帖子,说是希望钱谦益能够在八月二十五日在私邸里接待他们。柳如是虽然觉得对方未免拖拉了一点,但仍旧以少有的热心,积极准备起来。她提早三天,领着男女仆人把新近才拨归他们居住的官邸,里里外外地巡视了一遍。把厅、堂、居室、后花园,以及各处廊庑那些破了、旧了的地方,一一指出来,限期雇工修缮完好,一时修不好的,也要设法遮盖起来,不许露出痕迹。接着,她又把各种陈设——包括家具、字画、盆景、古玩之类,重新作了调整,该换掉的换掉,该补上的补上。末了,她还很花了一番功夫收拾后花园,不仅指挥仆人把花木修剪整齐,彻底把地面清扫干净,还特地把那口半涸的水池重新灌满清水,把歪了角的石莲柱栏杆扶正。即使这样,柳如是还不满意,又派人去买来一双仙鹤、十来双鸳鸯,和近百尾各色金鱼,分别放养到草地上、水池中。看见侍妾这么煞有介事

地忙个不了,钱谦益不免奇怪,私下问她说:

"冒辟疆和董小宛虽说不比寻常俗客,可也算不得什么贵人,就值得夫人这样子张罗?"

"哼,"柳如是仰起下巴颏儿,傲然回答,"若单只为的他们,妾自然不用张罗。可我不是为的他们!"

"噢,莫非夫人还打算请别人?"

"别人么,也要请。像惠香妹妹啦,黄皆令啦,还有卞赛赛,到时都要来。"

钱谦益望了侍妾一眼,迟疑地:"这个——自然也无不可,彼此原是相熟的。不过……"

"哎,你真笨!"柳如是伸出一根纤长白嫩的指头,娇嗔地戳了一下丈夫的额角,"用不着为他们张罗,难道还不许为尚书老爷、尚书夫人自个儿张罗不成?"

"原来如此……"

"怎么样,该不该张罗?你说,该不该张罗?"

"哦,该,该,自然应该!哈哈哈哈!那么,就偏劳夫人了。到时,下官一定过来给夫人把盏!"

这么表示了领悟和凑兴之后,钱谦益就依旧去忙他的公事,任凭柳如是自行布置,不再过问了。

眼下,已经到了八月二十五,柳如是早早起来,梳洗穿戴完毕,用过点心,便叮嘱钱谦益早些儿到前边去等候客人,若是来了男客,就由老头儿在外边招呼着,要是女眷,就送进里间来。然后,她就领着红情、绿意和两个妈妈,匆匆离开起居室,走出庭院去。

今天天气很好,虽说时近深秋,蔚蓝无云的天宇上,太阳依旧温煦地照临着,把西厢房的屋脊映衬得鲜亮耀眼。徐徐的晨风吹到身上来,没有一丝寒意,只使人觉得分外的舒爽。惟一显示着节序转换的,是庭院里那两株高大的梧桐树,一夜之间叶子又掉落了不少。这会儿,一个年老的女仆正佝着瘦小的身躯,在那里低头打扫着。当她手中的竹扫帚在青石板地面上划过,就发出唰唰的声响。

柳如是领着丫环、妈妈四处走了走,证实一切都按她的吩咐布置停当,就连宴饮时要用的杯盘碗盏,也已经搬到了后花园里的八角亭子上,她才放下心来,重新回到后堂里。发现钱谦益已经离开了,她便在椅子上坐下,随手接过绿意奉上来的一盏香茶,一边听着秋风簌簌地摇着窗帘,一边默默盘算着即将到来的会见。

正如她向丈夫表明的,对于今天的聚会,柳如是的确寄托了颇为热切的期望。这也并不奇怪,自从来到南京之后,近一个月来,柳如是虽然已经实实在在领略到了"尚书夫人"的滋味——日夕相对的是地位尊贵、神采焕发的丈夫;家里接待的,也净是些纱帽补服、神情谦恭的当朝显贵;当她跟随丈夫出门时,轿前马后的仪仗随从是那样的威风八面;而早朝时节,从紫禁城里传出的钟鼓之声又是那样切近可闻……不过,畅快得意之余,柳如是又觉得不满足,总像还缺少一点什么似的。

这么心神不定了好几天之后,她终于弄明白,由于终日锁闭在深宅大院里,至今为止,她的得意还只是独个儿的,除了丈夫之外,再没有别人来同她分享,更别说为她助兴了。对于柳如是来说,这就未免显着有点冷清,美中不足。为了改变这种状况,她开始计划举行一次以自己为主角的聚会。她也知道,达官贵人们的家眷,除非彼此沾亲带故,否则是轻易不会上门的。而且按照柳如是以往的经验,那些太太、奶奶们,仗着名分正、门楣高,十之八九都爱摆臭架子,同自己未必合得来。与其白贴了银子去请她们,到头来还落个不痛快,倒不如请上一班相熟的姐妹,开开心心地乐它一场。当然,如果来客光是卞赛赛这样的旧院姐儿,或者像黄皆令这样寄食权门的女清客,也撑不起台子,必定还要找上一两个有点儿身份的。所以董小宛的到来,正合了她的心意。因为不管怎么说,董小宛如今已是冒襄的一位"宝眷",而冒襄作为复社的"四公子"之一,在江南的上流社会则是无人不晓。有了这两口子,再加上后来听说好好先生杨文骢的爱妾马婉容也是秦淮名妓出身,柳如是已经逼着老头儿去信,把他们也请来。此外还有密友惠香,也是一位未来的官眷。这些人凑合在一起,今天的聚会,便不至于太委屈自己。不过,眼见日头已经爬上了帘钩子,外间还静悄悄的动静全无,柳如是就不由得心急起来了。

"哎,到底是怎么一回事,连影儿都不见一个来?"她想,随即把茶盏往小几上一放,站起来,打算派红情到前边去打听一下。就在这时,门外的过道里传来了细碎的脚步声,柳如是便又停住了。

"啊哟,我们只道来迟了,原来竟是最早!"一个熟悉的嗓音笑着说,随即帘子一掀,露出惠香那张薄施脂粉的年轻的脸。在她身后,还跟着一位同样年轻的丽人,那是秦淮名妓卞赛赛。

发现来客不是董小宛,柳如是微微有点失望。因为作为今天专程前来答拜的主要客人,柳如是觉得董小宛应当早点儿上门才是。不过,她仍旧立即堆出满脸笑容,把惠香和卞赛赛迎进屋子里。

"说真格儿的,你们这会儿来,倒正好!"等彼此行过礼,分宾主坐下,红情奉上茶来,柳如是一边向客人让着,一边笑着说,"要早来半刻,只怕愚姐还不得空儿陪你们呢!"

"哦,怎么?"

"还不是你姐夫!昨儿他花了半宿工夫,起草了一篇条陈,说是怕其中有粗疏欠妥之处,硬逼着我帮他过目斟酌。你想我一个女流,何曾就敢过问朝廷的大事?说不干呢,老头儿还顶认真。没奈何,只得赶着妹妹们未到的工夫,字斟句酌地替他推敲了一遍。这不,刚刚他才着人进来拿了去,带累我这会子脑门还疼得慌!"

惠香眨眨眼睛："啊哟,姐姐可真能!竟有这份大才,怪不得人人都说,可惜姐姐不是男子,要不,去应科举,不夺个状元、探花回来才怪!"

柳如是放下茶杯,掏出汗巾抹一抹嘴唇,摇着手说:"笑话罢咧,愚姐可没有那么大的想头!如今我只烦着,老头儿不做官倒好,我还能省点心,多陪着妹妹们快活耍子。他做了官,好,公事也忙了,应酬也多了,便连累愚姐也不得清闲!"

"这也是姐姐真有这份能耐,姐夫才离不了姐姐呀!"惠香微笑说,"要不,当初他怎么谁都不挑,偏相中了姐姐?八成,他那时就思量着,没有姐姐这样的人儿做帮手,这大宗伯、阁老什么的,只怕还真个做不顺溜呢!"

柳如是明白对方是暗示她在钱谦益这一次起用当中的作用,自然也包括惠香的一份功劳。不过当着卞赛赛的面,这种事却不便挑明。于是她一边朝惠香使眼色,一边说:"这都是打趣的话儿,我们自家姐妹说笑不妨,待会儿婉容、小宛来了,可别再提起,免得传出去,招人笑话!"

结束了最初的说笑之后,接下来话题就转到了最近京城里发生的一些新闻。惠香谈起,早些年,在江南鼎鼎有名的那位翰林老爷周钟,前几天被朝廷派人从嘉兴捉拿到留都来了。听说他在北京时降了贼,所以囚车进城时,看热闹的人都指着他直骂。按说,这周钟倒也罪有应得,只是他的堂兄,也是大名士的周镳,也被牵连下了狱,却未免冤枉。她接着又谈到,前些日子,在南京城的大街小巷,一夜之间贴出了无数空头揭帖,听说是骂总宪大人刘宗周的,简直把他说成是十恶不赦的大坏蛋,好多人都看到了,只不知是什么人干的。随后,她还说到,寒秀斋的李十娘,最近恋上了从北边逃回来的翰林公方以智,一心想嫁给他。偏偏方翰林不领情,一家伙搬到城外的天界寺去了。十娘还不死心,三天两头就往寺里跑。其实,像方老爷那样心比天高的人,哪里会看得上十娘?到头来只怕是竹篮子打水——一场空罢了!柳如是知道惠香的消息,无非是一半得自街谈巷议,一半得自李沾的枕头边。为着显示自己比对方更能,她干脆向女友透露了两件宫中秘闻:一件是皇上最近迷上了看戏,经常秘密征召大臣家中的戏班子入宫演出,中意的便厚加赏赐,留下再演;另一件是皇上在后廷里,新近挂出了一副对子,道是:"万事不如杯在手,一年几见月当头。"是皇上特地命阁臣王铎书写的。听说皇上对王阁老的书法颇为赞赏,认为沉着飞动,胜过前朝董其昌……

这么谈了一阵,柳如是忽然发现,直到此刻,坐在旁边的卞赛赛始终静静地听着,几乎还一言未发,便顺口问她:

"赛赛,小宛那妮子来留都,闻得也有好些天了。你们想必见过。到底怎样了——她如今?"

"哦,妹子还不曾见过董姐姐呢!"卞赛赛忽闪了一下那双明如秋水的美丽眼睛,有点不好意思地回答。

"咦,这是怎么说?"柳如是诧异地扬起眉毛,"我只道愚姐不曾去访她,是住进了这所宅子,便身不由己。妹妹是自由身,怎么也不访她一访?"

两年前,卞赛赛同董小宛都住在苏州半塘。当时,柳如是正为朱姨太的事同钱谦益赌气,借口治病,跑到了苏州,她们两人常常结伴前去看望。柳如是因此知道她俩的交情。

卞赛赛却没有立即回答。她低下头,红着脸,挨延了半天,才轻轻吐出两个字:"不便。"

"不便?"柳如是愈加莫名其妙。不过,随后她仿佛有点明白了,于是摇摇头,说:"你也忒小心眼!纵然她嫁了冒辟疆,左右不过是副贡生的名下,又算怎生高不可攀了?譬如愚姐,不照样同妹妹有来有往?终不成因荣华富贵,便忘却了贫贱之交!"

"不过,"惠香抚理着比甲的前襟,微笑着接上来,"也是姐姐这等念旧罢了。换了别人,想头只怕又自不同。莫说是赛赛,便是姐姐今日专诚款待她,也不知她是真想来呢,真不想来!"

"啊,这倒不会!"卞赛赛赶紧说,"小宛姐姐不是那样的人。是妹子自己……"

虽然如此,柳如是却已经被提醒。她望了望窗户,发现那横斜在地上的帘影,与先前相比,果然又缩短了许多。"嗯,这两口子也真是的,怎么就挨延到这地步!"她不快地想,于是回头吩咐红情:"你去,到老爷那边瞧瞧,客人来了不曾?"

说完,她就站起来,对惠、卞二人说:"算了,我们也别在这儿呆等了,先上园子里去吧!"

三

客人姗姗来迟,使女主人很不高兴。然而柳如是不知道,还在桃叶河房里等候出门的董小宛,此刻更是心急如焚,坐立不安。

说来也真不凑巧,今天早上,正当她同丈夫打扮穿戴停当,准备上路的时候,偏偏碰上了陈贞慧和侯方域突然来访!当时董小宛见时辰还早,加上陈、侯二人都不是寻常客人,便懂事地退进内室去,安心等候。"今日是有约在先,冒郎自然懂得该怎么做,不会让客人耽搁得太久的。"她一边走向妆台,一边安慰自己说。她对着镜子,把脸上的化妆,再次细细端详了一番,对不尽满意之处,重新作了修整,然后拿起一本《香奁集》,耐着性子读了一二十首。结果,却看见紫衣走进来报告说,少爷同客人一道出门去了,上哪儿去,也不知道。董小宛才感到事情有点不妙。

说实在话,今天前去拜见钱谦益和柳如是,就董小宛而言,是盼望已久的一件大事。因为她不会忘记,这两位都是自己的大恩人。当初她在苏州半塘,被凶横的债主们绑架,闹得受冒襄之托前去迎娶她的刘履丁也束手无策。如果不是钱、柳二人慨然出面,替她调停,她同冒襄的这段姻缘,只怕就会最终化为泡影。更令董小宛感动的是,事后钱、柳二人还特地在虎丘的楼船上摆下宴席,并请来一班当地的名流,替她风风光光地把酒钱行。所以,对于两位恩人,董小宛内心的一份感激,确实是难以名状的。这一次来到南京,听说钱、柳二人也在,她真是又惊又喜,马上催着丈夫带她前去拜见。"是的,这一辈子,也许我都无法报答了。但多向恩人请上几次安,叩上几个头,总是办得到的!"激动之余,她含着眼泪,不止一次叨念说。现在,这一天总算盼来了,谁知到了出门的一刻,却碰上了意外的耽搁,这怎不叫董小宛又担心,又着急?

然而,着急归着急,她却足足在河房里等了一个多时辰,才盼到冒襄回来。董小宛本想问问是什么事耽搁了这许久,但看见丈夫沉着脸,显得心事重重,她就到底没敢开口,只是赶紧招呼冒成和紫衣,带上礼物,跟着丈夫出门。在午时又过了一半的当儿,匆匆来到位于洪武门内的钱谦益官邸里。

现在,代主人出来迎接的顾苓、孙永祚已经相让着,把他们引到花厅。看见钱谦益身穿公服,正站在滴水檐前等着,冒襄立即趋步上前,一边行着礼,一边说:"小侄因临时为他事所阻,拜谒来迟,有劳老伯伫候,万分不安,敬祈恕罪!"

"噢,贤侄何出此言?今日之会,乃是相知叙旧,本不须拘礼。贤侄自应了却正事,再来不迟!"钱谦益摆出宽宏大度的样子,微笑着说,"何况又有龙老在此,使学生得聆快谈高论,竟全不觉日影之移呢!"

"还望老伯宽恕!"冒襄再一次表示道歉,然后,又同杨文骢行礼见过,这才招呼董小宛上来,拜见主人。

董小宛早已准备着。她立即移动脚步,走到钱谦益跟前,双膝跪下,毕恭毕敬地叩下头去。

钱谦益"呵呵"地谦逊着,连声吩咐不必多礼。待董小宛拜完四拜,请过安,重新站起来,他就转向冒襄,微笑说:

"贱内河东君许久不见宛娘,思念得紧,适才已着人出来打听过几次。不如这就让宛娘进去,先见上一见,也免得她悬望。"

"哦,理当如此。便是小侄,也正欲着她前去拜见!"冒襄立即表示同意。

董小宛自然巴不得这句话。于是,趁着钱谦益往内宅传话的当儿,她赶紧朝杨文骢,还有顾苓、孙永祚——行过礼。等一位妈妈从屏风后转出来,她就立即带上紫衣,相跟着,向内宅走去。

"啊,要见到如是姐姐了,马上要见到她了!这可多么好,多么难得!"她兴奋地、心忙意乱地想,"快两年没见,不知姐姐可好?无疑,钱老爷如今终于起用,当上了大宗伯,她总算扬眉吐气了!这是好人终归有好报,神明护佑着呢!哎,高兴,我真替她高兴!只是今天我却来迟了,让主人久等了。这可不好,真的不好!幸亏钱老爷并不责怪,要不……"

董小宛一边想,一边匆匆向前走。她走得那样快,想得那样专注,以至根本没有留意那位姓李的妈妈领着她走过了几道门,转了几个弯,也没有分神去打量周遭的景物房舍。直到眼前蓦地一亮,发现已经置身于一爿宽敞的花园里,她才回过神来。

这正是柳如是花了不少心思收拾布置的那个后花园。时近深秋,园子里的花草树木,虽说已经不似春夏时节那样缤纷繁茂,但由于天气尚暖,加上还有好些高松古柏在那里撑着场面,所以看上去依然郁郁葱葱。何况,在那错落耸峙的山石旁,以及栏边、水畔,主人还特意添置了一盆一盆的菊花,那些黄白各异,姿态杂出的花朵,正迎着晴和的阳光粲然怒放,更使满园子平添了一派别样的生机。不过,即便是这些,董小宛眼下也无心观赏。她跟着引路的李妈,沿着蜿蜒曲折的砖嵌小路走了一阵,来到一个绿树荫蔽的小土坡前,忽然听见,上面隐隐传来了清脆的笑声。"啊,如是姐姐!这么说,如是姐姐就在上面了!"董小宛顿时兴奋起来,不待李妈带领,她就沿着石阶拾级而上,并且一直朝着刚才传出笑声的方向——一座八角亭子走去。

这是一座挺宽敞的亭子,黑褐色的立柱,朱红色的雕栏,当中一张圆石桌,外带几个可供歇息的石坐墩。如今,桌面上零乱地摆满了杯、盘、碗、盏,以及许多吃剩了的水果、点心、瓜子之类,地上还遗落下一条茜纱汗巾。然而,奇怪的是座位上空荡荡的,不仅没有柳如是和她的女客们,就连侍候的丫环,也全都不见了。只有几只麻雀,在碗盘之间跳跃着,匆忙而又警觉地啄取着无人看管的食物,一旦发现董小宛走近,它们就发出一声短促的唧啾,扑扇着翅膀,飞上绿树枝头去了。"咦,刚才我分明听见她们在说话的呀,怎么转眼就不见了?"董小宛迷惑地想,不由得转动身子,向四下里寻找。

这时,李妈已经跟了过来,看见这种情景,也怔住了:"莫非——莫非我家太太和客人坐腻烦了,都到园子里散心耍子去了不成?"她猜测说。

"可是,我们一路上来,怎么没碰着?"紫衣在旁边提出疑问。

"哦,姑娘有所不知,这亭子后面还有一条路,我家太太想必从那儿下去了。"

董小宛连忙说:"那么,就烦妈妈领路,我们去寻她们便了。"

等李妈移动脚步,她便同紫衣照旧跟着,绕过亭子,从那另一道石阶下了土坡,开始沿着花园里的路径,四处寻找起来。

也就是到了这时,董小宛才发现,这花园虽不算顶大,布局却颇为别致。特别是靠东这一边,回廊套着回廊,假山叠着假山,加上树木墙篱的遮隔,人走进里面,十步八步之外,往往就不见踪影,所以寻找起来,还挺不容易。她跟着李妈转了好一阵子,始终没有发现柳如是的去向;后来碰上了一个小丫环,告诉她们,柳太太领着客人到惜羽轩瞧丹鹤去了。她们才急急赶了过去。

来到惜羽轩,却又没有见着。据养鹤的女仆说,柳太太离开已经有一阵子,影绰绰听得,说是去观鱼什么的。李妈一听,不敢耽搁,赶紧领着董小宛往回走,半路上向左一拐,过了一道石砌的板桥,又折向左首,从一道复廊转过去,这才看见一小片平地上,嵌着一方碧绿的水池,四面围着石莲柱栏杆。水池里,一群金鱼正在悠闲地游来游去。在正午阳光的照射下,它们那朱红色的鳞片显得分外鲜艳悦目。然而,令董小宛失望的是,即使在这里,也仍旧没有柳如是等人的踪影。这当儿,她额上已经冒出了点点汗珠,两条腿也又酸又软。加上从早上至此,几个时辰未曾进食,肚子也有点咕咕作响。看见水池旁边设有石凳,她就走过去,一屁股坐了下来。刚刚抹了一把汗,她忽然又想到:自己今天已经来迟了,如果不赶快找到主人,岂非更加于礼有失?"哎,别忘了,如是姐姐是你的大恩人,怎能累一点就生出怠慢之心!"这种自责一闪现,她顿时鼓起了劲,重新站起身,招呼李妈和紫衣,打算继续上别处寻找。

"哎,好了好了,可算找着了!"李妈忽然叫起来。由于高兴,她那双眯着的老眼里闪出异样的光彩,满脸皱纹都随之抖动起来。

董小宛迅速回过头去,紧迫的心情一下子变得松弛了。因为她看见卞赛赛、惠香、马婉容,还有一位不认识的中年妇女,正从池子对面的一座小轩里走出来。

"自然,如是姐姐是同她们在一起的,那么,我就要见到她了!"惊喜之余,董小宛不由得睁大眼睛,竭力在人丛中寻找,同时兴冲冲迎上去,招呼说:

"几位姐姐,原来你们在这儿,却教妹子……"

"嘘——"对面几个女人摇着手,一齐制止她,脸上的神色显得既郑重,又神秘。

董小宛微微一怔,不由自主咽住了。

"怎么?"她走近去,疑惑地低声询问。

"如是姐姐适才多饮了几杯酒,困了。这会儿正在轩里睡着呢!"惠香说,表情有点淡淡的。

"那么,妹子进去瞧瞧她。"

惠香斜瞥着她:"你今儿是头等贵客,要瞧,谁还敢拦你?只管请便就是。不过,我可要失陪了。"

"姐姐们要上哪儿去?"

"上哪儿去?上哪儿都成啊!再说,我们一大早就来了,这半天一直陪着如是姐姐,如今,贵客临门了,我们也该让出位子才是呀!"

听出惠香话中有刺,董小宛不由得微微红了脸,但仍旧决心尽快见到柳如是。她把袖子交叠在腰间,同大家一一行过礼,并且弄清楚那位虽然长得不好看,但眉目之间自有一股清朗之气的中年妇人,原来是颇有名气的女诗人黄皆令之后,她就转过身,匆匆地朝小轩走去。

"哎,小宛!"才走出七八步,忽然听见卞赛赛在后面叫唤,董小宛不知道有什么事,便停住脚,转过脸去。

"小宛,"卞赛赛走近来,把小嘴凑在朋友的耳朵边,压低声音说:"你今日来得太迟,如是姐姐很不高兴。适才在亭子里,她明知你来了,却故意带我们走开,让你好找。待会儿见了她,你可得留点神,嗯!明白啦?"这么叮嘱之后,卞赛赛才离开她,跟着惠香那一帮子,匆匆去了。

董小宛却如梦初醒似地发了呆。"啊,原来是这样……不错,今天确实是我不对,难怪如是姐姐生气。这可怎么办?该怎样向她解释才是?就说家里临时来了客人,冒郎陪着出去了,但不是明明有约在先么?不,不成,无论如何,我也不能把不是派给冒郎!但如果不这么办,又怎么说得清?若直认作是我挨延之故,岂不更加惹如是姐姐生气?事情岂不更糟?"董小宛越想,越感到惊惶和焦急,慌里慌张迈开步子,继续向小轩走去。

命名为"思霞馆"的小轩里静悄悄的,一点响动都没有。看样子,柳如是果真是睡下了。董小宛隔着门帘听了听,到底不敢贸然往里闯,只好退回来。这当儿,领路的李妈已经被惠香她们故意带走了,四下里竟连一个可以打听的人都看不见。董小宛没有办法,只得朝紫衣做了个示意的手势,随即在石阶前坐了下来。她暗自希望等柳如是的丫环出来询问时,再请她们设法通报。所以,尽管心情异样地着急,肚子里,饥饿的感觉也越来越分明,她仍旧坚持着耐心等候。然而,等着等着,就发觉情形有点不对。起初,有好长一段时间,帘子里静悄悄的,全无响动。后来,终于传出了细碎的脚步声——分明不止一次有人从门前经过,但不知为什么,始终不见出来询问。董小宛又渴又饿,已经感到难以忍受,加上怕再耽搁下去,柳如是的不满恐怕会更甚。"嗯,莫非里面的人看见我们坐在台阶上,以为是家中的丫环仆妇,所以没在意?"这么一想,董小宛赶紧站立起来,待帘子里再一次有人影经过时,她就轻轻叫唤:

"姐姐,姐姐!"

帘子里的人影停住了,却没有立即答应,似乎在考虑什么;隔了一会儿,才轻轻掀开帘子,闪身走了出来。原来是柳如是的贴身丫环红情。

还在苏州时,董小宛就认识红情,这会儿自然如逢救星。她连忙点头招呼,又赔笑问:"姐姐,你家太太——"

红情马上摇摇手,止住她,悄声说:"哎,太太在里屋睡着呢!"

"可是……"

"太太吩咐,她要歇午,任凭谁来,都不许惊动她。"

董小宛怔了一下:"那——不知到什么时候,你家太太才能起来?"

"哦,我家太太也睡不长。"红情淡淡地回答,"要在平日,这会儿也该起来了。只是今儿她喝了两杯酒,怕得晚起一点。嗯,再过半个时辰,总成了吧!"

四

正当董小宛在柳如是那里陷入困境的时候,冒襄也怀着烦躁而又踌躇的心情,同钱谦益、杨文骢周旋着。不过,他的处境要好得多——董小宛至今还在忍饥受渴,而外间的花厅里,三张酒肴丰盛的食案已经按品字形的格局摆开,宾主之间,也到了酒过三巡的当口了。

对于今日的约会,冒襄本来并没有什么特别的目的,无非是董小宛在耳边念叨得多了,加上他自己也觉得不如早点还却这笔人情债,才决定登门拜谒。然而,今天早上,正当他准备动身的时候,却碰上陈贞慧和侯方域意外来访,并告诉他周镳和雷縯祚被捕入狱的消息。据说,周镳是由于堂弟周钟在北京时投降了流贼,给李自成写过《劝进表》,因此罪当"连坐";而雷縯祚则是在南都议立新君期间,曾倡言福王"七不可立",被认为罪大难容,必须追究。对于周、雷二人,陈贞慧和侯方域虽然没有好评,认为他们为着把持社局,不惜以种种卑劣手段排斥陈贞慧的正确主张,留都的局面闹到今天这种地步,他们其实也有责任。不过,逮捕周、雷,显然是马士英之流图谋彻底搞垮东林、复社的第一步。其真正目的,在于借此为由牵连一大批正人君子。如不及时制止,更大规模的迫害只怕就会接踵而至。所以,无论是为了东林、复社,还是为了江南大局,陈、侯二人认为,都必须尽快设法营救周镳和雷縯祚。对于这个变故,冒襄先是大吃一惊,接着也紧张起来。听说周、雷是给锦衣卫捕去的,他便想起父亲过去的一位门客,名叫郑廷奇的,如今在锦衣卫任校尉班头,于是马上同陈、侯二人出门,前去拜访,请郑廷奇暗中关照,尽可能少让周、雷吃苦头。随后,他们在商量中又想到,次辅王铎为人恭顺随和,无党无派,目前颇得皇帝宠信。如果肯出面说话,事情说不定有转圜的希望。不过,复社诸生与王铎没有什么来往,倒是听说钱谦益同他气味颇为相投。所以,趁着冒襄今日正要前去拜谒,请钱老头儿从中斡旋的差事,便也由冒襄包了下来。陈贞慧和侯方域则又匆匆寻访别的关系去了⋯⋯

现在,冒襄就是怀着这一份心事,坐在宴席之前。以钱谦益同东林的关系,冒襄本来也不难于开口。谁知,席上偏偏还有一位杨文骢。众所周知,此人乃是马士英的妹夫,虽说平日为人不算太坏,但像眼下这么重大的一桩机密,冒襄就不得不加意提防。为不走漏风声,弄巧反拙,所以直到此刻,尽管心中颇不耐烦,他仍旧只能装作没事的人一样,默默地听钱谦益和杨文骢海阔天空地闲聊。

"哎,牧老,"杨文骢眯缝着小眼睛,兴冲冲地问,"自从闯贼逃出北京,许多当初陷于贼手的旧友,都已相率南还,惟独龚孝升至今未有音讯,不知牧老可有消息么?"

钱谦益摇摇头:"没有。不过,其实又何止龚孝升,像陈百史、曹秋岳那些人不是也无消息么?哼,这些人机灵得很!他们既然曾经降贼,想必知道南来也难逃公论,只怕索性远飏深匿,或者竟学洪亨九、冯琢庵的样,改事东房也未可知。这种人,又想他做什么!"

"弟本来也不想他,只是听人说,他变节降贼后,有人曾问他何以如此,他竟说:'我本欲殉节,其奈小妾不肯何!'所以弟倒想问一问他是否果真如此。"

钱谦益哼了一声:"他的如君,不就是旧院的顾眉么？若是别人,弟倒不敢妄测,若是眉娘,却决然不会！八成倒是龚孝升自己贪生畏死,无以自解,却推到妾妇身上！"

"噢？不知何所据而云然？"杨文骢好奇地睁大眼睛。

钱谦益没有马上回答。他微笑地拈着胡子,瞧瞧杨文骢,又瞧瞧冒襄,现出欲言又止的样子。末了,他说:

"此事不足为外人道。不过两位都不是外人,所以弟也无妨说说,聊当席上的谈资——说来这还是崇祯七八年间的事。其时眉娘年方十七八。一日,余中丞将她召至家中侑酒。适逢黄石斋在座。诸客见石斋平日言谈动静,俱严守礼法,便暗中相约,要试他一试,于是合力将他灌醉,扶入密室之中,又命眉娘尽弛亵衣,与之共卧榻上……"

"啊,是尽弛亵衣？"杨文骢笑嘻嘻地问,他显然来了劲,一双小眼睛也怪样地闪烁起来。

钱谦益一本正经地"嗯"了一声,接着又说:"其后,诸客便反锁门户,以待消息。据说,夜半时,眉娘见石斋酒醒,便昵近之。谁知石斋只摇摇手,便转侧向内,酣然睡去。眉娘推他不醒,只得作罢。及至到了四更时分,石斋已醒,转面向外。这一次眉娘却佯装熟睡,复以体肤偎傍之。谁知石斋仍一无所动。未几,又复酣睡如初。直至翌晨,眉娘披衣而出,具言夜来情状,诸客方始叹服石斋之定力。"

说到这里,钱谦益就停住了,伸手去拿案上的酒杯。正听得入神的杨文骢怔了一下,迟疑地问:

"哎,只这件事,又何以见得眉娘必不会阻拦龚孝升殉节？"

钱谦益呷了一口酒,抹了抹胡子,这才微微一笑说:"可是,眉娘当时还说了一句话,端的是奇极,峻极!她向诸客说:'公等为名士,赋诗饮酒,可谓极尽人间快活;惟是将来为圣为佛,成忠成孝的,却是黄公!'试想,她以一介北里烟花,而能明辨此理。当闯贼入京时,龚孝升倘若真个决意殉节,她又岂会力持不许之理!"

钱、杨二人谈得津津有味,冒襄在旁边听着,却感到越来越没有意思。这种对某人何以失节的探究,如果说,早在北京失陷的消息传来之初,他还会有点好奇的话,那么,如今却不同了。是的,那时他于震惊和悲愤之余,一心只想立即赶到南京来,投入救亡图存的抗争中去。就连举家逃难那十天半月里,他都感到焦急难耐,气闷异常。现在,他终于如愿以偿了。可是结果又怎么样呢?且别说跟随史可法北上巡视期间,那些令人发指的所见所闻;就拿南京城里的情形来说,竟依旧是一派歌舞升平、醉生梦死的景象。如果说,也有什么紧张气氛的话,就是朝中两派的斗争正在愈演愈烈,大有决心拼个你死我活的势头。"啊,难道是我离开得太久,对社局生出了隔膜之故?"冒襄不安地、烦闷地想,"可是,以建虏给史公的那封狂妄傲慢的来书而观,他们的虎狼之心,实在已昭然若揭,就是打算入主中国,逼我江南臣服于他。对于这种不知礼义忠信为何物的化外夷狄,莫非朝廷还以为可以高枕无忧,而不须急谋应付之策么?莫非当朝的大老们,包括皇上,还以为可以就这么混下去,斗下去,而根本不知道,一旦建虏打过来,大家全都得完蛋?"正是这种巨大的恐惧,使冒襄感到深深的忧虑和苦恼。而当看到钱、杨二人还在那里嬉笑自若地高谈阔论,这种内心的困扰就转化为强烈的不满,乃至恼恨了。

"龙老,"他突然问道,由于在今天的场合里,不便向主人发泄,他就转向了杨文骢,"目今朝廷新立,天子圣明,正是才高捷足者先登之时,何以龙老这番起复,止得一部曹之职,未免过屈,令人好生不解!"

杨文骢是两个月前,以兵部主事起用的。官居正六品,比起他的亲戚——总督漕运的凤淮巡抚田仰来,可是低了一大截。此刻,他正同钱谦益谈得高兴,冷不防听冒襄这么询问,倒怔了一下,回头疑惑地望着,没有回答。

冒襄接着又说:"有道是,朝中有人好做官。现今令亲马瑶草贵为当国,位极人臣。有这么一座大靠山,龙老之擢升,不过易如反掌,何以竟延宕至今?"

"嗯,此事弟也甚觉不解。以龙老之高才,正应大用才是!"钱谦益也一本正经地接上来。他显然没有听出冒襄的讥讽之意。

杨文骢眨眨小眼睛:"这个……"

"莫非,"发现什么时候都左右逢源的好好先生红了脸,冒襄感到一种恶意的愉快,"莫非马阁老不以龙老与我东林复社来往为然,所以不肯援手?倘如此,往后牧老与晚生倒该避嫌才是了,哈哈!"

杨文骢摇摇头:"不是。"停了停,又吞吞吐吐地说:"不瞒二位,弟之员外郎之任,日内便要发表了。"

员外郎是正五品,在部中已列入重要官员一级。所以钱谦益马上改容拱手,恭贺说:"噢,如此可喜之事,龙老何不早说?也好让弟等高兴高兴呀!"

杨文骢苦笑一下:"不过,弟已向部里呈文,坚请外放了!"

"哦?"正准备举酒相敬的钱谦益停止了动作,惊讶地问,"如何放着舒舒服服的京官不做,兄竟坚请外放?"

冒襄也冷笑着接上来:"是呀,虽说京师险地,为官不易,不过有马阁老给龙老撑腰,这京师岂止不险,直是无波之银汉,入阁之坦途呢!"

这一次,挖苦的口气更加明显,连钱谦益也为之一怔。但杨文骢却没有着恼。他红着脸,低声说:"正因有他在,所以弟才坚请外放。"

"什、什么?"莫名其妙的钱谦益显然疑心自己没听清,侧着耳朵追问。

杨文骢却没有再回答。他举起酒杯,凑到唇边,随即又放下了。一种忧郁、苦闷、颓唐的神色越来越分明地从他的圆脸上显现出来。末了,他苦笑一下,说:"兄等以为,国事闹到眼下这种地步,当真还有可为么?"

"……"

"莫非,兄等还瞧不出来,朝廷的局面,照这等弄下去,这江南半壁,迟早都要玩完么?"

平日看似无忧无愁的好好先生,突然说出如此深切不祥的预言,确实令人意外。冒襄心中微微一震,不由得收起鄙夷的神情,迟疑地问:"可是……"

"老实告知兄等吧!"杨文骢粗暴而又苦恼地一摆手,"阮圆海因东林诸公坚持'逆案',力拒他起用,近日已说动马瑶草,以修'顺案'相抗。他以周介生降贼为由,将周仲驭牵连收捕,不过是发端而已,大狱还在后头!"

因为李自成在西安称王时,国号"大顺",所以"顺案",自然就是指的要查处北京陷落时,明朝官员中的投降变节行为。而在这类官员中,属于东林、复社的人为数不少。马、阮等人准备由此下手,居心是一目了然的。如果说,在此之前,冒襄所听到的只是陈贞慧的猜测的话,那么,此刻从杨文骢口中所得到的,却是无可怀疑的实证。以至一刹那间,犹如席上炸响了一个霹雳似的,把他震得目瞪口呆,一句话也说不出来。

杨文骢却似乎并没有注意听者的反应。看来,在他心里早已积存了许多想法和苦闷,只是以往一直没有机会发泄,现在一旦说开了头,他就不想半途停住。

"非是弟要责难兄等,"他两眼盯着手中的酒杯,苦恼地说,"此事闹到今日这地步,东林、复社的举措也有欠妥之处。阮圆海自崇祯元年获罪废置之后,百无聊赖。其处心积虑所谋者,不过一官。东林方面倘能稍假宽容,放他一马,未必不能用其所长。然而却禁制打击不遗余力,令彼怨毒日深,结果,唉……"

要在以往,听见对方这样议论,冒襄就会勃然变色,加以反驳。然而,不知为什么,此刻他却头一次感到有点茫然。"也许,当初我们确实不够老练,把事情想得过于简单。要是做得更聪明、机巧一些,也许就能避免今天的局面。但是……"

正这么沉吟着,坐在旁边的钱谦益已经垂下眼睛,捋着胡子,用酸溜溜的声调说:

"龙老此责,自是谠言正论,实足振聋发聩。惟是天下滔滔,能作如是观者,能有几人?便是小弟,当年只因……哎,那些事,不说也罢,不说也罢!"

冒襄怔了一下,随即也就明白,这话所指的正是两年前,钱谦益本人试图利用虎丘大会,替阮大铖开脱那件事。而他所责备的"滔滔者",无疑也包括冒襄本人在内。不过,眼下冒襄已经没有心思争论,只瞥了主人一眼,他就转向杨文骢,脱口问道:

"那么,依龙老之见,此事当如何处置,诸君子方能免于'白马之祸'?"

杨文骢摇摇头:"事到如今,只怕已不易措手。"停了停,又沉思地说:"唔,倘能救得周仲驭、雷介公,便能使阮圆海失却口实,此祸或许能解。至少,也能缓阻其谋……不过,也难!"

"啊,莫非马瑶草之意已决?"冒襄紧张起来。由于杨文骢所指出的解救关键,同陈贞慧的见解完全一致,使他对好好先生顿时增添了信任感。

"马瑶草倒不足深虑。他为人虽则刚愎,却与东林诸君子并无刻骨之怨,而且立心疏阔,据弟所知,倒无兴大狱之心。惟是阮圆海曾有恩于他,是以不得不百计报之……嗯,为今之计,倘能请出皇上,降旨干预,此事或有可为。"

冒襄心中一动,连忙追问:"请出皇上——却不知何人堪当此托?"

杨文骢捋了一会胡须,随即抬起头,小眼睛里射出果决的光芒,一字一顿地说:"王觉斯!"

王觉斯,就是内阁次辅王铎。对方的提议,竟然又一次同陈贞慧等人不谋而合!冒襄错愕之余,不由得激动起来。因为连身为马士英妹夫的杨文骢,也能如此仗义为怀,真心实意为东林、复社方面出主意,这是冒襄所始料不及的。"既然已经说到这个地步,看来我也无须再躲闪了。干脆,趁此机会把事情摊开来,谈妥它!"于是,他兴冲冲地转过脸来,打算征求钱谦益的意见,并请对方凭借交情,出面说服王铎。然而,出乎意料的是,钱谦益却低着头,只顾喝酒,对杨文骢的建议似乎没有听见,并且分明在回避着冒襄投去的目光……

五

南京的各部衙门,大都集中在皇城的正门两侧,惟独刑部却设在太平门外的玄武湖畔。那是被众多的树木环抱起来的一大片房舍,除了办事、审讯的衙门之外,拘押犯罪官员们的监狱,也设在那里。这种黑森森的牢狱,全都有着高高的围墙,墙头上布满了防止犯人逃跑的蒺藜。从顶端雕刻着狴犴图形的券门走进去,里面是一片空地。右边上首,立着一座三面敞开的厅堂,堂内设着公案。横梁上还悬着一块镌有"青天白日"字样的牌匾。那是提审犯人的地方。穿过空地,还有一道式样相同的二门。两面又重又厚的铁皮门扇,平常总是紧紧关闭着,还上了一把大铁锁,只在门扇上开了一个小圆窗。圆窗里照例就是关押犯人的牢房。一间一间,都由粗大的木栅隔开,里面又黑又潮,还散发出阵阵臭气。环境的恶劣是不问可知的。更何况作为犯人,还随时随地要受到狱卒的监视和凌辱。

由于黄宗羲的门路远不及陈贞慧的多,所以直到周镳、雷缜祚从锦衣卫掌管的中城监狱,转移到刑部属下的"天牢"来关押之后,他们才得到确切的消息,于是立即偕同吴应箕,还有方以智前去探视。这时距事件的发生,已经过去整整四天了。

现在,三位社友骑着驴子,来到了太平门外。周镳的仆人周顺拎着一篮子食品和几件衣物,在后面相跟着。一路之上,大家很少交谈。就黄宗羲和吴应箕而言,是因为接连几天,他们和社友们一道商议应变之策,已经连争带吵地弄得精疲力竭,这会儿都不想再开口。至于方以智,今天是因为来访吴应箕,临时碰上,才要求跟着前来的。在此之前,他一直躲在天界寺,没有再参与社事,对许多情形都不甚了了。加上他"失节降贼"的那笔疑账,朝廷至今还挂着,未曾给他撤销,也使他始终直不起腰板。如今看见黄、吴二人冷着脸,他也不由得沉默下来。

自然,不说话并不等于无忧无虑。就拿黄宗羲来说,此刻心中那一份愤激和痛恨,恐怕只有他自己才能真正了解。事实上,在社友当中,要数他与周镳的关系最深、也最密切。尽管有一阵子,由于他的自以为是和不听指派,顾杲似乎跑到了他的前头去,但自从老头儿最终决定把他推出来,扶上了一社之首的位置之后,双方的关系,就被赋予了与众不同的色彩。黄宗羲于感动之余,心中每每激荡起一种"士为知己者死"的庄严、慷慨之情。所以,一旦得知周镳在中秋之夕解救了阮大铖之后,反而横遭逮捕,黄宗羲的愤慨和憎恨,就不光限于马士英和阮大铖这些卑劣小人。连弘光皇帝,也因为照准了马士英的捕人请求,受到黄宗羲的强烈"腹诽":"哼,用不着征询朝臣的公论,也全不理会谁是谁非,只凭马老贼一纸诬告,就滥用君威,把堂堂士林领袖,当做可以任意作践的奴婢。这是什么治国之道!圣人的经典里,又有哪一篇哪一句说过,为人君者可以如此率性胡为!"然而,愤恨归愤恨,横蛮无理的现实,又是如此牢不可破地摆在眼前。所以,当一连几天,与社友们反复商议,都找不到营救周、雷二人的可行办法时,黄宗羲胸中的那股子随时都可能爆炸的愤恨,就因为绝望和压抑,而化为极度的冰冷和沉默。即便是此刻,他与社友们走在探视周、雷二人的路上,这种情绪依然没有改变。

不过,渐渐地,吴应箕同方以智的交谈从背后传了过来。起初,话音不高,而且时断时续,在三匹驴子的嘚嘚蹄声中,显得有点零碎模糊。后来,随着谈话者提高了嗓门,就变得清晰起来。

"圣人云,'道不行,乘桴浮于海'!"一个冷峻的声音说,那是吴应箕,"既然皇上执意要把大明的江山送给马老贼做人情,我辈自然犯不着替他白赔上性命!不过,弟眼下还不到逃的时候。一者,周、雷二位陷在狱中,弟不能撒手不管;再者,他们虽则逮了周、雷二公,谅他还未敢即时对我辈下手。"

黄宗羲心中微微一动:"逃?他们怎么已经想到要逃?"由于没有想到这种念头会出自一贯以强硬著称的吴应箕之口,黄宗羲感到颇为突兀。

"何以见得他们不敢下手?"方以智问。听口气,显得心事重重。

"他们此番收捕雷介公,用的是迎立时他曾倡言今上不孝的罪名;捕周仲驭,是以其族弟周介生降贼为由,而株连之。此二者,自是项庄舞剑,意在沛公。然而马瑶草如今手握国柄,亦欲尸位自固,骤兴大狱,必使江南震动,朝野离心。何况左良玉雄踞武昌上游,彼亦不能不心存忌惮。所以,只须我辈应对得法,至少眼前尚不至于有缧绁之忧!"

吴应箕的这番分析,倒有一定的道理,表明他刚才说眼下还不打算逃走,并非假话。特别是同样的分析,应该也能说服有类似念头的其他社友。黄宗羲默默听着,心中稍感宽慰。"嗯,马瑶草既然有此忌惮,周、雷二人想来也暂不至于危及性命。那么,我们还可以继续设法救他们!"他想。然而,接下来听到的谈话,使他不由得又支起了耳朵。

"兄可认得徐泽商么?"吴应箕换了一个话题问。

金坛人徐时霖,字泽商,是周镳门下的大弟子,虽然这一次没有跟随老师到南京来,但社友中不少人都认识他。果然,只听方以智回答:

"认得。"

"周仲驭今番被逮,追究根由,其实是他弄出来的!"

"什么?这、这怎么会?"方以智分明大感意外。

"仲驭被逮,全因周介生牵连。惟是降贼而南归者,比比皆是,何以独将介生治罪?无非说他曾向闯逆上表劝进,中有'比尧舜而多武功,方汤武而无惭德'等大逆不道之语。据其族人昨日来京申白,此语实乃徐泽商所生造,欲以此诬陷介生。谁知正贻马、阮以口实,祸延乃师!"

"啊,竟有此等事!只是徐泽商身为君子门下,何以竟出此卑污手段,倾陷介生?"大约由于在北京期间,与周钟有着相似经历的缘故,方以智对这个消息显得特别吃惊。

吴应箕没有立即回答,似乎也为社内出了这种自相残害的丑闻而深感厌恨。驴蹄的嘚嘚声在寂静中响了好一会儿,他才瓮声瓮气地说:"仲驭和介生,本来俱不失为社内贤才,其奈以睚眦失欢,各不相下,竟至势同水火。倘若仅止于自守门户,断绝往来,倒还罢了,偏偏又各逞意气,放纵门下,终致有今日之奇祸,亦可谓社局之一大诡变!"

"君子之争,自古难免。"方以智表示同意,"如宋时王荆公、司马文正、苏文忠,俱属此类。惟是君子自有君子立身之则。争固争矣,而决不能自堕于窃小鼠辈。徐泽商身为周仲驭首徒,其行卑劣如此,足见心术不正。细论起来,仲驭只怕也难卸阍于知人之责呢!"

吴应箕哼了一声,烦躁地说:"事到如今,周氏昆仲倒也无须深论了。惟是此事出自社内,传扬出去,只怕难免时论之讥,连累我辈俱脸上无光!"

在吴、方二人你一言我一语地对这件事表示厌恨时,黄宗羲心中却越来越不以为然。无疑,对于徐泽商的乱来一气,以及由此产生的恶劣后果,黄宗羲也异常恼火。但是,作为周镳的忠实盟友,他却认为,这一事件之所以会发生,责任全在于周钟平日凭借官势,对周镳及其弟子做得太过分、太绝情的缘故。况且,徐泽商的做法,周镳事前并不知情。现在他已经身陷囹圄,吴、方二人还要加以讥议,黄宗羲就觉得他们未免过于刻薄寡情了。如果说,在此之前,他因满腔愤恨无处发泄,感到苦恼之极的话,那么,此刻这种愤恨就急剧膨胀起来。

"哼,你们说的,都是没用的废话!"他突然勒住驴子,回过头,吵架似地大声说,"周氏族人之言,分明意在自脱干系,未必可信。就算此事果系徐泽商所为,又与周仲驭何涉?莫非你们以为,没有徐泽商,马老贼便会放过周仲驭么?仲驭被逮,在于力持清议,正气凛然,群小是以衔之刺骨,必欲除之而后快!纵然没有徐泽商,彼辈也必会别寻借口,加害于他!如今兄等不责马老贼,不责昏君,而苟责以一肩而任天下兴亡之周仲驭,试问是非何在?公理何在!"

他厉声地、怒气冲天地质问着,一张小脸也因五官的扩张而变了形。吴应箕和方以智显然没有料到黄宗羲会有这样的反应,有一阵子,竟给突如其来的指斥弄得目瞪口呆、不知所措。当终于明白过来之后,他们便互相望了一眼,沉默下来,不再说话了。

六

关押周镳、雷缜祚的监狱,坐落在一片小土坡后面。那里环境荒僻,戒备森严。三位社友来到土坡边上,就下了驴子。吴应箕把一小包银子交给周顺,又低声吩咐了几句。等周顺向监狱走去,他就朝黄、方二人做了个稍候的手势,径自走到一棵秃了顶的大树下,把双手叉在腰间,向四下里眺望。

这时,天已近午。被一层薄翳蒙住了的秋日阳光,透过交织在头顶上的枯枝,在地上勾画出许多模糊凌乱的影子。四下里静悄悄的,静得令人心头发紧。由于自五月初以来,滴雨未下,以致八月未过,满坡的野草就像进入了深冬时节似的,整片地衰萎了。如今,那根根灰褐色的枯梗,迎着从玄武湖那边吹来的干风,瑟瑟地抖动着,看上去,就像长在病牛背上那稀稀落落的寒毛。

"次尾兄,既然周介生向闯贼上表劝进之事,乃徐泽商生造之辞,那么总须向朝廷力陈缘由,分剖明白才是!"方以智跟了过去,沉思地建议说。

吴应箕哼了一声:"分剖明白?谈何容易!就连兄这等并无实据之事,都至今不让说清楚,又何况周介生?"

"那、那么仲驭岂非不能救了?"

"能不能救,也只有走着瞧罢了!"吴应箕心烦地说。顿了顿,又斜着眼睛,冷冷地望着方以智:"夜长梦多,待会儿见得着周仲驭便罢,见不着时,兄也不必理会了!"

说完,看见方以智低着头不吱声,他就背转身,随手扯下一根枯树枝,在手中噼噼啪啪地拗折着,不再开口了。

小半晌之后,周顺走了回来,后面还跟着一个狱卒模样的精瘦汉子。那人显然认识吴应箕,因为一双倒吊在八字眉下的细长眼睛,老远就发了亮,而且三步并作两步奔过来,一下子跪倒在吴应箕跟前。

"恩公在上,多时不见,好教小人思念得苦!小人给恩公请安!"说着,毕恭毕敬地叩下头去。

"嗯,怎么样?"等狱卒站起来,向方、黄二人也行过礼之后,吴应箕开门见山地问。

那狱卒应了一声,转动脑袋,朝四下里看了看,这才凑近来,压低声音说:"恩公要见这两位朋友,昨日张团头已经亲来传话与小人。非是小人啰嗦,皆因上头有交待,说这两人是朝廷要犯,着令别关一处,不许与其他人犯相混。外人探视,亦一概不准。小人受恩公大德,便是舍却性命,也难相报。惟是监内其余兄弟,怕担干系,因此为难……"

"这两人我今日一定要见!"吴应箕打断他,斩钉截铁地说,"你替我设法,须多少使费,只管拿去!"说着,他伸手从食篮里摸出一包银两,抛了过去。

那狱卒"哦、哦"地乱摇着手,接住银子,马上双手送了回来:"恩公莫要错会小人之意。小人再不识好歹,也不敢要恩公的钱钞!监里兄弟虽则为难,碍着小人薄面,毕竟是肯了。却有一件计较在此:恐防进去的人多,被稽察撞见,三位相公只好进去一位,且须换过这身衣裳。也知十二分亵渎恩公,其奈实迫处此,万祈恩公恕罪,通融则个!"

说完,他就把随身携来的一个包袱打开,里面原来是一套狱卒的衣裤,外带一顶红黑帽子。

三个朋友见他说得恳切,不由得面面相觑。无疑,在此之前,吴应箕已经估计到此行不会太顺利,所以才特地通过他在三教九流中的朋友,来打通关节。没想到仍旧只能办到这么个地步。虽说马士英打算最终如何处置周、雷二人,目前还不大清楚,但光凭这种戒备森严的架势,已不难明白事情绝不会轻易了结。所以黄宗羲首先紧张起来,抢着说:

"既然如此,烦二位社兄在此等候,待弟去去便来。"

说着,就要去捡地上的衣裤,却被吴应箕一伸手,拦住了。

"阿七,"他回头向狱卒说,"若是三人一道进去不便,那就替换着,分三趟进去,可使得?"

"这个……"阿七眨眨眼睛,现出为难的样子,"若是恩公早到一个时辰,这等变通本来也使得。只是今日这事,里面的兄弟是觑着本官不在监里,担着干系应承下的。这会儿本官只怕就会回来,若给撞见……"

"好,那就罢了!"吴应箕断然一挥手说。但是,他也不让黄宗羲去拿地上的衣裤,却朝方以智做了一个手势:"密之,你去!"

"啊,弟、弟去?"方以智显然感到意外。

"怎么让他去?该去的是我!让我去!"同样感到意外的黄宗羲,忍不住挺身争辩。

吴应箕却不回答,只管朝方以智摆手:"密之,快点!你不是要见周仲驭么?快去呀!"

"这……"方以智望望地上那一套狱卒衣裤,又望望茫然不知所措的黄宗羲,仍旧迟疑着。

吴应箕生起气来:"还磨蹭什么?你到底去不去?说呀,去不去?"他大声催促说。

"好,那么弟就去!"这么决然答应了之后,方以智就不理会黄宗羲,管自快手快脚地脱下直裰,换上那一身黑色衣裤,然后跟着阿七,匆匆朝监狱走去,转眼就消失在土坡后面。

也就是到了这时,黄宗羲才清醒过来,并因吴应箕横蛮无理的安排,而变得怒不可遏。

"你、你这是搞什么鬼名堂?"他咬牙切齿地质问,只是由于最后一点理智的约束,才没有在这种地方大嚷起来,"你凭什么不让我去?却让他去!他算什么?啊?他算什么!一个被马老贼的淫威吓得躲在天界寺,动都不敢动,什么都不干的懦夫!他凭什么先进去?你说,凭什么!"

吴应箕一声不响,只冷冷地望他一眼,转身走了开去。

像给反扇了一巴掌似的,黄宗羲不由得一呆。但随即,那燃烧着的怒火就更加狂暴地喷发起来。他猛地向前冲了两步,打算揪住对方的衣衫,追问个明白,然而刹那间,又改变了主意。

"好,好!既然如此,那你们就自己干去吧!我什么都不管了,散伙!"

说完,他转过身,咚咚咚咚地向驴子走去。

"站住!"走出四五步之后,忽然从身后传来了吴应箕冷冷的声音,接着,听见对方向自己走过来。黄宗羲略一迟疑,气哼哼地站住了。

"好,现在我来告诉你。"当两人重新面对面的时候,吴应箕阴沉地盯着他,说,"你知道么,方密之是冒着绝大危险来的——因他前些日子撰了一部《忠逆定案》,将陷贼时的见闻经历,详列其中,被巡城御史王孙蕃在坊间搜得,说他私撰伪书,扰乱是非,因此请旨将他逮问。密之今日接到陈卧子的密告,本拟即刻出逃,因得知周仲驭被逮,生死未卜,才决意冒死同来,意在一诀。你说,该不该先让他去见?"

黄宗羲睁大眼睛,惊疑地听着,心中不由得再度紧缩起来。他万万没想到,营救周镳、雷縯祚的事情还全无眉目,忽然,又捅出方以智的娄子!他更没想到,即使在这种情势下,方以智还坚持前来探视周镳他们。有一阵子,他觉得应当说上几句关注的话,但终于又放弃了这种打算,只咬紧嘴唇,颓然垂下头去。

七

由于对两年前虎丘大会期间所受的围攻和挫辱,还记忆犹新,钱谦益确实没有出手援救周镳的热情和兴趣。更何况,这样做还有可能触怒马士英那一伙人。在苦苦等待、钻营了十五年之后,才得以重立朝班,钱谦益可是绝不肯再拿这顶乌纱帽儿去冒险,哪怕仅仅让他向王铎私下疏通也罢!

不过,话又说回来,据杨文骢在席间透露的消息,周、雷二人这一次被捕,只是一个发端,接下来,马、阮等人就要借口追究所谓"顺案",对东林派大张挞伐,企图运用株连的手段一网打尽。这个说法如果属实,那么他钱某人能否逃过劫数,可就十分难说。事实上,尽管两年前,他为了替阮大铖开脱,蒙受了那样大的委屈,但看来对方压根儿不买账。相反,由于自己在拥立新君期间,曾经过分卖力地充当了东林派的谋士,落在对方手中的把柄,绝不会比雷縯祚少。只要对方搬出任何一件来,自己都会吃不了兜着走,甚至走不了,最终落个坐牢、杀头的下场。这么一掂量,钱谦益不由得大为恐慌,同时感到一种走投无路的痛苦:"啊,我为何总是这样倒霉!假如当初我不自居什么东林,压根儿不同那些光会瞎嚷嚷的书呆子绑在一块,而是像王觉斯那样,岂不安稳舒心!"不过懊悔归懊悔,玉石俱焚的恐惧,又迫使他无法置身事外。所以,筵席上他支吾其词,不肯对冒襄作出许诺;但过后,经过反复权衡,却终于打算先向王铎试探一下。

眼下已经到了九月初六,这一天是皇帝"临门决事"的日子。钱谦益估计到时必定能见到王铎,所以四更起身后,梳洗穿戴完毕,就匆匆打点起身,来到紫禁城的端门外等候。谁知等了半天,多数官员都已陆续来到,惟独不见王铎;一打听,才知道今天轮到王铎在午门内的朝房里值宿,散朝之前,恐怕是见不着了。钱谦益颇为失望,却无可奈何,只得耐下性子,等五凤楼的第一通鼓声响过后,便随着百官一起进入端门,来到靠东的一排朝房里。

自从五月以来,江南绝大部分地区都久旱不雨,天气也热得反常,但毕竟到了日短夜长的时节。靠五更的光景,四下里还是黑沉沉的,朝房里都点着灯烛。在官员们走动、行礼、让座的当儿,满屋子便显得人影幢幢。这种朝房,照例都按衙门来分派。里面的座位,也按品级大小排列,不过,有些官员为着找相熟的人交谈,也往往临时互相串门,制度上并不十分严格。现在,钱谦益怀着不安的心情,坐到了自己常坐的椅子上,一边惦挂着向王铎疏通的事,一边默默地听本部的官员们闲谈。

"列位听说了么?"一个沙哑的嗓音说,"近日城中出了一件怪异之事,许多内监,忽然抬了小轿,领着一帮棍徒,穿街过巷地搜查。但凡有女之家,都命唤出审视,一经相中,便用黄纸贴了额,即时抬去。闹得闾井骚然,地方俱不敢问,只猜道是选宫嫔。惟是圣旨未下,中使便私自搜采,殊非法纪。"

"不错,"另一个也接了上来,"这事学生也听说了。以往历朝选宫嫔,必巡司州县,限数额、定年岁,由地方开报。而今未见官示,便率督棍徒,擅入民家,不拘长幼,说声抬,便抬去。甚至言称,长者选侍宫闱,幼者教司戏曲,分明是借端诈骗!这成何体统!"

说话的是本部的两位主事。大约皇帝选妃择嫔一类的差事,按规定属于礼部的职责范围,因此他们对于所发生的情况十分关注,而且有点愤愤然。不过,对于下属的牢骚,钱谦益照例只是听着,并不表示态度。因为沉着稳重,莫测高深,乃是身为长官的应具涵养。而且,这一类骚扰民家的事情,该由巡城御史去纠察,用不着他来管。何况,他目前虽然挂着个礼部尚书的头衔,但实际职务是翰林院的侍读学士,既然主事们反映的不法行为,已经涉及皇帝的家务,他就更加以不插手为妙。眼下,钱谦益倒是忽然想起了另一种奇怪的情形,那就是刚才在端门外等候时,王铎固然没等着,但阁臣中也只到了马士英一人。高弘图和姜曰广似乎都没有露面。"嗯,姜居之受了朱统鐹的严劾,注籍杜门倒还可说,何以连高研文也不来?"他想,随即抬起头,正想向大家询问一下,忽然午门上的第二通鼓声"咚咚"地响了起来。他只好临时住了口,等鼓声响过之后,才重新问道:

"列位,今日可曾见到高阁老么?适才学生特地留了心,始终未见。不知他来了不曾?"

"哦,钱大人原来不知,高阁老亦已引疾杜门了!"一个熟悉的昆山口音回答,那是一直主管着部里事权的另一位尚书顾锡畴。大约看见钱谦益有点发呆,他将了将下巴上的一绺黄胡子,接着又说:

"高公因愤于姜阁老横遭恶诋,屡次拟旨,力主究治诬告之人,俱遭驳回。不得已,惟有引疾求退了。"

生得身材肥胖,有着一张富态的方脸的顾锡畴,早年也曾受过阉党的迫害,在朝中被归入东林一派。事实上,他对于马士英上台后的所作所为,也确实十分不满。只不过顾锡畴平日说话过于随便,常常不大理会场合。大抵他认为钱谦益是同派中人,所以更加没有顾忌,常常当着钱谦益的面指责马士英,弄得钱谦益一边听,一边暗暗发憷,但又不便加以制止,只好设法躲着,尽可能避免同他纠缠。偏偏顾锡畴不明白,只要一碰上钱谦益,就同他谈马士英,而且总是牢骚满腹。现在,他也不理会钱谦益的故意沉默,管自长叹一声,说:

"看来,高、姜二公只怕也是不久于位了!要是这等,我也干脆跟了他们去!免得留在这里受马瑶草的窝囊气!只是方今国势之危,已是危如累卵——闯贼挟重赀而归川陕,东虏盗义名而取燕鲁。胡马南嘶,贼氛东犯,可谓刻刻堪忧!而正人零落,一如敝屣之弃;人情泄沓,无异升平之时。这真如日前陈卧子所言,何异乎'清歌漏舟之中,痛饮焚屋之下',诚不知其所终矣!"

这些话,要在私下里说说,钱谦益也许还能保持沉默,甚至附和几句。如今当着许多下属的面,他就有点坐不住了。但他也知道顾锡畴对头上那顶乌纱已经毫无留恋,想加以制止是办不到的。但继续沉默,似乎也不合适,于是,他只好赶紧把话题引开:

"哎,说到东虏、流贼,以弟之见,流贼远走川陕,显见气数已尽,恐怕势难复振;至于东虏,自然野心方炽,不过,所幸尚有吴平西制其侧。彼虽以大言诈我,怕亦未敢妄动。"

顾锡畴眨眨眼睛,对于话题的转移似乎有点意外,但随即他就摇摇头,说:"吴三桂么?哼,早于六月底,山东便有塘报,说他以'清国平西王'之衔,牌行临、德一带,要该地官民'仰体大清安民德意',不许抗拒。上月他又兵临庆都,树出'大清国顺治元年'旗号,逼人削发。他尚有心于本朝乎?"

"可是,前几日朝廷不是还赠其亡父吴襄为'辽国公',并着光禄寺沈廷扬仍按原议,从速海运十万石漕米,以饷吴平西的兵,不许稽迟逗留么?"有人不解地插进来问。

这一次,顾锡畴没有回答。大抵他觉得朝廷这种一厢情愿的做法,尽管十分可笑可悲,但对皇上的决定公开非议,毕竟是不合适的。钱谦益在旁边瞧着,暗暗松了一口气。他正想代朝廷解释几句,午门上的第三通鼓声又响了。接着,传来了"当——当——当——"的钟声,迟缓而庄严。这是百官开始入朝陛见的信号。于是,钱谦益也就放弃说下去的打算,同大家一道站了起来。

八

"这么说,皇上执意不肯惩处朱统镈,那就是明摆着要逼姜居之和高研文去职了!"钱谦益一边向前走,一边心神不安地想。这时,他已经跟着文官的队列从东掖门进入了紫禁城,并沿着规定的路线,缓缓向奉天门走去。在与他遥遥相对的另一边,则行进着从西掖门入朝的武官队列。

眼下,天色已经开始放亮,周遭的景物渐次变得清晰起来。黄色的琉璃瓦顶,红色的宫墙,以及汉白玉石雕砌的丹墀、御道和拱跨在内金水河上的五龙桥,都一齐在宿雾渐消的天穹底下,显现出各自的姿采。由于自四月底以来,皇城里一直在大兴土木,进行翻修,原来凋敝残破的这座"帝王之居",已经很大程度恢复了旧观,重新呈现出昔日庄严宏伟的气象。

不过,钱谦益根本没有注意这些。因为关于高、姜二人的可能去职及其后果,有如摆脱不掉的梦魇,正越来越骇人地占满了他的心胸。"啊,眼下朝中尚能与马瑶草抗衡的,就只剩下高研文和姜居之二位阁臣了,要是连他们也立脚不住,还有谁能阻止马、阮的大肆报复?王觉斯当然不能指望,刘念台出任总宪未及一月,就受到明枪暗箭的围攻,只怕也难以长久。剩下史道邻远在扬州,不仅鞭长莫及,而且连请求入朝奏对也不获批准。那么,今后看来就只有任凭马、阮为所欲为了!逆案重翻、阉党复振的局面,看来也是不可避免的了!"一想到自己将要重新落到天启年间那种恐怖境地,而且以自己如今在东林派中的触目地位,下场可能比上一次更加可怕和悲惨,钱谦益就不由得寒毛直竖,打心里往外发起抖来。

就这样,钱谦益被噩梦般的悬想缠绕着,精神恍惚地来到奉天门的丹墀上,由于魂不守舍,在排班时几乎出了错。亏得顾锡畴在旁边轻轻扯了一把,他才蓦然清醒,慌里慌张地在自己的位置上站定了。

这当儿,一个肥胖的太监已经摇摇摆摆地走到丹墀的边上,举起手中的一柄金漆龙头黄丝净鞭,"啪——啪——啪——"地一连抽了三下。响亮而清脆的鞭声,沿着广阔的矩形庭院远远传送开去,碰到宫墙,又呼啸着反射回来,使人们的心神为之一懔!于是,大家本能地屏住气息,一齐向奉天门举起朝笏,微微躬下身子,静候皇帝的驾临。

在紫禁城里,被称为"门"的这座建筑,自然要比它的主体——奉天、谨身、华盖三大殿的规模狭小许多,但它照样有着重檐的琉璃瓦顶、长长的白石丹墀和宽大的门厅。所以除了隆重的大典之外,日常朝会一般都安排在这里举行。现在,钱谦益就怀着忐忑不安的心情,从低压的眉毛底下,默默窥视着门内的动静。由于先前那种恐惧又开始来烦扰他的心,有片刻工夫,他忽然很想瞧瞧马士英有什么表情。但是马士英站在队列的最前头,而且背朝着这边,使他无法看见。随后他又想望一望马士英的得力帮手——性情凶横的诚意伯刘孔昭,于是把眼睛溜向站在西边的一排队伍。可惜,没等他从那一长列头戴朝冠,前襟的补子上绣着狮、虎、熊、彪一类图案的武臣中找到那个煞星,门厅里就响起了脚步声,由翰林、中书、科、道官各四员担任的"导驾",一步一步地倒退着,从漆雕盘龙屏风后转了出来。接着,一群身穿玉色妆花过肩蟒衣的太监,簇拥着一顶棕轿,迈着庄严的步子缓缓出现了。坐在棕轿上的弘光皇帝,今天戴了一顶翼善冠,身穿盘领窄袖黄龙袍。他那张又白又胖的、年轻的脸孔,显得闷闷不乐,一双小圆眼睛也凝聚着迟滞、茫然的光芒。起初,这副神色曾经使钱谦益感到宽心。因为与已故的崇祯皇帝相比,这位新主子显然不属于那种精明、苛刻、睚眦必报的人,这一点,对自己日后的处境,可以说十分重要。然而渐渐地,他又担心起来,因为新皇帝缺乏主见,而且分明一味倚赖马士英,这就使得后者的权力,无形中大大膨胀起来。钱谦益也听人说过,起初皇帝还不是这样子,有一次甚至试图罢斥马士英,后来,大抵是受了身边那些亲信太监的包围摆布,结果干脆什么也不管,只顾躲在后宫中同妃嫔们饮酒、看戏,变着法儿取乐。那意气看来是愈来愈消沉了。

"入班行礼!"一声洪亮的胪唱蓦地响起,吃了一惊的钱谦益微一抬头,发现皇帝已经坐到了御座上。他连忙收敛心神,斜盯着站在皇帝旁边的一个校尉手中的小羊角灯,同百官一起,按灯的起落升降,行起了三拜一叩首的常朝礼。

"有事出班早奏,无事卷帘退朝!"等大家礼毕站起,重新站好了班之后,鸿胪官又一次高声传唱说。

话音刚落,从文官的班中马上走出工部侍郎高倬,接着又走出工部尚书何应瑞和工科给事中李清。这三位主管财政的官员全是向皇帝叫穷的。因为本月十三日,弘光皇帝在河南逃难期间失散了的母亲——也就是当今太后,终于被人访到,并送来了南京。这自然是大喜事。于是照例得按最高规格来布置她居住的"西宫",还得准备赏赐用的金银珠宝。两项开销一算下来,需要好几十万两银子。目前国库已经十分拮据,光是各地的军饷,就欠了上千万;加上江南遭遇百年未有的大旱,不少河流湖泊都干得见了底,明年的财政已经肯定没有改善的指望,只会更糟。所以三位工部官员恳请皇帝节省,收回成命。但是这个请求没有得到准许。三位官员只好挂着一脸的苦相,垂头丧气地退了回来。

接着是顾锡畴根据礼部的职责,请求为北京殉难诸臣赐谥。因为随着失陷在北京的明朝官员纷纷逃回,关于三月十九日之变后,诸臣不屈殉难的情况已经大体调查清楚,计有文臣二十一人、勋臣二人、戚臣一人。为了表彰他们的气节,理应赐予美谥,由其家乡分别举行祭葬仪式。为此,礼部已经开具名单,送呈皇帝审批,因为未见下文,所以顾锡畴再次提出来。这件事,得到了肯定的答复。据皇帝说,名单已经过目,不久就发回礼部。于是顾锡畴满意地退回班里。

接下来,还有几位官员启奏了一些别的事。其中包括太监带领棍徒,满城搜选淑女那桩"可议之举"。钱谦益由于或则已经听说,或则与己关系不大,也就没有留心去听,只默默地继续掂量起姜曰广、高弘图可能去职的后果。"嗯,不成,回头我得去见一见他们,劝他们无论如何一定得留下!"他想。因为像高、姜二人这种辞职,估计皇帝照例会"温旨慰留",他们只要肯顺水推舟,继续留任也没有什么不合情理。"不过,为保险计,皇上这边最好也使点劲,促一促?"这么想着,钱谦益就抬起头,打算出班奏上一本。然而,尚未移动脚步,一道森然的目光已经直刺过来——那是他刚才没找着的诚意伯刘孔昭,正从对面的武官队列里,恶狠狠地朝他盯着。钱谦益心中蓦地一震,连忙自动地收回目光,恭顺地低下头去。

这时,一位纱帽青袍的官员已经大步走了出去,跪在皇帝面前,朗声说:

"微臣袁彭年启奏陛下:日前镇国中尉朱统𨰥疏劾辅臣姜曰广谋逆七大罪,俱属有名无据,捕风捉影,理应严谴。且祖宗之制,中尉有所奏请,必须先具启呈亲王参详可否,然后给批赍奏。若谓朱统𨰥现于吏部候选,则应与外吏等同,一应奏章,须从通政司封进。今他另委私径,直达御前,干纪乱制,望圣上严加禁戢!"

袁彭年刚刚说完,另一位官员也奋然出班,伏地启奏说:

"袁彭年所奏,臣以为甚是。朱统𨰜特参姜曰广,污及家庭暧昧,含血喷人,不顾拔舌。如此不驳,朝廷设立言官何用?臣愿冒死以请!"

钱谦益刚刚看清那个人是吏科给事中熊汝霖,并为他的奏辞比袁彭年更激烈而感到又惊又喜时,通政司使刘士祯深沉而愤慨的声音紧接着又响起来:

"陛下,据微臣所知,辅臣姜曰广劲骨戆性,守正不阿。居乡之期,皆有公论。朱统𨰜是何人物,竟敢扬波喷血,掩耳盗铃,飞章越奏,不由职司。此真奸险之尤,岂可害于圣世!"

这三位朝臣在同一时间里,对诬告者朱统𨰜——自然也包括他背后的马士英等人,发起连珠炮似的攻击,确实造成了一种颇为强大的声势,使满朝文武都为之耸然动容。钱谦益更是暗自宽慰。"嗯,这一次即使办不了朱统𨰜,姜、高二位大约总要给留下来了!"他想,胆子随即壮起来,于是转过脸去,报复地望了站在对面的刘孔昭一眼。然而,出乎意料,刘孔昭眯缝着眼睛站着,脸上挂着微微的冷笑,对于袁彭年等人的抗辩,似乎毫不在意。钱谦益不禁又是一惊!

这时,丹墀上出现了暂时的宁静。没有人再出来加入驳奏。大概觉得前面三位朝臣的火力声势已经不小,再多的人加入,就会造成围攻胁迫圣驾之嫌。所以大家只是一齐注视着御座上的皇帝,等候圣裁。

还在三位朝臣启奏的当儿,弘光皇帝就频频把视线转向站在他右边的亲信太监田成、李永芳,仿佛在征询他们的意见。这会儿,他一声不响,白胖的脸上依然是一派厌倦和茫然的神色。直到大家等得有点心焦时,他才转动一下粗短的脖子,闷闷不乐地开口说:

"朕自有决断,卿等不须多言!"

皇帝的旨意,是最高、也是最后的决定。要在平日,大家也就只好缄口不言了。不过,看来今天至少有一部分朝臣,意识到事态严重,如不拼死力争,今后的朝局,将会变得不堪设想。所以,丹墀上只沉默了一忽儿,从文臣班里,又走出了一位官员。那是兵科给事中陈子龙。这位前几社领袖,有着英俊的仪表和高高的身材。论渊源,他是姜曰广的门生,自然有心维护座师。但他的父亲与马士英又是同一榜的进士,冲着这份"同年之谊",马士英对他也颇为优礼。前一阵子,马士英一度表示愿意同东林方面和解,其中与陈子龙的大力斡旋,可以说很有关系。大概正因如此,他才敢于在马士英显然已经把皇帝掌握在手中的情势下,仍旧挺身而出。

"陛下,"他跪伏在丹墀上,用恳切的声音说,"据微臣所知,朱统鐳诬诋姜曰广,其疏实出于阮大铖之手。大铖蒙圣上垂悯,得复冠带之后,仍不自足,更四出煽惑,必欲谋翻先帝钦定之逆案。他以曰广持正不阿,峻阻之,遂抱恨于心,出此奸邪手段。统鐳年幼无知,误为所用。愿陛下恕统鐳而斥大铖,以息廷竞,安人心!"

陈子龙这个建议,可以说颇为聪明。因为前些日子,高弘图也曾力主惩办朱统鐳,结果反被皇帝以朱统鐳是皇族中人为由,加以呵责,现在陈子龙绕开朱统鐳而端出阮大铖,不仅保全了皇帝的骨肉情面,而且抓住了事件的要害。所以钱谦益在一旁听了,不禁暗暗点头。

"嗯,说此事乃阮大铖主使,所据何来?"弘光皇帝问。由于在朝臣们的猛烈攻击当中,陈子龙出头为朱统鐳开脱,这显然博得了他的好感。

"这个——启奏陛下,礼部本官钱谦益可以为证。"

在弘光皇帝发问的当儿,钱谦益从那分明缓和下来的口气中,捉摸事情可能会有转机,正侧着脑袋等着听下文,冷不防钻进耳朵的竟是这么一句指证,他不禁大吃一惊。不错,昨天下午,在陈子龙来访他的时候,钱谦益出于对朝局和前途的担忧,确曾把前两天杨文骢透露的消息,告诉了陈子龙,但是却万万没有想到,对方会在这个当口上把自己给兜了出来!钱谦益心中这一急,差点儿要直钻进地里去。然而,眼下的情势却不容他再拖延,因为弘光皇帝已经把询问的目光径直向他投来。于是,他只好慌里慌张地向前跨出两步,俯伏在地,用朝笏遮挡住脸孔,战战兢兢地说:

"启奏陛下……"

"嗯,陈子龙称卿可作证,此话当真?"大约听不见下文,弘光皇帝发出询问。

"这个……微臣……这个……"钱谦益一边支吾着,一边愈加惶急,只觉得心中像打翻了七八个酱缸似的,搅和得一塌糊涂,因为若是承认了,最后追出消息来自杨文骢倒不打紧,那好好先生是马士英的妹夫,大不了给大舅子埋怨一顿就完了,但自己可就因此把马士英、阮大铖得罪到了底,光凭自己以往那档子烂污,今后只怕对方爱怎么作践就怎么作践。"不,决不能这么办!"他想,于是咬一咬牙,抬起头说:

"启奏陛下,陈子龙所言,恐怕得自误传,微臣于此事实一无所知!"

说完,他立即低下头,重新用笏板挡住脸,为的是避开来自各方的种种目光。

丹墀上再度出现片刻的宁静。随后,钱谦益看见眼前有朝衣闪动了一下,一位纱帽绯袍的大臣在他前头跪了下来。

"陛下,微臣有一言启奏:适才二臣所云,一指曰有,一辩曰无。此事亦不必深论。惟是据臣所知,朝议纷纷,相哄不已者,实因阮大铖之故。大铖或非无才,其奈心术不端。臣深恐其一经见用,便党邪而害正。其才适足以坏人心,乱纲纪,不可不慎!"

起初,钱谦益闹不清这人是谁,但一听那浓重的绍兴口音,就顿时明白了:这位大臣正是当今大儒、左都御史刘宗周。由于对方轻轻一句话,就把自己同陈子龙之间的尴尬场面遮掩过去,这使钱谦益暗暗松了一口气。而且,由德高望重的刘宗周出面评论阮大铖,那分量较之陈子龙又自不同。所以,在未得到皇帝的许可之前,他虽然不敢就此站起来,但是却不由自主侧起耳朵,等着听下文。

片刻之后,弘光皇帝说话了,口气是迟疑的:"谓统镢之疏,系大铖主使,却又无实证,则心术不端之说,何从谈起?哎,此事无须再论了,卿等起来吧!"

"启奏陛下:谓大铖心术不端,非臣妄测之辞!"刘宗周低着头,顽强地争辩说,"其阿附逆党,便是显证。况且,大铖当年因争入吏垣而不得,竟迁怒于给事中魏大中,后更借魏逆忠贤之手,陷大中于诏狱,摧残至死。蛇蝎为心,莫此为甚!是故大铖之用黜,所关风纪甚大。臣忝居纠察之职,实不能付之默默。伏乞陛下圣衷明鉴!"

天启朝的吏科给事中魏大中,是著名的东林党人之一。当年他被阉党严刑拷掠,死况极惨。不少人都确信此事与阮大铖从中唆使有很大关系,但由于阮大铖行事刁猾异常,总是设法把证据灭掉,所以一直无法完全确认。刘宗周如今以监察大臣的身份,向皇帝正式提出指证,事先自必会经过严格核实。因此不但钱谦益听了精神为之一振,就连两旁的文武大臣,也全都睁大了眼睛。有片刻工夫,丹墀之上,愈加变得鸦雀无声,都在等着皇帝的反应,也在等着刘宗周说出更加确凿的证据来。

起初,弘光皇帝似乎也有点迟疑,但当把征询的目光再度转向身边的太监时,他那张白皙的、因酒色过度而显得精神不足的胖脸就改变了表情。

"又是魏大中!"他厌烦地说,"翻来覆去都论过多少回了!其实,全是些扯不清的糊涂账!哎,先生也不必再说了,起来,起来吧!"

如果说,皇帝刚才阻止刘宗周说下去,还可以理解为试图避免争论的话,那么,这一次却分明暴露出,他是在身边太监的唆使下,有意地袒护阮大铖!所以正斜着眼睛凝神窥视着的钱谦益错愕了一下,顿时冀望全消。他本能地动了一下身子,打算站起来,只是临时发觉刘宗周仍旧固执地跪伏不动,才又迟迟疑疑地停住了。

只见刘宗周那年迈的背影突然抖动起来,有片刻工夫,高大的身躯似乎佝得更低。钱谦益跪在背后,无法看清他的表情,但从那不停地起伏着的双肩,以及变得粗重起来的呼吸,仍然不难想象这位以刚直执拗著称的老臣,此刻内心正经受着怎样强烈的痛苦。钱谦益担心地窥视着,预感着不寻常的事态将要发生,心中不由得微微发起抖来。

果然,刘宗周一挺腰,直起了身子,接着,用了一个毅然的动作,一下子把乌纱帽摘了下来,露出戴着网巾的满头白发。

"陛下,"他用沉痛的、由于激动而发抖的声调说,"非是微臣偏固,实因大铖的进退,关系江左之兴亡……"

然而这一次,刘宗周甚至没有机会说下去。因为弘光皇帝几乎立即就站起来,沉下脸,很不客气地申斥说:

"大铖进退,关系江左兴亡,是否确论?年来国家破坏,是谁所致?而独责大铖一人,岂非胡说!"

说完,便一拂袖子,气哼哼地朝屏风边上走去,弄得满朝文武大臣,悚然失色地僵在丹墀之上。

两天以后,皇帝的决定下达了。邸报上赫然宣布:姜曰广的辞呈已蒙"钦准"。与此同时,却发布了另一项任命:

奉旨:"阮大铖前时陛见,奏对明爽,才略可用。朕览群臣所进逆案,大铖并无赞导实迹。时事多艰,须人干济。着添注兵部右侍郎办事。群臣不得从前把持渎扰。钦此!"

第 十 章

一

崇祯十七年十二月下旬的一天,在扬州总督行辕担任幕僚的张自烈,轻装简从,回到了南京。同他一起进城的还有黄宗羲的弟弟黄宗会。他们是在孝陵前停歇瞻拜时,碰巧遇上的。虽然黄宗会不是复社的成员,平时也很少到外面来走动,但过去上南京参加乡试期间,与张自烈有过交往,所以彼此一旦认出之后,就照例结伴同行。不过,说到此来的目的,两人却各不相同。张自烈是因为老母在江西家中病重,必须赶回去探视。这一次他绕道南京,是为着把史可法的一封信转交冒襄,同时也想同久别的社友们见上一见,事毕之后,便要继续南下。至于黄宗会,却同前一阵子冒襄一样,也得到了朝廷召贡生赴京候选的消息,打算前来再碰一下运气,看看能否获得一官半职;另外,也顺便探望一下离家又已经半年的兄长。

眼下,将近残腊年关,从这个月起,持续了半年多赤日当空热得反常的苦旱天气,一下子冷了下来。半个月来,天空中变得彤云密布,朔风怒号,接着又下起了纷纷扬扬的鹅毛大雪。这两天雪住了,那凛冽的寒气却更加逼人。张、黄二人裹着风衣,戴着风帽,各自骑着一头毛驴,从朝阳门进城,一路踏雪行来,直到近午时分,才来到三山街上。算起来,自七月底到扬州之后,张自烈就没再回来过;至于黄宗会,与南京更是暌违了已有两年多。不过,当他们怀着多少有点好奇的心情,打量着街道上的情景时,却发现眼前的南京,同他们原先的想象大不相同。它固然没有来自穷乡僻壤的黄宗会所设想的那种气派——新的崇高与庄严,但也没有张自烈在噩讯频传、一日数惊的淮扬前线时所估计的那种紧张和惶乱。与两人过去的印象相比,南京似乎并没有多少明显的变化。无疑,由于天气寒冷,地面上、瓦垄间都铺满了皑皑的积雪。路上的行人也因为穿上了厚厚的冬衣,显得臃肿而迟钝。秦淮河上,那浮荡着脂香的碧波明显浅落了,来来往往的游艇,也骤然减少了许多,但是,随着持续一个月的灯节已经开始,如今家家户户的门楣上,都点缀着各式各样五彩缤纷的大小花灯,光从那如珠、如鸟、如兽、如台、如莲花、如宝树的奇巧形制来看,就不难想象一旦到了夜间,当它们全都大放光明时,那景象该是何等的美妙迷人。再加上眼下正纷纷进出于各式店铺商廊,为采办年货而奔忙的人们,使这个江南的最大都会,依然呈现出一派太平时世的节庆气氛。看来,南京确实就是南京。这块六朝金粉之地,似乎自有它任何意志都无法改变的格局,任何事变都难以惊醒的酣梦。如果说有什么不同的话,就是身穿各色官服,神气活现地招摇过市的文武官员,分明地增加了许多。以致张自烈和黄宗会被喝道而来的轿马仪仗,一次又一次迫得临时勒住驴子,避到一旁,待到这些红红紫紫的队伍过去之后,才能重新赶路。

如今,他们已经来到蔡益所书坊。因为张自烈同坊主蔡益所是老相识,而且在离开南京之前,一直同吴应箕住在这里,所以张自烈首先想到上这儿来,看看吴应箕还在不在,顺便打听一下其他社友的去向和住处有什么改变。

"啊,这莫不是张相公!请,快请进来!"当他们把驴子交给挑行李的长班,掀开门上那一块厚厚的布帘时,张自烈听见蔡益所惊喜的声音说。只是刚从亮处走进来,有片刻,他竟无法从室内那四五个坐着的身影中认出书坊老板。

"张相公几时回来的?哎,天寒地冻,快,进来暖和暖和!"蔡益所的声音继续说。随着话音,一个矮胖身影来到跟前,"那么,这位相公是……"

"这是黄太冲先生的介弟,泽望先生。"张自烈一边介绍说,一边接住对方递过来的一只手炉。这时,书坊老板那张笑口常开的圆脸,在他眼前变得清晰起来,接着他又看清了正迟疑地站起来的几位坐客的模样。

"哦,原来是泽望先生!幸会,幸会!"蔡益所连忙亲热地招呼。

也就是到了这时,张自烈才愈益分明地感到,前一阵子在室外有多么寒冷。所以,在随后行礼、就座的当儿,他都忘了对答,只管把冻得发硬的双手,轮番地放到手炉的铜网罩上,急切地感受着炉里散发出来的热气。随后,他把手炉转交给坐在旁边的黄宗会,又从小厮手中接过一杯热茶,呷了一口,这才点点头,说:

"小生和黄先生今日才到留都,路过宝坊,一则是来探望老爸,二则是想问一问,吴次尾相公是否仍寓于此?"

"哦,自相公去扬州后,吴相公在敝坊住了月余,其后便也搬走了,闻得现今同余淡心相公同住一处。"蔡益所回答。停了停,大约看见张自烈沉吟不语,他就殷勤邀请说:"敝坊的西厢,自吴相公搬去后,至今仍空着。二位如不嫌简陋,便请仍住敝坊,如何?"

张自烈摇摇头:"多感老爸盛情,再计议吧。只不知……"他本想问下去,忽然瞥见屋子里几位面生的客人,便临时住了口。

乖觉的蔡益所马上会意。他回过头去,对那几个人说:"列位,那个事,今日且商议到此,回头再谈,如何?"

那几个人互相望了望,大约也知道在这种场合下,无法再谈下去,待到为首的一位员外模样的中年人应诺了之后,便一齐起身,道过扰,揭开帘子,鱼贯地走了出去。

"原来老爸有事商谈,小生不知,却是多有渎扰了!"等主人送完客,转过身来,张自烈照例表示歉意。

蔡益所摆一摆手:"不妨事。他也是走投无路,才来寻着小老帮手。其实那种事,小老又有何能耐!"

"哦,不知何事?"大约发现那个员外模样的中年人显得愁眉苦脸,心事重重,黄宗会在旁边忍不住问了一句。

蔡益所叹了一口气:"按说呢,这本该是件喜事,偏生又闹得家家担忧,户户害怕,这可真又教人不知怎么说才好。"

"到底何事?"

"还不是万岁爷要选娘娘妃嫔的事。这会子已经平静了许多。早些日子,满城中那些有点头脸的人家,大凡有女儿的,都像遭了疯魔,一齐赶着出嫁,生怕迟了,被内监一张黄纸抬了去。有的本未有人家,她父母也不经媒人,竟自行连夜说合,第二朝便吹吹打打送过门去。这还不过可笑而已。闻得方士营有个杨寡妇,她女儿因害怕入宫,竟自刎而死。做娘的亦同日自尽。此事传出,更是家家恐慌,至有派出家人,见有年轻男子,便当街拦住,扯入家中,拜堂成亲。适才那个李员外,膝下共有三个女儿,大姐二姐都已出阁,因这最小的一个品貌双全,平日最得父母爱惜,一心给她寻个好人家,故此不肯苟且。谁知数日前被内监得知,上门坐索,违抗不得,只有任他抬了去。这几日她娘因思女心切,终日痛哭,茶饭不进,把李员外急得没法儿,四出请托,意欲央人疏通,放回女儿。他也不知听谁说,小老因贩书之故,进过钱大宗伯府中,今日便来求小老。其实小老不过一市井小民,有几多斤两?哪里就帮得了他!"

张自烈点点头。还在扬州的时候,他就已经从邸报上得知皇上下旨,要在民间挑选淑女,以充实宫闱的消息。不过诏令规定在江南各府县挑选,扬州没有被波及,所以当时他看过也就算了。如今听蔡益所一口气说下来,才知道这件事还真把民间闹得乱成一团。不过,在以往历朝,类似的事多有发生,已不算稀奇。因为能够被选中,当上皇后贵妃的,固然是无上荣耀,但有这种幸运的毕竟只是两三家,更多的少女到时就会成为普通宫嫔,在与世隔绝的深宫中,寂寞凄凉地度过一生。正是这种命运,使许多为女儿着想的人家都不寒而栗,于是就演出了上述可笑亦复可怜的一幕。这件事毕竟是礼制所需要的,似乎很难加以太多的指责。张自烈听了之后,尽管心中也自叹息,嘴上倒不打算作什么表示。然而,坐在一旁的黄宗会却似乎忍不住了。

"小弟自杭州来时,"他说,"一路上风传汹汹,都在说的这事,并说那些内监到了地方,便作威作福,逼令官府挨户严访淑女。富室之家有隐匿者,邻人俱应连坐。有的府县竟因此闹到枷锁络绎于道,牢狱为之人满。那些内监乘机勒索钱财,任意指人隐匿,有女之家为着免祸,除却献女之外,更须输财,竟有因此倾家破产者。如此胡为,国法何在!"

他越说声音越高,白净的脸孔上现出了红晕。显然这件事对他刺激颇大,以至一旦提起,他就忍不住内心的愤懑。

张自烈望了他一眼,心想:"这个黄老三,别看他平时文绉绉的,像个爱红脸的姑娘家,发起脾气来,同他的长兄可是一模一样!只是留都是天子脚下,不比他们在黄竹浦,可以由着性儿乱说,嗯,回头我可得提醒他!"这么想着,他就没有搭腔,却回过头去,开始向蔡益所询问起吴应箕、黄宗羲和其他一些社友的近况,以及周镳、雷缜祚的情形。然而,蔡益所知道的也不多,只能说出吴应箕等人都在南京,不过似乎都挺忙,只有黄宗羲还常常上书坊来打个转儿。至于周、雷二人,则听说还关在牢里,如此而已。张自烈见打听不到更多消息,便回过头去,望着黄宗会问:

"嗯,那么我们这就走吧?"

他说着就放下茶杯,站起来,对主人拱拱手,说:"多感老爸赐茶,时辰不早了,小生这就别过,改日再来奉扰!"

蔡益所连忙说:"张相公哪里话来,难得二位相公赐顾,何必急急就去?不如留下用过膳——或者,竟是先在敝坊住下,明日再去寻访令友不迟!"

张自烈摇摇头:"多谢盛情。这位黄相公为访兄长而来,小生须陪他尽快找到才成!"

他一边说,一边就同黄宗会各自披上风衣,系好风帽,然后转身走向门边。就在这时,街道上忽然响起杂沓的脚步声,仿佛有许多人在奔跑,好几个声音在喊:

"快去看,快去看,出人了,要出人了!"

所谓"出人",就是对囚犯执行处决。张自烈吃了一惊,正闹不清是怎么回事,就见门帘一掀,书坊的伙计——一个愣头愣脑的十七岁小伙子,裹着一团寒气跨了进来。他红着脸,大睁着闪闪发光的眼睛,兴奋地喊:

"老爸,快去看,要出人了,就在十字街口上!"

"嗯,出的什么人?"蔡益所皱着眉毛问。

"不晓得,闻得是个秀才,总之是犯了什么法吧!哎,要看可得快去,人犯押到了,围了好多人,迟了就进不去了!"那伙计急急地说。他大约很想去看,但得不到主人许可之前,又不敢擅自行动,所以只侧着身子,现出迫不及待的样子。

如果是等闲犯人,张自烈也没有心思理会。听说是名秀才,他便不由得留了心,连忙追问:

"是个什么样的秀才,叫什么名字?"

停了停,看见无论是伙计还是蔡益所,都摇头表示不知道,他就回过头,对黄宗会说:"那么,我们去瞧瞧,如何?"

"啊,兄是说,去瞧……瞧杀头?"黄宗会显然有点胆怯。

"他说是个秀才,那么总得瞧瞧去,只怕是……"张自烈本想说,"只怕是认得的也未可知。"但碍着蔡益所主仆在场,便没有说出口。

"可是,眼下时辰不早了。"黄宗会推搪说,"小弟之意,不如先寻着兄长,再作区处。"

刚才谈及选淑女时,他还表现得那样愤慨激烈,如今一下子又如此胆小怯懦。张自烈见了,不禁暗暗摇头:"还说要赴部候选呢!连杀个犯人都不敢看,到时让你真当上个县太爷什么的,可怎么断案!"不过,彼此算不上深交,也就不便勉强,于是只好说:

"既是这等,就请兄台在此小候,待弟出去看看便回。"

黄宗会没做声,又像是不情愿的样子,他见张自烈已经移动脚步,便才迟迟疑疑地相跟着。待到蔡益所指挥仆人关好店门,从后面赶上来,他们已经快要走到十字街口了。

这时,离行刑的午时三刻大约还有一点时候。不过,十字街口上已经密密麻麻地聚满了看热闹的人,其中大多数是青衣小帽的市井平民,也有一些方巾袍服的缙绅儒士。他们的表情神态也各不相同,有的兴奋热烈,有的惊惶错愕,还有的似乎愤慨不平,不过更普遍的则是显得麻木而茫然。张自烈领着黄宗会在人群里挤了一会,就发觉挤不动了。他只好停下来,但由于对即将问斩的那个秀才到底是什么人,所犯的是什么罪,仍旧一无所知,所以心中颇为焦灼。环顾一下,当发现身后站着一个高身量的中年绅士,他就偏过身子,低声请教说:

"先生可知,今日这罪囚究系何人,因何要将他问斩?"

那绅士有着一张山羊样的狭脸,下巴上挂着一绺短而尖的胡子。他斜了张自烈一眼,用沙哑的嗓音说:"先生莫不见'罪由牌'上写着么?这狂生好大的胆子,竟敢上书朝廷,百般毁骂马阁老和刘诚意二位大人。试想马、刘二大人忠心为国,今上倚之为干城,我江南亦全赖他们二位鼎力撑持,方得保全。可恨那狂生竟与反贼流寇同一腹心,妄图蚍蜉撼树。所以皇上震怒异常,下旨将他正法。可谓大快人心!"

"啊,那、那么不知他姓甚名谁?"由于弄清即将被杀的这位儒生,罪由是上书弹劾马士英和刘孔昭,张自烈立即联想到吴应箕、黄宗羲等社友,不由得猛然紧张起来。

"嗯,听说他叫什么何——何,对,叫何光显!"

何光显,这个名字张自烈倒没有听说过。"哎,那是什么人呢?"他疑惑地想。由于弄清并不是平素相熟的那些社友,他总算稍稍放下心来。然而,站在旁边的黄宗会却似乎吃了一惊。

"啊,是何、何光显?"他转过身来问。

张自烈未及回答,那个羊脸绅士却敏感起来:"不错,正是此人!"他肯定地说,同时尖利地瞥了黄宗会一眼:"先生莫非认得他?"

"不,不,小生不、不认得!"黄宗会结结巴巴地否定,并且脸红了。他随即低下头,转过身去,不再开口。然而,张自烈却感觉得出,对方紧挨着自己的那个肩膀,正在怕冷似地微微发抖。

"嗯,这么说,泽望是认得这何光显的?"张自烈暗自思忖,"只不知他们交情如何?回头我倒须仔细问他一问。这何光显以一介布衣,敢于挺身而出,上书痛劾马、刘二权奸,可知是位血性男儿!不想竟落得如此下场,实在可悲可愤!看来,如今马、刘之辈在朝廷中擅作威福,已经到了顺昌逆亡的地步。那么,次尾、太冲他们这些日子在留都,只怕更加难处了……"

正这么想着,忽然周围的人"哄"的一声,骚动起来,纷纷伸长了脖子,一个劲儿朝东边的十字街口张望。接着,一个又粗又响的嗓门远远传了过来:

"午时三刻到！"

这是开刀问斩的时辰。虽然张自烈不是头一次经历这种场面，但此情此景，却使他止不住心头猛然一震，随即就紧缩起来。有片刻工夫，他仿佛喘不过气似的，只觉得太阳穴突突乱跳，脑袋里也在嗡嗡作响。虽然由于前面还站着许多人，使他根本看不见刑场上发生的情景，但是，当案孔目高声宣读完罪由牌，掌刑官发出"斩讫报来"的命令，以及最后，那高高举起的"法刀"在半空中冷然一闪，他的心也随之陡然沉到了底，意识到一切就此完结了……

"哎，黄相公，黄相公！"一个急切的声音在身边响起，那是书坊老板蔡益所。

"什么黄相公？他明明姓何……"张自烈迷迷糊糊地想，整副心神还沉浸在强烈的震动里。蓦地，他清醒过来，连忙回过头去，这才吃惊地发现：黄宗会正失魂落魄地站着，眼睛直勾勾地望着前面，不动，也不说话。那张清秀、敏感的脸孔，白得就像一张纸。

二

"尔公！哎，泽望！你们——怎么一块儿来？这么巧！怎么找到这儿来的？"顾杲一步跨出门外来，又惊又喜地说。大概事先毫无准备，而又急于出来迎客，他的帽子戴歪了，一只手还在忙着扣上腋下的扣子。

这当儿，张自烈和黄宗会已经离开三山街的刑场，来到顾杲和黄宗羲租住的宅子。

"兄这儿可不好找。弟等几经周折，问了又问，还生怕摸错了门！"张自烈微笑着诉苦说。

"哎，真难为二位了！快，且入内说话，外边冷得很！"顾杲连忙拱手表示歉意,随即又做出相让的手势。等张、黄二人移动脚步,他便在旁边紧跟着,一起走进门里。

"这屋子可是隘迫得很,"顾杲一边走,一边说,"本来,弟与太冲也住在周仲驭家,这尔公兄也知道。后来刘念台大人来了,太冲便搬了过去,弟却没有动。后来仲驭被逮,屋子也给封了,弟便只得搬到总宪衙中,仍与太冲同住。念台大人致仕后,吏部徐大人便叫我们到他衙中去住。谁知一个月不到,徐大人也乞休而去,便只得搬到这里来。本来,弟也说这屋子太小,不如另觅一间宽敞些的,可是太冲一定不肯,没奈何,弟只有陪着他。"

自从三个月前,阮大铖由皇帝以"中旨"①起用之后,刘宗周、高弘图、徐石麒等几位元老重臣,出于对这项任命的强烈不满,同时也由于接二连三地受到马、阮党羽们穷凶极恶的攻击,而皇帝却始终不加制止,结果都已经继姜曰广之后,于九月一个月内,陆续辞去职务,离开了南京。这在当时,是震动朝野的一个大新闻。张自烈虽然远在扬州,也已经早就知道了;当时还同其他幕僚一道,在史可法面前着实痛愤慨叹了一番。所以这会儿听顾杲重新提起,他并不感到突然和吃惊。倒是一向干脆利落的这位顾大公子,在说到搬家的事时那种琐碎啰嗦的口吻,却使张自烈听来感到有点异于往常。他不由得重新端详了对方一下,发现半年不见,顾杲明显地变得苍老了。就连那只有名的长鼻子,也失却了昔日的神气和风采。虽然他正在兴冲冲地说着,但整个姿态都显出一种狼狈、落魄的样子。而且不知为什么,他学会了干笑,仿佛随时打算掩饰什么尴尬的事情似的。"哦,莫非留都的政局,已经使社友们变成这种样子了吗?"张自烈默默地想。在三山街刑场时所感受到的那种强烈的压抑,在这一刻里变得更沉重了。

这当儿,他们已经穿过天井,来到正屋里。

---

① 中旨:指不经正常办事程序,由皇帝直接下达的旨意。

这确实是一幢很小的宅子,没有厢房,只有迎面一明两暗的三个开间。左右两边住人,当中一间就兼用做客厅和起居室。里面的陈设也十分简陋,除了地上一个炭炉烧得正旺之外,只有一桌四椅,当中连屏风也没有,再加上墙上随处可见的屋漏痕和油漆剥落的板障,看上去,同市井中那些贫窭之家,简直毫无两样。"唔,这大抵又是黄太冲的怪脾气,顾子方倒不至于如此吝惜!"张自烈想。于是,趁着彼此重新行礼、就座的当儿,问:

"太冲兄呢,怎么不见?"

"哦,今日不巧,太冲一早便上太平门外,到刑部狱中探视仲驭、介公去了,尚未回来。所以泽望兄只有安心稍待了!"这么解释了之后,顾杲就又干笑一声,一边接过小厮奉上的一杯茶,一边转向张自烈,问:

"那么,兄从扬州来,不知那边的情形如何?哎,对了,朝宗去了扬州之后,怎么样?可还好么?"

张自烈本想进一步打听南京的情形,听见对方先发问,他就点点头,说:"朝宗自到扬州后,甚得史公器重,上月特命他去监兴平伯的军。"

自从八月里那一次,侯方域同黄宗羲闹翻,声言要离开南京之后,虽然经陈贞慧和别的社友极力挽留,他又留了下来,但到了九月初,得知阮大铖终于正式起用,侯方域就坚决地去了扬州,投入史可法的幕中。在他走后一个月,淮南总兵刘泽清便上奏朝廷,说侯方域的父亲侯恂在北京失陷期间,曾被李自成以原职录用,要求下令缉捕他们父子。此后,一直再没有侯方域的消息。为此,社友们都颇为关心。现在听说他做了高杰的监军,顾杲顿时来了兴趣:

"噢,原来如此!那么,北边的情形到底怎样?兄且说说!"

张自烈把手中的茶杯凑在嘴边,呷了一口,同时稍稍整理一下思路,然后苦笑说:"难,很难!"

"哦？"

"说来也一言难尽。总之，将骄兵惰，军饷奇缺，权臣掣肘，独木难支。此十六字庶几可以尽之！"

"这——不是听说史公已出师北征了么？"顾杲睁大眼睛问。早在两个多月前，南京就传开消息说：史可法自五月底出任淮扬总督后，经过五个月的整顿军备，调停四镇，遂于十月十四日派高杰拔队先行，他自己也接着进驻清江浦，并将长江以北划分为几个防区——长江上游属左良玉，天灵洲而下到仪征、三岔河属黄得功，三岔河以北到高邮界属高杰，淮安向北到清江浦属刘泽清。由于自王家界到宿迁一段最关重要，他留给自己。另外，自宿迁到骆马湖，则由总河军门王永吉扼守——摆出了全面北进的态势。当时在留都上层社会中，很引起了一阵兴奋，认为只要"王师"一动，河北、山东一带的民众便会起而响应，从而掀起强大的攻势，不仅河南可以确保，大明中兴也有了指望。就连顾杲等社友，也在失望沮丧中生出了希望。不过后来传出的消息就不多了，大家才又稍稍冷了下来。现在听张自烈这么一说，顾杲就感到愕然了。

"兄等有所不知，史公如此布置，名为北征，实则是北事日急，已不得不易攻为守！"张自烈继续苦笑着说，同时做了个示意对方不要急着提问的手势，"皆因建酋已于十月初一日入踞北京，公然称帝，且行牌到济宁，称其摄政王发兵四十万南下，前锋已抵沂濮之间，史公度和议势难有成，不得已始尽起诸镇之兵，渡河而守。上月中，更闻虏廷发兵三路，一经山东，一经徐州，一经河南，兵势之锐，前所未有。宿迁要地，已一度失陷，其危可知！江北万一不守，江南便前景堪虞了！"

来自前方的战报，照例是送交兵部处理。由于目前兵部已被马、阮二人彻底把持，对外极力封锁消息，即便是消息向来比较灵通的社友，如顾杲等人，也难以打探到。所以听张自烈这么一说，顾杲顿时脸色大变,呆呆地坐在椅子上,一句话也说不出来。

张自烈叹了一口气:"北兵虽强,若然诸镇能并力同心,悉听史公调度,未必就无制胜之机。惟是此辈又骄纵贪横,各不相容。二刘不必说了,此二人惟马瑶草之命是听,专以掣肘史公为务。即以高杰而论,诸镇中数他最知忠义,史公亦甚倚重之。惟是连他也与黄得功相仇不已。九月间一次,他竟派兵于邗关外五十里之土桥伏击得功,毙其坐马,俘其随从,仅得功单骑走脱,旋又兴兵互斗。若非史公全力调解,几成大乱……"

张自烈心情沉重地说着,同时,听见外面的门"咣当"响了一下,接着,脚步声一路响了过来。"嗯,莫非是太冲回来了?"他想,于是住了口,回过头去。这时,坐在旁边的黄宗会大约也听到了,他急急地离开椅子,走到门边,揭开暖帘,随即叫了一声"大哥!"就一步跨了出去。"这么说,真是太冲!"张自烈想,也跟着站了起来。

"哎,兄不用忙!"顾杲在身后阻止说,看见张自烈疑惑地转过脸,他就凑近来,压低声音说:"太冲对他介弟此次来京求官,甚不以为然,况且近来他心情又极之恶劣……"

话没说完,就听见黄宗羲冷冷的声音在外面响起来:"你到底不听我的话,还是来了!你来做什么?来这里做什么?"

没有听见回答,大约是黄宗会自知理亏,不敢应嘴。

"哎,太冲,尔公也来了!快进来相见!"顾杲隔着帘子往外喊,显然是想阻止黄宗羲进一步发火。

果然,外面的训斥停止了,但是却没有回应。过了片刻,才看见门帘一掀,黄宗羲跨了进来。他的那位弟弟红着脸,畏畏缩缩地跟在后面。

"太冲!"张自烈连忙迎上去,拱着手,亲热地招呼,"兄回来了?听子方说,兄上太平门外探望仲驭和介公,不知见着了不曾?他们二位可好?"

黄宗羲显得十分冷淡。他沉着脸,拱一拱手,直到顾杲也提出询问,他才默默地摇了摇头。

"怎么,还是没见着!这、这是什么道理?岂有此理!"顾杲一下子激动起来,跺着脚叫道。也就是到了这时,他才摆脱了前一阵子那种古怪的拘谨,重新显露出过去的样子。

"哦,莫非狱卒不许探视?"张自烈疑惑地问。

"可不,自从最初方密之进去见过一面,后来大抵给上头得知,严责下来,此后便再不得见。这几个月,我等都轮番去过,太冲更是不知去了多少次,始终被拒在门外。莫说周、雷二公俱未定谳,便是定谳的死囚,也没有不许见之理。这马、阮两个奸贼,做得也真是太绝了!"

顾杲咬牙切齿地骂着。不过,使张自烈感到意外的是,对此理应最为愤恨的黄宗羲,不知为什么,却显得颇为漠然。他默默地站了片刻,看见黄安领着黄宗会那个长班,已经把行李卷搬进他住的东间,并且重新走了出来,他就拱一拱手,说:

"兄且坐,弟失陪了!"

然后,领着黄宗会,一起走进卧室里去。

"哦,兄坐!"大约看见张自烈发呆的样子,已经重新平静下来的顾杲做了一个手势。等朋友坐下,他又回到椅子上,前倾着身子,低声说:"兄休惊疑,眼下留都这局面,也难怪他如此——哎,这事回头再对兄说!"

这么解释了之后,他就坐正了身子,提高声音问:

"那么,兄此次回留都,不知有何公干?能多住些日子吧?"

"哦,不!"张自烈摇着手回答,"弟因母亲久病,几度来书催归,是以向史公告准了假,意欲回去探视。此次来留都,一则是顺路看望兄等,二则是史公有一封书在此,一俟交与辟疆,弟便启程,实不能久留。"

顾杲沉吟了一下,说:"既是这等,弟亦不敢相强。不过今日赶了半日的路,兄想必也倦了。天气又冷,不如今夜权且在此歇了,明日弟陪兄一齐去访辟疆,如何?哎,对了,午时已过,兄可用过膳不曾?"

张自烈点点头:"弟与泽望已在路上吃过。倒是弟归心似箭,最好明日便能启程,若是明日再访辟疆,只怕……"

他本想说下去,忽然听到东间里传出黄宗羲兄弟争执的声音,就临时顿住了。只听黄宗会说:

"小弟自接大哥之书后,便说既是这等,就不来也罢。惟是母亲之意,仍命弟前来,并说钱大宗伯是世交,请大哥求托于他,或能相帮也未可知。"

黄宗羲的声音:"母亲又怎知钱牧斋做了大宗伯?还不是你们兄弟怂恿!慢说钱牧斋我是不去求的,即便去求他,还未必有什么结果。须知如今这乌纱不是文章换得到的。人家要的是银子!现今朝廷已开下单子,一个武英殿中书九百两,一个文华殿中书须一千五百两,内阁中书两千两。只要肯纳银,哪怕你目不识丁,也照样能入学选贡,再不济,也可以混个把总、游击!你既然拿不出银子,只好自认倒霉!"

"可是,朝廷不是下过旨,让贡生来京候选么?"

"哼,那是什么时候的话?如今又是什么时候!告诉你,如今是'中书随地有,都督满街走。监纪多如羊,职方贱如狗。荫起千年尘,拔贡一呈首。扫尽江南钱,填塞马家口!'只听这首民谣,你就该知道是怎么一回事了!"

黄宗羲的声音越说越高,使坐在外间的两个朋友既不能交谈,又不便干预他们兄弟间的私事。所以顾杲望了望张自烈,建议说:

"眼下时候尚早,如兄急于访辟疆,不如弟这就陪兄去?"

张自烈自然没有异议。于是,等顾杲走进西间去,添加了御寒的袍服之后，两人也不惊动黄氏兄弟，只悄悄揭开门帘，走出门外去。

三

张自烈和黄宗会进城时所雇的两匹驴子，早已经打发走了。顾杲命仆人就近另雇了两匹，与朋友分别跨上，沿着狭窄的街巷，迤逦行去。路上，顾杲把近半年来南京发生的种种事情大略地向朋友说了。其中还谈到前几天出的一件怪事——据说水西门外来了一个法名"大悲"的和尚，自称是先帝崇祯的第三子定王，因国变出家为僧，辗转南来，一时轰动了市井。朝廷得报后，已派出中军都督蔡忠将他带走了。如果真是定王，倒是一件大幸事。总算皇天有灵，为先帝存此一点骨肉。只是这大悲何以拖到今日才来留都，而且身边无一随从，又令人不能无疑。

张自烈默默地听着。如果说，半年前他离开南京时，还只是觉得朝廷中因两派交争，把主要精力给牵扯住了，缺乏中兴进取的雄心和锐气的话，那么这一次回来，他就发觉，情况的恶化程度，比他在扬州时根据传闻所想象的，要严重得多。事实上，由于马、阮之流的奸佞得势，正人君子纷纷遭到斥逐，南京已经成了一个邪气熏天、沉渣翻涌的黑暗渊薮。指望它能有什么真正的作为固然不可能，而改变这种现状，恐怕也是难之又难。当想到，背靠着这样一个朝廷的史可法，如今还在江北拼命奔忙，苦苦撑持，期望能开创出一个中兴的局面来，张自烈的心中就止不住又悲又愤，有一种想放声痛哭的感觉。正因为整个身心都陷于大祸临头、回天无力的绝望之中，以至一路之上，他尽管没有停止同顾杲交谈，但心境却变得愈来愈暗淡和悲凉了。

终于,他们来到了冒襄赁居的桃叶河房,却发现门户紧闭。据住在隔壁院落里的一位绅士说,冒襄带着女眷和仆人,早早就出门了。刚才也有一位姓陈的相公来访过,因寻不着,便留下话说,要上丁家河房去寻一寻,万一冒先生回来,就请告知他等着,那边寻不到时,姓陈的相公还会折回来。顾、张二人听了,便不停留,立即重新跨上驴子,赶往丁家河房去。

在南京的河房中,位于青溪、笛步之间的丁家河房,算得上是顶大顶有名的一所。那里不仅环境幽雅,布局精巧,而且还有一间顶漂亮的临河水榭,夏秋之际,十分适宜于纳凉凭眺,雅集宴饮。不过,最奢华的还是那里有一座暖阁,下面设有可以生火取暖的地窖,阁外绕以白梅翠竹,碰上隆冬时节,则可以在那里赏雪消寒。因此,不少过往的名公巨卿、豪士高人,都喜欢在那里下榻。复社的社友们兴头来时,也每每上那儿去聚会。

当张、顾二人来到丁家河房,下了驴子,叩开那道虚掩着的黑漆门扇时,发现门厅里围着七八个仆役模样的汉子,或蹲或站,正一窝儿聚在那里饮酒赌钱。看见客人进来,他们便住了手,纷纷回过身,笑脸相迎。顾杲认出其中几个正是梅朗中、余怀、吴应箕等人的亲随,便问他们的主人现在哪里。当得知都在暖阁,他就摆摆手,领着张自烈径自往里走。

想到不仅可以马上把史可法的信交给冒襄,而且还能见到其他社友,张自烈暂时抛开前一阵子那些沉重的思虑,极力振作起精神来。他一边打量着许久没来,眼下由于铺满了积雪,而变得面貌一新的庭院,一边默默设想着即将到来的热烈会见。"是的,他们必定要问我江北的情形。也许我不该像刚才那样,说得过于阴郁绝望?至少,不该一见面就让大家扫兴!"正这么想着,忽然觉得袖子被扯了一下。

"瞧,那是谁?"顾杲指着前边说。

张自烈抬头一看,发现一个书生打扮的人,正慢腾腾地从暖阁的台阶走下来。张自烈目力倒还不错,一眼就认出那是沈士柱,他正要扬声招呼,顾杲却一把将他按住,说:

"别忙,瞧他要做什么?"

正这么说着,就看见沈士柱在台阶下站住了。他老半天低着头,不再移动脚步。正当张自烈感到莫名其妙之际,他忽然抬起头,环顾了一下,不知为什么,却没有发现张、顾二人。然后,他就一转身,歪歪斜斜地向旁边走出几步,一下子抱住屋旁的一棵桧树,又一动不动了。过了片刻,才看见他的身子奇怪地扭动着,像是在翻掀衣服。接着,就传来了水流溅落雪地的"嘘嘘"声。"哦,原来他是喝醉了酒,出来小解。只是一个读书人,不去寻茅厕,光天化日之下,就这么尿起来,未免有失斯文!"张自烈恍然想道,正感到又好笑又无奈,却听见顾杲在旁边不满地说:

"哼,真是越来越不像话了!再这么下去,不如干脆散伙回家是正经!"

说完,也不待张自烈发问,他就径自大步向暖阁走去。

没等他踏上台阶,就见暖帘一掀,同样喝得满脸通红的左国棅没戴帽子,光着脑袋,身上只穿一件缎面直裰,一头撞了出来,一个劲儿地嚷:"热死了!热死了!"一边叫,一边动手去拉直裰的前襟。紧跟在他后面的,是旧院的名妓王小大,她手里拿着一件皮袄,着急地说:

"左公子,左公子,脱不得!外间冰冷冰冷的,仔细冻着。快把这个穿上!"

可是,左国棅却一把推开她,大着舌头,结结巴巴地说:"不、不、不穿!外边凉、凉、凉快!嘻嘻,脱,脱完了才、才好!来,你、你也脱!哈哈!"

说着,他真的动手去扯王小大的衣裳。急得王小大一边挣扎,一边求援地叫:"顾公子,顾公子,你瞧他! 快帮帮我!"

这当儿,顾杲已经登上台阶。他挺身拦在两人中间,生气地制止说:"硕人,别胡闹了! 进去,快进去!"

一边说,一边就把还打算不依的左国棅硬推进暖阁里。

看见这种情景,张自烈不禁暗暗纳闷,心想:"以往常同他们一道饮酒,也有放纵笑闹的时候,却从来不至如此。到底是怎么一回事?"不过,看见顾杲似乎并不以为怪,况且一时也来不及询问,于是只好跟着,从掀起的暖帘下跨了进去。

以往,张自烈不止一次到过丁家河房,但都在夏秋季节,只听说这暖阁构造特别,虽时值严冬,也能使人恍如置身初夏间,却从未亲自领略过。然而,眼下使他感到惊异的,并不是那发自地下的融融暖意,而是呈现在眼前的情景:当中一张大圆桌,照例杯盘狼藉不必说,而且席位之上,倒有大半都空着。那些社友,以及临时召来侑酒的旧院小娘们,或者歪在榻上呼呼大睡,或者弯着腰在狂吐不止,或者用筷子乱敲着盘子在那里唱小曲儿,至于梅朗中和秦淮名妓刘元,则干脆把地毯当做床褥,东一个西一个地躺在那里,衣衫上、发髻上,斑斑点点的尽是吐出来的东西。满屋子不单乱七八糟,而且散发着熏人欲呕的酒臭。只有卞赛赛和李香还清醒,正在那里指挥丫环传巾递水地忙着。而圆桌边上,吴应箕还铁青着脸,在同善打十番鼓的盛仲文豁拳斗酒,狂饮不休。对于顾杲和张自烈到来,起初他们谁也没有在意。末了,还是李香和卞赛赛发现了,首先惊喜地发出招呼。那些个还有几分清醒的社友这才眨巴着眼睛,扭过头来,蓦地响起乱七八糟的一阵叫嚷:

"哎,尔公,你怎么一声不响就回来了?"

"来得正好! 快,同我们饮个痛快!"

"咦,快告诉我们,扬州那边——怎样了?"

"先别管扬州! 尔公的酒量可是呱呱叫的,先让他同次尾拼一拼再说!"

"对,拼倒次尾! 一定要拼倒次尾!"

"哈哈哈哈!"

这么闹哄哄地嚷着,余怀和左国棅,再加上刚刚解完手进来的沈士柱,就一齐围上来,又是递杯子,又是拿酒壶,当真逼着张自烈同吴应箕即时比试。

顾杲见势头不对,连忙张开双手,挺身拦在张自烈跟前,说:"不成不成! 今日尔公刚到留都。只因史阁部有一封书,托他交与辟疆,所以才马不停蹄赶来——咦,辟疆呢,他来了不曾?"

顾杲一边问,一边转动着眼睛,满屋子寻找。

"辟疆没来!"

"他怎么会来? 如今人家可是给如夫人管得严严的,寸步也不放松呢!"

"哎,你们今日横竖找不到他了。还是饮!"

"对,饮,饮!"

看见社友们盛情坚请,张自烈觉得久别重逢,不好太拂大家的意,已经打算去接酒杯。谁知顾杲十分固执,他断然挡开众人的手,说:

"不成就是不成! 今日这酒,我们决不能饮。要饮,改日再约!"

看见他这样子,劝酒的人都有点扫兴。沈士柱更是当即沉下脸,愠怒地问:"啊,今日这酒,何以不能饮? 小弟倒要请教!"

顾杲哼了一声,说:"瞧瞧你们如今都成了什么样子! 简直乌烟瘴气,丑态百出! 你们到底还是不是复社,像不像君子?"

"什么,我们不像君子!"好胜的沈士柱气得差点跳起来,"我们怎么不像君子? 今日怎么啦? 不就是社友们凑在一块喝喝酒么! 又犯什么禁了? 难道非得像你那样,光躲在家里,却拿不出一点办法来,才叫君子?"

"对、对呀,你要真是好、好样儿的,就拿、拿出个办法来!"左国棅也在一旁大着舌头帮腔。刚才他在门外受到顾杲的呵斥,想必这会儿还不服气。

看见他们较上了劲,其余的人都自觉没趣地退了开去。顾杲却已经气得面色发青。

"胡说!"他大声吼道,"拿不出办法,你怎么知道我拿不出办法?就算拿不出办法,莫非就该颓唐放浪,自甘下流,为权奸小人所笑么!"

"嗯,那么,兄到底有何办法,不妨说出来听听。"一个冷静的声音在桌子边上响起,那是吴应箕。他的话照例不多,却总能抓住要害。

"这,我——"顾杲大约没有防备,一下子给弄得张口结舌。随后,他分明把这个诘问理解为吴应箕也帮着抢白自己,于是,那只长鼻子开始由青变红,眉毛也竖了起来。张自烈眼看一场更大的争吵就要爆发,十分着急,正要上前劝解,忽然,听见李香的声音惊喜地说:

"啊,陈公子!陈公子来了!"

张自烈心中一动,连忙回过头去。果然,陈贞慧正从帘子外面走进来。时隔半年,张自烈发现,这位一向以沉着干练著称的老朋友,外表倒没有太多的改变,魁梧的身躯依然那样健挺,长着一部漂亮胡子的方脸也依旧那样饱满结实。虽然近几个月来,他一直处于孤立的地位,以致同屋子里的社友们之间,显然存在着某种隔阂,不像以往那样亲密无间,但正因如此,又使他在眼前的一片颓唐绝望的气氛之中,显出了一种非凡的尊严和气度。所以有一阵子,屋子里变得一片寂静,谁也没有开口说话。

陈贞慧走到顾杲与吴应箕当中,就站住了。

"弟本无意前来搅扰列位社兄的清兴,"他没有表情地说,"只是适才偶自蔡益所处,得知尔公兄已回留都,又闻知兄等在此聚会,料想或能见到尔公,是以贸然闯席。尚祈列位见恕!"说完,也不理会大家是否回礼,便转向张自烈,客气地说:

"尔公兄,远来辛苦!想兄也是刚到?惟是弟有数事,急欲请兄赐教。敢烦兄随弟出去,小语片时,绝不耽误兄等之雅会。不知可否?"

张自烈连忙说:"弟也正欲访兄,有以面陈,如此最好!"

说完,便向大家拱一拱手,说声:"恕罪!"然后跟着陈贞慧转过身,向外走去。

"定生兄,你别走,别走啊!"蓦地有人大喊起来,那是睡在地上的梅朗中——不知什么时候,他已经坐起身子,现出又着急又可怜的样子。

"定生兄,不管怎么说,仲驭、介公也是东林、复社中人,与我辈相交一场,莫非兄竟忍心瞧着他们死于奸邪之手,不设法相救么!"梅朗中又哀求地说。

陈贞慧站住了。他侧过身子,望着可怜巴巴的梅朗中,现出欲言又止的样子。

"是呀,陈公子,何必急着要走?"

"留下来吧,难得今日这么碰巧!"

"瞧,大伙儿全都盼着呢!"

好几个声音七嘴八舌地挽留,那是李香、卞赛赛和王小大她们。

陈贞慧苦笑一下:"事已至此,只怕弟亦无能为力。不过,列位社兄以为弟坐视奸邪逞恶,不救仲驭、介公,则未免把弟看差了。有许多事,日后自见分晓。弟亦不拟多言。弟于此只有一语相劝:子方适才责备得好,兄等今后应自爱自强,不可再像今日这样子。

至于周、雷二位之事,弟当尽力奔走,决不会有负故交!"

在梅朗中和李香姐妹们竭力挽留陈贞慧时,其余的社友还显得有点迟疑,但一旦听见他作出这样的许诺,大家的眼睛都顿时一亮,现出期待的神色。

"既然如此,"吴应箕说,"兄何不就给大家说明了。如有弟等能相帮之处,也可稍分兄独自奔走之劳。"

陈贞慧摇摇头:"此事不须帮手。成与不成,弟亦未敢断言。无非姑且一试而已!"

停了停,看见大家都沉默不语,他就回过头,对张自烈说:"弟欲向兄探听者,实乃淮扬一带近日的情形,以及史公北征之举而已。既然如此,兄不如就在此间谈谈,也好让大家一并听听。"

还在扬州时,张自烈就听侯方域怨气冲天地谈到过社内交讧的情形。如今眼见这一阵子,双方像是又趋向于冰释前嫌,重新靠拢到一块,他心中也自欣慰,于是点点头,坐下来,同时愈加拿定主意:尽量不让大家感到过于丧气。因此,在接下来的介绍中,他有意突出史可法忠心为国,坚韧不拔,排除万难,力图恢复的事迹;其中,特别着重谈到兴平伯高杰受到史可法的教导感化后,如何萌发了忠义之心,立誓竭诚报国。十月间那一次是他率先挥军,北渡淮河。当时尽管发生了狂风吹折大纛,以及红夷大炮无故自裂的"不吉之兆",但高杰仍毅然不顾,克期登舟。另外,本月初七,已经逃往陕西的李自成,突然又率残部进犯禹门、襄城等处。各镇都拥兵不进,只有高杰服从命令,亲领精兵一万驰援,稳住了局势,如此等等,使社友们听着听着,也情不自禁地为之感奋起来。

四

难怪张自烈在桃叶河房寻访不着冒襄,因为这天一清早,冒襄就带着董小宛从通济门出了城,到神乐观去观赏梅花。

在南京,神乐观算得上是又一个有名的游玩去处。它坐落在大礼坛的西南侧。朝廷举行祀神典礼时所用的乐器,平日就贮存在观内。那地方有着连绵的林带,高耸的古木,衬托红墙蓝瓦的宫观,景色颇为幽雅肃穆。特别是观旁的一大片梅林,每到冬春之交,亿万繁花斗寒竞放,一眼望去,有如铺云堆絮,打老远就嗅得着那随风飘来的沁鼻幽香。这时候,南京城里的士民们也纷纷出动,携酒结伴地前去游玩观赏。不过,今天冒襄之所以决定携带董小宛出来,并不是真的有什么游赏的兴致,只是由于窝在河房里,感到百无聊赖,对于接客访友,又颇为厌烦,这才干脆躲到外面来。的确,他来到南京虽然才只半年,但当初急切地希望投身国难,以期一展抱负的那股子热情,已经彻底熄灭了。如果说,在刚到南京的那阵子,他还只是为来自北方清军的威胁日益严重,朝廷却醉心内争、全无危机之感而吃惊失望的话,那么随着近几个月来,朝廷中的正人君子纷纷被罢斥,相反,以马士英为首的那帮狐群狗党,却纷纷攀龙附凤,占据了几乎所有的要津,冒襄内心的绝望,也上升到了顶点。事实上,如今吏部的大权,已经落到了阉党余孽张捷的手里,不仅一大批当年名列逆案的旧人,都陆续受到起用,昂然进入朝廷,就连已经死去的阉党分子如霍维华、刘廷远、杨所修、徐大化等,也都一一予以追赠官爵,赐祭赐恤。这还不算,最近阮大铖等人更变本加厉,奏请朝廷,要求把已经被崇祯皇帝下令焚毁的、那部阉党当年用以迫害东林人士的罪案书——《三朝要典》,重新加以刊布,"以明是非"。照这种势头来看,马、阮等人确实像陈贞慧所估计的,并不仅仅满足于把周镳、雷縯祚逮捕入狱,而是企图把正人君子一网打尽。到头来,像已经去职的张慎言、姜曰广、吕大器、刘宗周、徐石麒、顾锡畴,以及还在职的史可法、钱谦益等东林派头面人物固然难以幸免,就连包括自己在内的复社社友们,恐怕也难逃劫数!当想到自己很可能不待国破家亡,就先成为党祸的殉葬品,冒襄内心的痛恨和绝望,确实不是言语所能形容的。但是他也不肯就此离开。因为陈贞慧、吴应箕,以及其他一大帮子社友,都还留着没走。经历了两年前为父亲调职而奔走的那场风波之后,这一次冒襄已经下定决心,再也不能让别人把自己看成是贪生怕死的懦夫。"是的,即使要走,我也只能是最后一个!"他咬紧牙关地想。

　　冒襄的这种痛苦,董小宛无疑是不清楚的,因为这一类心事,冒襄向来对她守口如瓶。董小宛只能根据丈夫郁郁寡欢的神态,以及变得愈来愈烦躁易怒的脾气中,猜想他必定是碰上了什么不顺心的事。为着安慰丈夫,她惟有更加体贴、更加顺从,哪怕受到冒襄蛮横无理的呵斥和指责,她也默默忍受着,绝不火上加油。"是的,只要他骂过我之后,心情能变得好过一点!"她忧心忡忡地祝祷着。所以,当今天冒襄突然提出,要到神乐观去看梅花,董小宛当真又惊又喜,马上就打扮穿戴起来,让紫衣、冒成和一名挑食盒的长班跟着,偕同丈夫匆匆出门。

　　现在,一行人已经出了通济门,经过象房、玄真观、山川坛。一路之上,董小宛不住地隔着轿帘往外张望。这地方,早些年她住在秦淮河的旧院里时,也来过好几次。她发现,同以往那种熙熙攘攘的景况相比,今年路上的游人明显地少得多。有时轿子走上小半天,才碰上几个,而且大多是彳亍而行,全然没有那种兴致勃勃的模样。不过,这并不影响董小宛的情绪。"哎,人少些反倒好。梅花这等高雅,本来就该清清静静地观赏。而且顶要紧的,是冒郎今天有了兴致!"待到轿子终于轻轻震动一下,停住了的时候,董小宛甚至变得有点急不可待了。

　　然而,当她从紫衣揭起的轿帘下,躬身走出去,却发现眼前还不是神乐观,而是距神乐观还有半里之遥的一个供人歇息的亭子。

她正有点疑惑,就见冒成走近来,解释说:

"眼下已交午刻,大爷说不如就近用过点心,再去不迟。"

董小宛"噢"了一声,心想:"梅林中不也有亭子么,何必挑这么个瞧不见梅花的地方?"乖觉的冒成仿佛猜到她的心思,又赔笑说:

"小的也曾劝大爷不如到梅林里再说,可大爷嫌那边人来人往,不得清静,所以……"

既然丈夫这么决定,小宛也就不再表示异议。于是,片刻之后,二人便在临时铺上了垫子的石墩上坐了下来。接着,冒成和紫衣又张罗着,生起一只小炭炉子,把点心和酒一一温过,摆到了石桌上。也就是到了这时,董小宛才感到肚子当真有点儿饿,看见丈夫已经默默地吃喝开了,她也跟着拿起筷子,拣了一块扁豆糕放在嘴里,慢慢地嚼着。

本来,这亭子距梅林已经很近,只是当中隔了一个小土坡,坡上丛生的灌木把视线挡住了。董小宛一向非常喜欢梅花。当年她在苏州半塘的旧居里,就种满梅花。嫁给冒襄之后,她特地住到香俪园别墅去,也是看中了那里的梅树特别多,花开得特别盛。以往每逢含苞的时节,她总要亲自到梅林中去观察挑选,将选定的花枝预加修剪,使它们的姿态更趋优美,待到花开时就折来供在瓶里。记得去年她还约了丈夫一块儿去做,当时冒襄对她的眼力和技巧颇为称赏。不过,眼下瞧着冒襄只顾默默地吃喝,对赏花的事似乎一点也不着紧,董小宛就又有点担心起来了。

"去,去,快走开!没有!别来这儿讨!"冒成呵斥的声音忽然从亭子外传来。董小宛回过头去,发现不知什么时候,亭子外来了一群乞丐。人数倒不多,也就七八个左右,男女老幼都有,看上去,像是祖孙三代的一家子。他们一个个面黄肌瘦,衣衫褴褛,虽然是冰雪严寒的天气,他们身上至多也是比平时多披了一条麻袋片,有一两个,干脆用草绳把破被盖捆在身上。脚下更是有鞋无袜,露出两截冻得发紫的细腿肚子,甚至还有光着脚站在雪地里的。他们举着手中的空瓦钵头,在那里瑟瑟发抖,虽然受到冒成的呵斥,却不但赖着不走,反而发出更大的乞讨声,分明希望让亭子里的两位身穿华贵皮裘的主人听见。

前些年,董小宛来往于江南各府县,对于乞丐可以说早已司空见惯,直到嫁进了冒家的深院大宅之后,才见得少了。不过,只要一出门,还是随处都会碰着。对于这些乞丐,不多少打发一点什么,是很难撵得动他们的。何况,冒襄又向来乐善好施,前些年在家乡为赈济饥民,他曾经不辞劳苦地大力奔走,甚至毅然变卖家财,受到各方的交口赞誉。所以,看见冒成呵斥无效,董小宛就回过头,指着桌上那碟子才动了几箸的扁豆糕,对侍立在一旁的紫衣说:

"嗯,这些,横竖我们也不吃了,拿去赏了他们,让他们快走吧!"

紫衣答应一声,走近来,正要伸手去端。忽然,冒襄在一旁冷冷地说:

"别动!谁说我不吃了?我还要吃!"

说着,他伸出筷子,把糕子翻来覆去地挑了半天,最后拣了一颗豆子,搁到嘴里。

"哦,那就别拿那个。"董小宛连忙说,随即打量了一下桌子,"嗯,就拿这碟馅儿饼,要不,把葱儿饼端去也行,这葱儿饼味道不好……"

"哪来这股子啰嗦!叫你别动,你就别动!听见吗!"冒襄提高了嗓门。听声音,分明是冒火了。

董小宛错愕了一下,疑惑地瞧瞧丈夫。然而,只一瞬间,冒襄又恢复了常态,甚至显得颇为愉快悠闲。他仿佛压根儿没瞧见那群讨饭的乞丐,自顾仰起脸,打量着亭子外面的树木,像是在寻找什么。发现一根枯枝上正歇着几只乌鸦,他就嘬起嘴唇,发出逗引的声音,随即一扬手,把筷子上的那颗豆子高高抛出去,让那些乌鸦下来啄食。看见没有反应,他又十分热心地抛出第二颗、第三颗……

董小宛在一旁瞧着,愈加惊疑不定。但是,凭着女人特有的细心,她隐隐觉察到,丈夫这种悠然自得的外表背后,分明蕴含着某种冷酷、反常的东西。在这种情形下,任何冒失的发问,都可能招来适得其反的后果。所以,尽管心中惊疑,她也只有赔着笑脸,不敢再提打发乞丐的事。

大约以为亭子里的施主没有瞧见他们,或者以为刚才的乞求还不够恳切,那群乞丐踌躇了片刻,忽然一拥而上,奔到亭子外的石阶前跪下,开始大声乞讨,把一只只又破又脏的空钵,一直伸到亭子里来。几个饿急了的孩子,则干脆扑向雪地,一个劲儿地翻寻着冒襄刚才抛出去逗引乌鸦的那些豆子。每找到一颗,那孩子就忙不迭地连雪一起塞进嘴里。于是又引起别的孩子前去争抢,以至发出阵阵烦人的哭闹。

冒襄的目光闪动了一下,脸色陡然变了。他把桌子一拍,猛地站起来,厉声喝叫:

"混账东西,你们想干什么?啊,到底想干什么!"

"求大爷、奶奶行行好,施舍小人们一口吃的!"

"大爷、奶奶可怜见,小人一家已经两日没有东西下肚了!"

"非是小人们要来骚扰大爷、奶奶,只因小人们从一早讨到如今,连一点都讨不到哇!"

"那桌上不是有吃剩的么,多少施舍一点吧,小人给大爷磕头了!"

乞丐们七嘴八舌地苦苦哀告着,叩着头。冒襄起初还虎着脸,显出又气又恨的样子。但不知怎么一来,他似乎不生气了,却嘿嘿地冷笑着,从桌子上拿起那碟子赤豆糕,突然使劲一抡胳臂,朝亭子旁边的一道水沟扔去。

这个举动来得如此乖戾突兀,不仅乞丐们傻了眼,就连董小宛和仆人们也愕住了。大家目瞪口呆地瞧着那些糕点在半空中同碟子分离开来,画出几道弧线,啪哒、啪哒地先后掉进干涸的、长满荆棘的深沟里。

至于冒襄,他分明从这种举动中获得某种报复般的快感,只见他双手继续挥舞着,把桌上的点心一碟接一碟地往深沟里扔,转眼工夫,就扔个一干二净,待到深沟里最后一声"啪哒"响过,他就把手一摆,大声说:

"走,看梅花去!"

说完,也不理会那些被他的举动吓呆了的乞丐,以及变得不知所措的董小宛和仆人们,径自离开桌子,迈开大步,向亭子外走去。

五

"啊,冒郎今儿是怎么了?他为什么要这样子?怎么会这样子?"董小宛一边带着紫衣急急向前赶,一边望着丈夫的背影,心忙意乱地想,"冒郎可从来不是这样子,在南京、在乡里,谁都夸他最是怜贫惜弱,怎么今天要将那些乞丐如此戏弄?啊,莫非他病了?或者冲犯了哪路邪神,给迷了本性?"这么一想,董小宛不禁愈加着忙。她顾不上一双小脚走在凹凸不平的泥路上十分困难,只一边叫着:"冒郎,等妾一等!"一边让紫衣扶着,使劲往前赶。

刚刚转过小树林,冒襄却站住了。甚至直到董小宛走近身旁,他都像是毫无知觉。

"相公,你、你可是累了?还是身子不舒坦?"董小宛慌里慌张地问。

冒襄没有回答,只管目光发直地盯着前面。忽然,他又抬腿向前走去。

"哎,相公,你不要这样!你不能……"董小宛急急跟上去,颤着声儿说。

"嗯,死了,全都死了!在劫难逃,果然如此!"冒襄大瞪着干涩的、像是要冒出血来的眼睛,四下里张望着,绝望地喃喃说。

"死了?"董小宛吓了一跳,"什么死了?"

冒襄用手一指:"梅树,这些梅树!"

董小宛茫然环顾着,什么都没有看明白。然而,她终于清醒过来,这才发现,他们原来已经置身于梅林里。一眼望去,那一棵挨一棵的梅树,依旧挺立在霜天之下,但仔细瞧瞧,就会发现,本该是傲雪凌霜、繁花遍布的枝头,此刻竟然全都光秃秃的,既看不见一朵花,也看不见一星蓓蕾,就连那横斜逸出的枝桠,也显得死气沉沉,没有丝毫的活气。如果说,董小宛今天到这儿来,一心是为着寻访美妙的瑶池仙境的话,那么,此刻展现在眼前的,却活脱是一片坟场,那满雪地矗立着的,全是干枯僵直的尸体!董小宛越看越恐怖,浑身的寒毛都竖了起来。

"啊!相公,这、这是怎么回事?"她战战兢兢地问,不由自主地往丈夫身边靠了靠。

"大旱,枯死的!"冒襄声调低沉地回答,"哪怕它们旷洁孤高,不惧霜欺雪压,仍旧逃脱不了玉石俱焚的天降大祸!"停了停,又喃喃重复说:"是的,逃脱不了,谁也逃脱不了!"

董小宛眨眨眼睛,觉得丈夫的话有点古怪,不大好懂。不过,弄清丈夫不是有病,她总算稍稍放下心来。为着安慰丈夫,也为着安慰自己,她开始带头向梅林深处走去,并且不停地环顾着,寻找着,希望发现还有活下来的幸存者。然而,没有。除了透过枝桠,发现不远的一座亭子当中,依稀有几个人正围坐着,在那里喝酒猜枚之外,偌大一座梅林,似乎再没有别的生命。但董小宛不死心,仍旧不停地走着、找着……忽然,她那由于长久地寻觅,已经有点疲劳的目光,被什么东西分明地碰触了一下。在满眼死亡、惨怖、僵冷的氛围中,那感觉显得异乎寻常地柔婉、温润和新鲜。她心中一颤,连忙回转头去寻找。然而,除了有如荆棘鹿角一般纵横交错的枯枝之外,她什么也看不见。"啊,莫非我看差了不成?"她疑惑地想,正感到泄气的时候,突然,眼前一亮。

"啊,花、花,这儿有花!"她惊喜地叫起来,连忙领着冒襄走过去。果然,在一小片低洼的雪地上,矗立着一株特别粗大茁壮的梅树。它那繁密的枝桠有如虬结的龙蛇,向四面八方舒展着。而粗糙的、被烈日严霜刻满累累瘢痕的躯干,则像一段黝黑的铁桩,深深埋在泥土里。但是它也没能逃过干旱的浩劫,绝大部分的枝桠,也同别的梅树一样,已经完全枯萎掉,成为一堆只有焚烧价值的柴火。就连它的表皮,也在烈日的长久烤炙中纷纷爆裂剥落,露出失却了生机的枯木,以致骤然望去,它同周围那些已经曝骨郊野,只待人们前来砍伐、拖走的伙伴并没有什么两样。然而,就是这样一株梅树,竟然奇迹般地从根旁衍生出来一枝小小的枝桠。上面,开出了三朵雪白的小花!无疑,它们都很娇弱,而且显得养分不足。大约为着尽量利用母体中仅余的一息生命,它们紧紧地挤聚在一起,一齐仰起了憔悴的小脸,在周遭严寒的包围中,看上去,就像闪现在广袤、寂寥的天地之间一个凄然的微笑。正是这最后一种感觉,使董小宛的心仿佛给针刺了一下似的,先前那种意外的喜悦消失了。她失魂落魄地望着这三朵悲惨的小花,一步一步走上前去,在它们跟前蹲了下来,伸出手,轻轻地碰触着。渐渐地,一种无比难过、连自己也说不清楚的凄凉感觉从心底升起,并且开始愈来愈强烈地压迫着她。董小宛两眼一热,再也忍不住,呜呜咽咽地掉下泪来……

"娘,别哭啦,瞧,爷要回去了!"片刻之后,紫衣在旁边催促说。

董小宛泪眼模糊地回过头去,果然发现冒襄已经转过身,正低着头,慢慢地朝原路走去。她连忙掏出手绢,揩干眼泪,紧赶几步,跟上了丈夫。

"相公,"沉默着走了一阵之后,董小宛抬起头,怯怯地问,"将来这儿的梅树想必都得砍掉再种。刚才那一株,不知还能留下来么?"

冒襄的目光微微一闪,没有立即回答。他沉思着,走出十来步之后,才说:"谁知道。或许能留下,或许留不下,这得靠它自己!"停了停,又自言自语地说:"是的,得靠自己!"

这么说完之后,他就不再开口。主仆三人相跟着,在小树林边上,同守候在那里的冒成和长班会合了之后,便一起回到亭子去,打算从那儿上轿乘驴,返回城里。

他们走近亭子,发现几个轿夫正站在水沟旁,伸长了脖子朝沟里张望。旁边还站着两个衣衫破烂的女人和几个孩子。董小宛一眼认出,她们就是刚才那帮乞丐中的几个。

"怎么,他们还没有走?"她奇怪地想,忍不住走出两步。然而,当她向沟里望去,却不由得轻轻"啊"了一声。原来,在那道干涸的、长着许多荆棘和蒺藜的水沟里,正聚着几个人——不用问,就是先前那几个男乞丐,他们有的弯着腰,有的趴在雪地上,正凭借手中的打狗棒,或临时捡来的枯树枝,竭力地探着、捅着,试图把掉落在荆棘丛中的那些食物拨弄出来。也不知他们拨弄到手有多少,只见那些破衣衫似乎被棘刺挂得更破了,脸上、手上也被划出了道道血痕。但他们仿佛毫无知觉,仍旧狂热地、不屈不挠地呼叫着,探寻着。董小宛被眼前这幅悲惨景象惊住了。她的心不由得紧缩起来。"啊,冒郎刚才其实又何必那样作弄他们!"她不忍地

想,随即回头望了望,发现冒襄正站在亭子旁边,似乎在听冒成解释什么。她于是迟迟疑疑地走过去,祈求地望着丈夫,轻声说:

"相公,他们在捡呢!要不,就让冒成打发他们几个钱,也省得……"

冒襄默默听着,虽然仍旧沉着脸,但也没有表示反对。看见这样子,董小宛的胆子稍稍壮了一点。她向冒成使了个眼色,示意对方去打发乞丐,自己则伸出手,体贴地、轻轻地搀着冒襄,一起向驴子走去。

"哎,辟疆先生,请留步,请留步!"一声急遽的呼唤,忽然从背后远远传来。当董小宛本能地用扇子遮住脸,微微侧过头去时,发现从梅林那边,一个儒生打扮的人,双手提着直裰的下摆,正顺着白雪覆盖的道路咯吱咯吱地奔过来,看见冒襄已经闻声停下,他就更加起劲地迈动双腿,并且老远就拱着手,做出笑脸。大约发现有女眷,待走到离冒襄五六尺远的地方,他就止住脚步,深深作下揖去。

"久慕先生尊颜,不意今日在此相值,幸之何如!"他微微喘着气,说。

"不敢!"冒襄恭谨地回了一礼,然后望着对方,迟疑地问:"请恕小弟眼拙,不知先生……"

"哦,小弟苏文卿,怀宁人氏,眼下正在京候选。"那儒生连忙自我介绍。

"原来是苏先生,失敬了!"冒襄点点头,"不知苏兄有何见教?"

"不敢!弟今日因陪着几个朋友,来此踏雪赏梅,不期得接芝宇,实属三生有幸。目下梅林内的亭子里备下了薄酒,敢请先生过去,同饮三杯,一申积悃,未知意下如何?"

冒襄今日出来,身边虽然带着个董小宛,但如果愿意,也可以让冒成先送侍妾回去。只是,他显然毫无结交应酬的兴趣。

"多感先生盛情，"他拱着手推辞说，"惟是草草之际，遽尔相扰，却于礼未当，不如期诸他日吧！"

"哎，兄台与小弟虽是初会，惟是今日梅亭之内，却有兄台的旧识在座哩！"大约看见冒襄的口气很坚决，而且显然无意逗留，苏文卿连忙补充说。

"哦，不知是哪位旧识？"本来已经打算转过身去的冒襄，又停了下来。

苏文卿却没有回答。他把手伸进袖子里，掏摸了一会儿，最后取出一份名帖，双手递了过来。

董小宛一直在旁边瞧着，她自然不乐意冒襄撇下自己去赴会。看见丈夫回绝了对方，正自暗暗宽慰，忽然听说是什么"旧识"，她不禁又担忧起来。看见丈夫接过名帖，她便急切地注视着。然而，使她感到诧异的是，在未曾拿到名帖之前，冒襄只不过是表情冷淡而已，当他的视线一旦落到帖子上，脸色却蓦地变了。

"什么？是阮圆海！"他猛然抬起头，厉声地问。

"哦，哦，冒先生请勿焦躁，且听小弟一言！"苏文卿连忙摇着手，说，"请兄台到梅亭一叙，正是阮圆老的意思。阮大人说，以往先生同他虽有些芥蒂，但他却宁可不咎既往，与先生杯酒言欢，一洗旧怨。阮大人还说，复社之中虽大半系心怀逆志的不逞之徒，不日便当奏明朝廷，从严论处。惟是先生与他们尚非同类。况且阮大人甚爱先生之才，只要先生肯递一个门生帖子，阮大人便定必向朝廷力荐，委以大任，决不食言……"

苏文卿滔滔不绝地说着，起初还保持着礼仪和分寸，但渐渐就变得眉飞色舞，手足浮动起来。显然，在他看来，如今已经大权在握、炙手可热的阮大铖，对冒襄竟然如此格外垂青，所提的条件又是如此微不足道，处于穷途末路的冒襄必定会又惊又喜，感激涕零，马上俯首从命。事实上，在开始的一阵子，冒襄的确睁大了眼睛,一张白净俊美的脸孔也涨得通红,看上去异常激动。但不久之后,他就平静下来,嘴角甚至现出了微微笑意。他一声不响地等着苏文卿说完了,才摇着手中那份名帖,说:

"请苏先生上复阮大人,就说冒某甚感他的美意。只是,倘若他以为如今跻身高位,便可以颐指气使,为所欲为,摧残天下的公论正气,而又奴役之,却是白日做梦!"

这么斩钉截铁地回答之后,他就噘起嘴唇,"噗"一声,把一口唾沫吐在由阮大铖具名的那份帖子上,随即朝苏文卿那张吓黄了的脸前一送。

"阮大人不是想要冒某的门生帖子么?抱歉之至,没有。不过口说无凭,只怕阁下也难以复命。那么,就把这个给他拿回去好了!"

说完,也不等对方接过,他就把帖子朝雪地上一扔,转过身,平静地对董小宛说:"嗯,我们这就回去吧!"

六

"什么?冒辟疆那小子竟敢如此无礼!"听完了苏文卿的回复之后,阮大铖把桌子一拍,霍地站起身来。没提防动作太猛,他那部大胡子带动了跟前的酒杯碗筷,顿时歪的歪,倒的倒,碰出一阵乒乒乓乓的乱响。但是火冒三丈的阮大铖却不管这些,用两条粗壮的大腿使劲往后一撞,推开了椅子。

"啊,气死我了,真是气死我了!"他又大叫一声,同时挥舞着那只多肉的、长着许多长黑寒毛的拳头。在亭子周围那些密集交错的梅树枯枝映衬下,他那急速地来回移动的肥胖身躯,配上一双凶光四射的眼睛,看上去,就像一只急于冲出笼栅,去择人而噬的猛虎。

"哎,阮老爷,那冒辟疆不过是一介狂生,虽说今日做得忒过分些,可您老大人有大量,又何必为他生气哟!"坐在桌子旁边的顾喜娇声地劝解说,一边做出媚人的笑脸。这个秦淮名妓分明知道,在这种满座客人都被吓得不敢做声的场合,正是她们女人显示本领的时候。

"是呀,阮老爷眼下正富贵无量,可千万要保重才好!为了区区一个冒辟疆,气坏了身子,犯得着吗!"另一个名妓马嫩也不甘落后,转动着一双顾盼多情的眼睛,柔声软语地接了上来。

大约看见女人们开了口,而阮大铖也没有迁怒于她们的迹象,陪席的几个客人也都纷纷开口相劝:

"圆老,难得您老今日想出这个极奇极新的主意,邀门生等来此临白雪而赏枯梅,可别让那种事来败了圆老这一空万古的雅兴!"

"对,'不恨古人吾不见,恨古人不见吾狂耳!'还是饮我们的酒!"

"哎,依小弟看,复社那伙书呆子一个个全是疯子!若与疯子计较,岂非降低了我辈的身份?"又一个尖尖的声音说。

"对,对,疯子,疯子!哈哈哈哈!"坐客们哄笑起来,一半是凑趣,一半是担心。

"不!"阮大铖忽然停下来,咬牙切齿地说,"我非同他们计较不可!这些年,他们下死劲儿挤我、骂我、糟踏我,要不是我老阮命大,怕不早就叫他们踏成齑粉!如今他们的小命儿全捏在我手里,还敢如此骄狂不逊,不痛施惩戒,他们还当我老阮是好欺负的!"

停了停,他又环顾着在座的人,阴恻恻地说:"嘿嘿,你们等着瞧吧,眼下就有一桩妙到绝处的买卖,够他们吃不了,兜着走!"

说完,他把手一摆:"这酒也不饮了。走,回城去!"

小半天之后，阮大铖一行已经回到城里。他把几个客人和两个名妓打发走，然后乘着轿子直奔西华门的马士英新府邸。当他由仆人领着，来到被大铜火盆中的熊熊炭火映烘得一室生春的后堂时，发现马士英正同他的儿子——现在已经当上了禁军提督的马锡，以及亲信王重在那里欣赏新近得到的几件摆设。那老头儿今天穿了一袭阳明衣，外罩一件貂皮背心，头上戴着网巾，显得轻松而悠闲。看见阮大铖走进来，他只敷衍地拱拱手，便依旧弯下腰去，凑在那些古董器玩跟前，津津有味地继续指点议论。这些日子，阮大铖虽然愈来愈趾高气扬，把满朝文武都不大放在眼里，但在马士英跟前，毕竟不敢过于放肆。当发现不可能立即开始谈正事，他就暂且把满肚子话忍住，走上前去，瞧了瞧陈列在堂屋中央的几件摆设。作为精于此道的行家，阮大铖一眼就看出，那几件东西虽然不全是古物，但都非同寻常。譬如那架玛瑙围屏，足有六尺高、八尺宽，共分三截，每一截的屏面，都用金银丝编织而成。这倒还罢了，令人吃惊的是，上面那些花朵图案的用料，竟然不是珍珠，就是宝石。那些珍珠起码有上百颗之多，大的可比猫儿眼，小的也不亚于樱桃核。至于宝石，更是惊人，什么祖母绿、鸡血红、满天星、一锭金、玛瑙黄，真是应有尽有。光这一座围屏，价值已经难以估计。另外还有一柄麈拂，髯长三尺，色泽纯紫，拂柄由整段水晶雕成，柄端连着一个红玉环扣。虽然只是静静摆在那里，却已经显得粲然夺目，品格非凡。阮大铖心中一动，忍不住拿起来，仔细端详，又轻轻摇了几摇，顿时光彩动摇，哗剌有声。他正在惊疑，忽然听见有人在身后低声说：

"圆老可得当心点儿，别摇得太响了。须知此物之声甚异，鸡犬牛马闻之，无不惊逸；若垂之潭中，则鳞介之属，俱俯伏而至呢！"

阮大铖回头一看，原来是马士英那个面白唇红的心腹王重。他于是问道："莫非这便是古书上所载的，能令蚊蚋畏避的龙髯紫拂么?"

王重点点头:"正是龙髯紫拂。此物原为洞庭道士镇观之宝,唐时流入宫中,后遂失其所在。不意千年之后,复现于人间。近被外官某觅得,特地拿来献给瑶老,我辈才得睹此旷世奇珍,也算福缘非浅了!"

阮大铖自复出以来,收到巴结者送来的礼物虽然也不少,但能与马士英相比的,可以说还没有一件,所以艳羡之余,心中又不免有点酸溜溜。于是,他一声不响地放下麈拂,径直走向主人身边。这时,一双垂髫的丫环正分两边站着,小心翼翼地在马士英面前张开了一块五彩氍毹。阮大铖照例凑过去,打量了一下。他发现这张氍毹无疑也气质名贵,色彩典雅,而且每一方寸之间,都极精细地绣满了列国山川和歌舞伎乐的图案。不过,除此之外,倒没有什么特异之处。"嗯,看样子像是外夷贡物。只是眼下这类东西甚多,倒也不算稀奇!"这么想着,阮大铖打算直起腰来。忽然,那两个丫环不知是没提稳还是故意,把手中的氍毹轻轻抖动了一下。顿时,奇迹发生了:只见眼前闪闪烁烁地现出无数蜂蝶燕雀,一只只各具姿态,栩栩如生,正在氍毹上跳跃飞舞。阮大铖吃了一惊,连忙凑近去,想瞧个仔细。这当儿,氍毹已经复归静止,那些蜂蝶燕雀也一齐消失不见。直到两个丫环再次抖动氍毹,它们才重新闪现出来。

"哎,老师相,"被眼前的奇观迷住了的阮大铖,直到丫环奉命收起氍毹,他才意犹未尽地直起腰来,赞叹说:"卑职今日此来,得见如许奇宝,竟是大开眼界了!"

马士英却没有立即回答。他先让马锡扶着,回到当中那张蒙了虎皮的太师椅上坐下,然后做了个手势,等阮大铖和王重就座了之后,他才捋一捋胡子,淡淡地说:

"说来讨厌之极。这些东西,都是他们趁学生不在时,硬送进来的。儿辈们推也推不去,只好让他们放着,我一直懒得看,也不知是什么物件。今日得空,才搬出来瞧瞧,却原来全是些用不着的东西,真是可笑!"

阮大铖眨眨眼睛。他当然十分清楚这位马老头儿的脾气。尽管从来没有听说过他拒绝过什么馈赠,但每逢谈及这件事,他总是显得很不高兴,仿佛受了天大委屈似的。于是,便微笑说:

"这也皆因老师相道光德誉,天下景仰。他们怀恩感激,不能言宣,所以才因物寄意,聊表敬爱之忱而已!"

马士英哼了一声:"什么敬爱之忱!无非是他们头上戴着乌纱,却总嫌太小,指望我提挈他们。哼,有些人就是永不知足,升了还要升,升了还要升!也不问问自己做得来做不来!一时顾及不到,或者擢拔得慢点儿,他们就怨天尤人,以为关节打点不够,变着法儿找些乱七八糟的东西给我塞进来。不收呢,就说你不给面子;收下呢,你就算欠着人情,将来得想法儿还他。他们也不想想,江南就是这么大一块地方,里外就是这么几把交椅。近半年为着筹饷,不得已开了捐例,冗员散职陡增于往时何止数倍。从留都到各府县,哪个衙门不塞了个满之又满,还有什么美缺安放得下他们!如此下去,只怕非得连我这把首辅交椅也腾出来,他们才算舒心!"

马士英越说声调越高,那部山羊胡子在下巴上一掀一掀的,显得十分生气。

阮大铖深知老头儿向来刚愎自用。当上了首辅之后,这种脾性更是日形强固,只要骂上劲来,半天也不会住口。所以,他一边附和地点着头,一边朝坐在末位的马锡直使眼色。

马锡会意了。等做老子的骂声稍一停顿,他立刻插上去说:

"父亲,据孩儿所知,这几样东西也不全是那些人送来的哩!譬如这张新罗所贡的氍毹,乃是上月父亲在小雪节'打将军'时,从安远侯那儿赢来的。父亲莫非忘记了?"

所谓"打将军",就是一年一度蟋蟀大会战的总决赛。那是盛行于上流社会的娱乐之一。从每年秋季开始,那些王公、贵胄、达官、巨贾,就从各地大量选购蟋蟀,少则百余盆,多则数百盆。一到白露节,就设局开盆约斗。事先要发请柬,定日期,到时还要选定裁判。这些斗赛,照例都具有赌博性质,因此还得有人专司称量参赛蟋蟀的体重,以及记录账目,场面十分隆重热烈。此后整整两个多月内,那些养蟀之家可谓全力以赴,如痴如狂,没有一天不设局相斗。直到小雪节,大部分蟋蟀已经斗败,剩下少数优胜者,就举行"打将军"。届时仪式更加隆重,不仅要将房屋收拾整洁,还要安设虫王的牌位。由参赛蟋蟀的主人先行焚香顶礼,才开始正式放虫角斗。最后的优胜者便获得大王称号,并被奉上神位,接受人们的供奉。它的主人则大摆宴席,与全体参赛者开怀痛饮,尽欢而散。马士英平生最大的嗜好就是斗蟋蟀。每逢重要的比赛,哪怕公事再忙,他宁可搁着不办,也决不肯错过。今年,他的运气特别好。那头得自山东的"赛赤兔",在大战中力挫群雄,并在"打将军"中一举击败了安远侯柳祚昌的"黑地雷",荣登"大王"的宝座。为此,老头儿极其自豪。此后半个月里,每逢说起这件事,他那张总是绷得紧紧的脸上,都会情不自禁地露出得意的微笑。所以,眼下被儿子这么一提醒,他就"嗯"了一声,停止了指责,点点头说:

"不错,那张氍毹确是例外。按说呢,安远侯那匹'黑地雷'已经连胜七阵,连卢太监那匹号称无敌的'小吴钩'也败在它嘴下,自非等闲之辈。老柳也自夸今年的王座非他莫属。可惜时运差了点儿,碰上我那匹'赛赤兔',正好是他的克星,只得铩羽而归了!"

"哎,瑶老,"唇红齿白的王重接了上来,"闻得安远侯的蟋蟀是喂了药的,故此临战之际,格外凶悍持久。"

马士英鄙夷地一笑:"喂药之法,古已有之,不足为奇。惟是此中大有考究。喂之不得其理,反会伤蟋蟀之内气。譬如这次'打将军',我见他放出那匹'黑地雷'来,其势虽甚猛恶,惟是色泽亮而无芒,且急于寻斗,便知中了药毒,必难持久。果然三十回合之后,已露疲态,勉强撑持到五十二回合,便被我的'赛赤兔'将它裂额剖腹,毙于当场!"

阮大铖于公务余暇,一心沉迷的是度曲排戏,对于斗蟋蟀的兴趣倒不太大,如今听马士英津津乐道,便随口凑兴说:

"原来斗蟀之事,竟有如许窍妙。目今坊间论及此道的书也有不少,惟是似老师相这等精深之论,卑职却是闻所未闻,见所未见!"

"哎,圆老有所不知,"王重得意地插进来说,"瑶老正有慨于坊间那些斗蟀之书,大半俱是一知半解之论,实未足以传此技之真,更遑论穷此道之妙了!是以瑶老近日已将其平生所历之数千百战,一一默忆条理,穷其真谛,且仿《孙子兵法》之体例,撮为《蟀论》十三篇,以便传之后世呢!"

"噢?"阮大铖马上装出大感兴趣的样子,"原来老师相于当国之暇,尚有著述之兴。如此旷世奇书,不知可许卑职有先睹之快否?"

马士英摆摆手:"什么旷世奇书,不过是游戏文章,聊以遣情而已!"说着,便回过头,吩咐马锡:"既然如此,你就去我书房里,把桌上的稿子拿来,请圆老指谬便了!"

马锡应诺着,走了出去。过了片刻,果然捧着一叠已经装订成册的手稿,回到后堂来。阮大铖马上站起身,双手接过,然后坐在椅子上,一页一页浏览起来。他发现,里面无非是说些对蟋蟀该如何挑选、饲养、择盆、训练,开斗时又如何准备、布置、用计之类。他一边胡乱翻看着,一边在心中暗暗骂道:"这个老家伙,身为首辅,现放着多少大事不赶快料理,却有心思来著作这种无聊透顶的东西!"不过,嘴巴上却不住"好,好!""妙,妙!"地称赞着,还特意挑了一两处,大加发挥,说什么天地万物,虽然形态不同,巨细各异,其实却同归于一理。所以马士英此书,写的虽是斗蟋蟀,其中意旨却广大深微,使人可以悟到"诚意、正心、修身、齐家、治国、平天下"的大道理,一旦问世,必定大有益于世道人心等等,使马士英听着,连连捋着山羊胡子,现出傲然自得的微笑。

七

主客正说得高兴,忽然门外响起"橐橐"的官靴声,接着走进来两位客人。长得高而瘦的一位是兵部职方郎中刘泌,另一位身材中等,面白无须,名叫杨士聪。这两人都是马士英的心腹,经常在府中出入。大约他们打听清楚主人没有别的事,便不用通传,径自进来。

"老师相,刘、杨二位想是有事而来,卑职不如暂且告退,改日再来陪老师相说话!"看见马士英只欠了欠身子,示意客人坐下,便不再理会,而刘泌却显得有点急于开口的样子,阮大铖就拱着手,故作姿态地说。

"哦,不必!"对刚才的谈话显然意犹未尽的马士英摆摆手,然后转向刘泌,皱着眉毛问:"嗯,可有事吗?"

"启禀老师相,是史道邻自江北加急递到的塘报。卑职刚刚录到一份,先来报与老师相知道。"刘泌说着,从袖子里掏出一份手折。

马士英依旧沉着脸,没有说看,也没有说不看。这样过了片刻,他才勉强地说:"那么,你就念念吧——嗯,也不须全念,挑要紧的说说就成了。"

刘泌答应一声:"是!"便展开手折,飞快地溜了几眼,然后说:

"史道邻在塘报里称,据高杰自徐州飞报,近日河南抚镇接踵告警,一夕数至,谓开封北岸上下游俱有北兵,问渡甚急。看来,建虏之欲进窥我江南,已势无可疑。史道邻又谓:十四日于鹤镇得谍报,宿迁已为北兵攻陷。彼遂急赴白洋河,令总兵刘肇基、李栖凤驰援宿迁。十八日黎明,我师渡河。北兵夏固山不战而退,我军遂收复宿迁。至十二月六日,固山复围邳州,顿军于城之北。刘、李二部再往援之,顿军于城西南,相持半月,北兵见无隙可乘,徐徐引去,始解邳州之围……"

塘报中提到的宿迁和邳州,是位于徐州以东、黄河北岸两个极其重要的军事重镇,扼守着南下淮扬地区的交通咽喉,一旦失陷,江南的门户便为之洞开,清兵便可沿运河南下,直趋扬州,严重威胁南京的安全。所以就连阮大铖听了,也不禁紧张起来。其余的人像马锡、王重,以及显然事先并未知情的那位杨士聪,脸上都变了颜色,一齐把目光投向马士英。然而,出乎大家的意料,只见老头儿把头一仰,哈哈大笑起来。

"啊,老师相,"显然被当朝首辅的举动弄糊涂了的杨士聪,拱着手,小心地问:"北兵南犯,邳、宿失陷,虽则幸而复完,毕竟干系非小。不知老师相何故哂笑?"

这时,马士英已经不笑了。"足下莫非以为,真有这等事么?"他淡淡地问。

"这……"杨士聪迟疑地说,"若然无病,又何故作此呻吟?"

马士英冷笑一声,鄙夷地说:"无病便不会呻吟?你可知道,这恰是史道邻精明狡狯之处!眼下年关到了,他手下那群将校属吏,照例须得叙功行赏;今年被他耗费的钱粮,也照例应该向工部销算,若不寻个题目,虚张声势一番,这两笔数目他可怎么打发?"

停了停,他又说:"其实,北兵虽然顿兵河北,惟是流贼余众尚在陕豫一带蠢蠢思动。肘腋之患未清,他又岂敢南下?况且我朝国势强盛,兵力百倍于前,北兵又何足惧哉!如今只怕有人谎报军情,摇动人心,惟恐天下不乱而已!"

在座的几个人,起初还瞪大眼睛,忧心忡忡地听着,直到这时,才如梦初醒,悬在心中的那块石头,也分明落了地,于是重新显出轻松的神情,开始你一言我一语地指斥史可法虚张声势和称赞马士英料事如神。惟独阮大铖坐在一旁,却没有做声。无疑,对于史可法,他绝无好感。但他同样很了解,像史可法这种呆气十足的东林头儿,把虚名看得比性命都重,因此倒是不太敢撒谎的。所以,阮大铖毋宁相信清兵压境的报告会有几分属实。不过,眼下他一心盘算的,却不是江南将来的命运如何,而是担心万一清兵来得太快,南京一旦乱起来,把东林、复社那帮人全吓跑了,他可就再也报不成仇。须知这份刻骨的仇怨,阮大铖已经憋了整整十七年,哪怕明日就会洪水滔天,大家都得完蛋,只要今天有一口气在,他还是要大报特报!"嗯,瞧眼下这情势,还真得赶快动手才成!"他想。于是,也不待座上的话音停歇,他就猛地站起来,义形于色地大声说:

"史道邻虚报军情,危言耸听,岂止单单是为叙功销饷!依卑职之见,他竟是倚敌自重,危耸人心,其志难测!老师相正应奏明圣上,将其逮问,一如先朝袁崇焕之例,庶几可以弥大患于先机。否则,江南安危,实在未知之数!"

在座的客人刚才同声指责史可法,无非是为的讨好马士英,冷不防听阮大铖说出如此激烈的主张,倒大吃一惊,一时目瞪口呆地望着,不明白是怎么回事。

这一次,倒是马士英显得比较清醒。在阮大铖大放厥词的一刹那,他的目光里虽然也闪过一丝惊疑,但随后就镇静下来,捋着胡子,不以为然地说:

"少司马此议,又未免过虑了。老史对学生回朝秉政,始终未尽心服,遂至辅督之间,难以推心置腹,以谋国是。此点学生亦所素知,并常以为憾。不过,说他已萌异志,则起码至今尚无形迹。何况有江北四镇在,他又安能有所作为!"

"可是,"阮大铖争辩说,"四镇中之高杰,已是反戈相向,甘为老史卖命,前些日子还公然上疏,对老师相出言不逊。他一介武人,若非老史背后唆使,又岂敢如此猖狂!"

的确,自从高杰明显地改变了原先的态度,成为了史可法在军事上的得力支柱之后,确实使马士英感到十分头痛,却又无可奈何。他沉默了一阵之后,仍旧摇摇头,故作大度地说:

"高英吾想参倒我,不过是蚍蜉撼树而已! 只要他——还有老史,尚能为我把守门户,我倒也不同他们多所计较!"

看见马士英这副样子,阮大铖知道再说也没有用。而且他首先提出史可法,无非是做个由头,本来就没打算真能办到。所以,这会儿他立即见风转舵,装出无可奈何的样子:

"老师相既然自有明断,卑职亦不敢复有异言。惟是不防外,却须防内。日前在水西门外拿到的那个妖僧大悲,经下有司勘问,已供出是潞王之弟。此番来留都,是意欲前往钱谦益、申绍芳家联络;并狂言潞王贤明,应立为天子,欲逼今上让位,实属谋逆无疑!又从该僧袖中,搜得名帖一份,上有'十八罗汉'、'五十三参'、'七十二菩萨'诸名目,一一附以朝野臣工姓名,恐俱系参与此奸谋之人。卑职已抄录一纸在此,请老师相过目!"

说着,从怀里摸出一份手折,双手呈了过去。

这一着,应当说才是阮大铖今天到这里来,所要达到的目的。早在十天前,得知捉到一个冒称是定王——崇祯皇帝第三子的和尚之后,阮大铖就立即同他的死党张孙振密谋,要借这件事兴起大狱,把凡是与他们作对过的那些人一网打尽。为此,他们连夜开列出一批名单,买通看守大悲的狱卒,要他在提审之前暗中塞进大悲的袖子里,以便作为"罪证"。在这份一百四十多人的长长名单中,从史可法、高弘图、姜曰广、张慎言、徐石麒、吕大器、刘宗周起,一直到周镳、雷缜祚、陈贞慧、吴应箕、黄宗羲、顾杲、冒襄、侯方域等人,全都包括在内。现在,只等马士英一点头,阮大铖就会毫不手软地大干起来。所以,他一边紧盯着马士英的表情变化,一边感到既紧张又兴奋。有片刻工夫,阮大铖甚至恨不得一步跨前去,撬开老头儿的嘴巴,即时从里面挖出一个"好"字来。

终于,马士英看完了。他把名单重新叠好,在手掌中轻轻敲击着,然后站起来,面无表情地说:

"据有司报称:会讯时那大悲状类疯癫,先言是定王,又自称齐王;再讯,则说是潞王之弟,受封郡公;而后又供言是齐之庶子诈冒者。昨日又说实是僧大悲之行童,曾从其师往来于钱谦益、申绍芳之家。语言反复,全无伦次,俱难置信……"

阮大铖本来满怀希望,一听对方的口气,不由着急起来,插嘴说:"这——"

"嗯,你听我说!"马士英抬手止住他,口吻变得坚决起来,"据此名单,牵涉者竟至一百数十人之多,况且俱系海内人望。眼下朝中初定,外敌未去,骤兴大狱,必致人心惊怖,变乱复生,亦不相宜。这事还是先放着,看看再说吧!"

第十一章

一

　　由于马士英没有同意阮大铖的大规模报复计划,最后只是请旨将那个名叫"大悲"的和尚砍头了事;就连受到该案牵连的钱谦益、申绍芳两位大臣,也只让他们上疏自陈,说明缘由,便没再深究;所以,弘光元年的正月和二月,南京城里的政局大体还算平静。在这期间,阮大铖的官位又由兵部添注右侍郎一跃而成为兵部尚书;同时,那部实际上等于为阉党全面翻案的《三朝要典》,则正在加紧酝酿。一大批名列逆案的旧人也复职的复职,提升的提升,真是弹冠相庆,好不热闹! 相反,在这场较量中被打得七零八落、一败涂地的东林派人士,对此已经毫无反击的能力,只能装聋作哑,听之任之了。

　　南京城里的局面虽然比较平稳,但在江北的前线,却发生了一件重大的变故——在军事上惟一坚定支持史可法的兴平伯高杰,竟于一月十一日,被与他有灭门血恨、一直伺机报仇的部将许定国诱进睢州城,一举袭杀,从而爆发了一场大乱。睢州城内外的老百姓,几乎全部成了这场兵变的牺牲品。而许定国本人则逃往北方,投降了清朝。史可法在白洋河得知噩耗,痛急攻心,星夜驰往徐州处置,好不容易才安抚了高杰的余众。不料,与高杰素来不和的靖南侯黄得功,又擅离防区,回师南下,企图占夺原属高杰的驻地扬州。史可法迫不得已,又急急赶回扬州,再三责以大义,才平息了又一场可能发生的内部残杀。然而这么一来,明朝刚刚在黄河北岸建立起来的防线便归于解体。史可法所苦心经营的那套易攻为守的方略,实际上已经完全失败……

对于这一攸关全局的事变,弘光皇帝和马士英照例不当一回事。马士英甚至还为史可法失去高杰这根支柱而私心庆幸。既然连地位最高的这两个人都安之若素,南京城里那些不明真相的臣民百姓,自然就更加没有理由感到担心了。

也许因为这个缘故,所以三月初五这一天,当陈贞慧应社友们之约,前往位于桃叶渡旁的长吟阁,去探访一位名叫柳敬亭的说书名家时,他所听到的只是另一种街谈巷议。

"喂,老兄,弟适才听到一件大时闻,说大行皇帝的太子,已经到了留都了!"

"原来兄才知道,弟昨日就闻得了。还听说太子如今住在石城门内的兴善寺,文武百官都排着队去拜见,轿马仪仗把寺门都塞满了,百姓去瞧的人也不少。"

"原来如此!只不知太子为何到这会儿才来?会不会像前次大悲和尚那样,又是假冒的?"

"哪来这么多假冒!你不见文武百官都去拜见了么?太子这会儿才来,总是北边到处在打仗,道路不通,辗转来迟之故吧!"

"好了好了,太子终于脱难南来,总算上苍有灵,为大行皇帝存此一支圣脉!"

"闻得今上得报,龙心甚喜。如今满城都说,今上要认太子为己子,说不定还要让位于他呢!"

"啊,竟有如此喜事!不如我等也去瞧瞧,万一得仰天颜,也是今生的造化!"

…………

听着这些议论,陈贞慧并不感到惊讶。因为继两个月前大悲和尚之后,又一次关于崇祯皇帝的圣裔南来的这个传闻,对他来说,已经不是新闻。他所了解到的情形,比起刚才那些街谈巷议,还要更多一些,也更准确一些。譬如,这位"太子"其实并不是刚刚从北方南来,而是早已经到了杭州,最近才由皇上派出内监接来南京的。又如,眼下太子已经不在兴善寺,而是第二天夜里就被接进宫中去了。所以那些还想到石城门去拜谒的人,肯定要扑空。当然,陈贞慧也无意去纠正他们,相反,倒是这些过早、也过于热烈地流传开来的议论,使他有点心神不定,而且暗暗担忧。因为事情很明白:眼下朝廷的情形已经够混乱,够复杂的了。上一次,当大悲和尚出现时,大家也纷纷哄传那是崇祯皇帝的第三子定王,很振奋高兴了一阵,结果,却被朝廷宣布是假冒的。大悲本人因此丢了脑袋不算,还差点酿成大狱。姑勿论此案真相如何,但有一点是明白无疑的:阉党余孽们正在处心积虑地图谋报复。他们不仅不会容忍任何不利于他们的事态发生,而且还会乘机反扑,倒打一耙。何况,这一次传说来的是"太子",在帝位的继承权上,有着弘光皇帝所无法抗衡的法定资格,更兼当年那个"逆案",又是他的父亲崇祯皇帝手定的,如果闹不好,局面就会更加混乱,对立双方的争斗可能会更加激烈。本来,陈贞慧也渴望着朝局能有一个大变化,然而时至今日,还得想到整个江南所面临的形势,想到来自北方清军的严重威胁。从不断传来的消息中不难看出,一场空前巨大、惨烈、攸关生死的搏斗已经迫在眉睫。在这种情况下,如果内部乱了起来,到底会出现怎样的后果,是好事还是坏事?正是这种隐忧,使陈贞慧一连两天,都陷入了反复的、忐忑不安的思虑之中,甚至直到此刻,仍旧拿不准该怎么看待。

现在,陈贞慧已经来到长吟阁。算起来,自从两年前柳敬亭离开了南京之后,陈贞慧就一直没有上这所鼎鼎有名的说书场子来过。而且,不光是他,大约许许多多过去对这个地方着了迷的听众,也不再来了。说来也奇怪,别看柳敬亭是个长得又黑又丑的糟老头儿,外带一脸大麻子,看上去土头土脑,其貌不扬,可是,只要他往讲台上一坐,惊堂木一拍,那股子生龙活虎的劲头,那穷形极态的叙说本领,以及那轰动四座的如珠妙语,就使他仿佛完全换了一个人。凡是听过柳敬亭说书的人,几乎没有不被他那神奇变幻的三寸舌头,和一双小而有神、永远闪烁着狡黠、活泼光芒的眼睛所征服。以至不仅一般的市民百姓为之如痴如狂,就连那些达官贵人、美人名士,也不惜降贵纡尊,一再登门,或者重金礼请,奉为上客。因为这个缘故,柳敬亭也很久以前,就名声大噪,成了江南艺坛的一位领袖。不过,更加令人惊异的是,两年前,柳敬亭忽然到了武昌,而且不知怎么一来,就成了已经晋封为"宁南侯"的左良玉的一位幕僚。眼下,正当朝廷的局面颇为微妙的时候,他又忽然回到了南京。这就不能不引起复社社友们的极大兴趣。事实上,去年五月间,当弘光皇帝的登极诏书下达到武昌时,据说左良玉曾一度拒不接受;后经江湖总督袁继咸再三说服,才勉强奉诏。因此,社友们私下里,一直把左良玉看成是东林派在军事上的可靠倚仗;而柳敬亭的出现,则自然而然被看成是继黄澍之后,又一个联络感情和传递消息的特殊人物。

当陈贞慧踏入长吟阁的大门,并在小厮的引导下,穿过摆着一圈一圈长凳和一个讲书坛的前堂屋,来到天井里的时候,发现顾杲、梅朗中、余怀、左国棅、沈士柱等几个社友,还有黄宗羲的弟弟黄宗会,正围坐在一株老桑树下的石桌旁,同柳敬亭在高谈阔论。看见陈贞慧走进来,他们便止住话头,一齐站起来,同他行礼相见。

由于几年没有见到柳敬亭,在寒暄作揖的当儿,陈贞慧不由得把这位江湖奇人多打量了几眼。他发现,同过去相比,柳敬亭并没有多大改变,依旧是不亢不卑笑眯眯的一副神情,依旧是半文半野的一身穿戴,仿佛他根本没有离开过留都,也没有过任何不寻常的奇遇似的。"听说他这一次回来,连马士英之流对他也不敢怠慢,特地派人前来相请,还口口声声尊称他做'柳将军'。没想到还是这么一副宠辱不惊的神气,却也难得。"陈贞慧不禁暗暗赞赏,听见余怀催促他坐下,便在一个空着的石墩上坐了下来。

"哎,柳老爸,"余怀转过脸去,笑嘻嘻地瞅着主人,"适才你还未曾作答哩——只听说老爸你当上了左宁南的'入幕之宾',但不知入的是'外幕'还是'内幕'?"

柳敬亭的目光在眼皮缝里闪烁了一下,随即笑得比余怀更开心:"不瞒列位说,本来呢,小老儿既入了幕,倒也有心不管他'外幕'、'内幕',都一股脑儿包下来。无奈主人家偏偏嫌我这一脸大黑麻子不顺眼,死活不肯请我进那又香艳又销魂的'内幕'中去,故而只得在'外幕'将就了!"

"啊呀,"余怀大惊小怪地叫起来,"像老爸这么一位无人不爱的绝色美人儿,那老左竟然仅仅置之'外幕',也可谓有眼无珠了!"

柳敬亭点点头,一本正经地说:"不错不错,我老柳若是到了罗刹国,确是绝色的美人儿,而且不止是绝色美人儿,还必定是大富翁呢!"

"啊,何以必定是大富翁?"梅朗中不解地问。

"啊哈,到其时,在下这张老脸皮可就值钱啰!列位只怕都得拼着命儿求我出卖呢。冲着老交情,老柳也会便宜一点。一颗黑麻子么,不多不少,就卖它十两银子!在下这脸上的货色,少说也有上千,那就是一万两的进项,笃定跑不掉的!嘿嘿,岂非稳稳当当就当上了富家翁?"

大家每一次来,都要胡搅蛮缠地同他寻开心,这已经成为一种习惯;而柳敬亭肚皮里的新点子层出不穷,总不会让大家失望。这一次也不例外,没等他说完,已经有人忍俊不禁,等他话音一落,大家便哄然大笑起来。

陈贞慧却没有笑。他还记得,仅仅两个多月前,在丁家河房的暖阁里,社友们是怎样一副借酒浇愁的颓唐模样。其实,就在三天前,那种情形也还没有改变。可是,眼下的气氛却已经截然不同,大家都显出多时不见的轻松愉快,仿佛一天的愁云都消散了似的。不用说,这是由于得知太子已经来到南京,预感朝局可能出现转机的缘故。然而,当真会出现转机么?至少陈贞慧本人对此并不乐观。"哼,须知眼下可不比议立新君那阵子,马瑶草也并非史道邻!若以为太子一到,他们就会乖乖就范,江南也不会闹成今天的局面了!"他苦笑地想。为着不让这种情绪过分地困扰自己,于是,等社友们的笑声一停,他就望着柳敬亭,问:

"闻得老爸近年西游武昌,为左宁南延入幕中,不知可有此事?"

听他这么询问,社友们先是微微一怔,随即忍不住又笑起来。梅朗中扯了他的袖子一下,说:"定生,你怎么了?大家不正在说这事吗?"

柳敬亭本来也在微笑,看见陈贞慧一本正经地望着自己,便收敛起笑容,点点头说:"小老到了武昌是不假,不过也说不上入幕不入幕,无非是主人家看上了麻子这两片嘴皮子,让在下闲时替他解解闷儿罢了!"

"那么,依老爸巨眼之见,左宁南是何等人物?确如外间所传,是一位颇知忠义的非常之人么?"

"这个——小老在彼处住了将近三载,情形自然也知道些儿。不过,却非一言所能尽述……"柳敬亭一边回答,一边眯起眼睛,慢慢地捋着颏下的几茎白胡子,仿佛在回忆着这几年的经历,"嗯,若是说到老汉当初奉故人杜将军之命,去见左宁南说项,消解二人的芥蒂纷争,那倒是绝佳的一段关目,亦可窥见宁南侯之为人……"

"噢,那么……"

柳敬亭点着头:"说来,那还是前年夏间的事……"

他尚未接上第二句,一直在旁边转着眼珠子的余怀忽然跳起来,"咦,慢着慢着!"他兴冲冲地制止说,"方才老爸说了,这是绝佳的一段关目,何不就请他干脆登台开讲,令我等一饱耳福?"

大家一听,都哄然叫好。柳敬亭眨眨眼睛,似乎也被这个建议弄得技痒起来。他微微一笑:"也罢,那么在下就献丑一回。请!"

他说着,站了起来。喜出望外的社友们连忙一窝蜂地相跟着。只有陈贞慧被这突如其来的起哄弄得有点发呆,觉得与自己打算进行严肃交谈的本意颇相径庭。但看见社友们又说又笑的样子,他知道阻拦也无济于事,只好默默地站起来,跟着大家,一起向前堂屋走去。

二

长吟阁前堂屋的格局,同一般书场也差不了许多:中央照例立着一个讲书台,台上设有一桌一椅,桌上别无长物,只有醒木一方,折扇一把。那是说书人的全部道具。在台子的四周,围着一溜儿一溜儿的长凳,其中最靠里的一排,还摆了好几把带靠背的椅子,算作"上座",专门用来招待有脸面或肯出钱的客人。本来,要是正式开讲,门外还该悬出一块"书招",上面横写着说书人的姓名,下面直书"开讲书词"四个大字。不过,眼下既是朋友间的聚会,为了杜绝闲人骚扰,连讲堂的门也关上了,自然用不着再挂牌子。

"嗯,兄知道么?"当社友们在椅子上各自就座的时候,陈贞慧听见梅朗中在他身旁悄悄说,"次尾、太冲和辟疆,这会儿正在楼上的阁子里呢!"

陈贞慧"哦"了一声。他本来就发现吴应箕等人不在场,感到有点纳闷,于是随口问:"他们在做什么?"

"做什么?兄今日来迟了,所以还不知道!"梅朗中的声音透着兴奋,"皆因太子到了留都,闻得马、阮和小人们十分惊恐。看样子朝局将有大变。所以适才社友们商量了半天,以为如此良机,决不可错过。为防马、阮二贼从中把持,不认太子,已决意派人分头出都报信,周知四方,由沈昆铜、左硕人随柳老爸赴武昌,与左良玉、黄澍联络;由余淡心及弟赴福建,与郑芝龙联络;至于扬州一路,因冒辟疆久有归志,且与史道邻相熟,便由他顺路联络。剩下吴次尾、黄太冲、顾子方——自然还有兄,则留在此间,居中调度。适才商议时,辟疆也来迟了。故此次尾和太冲这会儿正与他补说这事哩!"

陈贞慧起初一边听,一边还用眼睛打量着准备登场的柳敬亭,但很快他就转过头来,并且被社友们的计划弄怔住了。对于太子来到了留都一事,刚才他也一直在考虑,并为可能产生的后果而心神不定;没想到,社友们如此迅速就作出了决定。"嗯,这么办,或许也是一法。虽然成不成还可以商议……"他沉吟地想,正打算向梅朗中问得详细一点,忽然听见讲台上醒木"啪"地一响,随即传来了柳敬亭开讲的声音。他怔了一下,只得暂且止住话头,回过头去。

这时,柳敬亭已经稳稳当当地坐到了自己的位子上。只见他拱着手,说:"列位,此番开讲不免把在下牵将入内,虽则言之有据,未敢虚夸,也难免自吹自擂之嫌。列位只当这书中的柳麻子,是另外一人便了!"

这么交待了之后,他才把手中的醒木再度一拍,朗声念道:

凶狂"贼"焰陷神京,四海何人致太平?撑起东南天半壁,忠肝义胆赖干城!

"列位,话说本朝自太祖皇帝定鼎开国,于今二百七十余年。上赖列代天子圣明,下赖贤臣良将辅助,国祚延绵,四海咸安。其间虽有那奸邪祸国,草寇倡乱,毕竟是鬼火萤光,难成气候。不意到了天启年间,天降凶灾,饥民盈野,遂有一干妖孽,乘时而兴。十余年间,竟闹乱了大半个中国。朝廷发出精兵良将,东征西剿,无奈天未厌乱,班师无期,空令生民涂炭,壮士低眉,良可慨叹!

如今却说南直隶地面,有一古镇,名唤潜山,又称皖城,地当湖广、江西、南直隶三省要冲,位置非同小可。那守城的将军姓杜,双名宏域,生得黄面虎须,手使一杆烂银点钢枪,乃系一位久经沙场的宿将。他奉命来守皖城,心知责任重大,不敢怠慢,日夜督率将士,悉心防守,倒也平安无事。看看到了崇祯十六年秋七月,忽一日,杜将军正在帐中点卯,接得上司发来加急军书一封,即时拆开细看。谁知不看犹自可,一看之下,倒吃了一惊!列位,你道为何?原来军书上写得分明,道是朝廷有旨,着宁南伯左良玉移驻武昌。大军不日即到皖城会集,然后取道南下。试想那左宁南与流贼周旋十余载,愈战愈强,朝廷倚之为长城。他麾下的兵将何止六七十万!却有一样,兵一多就难免良莠不齐,鱼龙混杂。将帅管束不到处,骚扰地方之事,亦常有发生。此亦不必为讳。偏生那杜将军却是慈悲心肠,暗想:'这皖城不过弹丸之地,被这数十万大军横扫过来,若无越轨之行犹自可,如果撒起野来,他却是老左的人马,到时我处置不是,不处置又不是,却怎生是好……'"

柳敬亭果然不愧是当代说书名家,这一段临时开讲的"时事书",虽然只是顺口道来,全无蓝本做依据,却已见得开篇不凡,悬念迭出,而且干净利落,毫不啰嗦。席上的几位社友一下子就被吸引住了,全都静息侧耳地倾听着。要在平时,陈贞慧自然也不会放过这桩赏心乐事。然而此刻,梅朗中所透露的那个计划,却不断来扰乱他的心思,使他无论如何也集中不起精神听说书。的确,如果说,在最初得知这个计划的一刹那,他也曾怦然心动过的话,那么,当冷静下来,对计划进行全面、深入思考的时候,疑虑也就产生了。因为很清楚,社友们出外联络的目的,无非是想说动左良玉、郑芝龙等人支持太子,以造成声势,胁逼马、阮等人就范。这较之只靠清议舆论来与对手抗争,无疑要有力得多。事实上,当初马、阮等人拥立福王,靠的也就是这种手段。如今以其人之道还治其人之身,本来也不为过。然而,目前的局势同一年前却不尽相同。如今福王已经正式当上了皇帝,按照先朝的惯例,这叫做"名分已定",除非他本人愿意,否则就没有理由要求他"还政"于太子。而这一点如果做不到的话,那么马、阮的地位就仍旧安然无恙,小人把持朝政的局面也依旧无法改变。闹不好,还可能因此结怨于弘光皇帝。东林、复社就将陷于更加险恶的境地。这无疑是十分愚蠢的。反之,如果要避免这种前景,那么惟一的办法,只有以武力逼使弘光皇帝退位还政。且不说左良玉、郑芝龙等人未必会答应这么做,即使他们当真肯出兵,也正如柳敬亭所说的,那样一支风纪败坏的军队,一旦倾师而至,必将会给留都造成极大的混乱和恐慌,沿途的老百姓又将遭受可怕的劫难。"不,这是不成的!无论如何不能这么办!"陈贞慧断然想道。于是,他便转而考虑该怎么样说服社友。但是两个月前,他曾在丁家河房的暖阁里,当众表示要设法搭救周镳、雷縯祚,但事后却一直未能拿出办法来,这招致他在社友当中的威信进一步下跌,到如今他的话也不那么管用了。最切近的例证就是,今天大家作出如此重大的决定,事先却根本不同他商量。正是这种遭到轻视和抛弃的痛苦,深深地刺伤了陈贞慧的心,以致有好一阵子,他虽然坐在场子里,却只模模糊糊地听见,柳敬亭在台上似乎把左良玉的出身和发迹经历交代了一通,后来又讲到杜宏域因为什么事,同左良玉产生了矛盾,不知"计将安出"……忽然,耳畔"砰"的一声震响,那是柳敬亭在击拍醒木,陈贞慧才猛然惊醒过来。

这时候,柳敬亭已经说到杜宏域把自己请到皖城,让他去见左良玉,设法排解两家的误解和积怨。大约是情节已经进入高潮,只见老头儿精神愈加焕发,声音愈加响亮,一双小眼睛也霍霍地放出光芒。

列位,你道那柳生登门求见之意,左宁南岂有不知之理?只见他读罢杜将军荐举之信,哈哈一笑,吩咐中军道:"着他来见!"——咦,他说"着他来见",连个"请"字儿也不下,自然是存着个轻蔑之意。不过,若是就这等让柳生轻轻易易进了帐,倒又是麻子天大的造化了!这是闲话,表过不提。却说那中军应了一声:"是!"刚欲退出,上面忽然又道:"且住!"他就连忙立住不敢动。只见那宁南伯把杜将军的信举到眼前,又看了一遍,沉思良久,冷然说道:"哼,此人不过区区一老优,竟敢凭三寸不烂之舌,来见本帅做说客,胆子可谓不小。本帅倒要瞧瞧他是真能还是假能!中军,传令升帐!长刀手门前伺候!"列位,这宁南伯在里面吩咐,柳生在辕门外如何得知?他正与几位陪着来的杜将军门客,在那里眼巴巴地等候传见呢!蓦地听得营内"咚咚"地擂起鼓来,倒吓了一跳,正自惊疑,就听"唰唰唰"的脚步声响,一队熊腰虎背的军士从帐后转将出来,在辕门两边齐齐站定,一直排到中军帐前。又听见一声响亮,数十柄长刀朝天一举,冷森森地在头上架好了一道铁弄堂。门外的几个人,一心是来做客,怎料到他会摆出这种阵仗?几个门客先已慌做一堆,柳生心中也自发毛,暗想:"这老左如此气势汹汹,我这番进去,只怕凶多吉少。"但转念又想:"我受故人之托,来此替他排纷解难,若连老左的面也没见到,就给吓了回去,岂不是太脓包?罢罢罢,我麻子颈上这七斤半,就卖与朋友又何妨!"这么打定主意,顿时气儿也粗了,腰儿也硬了,于是一挺身,昂着头,噔噔噔噔,就往里面闯。同时就听"唰唰唰唰",头发、胡须撒灰儿地往下掉——什么呀!原来头上那排长刀锋利无比,也不用给它碰着,就这么走过去,那柳生的须发梢儿,已经全给"招呼"下来啦。柳生心想:"得,只怕没等走完这趟铁弄堂,我就先成了麻子和尚了!"当下也不理会,只顾咬着牙,一个劲儿走过去。蓦地,眼前一亮,哟,铁弄堂走完了!只见中军大帐之内,黑压压地站着两排戎装的战将,一个个披甲挂剑,威风凛凛,杀气腾腾。当中一把虎皮浑银交椅,上面高高坐着一位身经百战的老元戎。

这正是:

才离鬼门关,又登阎王殿。

毕竟柳生性命如何,能否完成故人之托?且听下回分解……

这一段书,确实说得绘声绘色,精彩绝伦,就连陈贞慧也暂时忘却了烦恼,不由自主地被吸引住了。直到柳敬亭放下醒木,站起身子,拱着手,连说:"献丑,献丑!"他还呆呆地坐着,等着听下文。

可是,柳敬亭已经走下讲台来了。

"哎,老爸,这、这就完了?那怎么行!"沈士柱首先表示不依。

"还有下回呢?几时才讲下回?"梅朗中睁大眼睛问。

"敬老,何必让弟等吊着胃口,你就干脆说完了吧!"余怀赔着笑脸请求说。为着讨好对方,连称呼也升了格。

"是呀,说完了吧!说完了吧!"左国棅和黄宗会也同声要求。

柳敬亭微微一笑:"非是在下要吊诸位的胃口,瞧——是诸位的贵友下楼来了!"

大家怔了一下,顺着他的手势回过头去,果然看见吴应箕、黄宗羲和冒襄正从最靠里的楼梯那边走过来。不知为什么,走在前头的冒襄红着脸,有点气急败坏的样子,而跟在后面的吴、黄二人则毫无表情,像是很不开心。

"定生兄!"冒襄一直走到陈贞慧跟前,抗议般地大声说:"你们这样子弄,是不成的!弟不赞成,也不去扬州!现今先说清楚了,兄等看着办吧!"

说完,他一拱手,说声:"告辞!"随即转过身,大步向门外走去。

陈贞慧冷不防吃了一记闷棍,感到莫名其妙。但随即就醒悟到:冒襄大约把自己当成社友们那个计划的主谋了。他于是连忙招呼:

"哎,辟疆,慢走,且听弟说——"

他本来想追上去,却被吴应箕一抬手,拦住了。

"随他去吧!"吴应箕冷冷地说,"反正史道邻那里,我们本来就不指望能有什么用,他不肯去,就算了!"

"可是,"陈贞慧争辩说,"辟疆刚才说,他不赞成这事,以弟之见,这事也……"

"兄别再说了!"吴应箕断然截住他,"此事已经公决,兄赞同也罢,不赞同也罢,都得这么办!绝不改易!"

"哼,兄言而无信!"黄宗羲也冷冷地插了进来,"前番说要救仲驭、介公,我们都信了你,结果全不是那么一回事!如今我们想出了解救之法,你又来阻挠。莫非兄竟欲挟嫌报复,必待置仲老于死地而后快不成?"

像当胸挨了一拳头似的,陈贞慧被这意想不到的指责震呆了。随即,一股受到侮辱的愤怒从心底里直冒上来。他几乎忍不住要放声吼叫,把对方狠狠教训一顿。然而,当他的目光落到其他社友身上时,发现他们全都沉默着,对黄宗羲的蛮横指责丝毫也没有不以为然的表示。陈贞慧也就明白,一切辩解、争论都已经无济于事。他的心中仿佛给塞进了一块铅锭似的,变得既沉重又冰凉。终于,他咬住嘴唇,低着头越过众人,慢慢地向外走去。

三

正当复社的社友们因太子的意外出现而重新生出希望,并决心抓住时机大干一场的时候,钱谦益却兴冲冲地准备在私邸里接待阮大铖。

说来,这也是钱谦益的运气。自从姜曰广、刘宗周等一批东林派大臣被迫去职之后,钱谦益就开始终日提心吊胆,生怕不定哪一天,同样的打击就会无情地降临到自己的头上。苦守苦熬了十多年,好不容易才重新过上位高权重的日子,他可绝对不想学那些老盟友的样,再回到乡间去"管领"什么"山林"!更别说他已经到了六十多岁的一大把年纪,什么名声,什么清议,他算是全都看透了,无非是些自欺欺人的废话!眼下顶要紧的是保住这一份已经到手的荣华富贵,千万别再让它轻易地失掉!因此,近半年来,他一直想方设法讨好昔日的对头们。在给皇帝的上疏中,他一方面竭力吹捧马士英功劳卓著,说是在以往列朝掌兵的文臣中,几乎无人能够与之相比;另一方面又以东林旧人的身份,公开出面为阮大铖洗雪,把阮大铖说成是个"慷慨恢垒奇男子",当年被打入"逆案",实属天大的冤枉。然而,尽管如此,马、阮之流却不买他的账,前些日子在大悲和尚一案中,阮大铖竟想置他于死地,这怎不令钱谦益心惊胆战,寝食难安!幸而,正当他几乎绝望的时候,忽然传出崇祯皇帝的太子朱慈烺来到南京的消息,这才使他错愕之余,又重新生出了希望。无疑,与复社的那班士子不同,钱谦益并没有把这件事的作用估计得过高。事实上,他精研历史,清楚地知道,在朝廷的大局牢牢控制在弘光皇帝和马、阮等人手中的情势下,即使太子到来,也已经无法加以改变。他只是试图利用马、阮二人被眼前的事态弄得有点紧张的机会,来达到软化对方的目的。他的估计的确没有错,两天前,当他派人到石巢园去送上柬帖,正式邀请阮大铖到他家来做客时,对方果然一改旧态,欣然应允。这使钱谦益兴奋之余,不由得颇为得意:"哼,任你奸狡骄横,还是逃不出我钱某的算度之中!"

现在,一切都张罗停当,只等客人明天上午前来赴宴。但是,由于临时又出了一个意外的情况,使钱谦益颇费踌躇,不得已,只好离开书斋,走过上房去,找柳如是商量。

钱谦益到了上房,却发现柳如是不在。小丫环禀告说:太太同卞姑娘赏花去了。于是钱谦益便不停留,又匆匆赶到后花园去。

礼部衙门的这个后花园,本来就种着两种花,一种是梅花,一种是樱桃花。自从他们搬进来之后,柳如是虽然添种了一些其他品种,但到底改变不了原来的格局。去年大旱,柳如是生怕那些花给枯死了,特别指定专人每天挑水浇灌,才都活了下来。钱谦益走进园门,径直向右走,转过一道复廊,就看见那片靠墙的小土坡上,迎春怒放的樱桃花有似屯云堆雪一般,从一丈多高的树顶上纷披下来,几乎把地面都盖住了。而且不止一株,因此那气势更加烂漫壮观。不过,钱谦益却无心赏花,发现眼前不见侍妾和女客的踪影,他就纳闷起来,迟迟疑疑地走近前去。

原来,柳如是和卞赛赛都走进如同雪屋一般的花丛里去了。直到钱谦益分开花枝,才看见她们正坐在树下的石凳上,起劲地说着什么。发现丈夫走进来,柳如是点着头,冷笑说:

"正好,这可是来了个父母官了。我们且向他讨个明白!"

"噢,夫人又怎么啦?要问下官什么?"看见柳如是神色不对,钱谦益照例赔了小心。

"怎么?干干净净的一个小女孩儿,前日还会走会笑的,硬是给召进里面去,昨天一早却叫人去收尸,这是什么道理?"

"哎,你说什么呀,下官没听懂呢!"钱谦益疑惑地侧着耳朵。

"还不懂?下边黏糊糊的全是血,硬是给糟践死的!那女孩儿才十三岁不到,你说可怜不可怜?"

"可是,可是夫人到底是说谁呀?"

"除了老神仙,还能有谁!"

钱谦益不说话了。因为"老神仙",就是南京市井最近流传开来的、对弘光皇帝的"隐称"。事实上,有关这位皇帝荒淫失德的传言,近几个月来正变得越来越多。除了说他在宫中只管饮酒看戏,不问政事之外,还说他迷恋男女二色,宠信苏州医生郑三山,命内官四出搜购蟾酥,以合媚药,使城中的蛤蟆价钱为之暴涨。宫中还有一个名叫张执中的小太监,据说便是皇帝的男宠。此人极其倨傲,马士英有事求见他,能获得赐茶一杯,便觉十分荣耀。如此等等,也不知是真是假。至于淫死童女的事,钱谦益倒是头一回听说,于是,便用半告诫半打听的口吻说:

"嗯,这种事可不能乱传!你是听谁说的?"

"那女孩儿就是赛赛家的怜怜,还能是假的不成?"

钱谦益不由得望了望卞赛赛,这才发现,那位秦淮名妓的眼睛红红的,神色颇为悲伤。于是,他只好宽解地说:

"纵然真有此事,大抵也是偶然误伤……"

"哼,才不是呢!"柳如是立即打断他,"听赛赛说,元旦那天,旧院已经抬回来两个,那死法也是一模一样。昨儿教坊司又来要人。如此看来,倒像是没个了局了!"也许是由于心情激动,她的一双眼睛在花树的阴影里显得闪闪发光。

钱谦益没有吭声,心想:女人到底是女人,一点子小事就大惊小怪地唠叨个没完。其实,如今天下大乱,被杀死、饿死、吃掉的人又何止千万!区区几个小女孩儿,又算得了什么?何况,她们还是因供奉皇上而死,做臣子的就更加不该说三道四。不过,眼下他另外有事,不想同她们多作纠缠,便望着柳如是说:

"嗯,你们赏完花了么?我有一件事要与你商量,就回去吧!"

卞赛赛在旁边一听,立即站起来,告辞说:"时辰不早了,奴该家去了。这就别过,改日再来陪姐夫、姐姐叙谈!"

说完,她行了一个礼,转身就走。待到柳如是赶到花丛外,大声招呼她留下来,吃过饭再去时,卞赛赛已经转过复墙。她那一角月白裙裾在墙脚下最后闪动了一下,就消失不见了。

"好教夫人得知,阮圆海已经答允明日前来赴宴了!"等柳如是重新走回来,钱谦益迎着她,不无得意地说。

"噢,是么?"柳如是似乎有点意外,随即又撇撇嘴:"妾早就说了,那胡子拿班做势,无非想我们给他一点面子。这不,一张柬帖送去,他便乐颠颠地来了!"

"哎,这也不容易。为夫前些日子也请过几次,他总是推三阻四的不领情!"

柳如是横了丈夫一眼:"这个,相公可没对我说过!"

"这……也只是口头相请,既然他不肯,也就无须对夫人说了吧!"

"幸亏不说!要说了,今儿这份帖子没准儿我还不让发呢!"

"噢,怎么?"

"怎么?他再大不了,也就是个兵部尚书。难道相公的官儿就比他低了?请他,是给他面子。他不来,我还不请呢!凭什么三番四次求他!"

"话不是这等说。我不是告诉你了?如今的朝局不比往常,他靠着马瑶草撑腰,加上那一帮子死党至交,在朝中作威作福,专以排击正人为务,如果不同他拉扯着点,万一……"

"哼,我瞧相公别的都好,就是做人欠点脊梁!那些人,你越兜搭他,他就越以为你当真怕了他,十二片篷扯足!你不理他,他反要来巴结你!这种事,我还不知道?"

看见侍妾越说越上劲,钱谦益只好不做声了。现在,他心里颇为后悔,不该一开始就撩起侍妾这股子傲气。事实上,在乡间困守那阵子,柳如是倒是颇知进退,甚至还能委曲求全。可是自从跟随自己到南京来上任之后,这半年来,她变得越来越骄横自负,目空一切,一点子气也受不了,还逼着钱谦益也同她一样。当然,这也难怪,柳如是在苦熬苦挣了许多年之后,好不容易才有了扬眉吐气的机会,难免会得意忘形一点儿,可是——

"哎,下官还有一事要与夫人商量呢!"当发现已经难以再拐弯儿之后,钱谦益只好干脆直说了。

"……"

"为夫在帖子里约定阮圆海明日前来。谁知十分不巧,适才接得司礼监的会文,知照我明日赴宫中去选淑女,生怕回来迟了,让他久等,却是不宜。虽有云美、子长陪着,毕竟二人面子薄了些儿。故此想烦夫人代我招呼一阵子,如何?"

"代相公招呼他?让我?凭什么?"柳如是竖起了眉毛。

"这……本来也不敢劳动夫人,只因日前为夫与阮圆海闲谈时,他曾夸赞夫人是当今巾帼才人,闺中名士,言下甚是仰慕,所以……"由于看见柳如是的眉毛越竖越高,眼睛越瞪越圆,钱谦益心虚起来,没敢接着往下说。

谁知,柳如是却"嘿嘿"地笑了。"相公敢是疯了不成?"她说,"妾如今可是相公的妻室,堂堂尚书夫人。莫非外人夸了几句,相公就打算让妾抛头露面不成?"

钱谦益起初生怕侍妾大发脾气,如今见她脸色颇为缓和,倒有点出乎意料。他忽然灵机一动,干脆撒起谎来:"若是别人夸奖夫人,为夫也不敢贸然相托。只是这阮圆海名声虽则不佳,实在也算得一代才人。夫人想必也读过他写的那几本戏——《牟尼合》、《双金榜》,还有《燕子笺》,在江南可谓一时纸贵,处处争演。他平日也自负得紧。没想到,连他也如此推许夫人,说曾读过夫人的几首诗,端的是骨秀神清,虽李义山亦不遑多让!还说本朝能诗的闺阁也有几个,却要推夫人第一!没想到那胡子,竟是夫人的诗文知己哩!"

这一次,柳如是却没有做声。她慢慢地走开去,随手折了一小枝樱桃花,放在鼻子下边嗅着,又斜睨着丈夫,说:"只怕相公如此热心,说到底,还是指望妾替你笼络住他,好教头上这顶乌纱戴得牢点儿吧?"

"这……自然……不过……"钱谦益不由得支吾起来。

柳如是"哼"的一声,把手中的花枝一抛,沉下脸说:"相公若以为凭着这一篇鬼话,就能哄得我出去陪他,也未免把本夫人看得太好耍了!告诉你,不成!"

四

由于柳如是拒绝出面作陪,钱谦益只好把代他接待客人的差事,交给了顾苓和孙永祚两个学生。但这么一来,却把他害苦了。因为他生怕自己没有在家恭候,会引起恣睢暴戾的阮大铖不满,以为自己有意怠慢。所以,在上东华门去会选淑女的半天中,他一直提心吊胆,神思不属。虽然那些用装饰着红绸和金彩的轿子载来的、早已等候在厢房里的淑女们,一个一个地被唤到堂上来,他眼前却始终模模糊糊的,集中不起精神去看。在评议期间,他也任凭田成和李永芳两个太监去决定,自己极少发表意见,以图尽量缩短会选的时间。谁知那两个太监偏偏十分挑剔,本来已经选中了一位姓黄的富家女子,却临时又旁生枝节,指名要一位姓马的中书舍人把女儿送来看看,说是久闻那女孩儿色艺双绝,这次竟不送来候选,实在太不应该。结果,送来之后,发现那女孩儿歪着脖颈,一副萎靡不振的样子,就像一只断了尾巴的牺鸡。两个太监没有办法,只得当场退回。不过,这么往来一折腾,当钱谦益急急赶回府邸时,天已近午,阮大铖那副轿马仪仗,早就停歇在大门外的墙阴下了。

"糟糕,今日我实在耽搁得太久,他一定等得不耐烦了!"当向门公问清客人来了已经足有半个时辰,钱谦益心中愈加着忙,"哎,要是他翻起脸来,可怎么好,怎么好?"他气急败坏地想,眼前仿佛出现了阮大铖那张怒火中烧的脸,扫帚眉下的一双眼睛正凶光四射,堆在又圆又大的肚子上的那部大胡子,也因呼吸急促而起伏不停。"只是,他为何没有拂袖而去?莫非决心等我回来,好当面给我一顿难堪?哎,要是这样,我惟有再三赔礼认错,请他息怒宽恕而已!"

就这样,他心急火燎地往里走,一直来到了正堂。当他抬起微微发软的腿,踏上台阶的时候,忽然听见里面传出了洪亮的笑声。接着,阮大铖大声大气地说:

"妙,妙!真是妙极了!哈哈哈哈!"

钱谦益不由得一怔,下意识地放慢了脚步,先微微低了头,从被丫环微微掀开的帘缝当中往里觑了一眼。这下子,他的惊讶更甚——原来,在厅里陪客的,除了顾苓和孙永祚之外,还有他的那位河东君夫人柳如是,这会儿她竟然一派盛装打扮,仪态雍容地端坐在右首一张紫檀扶手椅上!大约正因为有她出面作陪,所以阮大铖才不但没有因主人的迟归而发火,反而笑得颇为开心。

"谢天谢地,她到底回心转意了!这一下可是救了我的命!"心中感到一宽的钱谦益,不由得长长吐了一口气,百忙中举起袖子擦一擦额上的汗,这才一步跨进了门槛。

"哦,相公回来了!"显然一直在留心着门外动静的柳如是含笑说,随即伸出一只手,由红情搀扶着,盈盈地站了起来。

阮大铖的反应却分明慢了一点。有片刻工夫,他的一双乌溜溜的眼珠子还在女主人身上疑惑地逗留着,然后,才蓦地转过脸来。

"啊哈,牧老!"他略带匆忙地站起来,同时出乎意料地展开了讨好的笑脸,"贵衙的公事这么快就完了么?可选出来了不曾?"

"不完弟也得来啊!圆老今日辱临寒舍,这可比什么都要紧!只是毕竟归迟,未及恭候,殊为失礼。还望圆老恕罪!"钱谦益一边同对方行着礼,一边表示歉意。

"哦哦,哪里哪里!弟也是刚来,蒙嫂夫人不以鄙吝见外,披帷出款,实令弟受宠若惊呢!"阮大铖显得颇为兴奋,与钱谦益以往见他时那副倨傲冷淡的神态相比,简直判若两人。

钱谦益不由得望了望站在一旁的柳如是,心想:"不知她怎么又改了主意?又不知她用了什么法儿,竟把这个魔头摆布得如此驯服?"不过这么一来,他也就完全放下了心,于是先把客人让到椅子上坐下,然后为着不让气氛冷下去,便照例马上同对方交谈起来。起初,无非是些较为轻松的寒暄。钱谦益自然小心地避开往事,只挑眼前的一些时闻来说,像紫禁城里的翻新改建已经进入尾声,估计再有十天八天,就会完成。听说为这事皇上很高兴,大约到时会照例给臣下们叙功加恩。又谈到这次朝廷颁旨各衙门改铸新印,去掉原有的"南京"二字,这就更加名正言顺了。想不到礼部右侍郎管绍宁丢失了官印,反而促成了这么一件事。随后又谈到本月十九日是崇祯皇帝殉国一周年的忌辰,皇上最近已经降旨下来,命百官届时于太平门外设坛遥祭。如此等等……直到柳如是的声音在旁边响起,他们才停了下来。

"酒席已备办停当,请二位大人这就过西厅入席,如何?"

钱、阮二人当然没有异议,于是一齐起身,顾苓和孙永祚在后面跟着,走过西厅去。

西厅里,已经摆开了五张长方形的食案,四周的墙边照例陈设着古玩、瓶花和字画。因为今天是阮大铖头一次屈尊驾临,钱谦益有意在礼仪上安排得隆重一些,一应碗盏都先不上桌,席位上也暂不设椅子。直到客人和主人都走进屋子之后,一名衣衫整洁的丫环才奉上来一个托盘,上面放着一只雕花金碗和一壶酒。钱谦益先将酒在金碗里斟满,双手捧着,向阮大铖深深鞠了一躬,然后走到院子里,朝着南方弯下腰去,把酒恭恭敬敬地酹在地上。回到屋子里之后,他又亲自在托盘里换上另一只碗,向客人再次鞠躬,然后两人一起走向正当中那一张食案前。钱谦益从仆人端来的托盘里,把那只碗连同一只衬碟、一双筷子双手捧起,小心翼翼地为客人摆到桌子上。当他做着这一切的时候,另一个仆人已经端来一把椅子,在旁边等着。钱谦益于是用手轻轻扶着,把它引到食案后摆好,然后又象征性地用袖子掸一掸上面的灰尘。这才走回屋子当中,再次向客人行礼,并请对方入座。

　　看见钱谦益如此郑重其事,阮大铖也就不好过于随便。所以,等钱谦益替以名流身份作陪的顾苓和孙永祚安了席之后,他也走下来,从仆人的托盘里拿起酒杯,放到背向厅门的那两张并排的食案上,以同样的方式,替钱谦益和柳如是摆好了碗筷和椅子,然后又拱着手,照例同大家谦让着,这才回到主位上坐了下来。接着,两位陪客和钱谦益夫妇也陆续就了座。在这种繁琐的"送酒定席"仪式严肃地进行着的当儿,大家彼此很少交谈,只听见碗盏碰击的轻微声响。先前在正堂上交谈时那种愉快融洽的气氛,无形中就被打断了。待到仆人们把菜肴端上来,主客间敬让着饮过第一杯酒之后,彼此反而像是又生出了许多隔阂似的,虽然钱谦益一再地变换话题,阮大铖都只管哼哼哈哈,爱理不理,席面上因此一直快活不起来。

　　面对这种场面,钱谦益不由得暗暗着急。因为这一次他煞费苦心地把阮大铖请来赴宴,目的就在于消除旧嫌,并且建立起新的、至少是比较融洽的友好关系。今天的机会可谓不可多得,稍纵即逝。为了尽快扭转席上的沉闷气氛,他只好频频把目光投向坐在西首的顾苓,希望这位善于辞令的学生能助上一臂之力。

然而,顾苓似乎也有点束手无策。只是迫于老师一再示意,他才举起酒杯,迟迟疑疑地对客人说:

"闻得月前圆老奉旨出巡江上,多所展布建树。朝野交传,无不额手称庆。尤其是圆老那篇陛辞之疏,端的慷慨淋漓,读之令人气旺!"

自从阮大铖出任兵部添注右侍郎以后,弘光皇帝便把监督沿江防务的重任交给他,并授予他事无巨细均许纠弹的大权。结果,听说他在巡视期间,一切军事都不过问,专干结党营私、敲诈勒索的勾当。凡有想求他免予弹劾的,或是想求他举荐得用的,一律都得送礼。还传说仓场侍郎贺世俦辞职归家途中,竟被他暗中派人在长江里拦截,把财物搜劫一空。这些情形,南京城中早已传得沸沸扬扬,阮大铖想必也有所闻。眼下顾苓当面提起对方巡江的事,钱谦益反而紧张起来,生怕阮大铖误认为是暗含讥刺。

果然,阮大铖的脸色一下子阴沉下来。他盯住顾苓,阴恻恻地问:

"噢,那份陛辞之疏么?弟倒记不真切了,不知云美兄以为哪几句最好?"

"通篇皆好!"顾苓立即竖起大拇指说,"不过晚生最记得的,却是'臣白发渐生,丹心未死,一饭之德,少不负人。况君父有再造之恩,踵顶难酬之遇,倘犬马不伸其报,即豺狼岂食其余!此臣受命之秋,即以"鞠躬尽瘁,死而后已"八字,与二三同志共济之臣交勉,而矢之天日者也'!只此数语,便可抵一篇《出师表》,足与诸葛武侯并存不朽了!"

在阮大铖提出反询的当初,显然也心存猜疑。不料顾苓竟一字不漏地把原文背诵了出来,倒出乎阮大铖的意料。只见他那对黑眼珠子转动了一下,终于摆摆手,傲然说:"诸葛武侯固是一代名臣,惟是有才无命,驱驰一生,三分天下只有其一,终未能一伸复兴汉室之志。方之今日,只怕又终逊一筹了!"

"哎,晚生还拜读过圆老论'恢复'、'防江'那二疏,也是极出色的文字哩!"大约看见顾苓带了头,孙永祚也冒冒失失地接口说。然而,他却没想到,那两份疏奏,是阮大铖为去年六月初八奉旨冠带陛见而准备的。刚一发表,就招来东林方面连篇累牍的猛烈攻击,现在前事重提,显然又触动了阮大铖的旧疮疤,以致他那张刚刚有了点笑影的脸,顿时又沉了下来。

五

客人阴晴不定的脸色,使钱谦益愈加着急,他正打算把话题引开,忽然听见柳如是在旁边笑着说:

"哎,二位兄台一个劲儿争着夸圆老的文章,殊不知圆老的文章早已有口皆碑。倒是圆老的《燕子笺》,那才更是好得不得了。不过若论尽善尽美,则似乎尚有可斟酌之处呢!"

《燕子笺》乃是阮大铖平生最得意的一个戏本。如果说,对于先前所说的那些奏疏,阮大铖无疑也颇为自负的话,那么《燕子笺》却是他自以为足以睥睨今古的一大杰作,是他的命根子。现在柳如是竟指摘它尚未尽善尽美,这简直无异于公然去捋对方的"虎须"!所以钱谦益和顾、孙二人听了,都不由得大吃一惊,阮大铖也陡然变了脸色。

"噢,原来嫂夫人意欲有以匡谬,倒要请教!"经过了半晌难堪的沉默,他终于哑着嗓子说。

"不敢!"柳如是举起酒杯,微笑始终没有从她的嘴角消失,"请圆老满饮此杯,晚生再略陈浅见,如何?"

作为一名妾妇竟然对客人自称"晚生",这使钱谦益又是一怔。不过,随后他就想到,柳如是素来就以须眉自视,当年初到常熟来求见自己,就曾装扮成方巾儒服的文士。现在她故技重演,显然是试图出奇制胜。不过,以阮大铖的骄横阴鸷,是否会赏识这一套?如果弄巧反拙,后果可能会更糟。然而,情势却不容他多想,阮大铖已经开口了。

"哦,这倒不急。待兄台赐教之后,再共浮此大白不迟!"他说。听口气,倒像是多少缓和了下来,况且,反过来称柳如是为"兄台",也似乎承认了彼此平等论文的地位。不过,他坚持把饮酒放在听完意见之后,又显然暗藏着反击的机锋。

"好!"柳如是爽快地放下酒杯,"那么晚生就大胆直陈,如有失敬不当之处,还望圆老海涵。晚生因深爱圆老的《燕子笺》,熟读之余,曾逐字逐句反复咀嚼吟咏,直觉如品琼醪,如餐瑶屑,余香满口。虽欲改易一句,竟也为难。惟是《写笺》一出,写那郦小姐因裱画人偶然差错,得睹霍生所绘云娘小像,情难自禁,题下《醉桃源》一词。其中数字,晚生以为尚欠工稳。"

"噢?"

"譬如首二句:'风吹雨过百花残,香闺春梦寒。'虽然雅丽有致,终觉平熟了些,不如改作'没来由巧事相关',更能紧扣当前;'香闺'二字,亦不妨改作'琐窗'较胜。又如第四句'丹青放眼看','放眼'二字,与闺中观画之情状未谐,不若改作'误认',更能道出颠倒之情。换头二句:'扬翠袖,伴红衫',略嫌太露,不似大家小姐口吻,若易作'绿云鬟,茜红衫',便有含而不露之致。晚生妄意如此,不知圆老以为如何?"

柳如是说完了,西厅里一片寂静。钱谦益——自然还有顾苓和孙永祚,都紧张地注视着屏风前那张食案;而坐在食案后面的阮大铖则紧皱着扫帚眉,右手搁在胸前,慢慢地揉搓着那部有名的大

胡子,一言不发。紧张不安的场面持续了好一阵,阮大铖忽然偏过脸,斜睨着柳如是,问:

"嗯,请兄台再说一遍!"

柳如是毫不犹豫地把刚才的见解又复述了一遍。

阮大铖仰起脸,用手指在食案上轻轻敲击着,按照柳如是修改后的字句,自言自语吟哦起来:

> 没来由巧事相关,琐窗春梦寒。
> 起来无力倚栏杆,丹青误认看。
> 绿云鬟,茜红衫,莺娇蝶也憨。
> 几时相会在巫山,庞儿画一般。

这么反复地吟哦了几遍之后,他那两道扫帚眉渐渐松开了。一抹若有所悟的光亮,使他的脸变得开朗起来。终于,他把食案一拍,兴奋地大声说:

"好,改得好,改得好!哈哈哈哈!"

一边说,他一边就站起来,交拱着双手,朝柳如是深深一揖:"柳兄真乃学生一字之师,承教了!"然后,他也不待柳如是起身答礼,便回头吩咐侍候在身边的仆童:"快去,把礼物拿来!"

那仆童答应着,匆匆走了出去,片刻之后,把一个红缎包袱小心翼翼地提了进来。这当儿,两名丫环早就把一张小方桌摆到屋子当中,阮家的那个仆童先把包袱放到方桌上,等主人挥手示意,他就动手把它解开。周围的人——自然也包括钱谦益在内,全都好奇地注视着,直到那块覆盖在上面的红绸给揭掉,露出了礼物,大家才情不自禁地"啊"的一声,呆住了。

出现在眼前的,竟是一顶金光灿烂的珠冠!

这是一顶极其漂亮的珠冠——帽胎用金丝编就,衬着皂色薄纱。表面用金箔和翡翠镶嵌成牡丹花和云朵的形状,冠上栖息着四只珍珠缀就的翟鸟,各朝不同的方向引颈展翅,作势欲飞。周围衬托着八朵金宝钿花,另外还插着两根翟头钗,每根钗的翟嘴中都衔着一串长可及肩的珠花。下面则分左右垂着四片舌形的"博鬓"。一眼望去,确实是堂皇华贵,气派非凡。以钱谦益的内行眼光判断,少说也值一千两银子。显然,就凭这件礼物,已经足以证明客人今天前来,确实怀有修好的诚意。所以,他满胸的疑云顿时消散了,兴奋得简直有点不知所措。以至在柳如是再三表示推辞的当儿,他始终处于恍恍惚惚的状态。直到阮大铖断然把手一挥,坚持要女主人收下,并且转过身,向座位走去时,钱谦益才蓦地清醒过来。

"哎,圆老如此厚意,夫人应当奉酒致谢才是!"他慌慌张张地说。

柳如是似乎有点迟疑。但望了丈夫一眼之后,她就坦然地走上前去,从仆人手中接过酒壶,把阮大铖的酒杯斟满,双手擎起来,笑眯眯地说:

"承蒙圆老厚赐,晚生实在受之有愧。谨敬奉此杯,恭祝圆老福寿无量!"

"呵,呵,不敢当,不敢当!"阮大铖忙不迭起身,双手接过酒,仰起脖子,一饮而尽,随即哈哈大笑起来。

经过这一番曲折,席面上的气氛,明显地变得活跃而且融洽。钱谦益也怀着前所未有的轻松心情,同客人快活地交谈起来。虽然无非照例是些官场升降、诗文得失这类的话头,但在钱谦益的感觉中,却愈来愈惊喜地发现,阮大铖对自己正变得颇为亲热,似乎不再有什么拘束和隔阂。这样谈了一会儿,阮大铖忽然把话题一转,说:

"牧老,谈了半日,弟倒忘却告知兄,那杭州来的太子,其实是假冒的!"

"啊,圆老是说,那太子是、是……"正举着酒杯往嘴边送的钱谦益吃了一惊,连忙停住,结结巴巴地问。

"哼,是假的!现经查实,原来是已故驸马王昺的侄孙,名唤王之明,家破南奔,途中碰见高梦箕的家丁穆虎,教他诈称太子。因他当年曾侍卫东宫,所以识得大内路径,又因见过方拱乾给太子讲经,故此一见即能呼其名。可笑卢九德、方拱乾不辨真伪,遽尔下拜。我辈几乎被他骗了!"

"可是……"

"其实,"阮大铖做了一个断然的手势,"此事可疑之处本来甚多——既为东宫,得脱虎口,何以不向官府自明身份,而远走绍兴,隐匿至今?此其一;太子为人端庄凝重,此人机变百出,此其二;公主现在周皇亲之家,他却说已死,此其三;另外,前时左懋第来书,曾言及北都亦有伪太子事。可见太子纵不见害于贼,亦已见害于清,怎会时至今日,又冒出个太子来!"

看见阮大铖强横专断的样子,钱谦益只好不做声了。事实上,虽然太子是真是假,目前还难以确认,但是北京失陷至今,不过一年,好些当年曾在宫禁中侍奉过太子的讲官和太监都还活着,而且逃回了南京。纵然有人试图假冒,又谈何容易?何况自三月初一以来,百官已经奉弘光皇帝之旨,在午门外会审过两次,那些曾见过太子的人当中,断言不是的自然也有,但认为是真的,或者保持沉默的却并不在少数。在这种情况下,就急急忙忙指为假冒,无论如何也是过分轻率。虽然从一开始,钱谦益就预料到这件事前景莫测,但阮大铖及其同伙竟迫不及待地企图把当事人置于死地,而毫不顾及万一真的是太子,那将是怎样伤天害理!钱谦益暗中愤愤不平,但仍勉强忍住,没有公开表示异议。

谁知,阮大铖接下来的话,更使他瞠目结舌。

"太子之为假冒,已是不争之实!如今要严究者,是校尉搜穆虎之身时,得高梦箕之侄高成家书,内有'二月三日往闽、楚'等语,显见此事与郑芝龙、左良玉有关涉。另外,又侦知高梦箕曾为史道邻搜购硝石、硫磺,则老史恐亦难脱干系。牧老蒙今上再造之隆恩,身膺大宗伯之厚寄,于此不可不察,还应奋袂而前,痛加纠击才是!"

这番话的意思很明白,就是要求钱谦益在太子一案中,不仅必须旗帜鲜明地站在他们那一边,而且还要充当马前卒,对史可法、左良玉、郑芝龙等人下毒手!直到这当口上,钱谦益才有点如梦初醒:原来,这才是阮大铖今天肯降贵纡尊光临这里的目的,也是刚才自己喜气洋洋地接受了那顶珠冠之后,所必须付出的代价!一种从来没有过的、仿佛整个灵魂都要被人攫去的感觉,一下子扼住了钱谦益。他只感到脊背寒气直冒,喉头又干又涩,身不由己地往后退去,结果只是给椅靠上那凹凸不平的雕饰,把身子硌得生疼。他本能地离开椅靠,却又碰上了迎面而来的两道利剑似的凶猛目光。

"嗯,牧老莫非有些为难么?"阮大铖咄咄逼人地问。

"哦,非也!"钱谦益连忙否认。随即,他低下头去,一方面是为着掩饰内心的惶窘,一方面是试图寻到一种既能把眼前的场面敷衍过去,又能避免明确承当责任的答辞。然而,却找不到。于是,他只能一个劲儿地说着:"非也,非也……"

幸而,就在这时,厅堂内忽然响起了脚步声。钱谦益微一抬头,发现阮大铖的那个仆童,正匆匆走进来,一直走到阮大铖身边,向主人附耳低言了几句。阮大铖忽然着忙起来,立即站起身,朝钱谦益拱一拱手,说:

"十分不巧,弟因有要事,即刻便要告退,适才所谈之事,改日再领教!"

说完,也不待主人回答,就匆匆往外走去。待钱谦益赶忙跟上去送客时,阮大铖已经跨出门槛,把肥胖的影子,投在被西斜的阳光所照亮的石子路上了……

"哎,今日多亏了夫人,才把那个凶凶霸霸的胡子给降住了。要不,这一席酒,还不知怎生喝下来呢!"

当钱谦益终于送走了客人,怀着好歹松了一口气的心情,重新走回来的时候,发现柳如是还若有所思地站在西厅前的院子里,他便凑上前去,讨好地感谢说。

柳如是慢慢旋过脸来,望了他一眼,淡淡地说:"今儿个,也多亏了相公,才让妾亲眼瞧见,相公带挈妾当的这个尚书夫人,到底是多么光彩的一回事!"

说完,她蓦地转过身,头也不回地向内宅走去,把钱谦益弄得一派茫然,目瞪口呆地怔在院子里。

六

阮大铖之所以不等散席就匆匆辞出,是因为得到报告:在兵部衙门的柱子上,被人贴出了一副"恶毒"地辱骂他的对联。手下的官员不敢随便撕毁,眼下只是将对联临时封住,等候他回去处置。阮大铖一听,当真是又吃惊又光火,因为他万万没想到,在他已经跻身高位、权倾朝野的今天,竟然还有人敢如此大胆,公然来捋他的"虎须"! 不过,他随即就想到,这种事不迟不早,出现在他正打算深究穷追假太子案的当口,分明是那些隐藏的同案者不甘束手待毙,试图挑起更大的事端,把局面搅乱。"哼,凭着这点子舞文弄墨的屁大本事,以为就能把我老阮吓倒,真是白日做梦!"他冷笑地想。话虽是这么说,心中到底有点不踏实,自然也不便向钱谦益当面说明,于是他只得中断宴饮,赶回去看个究竟。

现在,他已经来到兵部衙门。阮大铖一下轿子,就直奔大门。果然,在靠西边的两根立柱上,并排糊着两张长条形的红纸,从一丈多高的地方,一直封到柱础。几名神色紧张的衙役,正如临大敌地守在旁边,红纸底下,大约就是那副可恶的对联了。

"嗯,上面写的什么?"阮大铖一边走向柱子,一边气哼哼地问。

闻声赶出来的门官畏缩了一下:"卑职不、不敢说。"

"揭开来!"

"是!"

门官答应着,三步并作两步,走上前去,指挥衙役,把外面那层红纸揭下来。这一下,阮大铖看清了,原来是一副白纸对联,上面用浓墨赫然写着两行斗大的字:

　　闯贼无门,匹马横行天下
　　元凶有耳,一兀直犯神京

当联语映入眼中的最初一刻,阮大铖还感到有点迷惑,因为从字面看,上联似乎是骂的"流寇"——闯王李自成,下联则是以南宋时金国元帅兀术领兵南侵,来比喻清兵的南下,与阮大铖本人并无关涉。不过,再一琢磨,他就醒悟了:这其实是一副拆字联——"闯贼无门",剩下便是个"马"字;"元凶有耳",则分明是一个"阮"字。锋芒所指,正是马士英和他阮大铖!本来,在看到联语之前,阮大铖还能保持镇定,然而此刻,却像给人狠狠唾了一口唾沫似的,心中那股无名怒火,扑腾腾地直蹿上来,把他的脑子冲得轰轰作响,并且从眼耳口鼻一齐往外冒。

"啊,撕掉,马上给我撕掉!"他挥舞起两只拳头,可怕地咆哮起来。

在旁边提心吊胆地伺候着的门官浑身一抖,连忙答应一声,同衙役们一道,七手八脚地用刀削,用枪撩,转眼之间,就把那副对联撕个粉碎精光。

"你们一个个全是饭桶!"阮大铖怒气不息,恶狠狠地环顾着垂手待命的衙役们,破口大骂,"都该捆起来送到应天府去打三百板子!"

然而,骂归骂,当想到对头们竟有本事在光天化日之下,把如此显眼的一副对子贴到自己的大门上而不被发觉,他心里又不禁有点发毛。"嗯,万一他们要来取我的脑袋,岂非也一样容易?"这么一想,阮大铖的骂声顿时低了下去。他不由自主地向四周的屋顶、檐下打量,恐怕那个作案的歹徒还没有离去,正躲在暗处伺机行刺。

"大老爷……"一个畏怯的声音在身旁响起。阮大铖猛一回头,发现门官已经走回来,正现出欲言又止的样子。

阮大铖没有答腔,但也没有走开。看见这种样子,门官赶紧禀告说:

"马、马阁老的家人刚来,说有事求、求见老爷。"

"嗯,人呢?"这一下子,阮大铖倒认了真。

"小人叩见老爷,我家老爷请阮老爷即刻过去。"一个伶俐的嗓门在身后答应说。

阮大铖旋过身去,这才发现马士英的亲随马六儿就站在身后。

"哦,"阮大铖点点头,随即又问,"你可知道,让我过去有何事体?"

马六儿望了门官一眼,摇摇头。等阮大铖挥退后者,他才压低声音说:"好教老爷知道,我家的大门也给人贴了一副对子哩!"

"噢?上面写的什么?"吃了一惊的阮大铖连忙追问。

"这——小人可不敢说!"

"但说无妨!"

马六儿毕竟是主人的贴身家奴,胆子也大一些。他迟疑了一下,说:"那么,老爷听了可别生气——那对子写的是:两朝丞相,此牛彼马,同为畜道;二党元魁,出刘入阮,岂是仙踪。"

阮大铖眨眨眼睛。上联中的这个"牛",分明是指的李自成大顺朝的丞相牛金星;而下联的这个"刘",则是指东林党领袖、去年十月被马士英排斥出朝廷的都察院左都御史刘宗周。不过,那副对联公然把马士英骂做"畜牲",可是比自己门上这一副更加凶恶狠辣。"噢,原来马瑶草并不比我便宜,也给结结实实地'孝敬'了一副!"阮大铖这么一想,反而镇定了:"好嘛,前些日子我就说要借大悲那秃驴的案子,来个一网打尽。偏生马老头儿推三阻四地不答应,如今人家可是把口痰唾到脸上来了,看你还能装什么笑面菩萨!"由于想到出了眼下这种事,倒可以成为实行大规模报复的有力借口,阮大铖不禁拈着大胡子,打心里"嘿嘿"地发出狞笑。他朝马六儿一挥手,说:

"好,这就上你家老爷府上去!"

从兵部衙门到西华门并不远,小半天之后,阮大铖已经来到蹲着两只石狮子的马士英府邸前。他发现大门外的立柱旁,几个仆人还提着水桶,举着竹帚,在忙着洗刷那副对子留下的痕迹。阮大铖也不理会,由马六儿引路,穿廊过户地径直往西偏院走去。

自从得知太子要来南京之后,马士英便谎称有病,向皇帝告了假,一直躲在家中"休养"。这也是他同阮大铖等一伙心腹密商之后,所采取的一种应付策略。因为他们估计"太子"一到,朝廷照例必须审查其身份的真伪,马士英作为首辅,到时就免不了会被指定主持这件工作。虽然出于切身利害的打算,他们一伙早就心照不宣地达成默契:绝不容许在这个时候再冒出个什么"太子",来危及乃至改变目前朝廷的已成格局。不过,事态的发展有时又不是他们绝对控制得了的。万一真太子的身份被最终证实,那么作为会审主持人的马士英,就会因持否定态度而陷于被动,闹不好还会受到追究,乃至塌台。因此,为保险计,马士英决定自称有病,退居幕后,把主持审查的差事推给次辅王铎;而由阮大铖同已经升任都察院左都御史的李沾、御史张孙振三个死党从中把持,将审理的动向随时向他密报。这么办能证明太子是假的固然最好,万一失败,马士英也没有责任。而只要保住马士英,朝廷就依旧是他们的天下。从目前的情形看,事态的发展对他们是颇为有利的。虽然存在着不少互相矛盾的疑点,还不能确认太子是假冒,但至少也证明不了是真的。只要做到这一点,对他们来说,也就够了。按照阮大铖的计划,下一步就该追出有牵连的幕后人物。如今,又发生了对联的事件,正好全都煮到一锅里去!所以,当阮大铖兴冲冲地登上马士英的藏书楼,跨进起居室里,发现里面除了主人之外,李沾和张孙振两位也意外地在场,他的心情甚至变得更加迫不及待了。

"哎,瑶老,学生因偶有应酬,竟至来迟,尚祈恕罪!"他拱着手说,不待回答,便转身对李、张二人,随口招呼说:"二位老兄也在这里,巧极,巧极!"说着,又回过身来,急匆匆地问:

"瑶老今日见召,不知有何见教?"

在阮大铖复出受阻,郁郁不得志的那几个月里,每一次上马士英家来,他都是缩头缩脑,小心谨慎,口口声声称老朋友为"老师相",而自称"门生"。但是自从当上了兵部尚书之后,渐渐故态复萌,把态度、称呼又全部改过来不算,还有意无意地卖弄起手段。譬如几个月前,由于徐石麒自请去职,吏部尚书一时出缺,马士英本来打算起用钱谦益的门生——性情随和的张国维,但阮大铖却主张任命他的逆案旧友张捷。马士英还踌躇未决,忽然圣旨传出:张捷出任吏部尚书。使马士英大吃一惊。从那以后,虽然出于利害关系,许多事情他仍旧离不开阮大铖,但相处之际,便往往故意不那么给对方面子。现在,看见阮大铖一副风风火火的样子,马士英只摆一摆手,不冷不热地说:

"嗯,坐下谈!"

阮大铖眨眨眼睛,只好坐到椅子上,但是却有点不甘心。等仆人奉上茶来,他一边接过,一边说:"瑶老,非是弟着急,皆因目下城中之奸宄刁民,借假太子一案,欲谋不轨,甚是猖獗,竟将辱骂瑶老与小弟之语,公然榜书于府门,实在……"

"嗯,眼下先不谈那个!"马士英做了个淡然的手势,把他的半截话堵了回去,然后转向李沾和张孙振,问:"二位今日奉旨再讯假太子王之明,不知结果如何?"

自从"太子"来到南京之后,已经一共会审过三次。这第三次会审安排在大理寺内部进行,是今天上午的事。马士英大约还未了解到具体情形,所以有此一问。

"这个,学生正欲禀知老师相,"作为主审人的李沾拱着手回答说,"今日奉旨会审,三法司、锦衣卫及众御史均到堂,学生及张大人即以'闽、楚'之语穷究之。惟是王之明、高梦箕及穆虎均甚刁顽,抵死不供。穆虎且谓该家书系奉高成之命,带交其叔高梦箕,并不知书中所写何字。高梦箕则谓因穆虎甫抵京,即被执,实未见家书,故亦不解所云'闽、楚'为何意。因此只得暂且罢审,意欲待高成逮至,再行勘问。"

"李总宪今日已是把三人都动了刑——穆虎用夹棍,高梦箕用板,王之明用拶。叵奈这三个狡悍之徒俱坚不吐实。那假太子王之明更是大呼先帝。职等因堂上尚坐着许多外人,不好十分加刑,所以……"张孙振补充说。那张长着一只长鼻子和一张大嘴巴的马脸上,现出犹有余憾的神情。

"哼,二位的胆子也忒小些,若是让弟去审,莫道是他呼叫先帝,便是呼叫太祖皇帝,也休想弟会放了他!"在一旁听着的阮大铖,忍不住气哼哼地插嘴说。

"不!"马士英摇摇头,断然说。随即站起来,捋着山羊胡子,在室内走了几步,旋又站住,把脸朝着正疑惑地望着他的三个同党:"既然他们坚不肯承,那就不必再问了!"

停了停,看见同党们愕然的样子,他又补充说:"此案之所以一审再审,无非因其关乎先帝血胤之绝续、今上名位之安危,事属重大,不得不尔。如今既已勘明太子为假冒,便应及早了结。再拖下去,反会徒滋纷扰,授人以柄,着实不宜!"

听他说得如此坚决,李沾和张孙振倒还没有什么表示,阮大铖却气急起来。因为他看得很清楚,尽管马士英对东林、复社并没有什么好感,但与自己毕竟不同。马士英没有吃过自己那样多的苦头,因此复仇之心自然就不那么迫切。更何况马老头儿目前已经大权在握,富贵已极,可谓志得意满,也不希望自找麻烦。事实上,目前史可法、左良玉和驻扎在福建的总兵官郑芝龙都拥兵在外,对东林、复社之徒如果搞得太过分,难免会招致他们的反对和干预,这无疑是马士英所不愿意的。所以,阮大铖才另谋变计,试图利用马士英对太子出现的恐慌心理,说服老头儿对政敌们痛下杀手。本来,马士英也已经同意,谁知才过了几天工夫,老头儿又打起退堂鼓。这就难怪阮大铖既吃惊又着急了。

"啊,瑶老,那太子系王之明假冒,已经具供在案,朝野皆知,又何惧乎授人以柄?"他睁大了眼睛问。

马士英看了他一眼,一声不响地走向书案,拿起一叠手折,往阮大铖脸前一送:"朝野皆知?哼,你来看吧!"

阮大铖疑疑惑惑地接过,很快地翻看了一下,发现是几份上疏的抄本,其中不仅有与左良玉关系密切的川湖总督何腾蛟、江湖总督袁继咸和左良玉本人的,甚至还有江北四镇中的靖南侯黄得功、广昌伯刘良佐的奏疏,内容全是为假太子辩护的。阮大铖不由得着忙起来。他先拿起黄得功的疏文,看见上面写着:

……东宫未必假冒,不知何人逢迎,定为奸伪。先帝之子,即

> 陛下之子也。不明不白,付之刑狱,将人臣之义谓何?恐诸臣诌徇者多,抗颜者少,即明白识认,亦谁敢出头取祸乎?……

阮大铖看了,不禁又惊又气。这时,李沾和张孙振也有点坐不住,从旁边伸过头来。阮大铖便把这份疏文递给他们,再看左良玉的:

> ……东宫之来,吴三桂实有符验。满朝诸臣,但知逢君,罔识大体。前者李贼逆乱,尚锡王爵,何至一家视同仇敌?明知穷究并无别情,必欲展转株求,使皇上忘屋乌之德,臣下绝委裘之义,普天同怨。皇上独与二三奸臣保守天下,无是理也……

至于何腾蛟与袁继咸,则分析得更具体。何腾蛟在疏中说:

> 太子到南,何人奏闻?何人物色至京?马士英何以独知其伪?既是王昺之孙,何人举发?内官公侯,多北来之人,何无一人确认,而泛然自供?梦箕前后二疏,何以不发抄传?明旨愈宣,则臣下愈惑。此事关天下万世是非,不可不慎!

袁继咸则说:

> 太子居移气,养移体,必非外间儿童所能假袭。王昺原系富族,高阳未闻屠害,何事只身流转到南?既走绍兴,于朝廷有何关系,遣人踪迹召来?望陛下勿信偏词……

阮大铖越往下看,心中的怒火就越往上冒。本来,他已经坐了下去,这时又猛地跳起来,挥着拳头吼叫:

"哼,这些人远在湖广、江北,并未见到太子,便一口咬定是真,是何道理?分明是先有勾连,图谋篡位无疑!穆虎那封信,非穷究到底不可!"

李沾也表示怀疑:"假太子到京至今,不过二十日,二审距今,更只十日,何以左良玉等辈在武昌便已知闻?"

"他在京中安着坐探呢!"张孙振在旁边冷笑说,"往日京中那个讲史的柳麻子,失踪已有两三年,闻得到了武昌,做了左良玉的幕客,深得老左宠信。本月初他忽然又回到京里来,日日四出访友,出入于官员之宅。他本有名声,又是从左营来,人人都奉承他。审假太子的消息,必定是这麻子派人报给武昌的!依学生之见,说不定穆虎投书之事,便与他有牵连。若要穷究,竟该连他一并拿了,必得其实!"

马士英"哼"了一声:"穷究自然不难。惟是他便真个供出,又如何?莫非诸公敢上武昌去,把左良玉捉拿归案不成?若不敢去,便是有法不行,岂非自暴朝廷懦弱无能?"

马士英这种分析,确实是说中了关键。左良玉一向拥兵自重,不把朝廷的号令放在眼里。即便是严刻刚暴的崇祯皇帝,生前对他也不得不加以容忍,眼下就更别说了。所以,其余三个人听了,一时都哑口无言。

"那么,你堂堂瑶老,莫非就甘心受制于这等目无朝廷的强徒了么!"半晌,感到绝望的阮大铖咬牙切齿地问。

"不!"马士英挺起胸,一边倨傲地走来走去,一边说,"对付这等愚妄武夫,只可智取,不可力敌!"

"哦?"三个同党不约而同地来了精神。

"对付左良玉,我已定下三条计策在此。一、裁其粮饷,以摇动其军心;二、命黄得功移师板子矶,以防其东下;三、优礼柳麻子,以羁縻其志。待其反又不敢,守又不能,军心离散,自行瓦解,然后遣一使臣,诱之入朝。彼一旦入我掌握,到那时——哼哼!"

看见马士英强横而又自信的样子,三个同党不由得你望我、我望你。

"要是左良玉走投无路,当真举兵东下呢?"李沾忍不住问,"黄得功数万之兵,能挡得住他么?"

"要是黄得功挡不住,就将四镇之兵全调过去!我就不信姓左的真有多大的能耐!"

"把四镇调过去?那么倘若北兵乘势南下,却怎生区处?"

马士英的目光在白眉毛下闪烁了一下。显然,他事先并没有深入去考虑事情的后果。他的那三条策略,多半是建立在认定左良玉不敢造反的估计之上的。所以李、张二人的连续诘问,把他弄得颇为困窘,也颇为恼火。以至有片刻工夫,他紧闭着嘴巴,使嘴角上那两道刚愎的皱纹显得更深。随后,他突然把脖子一挺,暴躁地吼叫道:

"怕什么!北兵要来就来!我江南宁可亡于清,也决不亡于左!"

这石破天惊的声言是如此骇人,三个同党呆若木鸡似地望着这位当朝首辅,一时间再也说不出话来。

七

左良玉等人为太子辩护的奏疏,无疑使马士英及其党羽感到既恐慌又恼火。但是,对留守南京的复社社友们来说,却犹如苦旱焦渴之际,听到了预兆风雨来临的雷声一般,感到前所未有的兴奋和快慰。虽然由于路途遥远,他们还没有接到分赴武昌、厦门的沈士柱、左国棅和余怀、梅朗中等人的来信,但吴应箕、黄宗羲和顾杲经过商量,仍旧决定,立即在南京城里加以响应。所以,这些天他们一方面四出游说,举出种种疑点来反驳马、阮等人宣称太子是假冒的说法;另一方面,则拟出一批声讨、抨击马、阮等人弄权祸国的诗文,抄成无头揭帖,派人到城中到处张贴。事实上,自从吴应箕请来了身怀绝技的江湖朋友帮忙,把声讨的对联公然贴到了阮大铖和马士英的大门上之后,在南京城中已经激起了很大的反响。

不少人拍手称快之余,纷纷自动起而仿效。所以从三月二十日到月底,不到十天工夫,城中就到处流传着诗歌、对联和民谣。有一首民谣唱道:

　　金刀莫试割,长弓早上弦。
　　求田方得禄,买马即为官!

这是分别讥刺诚意伯刘孔昭、得宠太监张执中、田成,以及马士英的。

为"假太子"申辩鸣冤的诗歌也被公然贴到了皇城的城墙上——

　　百神护跸贼中来,会见前星闭复开。
　　海上扶苏原未死,狱中病已又奚猜?
　　安危定自关宗社,忠义何曾到鼎台。
　　烈烈大行何处遇,普天空向棘闱哀!

至于对马士英和阮大铖的攻击,则变得更加公开而激烈,除了继续把马士英比做李自成的丞相牛金星之外,还把阮大铖比做已经投降清朝的阉党余孽冯铨——

　　闯用牛,明用马,两般禽兽;
　　清用铨,明用铖,一块金钱。

这种内外呼应的抨击浪潮,看来还真的颇为见效。朝廷中,对于太子一案的审理,实际上已经停顿下来;一度气势汹汹要追究主使者的威胁,也偃旗息鼓,不了了之。不仅如此,就连周镳、雷缜祚二人,虽然仍旧关着,但已经有好长一段时间不闻不问,甚至传说有可能会被释放。正是政局的这种转机,使黄宗羲于欣喜之余,终于改变初衷,决定腾出时间,认真料理一下弟弟应征候选的事情。

说起黄宗会上南京来,已经足有三个多月,当初由于他不听劝阻,硬是前来应征求官,使心情本来就极其恶劣的黄宗羲十分恼火。迫于母亲之命,黄宗羲不好立即把弟弟打发回去,但实际上却很不起劲。三个月来,他只是在元旦期间借拜年的机会,领着黄宗会到几位父执辈的家中转了转。自然,答应帮忙的热心人不是没有。不过,几个月过去了,事情却始终没有下文。其间,黄宗会没断过叨咕和咕哝,但黄宗羲却再也不肯带他登门催问。有时黄宗会咕哝得多了,黄宗羲还发起脾气,把弟弟好一顿呵斥。

这一次黄宗羲倒是认了真。因为一来,他的心情变好了。二来,兄弟俩一起住在米珠薪桂的南京城里,开销太大,时间一久,就有点支应不过来;如果能早早给弟弟觅个一官半职,也免得他老赖在京里不肯走。但是,当兄弟二人挨家挨户地到许诺帮忙的人家去走了一圈之后,却颇为失望。其中除了一两家因主人外出,没能见到外,其余的不是感叹世风败坏,办事很难,就是推说已经托人疏通,尚未有回音。甚至还有说许久不见他们兄弟上门,以为黄宗会已经得官而去,所以便没有再去操办。如此等等,弄得黄氏兄弟面面相觑,哭笑不得。这么一来,反而激起了黄宗羲的执拗脾性。"哼,原来全是些靠不住的说嘴郎中!既然如此,我偏要办出个眉目来,给你们瞧一瞧!"他负气地想。因此,当兄弟俩在一位户科给事中的家里白坐了半天,扫兴而出的时候,黄宗羲便毅然回过头,对弟弟说:

"走,我们这就上礼部衙门,访钱牧斋去!"

"啊,兄是说,去访钱、钱牧斋?"本来已经垂头丧气的黄宗会,一下子睁大了眼睛。

黄宗羲肯定地点点头:"不错,就是去访他!"

黄宗会眨眨眼睛,显然有点犯糊涂:以往他一再要求去见这位最有能力帮自己的忙、与亡父的交情也颇深的礼部尚书,大哥总是坚决反对,还声色俱厉地训斥自己,何以这会儿他又忽然改变了主意?不过,这本是求之而不得的事,黄宗会也不再多问,弟兄俩相跟着,匆匆赶往位于洪武门内的部院衙门去。

当他们来到礼部衙门,才发现钱谦益不在,说是被皇帝召进宫中议事去了。幸而他的两个学生——顾苓和孙永祚都在。他们喜出望外地迎出来,把客人接进花厅里用茶;又告诉黄氏兄弟,钱谦益进宫议事已有大半天,这会儿快要回来了,请客人一定留下等候。黄宗羲同顾、孙二人本是老相识,只是发生了三年前虎丘大会那场风波之后,彼此见面的机会才少了。不过,一旦面对面地坐下来之后,昔日的情谊便使他们很快无拘无束地交谈起来。

"哎,太冲兄,"顾苓兴冲冲地问,"前些日子,有人在阮胡子和马瑶草的大门上,各贴了一副对联,这可是你们干的?"

"噢,兄凭什么说是我们干的?"黄宗羲谨慎地反问。

"猜呀!弟一听这联语,就猜着了!这留都之内,除了兄等,谁人能有此胆魄!骂得好,骂得痛快!这两个老贼,就该有人去刮一刮他们的丑脸皮!"顾苓由衷地赞美着。

"不错,"孙永祚也接了上来,"还有前日那首诗,更是沉痛迫烈,感人甚深!弟还记得——"于是他一字不差地把出现在皇城城墙上的、为"太子"鸣冤的那首诗背诵了一遍,然后说:"那等全无心肝,硬说太子是假的趋炎附势之徒,读了此诗,不知可也愧疚汗颜否?"

"怎么会愧疚汗颜?"顾苓鄙夷地撇撇嘴,"就说阮胡子吧,前些日子他来赴宴,弟故意举出他那篇《巡江陛辞疏》,挖苦他自夸'鞠躬尽瘁,死而后已',竟欲比拟诸葛武侯,可谓不知人间有羞耻事!谁知那胡子听了,不惟不觉,反而大言诸葛武侯亦不算什么,真没的生生把弟气破肚皮!"

孙永祚点点头:"亏得柳夫人也不怕他着恼,当场指正他那本《燕子笺》的种种疵病,令他欲辩无辞,才折了他的骄矜之气!"

顾、孙二人你一言我一语只顾说得热闹,在一旁的黄宗羲已经不耐烦起来。他之所以终于改变初衷,决定上这儿来,除了想办成弟弟的事外,还有很重要一个原因,就是元旦前夕,他在秦淮河亭里躲避一场突如其来的狂风暴雨,遇到了钱谦益的门生兼亲家翁瞿式耜。瞿式耜是继钱谦益之后,于八月被起用为应天府丞的。当黄宗羲遇见他时,瞿式耜已经改任都察院左佥都御史,正准备奉命去巡抚广西。过去黄宗羲在常熟钱谦益家中读书期间,与瞿式耜也常有来往,而且颇为投契。所以深谈之下,瞿式耜便邀黄宗羲不如干脆离开权奸当道的南京,随他南下到广西去。黄宗羲当时考虑到手头的一摊子社务无人交托,加上营救周镳的事一直未有眉目,所以谢绝了。不过,瞿式耜在谈话中,还说到钱谦益并不像外间传说的那样糟糕,他之所以讨好马、阮等人,目的实在于为东林固守最后的一席之地,免得朝廷出了什么危迫的事,东林方面连个通消息的人都没有。因此,复社的士子不仅不该孤立攻击钱谦益,相反应当在道义上给予必要的支援,使他在政敌环伺的险恶境地中能坚持下去。对于这一告诫,黄宗羲当时没有吱声,事后却反复考虑了很久。也许是经历了近一年来大悲大愤的连番挫折的缘故,黄宗羲也开始意识到,同阴险毒辣的对手较量,光凭血气之勇是远远不够的,真的还必须讲究一下谋略,多安几个心眼。譬如这一次,如果不是及早定策让沈士柱、余怀等人分赴湖北和福建报信游说,只怕就不能如此有效地把马、阮等人禁制住。同样,对于钱谦益,如果他确实还没有彻底倒向马、阮一边,似乎也不妨稍假辞色,加以笼络……正是基于这种新的想法,今天,他才决定带弟弟上钱谦益的家里来,打算亲眼观察一下情形。只是,听了顾、孙二人这一阵子的谈话,黄宗羲心中顿时又生出一股反感。"哼,原来钱牧斋把阮胡子巴巴地请到家里来,奉为上宾不算,还公然让侍妾出席作陪!拍马屁拍到这样的地步,哪里仅仅是虚与周旋,简直连脸皮都不要了!"这样一想,他就觉得颇为后悔。如果不是考虑到好不容易来了,总得把情形了解得更彻底一点,也许他就会拂袖而去。不过尽管如此,心中却无法恢复平静,止不住老是想着那件事,对于眼前的谈话,也变得有点心不在焉。他只模模糊糊地听见,主客间的话题已经改变了。黄宗会似乎向顾、孙二人谈到了来南京的目的,诉了一通碰壁之苦,并请对方帮忙。顾、孙二人则满口答应。这使黄宗会大为感激,连声称谢。"不错,我今天来,原来还打算替泽望办成候选的事,"黄宗羲心想,"但是,待会儿如果证实钱牧斋已经一心投靠权奸阉党,那么我是无论如何也不会开这个口,也不会领这份情的!"他正想着,就听见一阵迟缓而微带拖沓的脚步声,从花厅外的石子路上一路响过来……

进来的是钱谦益。他大约已经得到黄宗羲兄弟来访的报告,所以没有回到书房,而是穿着朝服径直走到花厅来。他没有上前同黄氏兄弟相见,甚至没有看客人,那双本来就不小的眼睛,异样地睁得更大,黝黑的瘦脸也由于惊恐而有点变形,身子则在微微发抖。跨进门槛之后,他就呆呆地站住,用喃喃的、却相当清晰的声音说:

"出了大事了!左良玉——兴兵作反了!"

"老师说、说什么?"在一片静默中,响起了顾苓的嗓音。

"左良玉在武昌举兵了,说是要'清君侧'!还发了檄文,自称奉太子密诏,指马瑶草和阮圆海为奸臣,要入朝诛之。前锋已抵九江。江督袁继咸连疏告急,以兵少不敢堵截。今日皇上已经下旨,急召史道邻督江北诸军渡江入援,并饬令九卿六部十三道合疏声讨。如今外间传言纷纷,人心惑乱,只怕会生大变!"

直到这时,顾、孙二人才听明白了老师的话,顿时紧张起来,齐声询问:

"啊,那、那可怎么办?"

钱谦益皱起眉毛,倒背着手,来回走了两步,心烦意乱地说:

"本来呢,左良玉的疏奏倒写得明白,他此番兴兵,意在清君侧,并非真个作反。只是如今北兵势如破竹,已陷颍川、太和,并自归德兼程南下。归德至象山八百里,无一兵防堵。扬、泗、邳、徐,势如鼎沸。日前朝廷已命史道邻驰扼徐、泗,若为防左之故,拔营而东,则徐、泗必不能守。徐、泗一失,北兵便可直趋扬州,南都岌岌可危了!"

停了停,他又摇一摇头,说:"哎,左兵此来,实在不是时候!"

"那么,"顾苓眨眨眼睛,迟疑地说,"既然左良玉并非欲与今上为难,何不奏明皇上,令史道邻仍坚守徐、泗,以防北兵?"

钱谦益摇摇头,苦笑地说:"今日廷议时,姚思孝、乔可聘、成友谦几个扬州籍官员,都以为左兵稍缓,而北兵甚急,恳请勿撤江北之兵。皇上当时也谕曰:'着刘良佐还兵,留江北防守。'惟是马瑶草当廷戟指骂姚思孝等,说他们是东林,借口防江,欲纵左兵入犯。并谓北兵至,犹可议款;若左良玉至,他与今上必死,而我辈俱得高官。因此誓不许遣刘良佐复归江北。皇上见他如此,亦无可奈何!"

黄宗羲一直在旁边听着,没有插话。听说左良玉悍然起兵,他也感到极其意外和吃惊。因为按照他们原先的设想,只是要通过制造内外夹攻的强大舆论压力,来迫使马士英之流就范,而完全没有想到过要真刀真枪地大打出手。尤其是,国势发展到这一步,来自北方清军的威胁实在不能无视。"啊,像前几天那样子,不是很好么?光凭那些个为太子争辩的奏疏,就已经把马、阮之流吓住了。为什么不等一等、瞧一瞧再说,为什么这么急于兴兵?"有片刻工夫,黄宗羲忧心忡忡地想。不过,当钱谦益接着说到:马士英在朝堂之上,竟悍然声称"宁可让清兵南下,也决不让左良玉东进"时,黄宗羲像给烙铁烫了一下似的,心中猛一抽搐,顿时愤怒起来。

"哼,不让左良玉东进!说得轻巧,好像是他真有多大能耐似的!"他咬牙切齿地插口道,"还说宁可让清兵南下,真是丧心病狂,于此为极!依我瞧,左良玉这次清君侧,还真清得正是时候,若仍容此等权奸把持朝政,蒙蔽主上,残害忠良,这江南半壁,迟早会被他拿去卖给建虏无疑!"

停了停,看见屋子里的人们——包括钱谦益在内,全都默默无言,似乎并不那么同意他的说法,他又半是争辩,半是安抚地说:

"左良玉的部众良莠不齐,军纪未尽如人意是不假。惟是左宁南为人心存忠义,能识大体。听说前几年他奉旨进驻武昌,途经皖城时,守将杜宏域亦曾颇以地方为虑,后来,凭着柳麻子一席话,他便慨然允诺杜宏域助他纠察。如今留都乃社稷重地,国家存亡所系,左宁南又岂会不知?他自必能严束部众,不准他们一如平日之散漫恣肆,可无疑也!"

说完,发现大家仍旧一声不响,顾苓和孙永祚还互相交换着眼色,现出苦笑的神情,黄宗羲就焦躁起来。同时,心中陡然生出了一股豪迈之气。

"到时,"他激昂地说,"如若左宁南未能察此,或有疏于制御之处,晚生愿孤身前往虎帐,犯威直谏,虽因此触彼之怒,锋刃加体,也在所不辞!"

这一次,钱谦益终于说话了:

"贤侄之豪情胆气,自是可嘉。"他微低着头,慢吞吞地说,显然是在斟酌字句,"矢忠报国之志,老夫也深知。惟是左宁南之部众,大半本属盗贼。此辈纯由利合,亦以利驱,何曾有忠义之心,更遑论自律之意。以往左宁南每每姑息之,非不欲从严,实出于不得已。若谓贤侄到时亲往谏说,便能令彼从善如流,只怕……"

"为什么不能!"黄宗羲反驳说,由于被自己刚才所闪现的设想所鼓舞,他甚至变得更加自信、兴奋、跃跃欲试,并且开始历历在目地想象出,到了那种情势和场合,自己将怎样以远远超过柳敬亭的深刻、雄辩、无可辩驳的进言,使那位手握八十万大军、赫赫有名的统帅为之折服、感佩,终于像一位大智大勇的英雄豪杰所必然会做的那样,慨然答允自己的请求。

"为什么不能!"他傲慢地重复说,"左宁南并非懦夫、乡愿,他忠肝义胆,连马瑶草、阮圆海之辈,他都敢与之相抗,又岂会连约束部众的胆魄都没有?如今,就怕自许为圣人门下者,却忘了立身之本,一心只想巴结阿附狗贼权奸,到头来,连一介武夫都不如而已!"

说完,看见钱谦益皱着眉,一声不响,他就拱一拱手,说声"告辞!"然后一拂袖子,大步向外走去。当不知所措的黄宗会呼唤着,慌里慌张地赶上去时,他已经出了大门,走在排列着一对又一对石狮子的官街上了。

八

由于朝廷极力封锁消息,南京城里的一般老百姓,虽然还不知道左良玉举兵这回事,但圈子内的社友们,通过黄宗羲的透露,很快就全都知道了。在接下来的几天中,他们怀着兴奋的、但又忐忑不安的心情,分头四出打听局势的最新进展。当然,收集到的情报多数是零碎的、杂乱的,甚至往往互相矛盾。例如,一会儿传说左良玉已经攻陷了九江,并且接连攻破湖口、建德、彭泽、东流等县;一会儿又传说左军在攻陷九江后发生了分裂,以原"流寇"过天星惠登相为总兵的那部分军队,突然撤退,不知所往;一会儿传说驻节九江的湖江总督袁继咸也一同起兵,配合左良玉的行动;一会儿又传说袁继咸并未参与,而是亲到左营,力劝左良玉不要前进,驻军候旨,但左良玉不听,仍旧进兵,结果攻破九江,并大肆烧杀抢掠;再一会儿又传说,左良玉本已答应不攻破城池,但部下不听命令,擅自行动,结果才造成九江的浩劫;甚至还有传说左良玉在九江时已经病死,如今领兵的其实是他的儿子左梦庚,如此等等,一时也分不出孰真孰假。只有一点可以断定:就是左家军看来确实是越来越逼近南京。因为朝廷已经放弃黄淮一线的设防,急调靖南侯黄得功、广昌伯刘良佐,以及东平伯刘泽清火速率兵入援,以抵御左军。接着又命阮大铖会同应天、安徽巡抚朱大典巡防南京上游的江面。与此同时,南京实行全城戒严,并派遣各武职勋臣分守南京外城的十三道门户。正是这最后一种情形,使社友们预感到那场盼望已久的暴风雨正在迫近,心中既紧张又兴奋。为了避免招来不必要的麻烦,他们在公众场合虽然不敢表露什么,但私下里凑在一起,话题总是离不开这件大事。特别是后来又读到暗中传抄的左良玉檄文,其中除了历数马、阮的奸状外,还特别把逮捕迫害周镳、雷縯祚列为他们的重要罪行之一,就更使社友们把左良玉看作是能扭转乾坤的大救星,巴不得他早日打到南京来。

当然,社友中也有人对这件事不以为然。冒襄就是其中一个。如果说,还在吴应箕、黄宗羲决定派人分赴湖北、福建报信游说时,他就强烈地表示反对的话,那么,眼下的变故,更使他震愕之余,有一种大祸临头的危惧。不过,事情到了这一步,他知道反对也罢,赞成也罢,都已经没有什么用。所以,虽然他还不打算离开南京,但愈加没有兴趣同社友们混在一块了。

这一天,已经是四月初八。整整一个上午,冒襄都在城里奔波,为的是求人帮忙,以便让手下的仆人能通过已经戒严的城门,把一宗等着急用的银子,给正在海宁县任上的父亲送去。在那些相熟的官员家中,彼此照例也谈到目前的局势,其中惶恐不安者有之,劝冒襄设法早点离开这是非之地,别再跟社友们瞎闹腾者有之。结果一连几家地走下来,虽说总算把事情办妥,但冒襄的心中却丝毫没有轻松之感,相反,变得更加烦闷了。

直到午刻已过,冒襄才领着一名长班沿着从竹桥至柏村桥的河畔匆匆往回走。眼下已是初夏时节,从昨天起,天空中就灰蒙蒙的,阴云密布,日色无光,却偏偏一直下不出雨来。那情形,也恰像眼前南京所面临的局面,显得混沌难测。冒襄坐在驴背上,仰望着时而昏暗、时而转亮的天空,忽然想起元代诗人萨都剌那首《金陵怀古》词:"蔽日旌旗,连云樯橹,白骨纷如雪!""啊,重复了多少遍的这幅可怕图景,当真还要再度来临么?这一切难道当真要由我们这一辈人亲身来经历?"冒襄不由得打了一个寒噤。他不敢想下去了,只是给驴子加了一鞭,一直朝桃叶河房走去。

回到桃叶河房,冒襄把缰绳交给长班之后,便匆匆往里走。他穿过门楼,看见几个人——都是本河房里的住客,正聚在堂屋前的天井里,起劲地交谈着。发现冒襄走进来,便一齐住了口。这几个住客,论身份也是缙绅文士之类,但冒襄嫌他们言谈无味,见识粗浅,平时也不大来往。此刻见他们鬼鬼祟祟的样子,他愈发连招呼也懒得打,管自低着头,朝自己租住的东边那个小院落走去。

"冒先生回来了,可曾见到适才大中桥行刑之事?"

冒襄回顾了一下,发现主动发出招呼的那个房客正眯缝着眼,现出一副关注的样子。他只得略为停步,点一点头,然后淡然回答:"不曾见,不知所杀的是什么人?"

"哎呀,原来冒兄尚不知道!今日受刑的,乃是贵社的周钟和武愫、光时亨三人!"

冒襄本来并不打算停留,忽然听说被杀的竟是这三个熟人,心中蓦地一震,抬起头,满怀惊疑地望着对方。

"闻得临刑前,他们在刑部俱受过杖,已不能行走,是用土箕抬着来的。"那人摇着头,现出悲天悯人的样子,目光却闪烁不定,分明想看到冒襄的惊恐和狼狈。

"按说呢,"另一个房客也敲敲打打地接了上来,"像周介生这等人,不仅失身降贼,还公然向闯逆上《劝进表》、《急下江南策》,实在是丧心病狂,罪大恶极,一死不足以赎之!只是他一向以名士班头自命,却落得如此下场,却也令人可诧可叹!"

"同是降贼,弟适才见那光时亨与武愫倒还像知罪的样子,惟独这周钟最是可恶,一路上撞天价地叫屈,说什么'青天白日之下,竟有如此之事',又说'杀了我,天下便得太平么!'真可谓至死还想瞒天骗人!"这插嘴的第三位,却显得余忿未消。

冒襄始终没有答话。无疑,由于被杀的这三个人,特别是周镳的堂弟周钟,作为复社当中有影响的领袖之一,很久以来就遭到阮大铖的切齿仇恨。权奸们必欲置之死地而后快,是意料之中的。但是在正月间,东林、复社方面已经走通了次辅王铎的门道,请得圣旨,对从贼诸臣一案,准予停刑。当时大家都松了一口气。谁知,才过了三个月不到,忽然又开杀戒,这却是冒襄所估计不到的。无疑,对于周钟等人的降贼失节,冒襄也很恼火,觉得他玷污了复社的名声。但一位平日十分熟悉的朋友,落得如此悲惨的下场,这件事,仍然使他受到很大的震动,以至呆呆地望着眼前的三个人,一句话也说不出来。半晌,他才低下头,默默转过身,向下榻的院落走去。

"眼下才交四月,并非秋决之时,更兼左良玉之兵正沿江东下,何以朝廷不迟不早,偏要挑这节骨眼上来行刑?看来必定是马、阮二贼所为!但他们为何如此有恃无恐?莫非他们认定,左良玉打不过来?还是他们预感末日将临,决意先行杀人报复?嗯,要是这样的话,我辈只怕也难以幸免于祸!"这么一想,冒襄的一颗心不由得"噗通噗通"地狂跳起来,浑身的筋肉也突然抽紧了。尽管云端里传来了夹杂着闪电的隆隆雷声,豆大的雨滴也打到了脸上,他却丝毫也没有觉察到。"可是,事到如今,即使要逃,只怕也来不及!

况且内外城门全戒了严,又怎能出得去?不错,时局到了这一步,眼见是一点指望都没有了,既然迟早都是个死,那么他们要杀,就让他们来杀好了!说不定如此一来,我就不用亲身经历那尸横遍野、血流成河的惨变,不用受那一份国破家亡的煎熬!反正家中的小弟已经出生,父母膝下也不至于没有奉养之人了!"这么绝望地横下一条心,冒襄反而平静下来,并且生出一种一了百了般的解脱之感。这当儿,雨点已经变得密集起来。于是,他紧迈几步,一脚跨进种植着芭蕉和栀子花的庭院里。

"啊,好了,大爷回来了!"一个熟悉的声音传来。冒襄抬头一看,发现仆人冒成手里撑着一把油纸伞,正从西屋里急步向他迎来,忠厚的脸上,现出如释重负的神情。

"大爷,"大约看见冒襄只点点头,打算向里间走去,冒成连忙跟上来,一边举着伞替他挡雨,一边急急禀告说:"郑爷来了,说有要事要与爷说,已在西厢等候多时了!"

冒襄微微一怔:"郑爷?哪个郑爷?"

"就是镇抚司的郑爷。"

冒成所说的"郑爷",就是冒襄家中旧日的清客郑廷奇,如今在南京的镇抚司当了一名校尉班首,专掌逮捕犯人的职责。去年八月,周镳、雷縯祚被捕入狱的消息传出之后,冒襄还曾经领着陈贞慧和侯方域去访过郑廷奇,请他设法关照。后来由于周、雷二人移交刑部大牢关押,冒襄也就没有再同郑廷奇联系。现在忽然听说对方来访,而且不惜坚坐等候,冒襄就不由得疑惑起来,连忙转过身,匆匆朝西屋走去。

果然,当他撩起门帘,跨进门槛时,发现郑廷奇已经站起来,做出行礼的样子。不过,使冒襄更加惊疑的是,今天郑廷奇青衣小帽,打扮成平民的样子,虽然还是那张黄黑的宽脸,还是那部浓密的胡子和那双小而亮的眼睛,但冒襄一看之下,竟差点儿没认出来。

"哎,世兄!"郑廷奇不待冒襄发问,就匆匆作了一揖,走近来,用压低的、紧张的声音说,"弟今日来,是有一极急迫之事相告:马阁老及阮大司马因左兵东下,十分震怒;又因左良玉在檄文中,提及周仲驭、雷介公二位下狱之事,遂认定此变系因他二人而起,并疑及复社诸生意欲为左兵内应,故此今日已先请旨将周介生三人问斩正法,并将周仲驭、雷介公同时赐死于狱中。如今又行驾帖至都察院,要将世兄及黄太冲、顾子方、吴次尾、陈定生等诸位兄台收捕下狱。弟今早自院中一位书办朋友处得知此事,且谓掌院邹大人批云:准于明日行文到司。如今情势已是极急,世兄应从速离京远避,迟则祸将不测!"

冒襄没有想到事情会来得这么迅猛。特别是听说周镳、雷缜祚已经被赐死狱中,更如同晴空响起了一记霹雳,把他一下子震呆了。"啊,这么说,周、雷二公果然也给他们害死了!可是,周仲驭是去年八月被逮的,说他联结左兵,有什么证据?马老贼怎敢这样无法无天,不经三司勘问,就胡乱定谳杀人?还要来收捕我们!我们到底有什么罪?难道就为的我们出了《留都防乱公揭》,就为的我们不买阮胡子的账,就为的我们要为太子鸣冤申辩?可这算什么罪?即便是次尾、太冲他们曾派人到武昌、福建去报信,也从来没打算要让左良玉兴兵。这一层我一清二楚!他们身为大臣,为报私怨,想杀就杀,想抓就抓!这朝廷到底还有王法没有?还讲道理不讲!"冒襄在心里激愤地大叫。原先那种绝望的预感,已经不可抗拒地直逼到眼前,他心中的傲气与怒火,也不可抑制地爆发了!

"不,我不走!我为何要走?我为何要怕他们?他们要逮我,就来逮好了!无非是一死!国家的局面到了这一步,反正迟早大家都得完蛋,还有什么好怕的?不,我不走,不走了!"

看见冒襄冲动已极的样子,郑廷奇也显得有点黯然。他低下头去,在透窗而入的哗哗雨声中想了一会,又相劝说:

"一死固不足惧,惟是大丈夫当死得其所。其实如今报国之地甚多,譬如史公在扬州广揽人才,世兄何不就到那里去,一展才志,岂不较之留在此间白送性命强得多!"

郑廷奇在冒襄家中做过清客,对这位世兄的脾气显然颇为了解。所以他说话时并不激昂,相反显得十分沉着、冷静。果然,冒襄被他这么一点醒,顿时不说话了。事实上,他本不是个鲁莽的人。虽然满腔的悲愤与绝望,使他决心以一死来与强权相抗,但当发现还存在着更有价值的选择时,他就变得清醒了。

"可是,晚弟还得去告知黄太冲、顾子方他们才成。要么,大家一齐都走,决不能晚弟一人独走,而让他们陷于罗网!"沉吟了片刻之后,冒襄迟疑地说。

郑廷奇松了一口气。他立即从腰间拿出一支令箭,说:"事不宜迟,世兄既决定离京,切不可迟于今夕。虽然内外城俱已戒严,但持此箭便可通行。至于黄太冲相公他们,不劳世兄去告知,包在弟身上便了!"

第十二章

一

　　茫茫大雨笼罩着长江北岸的扬州府城……
　　这是入春以来下得最久,来势最猛的一场大雨。从四月十一日开始,到如今已经整整下了三天三夜。其间除了有过几次短暂的间歇之外,夹杂着隆隆雷声和霍霍闪电的瓢泼大雨,以一种近乎疯狂的气势席卷着天空和大地。白天,败絮似的乌云被强劲的东南风揉搓着,撕扯着,紧贴着城墙的雉堞急驰而过。天穹之下,终日飞扬着千万根银光闪闪的雨箭,使饱经天灾人祸、已经变得百孔千疮的古老城池,弥漫着不祥而怪戾的杀伐之气。到了夜晚,箭镞似的雨点暂时隐没不见了,但是因黑暗和寂静,变得格外分明起来的电闪、雷鸣和有如怒涛般汹涌的风雨声,又使人们常常从睡梦中惊醒,疑心清兵已经神不知鬼不觉地兵临城下,正在发动猛烈的攻击。于是大家又怀着满心的恐惧,侧着耳朵听了又听,再也无法安枕……
　　自从十天前,传说左良玉从武昌起兵东下,威胁南京,而史可法则奉旨把防守黄淮一线的主力,抽调到长江上游的庐州、安庆一带去参加堵截以来,关于清兵乘机南下的各种可怕流言,在扬州城中就再也没有平息过,一会儿说黄淮边上的重镇徐州已经失守,一会儿说另一重镇盱眙的守将已经开城迎降,一会儿又说驰援泗州的军队全军覆没,连浮桥镇也被攻陷。直到今天,史可法的行辕回到了扬州,正式宣布左良玉在九江时其实已经病死,由他的儿子左梦庚继领的军队,已经被黄得功打得大败,逃过了江北,才使紧张的人心稍稍感到宽慰。但马上又传出消息说:当初杀害高杰的叛将许定国,在投降了清朝之后,正在率兵南下,马上就要来到扬州。许定国还扬言要杀尽驻扎在城里的高杰遗眷和旧部,以图斩草除根,永绝后患;还说这个消息是出自史可法之口。于是满城的人们顿时又惊惶起来……

对于这样的传闻,并不是人人都相信。住在提督府衙门中的侯方域,今天下午从总督行辕那里得到证实,史可法没有说过类似的话。这种传说纯属谣言。当然,侯方域也并不因此感到宽心。去年九月间,由于同黄宗羲等人彻底闹翻,加上父亲侯恂曾变节降"贼",受到朝廷的明令追究,他自觉在南京无法立足,因而跑到扬州来,不久便被史可法派到高杰军中效力。近半年来,他一直随着军队在江北到处迁徙,并一度回到了他的家乡——黄河边上的商丘县。直到高杰被害之后,他才又跟着高杰的外甥——现在已经被任命为提督的李本深回到了扬州。淮南一带的战局,到了怎样一种危急状况,侯方域心中可以说一清二楚。据他所知,扬州城中关于北兵南下的种种传闻,其实大半都是真的,甚至连史可法这一次匆匆赶回来,也是眼看前方已经抵挡不住清军的南下,迫不得已才把防线收缩到扬州,打算据城死守。然而,扬州能守得住么?如果守不住,到时自己就会陪着落得个玉石俱焚!正是这种迫近眼前的可怕图景,使侯方域感到心头发憷,不寒而栗,以致在被窝里一个劲儿地辗转反侧,直到户外打过三更,仍旧无法入睡。

这些年,由于酒色过度的缘故,侯方域自觉身体状况是越来越坏了。加上近几个月来四处奔波,一直处于异常的紧张劳碌之中,他觉得自己已经快要支持不住,随时随地都会倒下去。也许因为如此,他的心境也变得空前的阴郁和沮丧。如果说,早些年,凭借陈贞慧的大力援引,他一跃而成为复社的一位年轻领袖,也曾颇为顾盼自雄,一心期待着在风云际会之中施展才干,轰轰烈烈做一番事业;那么,到了北京失陷,南京的东林派在拥立新君的角逐中一败涂地,皇帝的宝座落到了福王手里之后,侯方域就意识到,明朝再也没有复兴的希望了。仅仅是出于对农民军的仇恨和对清国异族的恐惧,也出于不想在社友们面前显得胆怯平庸,他才仍旧留在南京,但内心却无时不在估量着时势,以便随时作出对策。正因如此,他曾经大力支持陈贞慧那个和衷共济的主张,希望至少能使江南谋得苟安,并防止马士英等人进一步得势。谁知事与愿违,由于东林方面的大臣们各行其是,加上周镳在复社内部拉一派打一派,结果把自己一方弄得溃不成军,连身家性命都给政敌捏在手里。侯方域绝望之余,才断然决定出走。然而,近半年来,在前线的所见所闻,又使他陷入了更深的绝望之中。"啊,也许我应当走了,应当尽快离开这条即将沉没的破船,逃到一个远离尘世,没有烦恼和苦难的地方去,把身子调养好,然后做一个与世无争的闲适之人,岂不更为安乐?"这个念头的闪过,使侯方域的眼前仿佛出现了一线光明,一线可以走出死亡和黑暗的生机。然而,只一忽儿,这线光明又熄灭了。"局面到了这一步,我又能逃到哪儿去呢?家乡早已成了一片废墟,而且还在不停地打仗,肯定是回不去了。那么就逃往南边?逃到浙江、江西,或者岭南去?可是南京守不住,浙江就能守得住么?至于江西、岭南,举目无亲,又能投靠谁?何况,如今史公和他的属僚,还有集贤馆的幕僚们,都决定死守扬州,我又怎能独自逃走?他们得知后会怎样说我,世人又将会怎样说我?不,不能走,也不该走!然而……"

就这样,侯方域左思右想,反来复去委决不下,同时感到愈来愈衰弱、疲倦,也不知什么时候,终于沉沉睡去。然而,只睡了一忽儿,他蓦地又惊醒了,同时听见一阵闹哄哄的声音,人在喊叫,马在嘶鸣,还夹杂着乱纷纷的脚步声和刀枪碰击的声响,而且一切听来都很近,仿佛就在院墙之外的街巷里。侯方域起初还怔怔忡忡的,不知发生了什么事。随后,一个念头在心中猛地闪过:"不好,北兵进城了!"他顿时浑身紧张起来,慌里慌张翻身下床,甚至忘了穿鞋子,光着脚就朝门口冲去,打算到外面去找个地方躲起来。谁知,他正要跨出门槛,却被迎面而来的人猛地撞了一下,一屁股摔在地上。"啊,完了,这一次我必死无疑了!"混乱中他绝望地想,但求生的本能却促使他竭力挣扎着,试图向旁边爬去,以便躲开可能砍来的刀剑之类。然而,就在这时,他听见一个熟悉的声音吃惊地说:

"哎呀,原来是爷!"

随着话音,一双有力的胳臂已经托住了他的身体。他不由自主地站了起来。凭借窗户外的朦胧晨光,侯方域才认出撞倒他的原来是手下的一名亲随。

"小人该死,冲犯了爷,求爷饶恕!"亲随低着头,告罪说。

侯方域心神不定,顾不上责骂仆人,只急不可待地问:"哎,出了什么事?外间吵什么?"

"小人正要来禀告爷:提督衙门在集合兵马,还带着许多家眷和箱笼行李,像是要出城的样子,所以吵闹。"

提督衙门,如今正住着高杰的外甥李本深,以及高杰的遗孀邢夫人。高杰一家本是"流寇"出身,自从归顺朝廷之后,由于对李自成、张献忠作战颇肯卖力,受到朝廷的优礼。高杰死后,颇有计智的邢夫人曾经提出,要求让她的儿子认史可法为义父,显见是希望借以获得庇护。结果史可法没有答应,只让从北京逃回来的太监高起潜认了高杰的儿子为义子。但高氏一家看来并不满意,也不太放心。所以这一次城中传出许定国再度前来寻仇,打算对高家斩尽杀绝的消息之后,李本深显得十分紧张,似乎担心朝廷会借刀杀人。本来,史可法已经再三向他说明,这事纯属谣传。没想到仍然发生眼下的变故。不过,弄清不是清兵进城,侯方域总算稍稍放下心来。他估计,高氏部众大约打算逃离扬州,以避免杀身之祸。不过,防守扬州的兵力本来就相当薄弱,如果高家军的大队人马再一走,形势将会更加岌岌可危。作为奉派到高家军中去效力的一名幕僚,侯方域很明白,自己负有替史可法协调和监视对方的双重使命。于是,他在亲随的帮助下,赶快穿好衣帽鞋袜,匆匆赶出门去,打算即使阻止不住高家军的行动,至少也尽快弄清情形,向史可法报告。

这当儿,天已经愈来愈亮。空中仍旧阴云密布,雨却止住了。接连多日的暴雨,使街道上满是积水和泥泞。在泥和水之上,如今又丢弃着好些帽子、扁担、旧衣裳、破鞋子之类的杂物。大约是高氏族人们在忙乱中偶然失落,或随手抛弃的。这些触目可见的遗物使街道益发显得凌乱不堪,有一种争相逃命的意味。侯方域已经没有心思顾及这些,因为在周围那一条条街巷深处,传来了阵阵叱喝声、詈骂声和哀求哭喊声。一匹又一匹的骡马,正被三五成群的官兵驱赶着,牵扯着,从巷子里走到大街上来,又络绎地向东城门的方向赶去。这些骡马,显见是从附近的居民家中临时强抢而来的。因为在后面,还紧追不舍地跟着不少老百姓,正苦苦哀求官兵把牲口还给他们,但回答他们的却是凶狠的喝骂和刀背枪杆的无情毒打。那些抢掠的士兵也显得十分紧张而仓皇,一旦摆脱纠缠,便逃也似地把骡马向东赶去。侯方域跟出大街,来到河沿上,随即发现,高家军不但抢掠骡马,还大肆抢掠河上的船只。他们挥舞刀枪,奔进舱去,把一切他们认为不相干的人统统赶下船,然后用刀枪逼着艄公,喝令把船只向东水关撑去。从一路上的混乱情形来看,这种暴虐的行动显然正波及到很大一片城区。但奇怪的是,始终看不见有弹压地方的官员或军队出来干预。"哎,莫非史公还不知道?莫非史公就这样撒手不管,任凭他们把军队带走?那么今后扬州的防务怎么办?沿江的防务怎么办?"侯方域感到既焦急又不解,同时加快脚步,想跟到东城门去看个究竟。

这当儿,按时辰天早该大亮,但屯积在城市上空的乌云始终凝聚不散。四下里依旧阴沉沉的,只有城东的天幕下方,展现出一片比较明亮的光带,那些正在蜂拥前进的将士们的头盔和身形,以及各种骡马的影子,在这片光亮的衬托下,历历可辨。侯方域往前走着走着,感到周围的脚步声、喘息声变得愈来愈密集而纷乱,身体也不时受到人或骡马的粗暴碰撞。他不由自主停了一下,发现自己已经置身于呼啸前行的浩浩人流中,而且随时随地都有被裹挟而去的危险。

"哎,爷,前边乱得很,去不得了,快回去吧!"一个慌急的声音在背后呼唤,那是他的亲随。

这话提醒了侯方域。他心中一懔:"啊,我真糊涂!怎么跟着跑来了?看样子他们是打算夺门而出,万一守城的不放行,双方砍杀起来,岂不糟糕!"这样一想,他顿时失去了继续前进的勇气。但是多少还萦绕在心头的一丝职责感,又使他不愿意立即退走,于是左右打量了一下,发现在不远的街道旁,有一条小巷子。大约是高家军的士兵们曾经到里面去抢掠过骡马,巷口那道夜里照例锁闭着的栅门,已经被砸开。眼下里面空荡荡的,看不见一个人影。侯方域马上带领亲随,一边躲避着狂奔而来的乱兵,一边退进巷里去。

刚刚在栅门后边站定,他们就听见,离巷子不远的城门那边,忽然响起一声惊天动地的呐喊。那是一种因行动受到阻拦而感到愤怒的、充满血腥意味的疯狂喊杀声,其中还夹杂着阵阵垂死的哀号。与此同时,栅门之外,那些从大街西头陆续跟上来的高家军将士,在惶惑地停止了一下之后,也突然激动起来,一齐举起了手中的枪、矛、刀、斧,"嗬!嗬!嗬!嗬"地吼叫着,以更坚决的挺进姿态,去声援前方的伙伴。看见这情景,站立在栅门后面的侯方域一下子紧张起来,双手死死抓住木栅,一颗心也在胸膛里"噗通噗通"地狂跳不止。"完了,完了,这么攻杀起来,城中只怕要大乱!不,再不能留下去了,得走,我得快走!"心里这么叨念着,两条腿却像生了根似的,只管一个劲儿在原地簌簌发抖,怎样也抬不起来。他不禁又是惊惶又是着急。然而,愈是这样,他愈是迈不动腿,以致到后来,竟挣出了一身冷汗。

这当儿,大街上的情形又发生了变化。高家军的将士们虽然还在不停吼叫着,但是却明显地加快了前进的速度。看来,东门那边的暂短争持,已经以守卫者的被杀和逃散而获得解决。城门终于被打开。到了这一步,已经再也没有什么力量能够阻止这支主力军队临阵脱逃了。

小半个时辰之后,挤拥在街道上的军队,以及被他们抢来的骡马渐渐稀疏起来。随着最后一阵战靴和马蹄的蹴踏声远去,乃至消失之后,大街上变得死一样的寂静。只有东天上那一片已经扩大开来的光影,颓然照临着这劫后的城市,在满街的积水和泥泞上,投下了一片令人心悸的苍白。

也就是到了这时,侯方域才感到两条腿重新变得听从使唤。他默默地离开栅门,怀着前所未有的绝望和混乱不堪的心情,走出大街,冒着迎面而来的料峭晨风,蜷缩着身子,一步一步走回寓所去。

二

高家军在东城斩关夺门,蜂拥而出。冒襄却带着董小宛和仆人,乘船来到了扬州。不过,航船是从南水关进的城,所以侯方域所经历的惊心动魄一幕,他们并没有碰上。当冒襄吩咐在码头上泊住船,让董小宛和仆人们小心留守,自己带着冒成前往总督行辕,打算去谒见史可法的时候,事变已经过去,扬州城里也基本上恢复了平静。

这一次,由于接受了郑廷奇的敦促,在极匆忙的情况下逃离南京,冒襄算是躲过了马、阮的魔掌。当途经镇江时,又传来了左良玉兵败九江的消息,从而使江南因内乱而自行崩溃的危机,多少得到缓解。诚然,对于朝廷政局的改善,冒襄已经不抱任何幻想;但他仍旧希望,随着东线危机的解除,史可法至少能够回过身来,全力挡住清兵的南进。事实上,扬州能否坚守,除了直接决定着江南的命运之外,也将密切关系到家乡如皋的安危,使他不能不特别关注。

现在,冒襄由冒成替他撑着油纸伞,冒着又密集起来的黄梅雨,匆匆地走在行人寥落的扬州街道上。他发现,与去年八月从如皋前往南京途经此地时相比,城中的景象已经变得愈加荒凉破败。如果说,作为曾经是繁奢竞逐的一座城市,半年前扬州还多少保留着旧日的风貌的话,那么,眼下这座城市已经完全处于兵临城下的紧张氛围之中,从城头、城门直到城内,到处都布满了手执刀枪的士兵。就连在靠近城门的那些平民家里,也不断有兵丁进进出出。特别显眼的是在高耸的城墙上,正蹲踞着一尊一尊的铁炮,炮口一律向着城外。不过,由于城头的宽度不够,为着安置这些庞然巨物,只好临时架起一块一块平伸出城垛之外的大木板。这么一来,就使得墙根下的居民住宅,终日处于泰山压顶般的威胁之下,显得岌岌可危。也许正是这种情景,使冒襄那颗本来就相当混乱的心,愈益紧张起来;尽快见到史可法的愿望,也更加迫切了。

主仆二人来到了总督行辕。冒成上前,请门公把拜帖传递进去。过了片刻,一位方巾儒服的幕僚出现了。冒襄虽然马上觉得对方的脸面和身形很熟悉,却仍旧怔了一下,才突然认出,原来是老朋友侯方域。"啊,怎么几个月不见,朝宗变得这么厉害?黑、瘦倒还罢了,可他怎么会如此衰颓,仿佛一下子老了十岁似的!"冒襄正想着,侯方域已经迎上前来。

"哎,朝宗,原来是你!何以如此之巧!"

意外地碰到老朋友,使冒襄多少有点兴奋。因为有些疑问他也许不便向史可法提出,但在侯方域面前,却可以不必避忌。

然而,侯方域却显得心事重重。他没有回应冒襄关于"巧遇"的惊喜,甚至连礼节性的微笑也没有,只点点头,回了一揖,便说:

"史公眼下正处置公事,未能即刻见兄,命弟请兄先到西厅奉茶。"

冒襄眨眨眼睛,对于老朋友的冷淡感到颇为意外,也有点不习惯,但只好顺从着,疑疑惑惑地向里走去。

"嗯,兄此次来扬,是意欲从军,抑或只是顺路返乡?"等冒襄在西厅的椅子上坐下,仆人奉上茶来之后,侯方域默默地呷着茶,过了片刻,才抬起头,审究似地盯着朋友问。

冒襄没有立即开口。倒不是由于对方前一阵子的态度,使他感到不快,经过一年多来种种的风险与挫折,他当年那股子傲气,已经消磨掉了许多,不再过于计较这一类事情了。不过,说到此来的目的,他却有点拿不定主意。无疑,自从决定离开南京,摆在他面前的选择,正如侯方域所说的,只有两种:要么返回家中,从此不问世事;要么就是投到史可法的幕中,从军抗清。本来,清军兵临城下已经迫在眉睫,无论是从保卫江南还是保卫家乡来权衡,都只有拼死抗争才有出路。但是扬州当真能守得住么?如果守不住,自己恐怕也难免一死以殉。国势到了这一种地步,本来死也没有什么可怕;况且因抗敌尽忠而死,也算死得其所。只是父亲还在浙江海宁县任上,而老母妻儿则被丢在如皋家中。那么,似乎还应当先把家眷送到父亲那儿去再说。不过这么一来一往,时间就恐怕有点来不及……

"依兄之见,弟当留还是当走?"由于感到一时难以决断,冒襄终于只好反过来征求朋友的意见了。

侯方域的目光闪动了一下,随即垂下眼皮:"这个么——各有利弊,全在兄如何拿主意罢了。"他模棱两可地回答。

"可是……"

"留下,自能壮烈报国,流芳青史,但必死无疑。走呢,虽有贪生畏死之讥,却或许能苟全性命于乱世。"

冒襄微一错愕,脸刷地红了。这不仅因为朋友的话,正戳中了他的心事;还因对方这样说时,口气中那种分明的讥讽意味。然而,接下来听到的话,又使他大吃一惊。

"不过,"侯方域忽然左右望了一下,随即压低了声音,目光也变得有点恶狠狠,"像这么一个朝廷,这么一帮当道的狐群狗党,莫非兄以为,我辈还值得为之尽什么忠,殉什么节么!"

"那么……"

"哼,听说左兵东下时,马瑶草曾说什么'宁亡于清,不亡于左',那就让他亡好了!说不定他们完蛋了,我辈还能活得痛快些!"

冒襄瞪大眼睛,望着咬牙切齿的朋友,不由得呆住了。但渐渐地,一股反感开始从心底里冒上来。因为从朋友那句貌似激昂决绝的话里,他隐隐感到了一种可骇的、卑劣的意向。

"啊,兄是说……"

"不!"侯方域粗暴地把手一挥,挺身离开了椅子,"我什么也没有说,也不想说!"他猛地走开去,仿佛想摆脱某种无形的、令他感到烦躁和恐惧的纠缠。然而,只过了一会儿,他又转过身,重新走

回来,吵架似地大声说:

"兄倒说一说,局面到了这一步,还有什么指望?左良玉死了,左兵败了,左梦庚率残兵逃到了江北,投降北兵去了。徐州早已失陷,前几日盱眙降了,昨日泗州也降了。淮扬已是屏障尽失。今晨五鼓,李本深又率城中高营兵马斩关而出。剩下一点残兵,这城还怎么守?北兵一到,只能束手待毙而已!为何会弄到这样子?是史公无能么?不是!是淮扬的兵全不中用么?也不是!就为的马、阮狗贼明知大祸临头,还从中作梗。史公几番疏请入朝,意欲面陈大计,俱遭峻拒,还疑他欲与左兵呼应。史公连檄河防诸路兵马增援扬州,亦被马、阮暗中阻挠,皆不听命。这不是明摆着要把史公往死里迫么!这等朝廷,这等权奸,凭什么还要为他尽忠,给他拼命!老实说与兄知,只有傻子才留下来,弟可是决定走了,今日就走!"

侯方域怒气冲冲地申诉着,大声地吼叫着。显然,这种苦恼和愤慨在他心中已经积存了许久,以致一旦得着发泄的机会,便再也管不住自己,就连此刻是在什么地点,应当掌握什么分寸,他全都顾不上了。

"况且——"他又高声说,大约还意犹未尽,然而,一种本能的感应使他回顾了一下。一刹那间,他噎住了。因为不知什么时候,史可法结束了签事房那边的公事,已经来到了门槛之外。

史可法显然听到了侯方域最后那番话,却令人出乎意料地显得平静。他跨进门槛之后,既没有动气,也没有焦急,只对幕僚点一点头,淡淡地说:

"兄台数月前来时,学生就说过,此地乃死所而非乐土,惟不惜性命者可以处之。其时兄未肯信,坚要留下。如今兄已知学生所言不妄,意欲离去,那就去吧!"

这么表示了许可之后,他就不再理会侯方域,把瘦得只剩一把

骨头的黧黑脸孔转向冒襄,用变得稍为亲切的口吻说:

"早知兄台光临,学生适因公务所阻,未及出迎,甚是得罪!"停了停,大约看见冒襄呆呆地站着,一言不发,他又微微一笑,说:"兄台此番想是自留都归里？旅途匆遽之际,仍不忘分心枉顾,学生甚感盛情!"

看见史可法——自己素所敬仰的这位父执,因极度的劳苦而愈加形销骨立;想到对方一片孤忠,苦撑危局,却被昏君和权奸弄于股掌之上的可悲遭际,冒襄感到心头一阵发颤,泪水在眼眶里打转。此刻又听到这样亲切的询问,他再也忍不住心头的激动,急速地趋前两步,一下子跪倒在地上,哽咽地大声说:

"小侄此来,意欲投奔大人,效力麾下,请大人千祈准允,俾使冒襄一申素志,以报知遇之恩!"

听他这样说,史可法似乎有点意外,然而,很快就坚决地摇摇头:"兄台报国之心,学生甚为感佩。惟是事已至此,非人力所能回。贤侄实不必作无谓之勾留,以致玉石俱焚!"

一边说,他一边伸出手去,打算把冒襄扶起来。

但冒襄却坚持着,不肯站起身:"扬城万一不守,敝邑何能独完？小侄即偷生归里,亦复何用？是以愿留此地,与扬城军民共竭微力,虽肝脑涂地,亦不敢辞!望大人明鉴此衷,小侄不胜感铭!"

史可法沉默了一下,对冒襄的决心似乎有点感动,但也似乎是在考虑说服的办法。

"嗯,兄台请先起来,且听学生一言!"他说。

但冒襄却因感觉到处境的绝望而变得愈加固执:"请大人准允小侄之请,否则小侄绝不起来!"

史可法不说话了。他站立了片刻之后,突然走开去。

"啊,胡说!"他猛然停住,使劲一跺脚,转过身来,怒声呵斥说,"我这儿要的是兵,是将! 要你一个书生何用？况且,你父母年迈在堂,弱弟尚在襁褓之中,眼下大乱在即,你一死了之,容易得很,抛下他们让谁人去照顾?你留在此地,不惟丝毫无助于城守,反会使我更多一重牵挂。不成!此事我绝不准允!快走,快走!"

这么坚决而又严厉地表示了之后,大约看见冒襄直起身子,呆呆地仰着脸,现出悲痛而又茫然的神情,他就举起了用布包裹着中指的右手,再一次缓和了口气,语重心长地说:

"目下扬城之势,已是危如累卵。北兵旦夕可至。学生适才已血书寸纸,促请兵部从速遣兵来援,但只怕亦未必有用。学生已决意与扬城共存亡。盖此身当去岁三月十九之变,已罪无可赦。所以忍死至今者,无非欲为大明社稷谋一丝生机,一旦事定,学生便当自裁以谢先帝。今因无德无能,以致国事一误再误,纵然拼却一死,亦无以赎史某之罪。惟是扬州一失,留都恐怕难保,江南从此多难矣!今所坚信者,乃'楚虽三户,亡秦必楚'。望兄等今后毋忘社稷,善藏其锋。待义军四起之时,再尽忠报国,灭此强虏。则可法虽处九泉之下,亦当感激不尽!"

说完,深深地行了一礼,也不待冒襄回答,就转过身,大步向外走去。

冒襄呆呆地听着,知道史可法意志坚决,难以改变,可是翻腾在他心中的那股悲痛却愈来愈强烈。终于,他猛地扑倒在地上,放声痛哭起来……

三

"哎,都过午了,怎么还不见送饭来?"饥肠辘辘的顾杲扶着牢房的木栅栏,一边向外间张望,一边烦躁地说。

他的疑问没有得到应答。因为同他关在一起的黄宗羲,从两天前起就变得十分沉默,似乎对什么都失去了关心的兴趣。至于陈贞慧,则向狱卒要来了纸笔,一天到晚埋头于写他的《过江七事》,打算把近一年多来,在留都的所历所闻整理记录下来。听见顾杲说话,他只是抬了抬头,便重新把注意力集中到写作上去。

今天已经是四月二十六日,三位社友在这所兵马司属下的东城监狱,已经蹲了整整半个月。他们是在冒襄出逃的第二天先后被捕,关进来的。起初,他们猜测吴应箕和冒襄恐怕也在劫难逃,只苦于得不到消息。直到几天后,校尉班首郑廷奇私下前来探视,他们才得知冒、吴二人已经逃脱,还知道大收捕的前一天,郑廷奇曾经前去通知他们,谁知他们三人全都不在家,到了第二天再上门,已经迟了一步。得知这一情形,陈贞慧和黄宗羲倒还没有什么,惟独顾杲懊恨异常,一天到晚长吁短叹。加上半个月来,他们一直被不明不白地关着,既不见提审,也没有释放的迹象,这就使顾杲更加难以忍耐,心情也愈来愈恶劣。这会儿,大概看见两位社友都无动于衷,他又焦躁起来,转过身,怒声质问:

"就是要死,也该有一顿送终饭!似这等不理不睬的,算什么!"

说完,他使劲击拍着木栅,扯开嗓门,"喂——喂——喂——"地吆喝起来。

即便如此,外间仍旧没有任何反应,倒是隔壁牢房里的囚犯们被惊动了,传来了不安的声响。

看见朋友这样子,陈贞慧终于放下笔,走前去挽住顾杲的胳臂,劝慰说:"子方,不须如此,外间想必是给什么事耽搁了,过一会儿就会送来的。来,且坐下,弟有话与兄说。"

顾杲起先还不肯依从,但拗不过陈贞慧一再相劝,只好跟着回到土炕上,哭丧着脸坐了下来。

这是一个低矮而窳败的土炕,铺着一张满是裂口和破洞的草垫,由于用了不知多少年,垫上的草茬已经发黑、朽烂,用手轻轻一碰,就会纷纷断落。倒是土炕的边沿,被一起又一起的犯人磨蹭了多年之后,变得黑硬油亮,就像一段疙疙瘩瘩的木橡子。在土炕的背后和左右两边,是三面没有粉饰的砖墙,上面尽是斑斑点点的秽迹,还有一些用指甲或瓦片刻出来的歪歪扭扭的字,有的是一首诗,有的是几句话,内容多半离不开蒙冤受屈嗟叹,以及对家中亲人的思念。大约语意过于悲凄,令后来者不忍卒读,其中不少又被刮去,划掉,变得有点扑朔迷离,难以辨认。

现在,陈贞慧的目光就在这样一堵墙壁上逗留着。不过,他并不是为着辨认上面的字迹,而是在考虑怎样慰解顾杲。

自从左良玉兴兵东下的消息传开之后,陈贞慧已经估计过它可能带来的种种后果,其中也包括眼下这种后果,并且考虑过是否应该及早抽身,远走避祸。不过,他又想到万一左良玉"清君侧"成功,朝廷的权柄重新回到东林派的手里,到时候自己就会因为"临阵脱逃",而被看作胆小怕事,心志不坚。纵然不至于被完全排斥,恐怕也难以在新格局中昂然立足。这对于一心期待能跻身于政治核心以施展抱负的陈贞慧来说,将是痛苦的、无法接受的。就因这么一犹疑,结果落到了今天的境地。不过,也许对于好坏两种后果,事先都有准备的缘故,他倒能比较平静地对待命运的严酷安排。事实上,由于各种原因,在政治场中抗争失败,而惨遭迫害,终至于一死以殉的仁人志士,古往今来,可以说不知凡几。其中也包括天启年间的东林先辈们。而他们的英名,也因此长留千古。这对于把自己的一生志业,同兼济天下紧密联结在一起的人来说,应当是没有什么可怨恨的。正因为彻悟到这一点,对于顾杲的焦躁烦乱,陈贞慧反而能够以一种包容的,乃至悲悯的胸怀来对待,并总是尽可能地加以宽解。

"子方,你且把心放宽一些!"沉吟了片刻之后,他用安慰的口吻说,"据弟想来,这事或许不如兄所想的那等严重。岂不见我们进来已经半月,尚不见提堂审问,想必彼辈手中并无凭据。若是如此,国法俱在,他们也不能随意定谳!"

停了停,看见顾杲闷声不响,依旧一副愁眉苦脸的神情,他又说:"况且,这一次权奸仗势,滥捕无辜,人心必不直彼之所为。前日黄安来说,泽望兄正在外间四处奔走投诉,此事已经惊动朝端,迟早必定有人出头为我辈说话。马瑶草纵然横恶,格于公论,大约也未敢遽下杀手。兼之左良玉兵败后,事势已经渐见平息,只待再拖得几时,待案子冷了,托人从容分说,未必便无解脱之望!"

顾杲神情呆滞地摇摇头,绝望地说:"左兵若是真个来到倒好,偏偏又败了!把我辈抛闪到这种地步,还有什么指望!周、雷二公都被害了,狗贼权奸又怎会放过我们!"停了停,他突然抬起头,圆睁着双眼,怒气冲冲地大声说:"要死就快点死,我顾某不怕!可这么天天关着,不明不白地捱命,没个了局,兄捱得下去,我可捱不下去——捱不下去!知道么!"

"兄放心,"陈贞慧同情地凝视着朋友,轻轻摇着头,"弟不会让兄等这么捱下去的。说起来,连累兄等陷于今日之困厄,其责实在弟。是故一俟将《过江七事》草成,弟便另拟一状,将当初发表《留都防乱公揭》之经过底蕴,以及虎丘之争、借戏骂座诸事,一一全盘写出,说明俱系我一人之谋划,与兄等其实毫无关涉。并正告阮圆海,如欲报仇,弟愿以一身当之,不得株及他人。如此,则此狱当可早日了结,兄等亦可望早脱罗网了!"

陈贞慧这番话,是用沉着而坚定的口吻说出来的。事实上,他也决心这样做。但是,顾杲却一下子愕住了。他长久地、不认识似地直瞪着朋友。渐渐地,一种混杂着激动、悔恨和痛苦的表情,从他那张长着一只长鼻子的脸上呈现出来,一双眼睛也开始发红,而且湿润了。忽然,他离开了土炕,向前踉跄了一步,猛地扑倒在陈

贞慧的脚下,呜咽地大声说:

"不,不,兄不能那样做!兄没有错,是弟等错了!弟等当初千不该,万不该,不该不听兄的忠言,结果弄到今日的局面!弟而今才明白,兄是对的!是对的!弟决不能反让兄自任其咎!不成,不成,真的!"

看顾杲泪流满面、悔恨已极的样子,陈贞慧心头一热,眼睛也不由得潮湿了。事实上,在过去大半年间,经受了社友们越来越严重的误解、指责和排斥孤立之后,终于听到了发自肺腑的认错和忏悔,对于陈贞慧来说,实在再没有什么比这更值得欣慰和激动的了。他连忙站起来,伸出双臂,一边使劲地把顾杲扶起来,一边打算以更恳切的剖白来回报对方。然而,就在这时,身后传来了黄宗羲冷冷的声音:

"哼,我们有什么错?我们一点儿错也没有!要说有错,就错在当初史道邻、吕俨若、张金铭、姜居之、高研文,不该一个个全都走掉了,把朝廷拱手让给马老贼!"

对于史可法当初自请督师扬州,黄宗羲一直心怀不满。这一点,陈贞慧是知道的。但是吕大器、张慎言以及姜曰广、高弘图等人的辞官而去,却是由于马士英及其党羽对他们一再攻击,而弘光皇帝不仅不加制止,反而有意偏袒攻击者,使他们感到在朝廷中再呆下去,已经没有可能,迫不得已才辞职的。现在,黄宗羲连他们也一并加以指责,可就使陈贞慧感到有点意外。他回过头去,疑惑地望着独自坐在角落里的黄宗羲,没有马上答话。

"到底,"黄宗羲抬起头,气哼哼地质问,"君子出仕于朝,是为天下,还是为君主?是为万民,还是为一姓?啊?兄说,说呀!"

陈贞慧知道对方脾气偏激,见解常常与众不同,而且那些怪想法大都钻得很深,不是一下子就能猜得透。迟疑了一下之后,他小心地回答:"'天子受命于天,天下受命于天子'。为君主即是为天下。此乃古今通理,似不必复有疑义。"

黄宗羲哼了一声:"古今之通理?这不过是汉儒借以献媚于君主的游辞而已!后世又复张扬之,崇奉之,遂令世人以为理本如此。殊不知,为臣之理,绝不如是!"

"噢,那么兄以为……"

"上古之世,君主所以立,实因天下有公利须兴,公害须除,于是推一首倡之人,出任其劳。当其时,天下为主,君实为客。又因天下之大,非一人所能治理,而须分治于群工,于是复有人臣之设。故君与臣,名虽异而实相同——无非为天下万民分任其劳而已!明乎此,则身为人臣者,其进退出处,当以天下万民之休咎祸福为归依,而不应以君主之亲疏好恶而取舍。若吕、张、姜、高诸公,仅以见疏于今上,便意不自安,草草告归,弃天下万民之责而不顾,此亦与史道邻自请出守淮扬,同为不明君臣之义!"

在当时,君权之重已达到登峰造极的地步。早在明朝开国初年,太祖皇帝为了"收天下之权以归一人",废除了沿袭一千多年的丞相制和沿袭了七百多年的三省制,将相权并入君权,撤销了行省,设立各自直接受朝廷统辖的"三司",废除大都督府,分设五军都督府,与兵部分掌兵权;此外,还有"不衷古制"的廷杖制度和锦衣卫的设立。这一切,都将君权扩展到了极点。明太祖还因为孟子说过"民为贵,社稷次之,君为轻",以及"君以臣为草芥,则臣以君为寇仇"一类的话,而极为恼火,下诏将孟子的牌位逐出孔庙,并将《孟子》一书删去三分之一。经过这一系列严厉的措施,君主具有神圣不可侵犯的绝对权威,已经成为人们心目中根深蒂固的观念。现在,黄宗羲重新对君主的独尊地位表示非议,竟认为臣子应当具有独立于君主之外的意志,这确实是惊世骇俗之谈。所以陈贞慧于错愕之余,竟忘记了对答,只是满心疑惧地茫然望着朋友。

黄宗羲却分明被这一刻里所呈现的思路所吸引,他变得兴奋起来,眼睛也开始闪闪发光。

"不错,"他一挺身站起来,挥着手大声说,"君臣之义,其暗昧不明亦可谓久矣!近世之人,俱以为臣为君而设,并为君而治天下万民。一朝出仕,便惟人主知遇之恩是荷,于是奔走服役,以奴仆婢妾自处而不疑。其实大谬不然!须知世上之所以有君、臣之名目,乃在于有天下万民之故。若我无天下万民之责,则君与我有何相干?而就担当天下之责而言,君臣之分,无非师友而已!万历初,神宗皇帝待张江陵之礼稍优,其实较之古之师傅,尚未及百之一,论者便骇然以为江陵无人臣之体。其实江陵之辈,正在不能以师傅自待,而听指使于宦官宫妾。世人反不责此,岂非昏昧之甚!"

起初,陈贞慧只是惊愕地听着,但看见朋友越说越没遮拦,越说越不成体统,而且显然完全忘记了此刻正身在狱中,他不禁担心起来,连声阻止说:

"太冲,别说了,你别再说了!"

然而,毫无作用。只见黄宗羲那一张小脸因为激动而涨得通红,目光也变得愈加尖刻而执著。显然,他正处于一种自己所认定的真理光华的笼罩当中,并且狂热地试图把握它,发挥它,让它去照亮周遭的黑暗。在这种情势下,即使把利刃架在脖子上,恐怕也不能制止他的演说——

"况且,天下之治乱,不在一姓之兴亡,而在万民之忧乐。譬如桀纣败亡,天下始得以为治;秦政、蒙古之兴,只足以肇天下之乱。而小儒规规焉,以为君臣之义无所逃于天地之间。至桀纣之暴,犹谓汤武不当诛之,而妄传伯夷、叔齐无稽之事。其视天下万民崩摧之血肉,直与泥沙草芥无异。兄等试想,天地之大,兆人万姓,岂能为一人一姓所独私?所以武王乃真圣人,孟子之言乃圣人之真言。后世君主,竟有废孟子而不立者,实在是没有道理的事!"

陈贞慧目瞪口呆地望着大放厥词的朋友,心里愈来愈惊骇。

"啊,'天下之治乱,不在一姓之兴亡'。照他这么说,岂不是连眼下大明能否复兴,也是无关紧要的么!照这么说,倘能致万民于安乐,不管是流寇、建虏,或是别的什么人,都无妨公然拥戴之、事奉之?这、这是何等大逆不道的话!"现在,陈贞慧觉得黄宗羲的思想十分危险,也十分可怕。"哎,他怎么生出这种无父无君的念头来?他怎么会变成这样子?看来,皆因他平日太好胡思乱想,加之眼下又是这样一种处境,所以便走入了魔道而不知!"这么一想,陈贞慧就变得严肃起来。他不再吃惊,而是觉得有责任对朋友严加纠斥,以防有朝一日,对方会做出像洪承畴、吴三桂或者周钟、方以智那样可耻的失节事情来。

当陈贞慧抬起头,却发现黄宗羲已经自动停止了演说。仿佛从某种迷乱的状态中突然惊醒似的,他望望陈贞慧,又望望顾杲。看见两位朋友全都神色阴沉地瞅着他,对于他刚才所宣说的一套,丝毫没有兴奋或赞同的表示,黄宗羲那张瘦小的、尚未褪尽兴奋红晕的脸孔,就现出疑惑、惶恐的表情。有片刻工夫,他迟疑地张了几下嘴巴,似乎想解释什么,但终于只是咬紧了嘴唇,像一头准备抵角的公牛似的低下头去,倔强地皱起了眉毛。

四

扬州——扼守江北门户的重镇,终于被挥戈南进的清军攻陷了。那是一场兵力悬殊,然而又惨酷异常的攻守战。史可法在以血书向朝廷求援毫无结果而手下的将领却接连率部叛逃的绝境中,仍旧督率仅余的四千兵卒苦守孤城,使敌人遭受了严重的损失。最后,清军是踩踏着城下堆积如山的尸体,才得以登上城头的。早已怀着必死之志的史可法见大势已去,当即拔刀自刎,被部下拼命救下之后,很快又落入了清军之手。他在敌人面前坚贞不屈,拒绝劝降,结果壮烈殉国。接着,清军就向全城的百姓开始了疯狂的大屠杀,从四月二十五日起至五月五日止,一连十天,扬州城内血流成河,尸横遍地,到处震响着征服者血腥的狂笑和老百姓凄厉的哀号。最后,数十万生灵被消灭了。扬州这座以繁华奢靡和多灾多难同样著称的历史名城,转瞬间变成了一片废墟。

当扬州陷入重围、危在旦夕的当儿,南京的朝廷却依旧陶醉在因左良玉兵败而如释重负的轻松气氛中。马士英、阮大铖及其同党们更是忙于发布左良玉的罪状,公开加以声讨;相反,对于即将临头的亡国大祸,却懵然不知。直至城陷之后的第二天,镇江龙潭驿的探马向朝廷飞报:江面上出现了清军的木筏,并发炮轰塌了镇江城的四个墙垛的时候,刚愎自用的马士英还拒不相信,竟下令将信使捆起来,重加责打,作为对谎报军情者的惩戒。

然而,这种自造的太平假相,毕竟经不起接二连三的警报打击。到了五月初六日,被屠城的欢乐大大鼓舞了士气的清军主力,终于推进到了瓜州渡口,沿长江北岸排开了阵势,并且利用大批伪装的灯船向南岸开始了试探性攻击。这时候,弘光朝廷才从太平酣梦中惊醒过来,上上下下陷入了空前的惊恐和混乱之中。就连马士英也无法故作镇定。他赶紧把效忠于他的三千贵州籍子弟兵调进城中,让他们驻扎在鸡鸣山,以防不测;同时,还专门调来二百名亲兵,替他日夜守护府邸。直到感觉自己的安全有了保障之后,他才发出传单,召集百官于第二天——也就是五月初七日齐集清议堂举行会议,商量应变之策。

现在,已经到了约定日期,接到传单的大臣们也都陆续抵达,一共是十六位。除了马士英、次辅王铎、蔡奕琛、兵部尚书阮大铖、礼部尚书钱谦益、都察院左都御史李沾和其他一些重要官员之外,目前正负责着南京防务的忻城伯赵之龙也被特别请来参加。这些人,按照各自地位的高低,端坐在被排列成凹字形的一圈椅子上,在听了马士英简单的开场白,以及阮大铖、赵之龙二人分别就清军动向和南京布防情况的介绍之后,有好一阵子,清议堂内变得一片肃静,谁也没有开口,只有窗外哗哗地响个不停的雨声从堂门外、窗牖间,夹着凉风阵阵传送进来,使人们的身上、心上平添了几许寒意。

面对着这种情形,坐在左边第三张椅子上的钱谦益感到越来越沉不住气。事实上,尽管在宦海中沉浮了数十年,经历了不知多少风险和挫折,但是目前所面临的这种局面,还是他一生中从来没有遇到过的。无疑,一年前已经发生过北京陷落的剧变,可那到底是远在数千里外的事。他于惊痛之余,私下里还不免有点儿侥幸,甚至幻想。然而这一次却不同了,局势的发展,把他一下子推到了生死存亡的紧急关头,并强迫他作出抉择。由于局势的转折来得太快、太突然,他还来不及进行深入的考虑。但凭着数十年的从政经验,他分明意识到:任何一步错误的决定,都不仅可能给江南朝廷带来毁灭性的后果,而且自己的一生,也将从此断送。正是这种感觉,使钱谦益的心情变得乱糟糟的。他很想表达一点什么想法,但动了几次嘴巴,才颓丧地发现,其实自己什么想法也提不出来。于是,他只好极力掩饰住心中的焦急和慌乱,把目光一会儿停留在这一个与会者脸上,一会儿又转移到另一个与会者脸上。

现在,钱谦益把目光投向了坐在主位上的马士英。从这位内阁首辅出现在大堂之后的一刻起,钱谦益已经无数次地窥伺过那张带着一把山羊胡子的瘦脸,以及那双经常是隐藏在低垂的眼皮底下的、令人捉摸不透的眼睛。事实上,自从当上了首辅之后,马士英的表情和举动,已经变得越来越倨傲自负,高深莫测了。这自然是因为充分意识到自己所处的地位,以及所掌握的权力的缘故。不过,局势到了目前这一步,尽管马士英表面上仍旧一如既往,不动声色,但钱谦益却猜测得到,对方此刻心中所考虑的,不外乎也就是三种选择:抗战、投降,或者逃走。这其实也是钱谦益自己所面临的选择。然而无论哪一种选择,前景似乎都不见得美妙。刚才钱谦益之所以欲言又止,原因也在于此。那么,马士英到底准备采取哪一种对策呢?这是钱谦益所急于知道的。但是令他失望的是,尽管他的目光在对方脸上探究了足有一盏茶的工夫,马士英鼻翼旁边那两道刚愎的皱褶仍旧纹丝不动,甚至连眼皮也没有抬一抬。于是,钱谦益只好把视线转移到坐在旁边的阮大铖的脸上了。

前一阵子,左良玉起兵"清君侧"的消息传来之后,有好几天,阮大铖变得又凶又蛮,就像一只被迫到死角上的野兽,经常在大庭广众之中说着说着,就大瞪着眼睛,莫名其妙地咆哮起来,那神情,简直像是要吃人,弄得同僚们见了他就躲着走。接下来,阮大铖更干脆自告奋勇,同刘孔昭一道领兵西上,参与抵御左良玉的战事,直到左兵被击溃,他才得意洋洋地还朝奏捷,但是凶横的气焰却并未因之收敛。就在几天前,他还上疏弘光皇帝,强硬主张追究当初没有遵旨发表文告,对左良玉表示声讨的那些部、院衙门,其中也包括礼部在内,使钱谦益着实惴惴了几天。因此,直到此刻,钱谦益虽然偷偷地瞟着对方,心中仍旧不无怯意。不过,眼前的阮大铖却显得似乎有点颓丧。他微微昂起头,两道扫帚眉耷拉着,一双乌溜溜的眼珠子也失却了平日的神采,变得有点呆滞和茫然。看来,就连这个满肚子鬼主意的胡子,也感到末日来临,束手无策。不过,也可能只是为这一天来得太早,使他未能彻底完成复仇计划而懊丧罢了。这后一种猜测使钱谦益打了一个寒噤,不由自主地把视线逃也似地溜了开去。

接着,一张轮廓分明的长脸映入了钱谦益的眼中——白里泛青的皮色,一支骨棱棱的鼻子和两片薄嘴唇,使这张脸显得冷酷无情。不过,最引人注目的是那一双眼睛,眼眶特别大,与瞳仁相比,眼白又显得太多,以致几乎任何时候都显得异样地傲慢不逊。这是忻城伯赵之龙,目前正主管着南京城的防务。如果说,在座的其余十五位大臣,此刻都分明心事重重,有点六神无主的话,那么只有他显得最为从容镇定,似乎早已胸有成竹,就差等待合适的时机,把自己的主张说出来而已。事实上,赵之龙已经有点不耐烦。他不停地看看这个,看看那个,现出急于开口的样子。

"啊,不知老先生有何明见?"当两人的视线碰在一起时,钱谦益冲口而出地问。这句话来得如此突然,甚至说出去之后,连他本人都觉得意外,并为自己的冒失而有点后悔。

然而,大堂之上已经持续了许久的沉默,毕竟因此被打破了。赵之龙固然正等待着这一问,而在座的其他大臣,也全都受到吸引,纷纷向他们转过脸来。

赵之龙却没有立即说话,出于礼仪习惯,他先把目光投向马士英,显然在等待后者的许可。然而,甚至到了这时,马士英仍旧一动不动地坐着,既没有改变姿势,也没有表示可否。这种神气,把赵之龙弄得有点迷惑,也有点不安。但急于表达见解的欲望看来最终占了上风,所以沉默了一下之后,他还是转向钱谦益,点一点头,回答说:

"老先生既然下问,我学生亦不妨直陈鄙见。时至今日,北兵倾师南下,已是势不可止。设若江防能守得住,留都尚有一线生机,万一不守……"

"啊,该当如何?"看见赵之龙故作停顿,好几个声音紧张地追问。

赵之龙紧皱眉毛,从牙缝中挤出一句:"亦惟有设法通款而已!"

"通款",一般是指的交涉、求和。但在目前的情势下,谁都明白,这不过是一种委婉的说法,真的意思就是投降!所以钱谦益听了,心中蓦地一震。无疑,这也是他早已设想过的一种选择。但在清兵还只是到达江北的情势下,贸然提出投降,却似乎还为时过早。因为这毕竟是一种最可耻可羞,因而也是最迫不得已的选择。何况眼下赵之龙正担负着保卫南京城的重任,这话竟首先出自他的口,实在是极之不祥。钱谦益本能地冲动了一下,打算加以反对和诘责。然而,话到嘴边,又顿住了。因为他忽然发现,在赵之龙提出这个主张之后,大堂上又变得一片静默,固然没有人表示反对,甚至连愤然作色的也没有,仿佛大家都在认真地考虑这种主张,一部分人甚至似乎表示默许。"哎,如果到头来他们全都附议'通款',那么我首先表示异议,将来传扬出去,岂非大大不利?"钱谦益打了一个寒噤,暗骂自己糊涂;于是赶紧屏息低头,摆出同大多数人一致的神气。

然而,大堂上渐渐地又有了响动,声音不高,而且有点含混,不大清晰。那是一部分人开始交头接耳。钱谦益自然极想捕捉到一些谈话的内容,却苦于听力不佳,尽管一再地侧起脑袋,耳畔仍旧只是嗡嗡嘤嘤的一片,不甚了了。这使他好不心焦。偏偏坐在右侧的阮大铖和坐在左侧的李沾全都正襟危坐,不声不响,更把他弄得毫无办法。幸而,这种状况没有持续太久。终于,有人正式发问了。那是左副都御史杨维垣。

"请问老先生,目下京营之兵,共有多少?"

"尚有约二十万之众。"赵之龙回答。

"哦,京营二十万,俱是劲旅精兵。背城借一,尚堪一战。况且北兵远来疲敝,我兵以逸待劳,兼之留都城池坚牢,绝不在北京之下,未必便不能固守。只须稍假时日,待四方勤王之兵至,纵使不能一鼓破敌,亦当能驱之使去,又何必仓促言款?"

赵之龙的目光冷冷地闪动一下,面无表情地说:"若谓京营是劲旅精兵,则江北四镇又何尝是疲兵弱卒?况且数目更倍于京营,尚且不能保有淮扬。如今欲以区区二十万人,御北兵乘胜之众,岂非妄想!"

大约赵之龙的口吻有点不客气,身体肥胖的杨维垣那张扁平脸涨红了,声音也高了起来:

"留都乃太祖皇帝定鼎之地,江南民心,赖此而系。我辈臣子,世受大明厚恩,若不战而降,试问将有何面目以对太祖皇帝在天之灵!"

这个杨维垣,也如同阮大铖一样,在天启年间曾经阿附魏忠贤,被列名逆案。这次重新获得起用后,便死心塌地跟着马士英、阮大铖,专门以弹劾排斥东林人士为务,干了不少坏事,很为东林、复社方面所憎恶。所以,这一次他竟然如此慷慨激昂地反对投降,倒使钱谦益感到十分意外;同时也就猜测:莫非这就是马士英、阮大铖的意思?他不由得转过脸去,再一次打量那两个人的神色。然而,使他感到迷惑不解的是,无论是马士英还是阮大铖,仍旧是老样子,根本看不出有什么赞同或否定的表示。

这时候,倒是左都御史唐济世、兵部右侍郎李乔、詹事府詹事陈于鼎等人纷纷参与进来,你一言我一语地开始劝说杨维垣:

"老先生不必如此,赵老先生不过是出此一议,款与不款,尚可从长计议!"

"留都乃太祖皇帝陵寝所在,一旦开战,势必震惊梓宫,不可不虑!"

"留都数十万生灵俱系于我辈一念之间。惟有审时度势,谨慎从事,方可免于涂炭!"

大约看见杨维垣的脸越涨越红,马上就要再度发作,同他颇有交情的御史张孙振出面排解了:

"哎,时危势迫,相争无益。我等还是且听阁老大人如何处置吧!"

听他这么一说,大家果然停止了争论,一齐把目光集中到马士英的脸上,等待他决断。

马士英却依旧一动不动地坐着,对张孙振的话仿佛听见,又仿佛没有听见。直到大家等得有点心焦,打算开口催问的时候,他才终于抬起眼皮,缓缓地说:

"嗯,事关至巨,待学生奏明皇上,再行定夺吧!"

只吐出这么简短的一句,他就扶着椅子的扶手,站了起来,向大家拱一拱手,头也不回地向大堂的门外走去。

五

虽然马士英表示要去征求皇帝的意旨,但清议堂的会议结束之后,又过了整整两天,事情却始终没有下文。相反,在这两天中,从东线上传来的消息变得越来越骇人——一会儿传说清兵正在渡江,镇江一带发生了激战;一会儿又传说镇守镇江的总兵官郑鸿逵,已经带领麾下的福建兵弃城而逃,另一位总兵官黄斌卿则干脆连军队也不要,只带着几名随从乘船潜逃。到了五月九日,形势变得更加可怕,说是清军的大批人马已经渡过长江,从镇江直扑丹阳。常(州)、镇(江)二府巡按杨文骢无法抵敌,已经带领残兵逃往苏州。消息传开,整座南京城都陷入了空前的恐慌之中。大街小巷里,人人都怀着大难临头的惊怖,议论纷纷。与此同时,一股大逃亡的风潮,也在急剧的酝酿和发生之中。全城上下,从官员、缙绅到富商、小民,纷纷收拾家当,互相串连,打算出城避难。每当一户人家已经顺利逃出的消息传开,便使十家、二十家,乃至上百家受到诱发,掀起更大的逃亡浪潮……

大约是为了安定人心,弘光皇帝在五月初十日下达两道圣旨:

一、缙绅家眷一律不许出城。二、召集梨园子弟入宫演剧。但是,与此同时,还有第三道圣旨,就是前些日子所选定的四名淑女——目前都安置在经厂里——也命令放还母家。正是这第三道圣旨,引起了钱谦益的警觉。因为这四名淑女,是一个月前由钱谦益奏明弘光皇帝,由皇帝御驾亲临元晖殿,对来自南直隶和浙江的一百二十名候选者一一过目,最后从中挑选出来的。不久前,太监李永芳曾奏催为举行大婚措办银两,皇帝还下旨:"着该部火速挪借。"其中光是未来皇后的珠冠、礼冠、常冠三项开支,就花了四万两银子。那一阵子,正碰上左良玉起兵,风声很紧,但筹备大婚的事一直没有停止。可眼下,忽然传旨将淑女放回家去,事情看来就决不是那么简单。"啊,莫非皇上已经灰心绝望,决定仿效大行皇帝的榜样,一死以殉社稷?"这个念头一闪现,钱谦益顿时变得十分紧张,有片刻工夫,他再也坐不住,身不由己地离开了椅子,开始倒背着手,在书房里急促地徘徊起来。

的确,早在三天前的清议堂会议上,钱谦益已经估计到,摆在南京朝廷面前只有三种选择——抗战、投降、逃走。但对于其中各自的含义和后果,当时他还来不及深入思索。甚至在赵之龙提出投降的主张之后,钱谦益仍旧没有认真琢磨。可是眼下不同了,弘光皇帝一直没有对投降的主张表示支持,但也没有全力备战;从直至今天,仍旧召集戏班子入宫演戏的举动来看,似乎也不大像要弃城出逃。那么说不定就是打算一死殉国。如果真的出现这种事态,钱谦益作为大臣,照理也应当跟着殉节。这样做,自然不失壮烈忠勇,而且必定会赢得世人的称颂。但自己是钱氏本支的惟一传人,家中还有一份产业,身边还有一位如花似玉的爱妾柳如是。这些都使钱谦益不能断然舍弃。何况潜心苦学了大半辈子,积下了一身学识,还未能得到充分发挥。特别是自己平生有一个最大的宿愿:打算编著一部明朝的历史。为此他已经收集了大量资料,自信一旦编成,定能留名千古。如果在这当口死掉了,实在是难以瞑目。嗯,如非万不得已,看来最好能够不死!那么逃走呢?譬如说躲藏起来,待机而动;或者从此归隐田园,不问世事。看来,那也不是办法。别说自己身为大臣,当皇帝还守在京城时,不能私自逃走。即使真的逃了出去,待到清朝取得南京,进而举中国而有之的时候,自己其实也无处可躲。何况以自己的身份名望,也一定会被千方百计搜寻出来。如果"死"和"走"都办不到的话,那么剩下的选择,似乎就只有投降。说到投降,在别人看来是否易于接受且不管,至于钱谦益,却分明感到一种出自本能的厌恶和恐惧。事实上,如果他仅仅是一个微不足道的人物,或者是一个不知礼义的武夫,那么投降是容易的。然而他偏偏不幸而成了一位朝野瞩目的元老重臣,一位文坛中享有盛名的领袖。一旦变节投降,他绝对逃不过苛刻的公论和无情的史笔。甚至千载之后,仍旧会受到后人的指责和唾骂。这正是钱谦益所担心、惧怕,无法坦然置之的。

他在窗前停了下来。外边虽然没再下雨,但仍旧阴霾密布。才交申时,天色已经一片昏黑。这种景况,从三天前起就是如此。加上大风一直刮个不停,使整个天空被翻滚而过的乌云遮盖着,一天到晚阴阴沉沉的,有时大白天也得点上灯烛。看起来,仿佛连上苍也为即将临头的亡国大祸,感到愁惨和恐慌。"啊,或者皇上并非打算殉国,而是准备投降呢?是的,这决非不可能,甚至可以说,这才更符合他的秉性!其实,即使皇上与老马已经定策向清朝行'款',事情也必定是秘密进行,不会让我们知道。当然,要是皇上决定了,我们做臣子的就只有服从。即使后人要责怪,也责怪不到我的头上。因为并不是我愿意这么做!"由于忽然发现了一条摆脱困境的可能出路,钱谦益顿时觉得心定了一点,甚至有一种如释重负的宽慰。于是开始集中精神,沿着这条思路琢磨下去。他想到,虽然是跟着皇帝投降,但一旦投降了之后,便不可能再仰仗皇帝的庇护,必须自谋安身自保之道。这就得设法结纳征服者当中的有力人物。为此,送礼和花钱又是绝对少不了的。倒是自己去年为谋求复出起用,几乎把家中全部积蓄都掏空了。来到南京之后,虽然想方设法地搜刮,多少弄回了一点,毕竟为时尚短,所得有限。但也顾不得许多了。"哎,与其临渴而掘井,不如未雨而绸缪,还是及早打点为好!"

这么拿定主意,钱谦益就来了精神,回过头去,兴冲冲地叫:"李宝!"

等仆人应声出现,他就吩咐传话进去,让柳夫人赶紧把一应财物打点归拢一下,但不要装箱打包,待他回来,自有区处。李宝应诺退出之后,钱谦益也匆匆出门,会同太监田成、李永芳等人,前往经厂,把发放淑女的事办理完毕,然后立即赶回衙门,换过便服,就径直向内宅走去。

已是盛暑的天气,要在往年,早就热得令人坐卧不宁。这些天不是下雨就是刮风,反倒变得好过一些。然而,这小半天,外面的风住了,屋子里便陡然燠热起来。钱谦益满心想着,此刻柳如是必定正按照他的吩咐,在上房里忙得额角见汗。然而,当他踏进起居室时,却发现里面静悄悄的,连个人影也没有。他不禁微微一怔,赶紧走向右边的寝室,一把撩开帘子,这才看清了:原来他那位娇小玲珑的侍妾,只穿着一件极薄的、半透明的蕉布亵衣,半侧着身子,躺在垂着碧纱帐子的凉榻上。在旁边一盏斗色晶灯的映照下,丰润的肌体和大红抹胸隐约可见。她仿佛没有听见丈夫的脚步声,依然曲着一只雪藕般的美丽胳臂,用五根指甲上涂了蔻丹的手指,捏着一柄淡翠色的团扇,轻轻地盖住了脸庞,枕畔只露出一头乌云般的丰厚秀发。

也许被这蓦然映入眼中的美妙图景所打动,虽然瞥见丫环红情手里端着一只水盘,正从屏风后转出来,钱谦益却摇一摇手,示意她不要声张,然后放轻脚步,走近凉榻,目不转睛地欣赏着侍妾的睡态;一股比过去更加强烈的不胜爱怜的感觉从心底里升腾起来,顷刻间涨满了他的心胸。"啊,仅仅是为了她,我也不能就这样去死!"他不舍地、执著地想。这当儿,红情已经把一张坐墩移到榻旁,于是钱谦益也就先坐下来,然后伸出手去,在侍妾的胳膊上轻轻拍了拍,打算问一问,为什么还不动手打点财物。然而,柳如是仍旧一动不动,对丈夫的到来,似乎毫无知觉。

看见侍妾这样子,钱谦益心中不由得犯了疑,因为柳如是没有按照自己的吩咐去做,显见是事出有因。以她的秉性,绝不会在对自己说清楚之前,就安然睡去。因此,她此刻更有可能是在赌气。

"嗯,适才出什么事了么?"钱谦益皱起眉头,回头问红情。

"没、没出什么事呀!"大约看见主人神气不善,红情显得有点慌张。

"那么,有什么人来过没有?"

"人?哦,适才惠姑娘和卞姑娘来过,坐了不大一会,就去了。"

"嗯,她们说了些什么话?"

"哦,她们说、说、说鞑子兵要打来了,城里好多人都打算逃难,乱得很。"

"还有呢?"

"没、没有了!"

钱谦益不再问了。不错,近一个多月来,他确实对柳如是隐瞒了时局的许多变故,像左良玉兴兵东下、扬州失守,以及最近的清议堂会议等等,他都没有透露,为的是免得她担惊受怕。"嗯,她跟了我这些年,大约最得意也就是这一段日子了,那么就让她尽情快活几天吧!"忧急之余,他不止一次地想。没料到,一番良苦用心,却被惠香和卞赛赛一下子给揭破了。

"哎,你又何必生气?这不,我也正打算同你商量呢!"弄清了侍妾赌气的原因,钱谦益就把脸重新转向凉榻,连哄带解释地说,"外间的情形确实有点不好,北兵要打来也是真的。不过皇上还守在城里,马瑶草前日召集文武大臣到清议堂去会商,看样子要对北兵行款,若此举得成,今后这官还是有得做的,不过少不得又要有些花费。所以我才命李宝来传话,请夫人把手中的积蓄打点一下,也好心中有个数儿,不致到时手忙脚乱。"

尽管他这么解释了,柳如是依旧躺在那里,纹丝不动,就像压根儿没有听到。

看见侍妾执拗的样子,钱谦益不由得皱了皱眉毛,稍稍提高了声音,催促说:

"嗯,别尽躺着了,北兵不定早晚就到。快点起来一道打点。"

"打点什么呀,没有!"柳如是终于说话了。但隔着一柄团扇,暂时还看不清她的表情。

"怎么会没有?才只大半年间,太多自然说不上,但好歹总还有一点,我记得……"

"说没有,就是没有。谁还骗你不成!"

"没、没有?那——那怎么会?"

钱谦益眨眨眼睛,有一点气急。无疑,以柳如是心高气傲的脾性,对于自己有意向她隐瞒外间的局势,自然会大不高兴。可是,刚才自己不是都给她说清楚了么?眼下已经到了火烧眉毛的当口,她还只顾逗意气、闹别扭,这可就未免太过分。何况,别的钱谦益不知道,但前些日子不歇地接待前来走门道、求官职的贡生,各式礼物收下了不少,当时他都吩咐送到内宅去交柳如是打点收拾。谁知,如今侍妾竟一口推个干净!钱谦益有点着恼了。不过,当视线落到对方那袒露在亵衣下的光洁脊背,以及那深陷的、正美妙地扭转着的腰眼窝上时,他的心又不由得软了下来,于是撩起碧纱帐,坐到凉榻上,轻轻拍抚着侍妾,半劝半哄地说:

"哎,别耍孩子脾气了,快点起来,帮为夫打点一下,看看都有些什么东西。打点清楚了,心中也好踏实点儿呀!"

一边说着,他那只青筋暴露的、长着老人斑的右手,就一边顺着柳如是的腋窝伸过去。不料,却"啪"的一声,被柳如是狠狠打了回来。

"讨厌!我说了,没有,没有,没有!你听见没有?"她尖声地叫,使劲蹬着小脚儿。

钱谦益错愕了一下,那张黝黑的、长着一部花白胡子的脸顿时沉了下来:"你说没有,那么,你说,东西和银子都到哪儿去了?说呀!"由于柳如是在这当口上所表现出来的刁蛮和任性,实在过于没有道理,钱谦益当真冒火了,语气也陡然凌厉起来。

然而,柳如是毫不示弱,她一翻身坐起来,脸蛋涨得通红,圆睁着两眼,激怒地嚷:"到哪儿去了?告诉你,吃啦,花啦,被我偷啦,遭强盗抢啦!这成了吧!"

这又是钱谦益始料不及的回答。而且,这个娇小女人发起怒来的气焰是如此凶猛逼人,竟把钱谦益吓得一下子站离了凉榻,张皇失措地倒退两步。不过,当弄清对方显见是成心无理取闹时,他的怒火就被煽得更加炽旺,不可抑制了。

"好嘛,这里既然什么都没有,那么你就给我回常熟去,卖田,卖地,卖房子!也要把钱凑足,给我送来!"

"成啊,你要卖,只管卖好了!"柳如是也一下子跳到地上来,光着两只小脚,三步两步跨到花梨木书案前,伸手抓过一只古玉簪瓶,"啪"地摔在地上;又抓起一把鸡素茶壶,也使劲摔个粉碎;随即双手揪着亵衣的前襟,往两边"嗤"地一撕,高高挺着胸脯,眼睛里涌出泪水,悲怆地嚷:

"卖吧,都卖了吧!也不必回常熟,明日就唤人牙子来,把我也卖了去!你不就是想弄钱,再买一个官么?把我卖了,你就有钱去送给鞑子,也有官做了！你卖不卖？啊,你卖不卖！"

经过近四年的相处,钱谦益对如夫人的脾性,虽然已经摸清了不少,但仍旧万万想不到,她爆发起来,会是这种不顾死活的模样。他当真给吓住了,大瞪着惊惶的眼睛,不认识似地望着泪流满面的柳如是;随后就低下头,皱紧了眉毛,一声不响地坐回那张四开光的坐墩上。

六

黄宗羲盘起双腿,一动不动地坐在自己的土炕上,背脊紧贴着墙壁,默默地望着牢房的木栅栏外那被一夜的狂风暴雨弄得积水横流的过道。他望得那样专注、那样长久,以至同牢的两位社友——陈贞慧和顾杲正在旁边不停地说话,也没能使他转移注意力。

其实,过道上也没有什么可看。那只是一条狭窄的、又破又烂的过道。五尺开外,就是黑森森的高峻狱墙。由于阳光终年照射不到,墙根下连杂草都不来落脚,只有一些耐阴的苔藓,在上面点缀出一些斑驳的暗绿色彩。过道的表面,布满了歪斜断裂的砖块,长年以来,已被踩踏得坑坑洼洼。不过此刻,这些砖块和坑坑洼洼都被淹没在混浊的积雨之下,使过道反而显得平整了。如果不是此刻水面上正漂浮着一只淹死了的老鼠,它甚至可能变得漂亮光鲜起来。然而,这只死老鼠破坏了一切。它使人感到恐怖和厌恶,并重新想起了污秽、黑暗和死亡。

现在,吸引了黄宗羲注意力的,就是这只死老鼠。这是一只巨大的、长满了粗硬黑毛的老鼠。它的身体已经异样地膨胀,肚皮也朝上翻了过来。背部和半个脑袋浸在水里,高竖着四条僵直的腿。

长而尖的、长着几根胡须的嘴巴,狰狞地张开着,露出了一口尖利的牙齿。由于对这一类东西十分讨厌,过去黄宗羲从来没有如此仔细地注视过一只老鼠。即使碰上家人捕杀到,他也总是吩咐立即弄走,懒得去察看。但是,也许对死亡的威胁有了更切身的体会的缘故,这只殒命于对它们来说,算得上一场滔天洪水中的生物,却强烈地吸引了黄宗羲。"是的,听说这种东西刁钻异常,而且懂得水性,但竟也逃不脱这一场劫难!那么,它到底是怎么死的呢?是死于饥疲无力,死于外力的袭击,还是死于同类相残?看来已经无从知道。只有一点实实在在,就是它死了!不错,一切都逃不出一个死,不管善类也罢,鼠辈也罢,好死也罢,横死也罢,到了大限来临之际,谁也逃脱不掉!所以,这一次我即使死了,也没有什么,惟一感到不忿的是,竟然死在那些鼠辈之前,未能亲眼看见他们的下场!"想到这种"彻底"的"失败",黄宗羲就感到无比的痛苦,内心仿佛被一只利爪使劲揪扯着似的,脑袋也轰轰作响。为了抵抗这种突如其来的激动,他开始愈加长久地盯着牢房外的那只死老鼠,并且把它想象成为马士英、阮大铖、刘孔昭、张捷、杨维垣、李沾、张孙振,以及其他一些"鼠辈"……

"是的,他们决不会得到好死,决不!"他反复地、模模糊糊地安慰自己说。正在神思恍惚之际,忽然发现,牢房外的那只死老鼠,竟然活动起来,四只毛茸茸的爪子动呀动的,一下子翻转身来,抬起丑陋的脑袋,一双眼睛也开始滴溜溜地转动着,发出贼忒忒的凶光。它先在水面上飞快地游动,显得傲慢而得意。当发现黄宗羲之后,它就发出一阵巨大的、尖利的狂叫,猛扑过来,把牢房的栅栏撞得砰砰作响。黄宗羲大吃一惊,赶紧跳起来。这时,栏栅已被那只变得无比巨大、又无比狰狞的老鼠冲塌了,洪水随之涌了进来,眨眼之间就把黄宗羲逼进漩涡之中。黄宗羲立脚不住,只得随波逐流地漂浮,昏昏沉沉地来到一个孤岛,他奋力游过去,好不容易爬上了岸,同时听见一声凄惨的呼叫。他觉得声音很熟悉,便寻找过去,忽然发现岛上的树林里吊着几具尸体,依稀就是三年前,他同方以智上京途中遇到的那几具。他正想走开,忽然又听见婴儿的哭声,回头一看,原来是一个披头散发的女人,怀里抱着一个刚满周岁的婴儿。"咦,你怎么会在这里?"他认出那是他的侍妾周氏,不由惊喜地问。可是周氏不说话,只是指着上面要他瞧。他回过头去,看见的仍旧是那几具尸体。忽然,他辨认出,原来不是三年前遇到的那几具。上面吊着的,竟然是他的母亲姚夫人,以及他的弟弟、弟妇们。而且,他们也没有死,只是双手反剪着,给吊到了树上。他连忙爬到树上去,打算解救他们。谁知用来捆缚他的家人的不是绳子,而是一条条的活蛇。看见他爬上来,那些蛇一边更紧地收缩身子,一边向他抬起了三角形的脑袋,威胁地闪着赤红而分叉的信子。黄宗羲又惊又急。他不顾一切地抓住其中一条,使劲地拽,却反而被蛇缠住了胳臂。他只好撒手,谁知那条蛇却越缠越紧,还一个劲儿把他往回拖。黄宗羲奋力挣扎,正在危急之际,忽然听见一个声音在头顶上叫:

"太冲,太冲!你醒醒,快醒醒!"

他仰脸望去,意外地发现了陈贞慧的脸,还有顾杲、黄宗会,正在使劲拽他的胳膊——显然,刚才是做了一个梦。

"哎,太冲,快起来!情势变了,我们得赶紧走!"顾杲既紧张,又兴奋地说。

"北兵已经压境,皇上于昨夜二鼓出狩了。马瑶草、阮圆海今晨亦俱已逃出留都。"大约看见黄宗羲还在发呆,陈贞慧神色沉重地解释说。

黄宗羲仍旧没有听明白。他迟迟疑疑地问:"这话可是真的?兄、兄等怎么知道?"

"大哥,满城都这等传说呢!"黄宗会接上来说,"所以小弟才即时赶来。适才路过西华门,看见宫门大开着,把门的兵都走了个空,好多人围在那里抄抢马阁老的家。还有到大内里去抢的,什么布匹、米豆、金银、珍宝,还有刀枪弓箭,一起一起地往外搬,也无人制止,全乱了套了!小弟到了监门,见无人把守,大着胆子走进来,才知道守监的全都走了,只剩下一个看守,是往日探监时认得的,也正待要走。他把锁匙朝小弟一丢,说:'放你家朋友一条生路,快走快走!'因此,小弟才得以进来……"

黄宗会啰里啰嗦地还打算说下去,顾杲却急不可耐地打断他说:"哎,有话出去再说,逃命要紧!快走!"说着,带头向外走去。

也就是到了此刻,黄宗羲才明白过来。"啊,这么说,当真完了,全完了!"有片刻工夫,他心里变得乱糟糟的。可是,情势已经不容他再细想。于是他慌里慌张地跳下土炕,趿上鞋子,由黄宗会搀扶着,往外走去。

这时,其他几个牢房大约得到了陈贞慧传去的钥匙,也已经栅门大开,里面的犯人全都乱纷纷地往外走。黄宗羲紧紧跟着顾、陈二人,从积水的过道蹚过去。出了狱门,书童黄安和另一名长班,以及顾杲的仆人已经提着行李,在外面守候着,惟独陈贞慧的仆人尚未赶来。大家也顾不了许多,只管加快脚步,一窝蜂地向大街走去。果然,触目所见,已经是一片大难临头、鸡飞狗走的混乱景象,两旁的店铺,全都关门闭户,街道之上,往来着一起又一起神情紧张的居民,还夹杂着一队又一队满载着箱笼行李,匆匆而过的轿、车、骡、马。平日满城可见的巡逻兵校,这会儿全都销声匿迹。倒是各处街头巷口的木栅旁,出现好些联防自守的平民百姓,手执刀棒摆出如临大敌的样子。

黄宗羲怀着紧张又慌乱的心情,东张西望地跟着大家往前走。现在情况已经更清楚:随着朝廷的解体,城中的治安看来也陷于瘫痪的状态。在这种情势下,南京城已没有同强大的清军抗衡的力量。它的陷落已经成为不可避免。"啊,这一切难道是真的?来得这样快,这样突然!才只一年的工夫,江南又完了!啊,仅仅一年!这到底是为什么?怎么会这样子?今后该怎么办?啊,怎么办?!"黄宗羲一边浑身发抖地走着,一边反复地喃喃自问。越问,越觉得恐惧、冤苦、茫然。与此同时,两边的太阳穴却像擂动了十面大鼓,一个劲儿地轰轰作响。身子下面的两条腿,则仿佛失去了主宰,只管一个劲儿地往前迈,往前迈……直到和走在前头的人撞了一下,才本能地停住了脚步。

"事不宜迟,须得赶快出城!否则北兵一到,我辈俱成瓮中之鳖!"陈贞慧转过身来,果断地说。

"不错,眼下惟有逃走……"黄宗羲迟钝而绝望地想,蓦地,他清醒过来。

"不,弟要先上西华门瞧瞧去!"他冲口而出地说,同时感到自己的牙齿因极度愤恨而格格作响。

"怎么?"

"弘光逃了,马瑶草也逃了。听说百姓在抄抢姓马的家。这个权奸狗贼,终于也有今日!我得亲眼瞧一瞧!"

顾杲本来已经同意立即出城,被他一言提醒,顿时也激动起来:"对,是得瞧瞧去!走!"

陈贞慧看来有点迟疑,但终于没有反对。黄宗会自然是听兄长的。于是一行人便沿着大街,匆匆向西走去。

这当儿,已经是晌午时分,街道上的情形更加混乱。那些肩挑手提、拖男带女的百姓愈来愈多,不断地从东、北两个方向拥来,自然都是打算逃往城外避难的,但也有不少又从南边倒回来,说是闻得北兵没有过江,甚至扬州也尚未失守,没有逃走的必要。于是使得打算出城的人们茫然不知所措,纷纷停下来,围着他们打听。自然,也有许多不相信的,依旧向前走去。然而,不久又传来一个消息,说马士英麾下的贵州兵,正在通济门外抢劫杀人。提督京营的赵之龙已经发出命令,要求居民协力擒剿。如今通济门已经关闭。那一带的大街小巷正在击鼓鸣金,喊打喊杀,去不得了。于是打算往南去的难民又纷纷折而向西。这一进一退,街道上就更加拥挤。黄宗羲等一行人只好侧着身子,在人丛中鱼贯穿行。好不容易来到宫城西侧的复呈桥附近,发现前面的人群愈形密集,而且多数都站着不动,正在那里一边交头接耳地议论着,一边伸长脖子朝西边的大路上张望,仿佛在等待什么。黄宗羲因为急于赶路,也不理会,率先挤过去。谁知,前头忽然"哄"的一声,人们纷纷向后倒退,反而把他们压了回来。接着,就听见好几个声音在叫:

"太子来了,太子来了!快快迎接太子!"

黄宗羲吃了一惊,连忙回头问:"他们说什么?太子来了?"

看见跟在后面的陈贞慧肯定地点点头,他就"啊"的一声,顿时紧张起来。事实上,尽管前一阵子,朝廷再三颁示文告,列举种种理由,说明太子是王之明所假冒,但是黄宗羲却同当时大多数士民一样,认定太子是真的,只不过弘光皇帝和马、阮之流害怕危及自身的地位,才不顾事实,强行否认。对于这种丧心病狂的罪恶行径,黄宗羲心中始终怀着不忿。所以,一旦听说太子来了,他就止不住情怀激动,使劲挤上前去,希望看个究竟。

站在前面的人已经纷纷跪到地上,准备迎接。黄宗羲身不由己,也跪了下来,却仍旧直起身子,睁大眼睛,朝西张望。起初,他不知道太子是出于什么原因,以及由什么人送来,因而把排场设想得很大。所以,当他越过跪在前面的人群的头顶,看见有一群平民百姓——大约有一二百人,簇拥着一个骑马的年轻人,闹哄哄地走在人们让出来的街道当中时,他还觉得那群人应当赶紧回避,以免干犯了太子的车驾。然而,出乎意料,周围的人竟然一齐发出狂热的欢呼:

"万岁!"

"啊,莫非那就是太子?"黄宗羲惊异地想。不过,随即他就想起:"嗯,听说太子一直给关在中城的兵马司狱中。那么说,这一次他竟是被士民们抢出来的了?"由于发现近两个月来,他同社友们积极奔走,一心谋求的局面终于出现,黄宗羲不禁大为激动。因此,当太子进入了西华门,跪地迎接的士民也纷纷站起来,一窝蜂跟在后面的时候,他也不由自主地移动脚步,打算跟上前去。不料,却被人从后面一把拖住了。

"太冲,你要做什么?"陈贞慧望着他,问。

"弘光那昏君走了。如今该当太子即位。我辈正应前往拥戴,以定人心,御敌寇,卫留都,保江南!"黄宗羲大声回答。由于兴奋,他的一双眼睛闪闪发光。

"可是,眼下强寇压境,军心已乱,当道者又意向莫测,太子毕竟身份未明,仓促拥立,便能号召天下么?"陈贞慧冷静地表示异议。

"那么,当此国难临头之际,莫非我辈也学那昏君、权奸的样,抱头鼠窜不成!"黄宗羲激烈地大嚷。

陈贞慧摇摇头:"话不是这等说。我辈眼下只是一介布衣,尚未能过问大政。或留或走,于大局俱无甚大碍。我等被逮一月有余,令堂大人在家必已闻讯,日夜忧心。如今幸得脱死,正应先返家探视,以慰慈怀。设若留都得太子之立而定,我辈再来效力不迟。若然留都终竟不守……"

"那又如何?"

"那就凭借江南广大腹地,与虏周旋到底,决不做失节辱身之人!"

由于陈贞慧这最后一句话,是捏紧了拳头,从牙缝中挤出来的,一双眼睛也因此炯炯地发出坚毅的光芒,所以自有一种不可抗拒的凛然气概。顾杲沉思地点着头。于是,黄宗羲也不再坚持,转过身,同社友们一道,朝原路走回去。

一个时辰之后,他们已经出了南京,行进在归家的旅途上了。

七

虽然一部分士民狂热地要求拥立太子,但是,还留在城中的文武大臣们,对这件事却十分犹疑,谁都不敢出面承当责任。这除了因为太子的身份尚难以证实之外,还考虑到弘光皇帝虽然"出狩",但还活着,万一去而复回,局面就会变得十分难办。当然,他们最担心的其实还是正在向南京日益逼近的清国大军。他们连弘光皇帝也一直拒不承认,并把讨伐"僭立",作为兴兵南下的借口。如果在弘光皇帝逃走了之后,匆匆再立一个新君,就必然会被对方看作是一种挑衅,到头来恐怕连交涉投降都有困难。所以,到了五月十三日,当赵之龙在一次临时召集的会议上,指出了这个危险的时候,文武大臣们全都表示同意。于是,自那以后,各衙门张贴安民告示时,都只说守城,只字不提拥立新君的事。自然,也有那么几名秀才,还不知趣,冒冒失失地去见赵之龙,要求从速奉请太子即位。结果被赵之龙喝令当场拿下,推出斩首。这么一来,南京的投降,便成了定局。

对于这个决定,钱谦益不仅没有表示反对,还在十三日的会议上,毫不推辞地把起草降表的差事,承当下来。

眼下已经是五月十四日。昨天,他连家也未回,就在中军都督府里,连夜起草了一份降表。今天早上,又会同次辅王铎、蔡奕琛、左都御史李沾、唐济世等人,推敲斟酌了一番。改定之后,他们就立即交给京营提督赵之龙,请他派人出城,送往清军营中。接下来,几个人又商量了一通将来迎降时的做法。看见时已近午,钱谦益便干脆同大家一起,在中军都督府中用过膳,然后才匆匆赶回家里去。

才停了两天的雨,又纷纷扬扬地下起来。密集的雨点打得轿顶沙沙作响。这声音使钱谦益感到颇不舒服,仿佛有一个看不见的幽灵,固执地盘旋在他的头顶上,不断地向他诉说亡国的冤苦似的。为了摆脱这种令人心烦的感觉,他微微掀开了轿帘,去看外间的动静。他发现,洪武门外一带的大街上,肩挑手提,拖男带女的逃亡人流仍旧络绎不绝,其中也有官绅人家,但更多的是平民百姓。而街道旁那些大门紧闭的房舍,有不少已经贴出了黄纸,上面赫然写着"大清顺民"的字样。有些人家的门前,甚至摆出了拜迎的香案。钱谦益明白,那是赵之龙下了命令的缘故。不过由于为时尚早,那些香案上眼下还空无一物,也没有人看管。只有一阵一阵的飞雨,在上了黑漆的桌面上溅击出许多白色的水花……

回到衙门,出于一种周到的考虑,钱谦益首先看一看门上贴出了黄纸没有。发现门扇上空空如也,他就有点不悦。等轿子在轿厅里停下,他一步跨出去,对迎出来的顾苓劈头就问:

"嗯,怎么门上还不贴纸?"

"启禀老师,因老师出外未归,弟子尚有待示下,故未敢妄动。"

"等什么,快贴上!你不见满城都贴了么!"

这样说完之后,钱谦益就径直往里走去。顾苓紧跟上来,急急禀告说:

"老师,刑部高大人已经自尽。另外,吏部张大人昨夜也自尽于鸡鸣寺。适才这两家都着人前来报丧。如何复他,请老师示下。"

刑部高大人是指刑部尚书高倬,吏部张大人是指吏部尚书张捷。这两人平日都依附马士英,得任高官。其中张捷还是"逆案"

中人,他的起用,则是钱谦益出面保荐的结果。当时,舆论对此很非议了一阵。没想到这两人如此忠烈,竟自杀殉国。钱谦益惊愕之余,颇受触动。

"自尽了么?嗯,死得好,死得好!"他喃喃地说,没停止脚步,也没有指示该怎样回复。

"禀老师,兵科的吴老爷求见,现在花厅里等候。"顾苓又说,同时把一份拜帖递了过来。

钱谦益倒没想到这会儿还有人来候见,于是停下来,接过帖子。看见上面写着"眷晚生吴适拜"的字样,他心想:"这吴适因为弹劾马瑶草的私党方国安,已于上月被蔡阁老论罪下狱,如何能来拜我?嗯,是了,眼下已是狱禁尽弛,他想必是逃出来的!"

一边想,他一边倒背着手,沉吟着,在原地转了一个圈子,随即站住,目光闪闪地望着学生说:

"哎,我这会不得空,不见了。你去对他说,此间已是留不得了,可速往浙中,择主拥戴,以图恢复,是为上策!"

说完,他就把拜帖交还顾苓,迅速转过身,向内宅走去。

钱谦益走进私衙。回廊外,成串的积雨顺着瓦檐流淌下来,看上去,就像挂了一道珠帘。透过"珠帘",可以看见湿漉漉的、飘满落叶的天井,和朦胧在雨幕中的堂屋。"不错,我没有劝他跟我一道投降,也不希望他投降!因为处在我的地位,投降是迫不得已,他的情形与我不同。要是我像他那样子,原是不会投降的。只不知他是否领会我的深意。哎,要不是眼下没空,或许我真该见他一见,把道理说得透彻一点,如今是办不到了!不过,回复了那几句话,有心的人自会仔细琢磨,并最终明白我的苦衷的!"这么想着,钱谦益心中似乎踏实了一点,甚至获得了某种安慰,于是加快脚步,一直走到上房里。

踏入起居室,映入眼中的情景却使他不由得一怔。平日放在里间的那些大箱子、小箱子,不知为什么都给搬了出来,整整齐齐地堆叠着,占了半爿屋子。当中的八仙桌和几张椅子,也摆了好些包袱。有的包扎好了,有的还摊开着,露出里面的金银器皿和首饰珍玩之类。丫环红情正在旁边守候着。看见钱谦益走进来,她就低头垂手招呼说:

"啊,老爷回来啦?"

"这——这是做什么?"钱谦益疑惑地问。

红情摇摇头:"婢子不知。是夫人让搬出来的。"

"那么,夫人呢?"

"夫人——啊,夫人来了!"红情一边回答,一边朝寝室转过身子,并且恭顺地微微低下了头。

钱谦益回头一看,发现柳如是正从寝室里走出来。今天,她似乎特意修饰了一下,发髻的式样也变得与过去不同。过去,她大都把头发像男子似的直梳上去,到顶心用金银丝束住,梳成一个松鬌扁髻。要不,就是摹仿汉代的"坠马髻",将头发向上卷起,挽成一个大髻,垂于脑后。可眼下,她却把头发向左右盘成圆形,留下两小绺遮住了额角,两鬓梳理得又匀薄,又轻盈,后面还拖出一根缎带。眉毛也不再是以往的远山式样,而是描成两道弯弯的新月眉。这么一改变,使她看上去显得更年轻,更娇嫩,平添了许多新鲜感。大约是看见丈夫疑惑的目光,柳如是走前来,淡淡一笑说:

"相公日前命妾打点贡礼,妾一直拖着,不曾动手。昨天趁相公不在,才发了心,命他们都抬出来,清点了一遍,妾也不知道该送什么才对。反正都在这儿了,相公就自己挑吧!"

钱谦益眨眨眼睛:"夫人是、是说……"

柳如是点点头:"这几日,妾身细细想过了,相公也有相公的难处。若妾硬顶着,反倒像是我要逼相公怎么样似的,何苦呢!那么,由着相公的心思去办就是!"

自从初十那天，夫妇二人为打点财物的事闹了一场大别扭之后，几天来，钱谦益虽然屡次三番地试图和解，柳如是的态度却依然如故，弄得钱谦益束手无策。事实上，对钱谦益来说，设法保存身家性命固然十分要紧，但同时他又不能少了柳如是这个女人。如果从此失去了柳如是的欢心，他即使活下来，日子也将过得了无意趣。眼下弘光皇帝已经出走，而向清军献城投降一事，在他们这伙大臣的主持下，也成了定局。但是，这件事到底该怎样向柳如是去说，才能让这个倔强的女人接受，这一点，甚至直到踏入起居室的一刻，钱谦益仍旧心中无数。所以，忽然听柳如是这么说，他的眼睛不由得睁大了，一阵意外的狂喜顷刻涨满了他的心胸，随即又扩展到全身。他"啊"的一声，一步跨前去，忘形地捉住了侍妾的手，兴奋地问：

"那么，夫人终于想明白了？好，好！夫人真不愧是我的知己！"

看见柳如是苦涩地一笑，没有做声，他就把她的手握得更紧，打算再说上一番感激的话。然而，就在这时，丫环绿意走进来传话说：

"提督京营的赵老爷派人来了，要见老爷。"

钱谦益微一错愕，随即知道是为的投降的事。他仍旧踌躇地望着柳如是，再三叮嘱她就在这里等着，然后才离开上房，匆匆迎出外堂去。

八

来人是赵之龙手下的一名亲信幕僚。据他说，目前局势进展很急，据派往城外同清军交涉联络的人回报，清军的意思是定于明天进城,不许再拖延。赵之龙已经答应,因此特来通知钱谦益,于明天一早到正阳门外去,同文武百官聚齐,前往郊外去迎接清军进城。那幕僚还说,目前清军的统帅是豫王多铎。我方使者到了那里之后,颇受礼遇,还获赐蟒衣满帽。钱谦益听了,愈加放下心来。送走了客人之后,他又回到内宅,同柳如是一起商量,并从收藏的玩物中,认真挑选了一批礼品,准备一旦需要,就给新主子送去。

忙完这一切之后,已经时近傍晚。夫妇两人用过膳,便回到寝室中。也许因为终于想通了的缘故,加上有意补偿一下近几天来对丈夫的冷落,柳如是一改旧态,表现得既温婉又顺从,甚至可以说相当体贴。至于钱谦益,因为总算放下了近十天来使他心力交瘁的一件大事,更有一种解脱般的轻松。所以,当两人怀着对对方更深的爱怜,度过了少有的甜美融洽的欢娱一刻之后,钱谦益很快就酣然睡去……

这一觉睡得少有的沉稳。当钱谦益醒来时,窗纸已经微微泛白。他习惯地伸手向身边摸了一下,却摸了个空,不禁有点奇怪,以为侍妾已经起床,到屏风后面净手去了,便轻轻地叫唤:

"夫人,夫人!"

连叫几声,没有回应。钱谦益愈加纳闷,翻身坐起来,四面张望了一下,只见寝室里空空的,只有一盏长明灯,在桌子上散发出昏黄的光。借着灯光,他发现柳如是放在床前的一双红绣鞋儿也不见了。

钱谦益开始觉得有点不对劲,于是大声呼唤:"红情,红情!"

这一次有了动静,红情在外面答应一声,接着就披散着头发,掩着衣襟,从屏门后转了出来,睁大了惺忪的睡眼问:

"是、是老爷呼唤婢子么?"

"夫人呢?到哪儿去了?"

也许主人的声音显得凌厉异常,红情吓得浑身一抖,一边转动着脑袋,朝屋子里茫然打量,一边战战兢兢地说:"婢、婢子睡、睡着了,不、不知道。"

"马上去找!多叫上几个人,分头找!"

这么厉声吩咐之后,钱谦益就一把掀开夹被,随手抓起一件袍子,披在身上,趿着鞋子,急急地走出外面去。

"哎,她到底上哪儿去了?这么一大早,她去做什么?她想做什么?"

钱谦益一边东张西望地沿着回廊往前走,一边神思恍惚地想。同时,心中的疑虑越来越大。如果说,昨天柳如是所表现出的种种温顺和体贴,都使他十分欣慰的话,那么,此刻回想起来,感觉就有点变了。他觉得侍妾那种不寻常的表现,分明包含着某种决绝的、可怕的东西。"啊,她会不会……"这个念头一闪现,钱谦益感到心头仿佛被人狠狠擂了一拳,浑身的血液顿时狂奔乱窜起来。"啊,不,不能让她那样做!"他气急败坏地喊道,同时使劲地跺着脚,吼叫起来:

"来人!快来人哪!"

随着一阵乒乒乓乓的开门声,七八个发髻蓬松的女仆从各个方向奔了出来,在清晨的薄黯中一齐睁大惊惶的眼睛问:

"老爷,有、有何呼唤?"

"夫人不在了,快快去找!"

女仆们显然没有听明白,仍旧呆呆地站在原地。钱谦益顿时愤怒起来。他挥起巴掌,"啪"地打了站得最近的一个仆人一记耳光,再一次吼叫:

"混账东西,叫你们马上给我去找夫人,夫人!听明白了没有?"

"啊,是、是,找夫人,找夫人!"女仆们连忙答应,迟迟疑疑地转过身去。就在这时,红情的身影出现在回廊上。

"禀、禀老爷,夫、夫人找、找到了!"

"啊,找到了!在哪里?"钱谦益连忙追问。

"在、在后花园的水、水池子边上。"

"为何不把她接回来?"

"夫人像、像、像是要……"

不等红情"要"出个所以然来,钱谦益已经明白了:事情真的就是自己所预感的那样!他顿时恐慌起来。虽然红情接着又补充禀告,她已经叮嘱绿意在那里看着柳如是,以防不测,但钱谦益已经无心理会,马上迈开大步,向红情所说的地点赶去。

这当儿,东天才只露出一抹微明。后园里花草木石,还隐藏在沉沉的宿雾中。雨已歇住了,就连沉默了多日的鸟雀,也开始发出了轻快的啼鸣。当钱谦益转过一段复廊,来到"思霞馆"之后,一眼就看见,在馆前的水池旁边,站立着一个熟悉的、俏生生的倩影。她穿了一身雪白的衣裙,正扶着栏杆,微微低着头,仿佛在凝神思索,又仿佛在打量池水的深浅。晨风吹动她的衣衫,整个身子都飘然欲举。看样子,她随时都会奋身一跃,从此香消玉殒……

钱谦益的心紧缩了。他不敢叫喊,恐怕惊动了她,即时发生不测。他蹬掉了鞋子,凭借宿雾的隐蔽,蹑手蹑脚地挨近前去。直到走得近了,才轻轻地叫唤:

"如是,如是!"

柳如是的肩背微微抖动了一下,迅速地转过身来。当看清丈夫正站在眼前,她就沉下了脸。

"相公还来做什么?"她冷冷地问。

"特请夫人回房。这儿风寒露重,站不得,会闹病的。"钱谦益装作不知道对方的意图,体贴地赔笑说。

柳如是摇摇头:"妾与相公尘缘已尽,今日该当永诀了。"

钱谦益的笑容僵住了。一刹那间,他喉头发紧,热泪盈盈。

"啊,永诀?为什么,为什么?"他用带哭的声音问。

柳如是苦笑了一下:"人各有志,不能勉强。相公欲当清国之臣,妾身却宁可做大明之鬼。所趋异途,所以惟有分手了。"

"这可不成,夫人不能抛下我!"钱谦益哀求地大声说,不由自主跪了下来,"我、我不能没有夫人!"

这时,红情、绿意和其他几个妈妈已经围了上来。看见主人这样子,她们也一齐跪下,帮着哀求:

"是呀,夫人不能走,夫人千万不能走!"

柳如是看看她们,又看看钱谦益,一言不发。随后,她就突然转过身,双手撑着栏杆,纵身向池水中跳去。

一刹那间,钱谦益感到天地仿佛倒转了过来,"完了!"他心中一凉,绝望地闭上眼睛。也就在此同时,红情和另一名眼疾手快的仆妇,惊呼着向前扑了过去,从不同的方向紧紧地抱住了柳如是的双腿。

柳如是奋力挣扎着,狂怒地尖叫着,又抓又踢,金钗掉了,发髻也纷披下来。

"你们这样,是没有用的。"她冷冷地说,"今日不成,我还有明日;明日不成,还有后日。"

看到红情等人把侍妾抱住,钱谦益的一颗心才又回到胸膛里,极度的惊悸使他的心灵受到强烈的震动。柳如是在生死荣辱的关头,表现得如此果敢坚决,是他所万万没有料到的。特别是论出身,她只是一名妓女,即使是嫁了自己,也不过是一名侍妾。对于国家社稷,她本来谈不上要负什么责任,却竟然把操守名节看得如此重要。而自己作为明朝的大臣,反而一门心思觍颜求活,这确实不能不令钱谦益感到十分惭愧。更兼联想到被目为"小人"的高倬、张捷,也居然能够首先自尽殉国,钱谦益内心的惭愧,就变得更加强烈了。

"夫人,"他慢慢站起来,走上前去,低着头说,"你的心意,为夫已经明了。其实当此国破家亡之际,为夫又何尝悭此一命?只是一死固然干净,其奈天下之事,尚须有人料理。据为夫预料,南都虽亡,但各地藩王俱在。今后义军四起,势在必然。我们又何不忍此须臾之死,以待有为呢!"

　　说完,他看看柳如是。见她没有什么表示,就又用庄严、激动的口气说:"夫人如若未信,为夫可以指池为誓:今后若有昧心食言者,当如此水!"

　　虽然他这样说了,柳如是仍旧没有做声。不过,钱谦益对侍妾脾性十分了解,明白她实际上已经默许。他总算放下心来,暗暗嘘出一口气,随即想起:赵之龙昨午派来那位幕僚,曾经通知文武百官今天卯时到正阳门外会齐,以便举行迎降仪式,这会儿应该打点出门了。他犹疑了一下,回头招呼仆人,把自己刚才跑掉的一双鞋子给捡回来,慢慢地穿上;然后做了一个手势,示意女仆们把柳如是扶回上房去。

　　这一次,柳如是没有再抗拒。当红情伸出手去搀扶时,她默默地转过身,踏上了通向内宅的路径。

　　钱谦益目不转睛地望着。待到那一群女人转过复廊,消失不见了之后,他又在原地徘徊了一下,这才抖擞起精神,默默地跟在后面。

　　这时,虽说已经天亮,但密布的雨云却使天地仍旧笼罩在沉沉的阴影之中。向东望去,一股朝霞正缓慢地、滞涩地冒出来,在天地交接之处不断地堆积着,扩展着,看上去,就像一摊殷红的鲜血。

1986年1月—1988年5月初稿
1988年12月二稿
1989年2月改毕
1994年10月修订